Anne de Graaf

UND ES WIRD KEINE NACHT MEHR SEIN

Anne de Graaf

Und es wird keine Nacht mehr sein

FRANCKE
Verlag der Francke-Buchhandlung GmbH

Über die Autorin:
Anne de Graaf lebt mit ihrem Mann und zwei Kindern in Irland und Holland. Die Erfolgsautorin (weltweit 5 Mio Bücher) arbeitet als Journalistin für die niederländische Presseagentur. Seit 1987 bereist sie afrikanische Länder südlich der Sahara. Hier recherchiert sie über die Lebensbedingungen minderjähriger Flüchtlinge, unter ihnen viele Kindersoldaten. Sie interviewt die Bevölkerung, Mitarbeiter von UNICEF (UN-Kinderhilfswerk) und UNHCR (UN-Flüchtlingshilfewerk), christlichen Hilfsorganisationen und Traumatherapeuten, die mit den Kindern arbeiten. Längere Zeit lebte sie in Tansania in einem Auffanglager mit 50.000 Flüchtlingen, von denen die meisten Kinder waren.

Bibliografische Information Der Deutschen Bibliothek
Die Deutsche Bibliothek verzeichnet diese Publikation in der Deutschen Nationalbibliografie; detaillierte bibliografische Daten sind im Internet über http://dnb.ddb.de abrufbar.

ISBN 3-86122-692-8

Originaltitel: Into the Nevernight

Deutsch von Silvia Lutz
Umschlaggestaltung: Henri Oetjen, DesignStudio Lemgo
Satz: Verlag der Francke-Buchhandlung GmbH
Druck: Ueberreuther Buchproduktion, Korneuburg, Österreich

www.francke-buch.de

Und es wird keine Nacht mehr sein,
sie bedürfen keiner Leuchte und nicht des Lichts der Sonne;
denn Gott der Herr wird sie erleuchten,
und sie werden regieren von Ewigkeit zu Ewigkeit.

Offenbarung 22,5

Usiku hautakuwako tena,
wala hawatahitaji mwanga wa taa au wa jua,
maana Bwana Mungu atawaangazia,
nao watatawala milele na milele.
Habari Njema kwa watu wote, Kisuaheli cha Kisasa

Gute Nachricht für den modernen Menschen,
moderne Bibelübersetzung in Kisuaheli

Teil 1

Ich konnte es nicht wissen, wollte es nicht wissen. Ich konnte nicht wissen, wie sehr Afrika mich berühren würde, mich beugen würde, mein Herz verändern würde, mir Hoffnung schenken würde ... und mein Kind verändern und mir ein anderes Kind geben würde.

Manchmal gibt es einen Ort, den du nicht kennst. Aber es gibt ihn trotzdem, auch wenn du nichts davon weißt. Wenn du an diesen Ort kommst, veränderst du dich, und du fragst dich, wie du leben konntest, ohne in dir davon zu wissen. Es ist wie eine dritte Dimension zu einer zweidimensionalen Fläche, Farbe zu Schwarzweiß, ein sechster Sinn zu nur fünf Sinnen.

Für einige sind solche Orte vielleicht in ihrem Kopf, Meilensteine der Heilung, Erinnerung, Offenbarung. Für andere, wie für mich, ist dieser Ort von physischer, geographischer Natur. Ich kann auf einem Globus auf ihn deuten, meinen Finger auf einer Landkarte auf die Stelle legen, meine Augen schließen und ich bin wieder dort und sehe wie eine fast blinde Frau, deren Augenlicht zurückkehrt, und bade in der Gewissheit, dass ich nur in der Dunkelheit die parallele Dimension wahrnehmen kann.

Vorher entging sie mir fast völlig, erhaschte ich nur kurze Blicke darauf. Jetzt weiß ich, dass es sie gibt und dass sie den Rest freigesetzt hat. Denn alles, was ich jetzt sehe, sehe ich mit Augen, die vorher nicht sahen, höre ich mit Ohren, die nicht hörten, und verstehe ich mit einem Herz, das nicht verstand ...

1

Miriam wurde von ihrem eigenen Lachen geweckt.

„Erzähle es mir." Owens Stimme. Sie schlug die Augen auf und sah ihn. Er hatte sich über sie gebeugt. Sie streckte einen Arm aus und schob ihn unter seine breite Brust. Jetzt fühlte sie überall seine Körperwärme.

„Erzähle mir den Witz. Was hast du gerade geträumt?"

Sie lächelte und stellte überrascht fest, dass sie nicht am Strand lag, an der Stelle, an die ihre Gedanken sie geführt hatten. „Ich ... ich kann mich an den Witz nicht erinnern."

Eine Frau, die an einem fernen Ufer spazieren geht, das Rollen der Wellen im Gleichklang zu ihrer Seele. Das vertraute Bild ihres Traumes hatte sie immer noch vor Augen, aber das Lachen ... sie hatte keine Ahnung, woher das Lachen kam. Und jetzt, in der realen Welt mit Owen und der Sonne und der Brise vom Meer, in der sich die Baumwollvorhänge bewegten, kamen die Fragen, eine widerhallende Glocke, die ihre bewusste Welt und die unbewusste überbrückten, der Klang selbst ein Ruf von alters her.

War *sie* die Frau in ihrem Traum? An welchem Strand war sie gewesen? Aus welcher Richtung leuchteten die Strahlen der Sonne? Über welche Schulter fielen sie? In welche Richtung war sie unterwegs? Der Schatten der Frau ließ Miriam nicht los. In ihrem Traum warf die Sonne ihr Bild manchmal von links und manchmal von rechts, und das Schlagen der Wellen kam von gegensätzlichen Seiten. Ging die Frau in Richtung Osten oder Westen?

„Du träumst schon wieder."

Sie konzentrierte ihren Blick auf sein geliebtes Gesicht, auf dem geführte und gewonnene Schlachten ihre Spuren hinterlassen hatten. Seine Augen schauten sie liebevoll an. „Ja. Du hast Recht. Entschuldige."

„Komm zu mir."

* * *

Später an diesem Morgen folgte Miriam dem gewundenen Weg von ihrem Ferienhaus an der Nordseite der Insel Kauai hinab zum Strand. Beide Hände waren schwer beladen – sie schleppte den kleinen Rucksack ihres Sohnes mit seinem Zeichenblock und seinen Stiften und ihre eigene Tasche mit juristischen Fachzeitschriften. Miriam war fest entschlossen, an diesen letzten Tagen ihres Urlaubs die meisten davon wenigstens durchzublättern. Auf diese Weise müsste sie nicht zugeben, dass sie sie umsonst den ganzen Weg von San Francisco bis hierher mitgeschleppt hatte.

An der Wegbiegung blieb sie kurz stehen und nahm ihren Schnorchel und die Taucherbrille in eine Hand, damit sie die andere Hand als Schirm an die Stirn legen konnte. Dort, gleich hinter dem Riff, in der Nähe der Klippe rechts konnte sie ihren Mann und ihren Sohn erkennen, die mit den Wellen auf und nieder schaukelten. Sie wusste, dass Martins Hand auf Owens Rücken lag. Während der ganzen Woche waren sie zu dritt immer wieder gemeinsam zu derselben Stelle geschwommen, um die Meeresschildkröten zu sehen. Der Gärtner hatte Owen von dieser Stelle erzählt, und Martin hatte sie als ihre ganz persönliche geheime Bucht beschlagnahmt, da niemand sonst dorthin schwamm.

Der Urlaub auf Hawaii war Owens Art, die vielen langen Tage und Wochen, die er in diesem Jahr fort gewesen war, wieder gutzumachen. Sein letzter Verhandlungsauftrag hatte jedes Mal viele einsame Wochen bedeutet, in denen er abwechselnd in Afrika und zu Hause gewesen war. Vor diesem Auftrag hatten die gescheiterten Irlandverhandlungen ihm mehr zugesetzt, als irgendeiner von ihnen zuzugeben bereit war. Er brauchte – sie brauchten – diese gemeinsame Zeit fort von zu Hause.

Miriam eilte das letzte Stück des Hangs hinab. Blätter, die größer waren als zwei Hände, streiften ihre Wange. Unten angekommen, ließ sie ihre Sachen auf den Strand fallen und watete in das warme Wasser mit dem weißen Sand zwischen ihren Zehen. Sie spuckte in ihre Taucherbrille und spülte sie mit Wasser aus. Dann schob sie sie über die Locken, die ihre Ohren bedeckten, und glitt ins Meer.

* * *

Martin sah es als Erster. „Schau, Papa! Mein Rucksack.“ Dann erblickte er die Sandalen seiner Mutter im Sand. „Papa?“ Er drehte sich um und sah, wie sein Vater aus dem Wasser stieg und wie ein Grizzlybär den Kopf schüttelte.

„Was ist, Martin?“ Aber er schaute nicht einmal auf den Strand.

„Mama. Sie ist im Wasser. Da draußen.“ Martin nahm seine Taucherbrille nicht ab, da er durch das Glas, das die gleiche Stärke wie seine Brillengläser hatte, besser sehen konnte. Er drehte sich um und suchte den Horizont ab. Hier am Strand waren die Wellen ruhig, aber da draußen schlugen sie peitschend gegen das Riff. Die Ebbe hatte eingesetzt, während sie schnorcheln waren. Bei ihrem Rückweg hatte Martin bemerkt, wie schmal der Durchgang durch das Korallenriff geworden war. An einigen Stellen, durch die ihn sein Vater geführt hatte, hätte er sich beinahe den Bauch aufgekratzt.

Jetzt konnte er die dunklen Umrisse sehen, die wie große Felsbrocken zwischen den Wellen aufragten. Er wusste, dass ein Mensch sich daran verletzen konnte. Und er wusste noch etwas anderes: Die Ebbe würde den Wellen mehr Kraft verleihen. Wenn Mama zu ihrer geheimen Bucht hinausgeschwommen war, konnten die Wellen sie jetzt gegen die Felsen unten an den Klippen schmettern. Aus diesem Grund waren er und Papa zum Strand zurückgeschwommen.

Martin schüttelte den Kopf. Plötzlich wusste er, wusste er mit Bestimmtheit, dass seine Mutter in Gefahr war. Er wusste es, weil sein Herz viel schneller schlug, und er brüllte, so laut er konnte: „Papa!“

Sein Vater hatte sich bereits umgedreht und watete zurück zum Riff. Die Flossen an seinen Füßen schickten bei jedem Schritt kleine Wasserfontänen in die Höhe. Die Ebbe bedeutete, dass die Wellen draußen bei seinem Vater mehr Lärm verursachten. Falls er Martin gehört hatte, gab er das mit keiner Spur zu erkennen. Martin schrie wieder: „Papa! Ich komme mit!“

Dieses Mal drehte sich sein Vater um. Er schrie etwas zurück. Dann hielt er seine Hand hoch, die Handfläche zeigte auf Martin. Tränen vernebelten Martins Taucherbrille. Trotzdem sah er die Hand seines Vaters, die ihn aufforderte, stehen zu bleiben, und dann unmissverständlich zum Ufer deutete. Martin verstand, dass er am Strand bleiben sollte. Aber er wollte nicht. Die Brecher donnerten draußen gegen das Riff. Wie sollte sein Vater je auf die andere Seite durchkommen? Der Weg durch das Korallenriff wäre inzwischen verschwunden.

Martin schaute zu, wie sein Vater sich in die Brandung stürzte. Er konnte sehen, wie er gegen die Strömung ankämpfte. Er brüllte wieder und fühlte sich hin und her gerissen. „Papa, bitte!"

Martin konnte nur eines denken: Was sollte er tun, wenn er seine beiden Eltern da draußen verlieren würde? Er schrie noch ein weiteres Mal. Seine sieben Jahre alte Stimme brach im Wind: „Warte auf mich! Papa! Komm zurück!"

* * *

Miriam entspannte sich im Rhythmus des exotischen Anblicks, der sich ihr unter der Wasseroberfläche bot. Die donnernde Brandung war wie eine Musik in der Ferne. Sie fühlte den Rhythmus des Wassers auf ihrem Rücken, ihren Beinen, und dachte: *Es muss ein Lied geben, ein Lied, zu dem sich die Bäume und Wellen und das Licht und der Wind bewegen. Ein Schlag, ein Takt nach dem anderen. Sie tanzen. Aber ich höre es nicht.*

Sie schwamm und schwamm und schaute. Sie sah eine völlig neue Welt, einen anderen Planeten, eine vierte Dimension. Korallenriffe, Schmetterlingsfische, gelb mit schwarzen Streifen und Punkten. Farben, von denen sie nie gewusst hatte, dass es sie gab, bis Owen letzte Woche das erste Mal mit ihr geschnorchelt war. Sie sah gestreifte Lippfische, Sonnenlicht, das nie stillstand; zwei Einhornfische, größere, kleinere, gepunktete; Zebrafische, die sich alle im Takt zur selben Strömung bewegten, und das schaukelnde Seegras.

Owens Worte kamen ihr in den Sinn: *„Kämpfe nicht gegen die Wellen an, schwimme mit ihnen."* Während sie sich vor- und zurückbewegte, auf und ab mit den Wellen, zurück und vor, vor und zurück, kam sie den Brechern auf dem Riff immer näher. Sie folgte dem Weg, den Owen ihr am ersten Tag gezeigt hatte, einem Weg zwischen den Korallen, der sie zu der Öffnung im Riff bringen würde. Dort müsste sie kräftig schwimmen. Miriam erinnerte sich an die Richtung: nach rechts, parallel zum Riff schwimmen, bis sie die Felsnase erreichte. Unten an der Klippe schwammen die Meeresschildkröten, die sie die ganze Woche begeistert hatten. Owen und Martin waren bestimmt überrascht, wenn sie plötzlich bei ihnen auftauchte.

Die Wellen trugen sie immer noch nach oben und nach vorne und nach unten und zurück, während sie sich auf das Riff zubewegte. Miriam dachte: *Ich sehe die Fische, die zu diesem Takt tanzen, dessen Metrik ich nicht kenne. Und ich versuche, mich ihren Bewegungen anzupassen. Dieses Kaleidoskop von Farben, diese Sinfonie von Bewegungen. Und trotzdem irgendwie eine Ruhe. Eine andere Zeit.*

Eine andere Zeit, das war auf vielerlei Weise dieser Urlaub geworden – eine gestohlene Zeit, ihr Ort des Friedens. Hier hatten sie wieder die Zeit neu entdeckt, zusammenzusitzen und Martins vielen Geschichten zuzuhören, den Raum, gemeinsam zu schweigen. Wie gestern Abend, als Miriam sich zu Owen auf den Balkon gesetzt hatte, von dem man einen Blick über die Wellen und Palmen hatte. Gemeinsam hatten sie den vom Mond beschienenen Strand betrachtet. Das Licht hatte sich seinen Weg durch das Wasser und den Himmel gebahnt. Der Mond hatte herabgeschaut. Wolken hatten einen Hof um die Sterne gebildet, und das Licht war von Sandkorn zu Sandkorn gesprungen. Dann hatten sie an diesem Morgen von derselben Stelle schweigend die Brandung, die Bewegungen der Wellen, die Wellen auf dem Sand beobachtet und dem Brechen der Wellen und Donnern der Brandung gelauscht. Owen hatte auf etwas im Wasser gezeigt, und gemeinsam hatten sie den Schatten eines Fischschwarms gesehen, der über den Meeresboden schwamm.

„Wie der Schatten einer Wolke“, hatte Miriam gesagt.

„Nein, wie Gottes Hand über der Oberfläche der Erde.“

Miriam hatte die Sehnsucht in seiner Stimme gehört. Das liebte Miriam an ihrem Mann am meisten: sein Dichterherz, das sich nach Frieden sehnte.

* * *

Owen mobilisierte seine ganze Kraft, um seinen Körper durch die Wellenbrecher zu werfen. Immer wieder schleuderten sie ihn zurück. Aber er schwamm mit der ganzen Kraft, die er aus seinen Armen und Beinen pressen konnte, mit dem Kinn auf der Brust, und kämpfte immer wieder gegen die Wassermauer an.

Er dachte nur an Miriam. Wenn die Gegenströmung mit einem solch tödlichen Griff an ihm zerrte, wie konnte *sie* dann eine Chance dagegen haben? Sie war zwar eine gute Schwimmerin, aber sie war schlank und zierlich ... und hatte nicht so viel Muskelkraft, um es mit der Strömung aufzunehmen.

Aber sie war stark. Owen kämpfte gegen die Panik an, indem er sich auf diese Stärke seiner Frau konzentrierte. Sie hatte eine andere Art von Kraft, wie eine eigensinnige Wurzel. Und sie kam so sehr aus ihrer Tiefe, dass es ihr selbst schwer fiel, sie zu sehen. Jedes Mal, wenn er versuchte zu beschreiben, was er in ihr sah, schaute sie weg und wechselte das Thema. Aber auch in solchen Augenblicken konnte er die Entschlossenheit erkennen, das Durchhaltevermögen, das aus ihrer Tiefe leuchtete.

Mein seltenes Juwel, hatte Miriams Vater, Ben, sie genannt. Ben Vree, der Diamantschleifer, der seine einzige Tochter mit einem Diamanten von tiefer und feiner Leuchtkraft verglichen hatte.

Owen hob zum hundertsten Mal den Kopf, um die Wasseroberfläche abzusuchen in der Hoffnung, irgendeine Spur von Miriam in der Brandung zu sehen. Seine Miriam, sein kostbarer Edelstein mit vielfarbigen Facetten, die er in ihren gemeinsamen acht Jahren erst angefangen hatte zu erforschen. *Zu kurz!* „Miriam!“, rief er laut.

Der Klang ihres Namens ließ ihr Bild vor seinem geistigen Auge auftauchen. Er klammerte sich daran, als könnte er sie irgendwie beschützen, wenn er ihr Bild festhielt. Selbst während er gegen die Wellen ankämpfte, hörte er ihre sanfte Stimme, sah er das zarte Lächeln, die runden Augen in der Farbe von Mahagoni, aber mit winzigen blauen Funken durchzogen, die dunklen, kastanienbraunen Locken, die ihr Gesicht umrahmten und wie das Meer rochen. Er spürte ihre Sanftheit, irgendwo in der Nähe. Er betete mit jedem Schlag, dass Gott sie über Wasser halten würde.

Owen betrachtete den Horizont, sah aber nichts und niemanden. Dann wandte er sich zu der Wellenlinie um, die ihm den Blick aufs Ufer versperrte. Hier glaubte er, eine andere Stimme zu hören, eine Antwort auf seine eigene Stimme.

* * *

Salzwasser drang in den Schnorchel, als Miriam einatmete. Es brannte in ihrer Kehle. Sie warf den Kopf nach oben und nach hinten, um es auszuspucken. Erst jetzt sah sie, wie hoch die Wellen um sie herum waren. Miriam dachte an den Vollmond der letzten Nacht und erinnerte sich daran, dass dieser Mond extrem hohe Wellen verursachte. Ihr wurde bewusst, dass jetzt die Tageszeit für Ebbe und stärkere Strömungen war. Miriam musste stark gegen das Wasser ankämpfen, um die Arme über der Oberfläche zu halten und das Wasser aus dem Schnorchel zu bekommen.

Sie bewegte die Beine mit voller Kraft, um über dem Wasser zu bleiben, und fühlte, wie ihr Fuß gegen die messerscharfen Korallen stieß. Sie schrie auf, als der Schmerz an ihrem Bein nach oben zog. Die Bedrohung durch das Korallenriff war jetzt unübersehbar. Die Strömung trieb sie näher an das Riff heran. Miriam schaute durch das klare grüne Wasser nach unten und sah, wie eine dünne rote Spur von ihrem Fuß ausging.

Sie keuchte und zog die Knie zu ihrem Kinn hoch, um sie vom Korallenriff fernzuhalten. Dann benutzte sie die Arme, um sich herumzudrehen, dann noch einmal herum in dem Versuch, sich zu orientieren. Die Wellen waren so hoch, dass sie nur raten konnte, dass der Strand rechts von ihr war. Das bedeutete, dass sie nur noch ein kleines Stück weiterschwimmen musste, um die Wellenbrecher zu überwinden, in ruhigeres Wasser zu gelangen und dann zu der Klippe zu schwimmen, die sich genau vor ihr befinden musste. Sie vermutete, dass sie so weit vom Durchgang durch die Korallen weggekommen war, dass sie sich an einer seichten Stelle befand, an der das Riff knapp unter der Oberfläche war. Miriam schaute wieder nach unten. Dieses Mal erstarrte sie fast vor Schreck, als sie sah, wie das Blut wie eine Pilzwolke um ihre Knöchel schwamm und irgendwo unter ihr eine Gestalt näher kam.

2

Ich, ich schreibe das aus der Zukunft, aus einer Zeit, in der ich schreiben kann und lesen kann und in Sicherheit sein kann und weiß, dass ich heute Nacht nicht im Sand sterben werde.

Du hast mich gebeten, diese Geschichte aufzuschreiben, auf dem Papier zu erzählen, was mit mir passiert ist, was ich getan habe. Ich soll das zu meinem eigenen Besten tun. Ich will es nicht, aber ich werde es für dich aufschreiben. Du hast mir gesagt, dass nichts davon meine eigene Schuld ist. Aber was ich getan habe, ist so furchtbar. Ich kann nicht anders, ich habe das Gefühl, dass es meine Schuld war. Du erlaubst mir nicht, so etwas zu sagen. Deshalb tue ich das nur auf diesem Papier, in diesem grünen ledergebundenen Notizbuch, das du mir gegeben hast, damit ich die Fragen in meinem Kopf endlich loswerde und sie zum Schweigen bringe.

Wie kann Gott mir vergeben?

Wer bin ich?

Wo bin ich?

Diese letzte Frage ist die leichteste. Ich beantworte sie also als Erste. Und die Antwort ist wirklich sehr gut.

Da, wo ich jetzt bin, sitze ich auf einem Stuhl aus Holz an einem Tisch, der auch aus Holz gemacht ist. Ich bin an einem Ort, den Gott wahrscheinlich vergessen hat, wieder mit sich in den Himmel zu nehmen. Überall um mich herum sind Bücher, Wände aus Büchern. Das kannst du mir glauben.

An der Decke und auf dem Fußboden sind keine Bücher. In meiner ersten Nacht hier, als ich es nicht besser wusste, schaute ich nach. Der Mann, der dieses Haus gebaut hat, hat extra Wände errichtet, nur um die Bücher unterzubringen. Es gibt sechsundzwanzig Reihen von diesen Bücherwänden. Ich habe sie gezählt.

Ich arbeite hier. Na ja, ich nenne es eigentlich nicht arbeiten. Nicht so, wie wenn man Säcke mit Hirse oder Blechkanister mit Wasser schleppt oder sich den ganzen Tag in der Sonne zur Erde bückt, um Mais zu pflanzen. Was ich damit meine, ist: Ich werde dafür bezahlt, dass ich für diese Bücher ein Zuhause finde.

Jeden Abend nach meinem Unterricht komme ich hierher, und auf mich wartet ein Wagen mit Büchern. Ich fahre sie herum, zwischen den Wänden, und suche für jedes den richtigen Platz. Die Bücher, sie sagen mir mit einem Namen auf ihrem Umschlag oder einer Nummer auf dem Aufkleber auf ihrem Rücken, wo sie hingehören. Wenn ich damit fertig bin, gehe ich an einen Platz im hinteren Teil, wo Stühle und Tische eins sind und eine hohe Mauer jeden Platz umgibt, und ich schlage meine eigenen Bücher auf, um ihre Botschaften in meinem Kopf abzubilden.

Du hast mich hierher an diesen Ort gebracht, und mein junges Herz eines alten Mannes ist glücklich. Warum muss ich diesen Ort verlassen, wo selbst nachts Licht scheint, und an den Ort gehen, wo ich diese Geschichte erzählen kann? Denn darum hast du mich gebeten. Dass ich zurückkehre, dass ich die Dunkelheit noch einmal für diesen kleinen Jungen suche, der die Augen fest zugedrückt hat, die Hände vor den Augen zusammenhält und lernt zu beten.

3

Martin tauchte ins Wasser. Er wollte nicht allein zurückbleiben. Sein Vater hatte gesagt, dass er ein guter Schwimmer sei. Er würde einfach auf demselben Weg, auf dem sie ans Ufer gekommen waren, wieder hinausschwimmen. Alle diese Gedanken rasten durch seinen Kopf. *Ich kann das!*

Aber nach nur wenigen Armschlägen war er müde, und wieder vernebelten die Tränen das Innere seiner Taucherbrille. Er konnte die Korallen, vor denen er sich fürchtete, nicht sehen, und das machte alles nur noch schlimmer. Er hörte auf, weiterzuschwimmen, strampelte nur mit den Füßen und schaute sich um, aber er hatte seinen Vater völlig aus den Augen verloren. „Papa!", schrie er. Aber es kam keine Antwort, nur das Donnern der tosenden Brandung.

Langsam schwamm er wieder zum Strand zurück. Es hatte keinen Sinn. Dann kam ihm der Gedanke, dass er Hilfe holen sollte. Er zog seine Flossen aus und nahm die Taucherbrille ab. Da fiel ihm ein, dass seine Brille im Ferienhaus lag. Das war jetzt nicht so wichtig. Er kannte den Weg. Martin begann, den steilen Hang hinaufzulaufen. Die Kieselsteine stachen schmerzhaft in seine Fußsohlen. Er rannte weiter, die Tränen liefen ihm über das Gesicht, aber er achtete nicht darauf. Er musste seinem Vater helfen, seine Mutter zu retten. Das musste er einfach.

An der Biegung auf dem Berg blieb er stehen, um nach Luft zu schnappen. Er beugte sich keuchend vor und legte die Hände auf seine Knie. Dann schaute er sich um, hinaus auf das Meer. Hinter dem Riff, in der Nähe der Klippe glaubte er sie zu sehen. Da draußen war eine Gestalt und bewegte sich auf den Wellen, aber er konnte nicht deutlich genug sehen, um das mit Bestimmtheit sagen zu können. „Mama!" Er schrie und winkte, wusste aber, dass sie ihn nicht hören konnte. Martin hielt seine offene Hand mit der Handfläche nach unten an die Stirn, um seine Augen zu beschatten. „Mama! Mama!"

Er war nicht einmal sicher, dass sie es war. Warum kam niemand den Weg herab, um ihm zu helfen? Martin kniff die Augen zusammen, er versuchte, mit seinen schwachen Augen klar zu sehen. Er glaubte zwei Dinge zu erkennen: Den blauen Badeanzug seiner Mutter in den Wellen gleich hinter der Klippe und eine andere Gestalt, größer, die auf seine Mutter zuschwamm, etwas, das hochstand ...

Martin wirbelte herum und raste den Hang hinauf. Auf dem Rasen zwischen den Ferienhäusern und dem Parkplatz begann er zu brüllen: „Hilfe! Hilfe! Bitte, jemand muss mir helfen!"

Er hielt den Atem an, damit er besser hören konnte, aber die einzige Antwort war das Rauschen des Windes in den Palmen. Martin lief den Weg zum Ferienhaus hinauf und versuchte, die Tür zu öffnen. Abgeschlossen! Das hätte er wissen müssen. Er musste die Notrufnummer wählen oder an seine Brille herankommen oder irgendetwas!

„Kann ich dir helfen?"

Er drehte sich um und sah den Gärtner. „Ja ... meine Mama ist in Schwierigkeiten ... da draußen ... und mein Papa ist zu ihr hinausgeschwommen, um sie zu retten. Ich bin nicht sicher, aber ich glaube, da war ein ... ich glaube, ich sah einen ..." Er konnte das Wort nicht sagen. Wenn er es sagte, würde er es wahr werden lassen, ihm eine Form und Gestalt geben. Das Wort blieb ihm im Halse stecken und weigerte sich herauszukommen. Stattdessen deutete er zum Meer. „S-sie ist da draußen!"

Aber der Gärtner nickte nur. Martin kam näher, damit er dem Mann ins Gesicht schauen konnte. „Haben Sie einen Schlüssel für unser Ferienhaus?"

„Ich kann einen holen. Hör zu, deine Eltern sind gute Schwimmer. Ich bin sicher, dass ihnen nichts passieren wird. Und auf dieser Seite der Insel haben wir nur sehr selten Haie. Du kannst also nicht in euer Ferienhaus? Ich helfe dir. Komm mit."

* * *

Sie wusste nicht einmal, dass es da war. Erst als sie nach unten schaute.

Miriam war es gelungen, sich aus der Strömung zu befreien und in Richtung des offenen Meeres hinauszuschwimmen und auf die Klippen zuzusteuern, aber das hatte sie ihre ganze Kraft gekostet. Sie hatte ihre Schwimmbrille auf die Stirn hochgeschoben, so dass sie sich alle paar Schläge herumdrehen und versuchen konnte, sich zu orientieren. Sie wechselte ab zwischen diesem kleinen Tanz und dem Versuch, sich auf dem Rücken treiben zu lassen, um sich auszuruhen, oder seitlich auf die Klippe im Meer zuzuschwimmen. Aber jetzt, da sie näher kam, wusste sie, dass sie es nicht wagte, der Klippe zu nahe zu kommen. Aus irgendeinem Grund schlugen die Wellen noch härter gegen die Felsen als gewöhnlich. Und die Strömung war so stark, wie Miriam sie noch nie erlebt hatte.

Sie schaute sehnsüchtig auf die Felsen am Grund der Klippe. Sie lockten sie, an ihre Seiten zu schwimmen und auf ihre runden Schultern zu klettern, von wo aus sie den Hang hinaufklettern könnte. Von dort, wo sie schwamm, konnte sie sogar das Ferienhaus sehen. So nahe, aber die Wucht der Wellen warnte sie, es nicht zu versuchen.

Ihre Muskeln drohten sich zu verkrampfen, und Miriam wusste, dass sie nie genug Kraft aufbringen würde, um gegen die Brandung zurückzuschwimmen. Ihre Chancen, die Lücke im Korallenriff zu finden, die zu ihrem Strand zurückführen würde, standen eins zu einer Million. Sie war eindeutig zu müde, um an der Küste entlang zum nächsten Strand zu schwimmen. Sie konnte jetzt nichts anderes tun als warten – warten, bis sie wieder genug Kraft hätte, um zurückzuschwimmen ... oder bis Hilfe käme.

Bleib weg von den Klippen, weg von dem Korallenriff. Miriam murmelte diesen Plan leise vor sich hin und spuckte Salzwasser aus, obwohl sie tief in ihrem Inneren wusste, dass sie sich nur etwas vormachte. So einfach war es nicht. Denn jedes Mal, wenn sie sich auf dem Rücken ausruhte und versuchte, wieder ruhiger zu atmen, trieb die Strömung sie auf das Ufer zu. Dann befand sie sich näher an der Klippe und trieb über viele vorstehende Korallen. Als ihr Fuß sich das zweite Mal daran schnitt, schrie sie.

Panik breitete sich in Miriam aus. Panik und Blut. *Ebbe* – diese plötzliche Erkenntnis erklärte ihr, warum alles so schief gelaufen war. Miriam kämpfte gegen die Panik an; trotzdem zwang die Angst sie, sich in eine zusammengerollte fötale Stellung zu begeben, die Knie eng unter ihr Kinn angezogen, so dass die Korallen das nächste Mal ihr Knie aufschnitten.

Blut überall um sie her. Im offenen Meer. *Hier draußen werde ich nie überleben!* Eine Veränderung der Wasserfarbe unter ihr erregte ihre Aufmerksamkeit. Miriam schaute nach unten, konnte aber durch die unruhigen Wellen, die ihr ins Gesicht klatschten, keinen klaren Blick bekommen. Sie holte tief Luft, da sie nicht im Wasser treten konnte, wenn die Korallen so nahe waren, tauchte den Mund ins Wasser, während ihre Hände nach oben gingen, um die Taucherbrille wieder über ihre Augen zu ziehen und dann die Haare aus der Stirn und aus der Taucherbrille zu wischen. Schnell steckte sie das Mundstück des Schnorchels in den Mund und blies die ganze Luft aus ihren Lungen, um das Wasser aus dem Schnorchel zu beseitigen.

Miriam schaute nach unten und sah, wie die Korallen auf sie zusprangen. Sie fühlte sich, als hätte sie einen Elektroschock bekommen, als sie begriff, dass sie ihnen tatsächlich so nahe gekommen war, nur noch um Armeslänge entfernt. Sie blinzelte zweimal, holte tief Luft und atmete langsam aus.

„Entspanne dich." Owens Stimme. *„Schau der Angst ins Auge – auf diese Weise kannst du besser sehen."*

Miriam bemühte sich, die Welt unter sich zu betrachten: Die sich bewegenden Farben lösten die trübe Oberfläche ab, die sie einen Augenblick vorher noch so verwirrt hatte. Sie legte sich ganz flach auf das Wasser, um sich über die Korallen treiben zu lassen. Ihr auf dem Wasser schaukelnder Körper kratzte sich nicht einmal an der Spitze der Korallen. Das ruhige Schaukeln der Unterwasserpflanzen zog sie in seinen Rhythmus. Sie begann, mit den Armen wieder auf das offene Meer hinauszuschwimmen, wagte es aber wegen der Korallen nicht, die Beine zu bewegen.

Erst als Miriam nach rechts unten schaute, sah sie einen Schatten, der so lang war wie ihre Beine. Er glitt auf etwas zu, das wie eine Höhle aussah, gleich hinter ihrem Blickfeld, und schlüpfte hinein.

* * *

Owen schwamm parallel zum Ufer auf die Klippe zu. Er hatte die Taucherbrille über den Augen und das Kinn auf der Brust. Er steuerte seinen Atem so, dass er bei jedem dritten Armzug atmete. Sobald er die Brecher bezwungen hatte, erblickte er Miriam. Immer noch in der Nähe der Klippe, viel zu nahe. Er wusste, wohin er schwimmen musste, aber er musste schnell dorthin kommen. Deshalb konzentrierte er seine ganze Energie auf die Schwimmzüge und sorgte dafür, dass jede Beinbewegung, jeder Zug mit seinem Arm ihn so nahe wie möglich an seine Frau heranbrachte.

Owen versuchte, alles andere aus seinem Kopf zu verbannen. *Armzug, Armzug, Armzug, Atmen.* Vor seinen weit offenen Augen eilten die Farben und Formen des Meeresbodens unter ihm wie ein Stummfilm vorbei.

* * *

Miriam erstarrte. Sie hatte die Arme vor sich und an den Ellbogen abgewinkelt, ihr Körper schaukelte mit den Wellen. Salzwasser brannte in ihren Schnittwunden. Sie hoffte, die Wunden hätten aufgehört zu bluten, wagte es aber nicht, nachzusehen. Sie fühlte einen scharfen Schmerz in ihrer Seite, einen Druck in ihrer Brust, und ließ langsam die Luft entweichen, die ihre Lungen fast zum Platzen brachten. Sie legte den Kopf schief und sah, wie der Ozeanboden sich zu einer schmalen Rinne zusammenzog. Die Gestalt war verschwunden. Die Felsen verschwanden unter Miriam, als sie weiterschwamm. Das Braun wich einem dunklen Grün, dann einem hellen Grau. Sie kam sich vor wie ein Flugzeug, das immer höher flog, während der Meeresboden unter ihr immer mehr in der Tiefe verschwand, bis sie ihn fast nicht mehr sehen konnte.

Ein Teil des Klippenbodens brach los und schwamm direkt auf Miriam zu. Sie erstarrte erneut, hielt den Atem an, atmete dann erleichtert aus, als sie erkannte, dass es nur eine Meeresschildkröte war, die unter ihren Füßen ihre Kreise zog. Sie schaute zu, wie das Tier tief tauchte. Dann schwamm sie ihm langsam nach. Dabei fielen die Korallen wie ein böser Traum hinter ihr ab. Einmal drehte sich das ungefähr dreißig Zentimeter lange Geschöpf unter ihr herum. Die Flossen bewegten sich anmutig, während es im Zeitlupentempo durch das Wasser schnitt. Miriam konnte die Moosflecken an den Kanten seines Panzers erkennen. Aus einem schuppigen Gesicht schauten Augen ausdruckslos in ihre Richtung.

Das nächste Mal, als Miriam aufschaute, stand die Klippe weit rechts von ihr. Sie hatte eine andere Strömung erwischt und schwamm jetzt so weit hinaus aufs Meer, wie sie noch nie gewesen war. Sie wusste, dass hier das Wasser sehr tief war – sie konnte nicht einmal mehr den Grund sehen. Aber sie war froh, dass keine Korallen mehr da waren. Sie streckte ihre Beine nach unten, wackelte mit den Zehen und wollte den Krampf aus ihrer Wade vertreiben.

Etwas Weiches, Nasses stieß gegen ihre Schulter. Miriam keuchte, fuhr herum, schluckte Salzwasser und schrie auf.

„Endlich habe ich dich gefunden“, keuchte Owen.

Er hielt sie fest, so fest, dass sie kaum atmen konnte.

Owen sprach aus, was sie selbst dachte: „Wir hatten Angst, wir würden dich verlieren.“

Seine Worte brachten ein nervöses Lachen über Miriams Lippen. „Ich wusste, dass du kommen würdest“, sagte sie. Er hielt sie fest und ihre Beine traten jetzt im selben schweigenden Rhythmus auf der Stelle.

4

Owen blieb während des langen Rückweges an ihrer Seite und hielt leicht ihre Hand. Sie bewegten sich mit den Beinen zum Ufer zurück und legten die Arme an den Seiten an. Als sie das, was von dem schmalen Durchgang durch das Korallenriff übrig geblieben war, erreichten und Miriam fühlte, wie ihre übermüdeten Muskeln sich vor Angst verkrampften, schwamm Owen vor ihr her, so dass sie nichts weiter tun brauchte, als seinen Flossen zu folgen.

Am Ufer taumelten sie in den Sand. Sie konnte kaum noch stehen. Sobald sie wieder bei Atem war, fragte Miriam: „Owen, wo ist Martin?" Sie sah, wie ihr Mann hochschaute und dann wieder auf das Meer hinausblickte, als hätte er gerade das Echo eines Rufes gehört.

„Er rief mir nach", murmelte Owen.

Miriam wollte die Worte nicht sagen, wollte diesem Gedanken keinen Raum in ihrem Kopf geben. Deshalb fragte sie: „Was rief er?"

„Dass ich auf ihn warten sollte." Owen trat ein paar Schritte auf das Wasser zu, als wollte er wieder hinausschwimmen.

Miriam fühlte, wie sich die Muskeln in ihrem Magen verkrampften. *Nein.* Instinktiv trat sie neben ihn und schaute auf das Meer hinaus.

„Suchen Sie jemanden?"

Die Stimme überraschte beide. Miriam fuhr herum und erblickte einen Mann mit asiatischen Gesichtszügen, der sie beide freundlich anlächelte. Er stand dort, wo noch vor ein paar Sekunden nur der Schatten der Palmzweige gewesen war.

Miriam öffnete den Mund, um ihm zu antworten, aber keine Worte wollten über ihre Lippen kommen. Sie merkte, wie ihr Tränen über die Wangen liefen. *Nein, nicht Martin.*

„Warum weinen Sie? Wen suchen Sie?", fragte er noch einmal und sah jetzt besorgt aus.

Owen trat vor. „Unseren Sohn. Er ist sieben Jahre alt, blond, hat Augen wie ich. Normalerweise trägt er eine Brille, aber ich bin sicher, dass er seine Taucherbrille aufhatte, als er von hier wegging. Sie sind der Gärtner, nicht wahr?“

Miriam beobachtete dieses Gespräch wie aus weiter Ferne. Sie war zu erschöpft, um sich daran zu beteiligen. Owens Nähe gab ihr Sicherheit. Er überragte den Gärtner. Seine blaugrauen Augen waren dunkel und verrieten seine Besorgnis. Seine Schultern waren nach vorne gebeugt. Seine Stimme war ruhig, und er bewegte die Hände wie ein Zauberer. *Wenn irgendjemand eine Situation in den Griff bekommen kann, dann ist das Owen,* sagte sie sich. Sie sagte es sich zweimal.

Der Gärtner lächelte wieder: „Er ist in Sicherheit. Schauen Sie.“ Er deutete nach oben auf die Klippe. Miriam hörte die Kinderstimme, bevor sie ihren Sohn sah. Martin rief ihnen von ihrem Ferienhaus zu. Sie entdeckte ihre Veranda zwischen den anderen Ferienhäusern und sah seine kleine Gestalt, die ihnen mit beiden Händen zuwinkte, rief und jubelte und dabei aufgeregt beide Arme bewegte.

* * *

Als sie wieder in ihrem Ferienhaus zurück war, hielt Miriam Martin fest und fragte sich, ob das Zittern in ihren Armen von ihren Muskeln oder von seinen kam. „Was ist, Martin?“, fragte sie.

„Ich hatte so große Angst, dass ...“

„Dass was, mein Sohn?“ Sie fühlte wieder Owens Arme um sich, um sie beide. Jetzt konnte sie sich auf den hellen wasserblauen Teppich niederknien und den Mut finden, Martin in die Augen zu schauen und den Schmerz zu verkraften, den sie dort finden würde.

„Nichts.“

„Martin, du wirst uns nicht verlieren.“ Miriam hörte dieses Versprechen aus Owens Mund. Sie sah, wie Martin nickte, und war dankbar, dass Owen bereit war, die Gedanken des Jungen zu lesen. Miriam stand auf und ging zur Küche.

Dann hörte sie Martin sagen: „Papa?" Die Besorgnis in seiner Stimme ließ sie herumfahren. Sie wunderte sich über den überraschten Blick, der über Owens Gesicht zog.

Er atmete schwer, keuchte. „Meine Brust brennt." Er rieb mit der Faust über die Haut, massierte die Stelle, aber es schien nur schlimmer zu werden.

Miriam schaute ihren Mann an, einen großen, kräftigen Mann mit rotblonden Haaren, die allmählich dünner wurden, einen Mann in blauroter Badehose, schaute ihn wie erstarrt an, während das Gesicht, das nicht mehr nach dem ihres Owen aussah, rot wurde und sein Mund sich vor Schmerz und Verständnislosigkeit verzog. Er legte den Kopf schief, streckte die Hand nach einer nicht vorhandenen Mauer aus und glitt langsam, langsam zu Boden.

5

Bevor ich noch irgendetwas anderes schreibe, muss ich diese Worte aufschreiben: Gott hat mich wirklich gesegnet. Das sind sehr gute Worte.

Also, wo bin ich? Zuerst war ich in der Dunkelheit, und jetzt bin ich im Licht. Dank deiner Hilfe bin ich in Sicherheit. In diesem neuen Land. Keine Krokodile schwimmen in den Seen. Hier tragen Frauen Hosen. Manchmal ist in der Hühnersuppe nicht das winzigste Stückchen Fleisch. Hier gibt es so viele Autos, so viele Häuser. Hier kann ich in meinem Zimmer mit einem kleinen Kästchen an der Wand die Wärme der Sonne bestimmen. Hier esse ich dreimal am Tag statt nur einmal oder überhaupt nicht. Das nächste Mal, wenn du mich besuchst, zeige ich dir, wie ich staubsaugen kann. Ich bin so glücklich. Hier gibt es keine Skorpione, keine Malaria. Meine Tage hier sind so ausgefüllt mit Unterricht und Arbeit, wie sie vorher leer waren. Aber du wirst keine Klagen über diese Fülle aus meinem Mund hören, denn ich bin jung, und hier habe ich Gelegenheit, meine Chance zu nutzen.

Trotzdem schmeckt Brot hier nicht wie Brot. Und Fleisch schmeckt nicht wie Fleisch. Was ist dieser Hamburger? Ich schäme mich auch über einige Dinge, die ich die Studenten zu den Professoren sagen höre. Und ich werde hier kein Mädchen ansprechen! Nein! Einige sind so kühn und sprechen mich an, aber dann laufe ich weg, denn das müssen böse Mädchen sein. Ja, du wirst jetzt sagen, dass Mädchen hier anders sind und dass es eine andere Kultur ist. Aber ich weiß, dass eine ehrbare Frau sich bescheidener verhalten sollte.

An manchen Tagen ist mein Kopf morgens im Bett so schwer. Er sagt: „Bleib hier!“ Und das tue ich dann auch. Ja, es gibt Tage, an denen ich Probleme habe, aus dem

Bett zu kommen, um meine Arbeit zu erledigen oder zum Unterricht zu gehen.

An diesem Ort bin ich der Hausmeister, derjenige, der das Gepäck auslädt oder auf einem Flughafen Koffer schleppt. Ich bin der Taxifahrer, ein Kellner, ein Junge, der im Hotel die Schuhe putzt. Ich bin Bibliotheksassistent.

Siehst du die Männer und Frauen an diesen Orten? Siehst du sie jetzt, wie sie den Tisch decken oder dein Bett machen, dir helfen, aus einem Parkplatz zu fahren? Schau jetzt den Schatten ihrer selbst an, das, was sie waren, was sie hätten werden können. Soll ich sie dir vorstellen, die Brüder und Schwestern wie ich selbst, damit du ihnen ein nettes Wort sagen, eine Berührung schenken oder sie anlächeln kannst, wie Gott sie anlächelt? Das sind die Mitglieder unserer Familie, die ein zweites Leben geschenkt bekamen, die heute Nacht nicht im Staub sterben werden.

Siehst du, wo ich bin? Siehst du meine Geschichte? Was siehst du?

6

Der Pilot gab die Flughöhe bekannt, und Miriam dachte, wie leicht es doch gewesen war, ihren Flug zu ändern. Owens Diplomatenpass hatte auch seine Vorteile. Sie konnte sich nicht einmal daran erinnern, wie sie ihre Sachen gepackt hatte oder wie sie zum Flughafen gekommen waren. Ein kurzer Flug zur Hauptinsel und jetzt dieser vierstündige Rückflug nach San Francisco.

Es war mitten in der Nacht und sie sollte eigentlich schlafen, aber sie fand keine Ruhe. Das Surren der Flugzeugmotoren machte Martin nicht müde. Sie konnte hören, wie er mit der Frau, die neben ihm saß, plauderte, einer freundlichen älteren Dame, Typ Großmutter. Er hatte ihr gerade den Inhalt seines Rucksacks erklärt und saß jetzt da und erzählte ihr seine Lebensgeschichte, wie es schien. Miriam lauschte seinem Bericht und musste lächeln. Wie schnell er die Angst dieses Nachmittags vergessen hatte.

„Wie ich heiße? Martin O'Neill ... Ich bin 1985 geboren und bin also sieben ... Mein Vater macht Frieden, und meine Mutter findet Zeug heraus ... ich bin jetzt in der zweiten Klasse. Ich lerne zurzeit Schreibschrift, aber ich lese schon Sechstklässlerbücher. Mama sagt, ich habe lesen gelernt, als ich fünf war. Sie sagt, sie haben es mir nicht beigebracht. Ich habe es einfach gekonnt ... Ich zeichne gern ... Ich will einen Hund, aber Mama sagt, das wäre dem Hund gegenüber nicht fair, weil wir in der Stadt wohnen und öfter wegfahren. Was ich *wirklich* will, ist ein Computer ... Ich habe zwei gute Freunde, Pete und Matt. Petes Papa ist mein Fußballtrainer. Wir drei haben unsere Carrerabahnen zusammengebaut und ein großes Rennen auf dem Boden in unserem Keller veranstaltet ... Mein Lieblingsfilm ist *Jurassic Park*."

„Martin, versuch doch noch einmal zu schlafen, ja?" Miriam lächelte die Frau auf der anderen Seite ihres Sohnes an. „Danke, dass Sie sich mit ihm abgegeben haben."

„Wie bitte? Ich kann Sie nicht verstehen!"

Als Miriam ihre Worte wiederholte, bemüht, lauter zu sprechen, antwortete die Frau: „Kein Problem. Er ist ein guter Junge. Ein wenig aufgeregt, aber zweifellos ein guter Junge."

„Ja." Miriam ging der Gesprächsstoff aus, als Martin seinen Kopf auf das Kissen auf ihrem Schoß legte. Innerhalb weniger Augenblicke wurde er schläfrig. Sie fuhr mit den Fingern über seine Schläfe und strich ihm die Haare glatt. Seine rote Haarfarbe war jetzt fast ausgebleicht, erinnerte sie aber immer noch an Owens Haare. Goldbraune Sommersprossen waren auf Martins Nasenrücken verteilt, eine Spur Brotkrümel führte bis zu seinen Augen. Vorsichtig nahm sie ihm die Brille ab und stellte fest, wie viel kleiner seine Augen ohne die Brille aussahen. Es gelang ihr, ihm die Brille abzunehmen und in ihre Brusttasche zu stecken, ohne ihn aufzuwecken.

Miriam fühlte sich beobachtet, blickte auf und lächelte die ältere Dame wieder an, die freundlich nickte und sich schließlich wieder auf ihre Zeitschrift konzentrierte. Miriam drehte sich zu Owen um, der rechts neben ihr saß und ein abgegriffenes grünes Taschenbuch in der Hand hielt.

„Was liest du da?", fragte Miriam vorsichtig. Sie wusste, dass er nur ungeduldig würde, wenn sie ihn ihre Besorgnis spüren ließe. Aber so sehr sie auch versuchen mochte, sich zu entspannen, konnte sie trotzdem nicht verhindern, dass ihre Gedanken zu den Ereignissen dieses Tages zurückwanderten.

* * *

Die Sanitäter brauchten keine fünf Minuten zu ihrem Ferienhaus. Als sie kamen, war Owen schon wieder bei Bewusstsein. Sie sagten, er habe sich wahrscheinlich den Kopf am Wohnzimmertisch angestoßen und dadurch das Bewusstsein verloren. Aber er hatte trotzdem einen leichten Herzinfarkt erlitten, was durch die Geräte im Krankenwagen und später im Krankenhaus bestätigt wurde.

„Wir haben alle nötigen Untersuchungen vorgenommen, können aber keinen bleibenden Schaden feststellen", hatte der Arzt ihnen erklärt, als er schließlich zu ihnen kam und mit ihnen sprach.

„Zum Glück war der Infarkt sehr, sehr klein. Da sich Ihr Zustand eindeutig stabilisiert hat und es keine weiteren Symptome zu geben scheint, würde ich vorschlagen, dass Sie so bald wie möglich nach Hause fliegen, damit Ihr eigener Arzt, der Sie kennt, Sie weiterbehandeln kann. Manchmal vertragen Menschen von Ihrer Statur die Hitze nicht so gut. Das kommt noch dazu."

* * *

Jetzt im Flugzeug spürte Miriam immer noch die große Erleichterung. Die Änderung ihrer Pläne hatte ihren Urlaub nur um wenige Tage abgekürzt. Es war kein Problem gewesen, an einem Wochentag abzureisen. Das alles ließ Miriam ungesagt. Stattdessen fuhr sie mit der Hand über seinen Arm und vergewisserte sich, dass er wirklich neben ihr saß.

Owen blickte als Antwort auf ihre Frage auf. „Etwas, das Mitte der fünfziger Jahre geschrieben wurde, eine Sammlung afrikanischer Schriften mit dem Titel *Afrikanische Stimmen*. Hör dir das an: ‚Denn als wir von den Engländern ergriffen wurden, waren wir froh. Aber wenn ich an mein Zuhause dachte, weinte ich. Trotzdem, weil Sklaverei in anderen Gebieten des Landes ein sehr hartes Leben ist und weil wir dort nichts von Gott wissen – obwohl wir ihn kennen, aber weil wir ihn nicht gut anbeten können – und vielleicht weil die Europäer keine Menschen verkaufen, aus diesen Gründen sind wir froh.'"

Miriam kniff die Augen zusammen. „Ein Sklave?"

„Ja. Wirklich erstaunlich. Diese Worte schrieb ein Junge in den 80er Jahren des 19. Jahrhunderts. Er wurde von einem Sklavenschiff vor der Ostküste Afrikas aufgegriffen. Ein britischer Kreuzer rettete ihn und andere und brachte ihn dann in eine Schule auf Sansibar. Dieser Junge schaffte es. Und er schrieb seine Geschichte auf. ‚Obwohl wir ihn kennen.' Kannst du dir vorstellen, was das heißt?"

Miriam schüttelte den Kopf und beugte sich über Owens Seite, um das Buch besser sehen zu können. „Wie fängt es an?"

Owen sagte: „Was ich dir vorgelesen habe, war der Schluss. Hör zu: ‚Seit ich mein eigenes Land verlassen habe, eigentlich seit ich geboren wurde, habe ich meine Mutter nie gesehen oder gekannt.'"

Miriam verzog die Lippen und fragte sich, ob sie das wirklich hören wollte. Owen brach ab und klappte das Buch zu. „Ich würde dich sehr gern einmal dorthin mitnehmen."

„Wohin? Nach Sansibar? Wir kommen gerade aus dem Urlaub. Meinst du, wir könnten einen weiteren überleben?"

Sie lächelten beide, und Miriam fiel auf, dass er sich das erste Mal entspannte, seit sie aus dem Wasser gestiegen waren. Er hob ihre Hand hoch und fing an, ihre Finger zu streicheln, einen nach dem anderen. Keiner von ihnen schien über die Ängste sprechen zu wollen, die sie an diesem Tag ausgestanden hatten. Stattdessen sagte Owen: „Nein, nach Afrika. Das Licht ist wie an keinem anderen Ort auf der Welt. Bernsteinfarbenes Licht, weißt du, ein wenig ähnlich wie das Licht, das wir im Herbst sehen. Und die Farben – es ist, als wärst du dein ganzes Leben lang mit einem Filter über den Augen herumgelaufen, und dann, wenn du in Afrika landest, noch während du die Stufen vom Flugzeug hinabsteigst, öffnet sich ein völlig neues Farbspektrum vor dir. Die Farben springen dich an und ergreifen Besitz von deiner Seele."

Miriam lachte. „Oh, ich liebe dich", flüsterte sie.

Er sprach weiter. Seine Stimme war atemlos. „Und die Kinder. Als wären das Licht und die Farben noch nicht genug, sind da noch die Kinder – sie sind einfach unglaublich. Und klug. Wenn diese Kinder lächeln, willst du ihnen die Welt geben."

Miriam erinnerte sich, dass sie eine Nation mit schönen Kinder schon einmal gesehen hatte. „Noch schöner als die Iren?" Sie dachte an die leuchtenden Haare, die Sommersprossen, die herrlichen grünen Augen, die sie während ihrer Flitterwochen so oft auf dieser Insel begrüßt hatten.

„Noch schöner als ich." Owen führte ihre Hand an seine Lippen.

* * *

Nach dem Film schaute Owen neben sich und hob die Armlehne hoch, um Miriams Kopf auf seine Schulter zu legen. Als er ihren gleichmäßigen, ruhigen Atem hörte, seufzte Owen und schüttelte leicht den Kopf. Wie knapp war er davongekommen?

Er hatte gehört, dass Christen in China die Frage stellten: „Ist heute der Tag?" Sie meinten damit nicht: *Ist heute der Tag, an dem ein Regierungsagent sich in meine Hausgruppe einschleicht und ich wegen meines Glaubens verhaftet werde?* Oder: *Ist heute der Tag, an dem ich im Gefängnis gefoltert werde?* Ihre Frage bedeutet: *Ist heute der Tag, an dem ich heimgehe und in Jesu Armen sicher bin?*

Als sich die Muskeln um sein eigenes Herz verkrampften, hatte Owen nicht einmal Zeit gehabt, irgendwelche Fragen zu stellen. Erst jetzt, als die Gefahr vorbei war und die drei zusammen in der dunklen Stille des Flugzeugs saßen, hatte er Gelegenheit, sich zu fragen: *Wie nahe war ich dem Himmel tatsächlich?* Zwischen tiefer Dankbarkeit und einer starken Sehnsucht hin und her gerissen, beugte Owen den Kopf.

Als er die Augen wieder aufschlug, wurde Owen bewusst, wie oft er allein flog und auf dem Platz neben ihm sein Laptop stand oder ein völlig Fremder saß. Er seufzte wieder. In den acht Jahren, seit er verheiratet war, hatte er noch keine Lösung gefunden, wie er seine Schuldgefühle wegen der langen Zeit, die er immer wieder von seiner Familie fort war, loswerden konnte. Ein internationaler Vermittler war von Natur aus viel auf Reisen. Das gehörte zu seinem Beruf. Aber nach dem Scheitern der Irlandgespräche im letzten Jahr fühlte sich Owen getrieben, sein Versagen wieder gutzumachen. Vielleicht hatte er es in Mosambik übertrieben, überlegte er jetzt. Hatte ihm sein Herz das sagen wollen?

Vielleicht hätte er Mosambik überhaupt nicht übernehmen sollen. Mit seiner düsteren Geschichte von drei Jahrzehnten Krieg war es nicht gerade der beste Ort für einen Friedensvermittler, der einen guten Eindruck hinterlassen wollte. Aber Owen liebte es, Risiken einzugehen. Das war eine der Eigenschaften, die ihn zu einem guten Verhandlungsführer machten. Die beinahe aussichtslose Situation für einen Friedensabschluss in Mosambik hatte ihn damals gereizt, als er eine persönliche Kompensation für all das, was in Irland schief gelaufen war, gebraucht hatte.

Niemand sonst hatte Mosambik übernehmen wollen. Und Owen hatte sich auf der ganzen Welt einen so guten Namen gemacht, dass er sich die meisten seiner Aufträge selbst aussuchen konnte. Obwohl er normalerweise als Vermittler für das amerikanische Außenministerium arbeitete, wurde er problemlos vom Dienst freigestellt und konnte als internationaler Verhandlungsführer unter dem Banner der Vereinten Nationen arbeiten.

Bei diesem Gedanken lächelte Owen. „Internationaler Verhandlungsführer" klang zu kompliziert für das, was er tat, was er gern tat. Eigentlich tat er nichts anderes, als Menschen zum Reden zu bewegen. Menschen zusammenzubringen – das gab Owen Energie.

„Was motiviert Sie?", hatte ein Reporter ihn in einem der wenigen Interviews gefragt, die er gegeben hatte – seine übliche Strategie war es, sich aus den Schlagzeilen herauszuhalten. Er hatte damals geantwortet, was er immer noch fühlte. Das, wonach er sich mehr als nach allem anderen sehnte, war Frieden. Ein dauerhafter Frieden in Ländern, in denen Konflikte die Gesellschaften auseinander gerissen hatten. Länder wie das Land seiner Geburt – wo er vor einem Jahr so spektakulär versagt hatte. Bei der Erinnerung daran runzelte er die Stirn.

Eine seiner schlimmsten beruflichen Ängste war es immer gewesen, dass er bei seinen Verhandlungen unbewusst jemandem in die Hände spielte und dessen heimliche Pläne förderte. Genau das war im letzten Jahr bei den Irlandgesprächen in London geschehen. Als er glaubte, Frieden sei endlich in Sicht, hatte er wider besseres Wissen sogar die IRA an den Tisch geholt, nur um zu erfahren, dass sie nicht die geringste Absicht hatten, irgendwelche Kompromisse einzugehen, und dass sie nie ihre Waffen hergeben würden. Und dann hatte er mit ansehen müssen, wie die Gespräche scheiterten, weil sie die Verbindung seines Vaters und seiner Schwester zur IRA ins Spiel bringen konnten ... das war hart gewesen. Die Tatsache, dass er schon vor Jahren alle Verbindungen zu seiner Familie abgebrochen hatte und sein Leben dem Kampf um Frieden widmete, hatte keinen auch nur im Geringsten interessiert.

Er hatte seine Lektion gelernt. Nie wieder würde er mit persönlichen Feinden verhandeln. Leider konnte man keine Karriere wie Owen machen, ohne sich Feinde zu schaffen – selbst in den eigenen Reihen.

Owen wusste, dass ihm das Außenministerium einige Freiheiten zugestand, weil er die amerikanische Staatsbürgerschaft angenommen hatte. Zwei Pässe zu haben hatte seine Vorteile, und er konnte sich wegen seiner Erfolge mehr erlauben als die meisten anderen. Aber das änderte nichts an der Tatsache, dass seine klare Stellungnahme zu dem, was er „Feind-unseres-Feindes-Politik" nannte, ihm einige starke Gegner einbrachte – schon lange vor den Irlandgesprächen.

Er stand in dem Ruf, ein Verhandlungsführer zu sein, der sich weigerte, Kompromisse einzugehen, wenn es darum ging, die Seiten zu wechseln. Er lächelte trocken. Vielleicht hätte er sich einfach still weigern sollen, die Seiten zu wechseln. Stattdessen hatte er offen diese Politik verurteilt, die sich drehte und wendete und sich mit einem beliebigen Land anfreundete, das zufällig der Feind des zum jeweiligen Zeitpunkt gerade schlimmsten Feindes war. Ob das Manuel Noriega in Panama war – um die Kommunisten in Schach zu halten – oder in den 80er Jahren die islamistischen Fundamentalisten in Afghanistan – um die Sowjets in Schach zu halten. Amerika hatte Saddam Hussein an die Macht gebracht, um während des Geiseldramas den Iran in Schach zu halten. Der Golfkrieg im letzten Jahr, als Saddam zum Feind wurde, hatte dann den Iran auf den Freundesstuhl katapultiert.

Owen wusste, dass dieser Prozess hier nicht enden würde. Ihm wäre nichts lieber, als arbeitslos zu werden. Keine Kriege, keine Notwendigkeit für Verhandlungen und Verhandlungsführer. Aber auch wenn er vielleicht so naiv war, für einen dauerhaften Frieden zu arbeiten, war er nicht so dumm zu glauben, irgendwann wären Profitgier und Macht nicht mehr die motivierenden Faktoren hinter den Ereignissen auf dieser Welt. Die Mächtigen der Welt, die hinter den Fernsehpolitikern die Fäden zogen – *ihnen* war ganz und gar nicht an einem dauerhaften Frieden gelegen. Im Gegenteil, normalerweise lag es in ihrem Interesse, die Konflikte am Brennen zu halten. Immer wieder hatte Owen erleben müssen, wie Friedensverhandlungen genau aus diesem Grund ins Leere liefen. Waffen waren heutzutage ein gutes Geschäft, Öl und Diamanten waren noch besser. Großmächte wechselten ungefähr alle zwanzig Jahre die Seiten, und diese Veränderungen garantierten einen Markt für Krieg – und den Arbeitsplatz für Verhandlungsführer.

Nach den Irlandgesprächen hatte er angefangen, sich zu fragen, ob es an der Zeit sei, aufzugeben und wieder Vorlesungen zu halten. Oder vielleicht würde er tatsächlich anfangen, das Buch zu schreiben, von dem er schon seit Jahren sprach. Die Wahrheit war, dass ein Mann einen verlorenen Kampf – selbst einen lebensnotwendig wichtigen Kampf – nur eine begrenzte Zeit führen konnte.

Aber dann kam Mosambik.

Die Friedensverhandlungen in diesem von Kämpfen zerrissenen Land hatten in den letzten Monaten fast seine ganze Zeit und Energie gekostet. Aber was dort jetzt geschah, gab ihm genug Ansporn, um noch eine Weile weiterzumachen. Dieses Land, seine Menschen, seine Geschichte, seine Entscheidungen zugunsten eines dauerhaften Friedens hatten alle Theorien und Statistiken und Projekte über den Haufen geworfen.

Der Frieden war noch nicht da, aber er würde kommen. Er konnte ihn schon am Horizont sehen, konnte ihn fast schmecken. Ein fester Rahmen war geschaffen. Die Verhandlungen liefen in der Endphase so gut, dass er es sogar wagte, die Gespräche zu verlassen und mit seiner Familie in diesen dringend benötigten Familienurlaub zu fahren.

Was zurzeit in Mosambik geschah, kam einem Wunder des Himmels gleich. Und Owen wusste besser als die meisten, wie selten das in einer Welt war, die von Feinden und Feindesfeinden besessen war.

7

Miriam schob die Schiebetür des Vans zu und hob die letzten Taschen auf. Dann begann sie, die Stufen zu ihrer Haustür hinaufzugehen. Sie blieb stehen und sog die Luft ein, die von der Bucht herüberwehte. Sie genoss es, Owen dabei zu beobachten, wie er sich bückte und eine verblühte gelbe Rose von einem der Sträucher abbrach, die entlang der Hausvorderseite Wache standen. Sein Herzinfarkt schien genauso weit weg zu sein wie die Tropen.

„Komm, ich helfe dir." Owen kam die Stufen herab und nahm ihr die Koffer ab. Sie biss sich auf die Zunge, um nicht zu sagen, dass er sich schonen solle.

Miriam konnte durch die offene Haustür das Telefon klingeln hören. Martin stürmte ins Zimmer, um den Hörer abzunehmen. Als sie das Haus betraten, lächelte sie über die begeisterte Stimme ihres Sohnes. „Hallo. Martin O'Neill ... Hallo! ... Ja, gut. Nein, kein Problem ... Ja, gerade eben ... Okay, tschüss."

Miriam schloss die Tür hinter sich.

„Und?", fragte Owen. Er schaute den Stoß Briefe durch, die auf dem Tisch im Eingang lagen. Der Stoß lag dank Miriams bester Freundin, Sue, hier, die sich um das Haus gekümmert, die Blumen gegossen und die Post hereingeholt hatte. Miriam ging in die Küche und öffnete den Kühlschrank. Sue hatte sicher auch daran gedacht, ihn aufzufüllen. Miriam nahm sich vor, ihre Freundin anzurufen und sie als Dank zum Essen einzuladen, sobald sie die schmutzige Wäsche, die sich in ihren Koffern zu vervielfältigen drohte, gebändigt hatte.

Als sie ins Wohnzimmer kam, hörte sie, wie Martin Owens Frage beantwortete. „Das war Trainer Anderson. Er sagte, wir hätten morgen ein Fußballspiel, und fragte, ob ihr uns fahren könnt. Ich habe gesagt, das ginge klar." Er grinste.

Owen schaute zu Miriam hinüber und verdrehte die Augen. „Willkommen daheim."

* * *

Die Schule begann eine Woche später und damit der unerbittliche Rhythmus von Miriams vollem Terminplan. Jeden Morgen verließ sie um sieben Uhr das Haus, um in der Anwaltskanzlei zu arbeiten, in der sie als freie Mitarbeiterin tätig war. Owen, der sein Büro zu Hause hatte, brachte Martin zur Schule und holte ihn nachmittags wieder ab. An diesem Abend fand sie, als sie nach Hause kam, Martin in Owens Büro. Sie sank aufs Sofa und seufzte: „Einmal Hawaii bitte."

„War es ein schwerer Tag im Büro, Schatz?" Owen blickte von seiner Tastatur auf und lächelte sie liebevoll an.

Miriam nickte. „Martin, wie war dein erster Tag in der zweiten Klasse?"

„Ganz gut, aber wir haben ein paar dumme Mädchen in der Klasse, die die ganze Zeit quasseln. Deshalb mussten wir nachsitzen."

Miriam warf Owen einen fragenden Blick zu, der unbeirrt weitertippte. Obwohl er nur die zwei Zeigefinger benutzte, legte er ein ziemlich schnelles Tempo an den Tag. „Dumme Mädchen?", fragte sie nach.

„Total", antwortete Martin und versetzte dem Globus einen so kräftigen Stoß, dass er fast umfiel.

„Und haben diese dummen Mädchen vielleicht auch etwas zu dir gesagt?", bohrte Miriam weiter.

Jetzt blickte Owen auf und nickte ihr zu. Die Erde drehte sich so schnell, dass sie aussah, als würde sie jeden Augenblick von ihrer Umlaufbahn abkommen. „Martin?"

„Nein. Na ja ... ein wenig ... ja. Sie haben einfach keine Ahnung vom Zeichnen."

„Verstehe", sagte Miriam.

Martin sprang auf und schnappte sich die kleine Schachtel mit bunten Pinnnadeln, die immer auf der Ecke von Owens Schreibtisch stand. Er kletterte auf die kleine Trittleiter mit den Rollen und rollte hinüber an die andere Wand mit der riesigen Weltkarte. Ohne ein Wort zu sagen, legte er den Finger auf Kalifornien, dann zog er ihn über den Pazifik, bis er Hawaii fand und dann Kauai. Er steckte eine Nadel an die Stelle. „Schau, Papa. Jetzt warst du hier auch schon. Mama, Papa und ich machen heute Abend Tacos. Ich rufe jetzt Matt an." Damit schoss er zur Tür hinaus.

Miriam betrachtete die Pinnnadeln, die über der Landkarte verteilt waren. „Er ist anstrengend. Und ich bin gerade erst heimgekommen. Hast du verstanden, wovon er redet?" Sie beugte sich vor, um aus ihren Pumps zu schlüpfen.

„Oh ja." Owen grinste sie an. „Total."

* * *

Am Mittwochabend ging Miriam die Treppe hinauf, um Martin ins Bett zu bringen. Er sprang so hoch auf seinem Bett herum, dass er die Decke berührte. „Martin, du machst das Bett noch kaputt. Komm schon, gönn deiner alten Mutter eine Verschnaufpause."

Er lachte und wedelte ihr mit einem leeren Pyjamaärmel ins Gesicht. „Ich bin das einarmige Monster, das gekommen ist, um dich zu holen." Er zog seine Unterlippe ein und schob gespenstisch die Schneidezähne vor.

„Ich habe noch nie ein Monster in einem Astronautenschlafanzug gesehen. Was ist mit deinem Arm passiert, du einarmiges Monster?"

„Ich habe ihn gegessen!" Er sprang zu ihr hinüber und knurrte. Miriam packte Martin und warf ihn auf sein Bett. Sie kitzelten sich gegenseitig, bis Miriam schreien musste, er solle aufhören. Lachend und außer Atem stellte sie ihm die üblichen Fragen. „Hast du dir deine hübschen Zähne geputzt, Dracula?"

„Natürrrlich." Er zog die Nase kraus, als wolle er sie in den Nacken beißen.

„Sind deine Hausaufgaben alle gemacht und hast du Lesen geübt?"

Er nickte. „Und ich habe gebadet. Ich war *wirklich* schmutzig."

Sie lächelte. „Okay, dann wird jetzt geschlafen."

„Was ist mit Beten?", fragte Martin.

Miriam wusste, dass dies nur sein üblicher Versuch war, Zeit zu schinden. Sie fühlte sich ausgelaugt. Wie konnte es erst Mitte der Woche sein? „Okay", nickte sie. „Du betest dieses Mal."

„Nein, *du*."

„Also gut. Mach die Augen zu", willigte Miriam ein und sagte dann das Gebet „Müde bin ich, geh zur Ruh" auf.

„Aber ich will das Gebet mit Feuer und Drachen", protestierte Martin, als sie fertig war.

„Was ist denn das?"

„Das betet Papa immer."

„Papa kann es das nächste Mal wieder ..."

„Habe ich da meinen Namen gehört?" Owen steckte den Kopf ins Zimmer.

„Ja!", klatschte Martin in die Hände.

„Ach, ich hatte ihn gerade so weit." Miriam bedachte Owen mit einem missbilligenden Blick, den er ignorierte.

„Er schläft jetzt auch gleich ein, nicht wahr? Ich kam nur kurz, um ihm einen Gutenachtkuss zu geben."

„Papa, kannst du mit mir beten? Mamas Gebete sind einfach nicht so wie deine."

Miriam runzelte die Stirn. Das fehlte ihr jetzt gerade noch.

„Mamas Gebete *sind* so wie meine", antwortete Owen.

„Nein, mach nur", forderte sie ihn auf. „Ich möchte dieses Gebet von Feuer und Drachen auch hören. Ich dachte, das wäre der Name von diesem Computerspiel, das du dauernd haben willst." Miriam stand auf, um Owen Platz auf dem Bett zu machen, und lehnte sich mit verschränkten Armen an die Wand.

„Ach, es ist einfach ein Gebet, eine Sammlung genau genommen, aus der Liturgie der irischen Kirche. Mir gefiel es als Kind – meine Mutter betete es beim Schlafengehen immer für mich, als ich in Martins Alter war – und ich dachte, Martin könnte es auch gefallen. Also, mach die Augen zu. ‚Erleuchte unsere Dunkelheit, Herr, wir bitten dich; und beschütze uns in deiner Gnade vor dem Bösen, vor Feuer und Drachen und den Gefahren dieser Nacht; um der Liebe deines einzigen Sohnes, unseres Herrn Jesus Christus willen.'"

Bevor Owen es sagen konnte, rief Martin: „Amen! Und jetzt das Lied."

Owen schüttelte den Kopf. „Nein, dafür ist es heute zu spät."

„Was für ein Lied?", erkundigte sich Miriam.

„Es ist eigentlich ein altes irisches Kirchenlied aus dem achten Jahrhundert. ‚Sei mein Licht.'"

„Oh", murmelte sie. „Das habe ich schon gehört, glaube ich."

„Natürlich hast du es schon gehört. Wir singen es in der Kirche. Aber heute Abend singen wir es nicht mehr."

„Dann sprich den Segen", bettelte Martin. „Den Segen."

„Was hast du getan? Ihm das ganze Gebetbuch beigebracht?", fragte Miriam.

Owen wirkte verlegen. „Nur meine Lieblingsgebete. Das ist alles. Also gut, mach jetzt die Augen zu." Owen legte die Hand auf Martins Kopf. ‚Der Herr segne dich und behüte dich. Der Herr lasse sein Angesicht leuchten über dir und sei dir gnädig; der Herr erhebe sein Angesicht auf dich und gebe dir Frieden; und der Segen des allmächtigen Gottes, des Vaters, des Sohnes und des Heiligen Geistes sei allezeit mit dir.'"

Wieder rief Martin: „Amen!"

Owen schaute zu Miriam hinüber, die nur nickte. „Ja, du hast Recht", sagte sie. „So könnte ich nie beten."

Martin streckte die Arme aus, und Owen umarmte ihn. Dann war Miriam an der Reihe. Schließlich drehte sie das Licht aus.

Während sie sich nach unten beugte, um die Spülmaschine einzuräumen, hörte Miriam, wie Owen in die Küche kam und fragte: „Äh, war das in Ordnung? Du sahst verärgert aus, als ich in Martins Zimmer kam. Stört dich etwas?"

Sie richtete sich auf und stellte sich dieselbe Frage. Sie griff nach hinten und rieb sich einen Muskel. Sie schüttelte den Kopf. „Nein, ich glaube nicht. Ich habe einfach nachgedacht, während ich dich mit Martin beobachtete."

„Und worüber hast du nachgedacht ...?"

„Über nichts. Einfach ... meinst du nicht, dass du es ein wenig übertreibst? Ach, vergiss es. Machen wir lieber die Küche sauber."

Owen schaute Miriam fragend an, aber sie ging nicht auf seinen Blick ein.

„Kann ich ein Glas Wasser haben?" Bei Martins Stimme drehten sich beide um. Er stand in der Küchentür und rieb sich die Augen, als sei er gerade aufgewacht.

Miriam seufzte. Aber bevor sie etwas sagen konnte, hob Owen die Hand. „Ich kümmere mich darum. Komm jetzt, junger Mann. Hör auf, Zeit herausschlagen zu wollen. Ab jetzt ins Bett. Das ist mein Ernst." Er holte ein Glas aus dem Schrank, während Martin wieder die Treppe hinauflief.

* * *

Als Owen wieder nach unten kam, lag Miriam lang ausgestreckt auf dem Sofa. Er hoffte, sie wäre jetzt besser gelaunt als vorher.

„Ich muss verrückt sein", sagte sie. „Du weißt, dass ich überlegt habe, wir könnten noch ein zweites Kind bekommen?"

Er setzte sich und zog ihre Beine auf seinen Schoß. Dann begann er, ihre Füße zu massieren. Ihm gefiel ihr leises Stöhnen. „Was wolltest du sagen?"

„Ja. Noch ein Kind. Und du sagtest, wir sollten warten und beten. Gut, ich habe bis jetzt gewartet, und ich denke immer noch, dass wir es vielleicht tun könnten. Was meinst du?"

„Ich hätte nichts lieber als das, Miriam. Das weißt du. Aber ich mache mir um dich Sorgen. Du arbeitest hart, und du liebst deine Arbeit. Du bist ausgezeichnet bei dem, was du tust, und du willst noch besser werden. Aber du arbeitest auch hart daran, eine Mutter zu sein, und du bist streng zu dir selbst. Es stört mich nicht, dass du zurzeit länger arbeitest, wenn ich zu Hause bin. Ich genieße die Zeit mit Martin. Aber es ist schon so viel, was wir auf die Reihe bekommen müssen, und du setzt dich stark unter Druck. Ich stehe hinter dir, egal, wie du dich entscheidest. Ich sage, mach es, aber du sagst jetzt schon, dass es so viel ist. Wie wäre es dann mit zwei Kindern?"

„Wenn ich wüsste, dass ich damit rechnen kann, dass du so wie jetzt zu Hause bist, wäre das eine große Hilfe", sagte Miriam.

Bei Owen regte sich das bekannte Gefühl, wenn seine Muskeln sich verspannten. Die Worte schlüpften ihm über die Lippen, obwohl er wusste, wie sie darauf reagieren würde. „Das kann ich dir nicht versprechen. Du weißt, dass ich das nicht kann."

„Und ich darf dich nicht darum bitten, nicht wahr?" Miriam stand auf und verließ das Zimmer.

* * *

Am Sonntagnachmittag nach dem Gottesdienst sprang Martin zwischen seinen Eltern hin und her, begeistert, dass er sie hatte überreden können, am Strand spazieren zu gehen. Er hatte seinen Ball mitgebracht. Sein Vater zog eine Linie im Sand und begann dann jeden, der vorbeiging, zu fragen, ob er mitspielen wolle, Skateboardfahrer und Leute, die ihren Drachen steigen ließen, und andere Spaziergänger.

Martin hüpfte zuerst auf dem einen Fuß auf und ab und dann auf dem anderen und hörte zu, wie sein Vater es tatsächlich schaffte, Leute dazu zu bewegen, stehen zu bleiben und ihm zuzuhören. „Hätten Sie Lust, bei einer der schönsten Sportarten, die je erfunden wurden, mitzumachen?"

„Wir kennen ihn nicht", sagte Martin zu ihnen. Seine Mutter schüttelte den Kopf. Aber die Leute lachten, und bald hatten sie zwei Mannschaften aus lauter Fremden gebildet.

Sein Vater ging die Mittellinie auf und ab, warf den Ball in die Luft und sprach in betont starkem irischem Akzent. „Ich würde nie sagen, dass amerikanischer Football kein großartiger Sport wäre. Aber diese Sportart ist noch fantastischer. Haben Sie wirklich noch nie von gälischem Football gehört? Nein? Na, dann lächelt der gute St. Patrick heute besonders freundlich auf uns alle herab."

Den restlichen Nachmittag verbrachten Martin, seine Mutter und mindestens zwanzig andere Sonntagsspaziergänger damit, sich im Sand zu rollen, während sein Vater sie in die Feinheiten des gälischen Football einführte. Seine Mutter nannte es „eine Kreuzung aus der barbarischeren Seite des amerikanischen Football, Rugby und Schlammwrestling". Als das Spiel vorbei war, beobachtete Martin, wie mehrere Leute tatsächlich ihre Telefonnummern austauschten. Es gefiel ihm, wie sein Vater Menschen zusammenbringen konnte und diese tatsächlich Freunde wurden.

Martin klammerte sich fest an die Hand seines Vaters, als man sich verabschiedete. Er lächelte alle an und war stolz darauf, dass er mehr Sand auf den Beinen und Armen hatte als die anderen.

Der letzte Mann, der sich verabschiedete, hatte eine Brille wie Martin. Er hatte wirklich schlecht gespielt und vergessen, dass er den Ball auch mit den Händen berühren durfte. Jetzt ging er auf Martins Mutter zu und sagte: „Ich kenne Sie."

Martin schaute seinen Vater an, der ebenfalls fragend dreinsah. Also gingen sie ein wenig näher, um besser hören zu können. Seine Mutter war gerade damit beschäftigt, sich den Sand von den Knien zu wischen. Sie richtete sich auf und bedachte diesen Mann mit ihrem Anwaltslächeln. „Wirklich?"

„Wirklich?", fragte Papa. Alle lachten.

„Ich meine, wir kennen uns *jetzt*, Abe, aber kannten wir uns vor diesem Tag auch schon?", fragte Mama.

Martin ließ die Hand seines Vaters los und begann seinen großen Zeh durch den Sand zu ziehen. Er zog Linien um die drei Erwachsenen und zwischen ihnen.

„Sind Sie nicht die Schachdame?"

Martin blickte zu seiner Mutter hinauf und sah, dass sie errötete. Er blieb stehen. „Mama, du bist eine Schachdame?"

„Ja, Martin", sagte der Mann, den sie Abe genannt hatte. „Sie weiß wahrscheinlich nicht, dass wir sie so nennen, aber ein paar Freunde und ich spielen oft Schach im Park. Deine Mama kommt manchmal um die Mittagszeit vorbei, und meine Freunde sagen, dass bis jetzt niemand sie schlagen konnte. Ich hatte noch nicht den Mut, sie zu einem Spiel herauszufordern. Aber ich habe ihr beim Spielen zugeschaut, und sie ist hinterhältig, Junge."

Mama lachte über den überraschten Blick, den ihr sein Papa zuwarf. „Ich wusste, dass du gut bist", sagte er. „Mich hat sie schon oft genug geschlagen", erzählte er Abe und Martin. „Aber ich wusste nicht, dass du das mit anderen auch machst." Er legte einen Arm um sie.

„Sie bringt mir gerade das Schachspielen bei", sagte Martin stolz.

„Würdet ihr bitte aufhören, über mich zu reden, als wäre ich nicht hier?", bat Mama.

Abe drehte sich zu Martin um. „Dann kannst du von Glück sagen, denn ich könnte deine Mama als Lehrerin gut gebrauchen. Ich bin im Schach noch schlechter als beim gälischen Football." Martin gefiel es, als alle das lustig fanden, aber seine Mama sah immer noch ein wenig verlegen aus.

Als Abe gegangen war, schlug Martin seinen Eltern vor: „Machen wir einen Spaziergang?" Als sie einverstanden waren und jeder eine Hand von ihm nahm und sie ihn dann in die Höhe schwangen, überlegte Martin, dass jetzt vielleicht ein guter Zeitpunkt wäre, nach einem Eis zu fragen.

* * *

Als Miriam am Montagabend von der Arbeit nach Hause kam, hob sie das klingelnde Telefon ab, bevor der Anrufbeantworter sich einschaltete. Sie hörte ein leises Knacken in der Leitung, dann sagte eine tiefe Stimme: „Madam, ich würde gern Mr Owen O'Neill sprechen. Mein Name ist Marcos Duarte, ich rufe aus Maputo an. Hier ist es sehr früh am Dienstagmorgen. Ich habe die ganze Nacht versucht durchzukommen."

Owen tauchte in dem Augenblick aus seinem Büro neben dem Wohnzimmer auf, als sie sagte: „Einen Augenblick bitte." Miriam nickte Owen zu. „Für dich. Willst du hier sprechen, oder soll ich den Anruf lieber zu deinem Telefon im Büro umstellen?“

„Ich spreche hier. Warum?“

Bevor sie antworten konnte, kam er durch das Zimmer auf sie zu. Sie formte *Mo-sam-bik* mit dem Mund und reichte ihm das Telefon. Dann setzte sie sich aufs Sofa und wartete. Sie hoffte, ihre Vermutung wäre falsch, wusste aber genau, was dieser Anruf bedeutete. Gerade als sie anfing, sich daran zu gewöhnen, dass Owen wieder zu Hause war, als sie anfing, sich darauf zu stützen, dass er da war, und es sogar als selbstverständlich hinnahm, würde er sie wieder verlassen. Miriam hörte ungeniert zu, da sie wusste, wenn Owen das stören würde, hätte er den Anruf in sein Büro gelegt.

„Ja. Ja, Marcos, ich verstehe ... Da lässt sich bestimmt etwas machen ... Was? Meinen Sie, das wäre in jedermanns Interesse? ... Ah, ich verstehe. Nun, ich kann es versuchen ... Natürlich ... Warum? ... Verraten Sie mir, warum Sie Ihre Meinung geändert haben? ... Ah.“

Owen hörte eine ganze Weile schweigend zu, dann nickte er und sagte in regelmäßigen Abständen: „Verstehe, ja“, während er in das kleine Notizheft, das er immer in seiner Hemdtasche trug, etwas kritzelte. Schließlich lachte er. „Nein, nein, das ist überhaupt kein Problem ... Ich verstehe ... Ja, natürlich werde ich das ... Sie wissen, dass ich das immer tue. Hören Sie, wie geht es Ihrem Sohn? Ich habe gehört, dass er letzte Woche aus dem Krankenhaus kommen sollte? ... Oh, sehr gut. Dann gibt es zu Hause eine Feier ... Ja. Richtig. War noch etwas? ... Gut ... Ja. Danke, auf Wiedersehen.“ Er legte auf und machte sich noch mehr Notizen.

„Warum hast du gelogen?“, fragte sie leise.

Er verzog das Gesicht. „Was meinst du damit?“

„Du hast gesagt, es sei kein Problem.“

8

Owen hörte sie die Worte sagen, die er selbst nicht auszusprechen wagte.

„Du fährst wieder hin."

Er schaute weg. Ein Teil von ihm versuchte immer noch, sich über das klar zu werden, was in dem Telefongespräch nicht gesagt worden war. „Ich muss."

„Und du kannst es nicht erwarten. Vielleicht hast du also gar nicht gelogen."

Owen gefiel es gar nicht, dass sie das verletzte. Er versuchte, es abzutun, indem er seinen Dozententon hervorholte. „Lügen hilft nur für kurzfristige Lösungen bei Verhandlungen. Frieden ist nur auf einer Grundlage des Vertrauens möglich. Auch wenn ich ihnen vielleicht nicht vertraue, müssen sie mir vertrauen."

„Ich weiß, Vertrauen ist zwingend notwendig", sagte Miriam leise. „Das habe ich schon gehört. Oder hast du das vergessen?" Sie seufzte. „Ich wusste, dass es zu schön war, um wahr zu sein."

Ihre Worte trafen Owen, aber er versuchte, nicht zu zeigen, welche Wirkung sie bei ihm auslösten. Er konnte ihr aus ihrer Enttäuschung kaum einen Vorwurf machen. So oft schon hatte er sie um ihr Verständnis bitten müssen. Jetzt musste er es wieder tun.

Miriam sagte: „Es tut mir Leid, Owen. Es ist einfach ... schwer zu akzeptieren, dass du so bald schon wieder fortmusst."

„Ich weiß", nickte er. „Aber du verstehst das doch sicher. Die Gespräche kommen nicht voran, aber ich glaube, die Situation ist immer noch zu retten. Ich glaube immer noch, dass wir einen ..."

„Dauerhaften Frieden schaffen?" Ihr Tonfall ahmte seine Stimme nach, nur leicht mit Sarkasmus gewürzt. Aber das genügte.

Er schluckte. Die Bitterkeit in ihrer Stimme tat weh. „Miriam, ich habe nicht das Gefühl, dass ich das schon wieder von dir verlangen kann, aber ich weiß, wir stehen kurz vor ..."

„Du meinst dich und mich?"

Er hustete. „Nein, ich meinte, wir stehen kurz vor dem Frieden. Bitte, du musst mich gehen lassen."

„Owen, du weißt, dass es nicht darum geht, ob ich dich gehen lasse. Du hast die Freiheit, wegen deiner Arbeit zu kommen und zu gehen, wie es dir gefällt. Das gestehen wir uns beide gegenseitig zu."

„Ich habe nur Angst ..."

Sie schaute jetzt zum ersten Mal auf und blickte in seine Augen. „Wovor? Wovor hast du Angst?" Sie stellte diese Frage ganz leise.

Als wäre die Antwort schon immer in ihm gewesen, sagte Owen: „Ich habe Angst, ich könnte einen Krieg auf dem Gewissen haben. Ich will damit sagen: Was ist, wenn ich nicht hinfahre und die Gespräche endgültig abbrechen? Ich würde mir nie vergeben, dass ich es nicht versucht hätte."

* * *

Miriam stand auf und drehte ihm, die Hände in die Hüften gestemmt, den Rücken zu. Hatte sie wirklich erwartet, er würde sagen, er habe Angst um ihre Beziehung? Nein. Wie konnten ihre kleinen Bedürfnisse je etwas zählen, wenn ein möglicher Krieg bevorstand?

„Ja, was ist, wenn ...", sagte sie, fast zu sich selbst. „Was ist, wenn du einen ... ich meine, was ist mit deiner Gesundheit? Hältst du es wirklich für so eine gute Idee, so kurz nach deinem Herzinfarkt so weit zu fliegen?"

„Als Joe mich untersuchte, sagte er, so lange ich nicht die ganze Nacht durchmache oder einen Marathon laufen will, dürfte ich keine Probleme haben. Komm schon, Miriam. So schlimm ist es nicht."

Schweigen lag einige lange Minuten in der Luft. Schließlich schluckte Miriam. „Also gut, Owen. Wir werden klarkommen. Das tun wir immer." Es riss Miriam fast entzwei, diese Worte auszusprechen. Ja, das war das Leben, für das sie sich beide entschieden hatten. Ja, sie hatte ihn in dem vollen Wissen geheiratet, was sein Traum für ihr Privatleben bedeutete. Aber irgendwie war die tägliche Verwirklichung dieses Traumes schwerer geworden, seit sie ein Kind hatten und Miriam arbeitete. Zunehmend schwieriger, je länger er fort war. Die vielen exotischen Urlaube waren schön und gut, aber sie konnten nicht nur von Urlaub zu Urlaub leben. Und diese neueste Angst um sein Herz machte die Sache auch nicht leichter.

Was alles noch verschlimmerte, war, dass sie Owen nicht an sich heranlassen und sich nicht von ihm trösten lassen wollte. Wenigstens im Augenblick nicht.

Als er einen Schritt auf sie zuging, schnappte Miriam sich die Schlüssel und lief aus dem Haus zu ihrem Auto. *Ich fühle mich einfach so müde ... und allein,* dachte sie, während sie ihren Sicherheitsgurt anlegte und den Zündschlüssel herumdrehte. Eine Stimme in ihr sagte, dass sie selbst schuld sei, dass sie diejenige sei, die eine Wand zwischen ihnen aufbaute. Sie achtete nicht auf die Stimme, schaltete das Radio ein und fuhr den steilen Berg vor ihrem Haus hinab.

Es dauerte nicht lang, und sie parkte in einem anderen Teil der Stadt. Hier gab es keine restaurierten Häuser, nur vernagelte Schaufenster und Mauern, die mit Graffiti beschmiert waren. Miriam stieg aus, sperrte die Autotür zu und spielte mit ihren Schlüsseln, während sie die kurze Strecke zu einer Ladentür zurücklegte.

Sie bückte sich, um das Schloss unten an dem Metallgitter aufzusperren. Dann schob sie das Gitter nach oben. Es quietschte unaufhörlich, bis es oben war und ein ausgebleichtes Schild zum Vorschein kam: „Vree Edelsteine und Uhren“. Die Kinder in der Schule hatten sie immer verspottet, ihr Vater würde „freie“ Edelsteine und Uhren kostenlos anbieten.

Miriam warf einen kurzen Blick zum Abendhimmel hinauf, zu den golden umrahmten Wolken, überlegte kurz und stellte erleichtert fest, dass Martin heute Nacht bei Pete schlafen würde. Dann betrat sie den Laden.

Die alten Gerüche nach Öl und Bohnerwachs berührten als Erstes ihre Sinne. Sie schaltete die Lichter ein und wurde von der

Werkbank ihres Vaters begrüßt. Dann von den Ausstellungsschränken, von der durch einen Vorhang abgetrennten Treppe, seinem Schreibtisch, dem riesigen grünen Tresor, dessen Tür jetzt weit offen stand, um der ganzen Welt zu zeigen, dass es hier nichts zu stehlen gab.

Miriam versperrte die Tür hinter sich und vergewisserte sich, dass die Vorhänge ganz zugezogen waren. Dann nahm sie den Besen. Die nächste Stunde kehrte sie und wischte Staub auf den Arbeitsflächen, der Kasse, den leeren Ausstellungsschränken. Während sie sich durch den Laden arbeitete, ließ sie ihre Gedanken in die Vergangenheit wandern. Sie war ein Kind, das zu groß war, um auf dem Schoß ihres Vaters zu sitzen, tat es aber trotzdem. Diamantenstaub funkelte auf der Lederschürze, die vor ihr ausgebreitet war.

* * *

„Schau, Miriam. Schau durch die Lupe. Dann kannst du sehen, wovon ich spreche. Kannst du die Bruchstellen in diesem Stein zählen?“

Miriam wusste, dass ihr Vater mehr war als nur ein Juwelier. Er war ein gelernter Diamantschleifer. Sie schaute durch die Lupe. „Drei.“

Er korrigierte sie. „Schau noch einmal. *Schau* richtig hin.“

Ihre Mutter betrat über die Treppe, die den Laden mit ihrer Wohnung im ersten Stock verband, den Laden. Miriam fühlte, wie sich der Arm und der Magen ihres Vaters anspannte und eine gewisse Gereiztheit in seine Stimme zog. *„Ja, wat is er?“* Sie sprachen immer noch Niederländisch miteinander. Miriam verstand jedes Wort, aber sie sprach es nur, wenn sie spürte, dass im Haus eine angespannte Atmosphäre herrschte, als könnte der Klang ihrer Muttersprache als Balsam für das unübersehbare Unbehagen ihrer Eltern dienen.

Ihre Mutter überging die Frage und sagte zu Miriam: „Hast du deine Hausaufgaben gemacht? Hast du die Arbeiten erledigt, die ich dir aufgetragen habe?“

„Ja, Mama.“ Mit zehn Jahren war es ihre Aufgabe, zu fegen und Staub zu wischen.

„Dann geh nach oben. Dein Vater muss arbeiten.“

Miriam schaute das Gesicht ihres Vaters an, das jetzt ganz nah neben ihrem lag. Ein flüchtiger Schatten legte sich über seine Augen und dann über seine Worte. „Hör jetzt auf deine Mutter. Ab mit dir.“

Miriam rutschte von seinem Schoß und stand mitten im Laden, rundum von glänzenden Dingen umgeben. Sie schaute von einem missbilligenden Elternteil zum anderen und hatte das Gefühl, ihre Auseinandersetzungen seien irgendwie ihre Schuld, ihre Mutter könnte ein glücklicheres Leben haben, wenn Miriam nicht wäre. Das war die nicht ausgesprochene Botschaft, die Botschaft, die immer aus den Augen ihrer Mutter sprach.

Miriams Eltern ließen sich schließlich scheiden, als sie an der Universität war. Sie hatte versucht, die beiden zusammenzuhalten – als Kind dadurch, dass sie brav war, als Teenager mit Kompromissvorschlägen, bis ihre Mutter ihr sagte, sie solle sich um ihre eigenen Angelegenheiten kümmern. Als sie in einem anderen Bundesstaat einen Studienplatz bekam, hatte sie das Gefühl gehabt, sie sollte das Stipendium ablehnen, weil sie dachte, sie könnte irgendwie ihre Eltern zusammenhalten, wenn sie zu Hause bliebe.

Sue hatte ihr gesagt, dass dieser Gedanke verrückt sei. Wenn ihre Eltern sich scheiden lassen wollten, würden sie das mit ihr oder ohne sie tun.

Und sie hatten es getan. Ohne sie.

Sue! Der Gedanke an ihre Freundin holte Miriam in die Gegenwart zurück. Sie kramte in ihrer Tasche nach dem kleinen Tagesplaner aus schwarzem Leder. Geschäftskarten fielen aus einer Klappe, als sie ihn auf den Boden fallen ließ. Sie steckte sie wieder in die Tasche mit den Telefonanrufen, die sie noch beantworten müsste, und schlug ihn in dieser Woche beim Montag auf: *19.00 Uhr Sue in Guidos Restaurant.*

Sie warf einen Blick auf ihre Armbanduhr. In fünfzehn Minuten musste sie auf der anderen Seite der Stadt sein.

Sie würde spät kommen, aber nicht zu spät.

Sue wartete immer.

9

Die nächste Frage: Wer bin ich? Aber um sie zu beantworten, muss ich wieder von dem „Wo" sprechen.

Ein Kind wird in die Welt geboren. Aber was ist diese Welt anderes als viele kleine Orte?

Also sage ich, ein Kind wird in Afrika geboren. Aber auch das ist nicht ein einziger Ort, denn Afrika besteht aus vielen Ländern, und in jedem Land gibt es viele Regionen, und in jeder Region gibt es viele Stämme, viele Dörfer, viele Clans, viele Familien. Was ist also Afrika? Wie soll ich diesen Ort beschreiben?

Ein Kind wird im Sudan geboren. Ah, du meinst, das wäre jetzt endlich ein Ort, ein Ort mit einem Namen. Aber wieder habe ich dich gleich am Anfang in die Irre geführt. Was ist der Sudan? Der Sudan ist das größte Land in Afrika. Der Nordsudan wird hauptsächlich von Moslems und Arabern bewohnt. Der Großteil der Bevölkerung im Südsudan besteht hauptsächlich aus Christen und Afrikanern. Der Sudan wird von Arabern regiert, und in einigen Regionen im Südsudan werden Menschen von diesen Arabern gefangen genommen und dann als Sklaven verkauft. Im Südsudan werden Menschen aus ihren Häusern vertrieben und als Kanonenfutter für einen Krieg benutzt, der seit vielen Jahrzehnten andauert, einen Krieg, den du in keinem Geschichtsbuch findest.

Aber ich greife dem, was ich erzählen will, vor. Ich weiß einiges von dem, was ich sage, weil ich in einer Bibliothek arbeite. In gewisser Weise ist das also nicht fair. Du fragst dich bestimmt: Kann ich diesem Erzähler trauen?

Zurück zu meiner Geschichte: Ein Kind wird im Sudan geboren. Ein Kind wird im Süden des Sudan geboren. Ein Kind wird im Stamm der Dinka Bor geboren, in einem Dorf am Fluss Bahr el Dschebel. Das Leben in diesem Dorf war friedlich und ruhig - ein großartiges, anständiges und herrliches Leben. Es gibt ein Dinka-Wort: Payam. Es bedeutet: „sicherer Hafen". Das ist die Bedeutung dieses Dorfes. Ein Kind wird in einen Clan, eine Familie hineingeboren. Ein Kind wird geboren.

Dieses Kind, ein Junge, ist sehr gesegnet. Er hat beide Elternteile. Sein Vater ist weise und geachtet. Er spricht nicht viel, aber wenn er den Mund aufmacht, hören alle zu. Die Mutter des Jungen ist eine Geschichtenerzählerin. Sie kann also Menschen von dem Platz, wo sie sitzen, wegführen und ihnen helfen, in die weite Ferne zu sehen. „Was siehst du?", fragt sie uns, so dass wir die Geschichte um uns herum fühlen können. „Hör bei der Geschichte genau zu und pass gut auf. Was hörst du? Was riechst du?"

Dieses Kind, dieser Junge, hütet die Ziegen. Er steht am Morgen früh auf, und seine Mutter kocht bereits etwas zu essen für ihn.. Sein Vater kommt jeden Monat oder alle zwei Monate heim, weil er irgendwo anders arbeitet. Wenn er heimkommt, bringt er dem Jungen und seinen jüngeren Schwestern Geschenke mit. Er hat drei Schwestern. Er ist natürlich der Älteste. Drei Schwestern genügen, um seiner Mutter beim Wasserholen und Wäschewaschen und Kochen zu helfen.

Diese drei Schwestern haben Namen.

Dieser Junge hat einen Namen.

Ich weiß, wie sie aussehen. Ich sehe das Dorf des Jungen, sein Zuhause, seine Eltern. Die Sonne scheint. Blumen geben dem Strauch Farbe. Seine Ziegen sind fett und kehren jeden Abend in einer sauberen Reihe in den Stall zurück. In diese Familie, in einem Dorf an einem Fluss im Südsudan, in Afrika, in der Welt, wird, bevor seine Schwestern kommen, ein Kind geboren.

10

Miriam nahm alle Abkürzungen, die sie kannte, aber der dichte Berufsverkehr verhinderte, dass sie das Restaurant vor halb acht erreichte. Während der ganzen Fahrt quer durch die Stadt versuchte sie, die geflüsterten Wortfetzen von den Auseinandersetzungen zwischen ihren Eltern zum Schweigen zu bringen. Ein Teil von ihr hoffte verzweifelt, sie und Owen klängen in Martins Ohren nicht genauso.

Miriam fuhr am Restaurant vorbei und suchte einen Parkplatz. Durch das Fenster sah sie ihre Freundin warten. Sue schaute hinaus, aber sie sah Miriam nicht.

Im Restaurant vermischte sich der Knoblauchgeruch mit Oregano, und das gemütliche Ambiente mit kleinen Tischen und Kerzen begrüßte sie. Miriam lächelte, als ihre Freundin aufstand und ihr entgegenkam, um sie zu begrüßen. Der Anblick der glatten, schwarzblauen Haare, die bis weit über ihre Hüfte nach unten hingen, veranlasste sowohl Männer als auch Frauen, Sue nachzusehen, selbst als sie schon lange an ihren Tischen vorbei war.

„Hey", sagte Sue und drückte fest Miriams Hand. „Ich habe mir allmählich Sorgen gemacht." Miriam erwiderte den Händedruck. Dann folgte sie ihr zum Tisch im hinteren Teil des Restaurants.

„Ist das ein Seidenrock, den du anhast?", fragte Miriam, als sie sich setzten.

Sue nickte. „Du sagst nichts dazu, dass er lindgrün ist?" Sie lächelte, und Miriam merkte, wie sie sich wie eine sonnenhungrige Blume der Wärme zuwandte, die von diesem Lächeln ausging.

„Nein, die Farbe steht dir", sagte Miriam. Sie schaute ihre Freundin an – die olivfarbene Haut, die winzigen Hände, die schlanken Handgelenke. „Ich möchte mich bei dir dafür bedanken, dass du auf das Haus aufgepasst hast."

Sues Augen wurden eng. „Ja, richtig. Verbessere mich, wenn ich mich irre, aber hinter diesem Essen steckt mehr, als dass eine von uns Danke sagen will. Also, fang an. Erzähle es mir."

Bei Sues Direktheit traten Miriam Tränen in die Augen. *Bin ich so leicht zu durchschauen?* Sie blinzelte die Tränen weg. „Nein, ehrlich. Ich meine, als ich dich anrief, ging es wirklich nur darum, dass ich mit dir essen gehen wollte. Aber heute Nachmittag hat sich das irgendwie geändert." Sie schwieg, Sue sagte nichts. „Owen muss wieder nach Mosambik."

Sue nickte. „Und?"

„Und ... ich fuhr in das Haus meines Vaters und habe nachgedacht."

„Über was?" Sue fuhr mit den Fingern über die gestickten Schmetterlinge auf der Tischdecke.

„Über uns ... und meine Eltern und damals, als ich in Martins Alter war. Ich weiß nicht. Über alles. Wer ich bin. Wo ich in meinem Leben bin. Was weiß ich. Ich weiß nicht ..." Miriam hörte selbst, wie ihre Stimme verstummte, und fragte sich, was in aller Welt sie zu sagen versuchte. „Ich schätze, wie immer reden wir heute Abend nicht über das Wetter."

Sue lachte. Der Klang löste die Verkrampfung in Miriams Schultern. „Wann reden wir denn jemals über das Wetter?"

Die Kellnerin kam, und sie gaben ihre Bestellung auf. Miriam bestellte drei Gänge, während Sue sich nur für den Hauptgang entschied.

Als Sue den Kopf schüttelte, war es an Miriam zu lachen. „Was? Kann eine Frau denn nicht eine herzhafte Mahlzeit zu sich nehmen? Ich kann nichts dafür, dass ich gutes Essen liebe. Das muss an meinem Stoffwechsel liegen. Ich bin ständig auf Achse."

„Kommst du immer noch mit nur sechs Stunden Schlaf in der Nacht aus? Das hat mich immer wahnsinnig gemacht, als wir zusammen gewohnt haben. Ich war so eifersüchtig."

Miriam seufzte. „Ja, aber inzwischen gibt es nur noch wenige Nächte, in denen ich nicht schweißgebadet und völlig desorientiert aufwache. Ich weiß, was du jetzt denkst. Sag es nicht! Es sind *nicht* die Wechseljahre oder wie man das heutzutage nennt."

„Hey, wir sind erst siebenunddreißig."
„Das will ich ja damit sagen."
„Und, was machst du, wenn du in dieser Verfassung aufwachst?"
Miriam überlegte. „Ich bleibe einfach wach oder schaue nach Martin und setze mich mit einem Buch in den Schaukelstuhl in seinem Zimmer, bis ich für ein paar Stunden eindöse. Ich weiß nicht ..."

Sue machte ihr einen Vorschlag: „Hör zu, wenn du heute Nacht wieder nicht schlafen kannst und über alles Mögliche nachdenkst, könntest du mir einen Gefallen tun. Ich würde mir wirklich wünschen, dass du dir überlegst, ob du einmal in der Woche zu uns in die Beratungsstelle kommen kannst. Wir sind *wirklich* knapp besetzt."

„Ach, Sue, wann wirst du endlich damit aufhören? Du weißt, dass ich keine Zeit habe."

„Und ich habe etwa Zeit? Komm schon, Miriam. *Schaff* dir die Zeit. Du bist Freiberufler, du arbeitest auf Vertragsbasis. Plane die Zeit ein."

Miriam schüttelte den Kopf. „Jetzt, wenn Owen wieder wegfährt, sehe ich einfach keine Möglichkeit. Ich kann schon von Glück sagen, wenn ich die Arbeit schaffe, die ich übernommen habe, geschweige denn noch mehr. Dazu kommt, dass ich Martin überallhin fahren muss. Und vergiss nicht das Fußballtraining. Vom Kochen, Waschen und dem Haushalt will ich überhaupt nicht reden."

„Nur ein einziger Nachmittag in der Woche, Miriam. Du könntest bei Testamenten und Verträgen helfen oder für kleine gemeinnützige Einrichtungen etwas tun. Du *willst* nur nicht."

Miriam verzog das Gesicht. „Vielleicht hast du Recht. Vielleicht denke ich, *ein* Wohltäter in der Familie genügt. Ich weiß nur, dass meine Hände und mein Herz mit meiner Arbeit und meiner Familie voll ausgelastet sind. Tut mir Leid. Nein."

Sie schwiegen ein paar Momente, aber nicht auf unangenehme Weise. Miriam wusste, dass Sue ihr ihre Ehrlichkeit nicht krumm nahm. Sie und Sue waren seit der High School Freundinnen, als

Sues Eltern mit der Tradition brachen und sie in eine Schule außerhalb von Chinatown schickten. Seitdem hatten sie immer einen engen Kontakt gehabt, selbst während ihres Jurastudiums. Manchmal dachte Miriam, Sue kenne sie besser als Owen.

Dann brach Sue das Schweigen und sagte vorsichtig: „Weißt du, ich wollte nicht mit dir streiten. Die Entscheidung liegt selbstverständlich ganz bei dir." Miriam warf ihr einen scharfen Blick zu, und Sue hielt die Hände mit den Handflächen nach außen in die Höhe. „Aber denkst du nicht, dass hier noch etwas anderes geschieht?"

„Ich weiß nicht, wovon du redest."

„Ich rede davon, wie du dich zurückhältst. So, als hättest du Angst, jemand könnte dich bemerken oder zu viel erwarten."

„Was gibt es da zu bemerken?", fragte Miriam. „Ich bin einfach ... ganz durchschnittlich." Für Miriam war es schon immer paradox gewesen, dass sie, das unauffällige Mauerblümchen, einen Mann gefunden hatte und Sue, die exotische Schönheit, immer noch unverheiratet war.

„Ach, du bist alles andere als durchschnittlich. Du kannst dich nur einfach gut anpassen. Beweisstück A: das schwarze Anwaltskostüm. Warum wirst du nicht kühn und wagst es einmal mit Grau oder Beige?"

Miriam runzelte die Stirn und schaute auf ihr dunkles Kostüm und ihre weiße Bluse hinab. „Hey, das ist Marineblau."

Sue erwiderte: „Ich schließe mein Plädoyer ab. Und an was arbeitest du zurzeit?"

„Ich recherchiere für einen Fall über internationale Fischereirechte." Sie machte eine Pause. „Hör zu, Sue, ich weiß, dass ich schwierig bin. Lässt du mich bitte trotzdem tun, was ich für richtig halte?"

Sie schaute sie nicht an.

„Was? Was denkst du gerade?"

Sue spitzte die Lippen und beugte sich vor. „Du hasst Konflikte, und du hast Angst, etwas zu verlieren. So warst du schon immer."

„Nein, so bin ich nicht.“ Die Worte kamen über ihre Lippen, ehe Miriam es verhindern konnte. „Ehrlich nicht. Wenigstens nicht mehr so sehr wie früher. Ich bin jetzt viel reifer.“

Sue sagte: „Ich habe nicht gesagt, dass du das nicht wärst. Ja, du bist reifer als ich, das steht unumstritten fest. Nein, ich meinte etwas anderes.“

„Okay, Owen sagt, ich sei zu sensibel, aber manchmal fallen mir Dinge auf, die selbst ihm entgehen. Ich beobachte Menschen und weiß, wie sie sich benehmen. Ich habe heute Abend überlegt, wie ich immer wissen konnte, wann meine Eltern wieder gestritten hatten. Wenn ich von der Schule nach Hause kam, spürte ich die Spannung und erfand immer eine Ausrede, um zu dir gehen zu können. Und jetzt denke ich an Martin ...“

Sue setzte sich bequemer hin und lehnte sich zurück, als wäre wieder einmal bewiesen, dass sie Recht hatte. „Und deine Eltern?“

„Was ist mit ihnen?“

„Warum behältst du immer noch den Laden deines Vaters, obwohl seit dem Unfall siebzehn Jahre vergangen sind?“

* * *

Owen schaute sich in der Küche um. Er hatte ein Gourmetessen zusammengestellt. Die Töpfe und Pfannen, die sich überall auf den Arbeitsplatten stapelten, bewiesen das. Petersilienstängel säumten beide Schneidbretter, Zwiebelschalen lauerten in dunklen Winkeln in der Küche, und die zwei Spülbecken quollen mit verschmutzten Messbechern und der Mixschüssel über.

Erst jetzt, da die Soße ihren vollen Geschmack entwickelte und sanft im Dampf des *au bain marie* köchelte, fiel ihm ein, dass er heute Abend allein essen würde. Er seufzte und ging trotzdem durch die Eingangshalle und das Wohnzimmer und zündete die Kerzen an. Die Flammen spiegelten sich freundlich in dem alten Eichenboden, dem Messing und dem Glas wider. Er mochte die klassischen, geraden Formen und die Wärme seines Hauses. Aber heute Abend vermisste er die zwei wichtigsten Elemente, seinen Sohn und seine Frau.

Owen schaute erneut auf seine Armbanduhr. Miriam war mit Sue verabredet. Er warf noch einmal einen Blick auf den Kalender auf dem Kühlschrank. Und Martin verbrachte die Nacht bei Pete.

Er schaltete die Stereoanlage an und legte die Dvorák-CD ein. Dann ging er in sein Büro und rief seinen Pastor an, um die Termine, die er in der vergangenen Woche für die Arbeitsgruppen, die er leitete, vereinbart hatte, abzusagen. Sie mussten ohne ihn auskommen ... wieder einmal. Er hoffte nur, Miriam würde weiterhin zur Gemeinde gehen und Martin mitnehmen. Als er das letzte Mal weg gewesen war, hatte sie ihre Gottesdienstbesuche ganz eingestellt.

Owen dachte an alles, was er an Miriam liebte – ihre Ehrlichkeit, ihre stille Leidenschaft, ihre Willenskraft. Der dunkle Punkt war die Art und Weise, wie sie manchmal miteinander stritten. So wie heute Abend. Er hasste es, wenn sie auseinander gingen, ohne das Gefühl zu haben, einander nahe zu sein. Aber sie konnte doch bestimmt verstehen, dass er fahren *musste*. Besonders jetzt, da der Frieden wirklich möglich war.

Frieden. Frieden war alles, wofür er sich einsetzte. Miriam wusste das und hatte es inzwischen bestimmt akzeptiert. Gottes eigener Friede in den Herzen seines Volkes, damit die Nationen Frieden erfahren würden. In diesen stickigen Hotelzimmern in Mosambik hatte er ihn gerochen, ihn berührt, hatte bei seiner Geburt mithelfen dürfen. Er konnte ihm jetzt nicht den Rücken zuwenden.

Owen packte einen Stoß Aktenordner und ließ sie auf das Sofa fallen. Heute Abend nach dem Essen war eine gute Zeit, um die Vorbereitungen für seine Reise abzuschließen. Das leere Haus war im Grunde sogar ein Vorteil. Er würde es jedoch schön machen, damit er, wenn Miriam nach Hause käme, Zeit hatte und den Rest des Abends mit ihr verbringen konnte. Und die Reste von seinem Essen würden ihr mindestens eine fertige Mahlzeit bescheren, so dass sie sich einmal das Kochen sparen konnte. Owen lehnte sich über den Kamin und drehte den Schalter, um Gas an die Feuerstelle kommen zu lassen, dann zündete er es an und achtete sorgfältig darauf, die Schutzscheibe vorzustellen. Er würde sich nie an diese Flammen gewöhnen. „Das ist kein richtiges Feuer", sagte er oft zu Miriam. Kein Torffeuer mit seinem beißenden Geruch und den lebhaften Flammen wie früher zu Hause in Irland. *Das Meer ist weit ...*

Owen begann, das Lied leise zu summen, während er in die Küche zurückging und nach seiner Soße schaute. Dann kontrollierte er den Fisch, der im Backofen garte. Er brauchte noch ein paar Minuten, also begann er, die Küche aufzuräumen. Während er sich die gestapelten Pfannen und Schüsseln vornahm, glaubte er, das Telefon in seinem Büro klingeln zu hören.

Owen griff nach dem Geschirrtuch. In seiner Eile stieß er ein Glas um. Es fiel klirrend über die Kante der Arbeitsplatte. Er wollte es auffangen und erwischte das Glas auch, aber es war bereits zerbrochen, und die andere Hälfte zerschellte vor seinen Füßen. Er schaute auf seine rechte Hand hinab und sah den Stiel des Glases. Und dann, auf den weißen Fliesen zu seinen Füßen, die Bluttropfen.

11

„... seit dem Unfall."

Bei Sues letzten Worten verschwand der Restauranttisch vor ihren Augen; Miriam sah den Fußboden in ihrem Wohnheim, den hellen Teppich, von dem sie den Blick nicht abwenden konnte, als sie den Anruf wegen ihrer Eltern bekam. Ihr Vater hatte ihre Mutter nach irgendeinem Arzttermin abgeholt – solche Dinge tat er immer noch, auch nach der Scheidung. Ein Lastwagen hatte sich in einem Sturm auf der Bay Bridge quer gestellt. Ihre Eltern waren in dem Knäuel von Autos, die in die Unfallstelle gefahren waren, beide gestorben.

Der helle Teppich, das gelbe Telefon, Sues Hand auf ihrem Arm ... genauso wie jetzt. Miriam schaute zu ihrer Freundin auf. Sie wollte nicht an diesen dunklen Ort zurückkehren, und sie konnte nicht verstehen, warum Sue das von ihr verlangte.

„Miriam, es tut mir Leid. So habe ich das nicht gemeint. Ich habe kein Recht dazu. Okay ... was ist ein sicheres Thema? Erzähl mir doch bitte etwas über Martin. Wie geht es meinem Patenkind?"

Erleichtert, dass Sue nicht weiter auf diesem Thema beharrte, seufzte Miriam. Sie zitterte – als wäre jemand über ihr Grab gegangen, wie Owen sagen würde. Aber sie wusste, dass es nichts anderes war als der Schatten der Vergangenheit.

„Ah, Martin. Er ist wunderbar. Ich mache mir aber ein wenig Sorgen. Am Freitag kam er nach Hause und erzählte mir etwas von irgendeinem Schläger an der Schule. Ich rief seine neue Lehrerin an. Offenbar hatte sich Martin für den Schwächeren eingesetzt. Die Kinder hören auf ihn, weil er groß ist. Ein großer Junge wie sein Vater. Owens irische Gene."

Sue beugte sich wieder vor, ihre Stimme war nicht viel lauter als ein Flüstern. „Und wie steht es zwischen dir und Owen zurzeit?"

Die Erinnerung an ihren Streit mit Owen tauchte vor Miriams geistigen Auge auf. Sie zog an ihren Haaren und musste zugeben:

„Owens Arbeit bereitet mir Kopfzerbrechen. Es ... es ist schwerer als früher. Und es nicht nur, dass er so oft fort ist. Das ist schwer, aber wir sind es gewöhnt. Aber manchmal kann er mir nicht einmal sagen, woran er gerade arbeitet, und dann mache ich mir die meisten Sorgen. Gewisse Projekte bedeuten, dass wir ein Auto vor der Haustür auf dem Berg stehen haben, Leibwächter. Aber Owen behauptet immer, das sei nur amerikanische Paranoia. Er ist wirklich eine Kapazität auf seinem Gebiet, trotz der erfolglosen Irlandgespräche. Sie waren aber von Anfang an aussichtslos – so sagt er wenigstens ..."

Miriam merkte, dass ihre Worte wirr klingen mussten. „Ach, Sue, du weißt, dass ich diesen Mann mehr liebe als mein Leben. Und diese Liebe – seine und meine und Martins – ist alles, wofür ich lebe. Ich weiß nicht, was ich tun würde, wenn ich sie je verlieren würde. Und ich hasse es, wenn wir streiten. Ich hasse die immer größere Distanz, die diese Auseinandersetzungen zwischen uns schaffen – auch wenn ich diejenige bin, die anfängt zu streiten.

Wahrscheinlich will ich einfach alles haben. Ich will die perfekte Ehe. Ich will die beste Mutter sein, immer für meinen Sohn da sein. *Und* ich will mehr arbeiten, und mehr Zeit haben, um für die Klienten, die ich habe, bessere Leistungen bringen zu können, auch wenn ich im Augenblick kaum die Arbeit bewältigen kann, die ich habe. Die Ungewissheit als freiberufliche Juristin zehrt an den Nerven, aber ich weiß, dass ich keine Ganztagsstelle in einer Kanzlei schaffen könnte. Und ... dann ist da immer noch dieser Teil in mir, der mehr will, vielleicht sogar noch ein zweites Kind, während ein anderer Teil in mir einfach alles so belassen will, wie es ist. Ergibt das alles einen Sinn? Verlange ich zu viel?"

Ihre Freundin schüttelte den Kopf. Miriam sah, wie die rabenschwarze Haarpracht die Lichtstrahlen einfing. Sue sagte: „Du verlangst viel. Wegen Owens bevorstehender Geschäftsreise ... wie lang bleibt er weg? Ein paar Wochen, einen Monat? Sorge dafür, dass es dieses Mal ein romantischer Abschied wird. Denn sonst trittst du dich danach wieder in den Allerwertesten wie das letzte Mal."

* * *

Martin konnte Petes Mutter riechen, als sie sich über ihn beugte und seinen Sicherheitsgurt löste. Sie roch nach Schinken. „So, da wären wir“, sagte sie. „Tut mir Leid, dass es dieses Mal nicht geklappt hat, Martin. Aber bei Petes Fieber will ich nicht das Risiko eingehen, dass du auch noch krank wirst. Pete muss heute Nacht schlafen, damit er wieder gesund wird. Das verstehst du doch, oder?“

Martin nickte. „Ja, das verstehe ich. Kein Problem. Ich hoffe, er kann am Samstag mitspielen.“ Petes Mama parkte in der zweiten Reihe. Sie wartete also bei laufendem Motor im Auto, während Martin die Stufen hinaufstieg, seinen Schlafsack unter dem einen Arm und seinen Rucksack unter dem anderen. Er schaute durch das Fenster und sah, dass Lichter an waren, ein schwaches Licht – *aus dem Kamin*, stellte er fest. Er schaute genauer hin und sah, dass Kerzen brannten, aber er konnte seine Mama und seinen Papa nicht sehen. Doch er wusste, dass sie zu Hause waren. Petes Mama hatte angerufen. *Sie sind wahrscheinlich in der Küche.*

Martin versuchte es an der Haustür, aber sie war zugeschlossen. Er wollte schon läuten, als ihm einfiel, dass er ja seinen Schlüssel dabeihatte. Mama hatte es immer gern, wenn er einen Schlüssel hatte, nur für alle Fälle. Er fischte ihn aus seinem Rucksack, sperrte die Tür auf und trat in das Licht der leeren Eingangshalle. Er ließ seinen Rucksack und Schlafsack auf den Boden fallen, dann ging er noch einmal zur Tür und winkte, bis Petes Mama losgefahren war und er ihre Rücklichter nicht mehr sehen konnte.

Martin schloss die Tür und sperrte sie zu. Dann hörte er die Stimmen seiner Eltern aus dem Wohnzimmer.

„Selbst wenn wir getrennt sind, sind wir zusammen.“ Die Stimme seines Papas.

„Du kannst nicht immer in den Urlaub mit uns fahren, um alles wieder gutzumachen.“

„Sicher, ich bin viel unterwegs, aber das hast du in der Vergangenheit doch auch immer verstanden. Ich will wirklich, dass wir mehr Zeit miteinander haben, aber wenn ich an die Qualität unserer Beziehung denke, wird die Quantität weniger wichtig. Ich bin ein zweifach gesegneter Mann, mit einer Frau, die mich liebt, und mit meinem Sohn."

Papa fährt wieder weg? Martin trat mit dem Fuß gegen seinen zusammengerollten Schlafsack. Das bedeutete, dass er sein Spiel am Samstag nicht sehen würde. *Er kommt nie zu meinen Spielen.* Martin ließ seinen Rucksack und Schlafsack auf dem Boden liegen und ging auf ihre Stimmen zu, die aus dem Wohnzimmer kamen.

„Ach, Miriam", seufzte sein Vater gerade, „du weißt, dass ich keine andere Wahl habe. In der UN kennt man mich, und ich habe genug Politikern hinter den Kulissen geholfen, um auf ihre Dankbarkeit bauen zu können. Aber nach allem, was letztes Jahr in Irland schief lief, ist es für mich wichtig, dass Mosambik ein Erfolg wird. Und dieses gottverlassene Land braucht mich auch."

„Immer musst es du sein. Es geht immer nur mit dir, nicht wahr? Es gibt keinen anderen Verhandlungsführer, der das Unmögliche so gut zustande bringt wie du."

Martin zuckte beim Tonfall seiner Mutter zusammen. Sie wurde selten so laut wie jetzt. Und wenn sie laut wurde, bedeutete das normalerweise, dass er Probleme hatte oder bald bekäme. Martin wich langsam zurück, kehrte in die Eingangshalle zurück, öffnete die Tür und schlug sie kräftig zu, dann rief er: „Mama? Papa? Ich bin zu Hause."

Er marschierte zum Wohnzimmer und redete dabei unaufhörlich. „Pete musste sich zweimal übergeben. Deshalb musste seine Mama mich nach Hause fahren. Aber wir haben vorher noch ein Video angeschaut. Deshalb komme ich so spät. Hoffentlich kann er am Samstag spielen ..."

Seine Eltern standen weit voneinander entfernt im Wohnzimmer und starrten ihn beide an. Sie sahen aus, als wäre eine tiefe Kluft zwischen ihnen. Er trat in die Mitte des Zimmers und schaute von einem zum anderen. „Ist mit euch alles okay?"

Es war, als hätte seine Stimme irgendein Gesetz gebrochen, das ihnen gebot, sich nicht zu rühren. Sie bewegten sich in derselben Sekunde beide auf ihn und aufeinander zu.

„Mit uns ist alles in Ordnung, Martin", sagte Mama.

„Mein Sohn, ich muss morgen früh nach Afrika fliegen. Tut mir Leid."

„Ich weiß", sagte Martin.

„Was?"

„Ich meine, oh wei", verbesserte sich Martin schnell. „Dann verpasst du ja mein Spiel." Er hätte sich auf die Zunge beißen können, als er sah, wie seine Mutter Papa einen viel sagenden, vorwurfsvollen Blick zuwarf.

„Ja, leider. Ich hätte es so gern gesehen. Aber es kommen noch andere Spiele, ja? Komm her und gib deinem alten Papa einen Kuss, Martin. Bete für mich, ja?"

Martin nickte und schaute über die Schulter seines Vaters auf seine Mutter, die ihnen beiden den Rücken zuwandte.

12

Dieses Kind, es wurde Christ wegen der Sandalen seiner Schwester.

Seine älteste Schwester, die ein Jahr jünger war als er, sagte zu ihm: „Bruder, ich habe davon geträumt, dass ich Sandalen trage."

Er lachte: „Sandalen?"

„Ja. Mit Absätzen."

Er schaute zu seiner Schwester hinauf. Er war älter, aber sie war größer. Wenn er sie mit den Augen eines anderen Jungen angesehen hätte, wäre sie vielleicht hübsch gewesen. Aber Sandalen? Genügte es nicht, dass er und seine Schwestern jeder ein Paar Schuhe hatte, und das auch nur, weil ihr Vater in der Stadt schwer arbeitete und nur alle ein oder zwei Monate nach Hause kam?

„Ich bete schon sehr lange wegen dieser Sandalen zu Gott."

„Schwester, das kann nicht gut sein, für Sandalen zu beten."

Sie schaute auf die Erde.

„Was hast du gebetet?"

Sie schaute ihn fragend an. Also musste dieser Junge wiederholen, was er gesagt hatte. Dabei dachte er, dass sein Vater Recht hatte: Keiner kann verstehen, was im Kopf einer Frau vorgeht. Aber er tat, was sein Vater tat, und beugte sich vor und nickte. Ganz sicher würde seine Schwester wieder anfangen zu reden.

„Ich bin nicht sicher, ob es gut war. Aber ich habe gebetet: ‚Unser Vater, wenn es dich wirklich gibt, dann weißt du noch besser als mein eigener Vater, was ich brauche. Wenn du mir Sandalen bringst, werde ich an dich glauben, nicht wegen meiner Eltern oder wegen meines Dorfes, sondern deinetwegen und meinetwegen.' War das ein gutes Gebet, großer Bruder?"

Dieser Junge dachte, nein, aber er sagte es nicht. Er konnte die weit offenen, fragenden Augen, die er im Gesicht seiner Schwester sah, nicht ertragen. Deshalb nickte er nur. Und sie lächelte.

An diesem Wochenende kam ihr Vater aus der Stadt nach Hause, und, oh ja, er hatte ein Paar Sandalen für diese Schwester dabei. Dunkelblau mit Riemen über den Zehen. Und mit Absätzen. Sie wurde ganz bleich, als sie die Schuhe sah, und begann zu weinen. Der Junge, er kam sich vor, als hätte jemand seine Füße auf den Boden gebunden. Er stand da und betete: „Vater, wenn du diese Kleinigkeit über meine jüngere Schwester weißt, dann weißt du große Dinge über mich. Ich glaube an dich, nicht wegen all dem, was meine Eltern uns gelehrt haben, sondern wegen dir und mir."

Dieser Junge begann zu überlegen, was er sich sehnlich wünschte, so wie seine Schwester sich die Sandalen gewünscht hatte. Also betete er: „Bitte, Vater, lass mich zur Schule gehen." So betete er jeden Morgen, wenn er aufwachte, und jede Nacht, bevor er einschlief.

Es war seltsam. Denn dieser Junge hätte schon früher zur Schule gehen sollen. Er war alt genug. Vielleicht gab es keine Schule in der Nähe. Vielleicht gab es keine Lehrer. Er kannte keine Kinder in seinem Dorf, die zur Schule gingen. Es war also nicht so, dass er gewusst hätte, worum er bat. Trotzdem wollte er unbedingt zur Schule gehen.

In seinem Dorf gibt es Bäume und Hütten mit spitzen Dächern aus Blättern. Frauen mahlen Körner mit einem großen, glatten Zweig, der in eine hohe Holzschüssel gestoßen wird - wie eine Trommel ohne Haut. Sie singen zum Rhythmus dieses Stoßens.

Die traditionelle Kleidung eines Dinkamannes ist rot

und blau und grün mit einem langen Schild und einem Armband mit einer Feder. Die Mütter tragen ihre Babys auf der Seite unter einem Arm, in eine Tasche oder einen Beutel aus getrocknetem, lederähnlichem Ziegen- oder Schaffell gebunden.

Sonntags leitet der Vater dieses Jungen manchmal die Gebete, während seine Mutter den Gesang leitet. Ihre Stimme ist tief und kräftig, und alle fangen an zu tanzen und zu klatschen, eine Hand auf der anderen, eine andere Hand oben - vor und zurück, links, rechts, tanzen, klatschen.

Wenn dieser Junge nach Hause kommt, nachdem er die Ziegen seines Vaters gehütet hat, gibt es immer noch viel Arbeit zu tun, bis das Abendessen endlich fertig ist und die Leute anfangen, sich vom Tag auszuruhen. Dann, nach dem Essen, in der Dunkelheit sitzt er, wenn er unter zehn ist, manchmal zu den Füßen seiner Mutter oder einer sehr alten Frau im Dorf und hört zu, wie sie Geschichten von tapferen Männern und weisen Männern erzählen. Wenn er älter ist, sitzt er bei den Männern und hört ihre Geschichten. Das ist die Zeit, in der er oft hört: „Hör gut zu. Was hörst du?" Es ist seine Aufgabe, sich an diese Geschichten zu erinnern.

Ich habe Bilder von diesem Ort gemalt. Die Bäume um das Dorf haben Blumen oder Früchte. Es gibt viel Feuerholz, viel Essen, viel Wasser.

Vielleicht ist der Grund, warum dieser Junge nicht zur Schule geht, ein Krieg.

13

„Ich bete für euch beide, sooft ich den Mond sehe."

Miriam hatte darauf gewartet, dass Owen diese Worte sagte, wie er es immer tat, bevor er sie verließ. Aber dieses Mal hörte sie die Worte nur in ihren Gedanken. Sie lag im Bett und ließ das Gespräch dieses Abends noch einmal Revue passieren.

So viel zu Sues Rat! Miriam wusste, dass sie es vermasselt hatte. Ihr letzter gemeinsamer Abend hätte stimmungsvoll und romantisch sein sollen. Stattdessen hatten sie erneut gestritten. Warum hatte sie nicht einfach den Mund halten können?

Miriam drehte sich um, drehte sich wieder um, klopfte auf das Kissen und gab ihm eine andere Form und hoffte, sie könnte schlafen, war aber zu frustriert, um sich entspannen zu können. Sie hatte sich das letzte Mal fest vorgenommen, dass sie ihn mit einem Lächeln im Gesicht gehen lassen würde. Aber wie konnte sie das, wenn ihr Wochen und vielleicht Monate bevorstanden, in denen sie alles allein bewältigen musste und in denen sie ihn an allen Ecken und Enden vermisste? Sie fühlte die Einsamkeit jetzt schon, obwohl Owen neben ihr schlief. Sie sagte sich, sie könne sich nicht beklagen. Sie *sollte* sich nicht beklagen.

„Mama! Papa! Mama, Hilfe!" Martins verängstigte Schreie bohrten sich in Miriams Gedanken. Sie stürmte aus dem Bett, lief den Gang hinab und knipste das Licht in Martins Zimmer an. Er saß im Bett und legte die Arme fest um sich. Tränen strömten aus seinen fest zusammengekniffenen Augen.

„Liebling, Martin, alles ist gut. Schatz, es war nur ein Traum." Sie setzte sich auf seine Bettkante und nahm ihn in die Arme. Schlief er immer noch? „Martin? Wach auf. Es ist nur ein Traum." Der steinharte Rücken entspannte sich, und er sackte, immer noch schluchzend, in ihren Armen zusammen.

„Was war denn?", flüsterte sie. „Willst du mir erzählen, was du geträumt hast?"

Er murmelte an ihrer Schulter. Sie wischte ihm die Haare aus der Stirn und beugte dann den Oberkörper so weit zurück, dass sie sein Gesicht in ihre Hände legen konnte. „Was hast du gesagt?"

„Ich weiß nicht." Er blinzelte gegen das Licht. Sie stand auf, um es auszuschalten, aber er bettelte: „Nein. Bitte lass das Licht an."

„Warum, Martin? Was war los?"

„Ich weiß nicht. Mama, bleibst du heute Nacht bei mir?"

Es ist unsere letzte gemeinsame Nacht, dachte Miriam. Ach, gut, Owen würde um vier Uhr aufstehen, um rechtzeitig zum Flughafen zu kommen. Sie würde ihn hören und mit ihm aufstehen und versuchen, alles wieder ins Reine zu bringen. Sie würde die Sache klären und sich entschuldigen. Außerdem schlief Owen jetzt, und sobald das der Fall war, konnte ihn nichts aufwecken. Miriam fuhr mit den Fingern durch Martins Locken, dann streichelte sie ihm mit dem Handrücken über die Wange. „Natürlich, Schatz. Rutsch auf die Seite." Sie rutschte zwischen die Laken und legte den Kopf auf sein Dinosaurierkissen und einen Arm um ihn, damit er ihre Wärme fühlen konnte. „Ich bin bei dir", flüsterte sie.

Miriam wachte auf, als jemand ihre Schulter berührte und flüsterte: „Ich fahre jetzt."

Sie dachte drei Dinge: *Wer fährt? Wo bin ich? Nein!* Dann schlug sie die Augen auf und wollte sagen: *Oh, Owen, ich wollte doch mit dir aufstehen.* Stattdessen waren die Worte, die aus ihrem Mund kamen: „Du verlässt uns schon wieder."

„Miriam, ich ..." Er beugte sich vor und küsste sie, dann küsste er Martins Kopf auf ihrer Schulter. Er runzelte die Stirn auf die Weise, die ihn so alt aussehen ließ, wie er war, und alle Falten betonte. „Wir sehen uns bald wieder. Es dauert nicht so lange wie das letzte Mal, das verspreche ich. Vielleicht ... vielleicht wenn es länger als eine Woche dauert, können wir es danach vielleicht so einrichten, dass ihr nachkommen könnt. Wir könnten Martin aus der Schule nehmen und eine Safari machen. Ich könnte das alles wieder gutmachen, wie ... " Er zögerte.

Die Worte schossen aus Miriams Mund und klangen sarkastischer, als sie sie gemeint hatte: „Wie Hawaii? Wieder eine unvergleichliche Traumreise?"

Owen verzog das Gesicht. „Versuche, deine Termine so zu legen, dass du dir ein wenig frei nehmen kannst. Ich lasse euch nachkommen, sobald ich kann." Damit war er verschwunden.

* * *

Als Owen später in dieser Woche anrief, erwähnte keiner von ihnen ihren Streit. Vielmehr kam es Miriam vor, als versuchten beide, die Art und Weise, wie sie auseinander gegangen waren, wieder gutzumachen. Sie zwang sich, etwas Nettes zu Owen zu sagen, liebevolle Worte der Ermutigung, um ihre mangelnde Unterstützung vor seiner Abreise vergessen zu machen. Aber als Owen von der Möglichkeit einer Afrikareise sprach, fielen Miriam keine solchen Worte mehr ein.

„Was ist mit meiner Arbeit?", fragte sie und wartete immer noch darauf, dass er mehr Interesse daran zeigen würde, wie sie ihre Tage verbrachte.

„Du kannst dir Urlaub nehmen."

„Ich habe mir erst vor ein paar Wochen Urlaub genommen. Ich verliere Klienten, wenn ich so weitermache."

„Wir brauchen das Geld nicht."

„Nein, aber ich brauche die Klienten."

Und so ging es weiter. Sie drehten sich im Kreis, ohne die eigentliche Frage anzusprechen: Wie sie versuchen könnten, mehr Gleichgewicht in ihrem Leben zu finden. *Ich fühle mich einfach so einsam ohne ihn,* dachte Miriam, nachdem sie aufgelegt hatte. Aber spürte sie nicht oft eine ähnliche Einsamkeit, selbst wenn Owen *nicht* fort war?

Aus Owens wenigen Wochen wurden vier Wochen. Sie nahm bewusst einen größeren Fall an, der ihre Arbeitslast in diesen Wochen verdoppelte. Zu dem Projekt gehörte ein so genannter „Lebenspreis"- Versicherungsfall. Dabei ging es hauptsächlich darum, den finanziellen Wert eines Menschenlebens zu bestimmen. Der Fall hatte sich zu einem hässlichen Definitionsdschungel entwickelt, in dem Kinder aus Minderheitengruppen den geringsten Wert hatten. Es war eine durch und durch deprimierende Arbeit, aber Miriam stürzte sich mit voller Kraft darauf – zum Teil, damit die Tage schneller vergingen, und zum Teil, um es wieder gutzumachen, dass sie jeden Tag eine Stunde später zur Arbeit kam, weil sie vorher Martin zur Schule bringen musste.

Sie hatte mit Matts Mutter vereinbart, dass sie Martin nach der Schule mit zu sich nähme, und den Jungen machte es nichts aus, ein paar Stunden an Matts Computer zu spielen. Mittwochs ging Martin mit zu Pete und danach zum Fußballtraining. Aber Miriam musste trotzdem da sein, um Martin vom Training abzuholen, und jeden Tag musste sie, sobald sie mit ihm zu Hause war, Essen kochen, ihm bei den Hausaufgaben helfen, darauf achten, dass er Lesen übte, obwohl er so gut las wie Schüler, die vier Klassen weiter waren, ihn ins Bett bringen, die Wäsche waschen und dann noch versuchen, Fachzeitschriften für sich selbst zu lesen.

Samstagvormittags hatte Miriam das Gefühl, eine Verschnaufpause zu bekommen, wenn sie auf der Zuschauertribüne saß und die Herbstsonne genoss und zusammen mit den anderen Eltern Martins Fußballmannschaft anfeuerte. Aber danach artete es immer in ein Wettrennen gegen die Uhr aus, Martin rechtzeitig nach Hause und unter die Dusche zu bekommen und ihn pünktlich zu seinem Kunstunterricht am Samstagnachmittag ins Gemeindezentrum zu fahren. Während er zeichnen lernte, erledigte Miriam die Wocheneinkäufe. Die andere Hausarbeit blieb meistens liegen. Manchmal konnte sie Martin dazu überreden, ein wenig Staub zu saugen, aber das geschah nicht oft.

Jedes Mal, wenn Miriam die Stufen zu ihrem Haus hinaufging, versuchte sie, sich ein paar Minuten Zeit für Owens Rosen zu nehmen. Während sie die abgestorbenen Blüten abschnitt und dabei vorsichtig darauf achtete, dass sie sich an den Dornen nicht verletzte, dachte Miriam, wie sehr Owen sich über eine letzte Farbenpracht vor dem Winter freuen würde.

Der schlimmste Teil dieser Wochen getrennt von Owen kam nachts. Martin wurde weiterhin von schlechten Träumen geplagt. Sie entwickelten sich sogar zu einem regelmäßigen Bestandteil ihres

Nachtlebens. In diesen Nächten, in denen sie ihren Sohn tröstete und selbst kaum Schlaf fand, hatte Miriam nicht einmal einen Blick für den Mond, der sie sonst an Owens Gebete erinnert hatte. Aber selbst wenn sie daran dachte und nach dem Mond Ausschau hielt, versperrte der Herbstnebel ihr den Blick auf das Mondlicht.

Eines Nachts, etwas mehr als einen Monat, nachdem Owen abgefahren war, riss Martins Stimme, hysterisch vor Angst, Miriam aus dem Schlaf. Schlaftrunken stolperte Miriam zu seinem Zimmer und machte das Licht an, fand aber Martins Bett leer vor. Auf der Stelle war sie hellwach. Sie rief seinen Namen.

„Mama?"

Miriam fuhr herum, dann wurde ihr klar, dass die Stimme von unten kam. Sie kniete sich auf den Teppich und spähte unter sein Bett. Martins Augen leuchteten ihr entgegen. Er blinzelte.

Miriam sagte: „Schatz, komm da hervor. Hast du wieder schlecht geträumt?" Gleichzeitig schüttelte sie die Kopf und fragte sich, was in aller Welt mit ihm los sei. *Ist er schlafgewandelt? Schläft er noch?*

Martin kroch hervor und rollte sich wie ein Kätzchen auf ihrem Schoß zusammen. Er veränderte noch ein paar Mal seine Stellung, ehe er ruhig liegen blieb. Dabei schaute er Miriam die ganze Zeit ins Gesicht und sagte kein Wort. Sie wusste nicht, ob sie ihn wecken oder etwas sagen sollte, aus Angst, sie könnte ihn vielleicht noch mehr aufregen. Sie zog das Kissen und die Decken vom Bett und wickelte sie um sich und Martin.

Sie hielt ihn fest und spürte, wie sich sein Körper in ihren Armen entspannte. Nach ein paar Momenten fielen ihm die Augen zu. Miriam versuchte, mit ihm auf den Armen aufzustehen und sich ins Bett zu legen, als Martin plötzlich keuchte und laut schrie: „Papa! Papa!"

Miriam hätte ihn beinahe fallen gelassen. Martin schlug in ihren Armen um sich, bis sie beide aufs Bett fielen. Er versuchte, von ihr fortzukriechen. Sie schüttelte ihn. „Martin, du musst jetzt aufwachen. Du hast nur schlecht geträumt. Komm jetzt." In dieser Verfassung hatte sie ihn noch nie gesehen.

Martin erwachte. Sie erkannte den Unterschied zu seinem vorherigen Zustand daran, wie seine Augen durch das Zimmer wanderten. „Erzähle mir, was du geträumt hast, damit es weggeht", schlug sie vor.

Er bewegte langsam den Kopf vor und zurück. „Ich weiß nicht ... ich kann mich nicht erinnern."

„Du hast nach deinem Papa gerufen."

Er schüttelte weiter den Kopf. Dann setzte er sich aufrechter hin.

„Erinnerst du dich an etwas?", fragte sie.

„Mama, wir müssen zu Papa fahren." Er ergriff mit beiden Händen ihre Hand und zerrte daran.

„Was? Jetzt?"

Er schaute sich im Zimmer um und blickte auf seine Uhr und schien zum ersten Mal zu begreifen, dass es mitten in der Nacht war. „Nein", sagte er langsam. „Aber bald. Matt hat an der Schule freibekommen, als seine Eltern mit ihm nach Europa fuhren. Du musst fahren. Wir müssen fahren. Papa braucht uns." Dann schlief Martin genauso schnell, wie er aufgewacht war, wieder ein.

Aber Miriam konnte nicht mehr schlafen. Sie saß auf dem Stuhl neben Martins Bett und bemühte sich, die Dringlichkeit, die seine Worte in ihr ausgelöst hatten, von sich abzuschütteln.

Am nächsten Morgen rief Owen an. Miriam versuchte, seinen Anruf nicht mit Martins Traum in Verbindung zu bringen. Sie hörte zu, wie er von den letzten Vorbereitungen für eine Friedensfeier in Maputo erzählte. Er hatte es schließlich doch geschafft. Der Vertrag, der mit seiner Hilfe zustande gekommen war, war endlich in Rom unterzeichnet worden.

„Ich muss für die Feierlichkeiten noch hier bleiben", erklärte Owen ihr. „Ich bin dann bis Ende Oktober zu Hause."

Miriam hörte genau, dass er sich sehr bemühte, nichts zu sagen, das sie verärgern könnte. Ihre letzten Telefongespräche hatten nicht angenehm geendet. Jedes Mal hatte er sie angefleht, die nötigen Vorkehrungen für einen weiteren Urlaub zu treffen, dieses Mal in Afrika, und jedes Mal hatte sie wütend reagiert. Jetzt schien er seine Idee aufgegeben zu haben und war bereit, alles zu tun, um sie zufrieden zu stellen. Miriam konnte ihn fast angestrengt darüber nachdenken sehen, wie er wieder Frieden in ihre Beziehung bringen könnte. Die Trennung musste ihm noch schlimmer zusetzen als ihr, stellte sie fest. Sie hatte ihr Zuhause und ihre Freunde und Martin. Er war allein und hatte nur seine Arbeit.

Wie schon die ganze Nacht drängten sich Martins beharrliche Worte in ihr Denken. Miriam hörte sich herausplatzen: „Das denke ich nicht."

„Was?", fragte Owen von der anderen Seite der Erde, seine Stimme war vom Knistern in der Leitung begleitet.

„Ich sagte, das denke ich nicht. Du bist bis Ende Oktober nicht zu Hause."

Es folgte ein kurzes Schweigen.

„Und wo werde ich dann sein? Weißt du etwas, das ich nicht weiß?"

Die Anspannung, der Kraftaufwand, die Sorgen um ihre Trennung, Martins gerunzelte Stirn, seine Schreie nachts und seine unerklärlichen Tränen sagten Miriam nur eine einzige Botschaft. Sie sah es jetzt zum ersten Mal klar vor Augen. Ihr Herz schlug schneller, als sie Owens Bereitschaft hörte, das Gespräch dorthin zu lenken, wohin sie wollte. War es wirklich so einfach? Einfach keine Distanz zwischen ihnen aufzubauen, dann könnten sie sich wieder nahe sein?

„Wir kommen zu dir", sagte sie. „Ich habe es mir anders überlegt." *Mein Herz hat es sich anders überlegt,* dachte sie.

Wieder Schweigen. Als er wieder sprach, konnte Miriam an Owens Stimme erkennen, dass er lächelte. „Wirklich? Aber was ist mit deiner Arbeit? Dem Versicherungsfall?"

Jetzt zeigt er Interesse, dachte sie. „Ich werde eine Lösung finden."

„Martins Schule?"

Miriam überlegte schnell. „Er ist erst in der zweiten Klasse. Matt hat auch freibekommen, als sie nach Europa fuhren." Sie lächelte, als sie bemerkte, dass sie Martins Worte benutzte. „Außerdem vermisse ich dich. Und es ist doch ein Traum von dir, dass wir gemeinsam in Afrika sind. Nicht wahr?"

„Allerdings", antwortete er mit betont irischem Akzent.

Jetzt lachte sie laut. Er sprach nur irisch, wenn er sie aus einer traurigen Stimmung herausreißen wollte. „Du gewinnst also wieder, Herr Verhandlungsführer. Ich treffe die nötigen Reisevorbereitungen."

„Miriam, wir gewinnen beide."

Nachdem sie aufgelegt hatte, dachte Miriam an ihren aktuellen Fall. Sie müsste bis tief in die Nacht arbeiten, um die nötigen Recherchen abzuschließen.

Sie fragte sich erneut, warum sie das getan hatte. Als Martin an diesem Nachmittag von der Schule nach Hause kam und Miriam mit Owens Reisebüro telefonieren hörte, gab ihr seine uneingeschränkte Begeisterung die einzige Antwort, die sie brauchte.

Und so saß Miriam anderthalb Monate nach ihrem letzten Flug wieder in einem Flugzeug, dieses Mal in Richtung Osten unterwegs, weg von den Inseln, auf denen sie das erste Mal das Gefühl gehabt hatte, dass etwas völlig Neues begonnen hatte.

Miriam hatte die Woche nach ihrer Heimkehr von Hawaii als die zweite Perle an einer unbekannten neuen Kette betrachtet. Ihr Ausflug an jenem letzten Tag hinter das Korallenriff war die erste Perle gewesen – oder vielleicht dieser Traum, in dem sie über den Strand spaziert war. Vielleicht hatten diese letzten fünf Wochen nur einen Knoten in die Kette gebunden, der einen Raum zwischen damals und dem, was jetzt vor ihr lag, markierte.

Was ist dieses Neue, das gleich hinter meinem Blickfeld Gestalt annimmt und wie kein anderer Schatz, den ich je gesehen habe, geformt ist? Dieser Gedanke beschäftigte Miriam, aber sie verstand seine Bedeutung nicht.

In diesem Flugzeug stellte Miriam fest, nachdem sie in Frankfurt aufgetankt hatten und nur Martin neben ihr saß, dass sie das gleiche Gefühl hatte wie damals, als Owens Blick das erste Mal auf sie gefallen war, genauso wie damals, als sie erfuhr, dass Martin in ihrem Körper heranwuchs, und dann wieder, als er geboren wurde. Wendepunkte, begleitet von riesiger Freude und Erwartung, Meilensteine voller Wunder.

Miriam schüttelte den Kopf. Was war das? Was war es, das sie *nicht* sah?

Sie schaute zu, wie Martin auf seinem Zeichenblock malte, sah, dass es irgendwie ein Gebäude war, und erkannte dann, dass es der Flughafenkontrollturm zu Hause war. *Nein, was ich sehe, ist kein Muster,* dachte sie. *Es ist verschwommen, und ich kann nicht erkennen, was vor mir liegt.* Das war Miriams letzter Gedanke, bevor sie einschlief.

* * *

Das Flugzeug kreiste über einem Ort, der elf Zeitzonen von ihrem Zuhause entfernt lag. Sobald sie landeten und das Flugzeug aufhörte zu rollen, wurde eine Treppe zur Kabinentür geschoben. Miriam trat hinaus und blieb oben auf der Treppe stehen. Es roch nach trockenem Gras und Kerosin. Sie hob das Gesicht und schaute an den Landebahnen vorbei zu den leeren Feldern, die den Flughafen umgaben. Sie sah, wie vom Gras Dunst aufstieg wie Rauchinseln zwischen den Bäumen mit den flachen Wipfeln in der Ferne.

„Komm weiter, Mama." Martin zog an ihrem Arm. „Die Leute hinter uns warten."

Miriam nickte.

Ein Mann von der Fluglinie lächelte sie beide an. „*Karibu*", sagte er zu ihnen. „Willkommen in Kenia."

Miriam lächelte unsicher und ergriff Martins Hand, während sie gemeinsam die Metalltreppe hinabstiegen. Ihre Augen fielen auf die Unordnung auf dem Boden, die Gepäckwagen, die von jungen Männern entladen wurden, das Gebäude, über dessen Tür stand: *Nairobi Airport.* Trotz des frühen Morgens stieg eine ungewohnte Wärme auf und begrüßte sie, je näher sie dem Boden kam.

Sie staunte erneut über den weiten Himmel, die Mischung aus Rosa und Lila. Dann rollte plötzlich ein Lichtball über den Horizont und landete an der unteren Linie ihres Gesichtsfeldes.

Miriam hatte das überwältigende Gefühl, an einem Ort angekommen zu sein, den sie immer schon hatte sehen sollen, an dem sie schon immer hatte sein sollen.

Ein Ort, der ihr ganzes Leben lang auf sie gewartet hatte.

Erfüllt mit einer Hoffnung, für die es keinen Grund gab, dachte Miriam: *Das ist also Afrika.*

Teil 2

Rückblickend sehe ich den Urlaub auf Hawaii als das Eingangstor.

Er gewährte mir Zugang zu einem Grenzbereich, in dem der Verlust an jeder Wegbiegung wartet. Durch seine Öffnung erstreckte sich meine eigene größere Verwundbarkeit und zog mich an einen Ort nackter Angst und Hoffnung, die ich vorher nie gekannt hatte.

Die Zeit nach Hawaii, die Ereignisse an sich, bildeten eine Kette aus kleinen Perlen in meinem Denken, durchsichtige Perlen, über die ich mir später an jenem dunklen Ort der Gefangenschaft immer wieder Gedanken machen konnte. Dort baumelten die Erinnerungen, ein einziger Faden von alldem, was blieb, wie seltene Edelsteine an einem Rosenkranz ...

14

Juri Gennady Falin fuhr mit einer verschwitzten Hand durch seine blonden Haare. Von dem Platz aus, an dem er auf der Veranda von Nairobis ältestem und elegantestem Hotel saß, wirkten die zwanzig Leute, die auf Rattanstühlen an den runden Tischen saßen, wie ein richtiger Menschenauflauf. Er hatte bewusst den Tisch in der Ecke gewählt, damit er sehen konnte, wer kam. Er hätte diesen Treffpunkt nie ausgesucht, aber der libysche Kontaktmann, mit dem er in einer halben Stunde verabredet war, liebte elegante Dinge – elegante Hotels, elegante Autos.

Juri beobachtete, wie die kleine Brünette wieder auftauchte. Sie trug ein kurzes, ärmelloses Kleid und eine einzige Perlenkette um den Hals. Gute Perlen, soweit er erkennen konnte. Er bemerkte die Sicherheitsleute, die unauffällig an den Stufen, die zur Eingangshalle führten, standen. Ja, die Kunden hier konnten jeden Schmuck tragen, den sie wollten, ohne sich Sorgen machen zu müssen, er könnte ihnen gestohlen werden. Juri warf erneut einen Blick zum Tisch dieser Frau und fand, dass sein Klient seine Hotels und Autos gern behalten könne; er selbst zog elegante Frauen vor.

Seltsam. Sie saß mit einem kleinen Jungen da, der offenbar ihr Sohn war. Auf wen warteten sie? Ah, wenn der Blick in ihren Augen etwas verriet, dann war das der Glückliche.

Juri stellte fest, dass er nicht der Einzige war, der dieses Paar anstarrte, das sich vor allen Leuten in den Armen lag. Andere Köpfe an den Tischen auf der Veranda drehten sich auch um. Sie war Amerikanerin – so viel hatte er schon gehört –, aber ihr Mann sprach nicht so laut, dass Juri seinen Akzent hören konnte.

„Wie ich sehe, haben Sie bereits den Grund für unser Treffen erkannt."

Juri verbarg seinen Ärger darüber, dass er überrascht worden war, indem er schnell seinen Stuhl vom Tisch zurückschob. Der Mann nahm ihm gegenüber Platz und drehte sich um, um mit den restlichen Gästen die Familie der dunkelhaarigen Frau zu betrachten. Er trug einen maßgeschneiderten Anzug. *Londoner Schneider,* vermutete Juri. Aber er hatte El-Fatih auch schon mit Turban und weiten, staubbedeckten Gewändern gesehen und mit getrocknetem Sand in den Furchen auf seinem Gesicht. Das erste Mal, als sie sich begegnet waren, hatte er ganz anders ausgesehen. Aber Juri auch. Damals ... wann war es gewesen? Vor über zehn Jahren.

El-Fatihs Stimme riss Juri aus seinen Gedanken. „Ja, es besteht kein Zweifel. Das ist der Mann. Ich habe ein Foto mitgebracht, aber wie ich sehe, wird das nicht nötig sein. Sehr zuvorkommend von ihnen, dass sie sich so in der Öffentlichkeit treffen. Ich kannte den Termin und den Ort, aber ich konnte nicht wissen, ob sie sich zeigen würden."

Juri schaute zu, wie El-Fatih sein goldenes Feuerzeug hervorholte und den Zeitungsausschnitt über den Aschenbecher hielt, während er es anzündete. Er sah das Bild vom Mann dieser Frau, bevor die Flammen es verzehrten. Als Letztes verschwand die Überschrift: „... Durchbruch bei den Verhandlungen mit den Renamo-Führern."

Der groß gewachsene Nordafrikaner beugte sich so weit vor, dass Juri seinen Atem riechen konnte. „Ich habe Ihr Interesse bemerkt. Er ist derjenige, den wir wollen. Was Sie mit dem Rest der Sippschaft machen, ist Ihre Sache."

Juri wusste ganz genau, wer mit „wir" gemeint war: ein riesiges Konglomerat von westlichen Regierungen und multinationalen Korporationen, die nicht in der Öffentlichkeit agieren konnten. Er hörte genau zu, während El-Fatih in scharfen Sätzen über die Bedingungen ihres Abkommens zu sprechen begann. Juri hasste es, sich öffentlich zu treffen, um über solche Details zu verhandeln. Aber wie El-Fatih klargestellt hatte, als sie sich auf den Treffpunkt geeinigt hatten, war es manchmal günstiger, wenn der Ort öffentlich war. Juri wusste bereits, welchen Punkten er zustimmen und welchen er nicht zustimmen würde. Er schaute zu, wie El-Fatihs behaarte Hände sich im Takt zu seinen Worten nach oben und unten bewegten. „Dieser Friede in Mosambik ist eine Bedrohung für die Leute, die die Waffenlieferungen für meine anderen ausländischen Interessen kontrollieren."

Juri beschloss, noch eine weitere Eigenschaft in die Liste der Dinge aufzunehmen, die ihm an El-Fatih nicht gefielen. Er redete zu viel. Juri hatte es nicht nötig, noch einmal von El-Fatihs Drogeninteressen in Afghanistan, den Diamanten in Angola oder den Ölfeldern in Angola und im Sudan zu hören. Juri profitierte schon seit Jahren als Partner dieses Mannes auf dem Feld. Und er brauchte ganz gewiss keinen Vortrag darüber, was ein Frieden anrichten und wie er sabotiert werden konnte. Das war Juris Gebiet – Waffenschmuggel, Diamantenhandel, die Ausbildung kleiner Söldnertruppen, um Kriege am Laufen zu halten, die seinen Klienten ermöglichten, weiterhin riesige Profite einzufahren. Er wusste viel besser als der verweichlichte Mann, der ihm gegenübersaß, wie man diejenige Seite unterstützte, die einer Region die größte Anarchie brachte.

Juri hob sein eckiges Kinn und wusste, dass dies seine Backenknochen länger aussehen lassen würde und die arrogante Haltung seine Körpergröße betonte. Er kniff seine eisigen, blauen Augen zusammen, als könnte er durch El-Fatih hindurchschauen.

Das war es, was Juri als seine einzige menschliche Eigenschaft betrachtete: Er sah und begriff das größere Bild. Er akzeptierte, dass alles nur ein Spiel war, bei dem es um Risiko und Manipulation ging. Dieser Nervenkitzel holte ihn immer wieder zurück. Nur der Einsatz war verschieden.

Einige spielten mit Völkern. Juri spielte mit Menschen, und, wenn er die Chance dazu hatte, mit Frauen. Vorzugsweise eleganten Frauen.

* * *

Miriam starrte aus dem Jeep. Ihre Augen saugten die Farben des goldenen Grases auf, das im bernsteinfarbenen afrikanischen Licht badete. Sie öffnete sich für die fremde Schönheit dieses Landes, hier und jetzt, wie Owen es sie gelehrt hatte. Ein Land, das so anders war als das, was sie bis jetzt gekannt hatte, und doch so schnell ein Teil von ihr geworden war.

Sie betrachtete die seltsam geformten Bäume durch das Autofenster und zählte die Tage. Erst zwei Wochen waren vergangen, seit sie und Martin in das Flugzeug gestiegen waren, das sie von San Francisco nach Nairobi brachte, wohin Owen aus Mosambik gekommen war, um sie abzuholen. Noch weniger Tage war es her, dass sie alle das Hotel in Nairobi verlassen hatten und zu einer Fahrt quer durch Südafrika und die umliegenden Länder aufgebrochen waren. Erst zwei Wochen, und doch hatte diese Fahrt durch den Süden Afrikas ihnen schon so viel gegeben.

Owen hatte es wieder geschafft. Sie teilte seine Freude darüber, dass die Verhandlungen in Mosambik zu einem guten Ende gekommen waren. Die herausragenden Eigenschaften von Owens beruflichem Geschick, seine Geduld und seine Hingabe, hatten in diesem Monat in Rom ihren Wert unter Beweis gestellt, als Menschen, die dreißig Jahre lang Feinde gewesen waren, endlich einen Friedensvertrag unterzeichneten.

Miriam warf jetzt einen Blick auf ihren Mann. Wie schaffte er das nur?

Owen seufzte. Ihr wurde bewusst, dass die lange Fahrt von ihrem letzten Übernachtungsort zu den Victoriafällen langweilig für ihn sein musste. Sie fuhren durch den – wie hieß es gleich wieder? Sie warf einen Blick auf die Karte, die offen auf dem Armaturenbrett lag. Caprivi-Streifen, gleich unterhalb der Mitte von Afrika, ein dünner Landstreifen, der sich zwischen Angola, Sambia, Botswana und Simbabwe schob und zu Namibia gehörte. Die Fahrt zu den Victoriafällen, gleich nach der Grenze zu Simbabwe, würde sie mindestens einen halben Tag kosten.

Miriam fuhr mit dem Finger den Weg nach, den sie bis jetzt zurückgelegt hatten, quer durch den südlichen Teil Afrikas. Sie hielt die Erinnerungen wie Dias gegen das Licht. Jedes Bild war nach der ganzen Zeit, die sie und Owen voneinander getrennt gewesen waren, besonders kostbar.

Die Sterne – jede Nacht hatten sie und Martin mit großer Freude an Owens Seite die Namen der Sternbilder in der südlichen Hemisphäre gelernt. Die Fotosafaris oder „Tierfahrten", wie ihre Führer sie nannten, bei denen Martin bei jedem großartigen Anblick vor Aufregung aufgeschrien hatte. Und Miriams persönliche Lieblingsbilder, die abendlichen Fahrten bei Sonnenuntergang an den Flüssen entlang, wo sie zuschauten, wie Elefanten sich gegenseitig mit ihren Rüsseln bespritzten und die Menschen anstarrten.

In Botswana, als sie eine Diamantenmine in Jwaneng besichtigten, hatte Miriam zugehört, wie der Führer stolz von dem relativen Frieden und Wohlstand sprach, den sein Land genoss, besonders im Vergleich zu anderen Nationen mit reichen Diamantenvorkommen auf dem Kontinent, deren Geschichte von endlosen Konflikten gekennzeichnet war.

Am Ende der Besichtigung hatte der Führer eine Gruppe Kinder weggejagt, die am Eingang zum Büro standen. Eines von ihnen hatte an Miriams Ärmel gezupft und mit flehenden Augen etwas zu ihr gesagt. Der grobe Ton des Führers hatte die Kinder wie eine Vogelschar auseinander stieben lassen.

„Was hat er gesagt?", fragte Owen. Miriam sah, wie seine Augen den Kindern folgten, die schnell das Weite suchten. Sie warf einen Blick auf Martin, aber er folgte bereits dem Führer in das Büro mit Klimaanlage.

„Er hat nur gebettelt," antwortete Miriam.

Der Führer schloss hinter ihnen die Tür. „Ja, das ist wahr. Diese Kinder sind überall. Sie haben Sie gefragt, ob Sie Füller oder Kugelschreiber für die Schule haben. Bitte setzen Sie sich." Er deutete zu den Stühlen vor einem langen Tisch und ging auf einen dunkelgrünen Tresor in der Ecke des Raumes zu.

Miriam beobachtete, wie der Führer in den Tresor griff. In ihr regten sich vertraute Kindheitserinnerungen. Er zog einen weißen Umschlag heraus, der in einer Schuhschachtel zwischen lauter braunen Umschlägen steckte, dann legte er einen mit Samt bezogenen Karton vor sie und legte die Steine darauf.

„Oh, Mama, schau! Echte Diamanten!" Martins Augen strahlten.

Miriam schaute aus dem Fenster auf die tiefe Grube, einen Krater in der flachen Savanne. In der Ferne erhoben sich Hügel, über denen ein Feld aus kleinen Wolken hing, die alle auf derselben Höhe schwebten, wie auf einer unsichtbaren Hand, die sie gleich hinter ihrer Reichweite in die Höhe hielt.

„Wollen Sie die Steine vielleicht durch die Lupe betrachten?", bot der Führer an.

Miriam beobachtete, wie der dicke Mann sich über ihren Sohn beugte. Er nahm den orangefarbenen Tropenhelm ab. Sie sah die Schweißspuren, die der Helm auf seiner Stirn hinterlassen hatte. Ein ungleichmäßiger Schnurrbart wand sich um seinen Mund. Seine großen Hände umfassten Martins kleine, blasse Hände, während er Martin zeigte, wie er mit einer Hand die Lupe halten musste. Dann legte er mit der Pinzette einen Stein hin, damit Martin ihn anschauen konnte. Seine andere Hand lag auf Martins kleiner Schulter.

Sie fühlte Owens Hände auf ihrer Hüfte, als er sich direkt hinter ihr in dem engen Büro vorbeugte. Der Augenblick hing so still wie die Wolken in der Luft. Für Miriam war es das gleiche Gefühl wie damals, als sie der Schildkröte auf Hawaii gefolgt war, wie damals, als Martin sie in der Nacht vor Owens letzter Abreise aufgeweckt hatte, wie damals, als sie aus dem Flugzeug gestiegen war – so, als hätte die ganze Erde eine Pause eingelegt, um tief Luft zu holen. Die Luft vibrierte mit einer Botschaft, von der sie das Gefühl hatte, dass sie ihr etwas sagen sollte, aber sie trommelte einen Rhythmus, den sie nicht verstehen konnte.

„Versuch du es", schlug Owen vor und schob sie leicht nach vorne.

Sie schaute ihn über die Schulter an und sah, wie seine Augen gut gelaunt funkelten. Sie lächelte und schüttelte den Kopf. Er wollte nur mit ihr als Tochter eines Diamantschleifers angeben.

Der Führer richtete sich auf, als Owen Miriam drängte, sich zu setzen. Martin reichte ihr die Lupe. Sie nahm sie in die rechte Hand und schloss den Zeigefinger und den Daumen um den Griff. Sie nahm sie an dem kleinen Griff, der auf eine der acht Seiten geschraubt war. Mit der linken Hand hob sie die Pinzette hoch und suchte schnell das Häufchen Steine ab, bis sie einen der kleineren fand. Diesen führte sie zu ihrer anderen Hand, so dass sich die Fingerspitzen berührten. Dann schaute sie nach unten.

„Madame haben einen wertvollen Stein ausgewählt."

Martin warf ein: „Aber er ist nicht so groß wie der, den ich hatte."

Miriam beugte sich zu ihrem Sohn vor. „Schau, Martin. Zähle die Risse. Siehst du die Farbe? Er ist weißer als der gelbliche, den du hattest. Schau noch einmal. Dann *siehst* du den Unterschied. Die Größe ist nicht alles. Farbe und Klarheit sind noch wichtiger." Sie stand auf und bedachte den erstaunten Reiseführer mit einem Lächeln. Owen grinste leise. Als niemand es sah, verpasste sie ihm einen leichten Tritt.

In diesem Büro sprachen die Worte ihres Vaters wieder zu Miriam, als hätte er sie ihr durch die stille Luft zugeflüstert. Die Jahre schmolzen dahin, sobald sie die Lupe zwischen den Fingern fühlte. Sie hatte so viele Stunden in ihrer Kindheit damit verbracht, ihrem Vater zuzuhören, wie er ihr dieselben Worte sagte, ihm zuzuschauen, wie er die Steine schnitt, ihn erklären zu hören, wie man ihren Wert bestimmen konnte.

Ihm zuliebe hatte Miriam ihren Mädchennamen beibehalten, *Vree*, und klärte jeden auf, wie er richtig niederländisch ausgesprochen wurde. Und nur seinetwegen führte sie Martin in diesem Urlaub in die geheime Welt der Diamantenkunde ein.

Vor einigen Tagen, bevor sie nach Botswana gekommen waren, hatte das Niederländisch ihrer Eltern Miriam geholfen, ihre Familie vor einer Gefahr zu bewahren. Es war in Südafrika gewesen, sehr spät in der Nacht, als sie und Owen sich in der Entfernung verschätzten und sich verfuhren und am Ende in einem schwarzen Ghetto landeten. Miriam hatte die wütenden Gesichter gesehen, die ihnen nachschauten, während Owen in eine Straße hineinfuhr und dann umkehren und es mit einer anderen Straße versuchen musste. In dieser Situation hatte er sie gebeten, um ihre Sicherheit zu beten. In dieser Nacht mit den finsteren Blicken hatten sie, weil Miriam eine Sprache lesen konnte, die dem Afrikaans ähnlich war, den Straßenschildern folgen können, bis sie wieder zur Hauptstraße zurückgefunden hatten.

Am nächsten Tag atmeten sie erleichtert auf, als sie die Grenze in das kleine Swasiland überquerten, wo jeder irgendwie mit dem König verwandt zu sein schien. Die Menschen dort hatten sie am Arm berührt und ihr in die Augen geschaut und ihr erlaubt, Fotos von ihren Kindern zu machen. Als sie wieder durch Südafrika zurückfuhren, führte ihr Weg sie durch das Weinanbaugebiet und entlang der so genannten Gartenroute. Owen hatte sogar versucht, auf einer Farm auf einem Strauß zu reiten, wo die Vögel wegen ihres Fleisches gezüchtet wurden, aber das arme Tier hatte nie eine Chance gehabt.

Jetzt im Auto lachte Miriam laut auf.

„Was ist?“ Owen drehte sich um und schaute sie an. Der Jeep fuhr in ein weiteres Schlagloch.

„Du und dieser Strauß“, grinste sie und warf ihm einen belustigten Blick zu.

Seine meergrauen Augen schauten sie liebevoll an und ihr gemeinsames Lachen erfüllte das Innere des Jeeps. „Ich bin ziemlich kräftig, nicht wahr?“, fragte er und klopfte sich auf die Brust.

Miriams Augen wanderten über seine Jeans, die vom langen Sitzen zerknittert war. Staub unterstrich die Falten um seine Beine, die so kräftig waren wie Baumstämme. Schweißspuren überzogen sein Khakihemd. Sie ahmte seinen Akzent nach. „Ja, unbedingt.“

„Ich dachte, wir wären übereingekommen, diese unglückliche Situation zu vergessen“, knurrte er.

Sie lächelte, als er ihre Bezeichnung für politische Krisen verwendete. „Ja, darin steckte wirklich das Potenzial für eine internationale Krise. So viel steht fest“, bemerkte sie.

„Dann erzähle mir doch von diesem Leoparden heute Morgen. Wie klang er?“, erkundigte sich Owen. „Nicht, dass ich versuchen würde, das Thema zu wechseln.“ Wieder schaute Miriam aus dem Fenster und dachte an diesen Morgen zurück, an das Knurren des Leoparden, der um ihre Hütte geschlichen war.

* * *

„Owen?“, flüsterte sie in den Schatten hinein, als ein Knurren sie weckte. Es war sehr früh, die frühen Stunden, bevor der Tag beginnt, wie ihr Mann sagte.

Sein leises Schnarchen ging unbeirrt weiter. Miriam streckte eine Hand in seine Richtung aus und fühlte seinen Arm, die Stoppeln auf seiner Wange. Er bewegte sich nicht.

Miriam setzte sich gerade auf und zog die Knie an die Brust und bewegte die Füße in ihrem weichen Bett. Sie hielt den Atem an. Die teure Ferienhaussiedlung, in der sie wohnten, hatte einen Wachmann neben ihrer Hütte postiert. Das rief sie sich ins Gedächtnis ... und dass er eine Waffe hatte.

Ein weiteres tiefes Knurren erklang, dieses Mal näher. Sie drehte das Gesicht in die Richtung von Martins Zimmer. Die Tür war gleich hinter dem Kleiderschrank.

Kein Ton. Er schlief genauso tief und fest wie sein Vater.

Miriam wartete und lauschte. Die Jalousien an den Fenstern waren das Einzige, das sie von der afrikanischen Nacht trennte. Sie hörte nichts als Vögel.

Schließlich legte sie sich wieder hin und kuschelte sich an Owens kräftigen Körper und schlief wieder ein. Das Letzte, was sie vor dem Einschlafen sah, waren die verschwommenen Schatten der hohen Bettpfosten, die von einem Moskitonetz bedeckt waren, das sich wie Engelsflügel über ihr ausstreckte.

15

Dieses Kind, das ich gerade beschrieben habe, an dieses Kind denke ich sehr oft. Dieses Kind, dieser Junge, er ist nicht ich, aber trotzdem kenne ich seine Geschichte, als wäre es meine eigene. Bitte hör nicht auf zu lesen! Du denkst, schau, er lügt, er spielt mit meinem Vertrauen zu seiner Geschichte. Aber das ist nicht wahr. Hör zu!

Die Geschichte dieses Kindes war eine falsche Geschichte. Es sind Lügen, die ich mir selbst erzählt habe. Ich wickle sie nachts wie eine Decke der Blindheit um mich und wünsche von ganzem Herzen, dass alles so wäre. Es sind die Geschichten von anderen Kindern, die ich gehört habe, von anderen Kindern, von denen ich wünsche, ich wäre eines von ihnen. Ich stahl die Einzelheiten von den Geschichten meiner Brüder und Schwestern, die ich auf meinem Weg kennen gelernt habe. Ich stahl die besten Teile ihrer Geschichten und machte sie zum Teil meines eigenen Fantasietraums.

Oh! Es tat weh, das zuzugeben!

Jetzt werde ich die Schönheit Afrikas beschreiben. Ich sollte die Dunkelheit am meisten lieben. Nachts kann die heiße Sonne mich nicht blenden. Es ist kühler, und manchmal streichelt eine leichte Brise mein Gesicht. Ich habe weniger Durst. Am besten von allem ist, dass die Sterne sich wie eine Decke über mir ausbreiten, unter der ich mich verstecken kann, und keine Feinde können mich finden. Nachts klingt Afrika wie ein großes Tier, das sich umdreht und knurrt, sich streckt und sich wieder hinlegt. Angefangen von den Insekten bis zu den Elefanten ruhen wir uns alle aus. Für mich ist die Decke aus Lügen, die ich erzählt habe, nicht Wirklichkeit. Nur die Dunkelheit bleibt.

Und dann ist das ein Teil der Geschichte, die ich versuchte zu erfinden.

Wer bin ich?

Du fragst dich: Wird er denn jetzt die Wahrheit erzählen? Denn dieser Junge, er führt mich auf einen verwirrenden Weg. Diesen Weg wähle ich, weil er mich davor schützt, zu schnell zu viel Wahrheit auf einmal ins Gesicht schauen zu müssen.

Aber hier ist jetzt ein kleines Stück Wahrheit. Vertraust du mir?

Wer bin ich? Also gut.

Ich wurde im Sudan geboren. Das ergibt einen Sinn, wenn ich Bilder von anderen aus dem Dinkastamm in den südlichen Teilen dieses Landes sehe. Ich sehe mein Kinn und meine Augen und meine Ohren manchmal in ihren Gesichtern.

Aber – und das ist jetzt so schwer aufzuschreiben – ich kann mich an nichts aus meiner Heimat erinnern. Deshalb erzähle ich jedem lieber, dass ich aus Ostafrika komme. Und das ist wahr. Ich wuchs in der Wüste Äthiopiens auf, in den Ebenen Ugandas, zwischen den Bergen Kenias und in der Savanne Tansanias. Wie konnte das sein?

Statt Arabisch oder eine sudanesische Stammessprache ist Kisuaheli meine Muttersprache – die Sprache, die Ostafrika überspannt. Aber ich schreibe das jetzt für dich auf Englisch, damit du auf mich stolz sein kannst, aber mit Kisuaheli gespickt, damit du das leise Rascheln des hohen Grases und den Ruf der Zikaden hören kannst und mit meiner Geschichte eins wirst.

Ich habe viele Namen, aber ich bin nur ein einziger Mensch. Lass dich nicht davon verwirren, wenn du mehrere Sprachen hörst. Ich bin der Einzige, der diese Geschichte erzählt. Vielleicht kommen die verschiedenen Sprachen daher, dass ich so viele Sprachen auf meinem Weg gehört habe, und dazu das Englisch und Portugiesisch, das meine älteren Brüder und Schwestern in ihren Schulen lernten, bevor wir uns trafen und uns gemeinsam auf diesen Weg begaben. Wusstest du, dass in Afrika über sechstausend Sprachen gesprochen werden? Ich kenne davon nur ungefähr zehn. Ich habe also noch viel zu lernen. Manchmal stimmen ihre Stimmen in meine mit ein.

Jetzt mein Name.

Ein Name ist etwas sehr Wichtiges. In meiner Kultur ist ein Name eine Prophezeiung, der Wunsch einer Mutter, eine Chronik von Ereignissen, ein Fluch. Du hast gesagt, ich soll etwas über den Sudan herausfinden. Du sagtest: „Um zu wissen, wohin du gehst, musst du wissen, woher du kommst."

Ich habe also herausgefunden, dass im Sudan die Namensgebung eines Kindes mit einer besonderen Zeremonie verbunden ist. Sie ist abhängig vom jeweiligen Dorf, denn sie unterscheidet sich von Dinkastamm zu Dinkastamm, und sie ist abhängig davon, ob sie auf dem Land oder in einer Stadt geschieht. An einigen Orten im Süden des Sudan findet die Namensgebung bei einem Mädchen drei Tage nach seiner Geburt statt. Ein Junge bekommt vier Tage nach der Geburt seinen Namen. Der Vater des Kindes tötet bei Sonnenaufgang ein Lamm. Er sagt: „Beim Namen Gottes nenne ich meinen Jungen oder mein Mädchen ..." Und dann sagt er den Namen. Dieser Namenstag heißt Simayah. Und alle Verwandten, Freunde und Nachbarn feiern an diesem Tag mit der Familie. Eltern können jeden Namen wählen, der ihnen gefällt.

Der Name, den ein Mensch trägt, ist manchmal ein Schlüssel, um zu verstehen, wer er tief in seinem Inneren ist, an den dunklen und hellen Orten seiner Seele. Das gilt besonders bei Spitznamen und lobenden Namen. In meiner Kultur ist ein Name mehr wert als jeder andere Besitz, denn dieses eine überlebt seinen Tod. Selbst der ärmste Mann hat einen Namen, der weiter lebt, wenn er stirbt.

Du siehst jetzt, wie arm ich als Kind war, denn ich hatte keinen Namen. Ich hatte keinen eigenen Namen. Stattdessen hatte ich viele, zu viele - alle mein, und keiner mein.

Ich werde dir eine Liste mit allen meinen Namen und den Orten geben, an denen ich sie bekam. Die Namen waren wie Wegmarkierungen. Wenn du sie hörst, wirst du den Verlauf meines Weges besser verstehen.

Auch dass ich so viele Namen habe, wird dir sagen, wie viel Traurigkeit in meinem Herzen ist. Ich gehöre nirgendwohin, komme von nirgendwoher, und wohin gehe ich jetzt?

An diesem Anfangsort bin ich Mamboleo, „Vorübergehende Sache".

16

Miriam sah nicht das Glitzern, wenn die Sonnenstrahlen von dem Metall reflektiert wurden, und auch nicht die blutunterlaufenen Augen, die jeden ihrer Schritte auf der Asphaltstraße in Namibia verfolgten. Wenn sie rechts aus dem Fenster geschaut hätte, hätte Miriam vielleicht die Männer gesehen, hätte sie vielleicht das Metall im Sonnenlicht funkeln gesehen, hätte sie vielleicht ihre Anwesenheit gespürt, hätte sie vielleicht ihre Familie warnen können.

Aber sie schaute nach links und ließ ihre Gedanken auf Wanderschaft gehen, fühlte den Rhythmus des Autos, schaute hinaus in einen Himmel aus reinem, sauberem Blau. *Hemelsblau* hätte ihre Mutter es genannt, „himmelblau".

Sie lehnte sich ein wenig aus dem Fenster und hob das Gesicht, um die Sonne einzufangen. Hier, auf einer der wenigen Asphaltstraßen, auf der sie bis jetzt unterwegs waren, bildeten sich keine Staubwolken um den Jeep. Stattdessen folgte ihr der Geruch von trockenem Gras, wie er das schon die ganze Zeit tat, seit sie auf diesem weiten Kontinent gelandet war.

Ihre Augen zogen sich zusammen und fingen ihr Bild im Spiegel ein, der an der Tür befestigt war. Der Wind peitschte ihr Haarsträhnen über das Gesicht. Sie nahm ihre Sonnenbrille ab. Müde braune Augen blickten ihr entgegen, die Haut darunter lag wie helle Halbmonde über den dunkleren Wangen. *Wie kann ich so einen Frieden fühlen und so furchtbar aussehen?* Sie rieb sich die Augen und fuhr dann die Falten mit den Fingern nach. Sie bildeten einen Kreis um ihre Augenwinkel, zogen an ihren Mundwinkeln und spannten sich über ihre Stirn. Ihre Hände sahen auch alt aus, faltig. Owen sagte immer, sie verrieten sie, weil sie immer in Bewegung seien.

Miriam ließ ihre Gedanken in die Ferne galoppieren, zurück zu ihrem Zuhause, das ihr wie auf einem anderen Planeten vorkam. Seit sie hierher gekommen war, schien ihr dieses Zuhause unerreichbar zu sein. Hier geschahen unmögliche Dinge.

Erst gestern Abend, bevor sie den Leoparden hörte, hatte Owen davon gesprochen, ob sie nun ein zweites Kind wollten. Vorher hatten diese Gespräche immer damit geendet, dass sie das entscheiden müsse. Aber in der letzten Nacht war etwas anders gewesen, so, als ob sie tatsächlich über die Möglichkeit sprächen, dass sie *beide* diese Entscheidung treffen könnten.

Sie hatte alles Pro und Kontra immer wieder durchgekaut. Sie hatte die letzten sieben Jahre versucht, ihre Verantwortung als Ehefrau und Mutter und die Anforderungen, die als junge Anwältin an sie gestellt wurden, unter einen Hut zu bringen. Als offensichtlich wurde, dass sie nicht länger in einer Kanzlei arbeiten konnte, in der Überstunden als selbstverständlich betrachtet wurden, hatte sie sich selbständig gemacht. Und da sie sich für eine Familie entschieden hatte, schien ihre berufliche Karriere im Sande zu verlaufen.

„Ich glaube immer noch, du verstehst das nicht", sagte sie jetzt. Es klang schärfer, als sie es meinte.

Owen warf ihr einen fragenden Blick zu und runzelte die Stirn. „Was? Das mit dem Leoparden?"

„Nein, die Sache mit meiner Arbeit. Das, worüber wir gestern Abend gesprochen haben." Sie liebte die Offenheit, die diese längere gemeinsame Zeit zwischen ihnen bewirkt hatte. Jetzt musste sie sich nicht mehr jedes Wort genau überlegen, das sie sagte, und auf den richtigen Zeitpunkt warten, bis Owen zuhören konnte, ausgeruht und bei ihr war. Er hatte Recht gehabt, als er vorgeschlagen hatte, sie solle hierher kommen. Es war richtig gewesen, dass sie gekommen war.

„Natürlich verstehe ich das", erwiderte er. „Du willst in deiner beruflichen Karriere weiterkommen. Ich sage, mach es. Aber du machst es nicht. Es gibt viele Gründe, weswegen denen du es nicht machst. Einige davon sind berechtigt. Aber es gibt einen wirklich guten Grund, warum du es tun solltest."

Miriam musste daran denken, dass Sue sie manchmal belächelte, weil sie versuchte, mit einem professionellen Verhandlungsführer zu debattieren. „Ich weiß, was du sagen willst", konterte sie. „Aber ich glaube, ich kann nicht. Wirklich. Es ist einfach unmöglich, noch mehr Stunden in meine Arbeit zu investieren, als ich jetzt schon hineinhänge." *Und dabei für eine Familie da zu sein,* dachte sie.

„Willst du nicht wissen, was dieser gute Grund ist?", fragte Owen. Als sie nicht antwortete, sagte er: „Es ist das, was du *willst.* Genau aus diesem Grund."

Miriam unterdrückte ein sarkastisches Lachen. Was sie *wollte*? Was sie wollte, war eine Arbeit bei internationalen Verhandlungen und Recherchen durchzuführen für Leute wie Owen. Aber dazu müsste sie wieder eine volle Stelle annehmen, und in einer Kanzlei zu arbeiten wäre nur ein Schritt auf diesem Weg. Der Weg erschien ihr mit jedem Mal länger, wenn sie an die Jahre dachte, die bereits vergeudet waren – nun ja, nicht vergeudet, aber unbestritten fort. Und was würde geschehen, wenn sie dieses zweite Kind bekämen? Sie wollte noch ein Kind, einen kleinen Bruder oder eine kleine Schwester für Martin. Wenigstens dachte sie, dass sie das wollte. Wenigstens hatte es sehr gut getan, gestern Abend darüber zu sprechen.

Das Problem ist, dass ich alles will, gestand sie sich selbst ein. Aber die Jahre waren an ihr vorbeigerast, vorbei, wie Sandkörner, die einem zwischen den Fingern zerrinnen.

Jetzt bin ich wirklich lächerlich. Miriam riss sich von diesen Gedanken los. Sie waren hier in Afrika, waren zusammen, verbrachten einen Traumurlaub, und ihr Denken drehte sich wie besessen um die Dinge, die sie nicht hatte. Diese Unzufriedenheit war durch diesen Urlaub geheilt worden. Aber jetzt hatte sie diese herrliche Stimmung wieder zerstört.

„Wir müssen uns nur überlegen", sagte Owen gerade, „was wir ändern können, damit das alles möglich wird. Was wäre dazu nötig?"

„Hilfe", murmelte Miriam.

„Dann suchen wir uns eine Hilfe. Hilfe bei der Hausarbeit, Hilfe bei der Betreuung von Martin. Jetzt, da er Ganztagsunterricht hat, ist das viel leichter. Habe ich etwas ausgelassen? Hilfe für das

Baby, wenn es so weit ist. Hilfe, um mit deinem Mann fertig zu werden, vielleicht?"

„Versuch nicht, mich mit deinem irischen Charme einzuwickeln", begann Miriam streng, aber sie wusste, dass er genau das tat. Und es funktionierte. Auf seine unvergleichliche Art hatte Owen seinen Zauberstab geschwungen und die leichte Anspannung, die sich auszubreiten gedroht hatte, in Luft aufgelöst. Miriam schüttelte den Kopf. „Du bist gut", murmelte sie, war aber trotzdem erleichtert. Sie wollte sich nicht beklagen. Nicht hier und nicht heute.

„Findest du?" Er beugte sich zu ihr hinüber und nahm ihre Hand in seine, eine Bärenpranke mit Fingern. Miriam sah die Liebe in seinen funkelnden Augen, fühlte, dass sie seit acht Jahren eins waren, dann wanderte ihr Blick wieder durch das Fenster.

Die schweren Farben, die auf den flachen Akazienwipfeln lagen, faszinierten Miriam. Sie fühlte sich entspannt und sicher und erfüllt, während rund um sie her alles funkelte und leuchtete. Verzaubert seufzte sie leise. „So seltsam, dass es diesen Ort gibt. Es hat ihn schon immer gegeben, und ich wusste nichts davon. Das klingt egozentrisch. Ich meine etwas anderes. Was wartet auf mich?"

„Du bist ja eine Dichterin."

„Manchmal überkommt es mich." Miriam legte eine Hand auf Owens Rücken. Es spielte keine Rolle, wie viele Jahre sie verheiratet waren. Jedes Mal, wenn sein Lächeln und seine tanzenden grauen Augen zärtlich auf sie fielen wie jetzt, lief ihr immer noch eine Gänsehaut über die Arme.

Wenn Owen mit seiner großen Gestalt einen Raum betrat, beherrschte er ihn unausweichlich. Das hatte sie immer wieder erlebt, egal in welchem Land oder in welcher Kultur. Es war nicht seine Körpergröße, sondern der Charme, den er ausstrahlte, demütig und hoffnungsvoll, die ihm eigene Art, Emotionen zu beruhigen. Owens Charisma konnte eine Gruppe so stark beeinflussen, dass er auf eine erfolgreiche Karriere zurückblicken konnte, in der er Feinde dazu brachte, miteinander zu reden.

Sie fuhr mit der Hand über seine breiten Schultern und massierte die Verspannung, die sie darin fühlte, weg. Dann fuhr sie ihm mit den Fingern durch die Haare, so wie er es liebte.

„Sind da oben immer noch ein paar Haare?“, fragte er, ohne den Blick von der Straße abzuwenden.

„Ein paar“, neckte sie ihn. „Nicht schlecht für siebenundvierzig.“

Owen fühlte jedes Jahr seines Alters, brachte aber ein Grinsen zustande. „Und du bist nicht schlecht für siebenunddreißig.“ Ihn störten die zehn Jahre Altersunterschied nicht. Er war sogar stolz, eine so junge Frau wie Miriam zu haben. *Falls* sie diese Sache durchzogen und ein zweites Kind bekommen wollten, müssten sie es bald tun.

Genug gesagt, dachte er. Trotzdem, ein kleines Mädchen wie Miriam zu haben, zu sehen, wie sie als Kind ausgesehen hatte ...

Owen lächelte. Es wäre besser, diesen Punkt nicht zu sehr zu strapazieren. Deshalb sagte er: „Aber zu deiner Beschreibung dieses schönen Tages. Habe ich es dir nicht die ganze Zeit schon gesagt? Wir haben beide den falschen Beruf. Ich bin ein Zigeuner, und du bist eine Dichterin.“

„Meinst du?“

Seine Augenbrauen runzelten sich in gespielter Besorgnis. „Du machst dich doch jetzt bestimmt nicht über einen armen Iren mit Akzent lustig, oder? Und ja, das meine ich.“ Sein leichter Tonfall verriet nichts vom Stress der letzten Monate. Erst jetzt, nach zwei Wochen Urlaub, begann die Anspannung langsam aus seinem Nervensystem zu weichen. Miriams Finger auf seinen Rückenmuskeln fühlten sich an wie ein warmer Balsam. Sie und den kleinen Martin wieder bei sich zu haben, gab ihm das Gefühl, vollständig zu sein. Er nahm sich vor, in Zukunft nur noch Verhandlungsaufträge anzunehmen, die es ihm ermöglichten, seine Familie in der Nähe zu haben. Und dann versuchte er zu vergessen, wie oft er genau dieses Versprechen gegeben – und gebrochen – hatte.

Dankbar für die Asphaltstraße, auf der kein Verkehr zu sehen war, hängte Owen sein linkes Handgelenk über das Lenkrad und erlaubte sich, in der großen Hoffnung zu schwelgen, dass er es dieses Mal vielleicht geschafft haben könnte. Er durfte keine Rücksicht auf seine persönliche Vergangenheit nehmen. In seinem Beruf waren diejenigen Niederlagen die schlimmsten, bei denen wie in Mosambik die Zivilbevölkerung den höchsten Preis bezahlte.

Das Erstaunliche an diesem letzten Einsatz in Mosambik war es gewesen zu sehen, wie jahrzehntelange Konflikte anfingen sich zu lösen, sobald es ihnen gelungen war, alle Einmischung von außen auszuschalten. Die Menschen wollten Frieden; sie hatten den Frieden gewählt. Nach der Unterzeichnung des Abkommens in Rom zwischen dem Präsidenten, Joaquim Chissano, und dem Führer der Oppositionsbewegung Renamo, Alfonso Dhaklama, war Owen ein letztes Mal nach Mosambik zurückgeflogen. Dort hatte er an den Feierlichkeiten in der Hauptstadt des Landes, Maputo, teilgenommen. Unmittelbar danach war er nach Nairobi geflogen, um Miriam und Martin bei ihrer Ankunft in Afrika zu begrüßen.

„Rom, Nairobi, Maputo – das alles klingt ziemlich exotisch, findest du nicht?", fragte Owen und drückte Miriams Hand. „Wenn ich genauer darüber nachdenke, *bin* ich wahrscheinlich ein Zigeuner."

* * *

Martin hörte zu, wie sich seine Eltern vorne im Jeep unterhielten. Er hatte geschlafen, war aber aufgewacht, als sie zu reden anfingen. Ihm gefiel der Klang ihrer Stimmen, er hörte etwas in ihrem Tonfall, das wie eine Umarmung klang. Sie gehörten alle zusammen, und Martin gefiel es überhaupt nicht, dass sein Papa so oft von zu Hause fort war. Na ja, es störte ihn eigentlich nicht so sehr, aber seine Mama störte es, und *das* störte Martin.

Jetzt spielte das jedoch keine große Rolle, denn sie genossen ihre Safari in Afrika. Martin gefielen vor allem die vielen Tiere – Tiere, die es zu Hause nur im Zoo gab. Er sagte sich selbst noch einmal die Namen der fünf großen Tiere auf: *Löwe, Wasserbüffel, Elefant ...*

„Papa, welche Tiere waren noch einmal Nummer vier und fünf? Die Giraffe war es nicht, oder?"

Seine Mutter drehte sich um und lächelte ihn an. „Wo ist dein Buch, Martin? Darin stehen sie." Ihm wäre es lieber gewesen, wenn sein Vater es ihm gesagt hätte, aber Martin hatte nichts gegen eine Ausrede, um seinen Rucksack vom Boden aufzuheben, seinen Inhalt auf den Sitz zu schütten und seine Schätze wieder einmal anzuschauen. So nannte sein Papa seine Sachen – „seine Schätze".

Er steckte die Stifte wieder in das Mäppchen, schob den Walkman und die Kassetten zur Seite und legte das kleine Kästchen, das ein Minischachspiel mit Magnetfiguren beinhaltete, neben sich. Dann nahm er sein Buch zur Hand. Auf der Innenseite des Einbandes befand sich ein Diagramm mit Bildern von verschiedenen Tieren und kleinen Kästchen, in denen man ankreuzen konnte, welche Tiere er schon gesehen hatte.

„Oh, und Leopard – das war das fünfte Tier. Ich kann es jetzt ankreuzen, denn du hast ja einen gehört, Mama." Martin schwieg, dann fragte er: „War es wirklich ein Leopard, was du heute Morgen gehört hast?"

Er sah von hinten, wie sie nickte. „Was ist mit euch beiden?", fragte sie. „Niemand glaubt mir."

Martin sagte: „Doch, ich glaube dir."

Er hatte an diesem Morgen in ihrem Ferienhäuschen Ananas zum Frühstück gegessen, als sie erzählte: „Ich habe heute Morgen, als es noch dunkel war, etwas gehört." Zwei Kellner servierten ihnen gerade dicke Scheiben mit Speck und Eiern, die vor Butter trieften.

Der Wildführer sagte: „Madame hat gute Ohren. Ja, wir wurden von einem Leoparden besucht. Wir hörten ihn von der anderen Seite in den Fluss gehen und ihn überqueren. Ein lautes Klatschen. Ich habe noch nie zuvor einen Leoparden schwimmen gesehen. Ein faszinierender Anblick." Martin erinnerte sich, wie der Führer seine linke Hand weit geöffnet und die Finger wie eine Sonnenblume ausgebreitet hatte.

„*Chui*", sagte Martin jetzt laut, öffnete und schloss seine Faust und versuchte, leise in der tiefen Stimme des Führers zu sprechen.

„Was war das, Martin?“, fragte seine Mutter.

„*Chui* ist Kisuaheli für Leopard. Und er *ist* einer von den großen fünf Tieren. Schau, Mama.“

Martin fuhr mit dem Finger über seine Liste, während seine Mutter sich umdrehte. Das Buch rutschte ihm aus der Hand. Er beugte sich vor, um es aufzuheben und die Seite wieder zu finden. Da hörte er ein Geräusch, das er nie zuvor in seinem jungen Leben gehört hatte, ein Geräusch, das er nie vergessen würde.

Er hörte seine Mutter vor Angst schreien.

17

Der Panzer reflektierte die Sonnenstrahlen in einem grellen Lichtstrahl. Miriam hatte sich umgedreht, um Martin anzuschauen, als ihr Blick auf den Lichtstrahl gleich neben Owens Schulter fiel. Sie sah Bäume, die Büsche, die das Grasland abgelöst hatten, und dann eine Bewegung. Es war wahrscheinlich nur eine Sekunde später, aber sie würde sich ihr Leben lang an die Ereignisse wie an eine Aufeinanderfolge von Bildern erinnern – den Lichtstrahl sehen, erkennen, dass er von einer Oberfläche kam, die mit Blättern und Zweigen getarnt war. Dann sah sie das Netz, begriff, dass es über einem Panzer lag, bemerkte die Bewegung von Männern, konzentrierte sich auf die Farbe ihrer Hände, die langen Waffen, die sie in den Händen hielten.

Miriam sah viele Männer, die Uniformteile trugen. Sie verstand nicht, warum ihr dieses Detail so auffiel, aber es fiel ihr auf. Sie sah, dass einige Mützen hatten, andere hatten Khakihemden mit verschiedenen Mustern, einige hatten schwarze Stiefel, einer oder zwei gingen barfuß. Aber dieser Panzer, der gleich hinter ihnen die Straße entlangrollte – dieser Panzer sprach eine unmissverständliche Sprache.

Miriam sah ihre Gesichter nicht. Vielleicht schaute sie auch nicht hin. Später zerbrach sie sich darüber auch den Kopf. Nach dem Bruchteil einer Sekunde, die es dauerte, die Lähmung durch diesen Schock zu überwinden, riss sie an Owens Hand und schrie: „Dreh den Jeep herum! Schau!"

Als Owen nach hinten schaute, wusste Miriam, dass er ihn auch sah: der Panzer, der aus dem Busch auftauchte und sie schon fast eingeholt hatte, sich vor ihrem Jeep quer stellte, langsamer wurde. Owen bremste und riss den Jeep herum. Er konnte damit nur knapp eine Kollision verhindern. Sie bogen von der Straße ab und rasten in das Gebüsch. Das Auto geriet außer Kontrolle. Dann stellte sich ihnen ein Baum in den Weg.

„Mama!", hörte Miriam Martin schreien. Sie streckte die Hand nach hinten und versuchte, ihn festzuhalten. In diesem Augenblick kam der Jeep krachend zum Stehen.

Als sie wieder aufblickte, schaute sie in die rot unterlaufenen Augen eines Mannes, der ein Gewehr durch das Fenster hielt, genau auf Owens Kopf gerichtet.

Ihre Hand fühlte etwas. Das musste Martins Bein sein. Er lag auf dem Boden, seine Beine waren unter ihren Sitz eingeklemmt, sein Kissen und der Inhalt seines kleinen Rucksacks lagen verstreut auf ihm. Die Buntstifte und seine Wasserflasche lagen verstreut über dem Sitz und dem Boden, der Zeichenblock war wie ein kleines Zelt über seinem Kopf ausgebreitet. Er atmete. So viel konnte Miriam fühlen. Aber warum lag er so regungslos da, so ruhig? Sie sagte sich, dass das vielleicht besser sei.

Sie drehte sich wieder nach vorne und sah, dass Owen erst jetzt den Kopf vom Lenkrad hob, an dem er ihn angeschlagen hatte. Eine dünne Blutspur lief ihm über eine Wange. Sie fing seinen Blick auf und las seine Gedanken genauso klar, als könnte sie seine Stimme hören. Es waren dieselben Worte, die er beim letzten leichten Erdbeben in San Francisco zu Martin gesagt hatte: *„Bleib ruhig. Denk nach!"*

Miriam schluckte ihre Angst wie bittere Galle hinunter. Sie schaute nach unten, rieb sich den Nacken und versuchte, nicht die Männer anzustarren, die sich um den kaputten Jeep herum aufgebaut hatten, Männer, die alle sie anstarrten.

„Hast du dir was gebrochen?", flüsterte Owen. Miriam schüttelte verneinend den Kopf.

Das Gewehr bewegte sich scharf nach oben, der Lauf wurde kräftig in Owens Rippen gerammt. Miriam schrie seinen Namen und wollte sich auf ihn stürzen. Kräftige Hände zerrten sie aus dem Wagen. Sie sah, wie sich Owen auf dem Boden rollte. Schwarze Stiefel traten gegen seinen kräftigen Körper, als wäre er nichts weiter als ein Baumstamm. Ihre Knie wurden weich. Vier Hände packten sie und hielten sie auf den Beinen. Miriams einziger klarer Gedanke war: *Martin, kein Geräusch.*

Das war alles, was sie sah und hörte. Aber gleichzeitig stammelte, keuchte, beharrte ein Teil von ihr: *Nein!* Wo war der Familienurlaub, den sie noch vor ein paar kurzen Augenblicken genossen hatten? Wer waren diese Männer? Was wollten sie? Warum? Wo waren die anderen Fahrzeuge auf dieser Straße? Die Fragen tropften langsam in Miriams Denken wie das Blut auf Owens Gesicht: langsam und dick.

Ein Mann, der unter einem Baum gestanden hatte, tauchte auf. Er benahm sich wie ein Anführer. Er erteilte Befehle in einer Sprache, die Miriam nicht verstand. Vier Hände zerrten Owen nach oben. Er hing schwer nach unten und zog seine Bewacher mit seinem Gewicht nach vorne. Der Panzer kam rollend zum Stehen, fünf Männer beeilten sich, ihn mit einem Netz aus Blättern zu bedecken.

Miriams Blick wanderte zurück zur Straße. Welche Spuren hatten sie hinterlassen? Eine Tür hatte sich geöffnet und war wieder zugegangen. Dort drüben hatten sie in Sicherheit atmen können; hier rang ihre Familie in großer Gefahr verzweifelt nach Luft. Machten den Unterschied zwischen vorher und jetzt, zwischen hier und dort nur diese runden Bremsspuren aus, die sie sah? Gab es wirklich kein anderes Anzeichen dafür, dass sich nur wenige kurze Meter von der Asphaltstraße entfernt etwas Ungewöhnliches ereignet haben könnte?

Miriam blickte auf.

Sie sah acht Augenpaare, die sie immer noch, ohne mit der Wimper zu zucken, anstarrten. Sie fühlte sich klein. Sie fühlte sich weich und schwach und weiblich in ihren Shorts und ihrem Sonnentop. Sie sah sich selbst mit den Augen dieser Männer und schluckte schwer, dankbar, dass sie einer Art Autorität gehorchten, dass sie kein wilder Mob waren. Wenigstens hoffte sie das.

Owen stöhnte. Die Augen wanderten von ihr zu ihm. Die zwei Männer schleiften ihn in Miriams Richtung. Als er stolperte, beugte sie sich vor, um ihm zu helfen. In diesem Moment erkannte sie, dass er stärker war, als es den Anschein hatte. Als sie sich zu ihm nach unten beugte, murmelte Owen kaum hörbar: „Wenn das, was ich als Nächstes probiere, nicht funktioniert, werde ich ein

Ablenkungsmanöver versuchen. Du nimmst Martin und läufst zur Straße zurück. Dort müssen Autos vorbeikommen."

„Ich werde dich nicht verlassen", flüsterte Miriam. *Ich kann nicht. Ich werde dich nie verlassen,* dachte sie.

Er blickte auf und schaute sie mit zusammengekniffenen Augen beschwörend an. „Du wirst nicht zurückschauen", befahl er.

Miriam stand auf. Sie war schweißgebadet. Sie schmeckte den Staub auf ihren Lippen. Sie schaute sich um und versuchte zu sehen. Diese Richtung zurück zur Straße. Der Jeep war gut fünf Schritte hinter ihr und links von der Stelle, an der sie stand. Sie dachte: *Immer noch kein Ton von Martin. Ich kann es schaffen.*

Waffen funkelten rund um sie herum. Das schwarzblaue Metall wurde lässig von einer Hand in die andere genommen, hing nach unten, deutete auf das Gras, auf sie und Owen. Viele Waffen. Die Soldaten, die einen Kreis um sie bildeten, schienen sehr viele zu sein. Sie beruhigte sich, indem sie die Männer zählte. Vierzehn insgesamt. Aber einige der Soldaten hatten zwei Waffen. Miriam nahm sie genauer unter die Lupe und sah alte russische Kalaschnikows. AK-47.

Owen begann zu reden. *Niemand beobachtet mich jetzt,* dachte sie und begann, sich langsam rückwärts in Richtung Jeep zu bewegen.

Er sprach portugiesisch. Da er langsamer sprach als die Soldaten, erkannte sie die Sprache und schloss daraus, dass die Soldaten aus Angola stammen mussten. Ja, sie hatte von den Rebellenarmeen gehört, aber so weit im Süden war nicht vor ihnen gewarnt worden. Dennoch gab es Gerüchte, dass Namibia zurzeit in den Konflikt hineingezogen würde, der Angola und andere angrenzende Staaten in Trümmerfelder verwandelte. *Wegen des Öls und wegen der Diamanten.* Dieser Gedanke kam Miriam. Sie schob ihn beiseite.

Owen sprach mit den Soldaten. Miriam beobachtete ihre Gesichter. Sie wusste, dass sie sich konzentrieren musste, sehen musste, denken musste. *Wir werden mit heiler Haut hier herauskommen.* Sie zwang sich, aus diesen Worten Mut zu schöpfen. Owen würde ihnen ein Lösegeld anbieten. Sie sah, wie er nach seiner hinteren

Hosentasche griff und die Gewehrläufe sich ein paar Zentimeter hoben. Gleichzeitig ging Miriam weitere drei Schritte auf den Jeep zu und legte beiläufig eine Hand auf den Wasserkanister, der auf das Reserverad geschnallt war. Nur ein einziger Soldat warf einen flüchtigen Blick in ihre Richtung. Sie drehte sich um und schaute sich über die Schulter nach der Gruppe um. Sie lächelte sogar ein wenig. Die anderen bewegten sich alle näher an Owen heran, der seine Brieftasche herauszog.

Miriam konnte nur einen Teil von Martin sehen. Sie schnallte den Wasserkanister ab, als wolle sie nur etwas trinken. Owen verteilte Geldscheine. Sie beugte sich vor und flüsterte: „Martin, ist mit dir alles in Ordnung?"

Sie hob den Rand seines Rucksacks hoch und sah das rote T-Shirt, die kleinen Arme in den kurzen Ärmeln, aber sein Gesicht blieb unter dem Zeichenblock versteckt. Seine Brille lag auf dem Boden. Sie war zerbrochen. Unter dem ganzen Durcheinander konnte sie eine seiner kindlichen Handflächen sehen, die nach oben gedreht war. Sie legte ihre Fingerspitzen auf sein Handgelenk und fühlte den Puls. Er schlug kräftig und gleichmäßig.

Miriam hob vorsichtig den Zeichenblock hoch und sah zu ihrer Erleichterung, dass Martin nur eine kleine Schramme auf der Stirn hatte. Er schien nur bewusstlos zu sein, nicht verletzt. Sie konnte nur mühsam den Drang unterdrücken, loszuschreien und ihn in die Arme zu nehmen und sie beide aus diesem erstickenden, staubigen, schweißtriefenden Alptraum aufzuwecken.

Owens Anweisungen hallten in ihren Ohren wider. Aber statt sie zu befolgen, ließ Miriam, einem inneren Impuls folgend, den Zeichenblock wieder über ihren Sohn sinken, dieses Mal so, dass kein Teil von ihm zu sehen war. Dann drehte sie sich um und hob den Wasserkanister an ihre Lippen. Bevor sie ihn wieder senkte, sah sie, wie einer der Männer auf sie zukam.

Sie entfernte sich vom Jeep und hoffte, er habe nicht gesehen, wie sie mit Martin gesprochen hatte. Owens Stimme wurde lauter. Miriam schaute zu ihm hinüber, genauso wie der Soldat, der auf sie zukam. Owen warf den anderen eine Handvoll botswanischer

Pula ins Gesicht. Jetzt hörte Miriam zum ersten Mal den Anführer dieser Gruppe in makellosem Englisch mit nur einem leichten französischen Akzent sprechen.

„Schön, dass Sie uns Ihr Geld anbieten. Aber wir sind hinter etwas viel Wertvollerem her."

Owen hustete und hielt sich die Seite. „Gut. Ihr seid uns zahlenmäßig überlegen. Was wollen Sie?"

„Es sieht so aus, als hätten wir, was wir wollen", sagte der Anführer. Er nickte, zuerst in Miriams Richtung und dann in Owens. Die beiden Männer schauten sie durchdringend an. Miriam sah, dass dieser Mann eine vollständige Uniform anhatte. Seine Stiefel glänzten.

In der nächsten Sekunde beugte sich Owen vor und rammte dem Mann eine Schulter mitten in den Bauch. Sein Angriff überrumpelte alle. Miriam wusste, dass sich Owen für einen Mann seiner Körpergröße erstaunlich schnell bewegen konnte. Vielleicht könnte sie ihm ein wenig Zeit herausschinden, indem sie selbst ein Ablenkungsmanöver startete. Kaum hatte diese Idee in ihrem Kopf Gestalt angenommen, lief Miriam los. Sie sagte sich, dass Martin sicherer war, solange er unentdeckt blieb. Sie bog nach links ab und sprintete durch die Schneise zwischen den Büschen, die der Jeep geschlagen hatte, als er vor weniger als einer halben Stunde über das Grasland geschlittert war.

Miriam rannte und dachte an die Wurzeln und Äste, über die sie nicht fallen durfte. „Ein Auto wird vorbeikommen", keuchte sie laut. „Ich weiß es." Sie lief und hörte leise weinende Töne aus ihrem Mund kommen, die gleichen Töne, die sie aus einem Traum aufwecken konnten.

Dann schaute Miriam zurück. Owen lag auf der Erde, von drei Männern nach unten gedrückt. Sie verlangsamte ihr Tempo so weit, dass sie Owen rufen hören konnte, als könne er sie sehen: „Lauf!"

Sie drehte sich um und versuchte, das Bild von dem, was hinter ihr gerade passierte, aus ihrem Kopf zu verdrängen. Und Martin! Sie konnte ihn nicht zurücklassen.

„Miriam, weiter! Lauf!" Owens Worte drängten sie weiter. Miriam konzentrierte sich auf diesen rettenden Asphaltstreifen, der gleich hinter den Bäumen in der Sonne glänzte. Als sie die ebene Straße unter den Füßen spürte, wandte sich Miriam nach rechts und lief die Straße entlang. Erst jetzt wurde ihr bewusst, was für eine leichte Zielscheibe sie auf der offenen Straße bot. Wenn nicht zufällig genau im richtigen Augenblick ein Auto vorbeifuhr, war die Wahrscheinlichkeit, dass sie niedergeschossen würde, ziemlich groß.

Miriam dachte, sie höre Owen wieder hinter sich rufen, aber sie konnte ihn nicht verstehen. Sie lief weiter.

Miriam schaute auf und wünschte sich ein Auto herbei. Stattdessen sah sie jetzt dort, wo vor ein paar Sekunden nur ein freies Stück Straße gewesen war, weitere Soldaten, eine andere Gruppe, die wartete und lachte. Woher waren sie gekommen? Zwei standen da und rauchten, drei andere zielten mit ihren Gewehren genau auf Miriam. Asphaltstückchen sprangen einen Meter vor ihr in die Höhe. Miriam schaute nach unten und beobachtete die Gruppe, die immer näher kam.

18

Ich, ich kann dir nicht viele Einzelheiten über den Anfang meines Weges erzählen. Ich war in der Schule. Ich verbrachte dort viele Nächte. Nette Frauen kümmerten sich um mich und andere Kinder. Wir schliefen in einem großen Raum und alle trugen dieselbe Kleidung. Es war ein Schlafsaal. Das weiß ich jetzt, jetzt, da ich zur Schule gehe und so viel gelernt habe, dass ich diese Wörter schreiben kann:

„Und die Wahrheit wird euch freimachen."

Ich glaube, ich war sieben. Vielleicht war ich auch sechs. Ich wurde zweimal gefangen genommen.

Das erste Mal war damals, als ich ein viel zu kleiner Junge war. Jetzt bin ich ein alter Mann. Die netten Frauen an diesem Ort, die alle ein Kreuz um den Hals hängen hatten, würden mich nicht wiedererkennen.

Daran erinnere ich mich.

Ich setzte mich im Bett auf und rieb mir die Augen. Es war der laute Lärm, den wir schon die ganze Woche gehört hatten. Schüsse. Waffen, die schossen. Männer, die mit diesen Waffen schossen. Die lauten Schüsse kamen näher. Einige der anderen Jungen weinten. Ich weinte nicht. Dann viele Lichter, mehr Weinen.

Dunkel, dann Lichter. Aus dem Bett gerissen von Händen, von großen Händen. Ich zog mich an, aber keine Schuhe. „Meine Schuhe!", schrie ich, und die Hände schlugen mir auf den Mund. Ich schmeckte Blut. Mein Blut!

Also gut, ich werde dir jetzt erzählen, was als Nächstes passierte. Ich kann dir sagen, es fällt mir nicht leicht, das aufzuschreiben. Ist es für dich auch so schwer, es zu lesen? Klopft dein Herz jetzt genauso laut wie meines?

Die Wahrheit ist nicht immer gut. Sie kann ein hässliches Tier sein. Aber jetzt werde ich es herausrufen und es abschießen.

Jetzt weinten wir alle, alle kleinen Kinder. Ich fühlte mich nicht klein. Aber ich erinnere mich, wie groß die Soldaten waren - ich musste weit nach oben schauen, um ihre Gesichter zu sehen -, und ich erinnere mich an viele Tränen. Wir Kleinen wurden mit einem einzigen Seil zusammengebunden. In einer Reihe mussten wir gehen, einer hinter dem anderen. Das war der Anfang meiner Wanderungen. Ich kann jetzt recht gut wandern. Damals wusste ich jedoch nicht, welche Gedanken ich denken sollte. Alles, was ich wusste, war der Schmerz in meinen Füßen, das Seil, das an meinen Händen zerrte, die Angst in meinem Herzen.

Eine der netten Frauen, die sich um uns kümmerten, lief hinter den Soldaten her. Ihre Hand streichelte meine Wange, als sie an uns vorbeikam. Sie stand klein vor einem Kommandanten, hatte die Hände in die Hüften gestemmt. Ihre Stimme war zuerst wütend, dann klug. Wir blieben stehen und hörten zu. Sie bot ihm Geld an, handelte um die kleinen Mädchen. Als ich das hörte, war ich sehr traurig, weil ich ein Junge war.

Sie bezahlte den Soldaten, und ich hielt den Atem an, denn obwohl ich noch so jung war, wusste ich, dass große Leute oft ihr Wort nicht halten. Er hielt es jedoch. Mit dem Geld kaufte sie hundert der kleinen Mädchen frei.

Die nette Frau begann, die Reihe der zusammengebundenen Kinder entlangzugehen, in der ich war. Sie zählte die Mädchen laut bis hundert, dann zählte sie weiter! Ich hatte leise mit ihr gezählt, aber bei hundert hörte ich auf zu zählen, denn das bedeutete, dass ich hoffen könnte. Als sie bei Nummer einhundertneun ankam, trat der Soldat, dieser Kommandant, auf sie zu, holte seine Panga heraus und schnitt das Seil zwischen dem Mädchen Nummer einhundertneun und einhundertzehn auseinander. Er brüllte etwas, das ich nicht verstand, und alle einhundertneun Mädchen liefen zu der netten Frau, und sie liefen in unsere Schule zurück.

Ohne mich.

Ich werde diese nette Frau nie vergessen. Ich wollte, dass sie noch einmal meine Wange berührt. Sie war auch diejenige, die uns das Beten gelehrt hatte. Sie trug ein Tuch über ihren Haaren und eine Kette mit kleinen, runden Steinen um den Bauch. Diese Steine machten ein Geräusch wie trockene Blätter im Herbst. Wir wussten also immer, wann sie um die Ecke kommen würde.

Aber jetzt führe ich dich zurück in jene Nacht. Als ich das kleine Mädchen anschaute, das jetzt das Erste in der Reihe der Mädchen war, weil sie Nummer einhundertzehn gewesen war, dachte ich: „Ach, kleine Schwester, ich weiß, wie du dich fühlst." Ihr Gesicht zeigte, dass mein erstes Gebet für sie sein sollte.

So war das, als sie mich das erste Mal gefangen nahmen.

Das zweite Mal, als ich gefangen genommen wurde, fügten mir die Soldaten Narben zu. Nicht im Gesicht, aber auf dem Rücken, an den Armen und an den Beinen. Beide Male wurde ich ein Sklave, so, als hätten sie einen Preis für mich bezahlt, denn ich trage die Narben eines gekauften Jungen.

An diesen Orten, damals, war mein Name Knumbe, „Verkaufte Person".

Ich habe gehört, dass es Stämme gibt, die die Gesichter ihrer Säuglinge umwickeln, damit ihre Kinder Narben bekommen. Das geht auf eine Zeit zurück, in der andere Stämme sie eroberten und sie als Sklaven an die Araber verkauften. Aus diesem Grund lernten sie, die Stirn, Wangen und Nasen ihrer Babys aufzuschneiden. Die Narben machten ihre Kinder zu einer Ware, die sich nicht verkaufen ließ.

Denn mindestens einer dieser Stämme hat in seiner

Sprache dasselbe Wort, das sowohl „hässlich" als auch „frei" bedeutet.

Jetzt bin ich sehr hässlich.

19

„Ein Kind ist eine seltsame Sache.“ Juri Falin betrachtete die Gruppe der neuen Rekruten vor sich und wunderte sich über die leeren Gesichter, die in seine Richtung starrten. Sie waren kaum älter als die Jungen, die sie befehligen sollten, wenn er sie fertig ausgebildet hatte, und sie schienen keine Ahnung zu haben, warum sie hier waren. *Sie werden schon bald aufwachen.*

„Die meisten Kinder gehorchen blind. Nutze das aus. Erzähle ihnen, was du willst. Erzähle ihnen, sie werden von einem Zauber beschützt, gib ihnen einen Beutel, den sie sich als Talisman um den Hals hängen können – sie werden dir glauben. Ich habe schon Hunderte von diesen jungen Soldaten an die vorderste Front in den Krieg geschickt, und ich kann dir sagen, dass sie mutiger kämpfen als die meisten erwachsenen Männer.“

Ohne Vorwarnung schwang Juri sein Gewehr von seiner Schulter und durchbohrte die Luft über den Kinderköpfen mit Kugeln. Die zwei Männer links warfen sich schützend auf den Boden; die anderen bedeckten nur ihre Köpfe.

„Hast du verstanden, Joseph?“, nickte Juri dem kleinen Mann mit den breiten Schultern zu, der gleich links hinter ihm stand.

Joseph grinste. „Ja, Kommandant.“ Er schrieb die Namen der zwei Männer auf, die sich den Staub von ihren neuen Uniformen klopften und wieder auf die Bänke aus halben Baumstämmen kletterten.

Juri lächelte und setzte seine Lektion fort. „Und erzähle ihnen, dass sie als Belohnung eine eigene Waffe bekommen können. Die Jungen werden die Macht, die sie durch die Waffe haben, lieben, die Möglichkeit, über die anderen Jungen zu herrschen. In dieser Gegend beträgt der Preis für eine leichte, automatische Waffe wie die alte AK-47 ein Huhn. Auch wenn in den verschiedenen Konflikten, an denen du beteiligt bist, vielleicht manchmal militärisches Personal knapp ist, musst du dir merken, dass es immer jede Menge Waffen und jede Menge Kinder gibt.“

Eine Stunde später schlingerte Juris Jeep auf die nahe gelegene Flugzeugstartbahn und kam zum Stehen. Eine Wolke aus rotem Staub hüllte sie ein. Joseph sprang heraus und lief auf eine Baumgruppe zu. Juri stieg aus dem Fahrzeug und zog den Sack unter dem Sitz hervor. Er warf ihn sich über eine Schulter und joggte zum Rand der Startbahn.

Joseph hatte bereits das Tarnnetz von der kleinen Cessna entfernt und zu einem Haufen zusammengerollt. Gemeinsam entfernten er und Juri die Blöcke unten an den Rädern, dann schloss Juri die Pilotentür auf und warf seine Sachen hinein.

Joseph hatte das Gesicht nach oben gewandt. Juri gesellte sich zu ihm. Beide Männer schwitzten in der Sonne. Ein paar Augenblicke sagten sie nichts. Dann nickte Juri. „Gut. Wir haben nur eine halbe Stunde, bevor die nächsten Patrouillenflugzeuge kommen. Gut für uns, dass unsere Freunde bei der Regierung einen festen Terminplan einhalten. An einigen Tagen sind sie da, und an einigen Tagen nicht. Aber ich werde kein Risiko eingehen." Er drehte sich zu Joseph um und schob seinen Hut zurück.

„Ich habe voll getankt", sagte Joseph.

Juri streckte den rechten Arm aus, um sich von seinem zuverlässigen Helfer zu verabschieden. „Du kommst klar? Du kümmerst dich um alles im Lager?"

Joseph nickte. „Ja."

Juri zögerte noch, legte die Hand an seine Stirn und beobachtete den Himmel.

„Nicht so begeistert, von hier fortzugehen?", fragte Joseph.

Juri lächelte, ohne ihm eine Antwort zu geben. Joseph kannte ihn gut. Juri gehörte hierher in den Busch – zu den Männern, den Kriegen, den Truppen, den Intrigen. Er konnte sich mit den Einschränkungen der so genannten Zivilisation nicht anfreunden. Hier draußen konnte er frei atmen und tun, was er wollte. Er war erst vor kurzem aus Nairobi zurückgekehrt und freute sich überhaupt nicht auf einen weiteren Ausflug in eine Stadt, dieses Mal nach Harare. „Was meinst du, wie sich diese neueste Gruppe machen wird?", wechselte er bewusst das Thema.

Joseph bewegte seine Hand von einer Seite auf die andere. „So lala. Einer oder zwei werden die erste Woche nicht schaffen."

„Stimmt." Die zwei Männer schüttelten sich ein zweites Mal die Hand, dann kletterte Juri auf den Pilotensitz für seinen Ausflug nach Simbabwe. Er rief zu Joseph hinunter: „Bis bald" und winkte kurz, während er den Motor anließ. Er kontrollierte schnell seine Instrumente und rollte dann zur Mitte der Startbahn. Dann raste das kleine Flugzeug über die Sandbahn und hob die Nase über die Baumwipfel.

Als der Boden unter ihm verschwand, begann Juri, sich zu entspannen. Er überprüfte den Himmel ein letztes Mal nach möglichem Luftverkehr, dann machte er es sich auf seinem Sitz bequem und zog die Karten aus der Tasche unter dem Sitz hervor.

Er hatte in der Nacht zuvor nicht viel geschlafen und musste fit sein. El-Fatih hatte immer interessante Aufgaben für ihn, aber diese versprach, sich besonders gut auszuzahlen. Er würde die üblichen Vorsichtsmaßnahmen ergreifen. Und er musste der Sache auf den Grund gehen, was aus den Luftabwehrraketen geworden war, die er bestellt hatte. Seine Truppen brauchten sie dringend, um die Kampfhubschrauber abzuwehren, die jeden Augenblick von den umliegenden Hügeln über ihnen niedergehen könnten. Mit dem Geld, das er für diesen Auftrag bekam, könnte er versuchen, ob er noch ein paar Hubschrauber bekäme, aber mit Infrarot-Störern an den Rotorblättern. Das Neuste an Waffentechnologie, zusammen mit seinem Wissen und seiner technischen Ausrüstung auf dem Feld sorgten dafür, dass Juri unter seinen Konkurrenten eine führende Rolle spielte.

Er dachte an das, was Joseph im Lager erwartete. Die letzte Gruppe hatte eine wahrscheinliche Sterblichkeitsrate von 70 Prozent. So war es immer, dachte Juri, wenn sie so viele Junge hatten. Aber andererseits bekam er nur die Besten zur Ausbildung. Jeder konnte sich also vorstellen, wie der Rest aussah.

Juri selbst war fünfzehn gewesen, als er in die Sowjetarmee eintrat. Für ihn hatte es keine Treffen der Jungen Pioniere gegeben. Er hatte lange gewartet, bis er aus dem staatlichen Waisenhaus am

Rand von Leningrad ausreißen konnte, wo er aufgewachsen war. Mit fünfzehn hatte er gewusst, dass man ihn für siebzehn hielt, und hatte sich rekrutieren lassen. Der Anreiz war einfach gewesen, wenigstens damals, vor 1989, als die Sowjetstaaten noch als Einheit bezeichnet werden konnten. Die Armee hatte ihn nicht nur besser ernährt als das Waisenhaus, sondern ihn auch ausgebildet und ihm Geld bezahlt.

Beim Militär hatte sich Juri zum ersten Mal in seinem Leben zu Hause gefühlt. Er hatte entdeckt, dass Typen wie er – tödlich, still, stark, misstrauisch – in der Armee sehr gute Chancen hatten. Er liebte Waffen und setzte sie gern ein. Er hatte keine Probleme mit Regeln und Disziplin. Das war nichts im Vergleich zum Waisenhausleben. Und er kämpfte brutaler und hinterhältiger als irgendein anderer Junge in seiner Kaserne. Sie ließen ihn also alle in Ruhe.

Juri war bereits seit dreizehn Jahren beim Militär gewesen, als sie ihn nach Afghanistan schickten – wann war das gewesen? – vor zwölf Jahren, damals, 1980. Damals hatte er sich geschworen, falls er aus diesem verfluchten Land jemals wieder fortkäme, würde er sein eigener Chef werden und alles benutzen, was er gelernt hatte, um andere für den Krieg auszubilden und dabei reich zu werden.

Und so war Juri in Afrika gelandet – und hatte entdeckt, wohin er wirklich gehörte. Seine Rivalen mochten ihre Moskauer Datschas mit ihren unechten Blondinen genießen, aber Juri zog den Busch vor. Er war auf der ganzen Welt herumgekommen, und es gab immer noch keinen besseren Ort als Afrika, um heimlich und illegal ein Vermögen zu machen. Hier konnte er seine Freiheit genießen und dabei seine ganzen Geschäfte kontrollieren. Sein Diamantengebiet war nicht umsonst das sich am schnellsten ausbreitende Gebiet in Zentralafrika.

Nein, sein Einfluss nahm zu, weil er dafür bekannt war, dass er an Ort und Stelle mit den Männern, die direkt beteiligt waren, Geschäfte machte. Ihn erregte das ständige Spiel der sich bewegenden Schatten – die allgegenwärtige Möglichkeit, dass der Verbündete von heute ihm morgen eine Schlinge um den Hals legen könnte. Er liebte die Herausforderung, allen anderen immer einen Schritt voraus zu sein. Erst in dieser Woche war er in ein Gebiet vorgedrungen, das vorher der libanesischen Mafia gehört hatte.

Nun ja, er würde bald herausfinden, wie effektiv seine neuen Truppen kämpfen konnten. Er kannte den Wert von jungen Soldaten sehr wohl. *Sie gehorchen und haben keine Angst, genauso wie ich früher.*

* * *

Ein summendes Geräusch. Miriam wurde von einer Seite auf die andere geworfen. Sie lag auf etwas Hartem, sie roch Blut und schmeckte knirschenden Staub. Ihr Mund tat weh, ihre Lippen brannten. Sie konnte die Muskeln ihrer unteren Gesichtshälfte nicht bewegen.

Miriam schlug die Augen auf. Sie befand sich im Inneren von etwas, das wie die Ladefläche eines Lastwagens war, hatte einen Sack über dem Kopf, Klebeband über dem Mund. Ihre Hände flogen nach oben und fühlten den Sack, der mit vielen Knoten um ihren Hals fest gebunden war. Jetzt begriff sie, dass sie kein Auto finden würde, das zufällig vorbeifuhr.

Miriam streckte die Arme aus und begann, sich über den Boden des Fahrzeugs zu tasten. Sie fühlte Sand, Schmutz, Metallstückchen, mehr Seil und dann einen Fuß. Ihre Hände bewegten sich zitternd an dem Körper hinauf, fühlten ein vertrautes Hemd, sein Kinn. Ihre Fingerspitzen blieben an verkrustetem Blut um seine Augen hängen. Sie hielt einen Finger unter seine Nase. Owen atmete.

Erst jetzt gestattete Miriam sich, an Martin zu denken. Was sie fühlte, konnte sie nicht in Worte fassen. Es war nicht nur der tiefe Verlust. Es war viel mehr. *Was haben sie mit dir gemacht?* Panisch durchsuchte sie den Rest des Lastwagens, darauf gefasst, dass ihre Hände einen weiteren Fuß finden würden und gleichzeitig mit dem Wunsch, der Hoffnung, die sie kaum zulassen wollte, dass er vielleicht entkommen sein könnte.

Ihre Hände fanden nichts.

Miriam versuchte, die Vorstellung aus ihrem Kopf zu verbannen, dass Martin allein im Busch herumirrte, von Hyänen gejagt, diesen stinkenden Tieren, die auf der Safari in ihr Lager eingedrungen waren und sie mit ihrem halbtoten Hexengeheul mitten in der Nacht geweckt hatten. *Nein, hör auf damit!* Miriam weigerte sich, ihrem Verstand zu erlauben, sich diese Dinge auszumalen. Ein Teil von ihr begann zu begreifen, eine Vorwarnung zu verstehen, dass ihr Verstand sich in dieser neuen Gefahrendimension, in die sie gestolpert war, als der größte Feind erweisen könnte. *Martin! Lass ihn in Sicherheit sein. Bitte.*

Der Lastwagen bog mehrere Male scharf ab, so abrupt, dass Miriam von einer Seite auf die andere geworfen wurde. Dann wurde er langsamer und blieb stehen. Sie hörte Männerstimmen in unmittelbarer Nähe, fühlte ihre Hände und schrie auf, als man sie und Owen aus dem Lastwagen zerrte und an irgendeinen Ort mit einer Tür warf. So viel wusste sie, weil sie hörte, wie die Tür zufiel und ein Metallriegel vorgeschoben wurde. Miriam fühlte das Seil um ihren Hals, das den Sack zuschnürte. Hände hatten es durchgeschnitten, bevor die Männer sie allein ließen. Miriam zog den Sack jetzt weg und atmete tief ein. Owens Augen waren zugeschwollen. Aber wenigstens hob und senkte sich sein Brustkorb in einem unregelmäßigen Rhythmus.

Und jetzt begann Miriam zu warten. Ihr Verstand ließ sie nicht zur Ruhe kommen. Sie wartete und dachte an zu Hause, als könnte der gegenwärtige Wahnsinn gezwungen werden zu verschwinden, wenn sie sich einen Ort, an dem die Welt in Ordnung ist, vor Augen führte. Sie dachte an ihr Haus, das große Fenster in der Frühstücksnische, Martins Zimmer, die Straße in Chinatown, wo Sue wohnte, die Geschäfte, in die sie gern gemeinsam gingen – sie klammerte sich an jedes Bild, das ihr Boden unter den Füßen geben könnte. Während sie neben ihrem atmenden Ehemann saß, hoffte Miriam von ganzem Herzen, dadurch, dass sie sich in Erinnerung rief, dass sie tatsächlich aus dieser anderen Welt kam, könnte sie irgendwie die stürmischen Meere, die sie von dort hierher geworfen hatten, beruhigen.

Miriam musste eingedöst sein. Das schwache Licht, das in den Raum drang, warf lange Schatten, als Owen endlich das Bewusstsein wiedererlangte. Sie erwachte, als er sagte: „Martin?"

Vor diesem Moment hatte ihr gegraut, weil sie wusste, dass es sie innerlich zerreißen würde, darüber zu sprechen. Sie sah, wie ihre Tränen in den Staub tropften, während sie schluchzend gestand: „Ich habe ihn im Auto gelassen. Ich habe ihn zurückgelassen."

Dann sagte Owen, ihr tapferer Ehemann, die Worte, die sie nicht auszusprechen wagte: „Er lebt."

Sie hielten einander in dem fahlen Licht eng umschlungen. Ihre tiefe Trauer war von Angst durchzogen. „Er lebte. Das habe ich mit eigenen Augen gesehen." Miriam sprach so leise, dass sie es selbst kaum hören konnte.

20

Ich, ich schreibe hier eines der Gedichte auf, die ich in meinem Kopf trage. Ich erinnere mich nicht an das erste Mal, als ich ein solches Gedankengedicht hatte; es war einfach da.

Von meinem Frieden

Von meinem Frieden suche ich den Frieden.
In Zeiten des Krieges sterbe ich einsam am
Straßenrand.
Abgeschnittener als ein Schiffswrack,
mitten auf einem See, von allen vergessen,
von niemandem vermisst;
niemand wischt meine Tränen ab.
Weinend, vom Schweiß des Todes bedeckt.

Es gab keinen Frieden – aus diesem Grund liefen die Menschen aus dem Sudan weg. Flüchtlingskinder haben kein Land. Wir haben kein Zuhause. Oft haben wir nicht einmal mehr eine Familie, außer der größeren Gruppe, der sich unsere kleinere Gruppe anschließen kann. Wir sind Kinder ohne Kindheit. Es gibt viele Dinge, die ich nicht verstehe. Warum muss ein Kind so laufen? In Gefahr, erschöpft, elend und voll Angst bei jedem Schritt auf dem Weg. Es ist eine schlimme Sache, Tag für Tag Hunger zu haben.

Wenn ich jetzt an diese Tage zurückdenke, in denen ich mit einem Löwen in meinem Bauch aufwachte und mit einem noch schlimmeren Gefühl einschlief, beuge ich aus Dankbarkeit den Kopf und danke unserem Herrn Jesus, dass er mich hierher gebracht hat, wo ich essen und in Frieden leben kann. Das ist ein sehr großes Wunder, und ich bin so dankbar, dass ich manchmal nicht schlucken kann.

Du hast mich gebeten, alles aufzuschreiben, an das ich mich erinnere. Aber es ist eine seltsame Sache - an viele Dinge erinnere ich mich nicht. Vom ersten Mal, als ich gefangen genommen wurde, weiß ich nur, dass ich in der Nacht weggebracht wurde, in der ich wünschte, ich wäre ein kleines Mädchen. Als Nächstes erinnere ich mich an das Marschieren, aber meine Hände sind nicht gebunden, und große Jungen sagen mir, dass ich aufstehen und weitergehen soll. Also ja, ich weiß, das bedeutet, dass ich entkam, aber ich habe keine Erinnerung an diese erste Flucht oder an das, was nach dieser ersten Nacht passierte, in der sie mich banden und ich sechs Jahre alt war.

Oder sieben.

Nur die Hyänen, die um unsere Gruppe herumschlichen, wussten, wie viel Zeit verging, als ich den großen Jungen folgte und wir nicht mehr zusammengebunden waren. Ich weiß nur: Wir wanderten nachts, weil am Tag die Sonne so heiß ist. Meine Füße brannten. Wir gingen also nachts. Dadurch musste ich nicht so oft denken: „Ich will Wasser, ich will Wasser." Es war sehr schlimm für mich, wenn ich mich zu lang unter einem Baum ausruhte. Ich sagte mir viele Male: Ich kann sterben, wenn ich aufgebe. Der Löwe wird mich umbringen; wilde Tiere werden mich umbringen, wenn ich zurückbleibe und sage, dass ich nicht mehr so viel marschieren will. Ich will nicht laufen; ich will einfach sitzen. Dann wird der Löwe mich töten.

Aber ich, ich hatte nicht so viel Angst, denn ich war mit vielen großen Jungen in der Gruppe. Wenn der Löwe kam, schrien wir ganz laut, und dann tötete der Löwe uns nicht.

Wir marschierten also wieder weiter. Wir aßen Schmutz. Wir aßen Blätter. Die großen Jungen sagten: „Geht in diese Richtung. Geht in jene Richtung." Aber ich, ich weiß, dass Gott uns den Weg zeigte.

Erinnerst du dich?

Ich denke das, weil ich Gott habe, und er sagt zu mir: „Geh in diese Richtung." Stell dir nur vor – ohne Gott könnte ich in jene Richtung gehen, in irgendeine Richtung, und wohin gehe ich dann? Noch schlimmer, wo würde mein Weg enden?

Noch etwas, das wichtig ist: Ich weiß, dass ich einen Menschen, der sich setzen muss, nicht einfach sitzen lassen kann. Also ziehe ich an ihm und schreie ihn an, dass er aufstehen muss. Das haben die großen Jungen für mich getan. Und jetzt tue ich es wegen Gott. Er sagt zu mir: „Lass diesen Menschen nicht zurück. Dieser Mensch, er ist Leben."

Du hast mich oft gefragt, wie ich das durchhielt. Ich war nicht stark, aber wenn ich einen Jungen marschieren sah, der kleiner war als ich, sagte ich zu mir: „Siehst du diesen kleinen Jungen? Er marschiert." Also marschierte ich auch.

Oft halfen Geschichten, denn wir erzählten Geschichten darüber, dass wir Essen besorgen wollten und dass wir irgendwo irgendwann glücklich sein würden. Geschichten über das Jetzt, denke ich, und diese Geschichten machten uns glücklich, und es ist leichter, zu marschieren, wenn man glücklich ist. Ich will lernen, wie ich Geschichten erzählen kann, die Menschen glücklich machen. Glaubst du, das ist möglich? Wenn ich Geschichten über den Sudan höre, macht mich das auch glücklich. Es ist ein Ort, an den ich zurückgehen will, wenn es mein Zuhause sein kann. Vielleicht.

Frag mich nicht, warum mir das alles passiert ist, warum ich ein Flüchtling bin. Wie könnte ich das wissen, sage ich, frag die Großen, warum. Was denkst du?

Ich erinnere mich an viele Tage, an denen ich mich nicht gut fühlte. Ich marschierte einfach. Du hast gefragt, ob ich Menschen sterben sah. Ich glaube, du weißt nicht, wie es ist, wenn man viele sterben sieht. Sie sterben an Hunger. Selbst mein Freund, der die meisten Tage an meiner Seite ging, er starb. Kein Wasser ist das Schlimmste, aber kein Essen ist auch sehr schlimm. Als ich meinen Freund sterben sah, marschierte ich trotzdem weiter. Ich glaube, manchmal kann ich helfen, und manchmal kann ich es nicht. Ich rede wieder über das Leben. Wenn ich bei meinem Freund geblieben wäre, wäre ich auch tot. Was konnte ich tun? Er weigerte sich, mit mir zu gehen. Mir tut das Leid, und ich marschiere weiter und marschiere weiter und marschiere weiter.

Auf diesem langen Marsch mit den großen Jungen nenne ich mich Nsami, „Einer, der sich viel bewegt".

21

Martin erwachte, als er in der Ferne Schüsse hörte. Er fühlte sich völlig verdreht, äußerlich und innerlich. Er schob sein Zeichenheft von seinem Kopf und fühlte das Licht, bevor er die Augen aufschlug und es sah. Helles Sonnenlicht, mitten in seinem Gesicht. Statt sich aufzusetzen, beschloss er, liegen zu bleiben, auf dem Boden des Jeeps liegen zu bleiben. Hier war es dunkler und er war weiter weg von diesen Geräuschen. Außerdem tat sein Kopf weh.

Er fühlte zerbrochenes Glas. Er schaute nach links und sah die zersplitterten Reste seiner Brille. *Mama wird schimpfen.*

„Mama? Papa?" Er schloss die Augen und horchte. Er hörte nichts in der Nähe, nur Motoren, die angelassen wurden und sich entfernten. Dann Vögel und Grillen. Ihm war heiß, und er hatte Durst.

Als er die Hitze in dem glühenden Jeep nicht länger aushalten konnte, setzte er sich auf. Er schaute sich um, sah aber immer noch niemanden. Martin kletterte auf den Fahrersitz, wo eigentlich sein Vater sitzen sollte. Die Tür stand weit offen. Er hielt das Lenkrad mit beiden Händen und schaute nach oben. Er sah die zerbrochene Windschutzscheibe und schrie auf, als er das getrocknete Blut sah, das verklebt und verschmiert wie ein gemaltes Zeichen genau auf ihn deutete.

Der Klang seines eigenen Schreis erinnerte ihn an den Schrei seiner Mutter, das Letzte, an das sich Martin erinnern konnte, bevor der Unfall passierte. Der Angstschrei seiner Mutter – er hatte ihn gehört. Dann hatte sein Vater den Jeep herumgerissen und war von der Straße abgebogen. Danach erinnerte er sich an nichts mehr. Wo waren seine Eltern?

Martin rief zögernd; dann brüllte er, so laut er konnte. „Mama! Papa!" Er horchte, vernahm aber nur ein leises Rascheln des hohen Grases. Er kletterte aus der Fahrertür und lehnte sich an die heiße Metallkarosserie des Wagens. Ihm wurde schwindelig. Seine Hand fuhr an seine Stirn, und er fühlte eine Beule. Er schluckte und versuchte es noch einmal. „Papa? Mama?"

Martin schluckte mühsam die Tränen hinunter. *Ich bin ganz allein hier draußen.* Wenn sie aus dem Jeep geschleudert worden wären, würde er sie sehen können. Er sah Spuren von ... er wusste nicht von was. Martin ging hinüber und stolperte beinahe über den Haufen frisch aufgewühlter Erde. Er ging in die Hocke, um ihn näher zu betrachten. Es sah aus, wie wenn ein Bulldozer durch die Lichtung gefahren wäre.

Martin rief noch einmal: „Hilfe! Ist hier jemand? Mama! Papa!"

Er drehte sich langsam im Kreis herum, sah die Formen der Bäume, das Gestrüpp und die Büsche. Ohne seine Brille konnte er nicht gut in die Ferne sehen, aber er erinnerte sich, dass neben der Straße alles flach gewesen war.

Ein Lastwagen donnerte vorbei.

„Hallo!" Martin ging auf die Straße zu, begann dann zu laufen und holte alles aus seinen Beinen heraus. Die flache Straße erschien ihm immer größer, je näher er kam. Kurz bevor er den Straßenrand erreichte, donnerte ein weiterer Lastwagen vorbei, dieses Mal einer mit einer Ladung aus langen Baumstämmen.

Martin stand an der Straße, vornüber gebeugt, die Hände auf den Knien, und rang nach Luft. Ihm fiel wieder ein, wie viel Durst er hatte. Er leckte sich die Lippen. Dann hörte er noch mehr Schüsse. Er schaute nach rechts und kniff die Augen zusammen. Das, was da auf ihn zukam, sah wie ein Armeelaster aus. Er konnte Arme mit Gewehren in den Händen sehen. Er ging fünf Schritte zurück, bis die Sträucher ihn versteckten. Martin marschierte in gebückter Haltung weiter, immer weiter weg vom Unfallort, aber parallel zur Straße.

Der Laster verlangsamte sein Tempo. Martin beschleunigte seine Schritte und versuchte, so viel Abstand wie möglich zwischen sich und der Wagenladung grölender Soldaten zu bringen. Sie riefen jetzt etwas und schossen noch mehr. *Wer sind diese Männer?*, fragte er sich. *Was wollen sie? Haben sie den Unfall gesehen?* Er wäre nie auf die Idee gekommen, sich ihnen zu zeigen. Einige hielten grüne Weinflaschen in den Händen, und sie machten so viel Lärm, dass er Angst bekam. Er sagte sich, dass er in der Nähe der Straße bleiben sollte, aber vor *ihnen* versteckt.

Eine plötzliche Explosion ließ die Erde erbeben. Martin stürzte vor Schreck unter den Stamm eines riesigen, grauen Baumes. Er schaute nach oben und sah Zweige, starke Zweige, die wie eine Treppe ausgestreckt waren. Er kletterte eilig den Stamm hinauf, bis er hoch genug war, um über die Büsche in die Richtung des verunglückten Jeeps schauen zu können. Flammen und Rauch stiegen von der Stelle auf, an der er den Jeep vermutete. *Sie haben unser Auto verbrannt?* Martin fragte sich, wie sie wissen konnten, dass das Auto dort war. Hatten sie den Unfall gesehen?

Die ganze Zeit, während er dies dachte, versuchte Martin, nicht an die anderen Dinge zu denken. Aber seine Hände zitterten. Er bemerkte das, als er sich eine Hand an die Stirn legte, um den brennenden Jeep besser sehen zu können.

Er drehte sich um und schaute auf die Straße. Sie zog sich wie ein Fluss durch die Landschaft, mit Flachland auf der anderen Seite und Gestrüpp und Bäumen auf dieser Seite. Wenn er weiter die Straße hinabschaute, konnte er ein verschwommenes Grün sehen, wo auf beiden Seiten Bäume wuchsen. Wenn er in die Richtung schaute, in der er und seine Eltern noch vor kurzem unterwegs gewesen waren, konnte er sehen, wo auf beiden Seiten die Ebene auftauchte. Hier war also eine Art Übergangspunkt, an dem das Waldgebiet in die Savanne überging.

Martin kletterte hinab und blieb unten neben dem Baumstamm stehen und wartete. Nachdem der Laster mit den Soldaten lärmend davongerollt war, kehrte er zur Straße zurück. Er wusste nicht, was er sonst tun sollte. Wenn er zwischen den Bäumen blieb, könnte ihn eine Schlange beißen oder ein Löwe finden. Auf der Asphaltstraße bestand die Chance, dass seine Eltern ihn finden könnten.

Während er marschierte, fing Martin an zu weinen. Er wusste, dass das dumm war, aber das war ihm egal. Ihm war noch nie so heiß gewesen, und er hatte noch nie in seinem Leben so viel Durst und Angst gehabt. Jetzt konnte er nicht einmal zum Jeep zurückkehren, um seine Sachen zu holen oder im Kofferraum nach Wasser oder etwas zu essen zu suchen. Auf diese Idee war er erst gekommen, nachdem die Männer den Jeep in die Luft gejagt hatten. Jetzt war es zu spät. Ganz allein. Aber Martin wusste, dass seine Eltern ihn bestimmt suchten, irgendwo sein mussten, am Leben sein mussten.

Jetzt konnte er die Stimme nicht zum Schweigen bringen; die andere Sache ließ ihm keine Ruhe. Martin hasste es, allein zu sein, und er hasste seine Angst.

* * *

Die Angst ist überall. Sie folgt dir bis in den Schlaf. Sie knüppelt dich nieder, wenn du aufwachst und versuchst aufzustehen. Sie schleicht um dich herum, jagt dich, verfolgt dich, foltert dich.

Die Gedanken kreisten gnadenlos in Miriams Kopf, vor und zurück, vor und zurück und bohrten schwer an den Grenzen dessen, was sie als real kannte, an die Grenzen ihres Bewusstseins. Kurze Bilder, abgeschnittene Erfahrungen, amputierte Sequenzen. *Was passiert mit mir?*

Miriam lernte ihre Umgebung, die Zelle, auswendig. Die Holztür war mit einer alten Farbschicht gestrichen, hellblau. Nägel standen in krummen Winkeln heraus, einige Nagelköpfe waren abgebrochen. Zwei Scharniere, ein Metallband lief diagonal von der oberen linken Ecke nach rechts unten. Sie saugte diese Details in sich auf und zählte sie – die Nägel, die Nagellöcher, die Ziegel entlang der unteren Wandschicht, die Wellen in dem verrosteten Blechdach, die Wellen pro Teil.

Ein Maschendraht bedeckte das eine Fenster, die Maschengröße war zu groß, um die Moskitos fern zu halten. Sobald die Abenddämmerung einsetzte, erstürmten die Insekten in einer Wolke das Zimmer, ließen sich auf Miriams und Owens müden Körpern nieder und bissen sich durch ihre Baumwollkleidung und verschlangen die nackte Haut. Nach dieser ersten Nacht spürte Miriam einen Einstich neben dem anderen. Sie legte sich auf Owen, um ihn zu schützen, und versuchte, alle Gedanken an Malaria zu verdrängen. Sie erinnerte sich nur daran, dass sie ihre Tabletten in der letzten Feriensiedlung in ihr Schminktäschchen gepackt hatte.

Schminktäschchen? Eine lächerliche Vorstellung hier. Miriam schüttelte den Kopf und zwang sich, sich zu konzentrieren. *Wer sind diese Männer?* Diese Frage quälte ihren Verstand. Terroristen, die einfach beliebig Touristen entführten? Ging es einfach darum, dass ihre Familie zur falschen Zeit am falschen Ort gewesen war?

In ihrer zweiten Nacht an diesem sehr dunklen Ort erspähte Miriam eine Maus, die unter der Tür hereinhuschte. Ihre winzige Gestalt stach vom Mondlicht deutlich ab. Miriam beobachtete das Tier, während Owen unter ihr atmete. Ihre Gedanken drehten sich jetzt nur um ihn und ihren Sohn.

22

Juri verfluchte Joseph leise. Er hätte gründlicher arbeiten und den Jeep durchsuchen sollen. Im nächsten Atemzug verfluchte Juri sich selbst. Er hätte Joseph mitteilen sollen, dass die Reisegesellschaft aus drei Personen bestand. Wenn Juri die Familie in Nairobi nicht mit eigenen Augen gesehen hätte, hätte nicht einmal er von dem Jungen gewusst.

Sie hatten den Jeep schon in die Luft gejagt, als Juri am Schauplatz des Geschehens ankam. Er starrte das rauchende Fahrzeug an, das verkohlte Gras, und vermutete, dass noch keine Stunde vergangen war, seit seine Männer hier gewesen waren. Keine Spur verriet, wo das Kind war, aber es musste in der Nähe sein. *Oder es war bei lebendigem Leib verbrannt.* Juri stocherte in dem, was von dem Jeep übrig geblieben war, und sah nichts, das Ähnlichkeit mit menschlichen Überresten gehabt hätte. *Trotzdem ...*

Den Jungen zu finden wäre ein enormer Vorteil. Ein heimlicher Schatz wie dieser könnte O'Neill dazu überreden, die Dinge wie El-Fatih zu sehen. Falls die Frau noch nicht genügte, würde der Sohn diesen Zweck ganz gewiss erfüllen.

Juri hatte die Seite neben der Straße beobachtet, als er sich dem Ort genähert hatte, aber niemand war zu sehen gewesen. Er konnte sich vorstellen, wie der Junge sich in diesem Moment fühlen musste. *Verlassen.* Juri hob die Hand und rieb sich die Schläfe, um eine neuerliche Attacke von Kopfschmerzen abzuwehren.

Als er wieder aufblickte, dachte er: *Ah.* Nur hundert Meter vor ihm stolperte ein Junge über die Straße. Juri eilte zu seinem eigenen Wagen mit Allradantrieb zurück, legte eilig den Gang ein und raste wieder zur Asphaltstraße hinauf. Er ließ den Jungen noch ein paar Sekunden in seine Richtung taumeln, wurde dann langsamer und kam neben ihm zum Stehen.

Juri schaute in seinen Rückspiegel und fluchte leise, als er einen Pajero mit den Insignien eines großen Reiseveranstalters auf der Motorhaube hinter sich erblickte. Er schob die Tür auf der

Beifahrerseite auf. Der Junge war so erschöpft, dass er zusammenbrach, sobald Juri hinaussprang und ihn auffing.

Der Pajero bremste, und ein Safariführer fragte: „Ist alles in Ordnung?"

Juri begrüßte ihn auf Shona. Der Mann lächelte und antwortete in derselben Sprache. Dann fragte er: „Brauchen Sie Hilfe?"

„Nein. Er ist mein Sohn. Er hat einen leichten Hitzschlag. Wir sind auf dem Weg zum Krankenhaus. Ich hätte ihn nicht aus dem Auto lassen sollen, aber er musste dringend. Wahrscheinlich leidet er nur ein wenig an Flüssigkeitsmangel – nichts Ernstes."

„Brauchen Sie Wasser?"

„Nein, ich habe genug."

„Na, dann passen Sie auf, dass er keine Sonne mehr abbekommt. Wahrscheinlich hängen sie ihn im Krankenhaus an einen Tropf, und am nächsten Tag geht es ihm wieder besser."

Juri nickte und hob den Jungen auf den Beifahrersitz. Er dankte dem Mann und fuhr in Richtung Osten davon.

* * *

Martin konnte nicht atmen. Wohin waren alle verschwunden? Er spürte, wie seine Beine unter ihm zusammensacken wollten, während er zwischen dem Busch und der Straße hin und her schwankte. Am Schluss blieb er einfach auf der Straße und hoffte, dass jemand vorbeikommen würde. Und es kam jemand.

Ein blauer Jeep wurde langsamer und blieb dann stehen. Der Mann, der aus dem Auto stieg, sah nicht so aus wie diese Soldaten. Er war ruhig und lächelte und legte genau in dem Augenblick, in dem Martins Beine unter ihm zusammensackten und er das Bewusstsein verlor, die Arme um ihn.

Als er die Augen wieder aufschlug, saß er sicher im Auto dieses Mannes.

„Meine Eltern ... wir hatten einen Autounfall. Ich weiß nicht ..." Martins Stimme klang in seinen eigenen Ohren so weit weg. Er hustete.

Der Mann sagte: „Mach dir keine Sorgen. Ich weiß, wo sie sind. Ich bin noch einmal zurückgekommen, um dich zu suchen. Hier, trink noch etwas Wasser.“ Er zog eine Plastikflasche unter dem Rücksitz hervor und reichte sie Martin. Martin schüttete sich mit Wasser voll, als er gierig die Flüssigkeit in seine brennende Kehle goss. Dieser Mann hatte einen lustigen Akzent.

„Sie kennen meine Eltern?“, fragte Martin.

„Ich weiß genau, wo sie sind. Soll ich dich dorthin bringen?“

* * *

Die dritte Nacht verbrachte Miriam damit, Ratten anzuschreien, während Owen neben ihr lag. Sie sah, wie die Tiere sich ungehindert in der Zelle bewegten und sie immer näher umkreisten, fühlte ihre Berührung an ihrem Bein, wenn sie schlief, wachte auf, als sie eine Bewegung vor ihrem Gesicht fühlte.

In der vierten Nacht wusste sie, warum die Nager immer wieder kamen. Wenn die Wachen ihnen ihr Brot in die Zelle warfen, hart und dunkel vor Schimmel, fielen Krümel auf den Boden. Miriam fragte sich, ob die Wachen absichtlich diese Krümel in der Zelle verteilten, wenn sie ihnen das Brot hineinwarfen, denn sobald die Ratten die Krümel gefressen hatten, verschwanden sie wieder.

Inzwischen sehnte sich Miriam nach zwei Dingen: nach sauberem Wasser und danach, dass Owen das Bewusstsein wiedererlangen würde. Er kam zu sich, aber immer nur für kurze Zeit. Dann redeten sie miteinander, aber Miriam hörte das, was er nicht sagte, deutlicher als das, was er sagte. Owen ermahnte sie zu flüstern, damit die Wachen sie nicht hören könnten.

Er bekam Fieber, das Fieber fiel und stieg wieder. Er schwitzte so sehr, dass Miriam sich Sorgen machte, er könne an Flüssigkeitsmangel sterben. Das wenige Wasser, das die Wachen ihnen gaben, roch abgestanden wie aus einem Fluss. Alle Warnungen in den Reiseführern schienen in dieser Umgebung absurd. Der Rat, nur Wasser aus Flaschen zu trinken, verblasste angesichts von Miriams

Bedürfnis, ihren eigenen rasenden Durst zu stillen und Owens Flüssigkeitsmangel abzuhelfen.

Miriam verbrachte den größten Teil dieser ersten Woche damit, die Sonnenstreifen, die über den staubigen Boden krochen, zu beobachten. Das tat sie allein, da Owen immer noch nicht sehen konnte; seine Augen blieben lila gefärbte, geschwollene Schlitze, die eng geschlossen waren. Eine große Traurigkeit legte sich wie ein Knoten um Miriams Herz. Sie schaute Owen an und hörte ihm zu. Sie versuchte, sich wichtige Details zu merken wie die Gesichter der verschiedenen Wachleute, die ihnen das Brot brachten. Sie ahnte, dass sie an diesem Ort sterben könnte. Aber da Owen bei ihr war, da ihre Gefühle sich nicht ändern ließen und sie die verworrene Trauer in ihrem Inneren nicht loswurde, nahm Miriam jeden Tag, jeden einzelnen Tag an, wie er kam.

Wenn er wach war, bestand Owen oft darauf, dass sie beteten. Miriam beugte den Kopf und hörte auf seine Stimme, aber nicht auf seine Worte. *Mein Sohn ist fort.* Das war der Satz, der ständig in ihrem Kopf kreiste, ihr Mantra des Verlustes einer Mutter. *Mein Sohn ist fort.*

Owen forderte sie auf, die Hoffnung nicht aufzugeben. „Es gibt Lektionen, die man im Dunkeln besser lernt als im Licht.“ Er erzählte ihr von Terry Waite, zu dessen Freilassung aus dem Libanon er vor zwei Jahren beigetragen hatte. Miriam erinnerte sich vage, Waite einmal in England kennen gelernt zu haben, als sie mit Owen auf Reisen gewesen war. Terry Waite war auch als Verhandlungsführer bekannt, ein Sondergesandter des Erzbischofs von Canterbury. Er hatte sich einen Namen gemacht, als er die Freilassung der Geiseln, die Gaddhafi in Libyen gefangen gehalten hatte, durch Verhandlungen herbeigeführt hatte. Aber danach war er selbst in Beirut als Geisel genommen worden und erst nach fünf Jahren freigekommen.

Fünf Jahre, das war alles, was Miriam denken konnte, wenn sie an Terry Waite dachte. Aber Owen interessierte sich mehr für etwas, das Waite nach seiner Freilassung gesagt hatte. „Er sagte mir, dass Gott ihn während dieser Zeit gesegnet habe. Durch das Warten hat er viel persönlicher und tiefer erfahren, wer Gott ist. Wenn wir das jetzt suchen, kann uns das diese Zeit leichter machen ..."

Owen sprach weiter. Miriam war froh, dass er ihre ungläubige Miene nicht sehen konnte, als sie dachte: *Ich will Gott nicht tiefer erfahren. Ich will frei sein und in Sicherheit und wieder zu Hause mit meinem Mann und meinem Sohn.*

An diesem siebten Tag ihrer Gefangenschaft ging Miriam daran, den Schorf und Schmutz von Owens Augen mit dem Stoff von ihrem Hemd zu entfernen. Ein Auge blieb geschlossen, aber das andere graue Auge ging auf und schaute sie an. Sein Gesicht war ganz nahe neben ihrem. Er hob die Hand und streichelte ihre Wange. „Das Erste, was ich sehe, ist deine Schönheit, meine Miriam. Ich werde mir nie vergeben, dass ich uns in diese Situation gebracht habe. Man hat mir geraten, auf diese Reise einen Leibwächter mitzunehmen, aber ich wollte nicht. Du ... unser Martin ..." Wieder versagte ihm die Stimme.

Sie half ihm, sich so weit aufzurichten, dass sie nebeneinander sitzen und den Rücken an die Wand lehnen konnten. „Puh. Geschafft. Du musst wieder zu Kräften kommen. Wenn wir erst einmal wieder aus diesem Loch draußen sind, können wir über das alles reden." Miriam wollte ihn schützen, aber sie wusste, dass *er* es besser wusste.

„Nein. Wir reden jetzt über sie. Wir reden jetzt darüber, denn ... Miriam, ich sollte dich warnen, sie werden uns wahrscheinlich voneinander trennen."

Die Worte hallten in ihren Ohren wider und wirbelten schwarze, beunruhigende Wolken auf. Miriam antwortete nicht.

Er nahm ihre Hände in seine und schaute sie mit seinem offenen Auge an. „Das ist die übliche Vorgehensweise bei solchen Vorfällen. Dann können sie uns gegeneinander ausspielen."

„Aber warum? Owen, wer sind diese Männer? Ich habe euch portugiesisch sprechen gehört. Willst du damit sagen, Sie kommen nicht aus Angola? Sind sie aus Mosambik ... und wegen der Verhandlungen hinter dir hier?"

Er zögerte, dann sagte er: „Nein, das glaube ich nicht. Aber an jenem ersten Tag hat der Kerl, der mich mit den Füßen trat, meinen Namen gesagt. Sie wissen ganz genau, wer ich bin."

Miriam begriff im selben Augenblick, in dem sie die Worte aussprach: „Dann sind sie hinter dir her."

„Ja, und was auch immer sie von mir wollen, sie haben größere Chancen, es zu bekommen, wenn sie uns trennen, damit sie dich benutzen können als ... Drohung ..."

Miriam sah, dass er den Gedanken nicht zu Ende aussprach, und glaubte zu verstehen, warum er das tat. Sie war nur ein Spielball ... sie war verzichtbar. Sie wollte ihm Mut machen, wusste aber nicht, was sie sagen sollte. Und sie wollte sich aufregen, wollte entsetzt sein bei der Aussicht, Owen zu verlieren und diesen Alptraum allein durchstehen zu müssen, aber Miriam stellte fest, dass sie benommen und wie taub war. Es war, als sei sie an irgendeinem Ort, an dem sie für keinen von ihnen beiden mehr etwas fühlen konnte. War ein Teil von ihr an einen dunklen Ort hinabgestiegen und mit Martin verloren gegangen? War sie dabei, sich in sich selbst zurückzuziehen, sich neu zu formieren, zu versuchen, sich vorzustellen, wie sie ohne das lebenswichtige Organ ihrer Mutterliebe funktionieren sollte?

Sie hörte Owen beten: „Herr, du hast mir Bibelverse geschenkt. Danke für ihren Trost. Danke, dass dieses eine Auge offen ist. Ich bitte dich um Schutz für meine Miriam. Herr, wir sind hier an einem beängstigenden Ort. Befreie uns. Rette uns. Beschütze unseren Sohn. Bewahre uns vor weiterem Schaden. Wehre Krankheiten ab. Lass unseren Glauben wachsen. Wir bitten dich in deinem Namen, Jesus."

Dann nahm Owens Stimme einen tiefen, feierlichen Tonfall an. „‚Und der Herr wird euch in Trübsal Brot und in Ängsten Wasser geben. Und dein Lehrer wird sich nicht mehr verbergen müssen, sondern deine Augen werden deinen Lehrer sehen. Deine Ohren werden hinter dir das Wort hören: Dies ist der Weg; den geht! Sonst weder zur Rechten noch zur Linken!'"

Das war ganz anders als alle anderen Gebete, die Miriam bis jetzt aus Owens Mund gehört hatte. Ihr gemeinsames Gemeindeleben zu Hause, seine geistliche Hingabe waren ihm sehr wichtig gewesen. Sie wusste zum Beispiel, dass er für jede der Parteien betete, die an den Verhandlungen, die er führte, beteiligt waren. Er sagte, das helfe ihm, die Menschen losgelöst von den Streitfragen zu sehen. Er war ein betender Mensch.

Miriam versuchte so zu sein wie er – in so vielen Bereichen –, aber in ihrem Herzen wusste sie, dass ihr das normalerweise nicht gelang. In diesem Augenblick wurde das ganz deutlich. Sie hatte kein Gebet. Trotzdem hatten Owens Worte sie jetzt so sehr bewegt, wie es kaum etwas anderes an diesem staubigen, elenden Ort gekonnt hätte.

Sie starrte ihn an und fragte leise: „Was hast du gerade gesagt?"

„Das stammt aus dem Buch Jesaja. Ich weiß nicht, wo es genau steht. Ein Vers, den ich irgendwo auswendig gelernt habe. Ich erinnere mich an die seltsamsten Dinge."

Er legte sich nieder, und sie wiegte seinen Kopf auf ihrem Schoß und streichelte sein Gesicht. Auch dort, wo die Haut unverletzt geblieben war, sah sie staubig und schmutzverschmiert, verbraucht, faltig aus. Er hätte sechzig sein können. Sie konnte sich vorstellen, dass sie selbst auch nicht gut aussah.

Miriam wiederholte flüsternd: „‚In Trübsal Brot und in Ängsten Wasser.'"

23

Die Zeit schleppte sich im Schneckentempo dahin, vom Sonnenaufgang durch den staubigen Tag bis in die gefürchteten Nächte. Jeden Tag betete Owen. Miriam hörte zu und wünschte vage, sie könnte auch beten. Er zitierte Bibelstellen und manchmal Shakespeare.

„Ihr Iren! Gibt es eigentlich irgendetwas, das ihr in der Schule nicht auswendig lernt?“, fragte sie und wunderte sich, dass er tatsächlich lachen konnte.

Inzwischen sah er ein wenig besser, auch wenn ein Auge immer noch zugeschwollen war. Halb blind, versuchte ihr Mann sein Möglichstes, sie das Sehen zu lehren, damit sie herausfinden könnten, wohin man sie gebracht hatte – und wohin sie fliehen könnten, falls sich eine Gelegenheit dazu ergeben sollte. Immer wieder ließ er sie ihre Umgebung bis ins winzigste Detail beschreiben. Er brachte ihr bei, von ihren Wachen indirekt Informationen zu erfahren, lehrte sie, den abnehmenden Mond zu sehen und zu registrieren, wo die Sonne aufging, das Pflanzenleben zu beobachten, die Sprachen zu hören, die um sie herum gesprochen wurden. Er lehrte sie ein wenig Portugiesisch. Und er beharrte darauf, sie in die Grundlagen seines Berufs einzuführen.

Während sie stundenlang damit beschäftigt waren, fragte sich Miriam, warum Owen es für so dringend nötig hielt, ihr Verhandlungsführung beizubringen. Er ließ nicht locker und erklärte ihr sowohl die allgemeinen Prinzipien als auch die Tricks bei Verhandlungen, einschließlich das Wissen, wie man ein Gespräch manipulieren konnte.

„Du darfst nie vergessen“, sagte er, „dass du die Menschen getrennt vom Problem sehen musst. Wenn du allein bist, dann konzentriere dich auf persönliche Interessen, nicht auf die Position der Schwäche oder Macht. Versuche, Lösungsvorschläge zu finden, die beiden Parteien einen Nutzen bringen. Spiel mit; entscheide dich, was du willst; sei kein Opfer.“

Er brach ab, und Miriam gelang ein grimmiges Lächeln. „Das könnte sich als ein wenig schwierig herausstellen."

„Nein, ich meine es ernst. Du kannst das, Miriam. Du bewegst dich manchmal wie eine Königin, und du kannst das, ohne arrogant zu wirken. Du musst lernen, sie von tief drinnen in dir herauszuholen ... diese ... Autorität. Bitte Gott um Hilfe, so oft du kannst, während du mit den Leuten sprichst, die dich gefangen halten. Er wird dir die richtigen Worte geben. Versuche, ihre Interessen zu verstehen, ihre Motivation, sowohl im Allgemeinen – wofür stehen sie als Gruppe? – als auch – was noch wichtiger ist! – ihre persönliche, individuelle Motivation. Versuche, dich in ihre Lage zu versetzen. Versuche, dir vorzustellen, du würdest das Gleiche wollen. Wenn es darum geht, dass sie mich dazu bringen wollen, etwas zu tun, nun gut, dann arbeite mit ihnen zusammen. Mach dir um mich keine Sorgen; pass auf dich auf. Ich werde nicht da sein und kann nicht auf dich aufpassen."

„Ich dachte, wir verhandeln nicht mit Terroristen."

„Aber natürlich tun wir das. Sie wissen es nur nicht. Selbst wenn ich sage: ‚Wir verhandeln nicht', ist das eine Form von Verhandeln. Du versuchst, ihre Entscheidungen zu beeinflussen – darauf läuft alles hinaus. Je besser deine Kommunikation ist, umso besser stehen deine Chancen, diejenigen, die hier die Fäden ziehen, zu beeinflussen. Das werde ich dort, wo ich bin, auch versuchen; ich werde versuchen, einen Informationsfluss aufzubauen und aufrechtzuerhalten. In der Zwischenzeit solltest du ihnen versprechen, so viel du kannst – alles, um von hier herauszukommen. Wenn du es schaffst, ihnen einzureden, dass es kein Nachgeben ist, wenn sie dich gehen lassen, dass sie immer noch bekommen können, was sie wollen, dann hast du schon halb gewonnen. Bemühe dich um direkte, persönliche Dialoge – dann stehen deine Chancen am besten. Vergiss nicht, ihnen immer etwas anzubieten und diese Angebote in eine Sprache zu fassen, die reizvoll klingt." Er machte eine Pause. Miriam sah, wie sein Gesicht ernst wurde. „Ich halte dir Vorträge – hör mich nur an! Wer bin ich, dass ich dir irgendetwas sagen könnte? Schließlich habe ich meine eigene Familie in diese Lage gebracht."

Sie konnte es nicht ertragen, den Schmerz der Niederlage über sein Gesicht ziehen zu sehen. Sie hob seine Hand hoch und fuhr mit den Fingern darüber.

Owen sagte, fast zu sich selbst: „Am schlimmsten ist es, wenn du um Fleisch und Blut verhandelst."

Besonders, wenn es dein eigenes Fleisch und Blut ist?, fragte sie sich.

Er richtete sich auf und sagte: „Uns bleibt möglicherweise nicht mehr viel Zeit. Es ist kein Raum für meine Selbstvorwürfe."

Miriam staunte, wie ihr Mann es schaffte, die Verzweiflung nicht zu nahe an sich herankommen zu lassen.

„Denk daran, alle deine Möglichkeiten auszukundschaften", sprach er weiter. „Geduld ist der Schlüssel. Und noch einmal: Es ist ganz wichtig, dass du dich nicht als Opfer siehst. Begib dich nie in diese Position. Betrachte das Ganze immer als Konfliktmanagement. Warte, und dann warte noch ein wenig, bis du eine Möglichkeit siehst."

„Eine Möglichkeit wofür?", fragte sie.

„Du wirst es wissen, wenn es so weit ist, Miriam. Du hast das Zeug dazu. Du kannst strategisch denken – stell dir vor, es wäre ein Schachspiel. Du hast die Gabe, Menschen zu durchschauen, wirklich zu sehen, Frieden zu suchen und die richtigen Worte zu finden. Das habe ich schon immer gesagt. Du wirst ein großer Verhandlungsführer sein, du *bist* ein großer Verhandlungsführer, aber du bist blind für diese Fähigkeiten in dir. Du siehst die ganze Welt, nur nicht deine eigenen Gaben. Aber auch das kann eine Gabe sein. Ein weiterer Grund, warum du dich gut machen wirst, ist es, dass du dich auch in die hintere Reihe setzen kannst. Egoisten steigen nur ..."

„Halt, mach bitte eine Pause. Ich bin ganz durcheinander", sagte Miriam. „Was soll das heißen, dass ich verhandeln soll? Du meinst, so wie du? Oh, nein. Ich meine, ich habe davon geredet, dass ich wieder in einer Kanzlei arbeiten will, wo ich irgendwann an einigen Verhandlungsfällen arbeiten kann, aber ich meinte *hinter den Kulissen.* Nachforschungen anstellen ..."

Owen ergriff mit den Händen Miriams Schultern und drehte sie zu sich herum. „Ich will damit sagen, dass *du diese Fähigkeiten brauchen wirst.* Ich meine hier, jetzt, bald. Diese Leute haben uns ganz gezielt ausgesucht. Das war kein Zufall. Sie kannten unsere Namen."

„Deinen Namen", korrigierte sie ihn.

„Sie werden denken, du seist nur eine hilflose, ahnungslose Ehefrau. Das kannst du zu deinem Vorteil nutzen. Hör nicht auf zu denken. Sie werden erwarten, dass du zusammenklappst. Mit anderen Worten, du kannst ihnen zeigen, dass sie sich irren, Miriam."

„Aber wer sind *sie*?" Sie verstand nicht, warum er ihr das immer noch nicht verriet.

Er senkte die Stimme. „Wir haben sie russisch sprechen gehört und portugiesisch."

„Und was machen Russen hier unten in Afrika?", fragte sie und hoffte, endlich ein paar Antworten zu bekommen, um die vielen Lücken zu schließen.

Owen war einen Augenblick still, dann sagte er: „Es gab Geheimdienstgerüchte. Die libanesische Mafia – sie sind im Diamantenschmuggel aus Ländern wie Angola und Zaire führend, wo es nur sehr wenig gesetzliche Handhabe gibt. Das Gerücht besagte, dass sie ihren Privatkrieg gegen die russische Mafia führen, die versucht, ins Land zu kommen und sie zu verdrängen. Ähm, Miriam ..."

Sie schaute ihn an.

„Du solltest wissen, dass ich noch nie in Angola war. Aber ich wurde gebeten, ... nun ja, die Situation einzuschätzen. Für einen Kollegen."

„Ein Auftrag zusätzlich zu Mosambik?"

Er nickte. „Ich kann dir nicht verraten, was es war oder welche Länder darin verwickelt waren. Das ist zu deinem eigenen Besten, denn was du nicht weißt, können sie nicht gegen dich verwenden. Außerdem habe ich abgelehnt. Ich will auch jetzt eigentlich nicht darüber sprechen. Aber wenn mir irgendetwas zustoßen sollte, sollst du wissen, dass es um mehr ging als nur um den Frieden in einem Land."

Das war eine von Owens Lieblingsformulierungen aus seinen Vorlesungen. Er hatte sie auch verwendet, als Miriam ihn das erste Mal an der Universität gehört hatte. Jetzt erinnerte sie sich daran. Sie fühlte, dass er sie beobachtete. „Der Frieden eines Landes" war die Ziellinie, das Ziel, das es zu erreichen galt, das erstrebenswerter war als alles andere. Das hatte er gesagt – viele Male. Warum sagte er dann jetzt, dass es um noch mehr gehe? Miriam wartete, aber er wandte sich von ihr ab.

„Hör zu, Miriam. Wahrscheinlich ist das alles nur ein Strohfeuer. Vielleicht hat keine dieser Verbindungen etwas damit zu tun. Wichtiger als alles andere ist, dass du herausfindest, was sie wollen, und dann entscheidest, was du tun musst. In diesem Fall, meine Liebe, geht es um *dein Leben*. Hörst du? Koste es, was es wolle, rette dein Leben!"

„Du glaubst immer noch, dass sie dich von mir wegbringen?" Der Blick in seinem geschundenen Gesicht, als er sich wieder umdrehte und sie erneut anschaute, verriet Miriam, was seine Worte verschwiegen. Plötzlich wurde ihr bewusst, jetzt, da sie wusste, dass es um mehr ging als nur um einen bereits unterschriebenen Friedensvertrag, dass auch er Angst vor der Zukunft hatte.

Sie bemühte sich, das gefährliche Schweigen zu füllen. „Rede mit mir. Erzähle mir, was du in Mosambik und bei den Gesprächen in Rom getan hast ... Und diese andere Sache – warst du *in der Nähe* von Angola? Wolltest du das damit sagen?"

Owen schüttelte den Kopf, legte einen Finger auf seine Lippen und sagte entschieden: „Ich habe abgelehnt." Dann wechselte er das Thema und begann leise über seine letzte Arbeit zu sprechen. Miriam beobachtete ihn genau. Sie hoffte, dass er ihr vielleicht indirekt mehr darüber verraten würde, was wirklich los war. Aber gleichzeitig hoffte sie, dass das Reden über die Arbeit, die er so liebte, dem vorrangige Ziel dienen würde, nämlich seine Gedanken von seinen Schmerzen und seinem Durst und seinem Verlust abzulenken.

Unserem Verlust, erinnerte sich Miriam. Manchmal kostete es sie ihre ganze Selbstbeherrschung, an der Hoffnung festzuhalten, sich nicht auszumalen, dass Martin das Schlimmste passiert sei. Immer wieder zwang sie sich zu glauben, dass ihr Sohn es geschafft habe. Miriam meinte jeden Tag, jede Nacht, sie würde ihn rufen hören. Immer hoffte sie, hoffte sie so schmerzlich, dass Martin aus dem Jeep entkommen sei, dass Touristen ihn gefunden und mitgenommen hätten und meldeten, dass ein Junge gefunden worden sei. Miriam zwang die Worte, *Martin ist in Sicherheit*, in den schlammigen Morast der Schwermut, die ihre neue Wildnis zu sein schien.

Ihr Blick wanderte zu Owen, und sie stellte fest, dass er wie immer durch sie hindurchschaute. Aber er sprach sie nicht an. Sie waren schweigend übereingekommen, dass sie einfach jeden einzelnen Tag, Minute für Minute, bestehen wollten.

Als er bei seiner Beschreibung der Mosambikverhandlungen eine Pause einlegte, sagte Miriam: „Du hast mir erzählt, du glaubst, es könnte ein dauerhafter Frieden sein." Sie benutzte die Worte absichtlich, weil sie wusste, dass das sein Traum bei Verhandlungen war. „Warum?", fragte Miriam.

Owen nickte, als wollte er sagen: „Ich verstehe." Sie wusste, dass ihm klar war, welches Spiel sie spielten. Er sagte: „Die Mosambikaner selbst sagen, eine Wahrheits- und Versöhnungskommission wie die, die in Südafrika gebildet wird, sei bei ihnen nicht nötig. Sie begruben ihre politischen und militärischen Differenzen praktisch über Nacht. Sie sagen, sie hätten Interesse daran, ihre Felder zu bepflanzen und nicht Kriegstribunale zu errichten, um die Schuldigen zu bestrafen. Das ist echter Friede."

Das Wort löste ein einsames Gefühl aus, das Miriam sehr lange nicht mehr erlebt hatte. Es klang weit weg in ihrer Seele, wie Posaunen, die über einen Wald in der Ferne zu hören sind, aber etwas in ihr regte sich jetzt und hörte zu.

„Im Fall von Mosambik", sagte Owen gerade, „handelte es sich um den kolonialen Kampf gegen die Portugiesen, die diesen blutigen Bürgerkrieg als Erste entfacht hatten. Frelimo-Kräfte fingen 1964 den Unabhängigkeitskrieg gegen die Portugiesen an. Dann, 1975, nach der Unabhängigkeit und nachdem er rechtmäßig gewählt worden war, übernahm Frelimo die Regierung und erreichte einen marxistischen Staat. Zu diesem Zeitpunkt begann eine Guerillabewegung mit dem Namen *Renamo* den Konflikt.

Renamo wurde anfangs von weißen rhodesischen Offizieren gebildet, weil Frelimo gegen Rhodesien und ein Apartheid-Südafrika war. Später wurde die Bewegung von Militärberatern aus Südafrika und den USA unterstützt und finanziert, denen Frelimos marxistische Ausrichtung und seine Unterstützung durch kommunistische Kräfte nicht gefiel.

Das Problem war, dass diese ganze Einmischung von außen den Konflikt nur noch mehr verlängerte. Der Krieg wütete fast drei Jahrzehnte lang, genährt durch Waffen aus dem Apartheid-Südafrika und Amerika auf der einen Seite und Russland und China auf der anderen Seite, die alle in diesem ausgemergelten, armen Land ihre Hände im Spiel hatten. Und wer bezahlte den Preis? Unschuldige Zivilisten, besonders die Kinder. Der Konflikt hätte eines natürlichen Todes sterben können, wenn nicht eine so gute Versorgung mit Waffen zur Verfügung gestanden hätte."

„Wie kann ein Bürgerkrieg eines natürlichen Todes sterben?", fragte Miriam.

„Indem ihm genau das passiert, was wir jetzt in Mosambik erleben. Nach dreißig Jahren, kannst du es dir vorstellen? Es ist fast niemand mehr übrig, um einen Krieg auszutragen, außer vielleicht Frauen und Kinder. Erinnerst du dich, wie es in Europa war? Zwanzig Jahre hatten zwischen den zwei Weltkriegen vergehen müssen, ehe wieder eine neue Generation von Soldaten herangewachsen war, Kanonenfutter. An irgendeinem Punkt hören die Menschen auf, sich für die Kriegsgründe zu interessieren, weil der Preis zu hoch ist. Und die Mosambikaner sind an diesen Punkt gekommen", fügte er hinzu. „Sie haben die Nase voll von Kriegen und wollen nur noch, dass er aufhört. Flüchtlinge sind über die ganzen Nachbarländer verteilt. Außerdem ist der Kalte Krieg angeblich vorbei, und Mandela wurde vor zwei Jahren aus dem Gefängnis freigelassen und die ausländischen Mächte haben mehr oder weniger das Interesse daran verloren. Die Waffenversorgung ist also mehr oder weniger eingeschlafen. Die Mosambikaner ..." Er sprach nicht weiter.

„Was?", wollte sie wissen.

„Na ja, du weißt, was ich über ihre Kinder gesagt habe. Ich stand in meinem Hotel in Maputo im Aufzug. Ein Gepäckjunge war mit mir im Lift. Wir waren die Einzigen. Er musste erkannt haben, wer ich war, denn er fragte: ‚Wird es Frieden geben, Sir?' Auf Englisch, nicht auf Portugiesisch, verstehst du. Das war also ein Junge, der die Sprache irgendwo anders als in der Schule gelernt hatte. Vielleicht hat er sie sich auch selbst beigebracht und sie bei den Hotelgästen geübt."

„Und", fragte Miriam. „Was hast du ihm geantwortet?"

„Ich sagte, ich würde mein Möglichstes tun. Er glaubte mir. Er lächelte von hier bis zum Himmel. Wenn du mosambikanische Kinder je lächeln gesehen hast, trägst du dieses Lächeln für den Rest deines Lebens in deinem Herzen. Die Macht des Friedens hat etwas ..."

„Ja", sagte sie und bemühte sich, für ihn zu lächeln. „Ich weiß."

* * *

In dieser Nacht zog Owen sie nahe an sich heran. Er fuhr mit der Hand über ihre Hände und berührte den schwarzen Diamanten an ihrem Verlobungsring. „Ich glaube, diesen Ring solltest du abnehmen", sagte er. Er sprach die Worte aus, als täte ihm jede einzelne Silbe davon weh.

Ihre andere Hand bedeckte den Ring. „Aber wenn sie ihn mir bis jetzt nicht abgenommen haben ..."

„Nein, Miriam. Er ist zu groß, zu auffällig. Er beschwört Schwierigkeiten herauf. Behalte den Ehering, aber gib mir den Verlobungsring. Hier ..." Zärtlich zog er ihr beide Ringe vom Finger.

Er bückte sich vor und zog einen seiner Schnürsenkel heraus, fädelte ihn durch den Verlobungsring, band dann die Enden des Schnürsenkels zusammen und schob ihr die Schlinge über den Kopf. Ihr Kopf, den sie vor ihm beugte, bewegte Owen zutiefst. Dann nahm er ihre linke Hand und steckte ihr den goldenen Ring wieder an. Die Geste erinnerte ihn an Blumen und Freunde und Verwandte, die an jenem stolzen Tag alle versammelt gewesen waren, an dem er neben ihr gestanden hatte und vor Gott geschworen hatte, sie zu lieben und zu ehren, sie vor allem Bösen zu beschützen.

Owen schluckte. Sein offenes Auge brannte. „Mit diesem Ring nehme ich dich zu meiner Frau." Seine Stimme erstarb und er zog sie an sich. Sie lagen Seite an Seite, ihr Körper an seinen geschmiegt, die Arme unter ihren Köpfen. Er hielt sie und fühlte den Ring unter dem Baumwollstoff ihres Hemdes.

„Wie lautete das Wort noch einmal?", fragte er. „Das griechische Wort, das dich dein Vater über die Härte von Diamanten gelehrt hat?"

Er hörte sie ganz leise seufzen, als verlange er mit dieser Frage zu viel von ihr. Aber sie antwortete ihm. „*Adamas*. Das griechische Wort *Diamant* stammt davon ab. Es bedeutet ‚unbezwingbar' oder ‚unzähmbar'."

„Richtig", nickte Owen und streichelte den Stein noch einmal, bevor er seine Hand auf ihre legte.

Owen sprach in der Dunkelheit mit ihr, damit sie die Geräusche nicht hören würde – das Summen der Moskitos und das Rascheln der Ratten und die geheimnisvollen Geräusche außerhalb ihrer staubigen Zelle. Er wünschte, seine geflüsterten Worte würden Miriam in tröstenden, kühlen Wellen berühren. „Meine Liebe, ich weiß, dass du dich einigelst; ich will einfach, dass du weißt: Du bist nicht allein. Manchmal herrscht Dunkelheit, und sie ist, als läse man in den Schatten von Gottes eigener Hand. Halte das aus und hör zu. Ich frage mich jetzt zum Beispiel, worauf ich mein Vertrauen setze. Setze ich es auf Gott? Das ist so wichtig. Das eine, das wir für uns selbst wissen müssen, ist, dass Gott real ist. Er ist immer bei uns. Bei dir."

„Auch wenn du nicht bei mir bist?“ Miriams Worte ließen ihn schlagartig verstummen, aber er sagte sich schnell, dass sie ihm nicht hatte wehtun wollen. Er war derjenige, der gesagt hatte, dass sie voneinander getrennt werden könnten. Schnell fügte sie hinzu, als spüre sie, dass sie ihm einen Schlag versetzt hatte: „Du hättest Priester werden sollen.“

„Das hat meine Mutter auch immer gesagt. Na ja, Pfarrer. Irische Staatskirche, weißt du.“ Er schwieg wieder. „Miriam? Ich muss dich etwas fragen ... Ist Gott für dich real?“

Sie drehte sich um und schaute ihn an. Eine Stimme in Owen fragte, wie er nur an einem solchen Ort eine solche Frage stellen konnte. Sie schüttelte langsam den Kopf.

„Du gibst ihm die Schuld für das hier und dafür, dass Martin fort ist.“ Es war mehr eine Feststellung als eine Frage.

Wieder schüttelte Miriam den Kopf. „Ich gebe niemandem die Schuld dafür. Es ist passiert. Du musst aufhören, dir die Schuld dafür zu geben, Owen. Hör auf, es als dein Versagen zu sehen. Nein, es ist einfach so, dass der Gott, zu dem wir zu Hause beteten, der Gott, den wir sonntags in unserer geheizten, gemütlichen Kirche mit den Freunden um uns herum ... dass dieser Gott nicht hier sein kann.“

„Warum nicht?“

„Weil ... sonst nichts davon hier ist. Weil sonst niemand hier ist. Ich bin ... wir sind ... so allein.“

„Nein.“ Das war alles, was er sagen konnte. *Nein.*

Das nächste Mal, als Owen Miriams Stimme hörte, war es Morgen. Eine unbekannte Gestalt füllte den von der Sonne beschienenen Türrahmen aus. Owen erwachte davon, dass er englische Wörter hörte, die mit einem russischen Akzent ausgesprochen wurden und seiner Frau befahlen, aufzustehen.

24

Grobe Hände zerrten sie aus der Zelle, fort von Owen, und zwangen sie zu folgen. Sie stolperte geblendet in das Sonnenlicht hinaus. Es war das erste Mal seit elf Tagen, dass man sie aus der Zelle ließ; sie hatte die Tage gezählt und auf den Ziegel neben dem unteren Türscharnier Striche eingeritzt. Ihren Augen war das Sonnenlicht zu hell. Sie fühlte Hände auf ihren Oberarmen, die sie weiterzerrten, während ihre eigenen Hände ihr Gesicht und ihre brennenden Augen bedeckten. Miriam versuchte, ihren Blick auf ihre Füße zu konzentrieren, aber sie konnte sie nicht einmal finden. So fiel sie einmal auf die Knie und wurde hochgezogen.

Die Hände zogen sie zuerst nach links, dann dreimal nach rechts, dann wieder nach links und ließen sie dann allein stehen. Miriam wartete. Sie fühlte Augen auf sich, durchdringende Augen, und war dankbar für den roten Staub. Wenn sie auch nur im Geringsten so ähnlich wie Owen aussah, bedeckte der Staub sie vollständig und füllte jede Pore aus.

Als sie es schaffte, unter ihren Händen hervorzuschauen, sah Miriam, dass man sie im Schatten stehen gelassen hatte. Jetzt begannen ihre Augen endlich, sich an das Licht zu gewöhnen.

Der Mann hatte dünne, blonde Haare. Zusammengezogene Augen lagen über einem harten, versteinerten Gesicht. Seine Hände waren schmutzig, die Nägel abgebissen. Er saß an einem Tisch aus Baumstämmen, die in der Mitte durchgesägt waren, und trank Wodka. Die Flüssigkeit beschlug das kleine Glas neben der Flasche mit den kyrillischen Buchstaben auf dem Etikett. Miriams Verstand, von Angst völlig durcheinander, fragte sich, wie er das Eis gemacht hatte. Sie beobachtete ihn, ließ die Hand sinken und versuchte, Augenkontakt zu ihm herzustellen, aber der Mann ließ es nicht zu. Er nahm seine Sonnenbrille vom Tisch und setzte sie auf, als habe er Angst, sie könne ihn erkennen.

Er stand auf und schritt auf Miriam zu. Er blieb erst stehen, als er ganz nahe war. Als er sich vorbeugte, konnte sie seinen Schweiß riechen und die hellen Stoppeln auf seinem Kinn sehen und gleichzeitig ihr eigenes Spiegelbild in seinen Brillengläsern erkennen.

„Wer sind Sie?“ Miriams Stimme war nicht viel lauter als ein Flüstern.

Er sagte: „Ich habe mich auf diesen Augenblick gefreut. Ich sammle ungeschliffene Diamanten. Das bin ich.“ Die letzten drei Worte betonte er in einer spöttischen Nachahmung ihrer Stimme.

Ein Lastwagen rollte polternd aus dem Lager und unterbrach die Spannung. Er richtete sich auf und ging herum, bis er schließlich hinter Miriam stehen blieb. Sie hörte seine Stimme sagen: „Sie werden genau tun, was ich sage. Verstehen Sie? Ja?“ Sein Akzent schob das letzte Wort nach oben.

„Sie sind Russe?“, fragte sie.

„Ja.“ Wieder das gleiche Wort. „Und, Joseph, was meinst du? Was sollen wir jetzt mit ihr anfangen, da ihr halb blinder Mann weggebracht wurde?“ Er lachte.

Miriam wirbelte herum. *Der Lastwagen!* Sie hielt die Hände in die Höhe, um ihre Augen zu schützen, und versuchte zu früh, in der Ferne etwas klar zu erkennen. Alles, was sie sehen konnte, war eine rote Staubwolke. Die Tür zu ihrer Zelle stand offen. Warum hatte sie nichts gehört? Warum hatte Owen nicht geschrien? Hatten sie ihm etwas angetan, ihn wieder geschlagen? „Wo ist er?“, stöhnte sie.

Der Mann zog eine Augenbraue in die Höhe. „Wenigstens hat sie einen gewissen Mut. So, Joseph, haben wir eine Verwendung für sie?“ Er ließ sie nicht aus den Augen. Miriam schluckte, aber der Speichel blieb ihr im Halse stecken. Ihre Augen wanderten zwischen der Zellentür, der letzten Stelle, an der sie den Lastwagen gesehen hatte, und dem Gesicht dieses Mannes hin und her, dessen Züge zusammengezogen waren und warteten; jeder Muskel war angespannt, er bereitete sich auf seinen Schlag vor. *Um zu töten?*, fragte sich Miriam.

Sie begann zu zittern. Sie fühlte, wie ihr Herz klopfte, ihr Atem kurz wurde. „Owen?“ Sie konnte nicht verhindern, dass das Wort sich aus ihrer Lunge presste, als drücke ein großes Gewicht sie nach unten. Es war das Gewicht einer unerwünschten Wahrheit, und sie konnte sich nicht bewegen, konnte nicht atmen, konnte unter so etwas nicht leben. Owen selbst hatte sie vorgewarnt. Aber jetzt, da der Augenblick gekommen war, durchfuhr Miriam der Schock wie ein Hammer, der auf Eisen geschlagen wird. Sie richtete, ohne den Hals zu bewegen, ihren Blick auf den Mann, der sie gefangen hielt.

Er lachte sie immer noch aus. Er drehte sich eine Zigarette und leckte das Papier, ehe er sie zuklebte. Er spuckte ein Tabakblatt auf die staubige Erde zwischen ihren Füßen.

Miriam stand da wie ein Stein, fühlte, wie die Tränen ihr über das Gesicht rollten und auf die Erde tropften. Sie erwiderte seinen Blick, während ein anderer Teil von ihr dem immer leiser werdenden Dröhnen des Lastwagenmotors lauschte, der bereits lange fort war.

„Was sagen Sie?“, fragte er.

„Owen?“ Dieses Mal kam das Wort ungehindert über ihre Lippen, flüssig und voll Angst wie die Feuchtigkeit, die ihr über die Wangen lief.

„Ja. Das war Ihr Owen. Er ist fort.“ Er hob sein Kinn, steckte sich die Zigarette zwischen die Lippen und hielt sie mit Daumen und Zeigefinger fest. Der Mann, den er Joseph genannt hatte, trat näher und zündete sie ihm an. Sie schauten beide zu, wie Miriam zitterte und weinte.

Sie fühlte sich unter den Blicken dieser Männer gedemütigt.

Dann streckte der Russe die Hand aus und legte sie in ihren Nacken. Bei seiner Berührung erstarrte sie zuerst und begann dann, sich zu wehren. Er lachte. „Was wollen Sie?“

„Meinen Mann. Ich will Owen. Bitte bringen Sie ihn nicht weg. Bringen Sie ihn zurück.“

Er drehte sich schnell herum, bis er sie von hinten hielt, ihre beiden Arme mit einem seiner Arme wie in einem Schraubstock. Miriam roch den Wodka in seinem Atem, als er sich zu ihrem Ohr vorbeugte. Sie konnte sich nicht bewegen.

„Sie betteln mich an? Dann vielleicht."

Das Wort zu sagen, würde ihr nichts bringen. Das wusste Miriam. Aber sie wusste auch, dass sie ohne Owen an diesem Ort nicht überleben könnte. „Bitte."

Er begann wieder zu lachen. Miriam konnte fühlen, wie sein Brustkorb sich an ihrem Rücken auf und ab bewegte. Dann schob er sie von sich fort. Sie stolperte nach vorne. Jetzt stand sie nicht mehr unter der überhängenden Plane, und die sengende Hitze brannte von oben und von unten. Sie schaute sich nach den beiden Männern um, aber der Russe schaute sie nicht an. „Du willst sie also, Joseph?"

Der andere Mann lachte tief. „Sie ist nicht mein Typ." Miriam erkannte den französischen Akzent. Sie schaute ihn genauer an, ließ ihren Blick nach unten wandern auf seine glänzenden Stiefel und erkannte den Anführer ihrer Kidnapper. Beide Männer traten näher auf Miriam zu und blieben ganz nahe stehen. Sie versuchte wieder, einen klaren Blick und einen klaren Kopf zu bekommen. Sie trugen beide helle Khakiuniformen mit einem Tarndruck. Aber der blonde Mann war viel größer. Zum ersten Mal fielen ihr seine breiten Schultern und die langen Beine auf.

„Was bedeutet, dass sie mein Typ *ist*", sagte er. „Und das ist der einzige Grund, sie am Leben zu lassen, der mir einfällt. Immerhin musst du das Lager abbrechen und ich habe anderswo geschäftlich zu tun."

Er schleuderte jedes einzelne Wort abgehackt heraus. Miriam atmete schwer und versuchte zu denken, versuchte, sich an Owens geflüsterte Worte zu erinnern, die Geschenke, die er ihr gegeben hatte. Geschenke, die sie jetzt auszupacken lernen musste.

Miriam schluckte. „Können wir allein miteinander sprechen?"

„Für eine schöne Frau würde ich das überall tun. Joseph?" Er winkte mit seiner rechten Hand, als vertreibe er eine Fliege, und der Mann entfernte sich. Dann wiederholte er: „Sie werden tun, was ich sage. Alles, was ich sage."

Miriam tastete sich langsam heran. „Nein. Das ... glaube ich nicht." Er wirkte amüsiert, und sie dachte: *So, du genießt das also.*

Der Nebel der Angst lichtete sich leicht, und Miriam sah das Spiel selbst als etwas an, das sie ihm anbieten könnte. Vielleicht.

„Wissen Sie, warum Sie hier sind?", fragte er.

Sie sagte nichts.

„Wissen Sie, wo *hier* ist?", wollte er mit lauterer Stimme wissen. „Wissen Sie überhaupt, in welchem Land Sie sind?" Er machte einen Satz auf sie zu und bewegte sein Gesicht ganz nahe vor ihrem. „Sehr gut. Ich kann Ihnen nicht helfen." In einer einzigen Bewegung griff er hinter sich und zog eine Pistole aus seinem Gürtel. Er rammte mit der Fläche einer Hand die Patronen hinein, dann nahm er das Gewehr in beide Hände und hielt Miriam die warme Metallspitze an die Stirn.

Sie bewegte sich nicht. *„Er will etwas von dir. So lange du dafür sorgst, dass er nicht bekommt, was er will, wird er dich am Leben lassen."* Owens Worte. Die Angst, die Miriam jetzt fühlte, war anders, nicht von Panik durchzogen. Wenn Owen fort war, wenn sie ihn töteten, würde sie auch sterben. Owen war fort. *Und Martin?*

Dann sah Miriam es – eine mögliche Verhandlungsposition. Wie eine gefangene Gazelle keuchte sie verängstigt, aber sie bewegte sich nicht.

In einer einzigen schnellen Bewegung ließ er das Gewehr sinken. Zu ihrem Erstaunen drehte er sich um und begann wegzugehen. Miriams Hand schoss vor, bevor sie es verhindern konnte. „Warten Sie", rief sie. Sein Handgelenk füllte ihre Handfläche aus. Sie konnte die Finger nicht darum schließen. Blonde, drahtige Haare sprangen dazwischen in die Höhe. Sie sah sich selbst mit seinen Augen, wie sie nach etwas Unsichtbarem griff.

„Warten?" Er blieb stehen, drehte sich aber nicht um. „Und warum sollte ich warten? Sind Sie so verzweifelt?"

Diese Frage traf sie unvorbereitet. Sie nickte. Der Augenblick ihrer Konfrontation wirkte noch bei beiden nach. Die Stellen, an denen er sie berührt hatte, brannten. Sie würde von seinen Händen blaue Flecken bekommen.

Er sagte: „Und was werden Sie mir in Ihrer Verzweiflung geben? Sie wissen, wenn Sie mir nichts geben, werde ich Sie erschießen lassen."

„Und wenn ich Ihnen gebe, was Sie wollen, werden Sie mich trotzdem erschießen lassen."

„Das ist wahr. Sie sind eine kluge Amerikanerin." Sein Tonfall klang spöttisch. „Aber ich glaube nicht ..."

„Diamanten." Die Idee flog wie ein kleiner Vogel in Miriams Kopf, setzte sich, unsicher, nervös, war aber trotzdem da. Sie preschte weiter, bevor er wieder wegging. „Ich weiß ziemlich viel über Diamanten. Sie haben erwähnt, dass Sie Diamanten sammeln." Sie platzte heraus, dass ihr Vater in Antwerpen ausgebildet wurde. „Er war Holländer. Diamantschleifer. Und er lehrte mich, wie man den Wert von Steinen erkennt. Antwerpen", wiederholte sie. „Wenn Sie sich in der Diamantenwelt auskennen, wissen Sie, was diese Stadt bedeutet." Mit einem Anflug von Kühnheit fügte sie hinzu: „Sie können im ganzen afrikanischen Busch niemanden finden, der so viel über Diamanten weiß wie ich."

Sie wusste immer noch nicht genau, was sie da tat, während die Worte aus ihrem Mund strömten. Ein Teil von ihr ging verzweifelte Risiken bei diesem Gespräch ein, aber der größte Teil von ihr stand einfach sprachlos neben einem Baum in Afrika, beobachtete, was sie da tat, wunderte sich darüber, was sie wagte, wie sie es schaffte, eine so maßlose Übertreibung auszusprechen. Ja, sie wusste einiges über Steine. Aber ohne die richtigen Werkzeuge – eine gute Waage, eine Lupe – konnte sie ihr Wissen ziemlich schlecht unter Beweis stellen.

Wieder das fröstelnde Geräusch. Als er aufhörte zu lachen, genauso abrupt wie er angefangen hatte, drehte sich der Mann auf dem Absatz herum und beugte sich zu ihr vor. „Sie haben keine Ahnung, was Sie da sagen. Ihr Name?"

„Miriam Vree."

„Nun, Miriam Vree." Er übertrieb die niederländische Aussprache ihres Namens. „Was man nicht kaufen kann, nimmt man sich. Natürlich habe ich nachgedacht. Ich kann Sie immer mit mir nehmen."

Er richtete sich groß auf, ergriff ihre Hand und führte sie an seine Lippen. Mit der anderen Hand zog er seine Sonnenbrille herab. Seine Augen, ganz hellblau, ohne Tiefe, ausdruckslos, schauten Miriam fest an. „Sie stehen vor Juri Gennady Falin."

* * *

Martin hörte angestrengt zu, konnte aber keines der Worte verstehen, die die Männer um ihn herum sagten. Der Mann, der ihn auf der Straße aufgelesen hatte, hatte ihn zu einem Flugzeug gebracht. Martin war während des Fluges eingeschlafen. Das bereute er jetzt. Er hatte zuschauen wollen, wie der Mann das Flugzeug steuerte.

Sie landeten an diesem Ort, an dem es viele Soldaten gab. Es war kein Hotel, und es gab keine anderen Touristen weit und breit.

„Wo sind wir?", fragte er den Mann.

„Hör zu, es ist dir nicht erlaubt, Fragen zu stellen. Hast du verstanden?"

Martin starrte ihn an. Er war jetzt ganz anders. Er war nicht so nett wie am Anfang. Martin wusste, dass er eigentlich nicht zu einem Fremden ins Auto steigen sollte, aber er hatte keine andere Wahl gehabt. Wohin hätte er sonst gehen können? Und jetzt war er in ein Flugzeug gestiegen!

„Hören Sie, äh, ich wollte nur ..."

Er brach abrupt ab, als der Mann anfing, von ihm wegzugehen. „Komm."

Martin lief ihm nach.

„Wie heißt du?", fragte der Mann.

„Martin O'Neill. Wie heißen Sie?"

Der Mann blieb stehen und starrte zu ihm hinab. „Du darfst mich Kommandant nennen. Wir sind in einem Ausbildungslager für ..."

Martin unterbrach ihn. „Lager? Sie sagten, Sie würden mich zu meinen Eltern bringen. Sind sie in diesem Lager?" Er brach ab, als der Mann hinten aus seinem Gürtel die größte Pistole zog, die Martin je gesehen hatte.

„Nein, deine Eltern sind nicht hier."

Martin blieb stehen und schaute den Mann an. Jetzt wusste er es ganz genau. Das alles war ein riesengroßer Fehler gewesen. „Aber Sie sagten, dass Sie mich zu meinen Eltern bringen."

„Das werde ich, aber es wird ein paar Wochen dauern, sie hierher zu bringen. Vertrau mir, Martin. Ich werde mich gut um dich kümmern. Gefällt dir diese Waffe?"

Martin nickte langsam und blinzelte die Tränen zurück. Der Mann reichte ihm die Pistole. Martin gefiel es, sie zu halten, so als wäre er im Fernsehen. Sie lag schwer in seiner Hand, und er stützte mit der anderen Hand sein Handgelenk.

„Nein, man hält sie so. Deine Handfläche liegt um die andere Hand, um sie ruhig zu halten." Martin gefiel es, dass der Mann sich über ihn beugte, um es ihm zu zeigen. „Wenn du ein guter Junge bist, bekommst du eine eigene Pistole. Aber zuerst werde ich dir zeigen, wie man mit einem Gewehr umgeht, wie ein richtiger Soldat. Würde dir das gefallen? Du kannst diese Dinge lernen, während wir auf deine Eltern warten. Wirst du also ein guter Junge sein?"

Martin wurde verlegen. Das war viel mehr, als seine Eltern ihm je erlauben würden. Er fragte: „Was für ein Ort ist das hier?" Er hatte bemerkt, dass eine Gruppe von Jungen in seinem Alter ihn anstarrten.

„Ich habe es dir doch gesagt, so etwas wie ein Ausbildungslager. Hier werden Kinder wie du dazu ausgebildet, Soldaten zu sein. Aber du bist etwas anderes. Ich werde dir also eine Sonderbehandlung zukommen lassen. Hier kannst du wie ein General werden, der seine eigene Gruppe kommandiert. Ich gebe dir deine eigene Hütte und sehr gutes Essen und viele Geschenke, aber dann musst du tun, was ich sage. Verstehst du?"

„Oh ja." Das konnte Martin. Er schaute den Mann an, der ihn anlächelte, und lächelte auch. „Ich meine, ja, Kommandant."

25

Ich, was weiß ich? Selbst jetzt ist es schwer, mich zu erinnern. Aber du hast mir gesagt, ich soll dieses eine Mal alles niederschreiben, auch das, was nicht interessant ist. Willst du, dass ich von jedem Tag immer und immer wieder schreibe? Du sagtest, das wird mir helfen, meine Wunden zu heilen. Ich weiß nicht. Aber ich werde diese Geschichte für dich aufschreiben.

Wo sind wir? Ich weiß nicht. Marschieren, marschieren, marschieren, marschieren. Schritt für Schritt für Schritt. Also gut, ich weiß jetzt also, was Landkarten sind, und ich habe gesehen, wie weit wir Jungen marschiert sind. Über zweitausend Kilometer. Hörst du? Zweitausend Kilometer!

Jetzt, nach sehr langer Zeit, wissen wir, dass wir in Äthiopien unterwegs waren und nicht im Sudan, denn einige Leute haben uns das gesagt. An diesem Ort bedeckte uns schwarzer Staub. Es ist heiß, und von uns trieft der Schweiß, und am Ende eines Tages auf den Beinen ist jeder in diesem Land mit einem dicken, verkrusteten Schmutzpanzer überzogen. Zwischen Sonnenuntergang und Sonnenaufgang werden die Straßen von bösen Männern kontrolliert, die uns alles stehlen, falls wir etwas haben.

In Äthiopien begegneten wir auch guten Männern, die uns zeigten, wie man Fische fängt und sie trocknet. Das war gut! Ich konnte am Fluss Fische fangen. Das Leben ist wirklich ein Geschenk Gottes. Die Äthiopier, unsere Freunde, sie retteten uns. Aber jeder wollte gerettet werden, und das wurde ein Problem. An diesem Ort sind wir viel zu viele Menschen und haben nicht genug Fische.

Ich habe unterwegs viele seltsame Dinge gesehen. Viele Dinge verstehe ich nicht.

In Äthiopien sah ich andere Christen. Ich konnte sehen, dass sie Christen waren, weil sie Kreuze um den Hals hängen hatten – seltsame, silberne Kreuze so dünn wie eine Feder.

In Äthiopien litt ich Hunger. Ich wachte auf und fühlte die Hitze der Sonne und wusste, es würde wieder ein Tag ohne Essen werden. Wie würde ich den Tag überstehen?, fragte ich mich. Eines schönen Tages trank ich bitteres Wasser, das aus dem Inneren einer Antilope gepresst wurde. Die Tage gingen auf diesem Marsch einer in den anderen über – schlafen und sich Fragen stellen. Und immer das Marschieren. Wir waren nicht die Einzigen. Ich kam an Menschen vorbei, die in die große Stadt Addis unterwegs waren. Sie hofften, dass sie in der Stadt etwas zu essen finden würden.

Ich sah, wie diese Menschen alles verkauften. Ich sah, was sie verkauften. Sie verkauften Kinder wie mich. Sie verkauften sie an gute Menschen. In den Dörfern außerhalb von Addis lebt ein Volksstamm, der Kinder liebt. Diese Menschen wünschen sich Kinder, und wenn andere zu ihnen an die Stadttore kommen und nichts haben, kaufen sie gern die Kinder und versprechen, ihnen Essen zu geben und sie zu lieben und ihnen ein Zuhause zu geben.

Vergiss nicht, dass das Dinge sind, die die Kinder lange nicht hatten. Wenn das nicht so wäre, hätten ihre Eltern sie nicht auf einen solchen Marsch mitgenommen, fort von ihrem Zuhause, fort aus ihren Dörfern.

Als ich das beobachtete, wünschte ich, ich hätte Eltern, die mich an einem solchen Ort verkaufen würden. Du fragst dich jetzt vielleicht, warum ich nicht einfach einen dieser Stämme bat, mich aufzunehmen. Aber ich wusste, dass ich weiterziehen musste. Ich konnte nicht stehen bleiben. Vielleicht wusste ein Teil von mir, dass meine zwei Brüder auf mich warteten. Also marschierte ich weiter.

Und außerhalb der Stadttore sah ich etwas noch Erstaunlicheres. Dieselben Eltern, die alles verloren hatten und jetzt hungernd und nackt waren, warteten vor der Stadt an einem Ort, an dem ganz viele Stände waren. Es war ein Markt, auf dem Menschen, die fast nichts mehr hatten, dieses „Fast" verkaufen konnten und dann gar nichts mehr hatten.

Was glaubst du, war das Letzte, was diese Menschen verkauften? Ihre Kinder waren schon fort. Was behielten sie bis zum Schluss? Ihre Kreuze. Die Filigrankreuze, die auf der glatten Haut glänzten und von denen schon Jesaja schrieb. Ich weiß das jetzt, weil ich es in meiner eigenen Bibel gelesen habe. Diese Kreuze, die von Menschen getragen wurden, die alles verloren hatten - Land, Essen, Wasser, Kinder, Kleidung -, wurden jetzt feierlich den Standbesitzern übergeben. Und dann hatten sie wirklich überhaupt nichts mehr.

Jetzt haben sich mehr Menschen unserer Gruppe angeschlossen. Oder wir haben uns ihnen angeschlossen. Wir sind Jungen und Mädchen und Mütter und Väter. Keine Waffen. Eines Tages mussten wir einen großen Fluss durchqueren. Das Wasser war tief und die Strömung war stark nach dem Regen. Flugzeuge ließen über uns Bomben fallen. Menschen schrien und Kinder wurden wie Stöcke weggetrieben. Wir mussten ans andere Ufer schwimmen. Viele Menschen ertranken.

Diejenigen, die nicht schwimmen konnten, sagten: „Nein. Woher sollen wir wissen, dass dies der richtige Weg ist?" Wir halfen einander mit Seilen und Stricken. Einige blieben stehen, um schwimmen zu lernen und dann zu versuchen, ans andere Ufer zu gelangen. Wenn du nicht schwimmen kannst, stirbst du, weil das Wasser über deinen Kopf steigt und du dich drehst und nicht atmen kannst und stirbst.

Hier war es eine gute Sache, ein kleiner, kleiner Junge

zu sein. Ein netter Mann trug mich auf seinen Schultern, und ich konnte wie ein Vogel am Himmel sehen, wie das alles um mich herum geschah. Trotzdem ist das Knallen der Gewehre und das Pfeifen der Kugeln – diese Geräusche sind in meinem Kopf immer noch zu hören.

Jetzt kommt die gute Nachricht. Wir schafften es bis zu einem Ort, an dem Menschen sich um uns kümmern wollten. Das war mein erstes Lager, ein Flüchtlingslager. In unserem ersten Lager hatten sie nichts zu essen, aber sie hatten Frieden. Also blieb ich, zusammen mit vielen anderen. Die Vereinten Nationen, er kam, er sah uns, er ging nach Genf, um Essen zu finden, er kam zurück. In diesen Jahren in Äthiopien fühlte ich mich nicht mehr schlecht. Ich ging zur Schule und lebte mit vier anderen Jungen zusammen. Wir saßen unter großen Bäumen und öffneten unseren Verstand. Wir hatten noch kein Papier, schrieben aber auf die Erde und zählten Stöcke. Dann ging er weg, die Vereinten Nationen, und wir mussten fortlaufen. Was konnte ich tun? Es war nicht mein Zuhause.

Wir Kinder liefen in ein anderes Lager. Manchmal stellten die Menschen in diesen Lagern mir viele Fragen. Nicht so wie du – du hast zugehört. Aber diese Fragesteller, sie kamen nie zurück, um zu helfen. Immer gehen sie weg. Als wir laufen mussten, hatten wir nichts, und niemand gab uns irgendetwas, und niemand kam zurück, um zu helfen. Einige von uns bekamen Blasen an unseren nackten Füßen. Ich wickelte Gras um meine Füße, und das half etwas. Kein Essen, kein Wasser. Ehrlich, ich glaubte, Gott könnte uns vergessen haben.

Wir Kinder fanden wieder ein anderes Lager, aber sie hatten nur so viel Essen, um uns jede Woche eine Hand voll zu geben. Das Wasser war auch schmutzig, und ich war krank. Dann kamen die Vereinten Nationen, er warnte uns, dass in der Nähe Kämpfe waren, Bomben wurden geworfen, und es waren Soldaten dort, die uns ergreifen könnten. Dann waren wir wieder im Sudan und fanden einen anderen Ort, an dem wir eine Schule bauen und Bücher bekommen konnten, aber zwei Monate danach mussten wir wieder laufen.

So ist es. Laufen, dann marschieren. Mehr marschieren. Viele marschieren. Das passierte: Die Vereinten Nationen, er war in Kenia, aber nicht im Sudan. Wir marschierten jetzt also in Richtung Kenia, aber in großer Unsicherheit.

Wie viel Zeit verging? Ich, ich weiß es nicht. Vielleicht nach einem weiteren Jahr, in dem wir so marschierten, kam ich zu einem Flüchtlingslager in Kenia. Die Menschen dort waren erstaunt über unsere kleine Armee. Ich nenne uns klein, weil wir Kinder waren. Aber zahlenmäßig waren wir sehr groß. Ich habe später gehört, dass wir über zwölftausend waren. Man nennt uns immer noch „Die Verlorenen Jungen".

Ich wollte Fußball spielen und dachte darüber nach, während ich marschierte. Und ich wollte zur Schule gehen. Wieder in eine Schule, wie wir sie im allerersten Lager in Äthiopien gehabt hatten. Dort hatte ich von einigen großen Jungen Lesen gelernt. Sie sagten, ich sei nicht so dumm. Ich hoffe es.

In Kenia bekam jedes Kind und jeder Erwachsene zwei Tassen Mais, eine viertel Tasse Bohnen und ein bisschen Öl. Das sollte vierzehn Tage lang reichen.

Inzwischen haben meine Mutter und mein Vater in meinen Erinnerungen keine Gesichter mehr. Sie würden mich auch nicht mehr kennen.

Du weißt, was Menschen manchmal über Kinder wie mich denken: „Sie lachen nicht, wie können sie spielen?" Aber natürlich können wir das. Wir sind Kinder! Du weißt solche Dinge über mich, dass Tanzen mich glücklich macht. Ich schließe die Augen, und mein Kopf ist glücklich. Manchmal spiele ich für andere auf der Trommel, aber lieber tanze ich.

Und trotzdem habe ich auch immer Traurigkeit in meinem Herzen.

Ich, der keinen Namen hat, frage mich: Ruft meine Mutter nachts meinen Namen? Sucht mich mein Vater, fragt er andere und nennt dabei meinen Namen? Höre ich deshalb nicht, weil ich nicht weiß, worauf ich hören soll? Gibt es keine Schreie in der Dunkelheit mit meinem Namen darin, kein Seufzen in Träumen meinetwegen?

Weil ich so viel laufe, hin und her, quer durch den Sudan, hinüber nach Äthiopien, nach Kenia, bin ich Mwatabu, „Kind der Traurigkeit".

26

Ihre Kraft überraschte ihn. Juri hatte das Gefühl gefallen, als ihre Hand sich um sein Handgelenk gelegt hatte. Er genoss es, dass ihr Daumen und Zeigefinger sein Handgelenk nicht umschließen konnten. Sie war nur eine Frau, aber er konnte nicht sagen, ob sie schlau oder nur dumm war. Eines war unbestritten. Sie war eine Kämpferin, und diese Art von Herausforderung gefiel Juri.

Es war, wie wenn man einen Löwen jagte. Achtzig Prozent bestand aus Warten. Zehn Prozent darin, den richtigen Platz auswählen – auf eine Stelle warten, an der sie verwundbar wurde wie die Löwin am Wasserloch. Und die letzten zehn Prozent bestanden darin, den richtigen Zeitpunkt zu wählen – auf die Augenblicke zu warten, die verwirren, wenn die Dunkelheit heller wird und vor Anbruch der falschen Morgendämmerung alles vage wird.

Ja, er würde sie jagen, diese schöne, stolze Frau mit Feuer in den Augen.

* * *

Miriam kämpfte gegen die Erkenntnis an und wich ihr genauso aus, wie sie einer Bombe ausweichen würde: *Ich bin wirklich ganz allein.* Ihre Trennung von Owen und Martin nahm die Dimension eines Ungeheuers an. Alles, was ihr wichtig war, alles, was sie hören konnte, war der Schrei ihres Herzens, dass sie wieder mit ihrer Familie zusammengebracht werden wollte.

Dieser Juri hatte sie wieder in die Zelle eingesperrt. Sie konnte nicht sehen, wie das Lager abgebaut wurde, aber sie konnte es hören. Viele Soldaten und Jeeps kamen und fuhren wieder weg. Es gab viele Rufe, aber durch Miriams kleines Fenster konnte sie keine bekannten Gesichter erkennen.

Den Mann, den sie Joseph genannt hatten, sah sie nicht mehr. Und dieser Anführer, Juri – er ließ sie einfach hier verrotten. Nur die Strahlen der Sonne, die auf das verrostete Blechdach niederbrannten und die Zelle wie einen Backofen erhitzten, verrieten ihr, welche Tageszeit es war ... Tag für Tag.

Miriam konnte die Gedanken nicht länger kontrollieren, die ihre Welt verhöhnten. Sie bestürmten ihren Verstand und machten ihn ganz taub. Echos von Owen umgaben sie – seine Stimme, ein paar rötliche Haare, die sie im Staub in derselben Farbe, aber in einer anderen Schattierung funkeln sah. Sie rief die Erinnerungen an ihr Leben mit Owen und Martin hervor. Draußen, ihrem *Dort*, im Gegensatz zu drinnen, diesem *Hier.*

Sie reiste kreuz und quer durch die Zeit, erinnerte sich daran, wie oft sie zu einem Babysitter nach Hause gekommen war und Schuldgefühle gehabt hatte, weil sie nicht mehr Zeit mit Martin verbrachte. Sie erinnerte sich an den Tod ihrer Eltern und fragte sich, ob sie sie jetzt sähen; sie erinnerte sich an ihre Flitterwochen in Irland; lächelte, als sie sich daran erinnerte, wie Owen es ein Jahr später gerade noch rechtzeitig zu Martins Geburt ins Krankenhaus geschafft hatte, indem er sich am Flughafen von einem Hubschrauber zur Klinik hatte fliegen lassen. Miriam dachte an ihr Baby, ihren Martin, den Geruch seiner Haare, seinen süßen, milchigen Atem und den Babyspeck an seinen Händen. Seine Hände auf ihrem Gesicht, wenn er seine Fragen stellte.

Mein Sohn!

Miriam zwang sich, sich Wort für Wort die Gespräche, die sie und Owen in dieser Zelle geführt hatten, ins Gedächtnis zu rufen. Sie versuchte, ihren Verstand zu trainieren, wie er ihr dringend geraten hatte – sie sagte sich Gelerntes auf und lernte Neues auswendig. Das war mehr als nur ein Konzentrationsspiel. Diese Bemühungen, in ihrem Gedächtnis zu kramen und Einzelheiten hervorzurufen, war eine Möglichkeit, sich selbst nicht zu verlieren. Wenigstens darüber hatte Miriam die Kontrolle. Am meisten hoffte sie, die bloße Kraft ihrer Erinnerungen, die Sicherheit und der Schutz ihrer Vergangenheit könnte sich als mächtig genug erweisen, um die Gegenwart zu verbannen.

* * *

Ein Berg von einem Mann. Das war Miriams erster Eindruck von Owen O'Neill gewesen. Sie lernte ihn an der juristischen Fakultät kennen, während sie an ihrem Abschluss in internationalem Recht arbeitete. Sue hatte sie neugierig gemacht und gesagt, sie solle sich den Gastdozenten anhören. „Diesen Mann musst du dir ansehen. Er ist gebaut wie ein Wikinger und redet wie ein Kobold."

So saß sie an jenem Nachmittag im Hörsaal und schaute von ihrem Klappstuhl nach unten auf den Redner, ein Gesicht unter vielen in der Dunkelheit, und fühlte, wie sie eine Gänsehaut bekam. Miriam beugte sich vor, fasziniert von seinem Akzent, der Bewegung seiner Augen, aber am meisten von seinen Worten. Dieser Mann sprach von Hoffnung, davon, dass man in einer Welt, die unter Betrug und gebrochenen Versprechen litt, etwas bewirken und ändern kann.

„Es gibt immer noch so etwas wie Wahrheit", sagte er. „Lernen Sie jetzt, den richtigen Blick zu bekommen, bevor irgendeine Firma oder Regierung Sie gekauft hat. Setzen Sie sich selbst Ihre Grenzen. Wie weit sind Sie bereit zu gehen, um Ihre persönlichen Ziele zu erreichen? Stellen Sie dann die Grundregeln auf – Ihre Regeln – und beschließen Sie, nach ihnen zu leben. Diese Bereitschaft ist entscheidend. Unterschätzen Sie Ihre Macht nicht."

Das Feuer in seinen Worten bewegte Miriam zutiefst und erinnerte sie daran, warum sie als Hauptstudienfach internationale Beziehungen gewählt hatte. Hatte sie nicht vor Jahren etwas auf der Welt verändern wollen? War sie durch das Studium, durch das Abwägen neuer Ideen inmitten so vieler alter Ideen um einer guten Note willen bereits so abgestumpft? Fast ein Jahrzehnt war vergangen, seit sie so aufgeregt gewesen war, sich so jung und voller Hoffnung gefühlt hatte. Wie konnte dieser Fremde, der zehn Jahre älter war als sie und aus einem anderen Land kam, ihre Leidenschaft so entfachen?

Nach dem Vortrag waren alle in das Haus eines ihrer Professoren zu einem zwanglosen Beisammensein eingeladen. Kaffee und Kuchen. „Ich gehe hin", erklärte sie Sue.

„Du gehst doch nie zu so etwas."

Miriam schüttelte abwesend den Kopf. „Ich weiß. Wer ist er überhaupt?"

„Ein internationaler Verhandlungsführer. Ein wichtiger Mann hinter den Kulissen. Ein Protegé von Kissinger oder so etwas. Angeblich sorgt er dafür, dass die westliche Welt frei bleibt, indem er sich in einem kühnen Sprung von hohen Gebäuden stürzt."

Miriam nickte. „Gut. Schön, dass ich jetzt alles über ihn weiß."

Sie schaute ihre Freundin an, die so zierlich und professionell war. Sue trug ein graues Kostüm und eine blaue Seidenbluse; ihre glatten, schwarzen Haar waren zu einem Knoten nach hinten gesteckt. „Du siehst gut aus. Sollte ich mich umziehen?" Miriam fuhr mit der Hand unsicher durch ihre eigenen braunen Locken. Sie hatte seit Jahren an ihrer Frisur nichts verändert. Das hatte damit zu tun, dass sie so lange schon Studentin war und auf einen Abschluss in Jura hinarbeitete. Die dicken Locken hingen ein Stück über ihre Schultern und standen ungezähmt in alle Richtungen ab. Miriam warf einen Blick in ein Fenster und sah ihre schlanke Figur in einem kurzen Jeansrock und einem ärmellosen schwarzen Sonnentop, ihren fragenden Blick, die wilden Haare.

„Du siehst gut aus", sagte Sue. „Komm. Dort ist das Haus. Es ist auf der anderen Seite des Campus."

Während sie über den gepflegten englischen Rasen spazierten, dachte Miriam über den Professor nach, zu dessen Haus sie unterwegs waren, ihren Mentor. Er war gepflegt und strahlte Sicherheit und Schutz aus. Sie hoffte, in der nahen Zukunft auch diese Sicherheit zu bekommen. Einen sicheren, ruhigen Universitätscampus irgendwo im Nordwesten der USA an der Pazifikküste, eine Familie mit einem sesshaften Mann und einigen Kindern, vielleicht zwanzig Stunden in der Woche Vorlesungen geben. *Kein so schlechtes Leben*, dachte sie mit einem trockenen Lächeln.

Miriam erinnerte sich daran, wie sie sich wegen ihrer Eltern, die ein paar Jahre vorher bei einem Verkehrsunfall ums Leben gekommen waren, geschworen hatte, dass sie nichts anderes als Frieden wollte. Sie dachte daran, mit welcher holländischen Liebe ihre

Mutter den Haushalt geführt hatte und so oft ein Lied gesummt hatte, wenn sie die Bettdecken zum Lüften aus dem Fenster hängte, sehr zum Erstaunen ihrer Nachbarn. Miriams Mutter war eine stille Frau und immer sehr stolz auf ihr Zuhause gewesen. Und ihr Vater, mit der Brille auf der Nasenspitze, wie er Miriam über den Brillenrand hinweg anschaute und immer lächelte, wenn sie mit guten Noten oder einem neuen Entwurf für die Edelsteine, die jeden Tag durch seine Hände gingen, zu ihm kam.

Trotz der Spannungen, die die Zweierbeziehung zwischen ihren Eltern belastet hatte, hatten sie sich beide nie etwas anderes als ein ruhiges Leben gewünscht, und das hatte sich auch Miriam gewünscht. Ein Leben mit Recherchieren, Bücherschreiben und Vorlesungenhalten – dazu würde ihr ihre Dissertation die Tür öffnen, falls sie die Doktorarbeit je zu Ende brachte.

Als sie das vornehme Haus betraten, hörte Miriam ein erstaunliches Geräusch. Ein tiefes Lachen aus tiefstem Herzen, „von den Zehen", wie ihr Vater gesagt hätte. Sie ließ Sue, die sich mit ein paar anderen Freundinnen unterhielt, im Eingangsbereich stehen und begab sich den Gang hinab, von dieser faszinierenden Stimme angezogen.

„Ach, aber Winston, du hast vergessen, dass es die erste Regel bei allen Verhandlungen ist, vorher zu entscheiden, welche Ziele man hat, und dann festzulegen, wie viel man dafür zu zahlen bereit ist."

Winston musste ihr Professor sein. Miriam hatte noch niemanden gehört, der den geachteten, anerkannten, mit einem Nobelpreis ausgezeichneten Stolz der ganzen Universität jemals bei seinem Vornamen angeredet hätte. Niemals. Sie bog um die Ecke und blieb im Türrahmen stehen.

Der riesige Ire stand mit dem Rücken zu ihr. Andere Studenten füllten den Raum, plauderten, hielten Kaffeetassen in der Hand und gestikulierten mit den Händen.

Miriam starrte die Levis und den Cordblazer an, der an den Ellbogen geflickt war. Sie trat vor. Genau im selben Augenblick drehte sich der Hüne schwungvoll um.

Miriam erstarrte. Als sein Blick auf sie fiel, ließ er die Kaffeetasse und die Untertasse fallen. Er ließ sie einfach los. Die braune Flüssigkeit lief über seine Schuhe. Miriam beobachtete, wie das Geschirr auf dem Boden zerschellte, sah, wie der Löffel über den Boden schlitterte, dann schaute sie wieder nach oben in zwei Augen, die die Farbe von unruhigem Schiefer hatten.

Die Stimmen im Raum verstummten. Alles, was sie hörte, waren seine Worte: „Guter Himmel. Winston, du hast eine Frau für mich gefunden.“

27

In ihrem Traum konnte Miriam den Mann nicht erreichen, dessen Arme Martin mitten in der Luft festhielten, aber sie konnte sehen, wie ihr Sohn sein Entsetzen hinunterschluckte. Martin öffnete den Mund; aber sie hörte keinen Ton. Er wehrte sich, trat um sich, kämpfte.

„Martin!", brüllte Miriam, so laut sie konnte.

Dann, noch während sie zuschaute, biss Martin den Mann, der ihn festhielt; die Faust des Mannes schlug zu, seine Hand landete mit einem dumpfen, brutalen Schlag auf der Schläfe des Kindes. Der Mann warf sich Martins Körper über die Schulter und schritt von ihr fort in die Richtung, in der die Kugeln flogen, schritt kühn auf die Heckenschützen zu. In dem arroganten Selbstvertrauen, dass er es in der Hand habe, wohin die Kugeln flogen. Sie sah nie sein Gesicht.

„Nein!" Der Wind riss ihren Schrei mit sich. Sie taumelte hinter ihnen her, aber mehr Kugeln, dieses Mal von beiden Seiten, zwangen sie nieder, nieder auf die Knie, nieder auf den Boden. Nieder, die Hände über den Ohren. Nieder, dass sie nur noch zuschauen konnte. Nieder, wo sie sah, wie die Gestalt sich zurückzog und der halbe Körper eines Kindes über dem Rücken des Mannes baumelte.

Miriam kroch zu der Stelle, an der sie Bluttropfen fand, die in eine Richtung führten, in die sie wegen des Kugelhagels nicht folgen konnte. Als sie zu der Stelle kroch, hatte sie eine große Strecke zurückgelegt, eine geistige Veränderung, fort von der Hoffnung, hin zur Verzweiflung. Mit nichts als nackter Verzweiflung um sich herum, veränderte sie sich auf diesem Weg.

* * *

Juri beobachtete sie, wie sie zusammengerollt auf dem nackten Boden lag und im Staub wimmerte. Hatte er ihr das angetan?

Hatte er sie so weit gebracht? Angewidert von sich selbst, betrat er still die Zelle und schloss die Tür hinter sich. Sein Ziel war es gewesen, sich anzupirschen, dann ihren Willen zu beugen und sie seinem Willen gefügig zu machen, aber nicht, sie zu brechen. Nichts war weniger attraktiv als ein Opfer. Darin lag keine Herausforderung mehr.

Juri bückte sich tief. Er konnte nicht die Augen von ihr abwenden. Diese Miriam. Der rote Staub zog sich wie Farbe über ihr Gesicht. Unter dem Schmutz sah er ihre gemeißelte Schönheit. Ja, trotz der zerzausten Haare und den tiefen Höhlen über ihren Wangen. Ein langer Hals, gebeugte Schultern, eine kleine Figur. Geschlagen. „Vielleicht bin ich zu spät“, murmelte er leise.

Das Murmeln weckte sie. Ohne ein Wort zu sagen, kroch sie auf ihn zu, warf sich in seine Arme und begann zu weinen. Juri kniete neben ihr, geschockt über das Gefühl, wie sich ihr Körper an seinen drückte, das Schluchzen, das sie schüttelte, die Zerbrechlichkeit ihres dünnen Körpers. *Sie braucht mich.*

Dann schluchzte sie: „Owen.“ Und er begriff, dass sie immer noch träumte oder fantasierte und ihn mit ihrem Mann verwechselte. Es spielte keine Rolle. Die Berührung, ihre Figur – das weckte etwas tief im Inneren von Juri. Er ertappte sich bei dem Gedanken: *Noch nie habe ich eine Frau so gewollt wie diese.* Selbst das Wollen war ganz anders.

Er war selbst überrascht, als er überlegte, dass er es dieses Mal richtig machen würde. Dieses Mal würde er dafür sorgen, dass sie ihn wollte. In einer einzigen schnellen Bewegung veränderte sich seine Lust, so dass er jetzt mehr als alles andere wünschte, sie würde ihn wirklich brauchen, so wie jetzt, in diesen kostbaren Augenblicken zwischen Schlafen und Wachsein.

Dann war es vorbei. Ihr Körper wurde steif und sie keuchte. Dann riss sie sich von ihm los. Sie kauerte sich an der anderen Seite an der Mauer zusammen. Juri sah den Hass, bevor sie ihn verbergen konnte. Aber selbst das verriet ihm etwas. Sie konnte Masken aufsetzen. Das würde er sich merken für die Situationen, in denen sie ihn anlog. Denn das würde sie. Und die Tatsache, dass sie ihn hasste, war auch gut. Es bedeutete, dass er sie nicht gebrochen hatte, dass sie immer noch Leidenschaft empfinden konnte.

Er hustete, um seine Verlegenheit zu verbergen, und stand auf. „War wohl ein Irrtum?"

Ihre Augen zogen sich zusammen wie die einer in die Enge getriebenen Katze, aber sie sagte nichts.

„Sie hassen mich jetzt vielleicht, aber es liegt in meiner Macht, Ihnen das Leben angenehmer zu machen. Ich will ehrlich mit Ihnen sein. Ich bin nicht glücklich über das, was ich hier sehe. Wir werden bald aufbrechen. Wie ich versprochen habe, zusammen. Aber vorher sollen Sie heute Morgen versuchen, sich nicht als Gefangene zu fühlen. Joseph wird Ihnen Trinkwasser bringen, etwas Essen – nicht zu viel für den Anfang – und einen Stuhl. Er wird Sie an einen Platz bringen, wo Sie duschen können. Wir haben saubere Kleidung für Sie."

Er trat näher auf sie zu. *Diese Augen! Dunkel, aber mit hellen Funken darin, wie ein Tansanit, blau wie der Sommerhimmel über der Krim.* Er beugte sich vor, ergriff ihre Hand und zog sie nach oben, bis sie stand. Sie entzog sich seinem Blick und wandte das Gesicht ab. Er legte einen Finger unter ihr Kinn und hob es hoch.

Was er sah, überraschte ihn nicht. Ihre Dankbarkeit wäre erst der Anfang.

* * *

Miriam hatte gelesen, dass Entführungsopfer sich manchmal zu ihren Kidnappern hingezogen fühlten, sich sogar in sie verliebten – das war ein nachgewiesenes Phänomen – wegen der völligen Abhängigkeit von ihnen.

Ich nicht, dachte sie.

Sie wusste, wie abhängig sie war. *Er gibt mir zu essen, er stillt meinen Durst, er entscheidet, wann ich frei sein darf, ob ich am Leben bleiben darf.* Und trotzdem empfand sie nichts als Abneigung gegenüber ihrem Kidnapper, diesem *Juri.* Sie sah in ihm ein Ungeheuer, ein Tier, genau auf derselben Ebene wie einige der Terroristen, mit denen Owen beruflich zu tun haben musste.

Aber Owen hatte ihr etwas zu diesem Thema gesagt – über die Versuchung, grausame und zum Töten bereite Männer und Frauen als unmenschlich zu betrachten. Allein dieser Gedanke, hatte Owen gesagt, kann erfolgreiche Verhandlungen verhindern.

Um das zu unterstreichen, hatte er ihr einen Fall aus Belgien beschrieben, bei dem es um einen Kinderschänder ging. Die Schuld des Mannes stand außer Frage. Er hatte gestanden, dass er mindestens zehn Kinder gefoltert und vergewaltigt hatte. Owen hatte sich damals wegen eines anderen Falls in Brüssel aufgehalten, hatte aber von dem Kollegen, der an dem Fall arbeitete, gehört, welche Probleme sie hatten, Informationen aus dem Mann herauszubekommen. Dieser Freund bat Owen, ob er und sein Verhandlungsteam es einmal versuchen würden. Und so setzten sie sich mit dem Mörder an einen Tisch, aber Owens Leute hatten von Anfang an Probleme bei dem Gespräch. Sie schafften es nicht, Augenkontakt zu ihm herzustellen, und machten wiederholt Fehler. Schließlich war Owen gezwungen, das Gespräch zu vertagen. Als er mit seinem Team allein war, fragte er, was geschehen war. Einer oder zwei gestanden, dass sie an nichts anderes hatten denken können als an die gemeinen Verbrechen, die dieses Ungeheuer begangen hatte.

Dann hatte Owen gesagt: „Konzentriert euch auf das, worum es hier geht. Da draußen gibt es Eltern, die immer noch nicht wissen, wo ihre Kinder sind, ob sie noch leben oder tot sind. Unser Ziel ist es, das in Erfahrung zu bringen. Wollt ihr den wenigen Seelenfrieden, den diese Eltern vielleicht noch finden können, wegen eurer kleinkarierten Vorurteile aufs Spiel setzen? Wenn ihr ihn nicht als Menschen sehen könnt, als jemanden, der genauso gut euer Schwager sein könnte, kann ich euch in meinem Team nicht brauchen!" Es war eines der wenigen Male, in denen Owen die Selbstbeherrschung verlor.

* * *

„Sieh den Menschen, Miriam. Sieh den Menschen. Sieh den Menschen losgelöst von der Politik, den Einzelnen getrennt von dem, was er tut." Sie konnte ihn immer noch hören, wie er diese Worte zu ihr sagte. *Also gut, mein Owen. Für dich werde ich Juri als Menschen sehen.*

Über diese Dinge dachte Miriam nach, während sie unter einem Eimer mit von der Sonne erwärmtem Wasser stand, der zwischen zwei Baumzweigen auf einem Brett stand. Eine grüne Plane war um die Bäume gespannt und bildete eine runde Kabine, so dass nur der Affe links über ihr sie sehen konnte. Sie atmete die saubere Luft ein, nicht staubig oder stickig oder stinkend, sondern frisch und nach Humus, den Bäumen und dem Pflanzenleben um sie herum riechend.

Das Lager war in der trockenen Mittagshitze still. Miriam hörte nur das Summen der Fliegen. Sie drehte an dem Ventil, das in ein Loch im Boden des Eimers gesteckt war, und ließ den langsamen Strom über ihr Gesicht laufen – den Mund geschlossen, die Hände rieben an dem Schmutz, die Seife half nach – durch ihre Haare, reinigend, spülend, desinfizierend.

Sie fühlte, wie mehr als nur Schmutz weggewaschen wurde. Ihre Sinne erwachten zu neuem Leben. Der Stumpfsinn fiel von ihr ab in die kleinen Pfützen, die unter ihren nackten Füßen zusammenliefen und ihre Ohren wieder frei machten. Miriam hörte die Vögel in den Bäumen, das wütende Kreischen des Affen. Und an diesem Ort, befreit von ihrer Gefangenschaft, in der sie noch vor wenigen Stunden gewesen war, nahm sie sich vor, am Leben zu bleiben, nahm sie sich vor zu überleben, nahm sie sich vor, alles zu sehen und zu hören, was sie nur konnte, um sich selbst zu retten und mit Owen und Martin wieder zusammenzukommen. Sie musste versuchen, zu Owen und Martin zurückzukommen, musste ihre Familie zurückbekommen. Was auch immer das kostete.

Miriam legte ihre neu gefundene Entschlossenheit wie ihre neuen Kleider um sich. Sie zog sich an, roch den gebügelten Stoff, während sie sich das Hemd zuknöpfte. Der Mann namens Joseph wartete auf sie, als sie unter den Bäumen auftauchte. Ohne ein Wort zu sagen, führte er sie zu einer Flugzeugstartbahn, wo Miriam eine Gruppe von Männern neben einem kleinen Flugzeug stehen sah. Sie fragte sich, ob sie es sich leisten könne, den wenigen Instinkten, die sie vielleicht noch besaß, zu trauen. Juri hatte gesagt, sie würde mit der Gruppe, die das Lager verließ, aufbrechen, und Miriam klammerte sich an dieses Versprechen. Alles war besser als wieder in diese Zelle zurückgebracht zu werden. Sie schaute nach oben und genoss den Himmel über sich, die endlosen Baumwipfel hinter der Lichtung, die große Weite hier *draußen*.

Dann fiel Miriams Blick auf Juri, der aus der anderen Richtung auf die Gruppe zutrabte, einen Rucksack über eine Schulter geworfen. Es war das erste Mal seit ihrer demütigenden Begegnung mit ihm an diesem Morgen, dass sie ihn sah. Sie errötete bei dem Gedanken, wie sie sich ihm buchstäblich in die Arme geworfen hatte. Zweifellos dachte er sich etwas Qualvolles aus, um sie vor diesen Männern leiden zu lassen.

Juri nickte Miriam zu, öffnete die Tür und bedeutete ihr, sie solle einsteigen. Sie stieg die schmale Leiter hinauf und las die Worte, die auf die Seite des Flugzeugs gemalt waren: Cessna Caravan. Juri schloss ihre Tür, dann sagte er auf Russisch etwas zu den Männern, die alle Sonnenbrillen aufhatten, Männer, deren Augen sie auszuziehen schienen, egal wie hoch sie die hellgrüne Baumwollkleidung zuknöpfte, die Joseph ihr zum Anziehen gegeben hatte. Diese Männer trugen trotz der Hitze schwarze Lederjacken, und sie begannen, durch die Hintertüren ins Flugzeug zu steigen. Miriams Kleidung war sauber, mit Bügelfalten in der Mitte der Hosenbeine und kurzen Ärmeln. Auf dem Sitz des Kopiloten angeschnallt, genoss Miriam den Anblick dieser Falten und fuhr mit ihren sauberen Handflächen über den weichen Stoff. Sie konnte die Augen der Männer auf sich fühlen, als Juri um das Flugzeug herumging und nach den anderen einstieg und die hinteren Türen zuschlug. Der Pilot stieg auf der anderen Seite durch seine Tür ein und setzte sich vorne neben Miriam.

„Ich habe mehr Platz zum Arbeiten, wenn ich hier hinten sitze." Juri beugte sich von seinem Sitz hinter ihr vor und sprach zum ersten Mal, seit er hier war, englisch. Als Miriam sich umdrehte, zählte sie die drei zusätzlichen Reihen mit Männern, die sie alle anschauten. Sie spürte sehr deutlich, dass sie eine Frau war, und auch sehr deutlich, dass sie in den Augen dieser Männer *Juris* Frau war.

Das Flugzeug hob ab und schaukelte von einer Seite auf die andere. Miriam schaute nach links und bemerkte die olivfarbene Haut des Piloten. Er nickte in ihre Richtung. „Sie sollten den Schultergurt auch anlegen, nicht nur den Beckengurt." Er hatte einen griechischen oder italienischen Akzent. Miriam sah die Gurte, die er meinte, und griff hinüber, um sie einzuklicken und festzuziehen.

„Kann ich Ihnen helfen?" Juris Hand legte sich auf ihre und beendete die Bewegung. Sie schloss die Augen. *So fängt es an.* Wie hoch würde der Preis werden, den er von ihr verlangte? Auf das Risiko hin, Juri zu verärgern, fühlte sich Miriam gezwungen, ihre erste Begegnung mit ihm anzusprechen und klarzustellen, was genau sie ihm anzubieten hatte.

„Hören Sie", sagte Miriam und klang kühner, als ihr zumute war. Sie schaute um ihren Sitz herum nach hinten und sagte betont, aber nicht zu laut: „Ich verkaufe Ihnen meine Diamantenkenntnisse, und das ist *alles*. Verstanden?" Als Antwort kniff er die Augen zusammen. Ein dünnes Lächeln zog über sein Gesicht, während er sich auf seinem Sitz zurücklehnte. Es war, als wüssten sie beide, dass sie diese Worte nur sagte, um sie selbst zu hören. Das Flugzeug neigte sich wieder, und Miriam fragte sich, wie sie es wagte, so etwas zu sagen. Woher kam dieser plötzliche Mut?

Sie drehte sich wieder nach hinten um und schaute zu, wie die Landschaft sich unter ihnen ausbreitete, Dörfer aus runden Hütten, die über die Savanne verstreut waren, eine Patchworkdecke aus braunen und hellbraunen Quadraten. Hin und wieder stach ein roter Fleck heraus, ein Hirte mit seinem Vieh oder seinen Ziegen – so viele Flecken.

Sie flogen in geringer Höhe, immer wieder in die Wolken hinein und wieder hinaus. Das Land war da, dann war es wieder fort. Miriam erinnerte sich an das letzte Mal, als sie zwischen „dem Himmel und Zuhause" geflogen waren. Martins Worte. Miriam schluckte. Sie schluckte schwer. *Keine Tränen.* Jener Flug hatte sie nach Nairobi gebracht. Der Sonnenaufgang hatte den Himmel in tausend verschiedenen Rosa- und Lilaschattierungen gebadet, dann in Gold, das dunkle Bernstein, das Afrika ausmacht, sein Gras, sein Licht.

Miriam schloss die Augen und ließ die Erinnerungen zu. Dann schlug sie sie wieder auf. Wenn sie aus dem Fenster schaute, konnte sie fast ihre Einsamkeit, die Gefahr, die durchbohrenden Blicke hinter sich vergessen. Bei dem Frieden und der Schönheit der Wolken und Farben rund um sie herum, zwischen hier und dort schwebend, erinnerte sie sich an Owens Rat und dachte: *Ich sollte beten.*

Miriam wollte nicht an das Gebet glauben. Der harte Knoten der Wut und des Verlustes, der durchzogen war vom Gefühl, betrogen worden zu sein, hielt sie immer noch zurück. Aber wie bei so vielem von dem, was sie an diesem Tag tat, dachte sie, sie sollte es für Owen tun. Er hatte ihr erzählt, dass er immer betete, bevor er zu einer Reise aufbrach – um Bewahrung auf der Reise, um die richtigen Entscheidungen, um geistliche Weisheit. *Was immer das ist.* Sie dachte, sie sollte für seine Sicherheit beten, dafür, dass sie beide nicht den Mut verloren, dafür, dass sie bald wieder mit Martin zusammensein konnten. Aber sie tat es nicht. Vielleicht konnte sie nicht. Dann dachte sie, sie sollte stattdessen dafür beten, dass sie einen klaren Kopf behielt, denn etwas an der Art, wie sie an diesem Morgen aufgewacht war, war bestimmt eine Warnung gewesen. Begann sie, „berührt" zu werden, wie Owen es nennen würde?

Miriam gab es auf, beten zu wollen, und beschloss stattdessen, wachsam zu bleiben, sich besser zu konzentrieren. Aber das Surren des Motors machte sie schläfrig, der bequeme Flugzeugsitz war das erste Weiche, das ihren Rücken seit über zwei Wochen berührte.

Miriam fuhr aus dem Schlaf hoch. Sie schaute nach der Sonne und stellte fest, dass sie in Richtung Südwesten flogen. Sie drehte sich um und wollte einen Blick auf Juri werfen, aber er war in ein Gespräch mit dem Mann hinter sich vertieft. Miriam begriff, dass ihre Stimmen sie geweckt hatten. Sie schienen zu streiten. Als beide Männer aufblickten und sie anstarrten, konnte sie sich den Grund dafür vorstellen.

„Ja?" Juri schaute Miriam stirnrunzelnd an, aber sie weigerte sich, sich vor den anderen noch einmal zum Narren zu machen. Sie drehte sich abrupt wieder nach vorne um und stellte fest, dass das Flugzeug zur Landung angesetzt hatte. Miriam betrachtete die Sträucher, die immer näher kamen, und sah etwas Langes, Weißes in der Ferne. Als sie näher kamen, erkannte sie, dass es die Hülle eines Flugzeugs war – der Rumpf und ein Flügel. Einige hundert Meter links davon lag der andere Flügel. Ein Tankwagen wartete an der Landebahn, die nicht mehr war als ein gerodetes Stück Straße inmitten von Grasland und verkrümmten Dornensträuchern.

Das Flugzeug landete. Niemand außer dem Piloten machte Anstalten auszusteigen. Der Laster rollte heran, und der Pilot öffnete seine Tür und sprang hinaus. Gemeinsam mit dem Fahrer begann er, die Cessna aufzutanken. Als sie fertig waren, stieg der Pilot wieder ein, schnallte sich auf seinem Sitz fest, und das Flugzeug rollte knatternd weiter, dieses Mal genau auf die untergehende Sonne zu. Niemand sprach ein Wort.

Kurz nach Einbruch der Dunkelheit landeten sie wieder. *Ich habe keine Ahnung, wo ich bin,* dachte Miriam. *Niemand auf der ganzen Welt weiß, wo ich bin.*

28

Martin wollte zeichnen. Er hatte in einem der Schränke ein Blatt Papier und einen Stift gefunden. Er beugte sich tief über das Papier und zeichnete eine Baumreihe, als der Kommandant eintrat.

„Was du da machst, tun nur Mädchen", knurrte er. Der Kommandant riss Martin das Papier weg, knüllte es zu einer Kugel und warf es hinaus. Später, als Martin es im Gras fand, strich er es glatt und legte es unter seine Matratze.

Ein anderes Mal sagte der Kommandant zu Martin: „Eines Tages wirst du dich beweisen müssen. Pass also immer gut auf, was ich dir zeige."

„Im Kampf, meinen Sie?", fragte Martin.

„In einer Prüfung. Wenn du dich gut machst, wirst du belohnt werden."

Martin hatte die anderen Jungen im Lager gesehen. Das hier war anders als damals, als er gedacht hatte, er hätte seine Eltern verloren. Hier war alles anders – das Essen, das Wetter, die Sprachen, die Hautfarbe der Menschen, die Regeln – alles anders.

Zuerst konnte sein Verstand nicht alles fassen. Deshalb hatte er dicht gemacht, die Fenster zu seiner Seele verschlossen, die Tür zu jedem möglichen Kontakt zugeschlagen. Er hatte aufgehört zu essen und aufgehört zu trinken und hatte nur auf einem staubigen Boden gelegen und gefühlt, wie die Insekten ihn ins Gesicht bissen, hatte aber nichts gehört.

„Na, dann bringe ihn dazu, dass er isst!"

Er hatte die Stimme des Kommandanten vor dem Fenster gehört und gewusst, dass er sehr wütend sein musste. Das war gewesen, als Martin die ganze Zeit sehr heiß gewesen war. Er hatte erwartet, dass der Kommandant ihn wieder schlagen würde, aber das tat er nicht. Er kam in das kleine Haus, das Martin ganz für sich allein bekommen hatte, und hob Martin hoch. Statt ihn ins Bett zu legen, hielt er ihn einfach fest und setzte sich auf einen Stuhl, genauso wie es Martins Mama immer tat, wenn er krank war. Er sang ihm auch etwas vor und benutzte Worte, die Martin nie zuvor gehört hatte.

Es war nicht so, dass Martin beschlossen gehabt hätte, nichts zu essen; er wollte einfach nicht mehr. Aber danach fühlte sich Martin besser. „Wann werde ich meine Eltern sehen?", fragte er. „Geht es ihnen gut?"

„Sie sind ohne dich fortgegangen, aber ich werde sie für dich finden. Du musst jedoch ein guter Junge sein. Ein guter Junge isst und trinkt. Ist das klar?"

Martin nickte. Mehr als alles andere wollte er seine Eltern sehen. Der Kommandant war mächtig genug, sie zu finden. Das wusste Martin mit Sicherheit.

* * *

Miriam stieg aus dem Flugzeug, schaute nach oben und taumelte bei dem Anblick des Nachthimmels. Sie warf den Kopf nach hinten und ging immer ein paar Schritte auf einmal, schwindelig angesichts der großen Lichtmasse über ihrem Kopf, der Sterne, die den ganzen Horizont überspannten, einer Lichterdecke, die so nahe war, dass sie die Energie fast summen hören konnte.

„Willkommen in der Kalahari." Juri trat hinter sie und legte die Hände auf ihre Hüften, um sie zu stützen. „Der Stamm der San in Botwana sagt, nachts in der Kalahari kann man die Sterne singen hören."

Miriam trat einen Schritt vor, fort von seiner Berührung.

„Kommen Sie." Juri unterließ es, ihre Reaktion zu kommentieren. „Es ist Zeit, zu gehen."

Die Gruppe von Männern, die auf dieser zweiten Landebahn aufgetaucht waren und mit Fackeln am Rand standen, luden das Gepäck aus der Ladeluke unter dem Flugzeug aus. Gemeinsam mit Miriam und den anderen Fluggästen stiegen sie alle in drei wartende Fahrzeuge, die sich polternd in Bewegung setzten und in das Buschland hineinrasten. Die Scheinwerfer durchschnitten mit einem Lichtstreifen die Dunkelheit, leuchtende Augen beobachteten sie an jeder Biegung.

Als der Konvoi endlich zum Stehen kam, sah Miriam einen Kreis von Zelten, die um ein Feuer herum aufgebaut waren, aus dessen Mitte ein Baumstamm ragte. Juri führte Miriam zu einem der Zelte und sagte: „Sie können hier drinnen schlafen.“ Dann sagte er etwas auf Russisch zu dem Mann hinter ihm, der die Taschen trug. Juris Sachen kamen in das Zelt neben Miriams.

In dem Versuch, ihre Erleichterung darüber nicht zu zeigen, wollte sie das Schweigen ausfüllen und sprach das Erste aus, was ihr in den Sinn kam: „Diese Männer sprechen alle Russisch?“

„Haben Sie gemeint, wir Russen hätten Afrika nur die AK-47 gebracht?“ Er lachte dumpf. „Sie erstaunen mich, *Mrs* Vree. Ihr Mann ist so *begabt*.“ Das Wort klang in seinem Mund wie Gift. „Welche Sprache außer Englisch sprechen Sie noch? Oder sind Sie nicht so exotisch, wie ich dachte?“

Einem Instinkt folgend sagte sie die Wahrheit. „Nur Niederländisch. Meine Eltern, erinnern Sie sich?“

Ohne Übergang wechselte er in Afrikaans und fragte, ob sie an diesem Abend mit ihm essen würde. „Ich werde dafür sorgen, dass meine Geschäftspartner uns nicht stören.“

Miriam schüttelte den Kopf und antwortete auf Holländisch: „Ich glaube nicht. Es war ein langer Tag. Ich denke, ich werde mich gleich schlafen legen.“ Dann drehte sie sich um und betrat das Zelt, um jede Diskussion im Keim zu ersticken. Sie ließ die Zeltplane mit einer Endgültigkeit nach unten fallen, die, wie sie hoffte, keine Fragen offen ließ.

Sie hielt den Atem an, aber niemand folgte ihr. Miriam gestand sich selbst ein, dass sie nicht wusste, was sie tun würde, wenn er mitten in der Nacht neben ihrem Feldbett auftauchen würde. Er hatte eine Waffe. Diese Männer waren seine Männer. Sie schaute sich in ihrem Zelt um, erblickte in einer Ecke einen Holzpfosten und beschloss, dass sie sich mit allen Mitteln gegen ihn zur Wehr setzen würde.

Der Kies knirschte vor ihrem Zelt. Sie hielt den Atem an, dann hörte sie, wie der Reißverschluss von Juris Zelt geöffnet und kurz danach wieder geschlossen wurde.

Miriam zog die Stiefel aus, behielt aber ihre Kleidung an. Sie tauchte mit dem Kopf unter das Moskitonetz und schlüpfte in den Schlafsack auf ihrem Feldbett. Ihre Finger zogen an dem Lederband um ihren Hals. Sie drehte den glatten, runden Ring in ihren Fingern und fuhr mit der Oberfläche des Steins über ihre Handfläche. Sie spähte durch das Mückengitter oben in ihrem Zelt auf die Sterne und dachte: *Welches Lied ist mein Lied?*

Als Miriam die Augen schloss, stellte sie sich vor, sie schlendere durch die Zimmer ihres Hauses in San Francisco, und sie zählte die Fenster, bis sie einschlief.

* * *

Früh am Morgen, als es noch dunkel war, stand Miriam von ihrem Feldbett auf und drehte die Flamme in der Laterne an. Sie schaute sich im Zelt um und fand ihre Stiefel poliert neben dem Eingang stehen und eine Schüssel mit sauberem Wasser auf einem kleinen Tisch neben einer Tasse mit dampfendem Tee. Jemand war in ihrem Zelt gewesen, und zwar erst vor kurzem.

Miriam versuchte, nicht daran zu denken, was dieser Tag bringen könnte, was von ihr verlangt werden würde, oder wie sie als Gefangene inmitten eines Rings von Diamantenschmugglern irgendwo mitten in Afrika überleben sollte.

„Eines nach dem anderen. Ein Tag nach dem anderen.“ Owens Worte.

Als sie aus dem Zelt kam, sah Miriam, dass Juri am Feuer wartete. Er stieß mit dem Fuß den letzten Rest des Baumstamms in die Flammen und nickte in Richtung Osten. Breite, rosa Streifen zogen quer über den gesamten Horizont. Miriams Augenbrauen zogen sich nach oben. *Sie haben einen Blick für Sonnenaufgänge?*

„Guten Morgen“, sagte Juri. „Haben Sie gut geschlafen?“

Sie konnte sich nicht an die Veränderung in ihrer Beziehung gewöhnen, an seine neue Höflichkeit seit ... war es erst gestern gewesen, dass er sie stöhnend im Schlaf vorgefunden hatte? Sie nickte und nahm sich von dem Essen auf dem Tisch hinter ihm: Reis, ein Maispfannkuchen und Instantkaffeepulver in einer Tasse. Sie genoss diese Vielfalt an Genüssen im Gegensatz zu den schimmeligen Brotresten, die sie und Owen fast zwei Wochen lang hatten essen müssen. Miriam wandte sich an den Koch, um sich heißes Wasser geben zu lassen, und war überrascht, als sie in ihm Joseph wiedererkannte. Er grinste und sagte: „*Bonjour, Madame*", während er die heiße Flüssigkeit in ihre Blechtasse goss. Ihr fielen seine riesigen Hände auf.

„Joseph ist ein ausgezeichneter Koch und *Askari*, Führer. Hat er die Temperatur Ihres Wasser richtig getroffen? In Ihrem Zelt, meine ich. Ich habe ihm aufgetragen, Sie zu beschützen. Und natürlich alle Ihre Wünsche zu erfüllen."

Miriam ignorierte das harte Lachen, mit dem er das sagte. Für viel wahrscheinlicher hielt sie es, dass Juri Joseph vertraute und wollte, dass er in ihrer Nähe und in seiner Nähe war. Dann kam ihr ein anderer Gedanke. *Er will, dass ich weiß, dass Joseph mich schlafen gesehen hat.* Sie warf die Schultern zurück und schaute Joseph direkt an. Zu ihrer Überraschung erwiderten seine dunklen Augen ihren Blick. „Danke, Joseph, für den Tee – und dafür, dass Sie meine Stiefel polieren ließen."

Joseph brach in ein tiefes, rollendes Lachen aus und nickte. Dann beugte er sich über das Kochfeuer. Sie bezweifelte sehr stark, dass Juris rechte Hand selbst die Stiefel poliert hatte. Sie hatte gesehen, wie ihre Familie unter seinem Befehl entführt wurde.

Nichts von alledem schien glaubhaft. Ihre Landung inmitten von Nirgendwo, Joseph, der so tat, als könne er nur Französisch sprechen, obwohl sie gestern und auf der Straße in Namibia gehört hatte, dass er ziemlich gebildet war und ...

Ihre Gedanken wurden durch die Ankunft der anderen Gäste unterbrochen.

„Ah, hier sind meine Kollegen", sagte Juri. „Sie entschuldigen mich?" Er schritt hinüber und gesellte sich zu der Gruppe. Sofort entbrannte ein Sturm aus Geschrei und gestikulierenden Händen. Miriam wich zurück, auf ihr Zelt zu, und hoffte, sich aus dem Streit heraushalten zu können. Doch alle sieben Männer drehten sich wie auf Kommando um, marschierten in ihre Richtung und umzingelten sie schließlich.

„Sie bestehen darauf, dass ich ihnen Ihren Wert beweise", sagte Juri und hielt die Handflächen nach oben.

Miriams Augen wurden rund. Sie warf einen schnellen Blick auf Joseph, der weiter am Feuer hockte und ihnen den Rücken zuwandte. Miriam betrachtete die Gesichter, die sie umgaben. Wütende, ungeduldige Gesichter. Dunkle Ringe hatten sich bereits auf den Hemden unter ihren Armen gebildet. Sie atmete tief ein und starrte diese Männer an, die in der Hitze schwitzten und Schultergurte mit Pistolen trugen. *Ist es Juri, dem sie nicht trauen?*, fragte sich Miriam. Dann: *Was wollen sie von mir?*

Juri griff in seine Tasche. Als seine Hand wieder zum Vorschein kam, lag eine Juwelierslupe auf seiner Handfläche. Er hielt sie ihr hin. Langsam dämmerte Miriam, was los war. Sie nahm das warme Glas entgegen. Er führte die Gruppe zum Tisch hinüber, an dem das Essen serviert und mit einem Tuch bedeckt war. Er setzte sich und räumte eine Stelle vor sich frei. Dann griff er in die Brusttasche seiner Weste und zog schwungvoll einen kleinen Beutel aus schwarzem Samt heraus. Als er die Bänder löste und den Stoff auseinander breitete, leuchtete in seiner Mitte der Glanz von durchsichtigen, ungeschliffenen Diamanten.

Damit sollte sie also auf die Probe gestellt werden. Miriam wünschte, die Sonne stünde höher am Himmel.

„Kommen Sie. Setzen Sie sich." Juri deutete auf die ihm gegenüberstehende Bank. Die anderen drängten sich um die beiden. Die schnelle Bewegung eines fremden, rothaarigen Mannes, der die Edelsteine selbst untersuchen wollte, war nicht schnell genug, um Juri zu überlisten. In einer einzigen Bewegung zog er eine Ecke des Tuches über die Steine. Mit einem weiteren Blick auf den Mann sagte Juri zu Miriam: „Das Licht, es ist nicht das beste, nicht wahr?"

Er gibt mir eine Möglichkeit auszusteigen, dachte sie. Sie warf einen Blick auf die gerade aufgehende Sonne. „Eine Gaslampe wird genügen“, sagte sie.

Juri zog die Augenbraue hoch und schaute die anderen an. Dann rief er Joseph, er solle eine Lampe bringen. Juri fischte eine dünne Pinzette aus einer anderen Tasche und legte sie auf den Samt. Zum zweiten Mal hob er den Stoff hoch und ließ Licht auf die Diamanten fallen. Dieses Mal zitterte die Hand voll Steine vor Energie, als die Laterne so hell wie möglich aufgedreht war.

Miriam kniff sich die Lupe in ein Auge und dachte an ihren Vater. Seine Stimme, seine Worte führten sie jetzt. Sie übernahm den Trick ihres Vaters, die Geräusche und Gerüche um sich herum auszusperren. Die Männer und ihr Atem verblassten, als Miriam den größten Stein auswählte und ihn unter das Glas hielt. Sie keuchte und warf einen schnellen Blick auf Juri. Er saß ihr gegenüber, seine Mundwinkel zuckten.

Sie räusperte sich, war jetzt voll Selbstvertrauen, da sie über etwas sprach, das sie endlich als ihre Sache betrachten konnte, ein Thema von *dort*, das in dieses *Hier* passte. Miriams Stimme senkte und hob sich im selben Tonfall wie die lehrende Stimme ihres Vaters, als sie sagte: „Ich bin sicher, die Herren kennen die vier Kriterien? Schliff, Gewicht, Reinheit und Farbe. Diese vier Kriterien entscheiden über den Wert eines Diamanten. Mr Falin hat vielleicht erwähnt, dass mein Vater Diamantschleifer war und in Antwerpen ausgebildet wurde. Er hat dieses Wissen an mich weitergegeben.

Was wir hier haben, vermute ich, ist nichts weniger als Flussqualität. Sie wissen bestimmt, was das heißt: Dieser Stein hat das Potenzial für oberste Qualität. Natürlich kann das niemand mit endgültiger Sicherheit sagen, solange ein Stein ungeschliffen ist. Aber aufgrund des bläulichen Tons des milchigen Lichts bin ich fast sicher, dass dieser Stein, wenn er erst einmal geschliffen und poliert ist, ein nahezu makelloses Blauweiß zeigen wird. Das heißt, ein Diamant von bester Qualität. Diese Begriffe beziehen sich auf die Reinheit und Farbe. *Makellos* bedeutet ‚lupenrein‘; es wird auch als IF bezeichnet. Diese Buchstaben stehen für ‚innen fehlerlos'. Und die Farbe wird von D bis Z eingestuft. Dabei ist D, oder ‚durchsichtig', am begehrtesten. Das trifft auf Ihren blauweißen Stein zu."

Während sie redete, hatte Miriam schnell mehrere andere von den größeren Steinen auf dem Tisch zwischen sich und Juri untersucht. Sie machte eine Pause, legte die Lupe und die Pinzette ab und schaute zu den Männern auf, die sich zu ihr vorbeugten. „Soweit ich es beurteilen kann, sind alle diese Steine hier ungeschliffene Steine von höchster Qualität. In New York oder Antwerpen wären solche Steine ein Vermögen wert."

Juri sagte: „So ist es. Und, meine Herren, noch irgendwelche Fragen?" Als sie wieder von ihr abrückten, atmete Miriam erleichtert aus. Juri stand auf. Mit einer abrupten Bewegung räumte er den dunklen Stoff und seinen kostbaren Inhalt zusammen und steckte alles in seine Hosentasche wie ein Bündel zerbrochener Muscheln.

29

Ich, ich denke manchmal über dieses Wort „Flüchtling" nach. Auf Englisch hat es viel Ähnlichkeit mit dem Wort „Zuflucht". Solange ich es nicht besser wusste, nannte ich das Lager ein „Zufluchtslager". Kein schlechter Name.

Also gut, ich gehe jetzt zu Jesus, um Zuflucht zu suchen. Aber sein Vater und seine Mutter flohen mit ihm nach Ägypten. Mitten in der Nacht. Aus Angst vor den Soldaten. Genauso wie ich. Ein kleines Kind als Flüchtling.

Schau, ein Flüchtling ist jemand ganz Normales wie du oder ich. Ein Flüchtling ist jemand, der fortlaufen und alles hinter sich zurücklassen muss.

Während unseres Marsches kam ein Tag, an dem wir in ein Dorf kamen. Ein seltsamer Ort. In diesem Dorf gab es keinen Wind, und keine Vögel sangen. Es war sehr still. Dort, wo wir marschierten, ragten kahle Bäume um uns herum auf, Bäume wie im Winter. Es war dunstig, und viele Dinge sahen damals anders aus.

Wir bogen um eine Ecke und kamen über ein Knochenfeld. Das ist ein Ort, an den Elefanten zurückkehren. Sie bewegen mit den Füßen die Knochen von anderen Elefanten, die gestorben sind, und sie kehren immer wieder an den Ort zurück und bewegen die Knochen von toten Elefanten, die zu ihrer Herde gehört hatten. Einige sagen, sie trauern.

Als wir näher zu diesem Knochenfeld kamen, legte sich die Stille wie eine Decke über uns. Und dann sahen wir, dass zwischen den Elefantenknochen auch Menschenknochen lagen.

Nachts stellte ich mir viele Fragen. Was für eine furchtbare Sache war mit diesem Dorf passiert? Wer hatte die Knochen zum Elefantenfeld gebracht?

An diesem Ort, an dem ich jetzt bin, an dem ich diese

Worte schreibe, habe ich Frieden und Essen. Du hast mir geholfen, diesen Ort zu erreichen. Und hier lese ich in Gottes heiligem Wort, im Buch Hesekiel: „Können diese Knochen leben?" Und ich denke nach.

Ich denke über dieses Feld nach.

Ich habe Felder mit lebenden Kindern gesehen, eine Armee von Kindersoldaten. Wie Hesekiel hatte ich eine Vision. Das ist die Wahrheit! Ein heiliger Mann legte in einem Traum seine Hand auf meinen Kopf. „Schreibe diese Vision." Vielleicht könnte ich Geschichten für Kinder erzählen und auch für den Herrn oder über meine Kameraden.

Wenn man eine Geschichte erzählt, ist es wichtig, dass man eins mit der Geschichte wird. Tust du das nicht? Dann versäumst du es, eine Geschichte zu schmecken. Damit eine Geschichte zum Leben erwacht, muss ich Fragen stellen.

„Was hörst du?", frage ich.

Und du bist still und hörst zu. Dann sagst du mir, du hörst, wie die Schüsse näher kommen.

„Was ist in deinem Mund?", frage ich.

„Staub liegt auf meinen Zähnen", sagst du.

„Wohin bist du unterwegs?"

„Ich habe mich verirrt." Siehst du, jetzt bist du eins mit der Geschichte. Du wirst sie nie vergessen, weil sie für dich lebendig wurde. Du warst schon an diesem Ort und weißt, wie er ist. Du marschierst jetzt neben mir.

Es ist leicht für mich, von der Zukunft zu träumen. Um diese Aufgabe hast du mich gebeten: Mich ein letztes Mal der Vergangenheit zu stellen, Jesu Licht auf all das zu werfen, was ich getan habe und zu dem ich gezwungen wurde, seinen Trost bei mir zu haben – das ist immer noch eine zu schwere Sache.

Ich war wie ein Bündel trockener Knochen. Und jetzt kehre ich dorthin zurück mit Jesu Vergebung, die meine

Schuld bedeckt, Fleisch auf trockenen Knochen, ein ganzes Tal voll, das jetzt zum Leben erwacht. Ich bin Gott in diesem Augenblick dankbar, der es mir gut gehen lässt. Er ist ein guter Gott; niemand ist wie er. Lob sei seinem heiligen Namen.

Das erste Mal hörte ich Englisch von ein paar großen Jungen, die sich während des Marsches unserer Gruppe angeschlossen hatten. Ich lief hinter ihnen her und dachte: „Das sind neue Töne.“ Und so probierte ich sie aus, und sie passten in meinen Mund. Sie lehrten mich ein paar Bedeutungen und dann noch ein paar mehr. Deine Sprache.

Welche ist meine?

Jetzt, da ich eine Sprache rufen kann, da ich Worte zu Geschichten zusammenrufen kann, weil ich Gott anrufen kann, er möge Herzen heilen, bin ich Mwita, der „Rufer“.

30

Juri lächelte. Ihr Auftritt gefiel ihm. Je näher er sich mit Miriam befasste, umso mehr gefiel ihm seine neueste Errungenschaft. Seine Freunde in Libyen konnten mit dem Ehemann machen, was sie wollten. Seine Siegesbeute war sie.

Jetzt verstand sie die unausgesprochene Aufforderung und stand wie er vom Tisch auf. Er ging neben ihr her, weg von der Gruppe, deren Stimmen ihnen folgten, dieses Mal leiser und interessiert. Sie frühstückten. Jemand erzählte einen Witz, und sie brachen in Gelächter aus.

Juri fing Josephs Blick auf und nickte leicht. Joseph lächelte. Sie musste das falsch verstanden haben, denn sie ging auf Joseph zu. Während Juri sich mehr Kaffee einschenkte, hörte er, wie sie Joseph fragte: „Sind Sie nicht für Besseres ausgebildet, als meinen Babysitter zu spielen? Sie sind mehr als nur ein *Askari,* nicht wahr?"

„Einige meinen das", antwortete Joseph. „Und andere nicht. So will er es gern halten."

Miriam senkte die Stimme. „Woher kommen Sie?"

„Aus Zaire."

„Das erklärt das Französisch", hörte Juri sie leise sagen. Wieder wechselte er einen Blick mit Joseph, der anfing, eine kleine Wasserschüssel aus dem Kanister aufzufüllen.

„Wir haben einander das Leben gerettet", sagte Joseph. „Viele Male." Dann ging er weg.

Juri fühlte sich zu ihr hingezogen. Es gab nicht viele Menschen, die Joseph dazu bringen konnten, über seine und Juris Geschichte zu sprechen. Er nahm eine Mango vom Tisch, schnitt mit einem Messer die Schale weg und fing an, sie zu essen. Dabei lief ihm der Saft durch die Finger. Als er fertig war, warf er den Rest des Obstes in einen Eimer und wischte sich mit dem Handrücken den Mund ab. Er sagte brüsk: „Das haben Sie gut gemacht. Ich habe es so eingerichtet, dass wir den Rest des Tages allein sind. Die anderen gehen auf eine ... Exkursion. Sie kommen mit mir, ja?"

Er schritt zielsicher davon und stieg in einen der Jeeps. Erst jetzt schaute er sich um, ob sie gehorchte. Er sah, wie Miriam Joseph einen verzweifelten Blick zuwarf, der einfach die Achseln zuckte und weiter die Pfannen abspülte, die er für die Zubereitung des Frühstücks benutzt hatte. Juri rief: „Sie kommen mit mir." Dieses Mal war es keine Frage.

Miriam folgte, aber ihr Widerstreben war nicht zu übersehen. Das war unwichtig, sagte sich Juri. Sobald sie in den Jeep eingestiegen war, fuhr er mit ihr zur Startbahn.

„Sie müssen sich entspannen", sagte Juri zu ihr, aber ihre angespannte Haltung änderte sich nicht. Ohne ein weiteres Wort stellte er den Jeep ab, ließ die Schlüssel im Zündschloss stecken und führte sie zum Flugzeug.

Dort schauten sie sich wortlos an. Dann senkte sie den Blick, folgte ihm und stieg ein. Er schloss die Tür, ging herum zur Pilotentür, setzte sich und ließ den Motor an. Juri gefiel das Schweigen dieser Frau. Es gefiel ihm, dass sie ihre offensichtliche Angst unter Kontrolle halten konnte.

Juri bereitete schnell alles für den Start vor und ließ dann den starken Motor des kleinen Flugzeugs aufheulen. Er warf einen Blick auf seine Begleiterin und stellte zufrieden fest, dass ihre Hände zitterten, als sie die Riemen einklickte. Dieses Mal vergaß sie den Schultergurt nicht. Keiner von ihnen sprach ein Wort, als die Cessna anrollte, an Geschwindigkeit zunahm und dann abhob.

„Ich denke, ich schulde Ihnen eine Erklärung", sagte er, als er das Flugzeug in der Luft hatte und seinen Kurs eingegeben hatte. „Es kommt nicht oft vor, dass ich zufällig Diamanten in der Qualität, die Sie heute gesehen haben, mit mir herumtrage."

Miriam wandte den Blick nicht vom Horizont ab, während er weitersprach. „Ich will es Ihnen erklären. Einer der Männer, die Sie hier sahen, hat sie mir neulich als verspätete Bezahlung gegeben. Ich bekomme nur selten Diamanten, und dann auch nur, wenn ich aus Indien zurückkomme."

„Dann hatte ich also Glück", bemerkte Miriam.

„Insofern Glück, da Sie erstklassige Diamanten zu beurteilen hatten. Aber ich zweifle nicht an Ihren Fähigkeiten.“ Juri verzog das Gesicht und starrte gerade vor sich hin. „Aber ich denke, Sie werden mir zustimmen, nachdem Sie diese besonderen Diamanten aus der Nähe gesehen haben: Je transparenter und reiner ein Diamant ist, umso mehr Freude und Begehren löst er aus.“

Jetzt schaute er zu seinem Seitenfenster hinaus, damit Miriam nichts an seiner Miene ablesen konnte. Juri war fasziniert von dem Anblick des Schattens der Cessna, der über die gewellten Sanddünen dahinglitt.

Juri sagte: „Ich stimme Ihrem Urteil zu – nun ja, mehr den Beurteilungskriterien. Aber ich denke oft über eines nach. Sagen Sie, stimmen Sie mir zu? Ich glaube, nur weil es möglich ist, die Steine in Kategorien einzuteilen, sollte uns das nicht zu dem Trugschluss verleiten, zu meinen, der wahre Wert eines Diamanten könne nach einer festgelegten Skala beurteilt werden.“ Seine Stimme wurde leiser. „Das ist das Geheimnisvolle. Die Schönheit und der Glanz des Diamanten lösen starke Gefühle und echte Leidenschaft aus.“

Juri brach ab und schüttelte den Kopf, verärgert und verlegen. Warum brachte diese Frau die schwachen Gefühle in ihm ans Licht? Aber er schluckte und sprach weiter: „Jahrhunderte genügen nicht, um alles zu definieren. Einige sagen, der Diamantenhandel sei wie eine Krankheit. Der Diamantenstaub geht einem ins Blut über, und man kann nicht lange leben, ohne sie in die Hände zu bekommen, unter die Augen sozusagen. Die Schönheit eines Diamanten ist die Schönheit des Lichts.“

Miriam schüttelte leicht den Kopf. Das reizte Juri zum Lachen. Dann ertappte er sich bei einem Gedanken, der so verrückt war, dass er nicht aus ihm selbst kommen konnte.

Er würde ihr heute etwas zeigen, mit dem er ihr Herz gewinnen könnte. *Wenn ich ihr die Augen öffne, dass sie mich sieht, wie ich wirklich bin, könnte ich dieses Mal finden – und behalten –, was ich so lange schon suche.*

Dieser Gedanke kam ungebeten in Juris Kopf. Das war nicht der Mann, als den er sich kannte. Wollte er überhaupt eine Frau auf diese Weise? Er schaute nach unten, um seine Verwirrung zu verbergen. Was war das für eine Macht, die sie über ihn hatte? Er ertappte sich dabei, dass er Dinge sagte und dachte, bei denen er sich unvorbereitet, verwundbar für Angriffe fühlte. Sie lenkte ihn ab, und in seinem Arbeitsfeld konnte eine Ablenkung die Einladung zu einer Katastrophe und zum Tod sein. Er wusste das, denn genau diese Schwäche nutzte er bei seinen Feinden immer erbarmungslos aus.

Jeder einzelne dieser Männer heute Morgen würde alles geben, um Juri in einem unvorsichtigen Moment zu überlisten. Sie würden alles daransetzen, um die Diamantenfelder zu kontrollieren, die er in seinem Gebiet hatte.

Aber dazu bekämen sie keine Gelegenheit. Selbst wenn ihn diese Frau ablenkte. Er kannte seine Stärken. Juri hatte die Kontrolle über die Diamanten in dieser Region, weil er nicht wie die anderen angeflogen kam und wieder verschwand. Er blieb auf dem Feld und kümmerte sich persönlich darum, dass sein Geschäft so geführt wurde, wie *er* es wollte. Und immer wenn irgendjemand von ihm etwas stahl oder ihn betrog oder ihn belog, nun ja, dann hatte er seine eigene Form der Rechtsprechung. *Ich bin der Beste bei dem, was ich tue, weil ich es hier mache. Afrika meint es gut mit mir.*

Er brachte das Flugzeug in die Querlage und lächelte bei der Vorfreude über ihre Reaktion, wenn sie die Dünen vor ihnen überflogen hätten.

* * *

Owen konnte nicht sagen, wie weit sie ihn von dort, wo er mit Miriam in der Zelle gelegen war, brachten. Seine letzte Erinnerung an sie vor jenem grauenvollen Morgen war die Nacht zuvor, als er sie in den Armen gehalten hatte. In den nächsten paar Tagen, in denen er von einer Seite des Lastwagens auf die andere rollte, konzentrierte Owen seine Gedanken auf das, was er mit Sicherheit wusste. Er wusste, dass er nicht allein war. Er betete für seine Frau und seinen Sohn. Er betete für ihren Schutz. Owen wusste, dass es hell gewesen war, als sie ihn wegbrachten, und dunkel, als er ankam. Aber andererseits konnte er auch tagelang im Kreis gefahren sein, ohne das je zu erfahren.

Sie hatten Owen in einen Käfig aus rau behauenen, dünnen Baumstämmen, die mit Lederriemen zusammengebunden waren, gesperrt. In den Tagen danach zermarterte Owen sein Gehirn, um herauszufinden, welche Motivation hinter dieser Entführung steckte. Wenn er diese herausfände, wüsste er, was er seinen Entführern anbieten könnte. Es konnte nur ein beliebiger Akt gewesen sein – Straßenräuber, die es auf Touristen abgesehen haben. Aber wie sollten sie dann seinen Namen kennen? Und wieder kreisten seine Gedanken.

Abgesehen davon konnte er an nicht viel anderes denken als an Miriam und Martin. Den ganzen Tag kramte er jedes Detail, jede kleine Erinnerung an sie hervor und genoss sie wie Schokoladenstückchen.

Aber nachts, wenn die Geräusche des Busches so unruhig um ihn herum wurden, konnte Owen den dunklen Gedanken, die in seinem Hinterkopf lauerten, nicht länger Widerstand leisten. Frühere Misserfolge, verwehrte Träume, zerschmetterte Hoffnungen, am allermeisten die verzweifelte Sehnsucht nach seiner Familie – alles flüsterte in der Nacht. In guten Nächten zwang er sich, der Vergangenheit ins Gesicht zu schauen und zu versuchen, diese Schreie nach denen, die er geliebt und verloren hatte, zum Schweigen zu bringen. In schlechten Nächten konnte er sich nur zusammenkauern, während die Erinnerungen um ihn herumsummten.

Er sah das Gesicht seines Vaters, offen und leidenschaftlich, dann zunehmend wütend und bitter. Den stillen Schmerz seiner Mutter, ihre stoische Art, ihre zusammengerollte Gestalt, als sie nach dem tödlichen Sturz am Fuß der Treppe lag. Und Niamh. Seine Schwester mit den flammendroten Haaren und dem dazu passenden Temperament, die sich in Owens besten Freund verliebte, sich dann abwandte. Und zuließ, dass die Bitterkeit ihr Herz mit einem leeren Zorn, mit hohlen Rachefantasien erfüllte.

Ich arbeite für den Frieden auf der ganzen Welt, aber er begann zu Hause, als ich versuchte, mit meiner Schwester und Papa zu verhandeln. Ich habe keine Angst vor einem guten lauten Streit, aber bei uns war keine Tasse und kein Teller sicher.

Die Gedanken an seine Schwester, an seine Heimat erwiesen sich als trügerisch. Denn dann musste Owen sich unweigerlich an das letzte Mal, als er sich so in der Falle gefühlt hatte, erinnern. Das war vor acht Jahren gewesen. Und den Käfig hatte er sich selbst gebaut, die Grenzen von anderen Ländern waren seine Gitterstäbe, ein vereintes Irland die verbotene Freiheit.

* * *

Das Meer spiegelte sich an jenem Morgen wie Glas. Möwen kreischten, als Owen auf der Klippe hoch über dem Strand stand und Michaels Blick erwiderte. Innerlich dankte er Gott für dreierlei: Dass Miriam immer noch in ihrem Flitterwochenhäuschen zwanzig Schritte entfernt war, dass sie tief und fest schlief und dass er keine Waffe bei sich hatte, wie dieser Mann eine im Gürtel stecken hatte.

„Ich habe dir gesagt, dass du mich *nie* suchen sollst."

„Wirklich?" Der dunkle Blick, die schweren Brauen, die finsteren Augen, die Finger mit den abgebissenen Nägeln – alle diese bekannten Merkmale standen Owen gegenüber und zogen ihn wie Treibsand fort. Michael, sein Gesichtsausdruck, alles das, wofür er stand, repräsentierte das eine Geheimnis, das er seiner Frau nicht verraten hatte. Je weniger sie über die Vergangenheit seiner Familie wusste, die Verbindungen, die durch Betrug verflucht waren, umso sicherer wäre sie. Genau dagegen hatte Owen gearbeitet, davor war er davongelaufen, dafür blutete er seit dem Tag, an dem er vor über zehn Jahren Irland verlassen hatte.

„Du bist ein wirklich seltener Vogel, Owen. Ein Protestant aus dem Süden und dazu ein Verräter." Er zischte das Wort *Verräter*. „Sie erzählen, dass sie dich nach ihm benannt haben, Owen Roe O'Neill, der Mann, der gegen Cromwell verlor und die Tür für die blutige englische Besetzung öffnete, die wir in diesen letzten sieben Jahrhunderten ertragen mussten. Es heißt, er sei ein großer Anführer gewesen, ein großer General. Und leider auch ein großer Verlierer. Wie du."

„Und du bist ein Schwätzer", antwortete Owen ihm. „Von der IRA gekauft für ein Auto und eine Pension für deine Eltern."

„Das stimmt. Sich um die Familie kümmern – das ist etwas, das du nicht verstehen wirst."

„Lass meine Familie aus dem Spiel", sagte Owen.

„Welcher Teil der Familie kann das sein? Der ältere Bruder, der von einem betrunkenen Fahrer getötet wurde – oder vielleicht von meinen Kameraden? Oder sollte es dein Vater sein, er ruhe in Frieden? Oder vielleicht deine Mutter?"

Owen erkannte den alten Trick. Er wandte ihn bei seinen Verhandlungen selbst oft an. Werde persönlich, bringe Gefühle ins Spiel, sorge dafür, dass die gegnerische Seite die Beherrschung verliert. Er wappnete sich innerlich und erwiderte: „Ich hasse das Böse, das über diesem Land hängt, und ich habe vor langer Zeit geschworen, dass ich alles in meiner Macht Stehende tun werde, um es zu bekämpfen. Seitdem habe ich festgestellt, dass es in anderen Teilen der Welt auch so viel Böses gibt, überall, wo unschuldige Menschen leiden. Ich danke Gott für meine Mutter. Sie lehrte mich, für meine Feinde zu beten, sie zu lieben, sie auf den Weg des Friedens zu bringen. Sie schleppte uns sogar zur katholischen Messe, genauso wie jeden Sonntag zu den Gottesdiensten der Church of Ireland."

„Und sie wurde entsprechend bestraft."

„Sie wurde nicht dafür bestraft, dass sie zur Kirche ging." Owen schluckte. Nach all den Jahren löste der Tod seiner Mutter immer noch tiefe Schuldgefühle in seinem Herzen aus.

Als könnte er Owens Gedanken lesen, sagte Michael: „Aber sie ist nicht diejenige, die du betrogen hast. Sondern deinen Vater, der sich in seinem Grab umdreht. Der Sohn eines republikanischen Anführers – unglaublich, dass du dich gegen uns gestellt hast."

Die IRA war vor zehn Jahren auf ihn zugekommen und hatte ihm ein Geschäft vorgeschlagen. Owen hatte sich geweigert, die Friedensverhandlungen kaputtzumachen. Bald danach war seine Mutter eine Treppe hinabgestürzt und gestorben. Sie war bereits seit fünf Jahren Witwe gewesen.

Ein plötzlicher Gedanke quälte Owen und verhinderte, dass er klar denken konnte: *Miriam wird aufwachen. Ich muss dafür sorgen, dass er verschwindet, bevor sie herauskommt.* Er rang um Selbstbeherrschung. Owens Ausbildung machte sich bemerkbar, als er danach suchte, wie er Michael etwas geben könne, das er wollte.

Er sah, dass Michael ihn beobachtete. Michael sagte: „Folgendes Angebot: Du verlässt Irland und kommst nie wieder hierher, du und sie. Und wir lassen dich in Frieden. Um deines Vaters willen."

„Und warum sollte ich dir trauen?"

„Weil ich dein Freund war."

„*War*", sagte er zum Rücken von Michaels schwarzer Lederjacke.

Michael schaute Owen über seine Schulter an. Er spuckte auf das purpurrot blühende Heidekraut. „Übrigens, deine Schwester lässt dich grüßen. Du weißt bestimmt, dass sie diejenige ist, die mich zu dir geschickt hat."

* * *

An diese Dinge dachte Owen in der afrikanischen Nacht und bedauerte es, dass es ihm nie gelungen war, sich mit seiner Schwester zu versöhnen. Vor einem Jahr hatte er noch einmal versucht, Frieden nach Irland zu bringen, und war konsequent in London geblieben, wo die Gespräche stattfanden. Aber er war wieder gescheitert.

Das Blut seiner Familie hallte noch in seinen Ohren wider. Owen erfuhr, dass Martin in der Nähe war, als er von der unerwarteten Stimme seines Sohnes geweckt wurde. Er rief in der Dunkelheit hinein: „Martin! Bist du das? Martin!"

Schluchzen, Weinen, dann ein einziges Wort: „Papa?" Die beiden fanden einander. Martin steckte seine dünnen Arme zwischen die Holzgitter von Owens Käfig.

Die Erkenntnis, dass das kranke Hirn, das dieses traurige Spiel inszenierte, Owen nicht aus Zufall dorthin hatte bringen lassen, wo sein Sohn ihn finden konnte, knüppelte Owen mit großer Wucht nieder.

Owen würde den Preis dafür bezahlen müssen. Und dieser Preis würde sehr hoch sein.

31

Es tut mir Leid, dass ich mich an einige Dinge nicht erinnern kann. Das erste Mal, als ich das zugab, sagtest du, dass du die gleichen leeren Stellen in deinem Hirn kennst, in denen nur Echos widerhallen. Ich glaube, das ist Gottes Schutz. Ich will jetzt über etwas schreiben, das mir nicht gefällt. Ich keuche wie der Impala, wenn Duma, der Gepard, ihn jagt. Vielleicht ist dir aufgefallen, dass ich jetzt im Kreis schreibe, weil ich nicht sehen will, was vor mir ist.

Also gut. Es ist eine lange Reise.

Also, ich marschierte noch weiter und kam in ein anderes Lager. Dann wurde unser Flüchtlingslager von Rebellen angegriffen, und viele wurden getötet. Diese Übergriffe brachten andere im Lager um den Verstand. Wenn du jemanden taumeln oder hinfallen gesehen hast, weil er etwas getrunken hat, bedeutet das, dass die Person ganz plötzlich dachte, die Rebellen seien zurück. Ich habe mit eigenen Augen gesehen, wie die Rebellen Menschen umbrachten. Die Flüchtlinge machten sich große Sorgen, weil das, was im Sudan passierte, auch in Kenia passieren konnte. Das war das Werk der Rebellen, Menschen zu töten. Das ist das Schlimme, was passierte. Flüchtlinge wurden getötet. Wir beten, dass der Krieg schnell aufhört. Wir beten auch dafür, dass ihre Seelen in Frieden ruhen.

Es gab eine Zeit, in der ich in einem anderen Lager war. Dieses Lager war in Uganda. Ich weiß, was du dich jetzt fragst. Dieses ganze Hin- und Hermarschieren – wer kann noch den Überblick behalten, welche Länder es waren? Ich war in Kenia, und dort machten wir Hütten in einem Dorf, und wir zerdrückten Dosen, um sie aufs Dach zu legen, damit die Sonne darauf schien und das

Licht tanzte. Gott stand mir bei, und mein Vater und meine Mutter waren die Schule, in die ich gehen wollte, jeden Tag, um mich zu unterrichten. Ich sehnte mich danach, zu einer Schule zu gehören. Ich befolgte alles, was die Schule von mir verlangte. Aber dann wurden die Dinge dort viel schlimmer. Also lief ich fort aus dem Lager in Kenia und kam an diesen Ort in Uganda. Voll Verzweiflung und Todesangst marschierte ich und suchte Frieden. Eine große Gruppe von uns Jungen ging nach Uganda. Wir taten das, weil es kein Essen gab und weil wir Hunger hatten. Wir suchten Frieden und Sicherheit, aber wir wollten auch zur Schule gehen.

Bei diesem Marsch von Kenia nach Uganda gehörte ich nicht zu denen, die Glück hatten, aber viele der Jungen in unserer großen Gruppe hatten Bücher unter den Armen. Wir hatten nichts zu essen, aber sie hatten Bücher. Ich wusste damals nicht, was ich jetzt weiß, sonst hätte ich eine Möglichkeit gefunden, auch ein Buch mitzunehmen. Ich konnte mich immer noch an das Flüchtlingslager in Äthiopien erinnern, wo wir Jungen in Schlafsälen lebten und wo es Unterricht und Sicherheit gab. Dafür habe ich gebetet.

In Uganda hatten wir ein gutes Lager, Frieden und Essen, und ich konnte wieder zur Schule gehen. Das ist der erste Ort, an dem ich Gottes Wort hörte. An jenem Tag war ich wie der Kindersoldat David, der hört, wie Bäume in die Hände klatschen. Ich lernte auch, dass mein Weg durch Gethsemane führt, durch das Stadttor außerhalb des Lagers. Der Weg liegt allein, und der Weg schlängelt sich, bis keine Fußspuren mehr zu sehen sind, nur die Stimme: „Folge mir."

Und so dachte ich schließlich: „Einverstanden, ich werde leben." Hier bin ich Ambakisye, „Gott ist mir gnädig".

32

Als Miriam hörte, wie Juri sie wie einen Hund bei Fuß rief, waren ihre Füße wie aus Blei. Sie stellte fest, dass sie die einzelnen Vogelstimmen auf den Bäumen und die Ameisenkolonnen im Staub unter ihren Füßen zählte und sich die Abdrücke von Juris Stiefeln merkte. Was machte sie hier? Wann könnte sie verschwinden? Welches Schicksal erwartete sie?

Als sie in das Flugzeug stieg, konnte sie ihr Grauen nicht von sich abschütteln. Es krachte wie eine unerwartete Welle über ihr zusammen. *Wer in aller Welt ist dieser Mann?*, dachte sie und wagte nicht, auf irgendetwas anderes als auf ihre eigenen Hände zu schauen, während er mit ihr sprach.

Miriam verfluchte ihre Machtlosigkeit, während sie über ihre Möglichkeiten nachdachte. Dadurch, dass sie Juri ihre Diamantenkenntnisse angeboten hatte, hatte sie einen Weg eingeschlagen, auf dem es jetzt kein Zurück mehr gab. Alles, was sie wollte, war, von hier fortzukommen. Hatte sie eine verzweifelte Situation noch schlimmer gemacht? *Was mache ich nur? Wie werde ich je entkommen? Owen?* Die Fragen ließen sich nicht zum Schweigen bringen. Sie hallten in ihren Gedanken wie eine Glocke wider.

Sobald sie auf dem Kopilotensitz Platz genommen hatte, spürte Miriam Juris Gegenwart sehr stark, die Bewegung seiner Hände, als er den GPS-Navigator vor ihr einstellte, seine Hände, als er gegen ihr Bein stieß, um Karten hervorzuholen, die sauber unter ihrem Sitz gefaltet waren. Er studierte sie, während der Motor des kleinen Flugzeugs dröhnte, warf sie dann in einer einzigen Bewegung zur Seite und zog das Flugzeug nach oben und über die kahle Landschaft.

Offenbar war die Cessna aufgetankt worden. Juri hatte Zugang zu einer Vielzahl von Treibstofflagern. Miriam speicherte diese Information.

Owens Lektionen, dass man im Gespräch bleiben solle, kamen Miriam wieder in den Sinn. „Warum?“, fragte sie Juri. „Warum hatten Sie es auf meinen Mann abgesehen?“ Sie wagte nicht zu fragen, welche Absicht er damit verfolgte, dass er sie behielt.

Statt ihr zu antworten, begann Juri, über Diamanten zu reden. Während sie zuhörte, wollte Miriam sich nicht eingestehen, dass seine Worte genauso klangen wie die ihres Vaters. Während sie als Mädchen den Geschichten ihres Vaters über die Steine gelauscht hatte, hatte sie den beigefarbenen *Boezelaar* beobachtet, der an seine Werkbank genagelt war. Als ausgebildeter Diamantenschneider und -schleifer hatte er seinen *Boezelaar* verwendet, um die winzigen Stückchen und den Diamantenstaub einzusammeln. Miriam hatte ihm zugesehen und darauf gewartet, einen Blick auf den fallenden Staub zu erhaschen, während ihr Vater sie in die Leidenschaft der Steine einweihte. Jetzt, in einer Dimension, aus der sie gern herausfallen würde, sah sie dieselbe Leidenschaft bei Juri. *Und trotzdem könnten die beiden Männer nicht verschiedener sein.*

Das Flugzeug schwebte weiter in Richtung Westen. Die Sonne schien während des gesamten Fluges genau hinter ihnen, über eine Stunde endlose Sanddünen – das war die Wüste Kalahari, rief sich Miriam ins Gedächtnis. Sie versuchte, ein paar Anhaltspunkte in der Landschaft zu finden, glaubte, sie hätte einen Salzsee gesichtet, aber dann ...

„Das Meer!“, keuchte Miriam und bedauerte sofort, so durchschaubar zu sein.

„Natürlich.“ Juri zog die Augenbrauen hoch. „Sie haben doch nicht gedacht, wir könnten ewig vor der Sonne davonfliegen, oder? Wissen Sie, wo wir jetzt sind?“

Miriam überlegte einen Augenblick. „Wieder in Namibia.“ Als sie diese Worte sagte, wurde ihr schwer ums Herz. *Natürlich.* Ein anderer Teil von ihr rief sich das Bild von der Straßenkarte in Erinnerung. Auf einem Armaturenbrett in einem Jeep, ihr Mann, der neben ihr lachte, ihr Sohn, der friedlich schlief ... *nein!*

Miriam würde diesen Weg nicht einschlagen. Sie musste sich auf dieses *Jetzt* konzentrieren. Diese Gegenwart, diesen Ort, dieses *Hier.* Mit einer riesigen Willensanstrengung versuchte sie, sich die

Seiten in dem Reiseführer vor Augen zu führen. *Ah ja.* Sie zwang das Wissen in ihr Bewusstsein und ließ wenig Raum für irgendetwas anderes und sagte sich die Tatsachen auf.

Sie überflogen den hundert Meilen breiten Küstenstreifen in Namibia, der für sich in Anspruch nahm, eines der reichsten Diamantenvorkommen der Welt am Meer zu sein. Vor Urzeiten wurden die Diamanten, die an diesen Stränden gefunden wurden, flussabwärts zum Atlantik getragen. Die größeren Diamanten versanken auf dem Meeresboden, während andere am Küstenstreifen zurückblieben.

„Sehr gut", antwortete Juri. „Schauen Sie, Miriam. Die mit Diamanten besetzten Strände von Namibia."

Als die Cessna tiefer flog, erblickte Miriam als Erstes Tausende von Seerobben, die am Strand lagen, dann links die Wachtürme in den Dünen, die aussahen, als wären sie aus der ehemaligen DDR hierher verfrachtet worden.

„Wo *sind* wir?", murmelte Miriam.

Juri sagte: „Das dürfen Sie sich aussuchen, denn alle Diamantenabbaulager an dieser Küste sehen gleich aus. Von Walvis Bay südwärts haben Sie die Hottentot Bay, Lüderitz, Elizabeth Bay, Orangemund. Dann südlich der Grenze in Südafrika gibt es Alexander Bay, Port Nolloth, Kleinzee und Lambert's Bay. Wir können überall sein, wo Sie gern sein wollen, Miriam."

Sie hörte den Sarkasmus in seiner Stimme. Juri steuerte das Flugzeug parallel zur Küstenlinie. Jetzt entdeckte sie die Fischschulen, die sich unter Wasser wie dunkle Wolken über einem Hintergrund aus sandigem Meeresboden bewegten. In einer kurzen Erinnerung dachte sie an jenen Abend auf Hawaii mit Owen. Am Ufer sah sie Männer, Gruppen von Männern. Schüsse knallten, Juri lachte sein unheimliches Lachen, immer abgehackt wie der Atem eines Sterbenden.

Es geschah so schnell, dass Miriam nur zusehen konnte, wie die Ereignisse wie ein Theaterstück abliefen, obwohl sie diejenige war, die auf der Bühne stand. Sie spürte das, ein Teil von ihr beobachtete ihre eigenen Reaktionen mit demselben Hunger, der aus Juris

Blick sprach. „Schauen Sie jetzt schnell“, sagte er. „Sie mögen es nicht, wenn wir so nahe kommen. Sehen Sie die eckigen Sandhügel? Sie sperren das Meer aus und legen Teile des Strandes trocken und halten das Wasser mit diesen Deichen in Zaum, sehen Sie? Das sind nur Sandhügel, die mit Plastik überzogen sind. Dann durchwühlen sie ihn. Die größten Diamanten aus diesem Gebiet wurden auf der Oberfläche gefunden, Geschenke des Meeres. Danach suchen sie. Aber diese Männer passen ständig auf. Jeder, der dabei erwischt wird, wie er auch nur den kleinsten Stein in seine Tasche steckt, wird auf der Stelle erschossen.“

Er schwieg, dann fügte er mit einem Grinsen hinzu: „Aber einige schaffen es trotzdem.“

Sie glitten über das Wasser, gerade außerhalb der Reichweite der Gewehre, die in den Türmen auf sie gerichtet waren. Sie flogen so nahe, dass Miriam den Schweiß auf den Gesichtern, die in ihre Richtung schauten, glänzen sah, müde Gesichter von Männern, die mit grünen Gummianzügen bekleidet waren und knietief im rotbraunen Sand standen, Männer, die dafür bezahlt wurden, dass sie nichts anderes taten, als unter der Sonne nach Diamanten zu suchen.

Juri drehte ab und flog dröhnend in Richtung Süden weiter. Bald stießen sie auf riesige, eckige Becken mit blauem Meerwasser, die durch breite Deiche vom Meer abgetrennt wurden, die breit genug waren, um einen zweispurigen Traktorenverkehr zuzulassen. Aus der Luft sahen die blauen Quadrate wie untergetauchte Saphire neben einer endlosen Meeresbrandung aus. In der Ferne konnte Miriam ein Netzwerk aus quadratischen Gehwegen ausmachen. Juri erklärte, dass diese die Verarbeitungs- und Polierlager miteinander verbanden, Fabriken, die wie Bauklötze aufgebaut waren, der blaue Himmel als Hintergrund für alles und das noch blauere Meer darunter.

Mit einer sanften Linkswende brachte Juri die Cessna herum, weg von den Türmen und vom Strand und wieder in Richtung Binnenland.

„Es macht Ihnen Spaß, mit Menschen zu spielen“, sagte Miriam leise und wagte es endlich, ihn direkt anzuschauen.

Er spitzte die Lippen und sagte: „Vielleicht. Aber nicht mit Ihnen. Ich vertraue Ihnen, und das ist sehr seltsam. Ich habe lange niemandem mehr geglaubt. Natürlich ist Ihnen nicht entgangen, dass ich ein mächtiger Mann bin. Ich kann alles haben und *jeden*, den ich will."

Miriam schloss die Augen, als könnte sie, wenn sie nichts sah, die Übelkeit, die seine tiefe Stimme immer wieder in ihr auslöste, verhindern.

„Aber Sie werde ich nicht nehmen", sagte er gerade. „Das habe ich letzte Nacht beschlossen, als ich an Sie dachte, während Sie so nahe neben meinem Zelt schliefen. Ich werde Sie dazu bringen, dass Sie aus freiem Willen zu mir kommen. Ich kenne Ihre Geschichte nicht, Miriam, ob Sie eine Frau sind, die weiß, was Männer wollen. Aber Sie sind jetzt hier in meiner Welt. Und ich kann Ihnen den Reichtum von Völkern versprechen, wenn Sie sich *entscheiden*, mein zu werden."

Unter sich sah Miriam nur die Sandwellen, die sich von Düne zu Düne im Wind brachen. Aber sie kam sich vor, als stünde sie auf einer Zinne und schaue auf viele Königreiche hinab ... und neben ihr stünde der Teufel persönlich.

33

Nach dem Flug mit Miriam entlang der namibischen Küste flog Juri weit in den Norden. Unterwegs tankte er mehrere Male auf. Er erklärte, dass er sein Geschäft mit den russischen „Kollegen" abgeschlossen habe und dass Joseph den Rest erledigte. „Und da wir kein Gepäck mitgebracht haben, brauchen wir auch nichts zu packen und mitzunehmen." Wieder dieses Lachen.

Miriam betrachtete die Sonne, und ihre Zuversicht sank, als ihr bewusst wurde, dass er dieses Mal irgendwo anders landen würde, viel weiter nördlich von dem Ort, wo sie Owen das letzte Mal gesehen hatte.

„Wohin fliegen wir?" Ihm Fragen zu stellen, war nur eine Gewohnheit geworden, eine fruchtlose Beschäftigung.

Aber jetzt überraschte er sie und gab ihr eine Antwort. „Das haben Sie inzwischen noch nicht erraten? Das erstaunt mich aber. Es ist ein schönes Land, Angola. Wirklich ein Land voller Gelegenheiten."

Angola. Allein schon der Name ließ in ihr Bilder von Bürgerkriegen aus den seltenen Nachrichtensendungen, die sie zu Hause gesehen hatte, wach werden. Im September, nach ihrem Urlaub auf Hawaii, hatte sie Berichte von Wahlen gesehen, die dort abgehalten wurden. Aber bald danach hatten die kurzen Berichte besagt, dass das Land wieder hoffnungslos im Bürgerkrieg versunken war.

* * *

In den folgenden Tagen benutzte Miriam die einzige Waffe, die sie gegen Juris Begehren hatte – ihren Willen. Er wollte, dass sie ihn wollte. Owens Stimme in ihr dachte, dass sie das benutzen sollte, ihren einzigen Trumpf, denn sie wusste, dass in gewisser Weise die Herausforderung, die Juri sich selbst gestellt hatte, ihre einzige Garantie für Schutz war, als sie diese andere Welt namens Angola betrat.

Miriam befand sich in einem Lager, das dauerhafter eingerichtet zu sein schien als das frühere, eine kleine Zeltstadt, von Juri wie ein Lehen beherrscht. Als sie hörte, dass um sie herum sowohl Portugiesisch als auch Französisch gesprochen wurde, schloss Miriam daraus, dass sie tatsächlich so weit nach Norden geflogen waren, dass sie irgendwo in einer nördlichen Provinz von Angola sein mussten, wahrscheinlich in der Nähe der Grenze zu Zaire.

Die Luft war feuchter und ein dichter, grüner Dschungel umgab das Lager. Miriam konnte nicht sicher sein, wo sie sich genau befand, aber sie hörte, dass einige der Männer das Gebiet und den Fluss in der Nähe des Lagers als *Cuango* bezeichneten – nicht Kongo, sagte man ihr, der frühere Name von Zaire und immer noch der Name eines Landes und eines Flusses weiter im Norden. Als sie Juri fragte, gab er unumwunden zu, dass sie sich in einem der reichsten Diamantengebiete in ganz Afrika befanden. Miriam begriff bald, dass von diesem Diamantenlager Steine im Wert von vielen Millionen Dollar durch das benachbarte Zaire aus dem Land gebracht und wahrscheinlich weiter nach Antwerpen geschmuggelt wurden.

Das Lager war eine Männerwelt. Miriam sah Soldaten in jedem Alter und jeder Gestalt, ihre Uniformen waren unterschiedlich und zerschlissen. Trotzdem fiel ihr auf, dass die Waffen, die sie trugen, neu, modern, leicht und auf dem neuesten Stand der Technik zu sein schienen.

Die Augen dieser Männer folgten ihr, wohin sie ging. Während ihrer ersten Woche im Lager musste Miriam sich bewusst vornehmen, die Blicke, die sich durch ihre Khakiuniform brannten, zu ignorieren. Aber irgendeine Anweisung von Juri machte sie offensichtlich zu einem Tabu, unberührbar, relativ sicher. Die Tatsache, dass er sie für sich wollte, bedeutete, dass sie sich frei bewegen konnte, obwohl Joseph oft nicht von ihren Fersen wich. Bald akzeptierte sie, da es unumgänglich war, ihren Status und versuchte, die Kommentare und Blicke, die in ihre Richtung gingen, nicht einmal zu bemerken.

Juri ließ Miriam sofort mit der Arbeit beginnen. Ihr Tagesablauf wurde davon bestimmt, dass sie den Wert der vielen Steine beurteilte, die Männer, Frauen und Kinder aus der Umgebung ins Lager brachten. Tagsüber arbeitete sie unter einer Plane, die zwischen zwei Affenbrotbäumen gespannt war. Neben ihr stand eine weitere Plane mit einem Schild, auf dem stand: *Comptoir – D'achat de Diamants.* Büro für Diamantenankauf. Männer, die nach Dschungel rochen, kamen zu ihr, leerten die Steine aus ihren Taschen. Nur einige waren tatsächlich Rohdiamanten. Meistens brachten die Leute, denen man es am wenigsten ansah, die besten Edelsteine. Miriam hatte nie direkt mit Geld zu tun. Sie schrieb lediglich den Wert der Steine auf kleine Papierstreifen, die anderswo im Lager eingelöst wurden.

Miriam fand bald heraus, dass das Lager zwei verschiedene Arten von Bewohnern hatte: die Söldnersoldaten, die von früheren sowjetischen Leibwächtern ausgebildet wurden, die Juri irgendwo unterwegs aufgegabelt hatte; und die Diamantenhändler, deren Geschäfte sich um Juri und seinen inneren Kreis drehten. Miriam versuchte, über die regelmäßig auftauchenden Gesichter so viel wie möglich zu erfahren. Wenn sie den Informationsfetzen, die sie aus Gesprächen aufschnappte, glauben konnte, vermischten sich hier Mörder mit den Söldnern, die auf der Seite der Unita-Rebellen gegen die angolanischen Regierungstruppen kämpften.

Miriam erinnerte sich, dass Owen ihr erzählt hatte, auf vielerlei Weise sei Angolas Geschichte ähnlich der von Mosambik. Sie versuchte, sich an die Einzelheiten zu erinnern. Wenn man den Guerillakrieg um die Unabhängigkeit von Portugal mitrechnete, dann befand sich Angola seit dem Ende der 50er Jahre im Kriegszustand. Nach der Unabhängigkeit in den 70er Jahren hatte jedoch ein Machtkampf dem Land wieder Krieg gebracht. Hier waren es die von Kuba unterstützten Regierungskräfte gegen die Unita-Rebellen gewesen. Die Unita wurde von einem Mann namens Jonas Savimbi angeführt. Miriam erinnerte sich an den Namen, weil sie ihn im Lager gehört hatte. Die Unita hatte viel Geld und Waffen von der Pro-Apartheid-Regierung in Südafrika und den USA bekommen. Aber hier endeten die Ähnlichkeiten zwischen den beiden Ländern. Wegen Angolas Öl und Diamanten war die Motivation groß, den Konflikt noch mehr in die Länge zu ziehen.

Aber die Soldaten und die Diamantenhändler waren nicht die einzigen Menschen, die in Juris Lager geschäftlich zu tun hatten. Von Zeit zu Zeit sah sie auch Regierungsbeamte von anderen westafrikanischen Ländern, südafrikanische Söldner, „Kriegshunde“, und Soldaten von Oppositionskräften in Liberia, Zaire und Sierra Leone, alle vereint unter dem gemeinsamen Banner einer profitablen Anarchie. Immer wenn sie Joseph bat, ihr weitere ausländische Insignien oder Sprachen zu erklären, kam er ihrem Wunsch nach.

Miriam begriff nach und nach, dass sie jetzt in einem Land lebte, in dem es praktisch keine Infrastruktur gab, keine gesetzlichen Regeln, überhaupt kein Gesetz außer dem der Männer mit den Waffen. Sie bemühte sich, nicht mehr an bestimmte Aspekte aus ihrer Vergangenheit zu denken. Owen und Begriffe wie „Frieden“ gehörten in eine andere Welt, sagte sie sich. Wenn sie hier überleben wollte, würde sie ihren ganzen Verstand und ihre ganze Kraft brauchen. Und das bedeutete, sich auf das *Jetzt* zu konzentrieren.

Aber sie sehnte sich nach Owen, sehnte sich in ihrer Einsamkeit nach der Berührung ihres Mannes. Nachts hörte sie die Männer um sich herum, hörte ihre Schritte, ihr Husten, ihre Bewegungen in der Dunkelheit. Sie wusste, dass es junge Mädchen im Lager gab. Manchmal hörte sie sogar ihr leises Weinen in der Stille der Nacht, und sie konnte sich vorstellen, welchem Schicksal sie ausgesetzt waren.

Juri hatte Wert darauf gelegt, sie in einem Zelt neben seinem eigenen unterzubringen. Wieder. Sie schätzte die relative Sicherheit, die ihr das bescherte. Es bedeutete auch, dass sie hörte, was jede Nacht in seinem Zelt passierte – und sie wusste, dass er jede ihrer Bewegungen hören konnte.

Nach jeder langen Nacht kam wieder ein neuer Tag, an dem die Angolaner an ihren Tisch unter den zwei Affenbrotbäumen kamen und ihre Diamanten ausbreiteten, damit Miriam sie nehmen, durch ihre Lupe begutachten und ihren Wert einschätzen konnte. Viele der rohen Diamanten sahen nach nichts als glitzernden, glatten Kieseln aus – blaue, goldgelbe, dunkelbraune, rote, sandfarbene und gelbe durchsichtige Steine. Aber ihr Gewicht, das sorgfältig auf der Präzisionswaage festgestellt wurde, mit der Juri sie ausgestattet hatte, plus ihre Form und Farbe entschieden über den Preis, den Miriam für jeden einzelnen Diamanten festsetzte. Sie lernte schnell, dass in mehreren Sprachen der Begriff für minderwertige Steine *Tschop Tschop* war.

Ganze Wochen vergingen, in denen Miriam nichts tat, als in die Tiefen der Diamanten zu schauen, die ihr vorgelegt wurden. Einige waren bereits geschnitten, aber sie fragte nie nach ihrem Ursprung, während sie nach Spuren von Federn und Rissen und kaputten Rippen suchte. Ihr Blick verengte sich darauf, sich auf die versteckten Facetten jedes einzelnen Steines zu konzentrieren.

Diese Facetten – die Farbe und das innere Feuer eines Steines – spiegelten ihre eigene Angst, Zweifel und ihren Unglauben über das, was aus ihrer Welt geworden war, wider. Das suchte sie durch das Vergrößerungsglas ihrer Angst.

Bis zu dem Tag, an dem ein angolanischer Junge zu ihr sagte: „*Bom dia.* Guten Morgen. Erkennen Sie mich?"

Miriam schaute vom Tisch auf und rollte die Lupe mit dem Daumen über ihre Handfläche. Sie signalisierte dem Jungen, dass er einen Moment warten solle. Dann lehnte sie sich zurück und flüsterte dem jungen Mann, der ihr das Essen brachte und jeden Tag als Wache hinter ihrem Stuhl stand, etwas zu. Er agierte als Dolmetscher, wenn das nötig war. Sie bat ihn jetzt, den anderen in der Schlange zu sagen, dass sie etwas zurücktreten und sich nicht so sehr um ihren Tisch drängen sollten. Das war keine ungewöhnliche Bitte. Mehrere Male am Tag musste sie darum bitten, dass die wartenden Menschen ihr mehr Platz ließen.

Sobald sie ungestörter waren, betrachtete Miriam das Gesicht des Jungen, der ihr die Frage gestellt hatte. „Sollte ich dich kennen?", fragte sie. Sie erkannte nichts Bekanntes an ihm. Sie sah eine platte Nase, kleine Ohren, ein angespanntes Lächeln. Er hatte lange Arme und klappte sein Messer ständig auf und wieder zu.

Es waren mehrere hier, die Portugiesisch und Englisch sprachen. Hatte sie ihn vorher schon gesehen?

„Erinnern Sie sich nicht an meinen Namen? Ich habe ihn Ihnen letzte Woche und an den Tagen davor gesagt."

Miriam wischte sich die Haare aus den Augen und verfluchte die feuchte Hitze. Ihre Stirn war zu warm unter ihrer Hand. Hatte sie Fieber? Es war in letzter Zeit so schwer, sich zu merken, welche Zeit war. Und Juri hatte sie gewarnt, wenn sie Fehler bei den Steinen mache, würde sie wieder in einer Zelle landen. Diese Arbeit war das Einzige, das es ihr ermöglichte, im Freien zu bleiben. Das und Juris wahnsinnige Besessenheit von ihr. Sie schaute den Jungen wieder an, konnte aber das Bild von Juris ungeduldiger und drohender Stimme nicht aus ihrem Kopf verbannen. Sie wagte es nicht, dabei erwischt zu werden, wie sie mit jemandem über etwas anderes als den Wert der Diamanten sprach.

„Es tut mir Leid", murmelte sie und vermutete, dass der Junge sie nur in eine Falle locken wollte. Sie sah Juri auf sich zukommen. Sie schaute den Jungen kopfschüttelnd an. „Ich kenne dich nicht. Der Nächste bitte!"

* * *

Miriam konnte mit eigenen Augen sehen, dass der Diamantenschmuggel aus Ländern wie Angola und den benachbarten Ländern Zaire und Liberia ein riesiger Topf war, aus dem sich jeder nach Belieben bediente. Hier in Angola wurden die illegalen Schmuggler *Garimpeiros* genannt. Sie fanden ihre Diamanten in angeschwemmten Ablagerungen – sie beugten sich den ganzen Tag über riesige, flache Pfannen und siebten den gelben Sand. Manchmal gruben sie in bestimmten Hängen von Hügeln und fanden ihre Schätze zwischen den Wurzeln der Bäume. Ein ganzes Netzwerk von Männern, die Männer, Frauen und Kinder befehligten, leitete die verschiedenen Ausgrabungsoperationen.

Miriam versuchte, nicht zu sehen, wo sie gelandet war, was aus ihr geworden war. Selbst wenn Juri ihr gegenüber zugab, dass seine russische Mafia erfolgreich afrikanische Diamanten über Luanda, die angolanische Hauptstadt, nach Antwerpen schmuggelte, hörte Miriam kaum hin.

„Diese Kriege in Westafrika sind ideal für unsere Zwecke. Es gibt immer eine Nachfrage nach professionellen Soldaten, auch wenn die meisten, mit denen wir arbeiten müssen, Teenager sind. Aber Sie wären überrascht, wie gut einige von ihnen Befehle entgegennehmen. Sie tun alles. Und die AK-47 ist einfach zu bedienen, eine leichte Waffe, die Kinder leicht tragen können. Kinder sind gute Kämpfer, weil sie versuchen, einen guten Eindruck zu machen. Und sie denken, es sei nur ein Spiel. Deshalb lassen sie sich nicht leicht Angst einjagen. Ich weiß zum Beispiel aus meiner eigenen Erfahrung, dass Kinder sehr gut zu gebrauchen sind. Man kann sie über die feindlichen Linien schicken, ohne dass irgendjemand sie verdächtigt, weil sie so jung sind. Ah, und sie haben keine Angst davor, ein Risiko einzugehen."

Er saß Miriam gegenüber. Das Feuer der Nacht brannte zwischen ihnen. In den letzten drei Wochen war das ihre Routine am Ende des Tages geworden. Juri zwang sie dazu. Juri redete mit Miriam, als wäre sie eine Partnerin bei seinen Unternehmungen. Miriam schaute in die Flammen und versuchte, sich wieder zu erinnern, wie sie an diesen Ort mit diesem Mann hatte kommen können. Zu oft, wie jetzt, konnte sie nichts anderes sagen als: „Ich verstehe das nicht."

„Dieses Jahr versorgen wir die Unita-Rebellen mit Waffen. Nächstes Jahr sind sie vielleicht an der Macht, und dann versorgen wir ihren Feind, die Regierungskräfte, mit Training und Waffen. Es ist ein offenes Feld. Alle reichen westlichen Nationen sind an diesem Spiel beteiligt. Euer Amerika, Großbritannien, Frankreich – sie alle haben Waffen, die sie an den Meistbietenden verkaufen. Und glauben Sie mir, die Armee, die Diamantenfelder wie diese kontrolliert ...", sein Arm machte eine weit ausholende Geste, „... ist die Armee, die es sich leisten kann, diesen Preis zu bezahlen. Angola hat mehr Öl als Nigeria und wahrscheinlich mehr Diamanten als irgendein anderes Land auf diesem Kontinent. Die

Regierung finanziert ihre Armee mit dem Öl und zurzeit mit Diamanten aus den Minen weiter östlich im Gebiet von Camafuca, in der Nähe von Lucapa und Catoca. Natürlich kann niemand sagen, was in ein paar Jahren sein wird. Jetzt kauft die Unita Waffen mit Diamanten. Aber bald, denke ich, wird es ein Joint Venture mit den Russen geben – mit mir und einigen Kollegen, um die Kimberlit-Pipes mit reichen Diamantenlagern in Catoca zu entwickeln. Und dann werden wir in Gebieten arbeiten, die von der Regierung kontrolliert werden. Hier muss man sehr großzügig mit dos Santos und seinen Regierungsleuten sein."

Juri sprach weiter. „Die Steine, die Sie jeden Tag in der Hand halten, werden nicht umsonst Blutdiamanten genannt – Konfliktdiamanten. Natürlich geht es überall nur um Macht. Die Gier der westlichen Länder nach Diamanten, Gold und Macht verlängert die Konflikte in Afrika. Die Kriege in Afrika werden hauptsächlich geführt, weil reiche Länder noch *mehr* Reichtum, *mehr* Macht bekommen wollen."

Er ließ die Worte wie ein Lied, ein sehnsuchtsvolles Lied klingen. Miriam nickte. Was konnte sie sonst tun? Wie immer war Juri ihr ein Rätsel. Jetzt beugte er sich vor und starrte sie über den umgefallenen Baumstamm hinweg an, der an einem Ende brannte und dessen anderes Ende wie eine Trennlinie zwischen ihnen aus dem Feuer herausragte.

„Ich habe Neuigkeiten von Ihrem Sohn", sagte er.

Miriam hielt den Atem an. Sie sah, wie ihre Hände anfingen zu zittern. Sie war dankbar, dass die Dunkelheit dieses verräterische Zittern verbarg. Sie wusste, dass Juri sie beobachtete. Sie sagte sich, dass das bestimmt nur einer seiner vielen Bluffs war, seine Art, mit ihr Katz und Maus zu spielen – dieses Mal eine Stufe über seiner üblichen Grausamkeit. Trotzdem waren die Worte so wunderbar, dass sie aufschaute und seinem Blick begegnete. Das kalte Blau wartete auf sie. Selbst in ihren Träumen verfolgten diese Augen sie noch und beobachteten sie.

„Er lebt."

„Woher wissen Sie das?", fragte sie, obwohl sie ganz genau wusste, dass er nur wieder seine geliebte Macht ausspielte – eine kranke, manipulierende Macht über sie. Trotzdem ging sie darauf ein und bemühte sich, ihre Stimme ruhig klingen zu lassen, und wartete auf irgendein Anzeichen, aus dem sie schließen könnte, ob er die Wahrheit sagte. Gleichzeitig schrien die Stimmen in ihrem Kopf vor Hoffnung und Angst laut. *Konnte das sein? Martin? Martin!*

„Ich habe es heute von Leuten aus dem Flugzeug erfahren, das gelandet ist. Sie haben die neuen Männer doch bestimmt gesehen, die ins Lager kamen." Sie hatte sie gesehen, aber jetzt fragte sie sich, warum es für ihn so wichtig war, dass sie diese Dinge wusste. So war es in den letzten Wochen immer gewesen. Eine blinde Frau in einem dunklen Raum. Miriam tastete sich Schritt für Schritt vor – ein Teil von ihr war taub, der andere Teil voll empfänglich für den Terror in ihr und um sie herum.

Jetzt spielte er wieder mit ihr und wechselte das Thema. Das leere Lachen, kurz unterbrochen von einer Frage. Und sie *würde* ihm antworten – so viel wurde aus seinem Tonfall klar. Er kniff die Augen zusammen. „Erzählen Sie mir noch einmal, wie die Diamanten geschnitten werden. Sagen Sie mir die Worte auf Englisch."

„Martin?" Der Name war ein Seufzen, ein Keuchen in der Luft.

„Erzählen Sie", beharrte er. Seine Stimme knirschte wie Kies.

Es war ihr nicht erlaubt, Martin anzusprechen. In der Vergangenheit hatte Juri, so oft sie versucht hatte, konkrete Informationen aus den Gesprächen mit ihm zu erfahren, es immer geschafft, den Spieß umzudrehen, so dass sie am Ende das tat, was er verlangte, und oft die Worte wiederholte, die er so gern hörte. Es war nichts als eine Erklärung, eine Wiederholung von Vorträgen, die die technischen Definitionen von Reinheit und Karat erklärten, einfache Informationen über das Schneiden der Steine. Die „Worte auf Englisch", die er verlangte, waren Worte der Gewalt, aber Miriam hatte festgestellt, dass wie so vieles, das Juri faszinierte, einschließlich sie selbst, solche Worte einen Zauber auf diesen Mann ausübten und ihn ruhig machten. Selbst jetzt, als sie die Litanei wieder begann und versuchte, ihre Stimme ruhig klingen zu lassen, seufzte Juri und warf mit der Erleichterung und Befriedigung eines Süchtigen den Kopf nach oben.

Miriam wiederholte mit monotoner Stimme: „Ein Diamant wird zuerst geschnitten, dann gesägt und schließlich poliert. Er wird durch Schleifen gereinigt. Wenn ein Diamant verwendet wird, um einen anderen zu härten, wird eine mit Diamantpulver und Öl bestrichene Stahlscheibe benutzt, um ihm eine grobe Form zu geben und die Kanten zu entfernen. Dabei versucht man jedoch, so viel wie möglich vom ursprünglichen Rohdiamant zu erhalten. Das Ergebnis ist ein gehärteter Diamant..." Ihre Stimme verstummte. Sie stand auf und ging von Juri weg, vom Feuer weg, einfach nur weg. Ihr Hoffnung zu machen, wenn auch nur für ein paar Sekunden, die Trauer und den Schmerz um ihren Verlust neu aufleben zu lassen, war eine Höllenqual für sie. Und Juri genoss offensichtlich jede Minute davon.

Am nächsten Morgen kam ein weiteres Flugzeug mit fremden Männern im Lager an. Sie sprachen Portugiesisch, aber das war alles, was sie mit den Angolanern gemeinsam hatten. *„Da América du Sul"*, hörte sie einen ihrer Laufburschen sagen, als die großen Männer an ihrem Tisch vorbeigingen und ungeniert ihre haselnussbraunen Haare anstarrten. Miriam trug sie hinten zusammengebunden und zu einem Knoten hochgesteckt unter einem Hut, aber trotzdem zog sie noch zu viel Aufmerksamkeit auf sich.

Aus Südamerika.

Das Gefühl, dass sich hinter den Kulissen die Machtgewichte verschoben, ließ Miriam nicht los. Am selben Tag hörte sie, dass sowohl Streitkräfte der Unita als auch der angolanischen Regierung, gegnerische Seiten, sich im Lager getroffen hatten. Und es gab noch andere Russen. Juris ursprüngliche Leibwächter – außer Joseph – waren zu irgendeiner Art Mission in den Busch verschwunden und durch andere ersetzt worden. Spielte Juri zwei Mafiagruppen gegeneinander aus? Sie hatte gesehen, wie Männer aus dem Mittleren Osten tief in Gespräche mit ihm verwickelt gewesen waren. Und wer waren diese Brasilianer?

In dieser unmöglichen Situation, in der sie rundherum von gewissenlosen Kriminellen und Halsabschneidern umgeben war, wollte Miriam nichts anderes, als dass in diesem hohlem Halbleben irgendwo ein wenig Wahrheit wäre, etwas, dem sie trauen konnte, ein Wort des Trostes. Sie dachte unablässig an Owen und Martin, die irgendwo in einer Parallelwelt zu dieser lebten. Miriam streckte sich in ihren Gedanken und mit ihren Worten nach ihnen aus und fragte sich dann, ob man das ein Gebet nennen könnte. Sie hatte Owen oft sagen hören, welchen Trost er in seinen Gebeten fand.

Es kam eine Nacht, in der Miriam, weil sie irgendwie eine Verbindung zu Owen herstellen wollte, endlich beschloss, in die Dunkelheit zu flüstern: „Gott, hilf mir. Bitte. Hilf ihnen. Rette meinen Sohn, meinen Mann ..." Aber ihre Worte klangen in ihrem hohlen Herzen leer.

34

Es ist viele Jahre her, seit diese Dinge passiert sind. Der Herr ist mit uns – Emmanuel! Ich schreibe auf Englisch an einem Ort, von dem ich früher nur träumen konnte. Mit meinen Worten gehe ich vom Himmel zur Hölle. Mein Wunsch ist es deshalb jetzt, ein Geschichtenerzähler für Kinder zu sein. Vielleicht werde ich ein Schreiber von Büchern, ein Erzähler von Geschichten. Denn so wie diese Geschichte mich geheilt hat, indem ich sie erzählte, wünsche ich, auch andere zu heilen und sie wissen zu lassen, dass sie nicht allein sind.

Ich habe dich einmal gefragt: „Wie kann Gott mir vergeben?" Die Antwort ist: Durch seinen Sohn, Jesus. Ich sehe das jetzt. Aber zuerst konnte ich es nicht sehen. Es ist, als wäre gleichzeitig Hölle und Himmel hier auf Erden. Ich lebte und ging in die Hölle. Du hast mich sagen gelehrt: „Diese Dinge sind mir passiert. Ich war gezwungen, sie zu tun." Nur ein kleiner Teil von mir glaubt das. Ich kann das hier zugeben.

Es sind keine Sachen, über die man leicht schreiben kann, aber das wusstest du, als du mich batest, das zu tun. Warum muss ich das noch einmal durchleben, noch einmal in die Hölle gehen? Weil ich das jetzt mit Jesus an meiner Seite tun kann. Seine heilige Gegenwart wird mich auf eine Weise beschützen, die ich damals nicht sehen konnte, die ich aber jetzt sehe. Das ist Heilung – der Weg auf einer Reise, der uns durch die Dunkelheit und ins Licht führt. Mama Edith lehrte mich zu akzeptieren, dass ich zu Bösem und zu Gewalt fähig bin, dass wir alle dazu fähig sind. Sie lehrte mich, Jesu Vergebung anzunehmen, mir selbst zu vergeben, für meine Feinde zu beten und ihnen zu vergeben und Heilung zu finden. Diese Sache, glaube ich, ist nicht leicht. Deshalb bin ich nicht derjenige, der das tut. Bei dieser Heilung kann nur Gott mich ganz machen.

In Gottes heiligem Wort schrieb Paulus den Korinthern: „Gelobt sei Gott, der Vater unseres Herrn Jesus Christus, der Vater der Barmherzigkeit und Gott allen Trostes, der uns tröstet in aller unserer Trübsal, damit wir auch trösten können, die in allerlei Trübsal sind, mit dem Trost, mit dem wir selber getröstet werden von Gott."

Jesus ist bei uns an den dunklen Orten, besonders an den dunkelsten Orten.

Wie lautet sein Name? Er ist „Gott allen Trostes". Seine Name bedeutet: „Ich bin".

„Ich bin was?", fragt ein Kind wie ich. Und das bringt mein Herz zum Lächeln. Gott ist alles. Er sagt: „Ich bin ..." Selbst ich kann diesen leeren Platz mit jedem guten Wort ausfüllen, das mir gefällt, und es passt für Gott. Liebend. Fürsorglich. Sehend. Verstehend. Emmanuel – „Gott ist mit uns". Das alles sind Namen Gottes.

Ich war vorübergehende Sache, verkaufte Person, einer, der sich viel bewegt, Kind der Traurigkeit, der Rufer und Gott ist mir gnädig.

Der Prophet Jesaja schrieb diese Worte von Gott für ein Waisenkind wie mich: „Ich will euch trösten, wie einen seine Mutter tröstet."

An diesem Ort wache ich hier manchmal auf und schreie in die Nacht hinaus, obwohl ich auf einer weichen Matratze schlafe, meine Haut von der Berührung des glatten Stoffes kühl ist, der um mich gewickelt ist. Denn ich weiß nicht einmal, wer meine Mutter ist. Die Bilder, die ich von einem anderen Krieg im Fernsehen sehe, irgendwo anders, die Kinder, zerreißen mich innerlich und ich weine im Bett wie ein kleiner, kleiner Junge. Mir bricht das Herz. Herr, ich weiß nicht einmal, ob meine Mutter und mein Vater tot sind oder leben.

Ein Zuhause, eine Mutter, ein Name, und, wenn Gott

meine Gebete erhören will und mich wirklich segnet, dann zur Schule gehen. Er hat mich wirklich gesegnet. Das Blut Christi bindet uns zusammen – Mutter, Sohn, Vater, Bruder. Das ist meine Familie, mein Zuhause, wer ich bin.

Ich glaube, die Verheißungen der Bibel hängen wie Früchte in der Luft. Wenn wir beten, strecken wir uns aus und pflücken diese Verheißung, die da ist. Viele dieser Verheißungen benötigen viel Gebet, und wenn wir aufhören zu beten, weil wir es müde sind zu warten, bleiben die Versprechen einfach dort hängen. Sie könnten uns gehören, wenn wir nur bereit gewesen wären, ein wenig länger zu beten.

Wenn ich mich jetzt an meinen Namen erinnern könnte, meinen ersten Namen, den Namen, den meine Mutter mir gab, wäre ich an dem Ort, von dem mein erster Bruder mir erzählte, dem Ort, wo „Ich bin" Gott ist. Dort ist es nie dunkel, und dort ist keine Angst. An diesem Ort kann ich hören, wie meine Mutter mich ruft. Ich erkenne ihre Stimme, meinen Namen.

Ich habe Gnade gefunden. Jetzt, wo ich hier bin, gibt es nur einen einzigen Namen.

Ich bin Daw.

Im Arabischen, das im Sudan gesprochen wird, bedeutet der Name „Licht". Jetzt ist Gott nicht mehr der Einzige, der mich bei meinem Namen ruft.

35

Owen betete in der Dunkelheit für seine Frau, dass sie in Sicherheit sein solle, dass Gottes Hand über ihr wachen und ihre Worte und ihr Tun lenken würde, bis er sie an einen sicheren Ort bringen würde. Es war ein altes Gebet, ein Gebet, das er seit fast einem Monat betete – seit vier Wochen, achtundzwanzig Tagen, seit er Miriam das letzte Mal gesehen hatte.

Seinen Sohn sah Owen jeden Tag. Er verabscheute jeden Besuch. Es hatte mit jenem ersten Kontakt in der Dunkelheit begonnen und hatte sich zu einer makaberen Pantomime entwickelt, die dieser Juri Falin inszenierte.

Heute beobachtete Owen, wie die Gruppe sich seinem Käfig näherte. Das Grauen zehrte stärker an ihm als sein Hunger. Owen fiel jedes Mal auf, wie klein Martins Augen ohne seine Brille aussahen. Martin hatte vor Owens Augen eine Verwandlung durchgemacht. Er wurde jeden Tag unterwürfiger, war weniger er selbst, wurde zunehmend gefügig und gehorsam. Jetzt marschierte er hinter Falin her, seine Schritte übertrieben groß, damit er mit den Männern neben ihm mitkam. Owen verzog das Gesicht, als Martin über eine Wurzel stolperte, dann aufsah und die Augen zusammenkniff, sein Gesicht von rechts nach links drehte, als erwarte er, dass jemand sagt, sie hätten die Wurzel absichtlich dorthin gelegt.

„Zeit, den Feind zu füttern“, sagte Falin. Owen knurrte. Es war ein guter Trick, aber er funktionierte. Reduziere ihn auf einen namenlosen, nicht menschlichen Status, und mit der Zeit wird die inhumane Behandlung leichter zu rechtfertigen sein. Es war ein tägliches Ritual geworden, die Litanei von Lügen auf Martins Kosten. Gestern, als Martin sein Gewehr nicht in der Zeit, die Falin ihm zugestanden hatte, gereinigt und wieder zusammengebaut hatte, hatte es für Owen kein Essen gegeben. Martins Gesicht hatte gezeigt, dass er die Lektion unmissverständlich gelernt hatte. Es war seine Schuld, dass sein Vater hungerte.

„Willst du den Feind füttern, Martin?“, fragte Falin. Er reichte Martin alte Brotkrusten und schmieriges Fleisch. Martin stand da und wartete auf Falins Nicken.

Stattdessen nickte Falin den zwei Wachen zu. Seine Männer zerrten Owen aus seinem Käfig mit dem verwünschten niedrigen Dach ins Sonnenlicht. Owen konnte die Stimme seines Sohnes hören, der bettelte: „Bitte nicht. Sie sagten, Sie lassen ihn gehen.“

Es war eine Form der Folter, gegen die Owen sich nicht wehren konnte. Er hatte damit gerechnet, dass er zu dem, was man von ihm wollte, gezwungen werden würde, indem man Martin gegen ihn benutzte. Aber Martin auf diese Weise zu missbrauchen, bewegte sich auf einer Ebene der Brutalität, der Owen bisher selten begegnet war. Abgesehen davon, dass Owen bei den Geiselfällen, mit denen er zu tun gehabt hatte, immer ein Außenstehender gewesen war – ein entscheidender Unterschied. Owen hatte der unmenschlichen Macht, die Falin so genussvoll ausspielte, nichts entgegenzusetzen. Falin schien dieses Spiel meisterhaft zu beherrschen. Owen hatte noch nicht viele gesehen, die es besser konnten, denn Falin benutzte Martin, um Owens Willen zu brechen, und er benutzte Owen, um Martins Willen zu brechen.

„Sie lassen mich gehen?“, fragte Owen jetzt, denn sich als Opfer zu verhalten, würde nur als Einladung zu weiterem Missbrauch verstanden werden.

„Natürlich“, sagte Falin mit spöttisch verzogenem Mund.

„Nein, bitte. Ich werde alles tun. Bringen Sie meinen Papa nicht weg.“ Owen bemerkte, dass dieser plötzliche Gefühlsausbruch von Martin Falin genauso sehr überraschte wie ihn selbst.

Falin schaute Martin von der Seite an. „So, Martin, genau das sollst du den Feind lehren – die Bereitschaft, alles zu tun. Du hast das sehr gut gelernt. Martin, sag dem Feind, was du heute Morgen gesagt hast.“

Martin verzog das Gesicht. „Das ist meine Schuld. Wenn ich gut bin, darf ich dem Feind Essen geben. Wenn ich böse bin, wird dem Feind wehgetan.“

Falin grinste böse. „Natürlich ist der nächste Schritt, dass ich diesen Feind töte, wenn er nicht tut, was ich sage."

Plötzlich sah Owen, dass er den Umstand, wie sehr Falin den Schmerz genoss, den er anderen zufügte, die Macht, die er über sie ausübte, als Waffe gegen diesen Mann einsetzen könnte.

„Und wo ist meine Frau?", fragte Owen in dem Versuch, Falin aus der Reserve zu locken.

„Sie haben keine Frau." Falin zuckte nicht einmal mit der Wimper.

Owen konzentrierte sich darauf, Falins Vorliebe, andere zu quälen, zu benutzen. Vielleicht könnte er ihn dazu verleiten, mehr zu verraten, als er beabsichtigte, wenn er sich davon versprach, Owen dadurch noch mehr leiden zu lassen. „Warum ich?" Diese Frage quälte Owen schon die ganze Zeit. Es gab immer noch so viele unbeantwortete Fragen. Er sah ein kurzes Zögern in Falins Augen – vielleicht war er näher an einer Antwort, als er gedacht hatte.

Falin bewegte den Kopf leicht von einer Seite auf die andere und spitzte die Lippen. „Soll ich Ihnen erzählen, wohin Sie gehen? In den Sudan."

Funktionierte die List, oder log Falin ihn an? Owens Verstand arbeitete auf Hochtouren und kramte die Fakten hervor. Die arabische moslemische Regierung im Nordsudan führte seit Jahrzehnten Krieg gegen die christliche Bevölkerung im Südsudan. Seit 1983 hatte der Bürgerkrieg eine besonders hässliche Wende genommen. Worum ging es? Owen sprach das Wort laut aus. „Öl."

Falin grinste ihn kalt an.

„Warum ich?", fragte Owen wieder. Aus dem Augenwinkel sah er, wie Martin mit dem Fleisch spielte. Er schaute Owen nicht einmal an. Owen versuchte, aufrechter zu stehen.

„Es hat nichts mit Ihnen zu tun. Vielleicht könnte ich sagen: Wenn sie sich mit dem Nordsudan verbünden, würden die westlichen Regierungen einfach ihre Unterstützung der Gruppen fortsetzen, denen sie Waffen und Geld in Afghanistan in ihrem Krieg gegen Russland geschickt haben."

Etwas an Falins Stimme veranlasste Owen, genauer hinzuhören.

Die Tonhöhe hatte sich verändert. Es fiel Owen nicht schwer, den Zusammenhang herzustellen. Ein Söldner in Falins Alter – ja, es passte alles zusammen. Er sagte: „Sie wurden in diesem Krieg ausgebildet."

Falins grausamer Tritt in seine Seite war die ganze Antwort, die Owen brauchte. Noch während er unter diesem neuen Schmerz litt, lächelte er innerlich. Endlich hatte er den schwachen Punkt seines Feindes gefunden.

* * *

Miriams Ruf als die Frau aus dem Westen, die den Wert eines Diamanten lesen konnte, verbreitete sich im ganzen Busch. Eine kleine Gruppe von französisch sprechenden Schmugglern aus Zaire gesellte sich zu ihren regelmäßigen Kunden aus Angola. Sie baten jedoch ein paar englisch sprechender Liberianer, sie sollten ihr sagen, viele seien der Meinung, dass sie bei ihrer Bewertung zu streng sei. „Nur eine Warnung, Madam." Sie lächelten sie an.

Miriam runzelte die Stirn. Obwohl Juri den Angolanern gegenüber damit prahlte, dass sie die schärfsten Augen habe, waren einige der Einheimischen wütend auf sie, weil Miriam sich nicht von ihnen bestechen ließ.

Das, befand sie, war das Geringste ihrer Probleme. Miriam konnte die Lethargie nicht von sich abschütteln, die sie genauso gefangen hielt wie Juris Befehle. Sie wusste nur durch die Zunahme der Regenfälle, dass eine Jahreszeit vergangen war. Aber trotz der immer häufigeren Anfälle von Fieber und Schüttelfrost konnte sie klar genug denken, um sich über gewisse Dinge an Juri und seinen Geschäften Gedanken zu machen. Sie träumte davon, ihn auszuspielen, ihn bei seinem eigenen Spiel aus Lügen und Erpressung zu besiegen. Immerhin hatte Owen ihr in einem anderen Leben gesagt, sie könnte beim Pokerspielen gut bluffen.

Doch sie erkannte, dass das hier etwas ganz anderes war. Das Spiel um Leben und Tod, das Juri ihr aufzwang, hatte keine Ähnlichkeit mit Poker. Innerlich entspannte sie sich leicht. Schach konnte sie spielen. Wenn Juri einen Schachpartner suchte, musste sie ihn einfach ausmanövrieren. Sah er sie als Bauer in einem Schachspiel an? Ein Bauer konnte in eine Königin umgewandelt werden, wenn er die andere Seite erreichte.

Miriam versuchte, äußerlich genau aufzupassen, wie Owen sie gelehrt hatte, die Konzentration, die sie bei ihrer Bewertung von Diamanten gelernt hatte, und die Strategie, die sie beim Schachspielen praktiziert hatte, anzuwenden. Aber innerlich verwandte sie ihre ganze Energie darauf, für ihren Sohn zu hoffen, sich nach ihrem Mann zu sehnen. Jeden Tag suchte ihr Herz die beiden, wünschte es, dass sie in Sicherheit wären. Oft war es, als würde ein Gedankenfaden sie immer noch miteinander verbinden, dessen Hoffnungsfaden sich von dem Netz, das sie an diesem Platz gefangen hielt, fast nicht unterscheiden ließ.

Eine Woche, nachdem die Brasilianer im Lager angekommen waren, hatte Miriam mit einem ungewöhnlich großen Paket von Steinen alle Hände voll zu tun, als eine bekannte Stimme sie an ihrem Tisch ansprach. „Madam erinnert sich jetzt an mich?"

Sie schaute auf. Sie lächelte und nickte leicht. „Ja." Dann drehte sie sich zu ihrem Dolmetscher um und bat ihn um etwas zu trinken. Als er fort war, schaute sie genauer hin, um sicher zu sein, dass dies tatsächlich derselbe Junge war, der sie vor einer Woche angesprochen hatte. „Du hast mir immer noch nicht deinen Namen gesagt."

Der Junge lächelte sie breit an, dann senkte er den Blick und murmelte etwas.

„Ich kann dich nicht hören", sagte Miriam.

Dann sagte er mit einer Stimme, die so leise war, dass sie ihn kaum verstehen konnte: „Können Sie mir zeigen, wie Sie die Steine lesen?"

Miriam zog ein weißes Papier aus ihrer Tasche. Sie faltete es mehrmals und ließ einen ungeschliffenen Diamanten in die Mulde fallen. „Siehst du, welche Farbe sich auf dem Weiß spiegelt?"

Der Junge beugte sich vor. Er nahm das Papier, und er sagte: „Das ist gelb."

„Jetzt versuche es mit diesem Stein", sagte Miriam und tauschte den Stein gegen einen anderen aus.

„Ah ja. Jetzt sehe ich es. Dieser ist blau. Ein blaues Licht scheint von ihm, wenn die Sonne hier zwischen dem Papier darauf fällt. Sie haben mir geholfen zu sehen. Das ist ein fairer Handel. Hören Sie, Madam." Er holte ein Messer aus seiner Tasche und begann, es aufzuklappen und zuzuklappen. „Ich habe gehört, dass in einem der Lager hier in der Nähe ein Junge gefangen gehalten wird."

Miriam packte seine Schulter. Er ließ das Messer in den Schmutz fallen und sagte etwas auf Portugiesisch. „Du musst mir mehr sagen", befahl Miriam.

„Das ist alles, was ich weiß. Und dass dieser Junge nicht sieht. Er stolpert oft. Und er spricht wie Sie." Der Junge bückte sich, um sein Messer aufzuheben, und schaute von ihr weg.

Miriam folgte seinem Blick und sah, dass Juri sie und den Jungen von dort, wo er mit einer Gruppe Männer stand, beobachtete. Ein furchtbarer Gedanke kam ihr. War dieser Junge ein Teil von Juris Lügengestrüpp – war er von Juri geschickt worden, um ihr diese Dinge zu sagen? War das wieder einer seiner Versuche, sie zu manipulieren? Aber wie hatte er ein solches Detail wie Martins Kurzsichtigkeit wissen können? Wie konnte jemand hier so etwas über Martin wissen, wenn Martin *nicht* hier war?

Der Junge sagte eilig: „Sie wissen, was ich jetzt sage? Ich weiß von diesem Kind aus dem Westen. Wenn ich Ihnen mehr sage, bezahlen Sie mir mehr für meine Diamanten?" Wieder fragte sich Miriam, ob er nur mit ihr spielte.

Sie öffnete den Mund, um zu fragen, woher er überhaupt wisse, dass sie ein Kind suche, als der Junge sich von ihr entfernte. Der verängstigte Blick in Juris Richtung war sein einziger Abschiedsgruß. Sie hörte das klickende Geräusch des Taschenmessers noch lange, nachdem er längst zwischen den Bäumen verschwunden war.

36

Miriam beschloss an diesem Abend, dass sie ihre Theorie ausprobieren wolle. Sie würde Zugeständnisse gegen Informationen eintauschen, ihm die Befriedigung geben, dass sie anscheinend an seinem Köder anbiss. „Juri." Sie bewegte sich von ihrer Seite des Feuers auf seine Seite und stellte sich neben ihn. „Ich muss die Wahrheit über meinen Sohn wissen."

Er hob die Hand, ohne sie anzuschauen, und ergriff ihre Hand. Seine Finger streichelten ihre, als er sagte: „Du hast Angst, ich würde nur mit dir spielen, Miriam. Aber das tue ich nicht, Miriam. Komm, tanze mit mir. Wusstest du, dass heute Heiligabend ist?"

Sie hatte es nicht gewusst, und jetzt wirkte dieses Wort so völlig fehl am Platz, so absurd, so losgelöst von seiner eigentlichen Bedeutung. Keine kühle Luft, keine Weihnachtslieder, keine Wärme und keine Familie bei ihr. Sie hörte von irgendwo im Lager Musik; ein Mann sang. Sie erlaubte Juri, sie in seine Arme zu ziehen, aber ihr Körper blieb steif. Seine Berührung war abstoßend, aber sie zwang sich, diesen Gedanken aus ihrem Kopf zu vertreiben. *Was ist mit Martin?*, wollte sie sagen.

Juris Stimme: „Du würdest mir einen Tanz geben, vielleicht einen Kuss und wer weiß, was sonst noch, nur für Informationen über diesen Jungen. Deinen Sohn, Martin." Wieder stellte sein Tonfall klar, dass dies eine Feststellung war.

Sie atmete tief ein. Vielleicht hatte sie Martins Namen schon einmal erwähnt. Sie sagte: „Was du wirklich von mir willst, kann nur ich geben, und es muss freiwillig gegeben werden – du kannst es nicht mit Gewalt nehmen. Habe ich Recht?"

* * *

Juris Hand legte sich fester um ihre Hüfte. Ihm gefiel es, sie so nahe zu spüren. Er hatte lange gewartet. Endlich konnte er jetzt ihre Bereitwilligkeit genießen. Er beantwortete ihre Frage. „Du weißt das sehr gut, Miriam. Es gibt bestimmte Dinge in diesem Leben, die ihre Süße verlieren, wenn sie nicht freiwillig gegeben werden. Du hast genug Bitterkeit geschmeckt, habe ich Recht? Und jetzt willst du mit Gewissheit wissen, ob das wahr ist. Du denkst, vielleicht solltest du das nicht glauben. Vielleicht lebt Martin nicht mehr. Vielleicht ist dies nur ein grausamer Scherz, den ich mir erlaube."

Juri atmete den Geruch ihrer Haare ein. *Du fragst dich, ob es mir wichtig ist?* Er hasste es, es sich selbst einzugestehen, aber es war ihm wichtig, und zwar viel zu wichtig. „Hör zu, ich verspreche dir, dass ich dich in die Gruppe bringen kann, die Martin kontrolliert. Ich habe den Jungen sogar gesehen. Es ist eine rivalisierende Gruppe, die ihn festhält, aber ich ..."

Sie versuchte, sich von ihm loszureißen. „Eine rivalisierende Gruppe? Es sind also Russen?" Ihre Stimme klang spöttisch.

Er nickte. „Du glaubst mir nicht?" Juri wollte ihr verzweifelt ein Zeichen geben, dass sie ihm vertrauen konnte. Ihm kam plötzlich ein Gedanke. „Ich *weiß*, wie es für einen Jungen ist, seine Mutter zu vermissen." Er schluckte. Mit ungerührter Stimme sagte er: „Meine Eltern starben beide. Beide haben sich das Leben genommen. Ich wuchs in einem staatlichen Waisenhaus auf." Er schaute sie an. „Was? Was denkst du jetzt?"

„Ich erinnere mich an Waisenhäuser in Rumänien, die sie bei uns im Fernsehen zeigten, als der Eiserne Vorhang fiel. Die extreme Armut, die Verfassung, in der diese Kinder waren ..." Ihre Stimme verstummte, aber Juri hatte genug gehört. Und genug gesehen – den Ausdruck in ihrem Gesicht.

Ihre Haut brannte jetzt unter seiner Berührung. Er wich vor ihr zurück. „Du!", beschuldigte er sie. Er hatte einen einzigen Augenblick seine Schutzmauer fallen lassen, und das war jetzt der Lohn. „Ich will nicht dein *Mitleid*", zischte er. „Ich habe schon als Kind gelernt zu kämpfen, und das genügte, um sehr früh von dort herauszukommen. Ich *weiß*, wer ich bin und wie groß mein Vermögen und meine Macht sind. Niemand kann mir das nehmen."

Er wandte sich von ihrem Blick ab, sein Kopf pochte, seine Eingeweide tobten vor Scham darüber, dass er sich so verwundbar gemacht hatte. Aber es war zu spät. Juri hatte gesehen, wie sie Zeugin seiner Schwäche geworden war. Wenn sie ihn bedauerte, würde er ihr das nie vergeben.

Es spielte keine Rolle, dass sie das Wort, das sie benutzt hatte, nicht einmal verstand. *Armut.* Es spielte keine Rolle, dass er als Kind aus Hunger an Kieselsteinen gelutscht hatte. Was wusste sie schon über Stalins Sowjetunion in den fünfziger Jahren, als Armut und Leid in Pogromen über das Land hinwegfegten und die Menschen zu Millionen verschwanden?

* * *

Während der nächsten paar Tage dachte Miriam flüchtig daran, dass sie versuchen könnte, einen Brief durch einen der Kuriere aus dem Lager zu schmuggeln, aber ihr wurde klar, dass keiner von ihnen ihr in dieser Schattendimension helfen könnte. Immer wieder sagte sie sich Owens warnende Worte vor: *„Für jede Kleinigkeit solltest du eine Gegenleistung verlangen. Gib nie etwas einfach so weg. Mache nur ein Zugeständnis als Gegenleistung für etwas anderes.“* Aber sie hatte aus den Augen verloren, was sie hergeben *könnte.* Wie weit musste sie gehen, um auf die andere Seite des Spielbretts zu gelangen?

Sie hörte nachts Kinder schreien. Sie quälte sich mit der Vorstellung, dass Martin irgendwo am Leben war, irgendwo in der Nähe. Dieses Bild hatte ihre frühere Vorstellung verdrängt, dass Touristen ihn aufgelesen haben könnten. Sie fragte sich, warum Juris Worte eine solche Macht über ihre Gedankenwelt hatten.

Miriam war vielen Kindern begegnet, die als Kuriere mit Diamanten zu ihr kamen. Sie hatte sich zum Ziel gesetzt, jeden Tag mindestens zwanzig neue Wörter auf Portugiesisch zu lernen, und jetzt, nach einem Monat, kannte sie genug, um diese Kuriere zu fragen, ob sie von einem Kind gehört hätten, einem Kind aus dem Westen, das irgendwo gefangen gehalten wurde.

Sie stellte ihre Fragen leise, so dass Juri und seine Männer sie nicht hören konnten. Aber die Antworten waren genauso oft ein scheues Kopfschütteln, ein schneller Blick zur Seite und manchmal von den Kühneren eine Bitte, einen Blick auf die Steine durch ihre Lupe werfen zu dürfen. Miriam hatte schnell Portugiesisch gelernt, aber selbst wenn sie die gleichen Kinder erkannte, die immer wieder kamen, fragte sie sie nicht nach ihrem Namen oder Alter oder danach, woher sie kamen.

Sie sah den Jungen mit dem Messer nie wieder, den Jungen, dem sie das Geheimnis mit dem weißen Papier gezeigt hatte.

Juris seltsames Eingeständnis über seine Kindheit hatte zwischen ihnen etwas auf eine Weise verändert, das Miriam nicht verstand. Jetzt behandelte er sie meistens mit Verachtung. Mehr als je zuvor hatte Miriam das Gefühl, dass er mit ihr spielte, denn jetzt sagte er ihr jedes Mal, wenn sie einander sahen, dass Martin lebte. Es war, als wüsste er, dass dies alles war, an das sie dachte, von dem sie träumte.

Und jetzt entdeckte er noch eine andere Art, sie zu terrorisieren. Immer wenn er seine Behauptung, dass Martin am Leben sei, wiederholte, drohte er, dass jeder Fluchtversuch ihrerseits eine Verstümmelung ihres Sohnes bedeuten würde.

„Ich dachte, du hast keinen Zugang zu ihm?", fragte sie, aber er weigerte sich, ihr zu antworten.

In den letzten Tagen, seit sie den Jungen mit dem Messer gesehen hatte, wachte Miriam nachts davon auf, dass in ihren Träumen ein Kind weinte. *Martin.* Dann, als einer ihrer regelmäßigen Kuriere, ein kleines Mädchen, zu ihr sagte: „Madam, ich bete für Sie", wurde die Sorge für Miriam unerträglich. Sie fühlte, wie ihre Selbstbeherrschung langsam in Panik überging.

An diesem Abend schritt Miriam in ihrem Zelt auf und ab und wurde sich plötzlich bewusst, dass sie keine Ahnung hatte, welcher Tag heute war. Juri hatte vor ein paar Tagen etwas von Heiligabend gesagt. Hatte das neue Jahr schon angefangen? Es musste noch die letzte Woche des alten Jahres sein, überlegte sie. Miriam war übel. Sie war verwirrt und hatte das Gefühl, dass ihr endgültig keine Möglichkeit mehr blieb.

In dieser Nacht sagte Juri am Feuer, wahrscheinlich in einem verzweifelten Versuch, ihre Aufmerksamkeit zu gewinnen, in jenem bitteren Ton, den er jetzt benutzte: „Ich habe gute Nachrichten, *Miriam.*“ Er spuckte ihren Namen fast aus. Seine Verachtung war unübersehbar. „Meine Brüder haben erlaubt, dass dein Owen freikommt.“

Sie konnte ihm nicht glauben, weigerte sich, ihm zu glauben, und sagte sich: *Das ist eine Lüge. Alles aus seinem Mund ist eine Lüge.*

Aber Juri war auf ihr Misstrauen vorbereitet. „Willst du nicht wissen warum? Oder wie weit weg oder nahe bei dir er festgehalten wurde?“

„Ich glaube dir nicht“, sagte Miriam.

„Du kannst mir glauben oder es bleiben lassen. Aber ich sage die Wahrheit. Du hast doch die Nordafrikaner im Lager gesehen.“

Miriam versuchte, einen klaren Kopf zu bekommen. Sie hatte gesehen, wie sie mit Juri hitzig über etwas diskutiert hatten, aber auf Arabisch. Es fehlten einfach zu viele Teile in diesem Puzzle.

Juri sagte: „Sie haben von mir verlangt, dich weiterhin als Geisel zu behalten, um sicherzustellen, dass Owen mitspielt.“

„Wo mitspielt? Wo soll er mitspielen?“, fragte sie.

Juri lachte nur.

Als sie später auf ihrem Feldbett lag, zermarterte sich Miriam das Gehirn, um sich zu erinnern, wie viele Tage und Wochen vergangen waren, seit sie Owen von ihr weggebracht hatten. Es musste mehr als ein Monat sein. Dann dachte sie an den Mond. Es war Vollmond gewesen, als sie hier ankam, und jetzt war wieder Vollmond. Das bot ihr jedoch nur wenig Trost, weil sie spürte, dass sie den Bezug zur Realität immer mehr verlor. Miriam konnte sich nicht mehr daran erinnern, wie viele Zimmer ihr Haus in San Francisco hatte. Ebenso wenig konnte sie sich an eine Nacht erinnern, in der sie nicht schweißgebadet aufgewacht war. Was es auch war, das ihre Fieberschübe auslöste, es hatte sich verstärkt. Gedanken an Malaria oder einen Magenparasiten quälten sie und gaben ihrer Schwäche neue Nahrung, aber ihre Angst um Owen und

Martin überschattete alles andere. Diesen Umstand wagte sie kaum anzuerkennen, da seine Dimensionen so ungeheuerlich und groß waren.

Miriam fuhr aus dem Schlaf hoch und griff nach der Laterne. Dann überlegte sie wieder, dass ihre einzigen Augenblicke, in denen sie allein war, in diesem Zelt waren. Aber auch hier konnte jeder, der draußen vorbeiging, ihre Umrisse sehen, sobald sie die Laterne anzündete.

Am nächsten Morgen stand Juri wartend vor ihrem Zelt. So selbstverständlich, als hätte sie ihm erzählt, warum sie sich im Bett hin und her geworfen hatte, fragte er sie: „Wie viele Tage sind vergangen, seit ich dich hierher gebracht habe?"

Sie konnte ihm nicht antworten. Es erhöhte nur ihren Schmerz, dass ihr auch das aus der Hand geglitten war. *Was ist aus meiner Entschlossenheit, meiner Konzentration geworden? Owen?*

Mit zu wenig Schlaf, krank und wackelig auf den Beinen, fühlte sich Miriam, als schwimme sie in einem Tank mit glatten Seiten, als rutsche sie jedes Mal, wenn sie versuchte, hinauszuklettern, tiefer hinein. War es das Fieber? Oder zeigten Juris Spielchen endlich ihre gewünschte Wirkung? Miriam versuchte immer wieder, sich zu zwingen, die Dinge so zu beurteilen, als wäre sie zu Hause, sie versuchte, sich zu erinnern, was sie im Reiseführer gelesen hatte, ihre Erfahrungen in einem nichtafrikanischen Kontext zu sehen. Aber stattdessen ertappte sie sich dabei, dass sie Bäume nach einer Spur von Farbe absuchte oder einen Vogel beobachtete, den sie vielleicht noch nie gesehen hatte. Und dann, genauso plötzlich, verlagerte sich ihr Blickwinkel, und sie sah in einem schmerzlich klaren Licht, dass das Trauma, dass sie sowohl ihr Kind als auch ihren Mann verloren hatte und selbst seit endlosen Wochen gefangen gehalten wurde, sie bald um den Verstand bringen würde.

In jenen Augenblicken wurde ihr noch etwas anderes bewusst. Und das war Juris wachsende Grausamkeit, weil er wegen ihrer Zurückhaltung immer ungeduldiger wurde.

An jenem Abend begegnete Miriam an Juris Lagerfeuer einem

rauen Südafrikaner, der mit einem betrunkenen Lallen prahlte: „Jetzt nehmen Sie nur Tansania. Gold und Diamanten sind in Tansania das große Geschäft. Dieses Land leidet seit über zwanzig Jahren unter dem Sozialismus, was in Wirklichkeit bedeutet, dass jeder nur den Rahm abschöpft. So ist das Leben. Ein Goldnugget mit viereinhalb Karat wurde letzte Woche in meinen Minen gefunden. Das wird nie in einem Buch stehen. Die einheimischen Polizisten und Sicherheitskräfte nahmen ihren Anteil. Der Rest ging an die Firmenleitung."

Er lehnte sich auf die Rückenlehne ihres Stuhls. Sie fühlte seinen Atem auf ihrem Gesicht. „Ich bot für einen Diamanten mit 9,2 Karat. Ich habe hundertzwanzigtausend Dollar geboten. Wurde von einem Libanesen überboten, der hundertfünfzigtausend zahlte." Er fluchte. „Die libanesische Mafia kontrolliert den Diamantenschmuggel auf diesem Kontinent. Sie können Ihrem Freund sagen, dass sie ihm alles wegnehmen werden."

Ihrem Freund. Miriam warf einen Blick über das Feuer auf Juri, um zu sehen, ob er das gehört hatte. Sie konnte es nicht sagen.

Nachdem der Südafrikaner gegangen war, kam Juri auf ihre Seite des Feuers und baute sich vor ihr auf. Er hatte mit dem Südafrikaner getrunken, aber erst jetzt erkannte Miriam, wie viel. „Dein Martin ist in Sicherheit", sagte er.

Die Worte schnitten sich immer noch durch das Narbengewebe, das die ständige Wiederholung bei ihr erzeugt hatte. Miriam stand auf. Sie konnte die drängende Stimme nicht mehr unterdrücken, die schrie, dass *sie* hier die Gefangene war, dass *sie* diejenige war, die entführt worden war, dass *sie* nicht von hier fortkonnte.

Juri deutete ihre Erregung als Zustimmung. Er trat schnell näher und berührte sie zum ersten Mal seit der Nacht, in der er über seine Eltern gesprochen hatte. Er legte seine Hand auf ihren Rücken und zwang sie, diesen letzten Schritt in seine Richtung zu gehen. „Vielleicht ist er in der Nähe. Vielleicht werde ich dich eines Tages zu ihm bringen, damit du ihn sehen kannst. Würdest du das wollen?"

Miriam zwang sich, die Augen vor den Bildern zu verschließen, die er ihr als Köder hinwarf.

„Aber zuerst will ich heute Nacht feiern. Du weißt, dass heute Silvester ist? Unser südafrikanischer Bruder hatte Recht in Bezug auf die Libanesen, aber in Bezug auf mich nicht. Ich bekomme, was ich will. Und jetzt gibt es, dank meiner Bemühungen, weniger Libanesen, die sich mir in den Weg stellen. Du verstehst? Heute Abend feiern wir einen großen Sieg!" Er warf den Kopf zurück und lachte. Leer, nur ein Ton.

Miriam wehrte sich, aber er kam nur noch näher. Eine Hand berührte die Seite ihres Nackens, dann bewegte sie sich zu ihrem Hals und nach unten. Miriam hielt den Atem an. Er breitete die Handfläche aus und drückte so fest auf ihr Schlüsselbein, dass er sie zwang, einen Schritt zurückzugehen zu seiner anderen Hand, die auf ihrem Rücken lag.

„Ah", sagte Juri und atmete scharf ein. „Was ist das? Ein verborgener Schatz?"

Zu spät erkannte Miriam, was er meinte, als seine Finger an dem Lederband zogen und den Verlobungsring mit dem schwarzen Stein an die Oberfläche holten.

Er schaute sie an, dann wieder auf den Ring. Er zwang Miriam, nach oben zu schauen, als er den Schnürsenkel unsanft nach oben zog und den Ring in das Licht des Feuers hielt. „Ein schwarzer Diamant? Und noch dazu ein großer. *Sein* Ring. Warum bewahrst du den Ring nahe an deinem Herzen auf? Weißt du nicht, dass er es war, der dich hierher gebracht hat?"

Miriam packte seine Hände, um ihn daran zu hindern, noch länger an dem Ring zu ziehen. *Nein, Juri,* dachte sie bei sich. *Das warst du.* Sie schaute ihm direkt ins Gesicht, aber Juri tat nichts. Er schaute sie nur an und dann wieder auf den Ring. Seine Augen waren verwirrt. „Bitte", sagte Miriam. „Dieser Ring ist für dich wertlos."

„Und für dich ist er alles wert. Ist es so?" Er hustete und sein Tonfall wurde ausdrucksloser. Er ließ ihren Ring los und rieb sich stattdessen mit der Hand die Schläfe. Er griff in seine Tasche, holte eine Flasche mit Pillen heraus und schluckte schnell drei davon. Dann sagte er: „Ist der Stein vielleicht das, was unsere brasilianischen Brüder einen *Carbonado* nennen würden?"

Miriam zögerte. Die *Carbonados* waren schwarze Diamanten aus Brasilien, härter als gewöhnliche Diamanten, und wurden in Werkzeugen als Industriediamanten benutzt. Sie wusste, und Juri wusste es wahrscheinlich auch, nachdem er ihren Ring gegen das Feuer betrachtet hatte, dass ihrer anders war – ein reiner schwarzer Diamant, ein Diamant, der mit Graphitstücken innerhalb des Diamants angereichert war.

Juri sagte: „Die meisten schwarzen Diamanten sind nur halb so viel wert wie vergleichbare weiße, nur Bort, Diamanten mit geringer Qualität. Ein toter Stein ist ein Stein ohne Leben, ohne Glanz. Das Leben ist der Glanz eines Steines."

„Ja." Miriam hoffte, diese Ablenkung würde lang genug andauern und er würde beschließen, dass er ihren Ring nicht wollte. Sie hörte ihn stöhnen, als er sich den Kopf rieb. Miriam nutzte diesen Augenblick, um sich den Ring wieder unters Hemd zu stopfen.

Dann richtete er sich auf und schaute sie an. „Sag die Worte noch einmal – *unsere* Worte Miriam." Juri hauchte ihren Namen, als schmecke er den Klang, seine Lippen spitzten sich nach der zweiten Silbe. „Wie oft ich an diesen Augenblick gedacht habe! *Sag* sie."

Miriam spürte, wie etwas in ihrem Willen nachgab. Sie wusste nicht wie, aber Juri hatte den Akt der Rezitation zu einem Akt der Vergewaltigung gemacht. Sie schaute ihn an, zitterte innerlich, weigerte sich aber, den Mund aufzumachen. Er drehte sie um, verstärkte seinen Griff um ihre Hüfte und legte jetzt auch seine zweite Hand auf sie. Dann zischte er: „*Sag* es mit mir."

Als Juri zu sprechen begann und ihren eigenen Akzent genau nachäffte, spürte Miriam, wie die Beschämung sie verriet und eine tiefe Farbe ihren Nacken und ihre Wangen hinaufkroch. Er zischte ihr ins Gesicht: „Ein Diamant wird zuerst *geschnitten*, dann *gesägt* und dann *gereinigt*. Er wird durch das *Schleifen* gereinigt." Er machte eine Pause. Miriam konnte durch das Hemd fühlen, wie seine Brust sich hob und senkte und sein Herz schlug. „Das Ergebnis ist ein *reiner* Diamant. Siehst du das hier, Miriam? Für dich bin ich nicht *rein*, sondern ein *Schwein*?" Juri hob ihr Kinn hoch und zwang sie, ihm ins Gesicht zu schauen.

Als er seinen Mund auf ihren senkte, gab ihm Miriam einen Stoß, dass er das Gleichgewicht verlor, und riss sich aus seinen Händen los. Sie trat ein paar Schritte zurück und fauchte ihn wütend an. „*Nein. Rühr* mich nie wieder an." Miriam wusste, dass er die Abscheu auf ihrem Gesicht sehen musste. Nach dieser ganzen Zeit hatte sie die Kontrolle über ihre Maske verloren und ließ ihn sehen, was sie wirklich von ihm hielt.

Zorn zog funkelnd über sein Gesicht; die hohen Backenknochen leuchteten, seine Augen waren schmale Schlitze, aus denen gefährliche Blitze schossen. Und dann, während er sein Gesicht nach rechts und links drehte und bemerkte, dass die Augen seiner Männer ihn beobachteten, bemerkte, dass der Südafrikaner wieder aus seinem Zelt aufgetaucht war, als er hörte, wie ihre Stimmen vor Zorn lauter geworden waren, sah Miriam, wie ein anderes Gefühl von Juri Besitz ergriff. Dieses Gefühl hatte Miriam früher schon gesehen. Und sie hatte gelernt, es mehr zu fürchten, wenn er sich schämte, als wenn er zornig war.

Sie wich noch einen Schritt zurück, aber seine Hand fuhr vor und ergriff ihren Arm und drehte sie in einem makabren Tanz zu sich herum. Dann schlug er ihr mit dem Rücken seiner anderen Hand ins Gesicht. Juri hielt sie immer noch fest und begegnete drohend den Blicken all derer, die es wagten, immer noch zuzuschauen. Dann beugte er sich nahe vor und flüsterte so, dass nur sie es hören konnte: „Ich habe lang genug gewartet. Ich werde dich zwingen, mich zu lieben."

Mit dem Mut der Verzweiflung erstickte Miriam fast an ihren Worten: „Würdest du mich dann *lieben*?"

Sie ließ ihre Worte zwischen ihnen in der Luft hängen, als er ihren Arm fallen ließ und sie zu ihrem Zelt rannte. Sie duckte sich unter die Plane und ließ sie hinter sich nach unten fallen. Angst, Verlassenheit, Lügen, all das folgte ihr ins Innere.

37

Ich, ich gehe jetzt und halte mich dabei an Jesu Hand fest, meine Augen sind zugekniffen. „Gott ist mit mir; Gott ist mit mir“, sage ich mir immer und immer wieder. Ich will dir von diesem Ort erzählen. Es ist der Ort, an den du mich zurückgeschickt hast. Aber jetzt segnet Emmanuel, „Gott mit uns“, diesen Ort, damit ich nie wieder dorthin zurückkehren muss.

Es kam ein Tag in unserem Lager in Uganda, an dem Soldaten kamen und das Lager niederbrannten. Wir hatten keinen Schutz. Als die Rebellen in unser Lager kamen, habe ich das gehört. Ich erinnere mich, weil es dieselben Stimmen sind, die ich nachts höre, auch jetzt, wenn ich aufwache, nass und beschämt. Nachts will ich immer noch keine Fackellichter sehen. Sie erinnern mich an die Nacht, in der ich das zweite Mal entführt wurde. Selbst wenn ich nicht schlafe, habe ich manchmal schlechte Träume. Ich höre Rebellensoldaten, die drohen, mich zu töten. Ich sehe eine lange Reihe verängstigter Kinder, mit Seilen zusammengebunden - wir sind jetzt älter -, und höre Männer Befehle brüllen. Das höre ich:

„Tötet sie nicht nur, sondern fangt sie ein.“

„Erschießt sie; erschießt sie.“

„Kniet nieder! Jetzt steht auf.“

„Oh! Meine Kinder!“

„Schießt nicht, fangt sie nur. Wir töten sie dann unter dem Mangobaum da drüben.“

„Schmeckt die Bitterkeit des Krieges!“

Diese Stimmen sind mir aus Uganda nach Zaire und nach Tansania bis hierher gefolgt. Sie sind mir von der Hölle in den Himmel gefolgt, von der Vergangenheit in die Gegenwart. Werde ich je aufhören, sie zu hören?, frage ich mich.

Jetzt komme ich zu diesen Dingen, von denen ich denke, dass du wirklich willst, dass ich sie aufschreibe. Wenn du den Schmerz kennen würdest, den diese Worte auslösen, würdest du das nicht von mir verlangen. Und ich weiß, dass das, was ich jetzt erzähle, nur wehtun wird. Diese Soldaten behandelten uns nicht wie Kinder, nicht einmal wie Ziegen oder Vieh. Wir hatten keinen Namen an diesem Ort. Mein einziges Hoffnungszeichen war später mein Bruder, denn dort lernte ich meinen Bruder kennen. Aber vorher wurden wir Kinder, diejenigen, die aus dem Lager nur gefangen genommen wurden, zusammengebunden und gezwungen, Lasten zu tragen. Wir aßen Gras und Beeren. Es war sehr schwer, so großen Durst zu haben. Ich trank Dinge, von denen ich dir lieber nichts erzähle.

Die Soldaten benutzten die Mädchen wie Frauen. Und einige von uns kleineren Jungen wurden auch so benutzt. Ich hatte die ganze Zeit große Angst. Wenn ich zurückblicke, ja, die Nacht enthielt einen solchen Terror – meine Angst vor den Soldaten, die zu viel tranken. Sie verloren völlig den Verstand und schlugen uns in ihrer Wut, obwohl sie manchmal lachten, während sie zuschlugen.

An diesem Ort bei den Rebellensoldaten war ich noch mehr allein. Ich hörte zu und versuchte, mit niemandem zu sprechen. Sie erzählten Geschichten darüber, dass jeder aus dem Sudan als Sklave verkauft werden könnte. Das wollte ich nicht. Aber eine kleine, kleine Stimme in mir sagte: „Du bist bereits ein Sklave."

Ich betete in dieser Zeit sehr oft. Wer weiß, wie lange? Wochen? Monate? „Gott, rette mich. Gott, rette dein Kind, bitte."

Die Rebellen erzählten uns, wir seien sicher, nachdem sie uns unbekannte Dinge zu essen und zu trinken gegeben hatten, die dafür sorgten, dass mein Kopf sich im Kreis drehte und ich die Dinge von den Baumwipfeln aus sah. Sie sagten, wir könnten nicht getötet werden. Das erste Mal, als ich sah, wie ein großer Junge in die Luft flog, wusste ich, dass sie logen. Zuerst trug ich Wasser und Essen; dann gaben sie mir eine Waffe. Ich wollte das sehr gern, weil ich mich dadurch sicherer fühlte. Ich lernte besser als die meisten anderen, sie auseinander zu nehmen und zu reinigen. Während der Kämpfe jedoch ließ ich sie fallen. Der ganze Lärm um mich herum – Menschengebrüll, Explosionen!

So musste ich danach Säcke mit Hirse schleppen. Die Säcke waren so schwer, dass ich zitterte und dreimal hinfiel. Ich wurde gewarnt, wenn ich noch einmal hinfiele, würden sie mich schlagen. Manchmal marschierten wir die ganze Nacht. Am Morgen weigerte ich mich einmal zu essen und fragte die Rebellen, wohin sie uns brächten. Ich wurde gewarnt, wenn ich mich weiterhin weigerte zu essen und mich beklagte oder Fragen stellte, würden sie mich zu Tode prügeln.

An diesem Ort tötete ich zum ersten Mal. Dieser Junge, er konnte nicht weitermarschieren, und so sagten sie mir, ich solle ihn erschießen. Seine Augen flehten mich an, mich zu beeilen und es hinter uns zu bringen. Seine Augen verfolgen mich immer noch. An diesem Ort wurde das Töten leicht und normal. Es kommt mir jetzt, da ich zurückblicke, seltsam vor, dass ich meine Waffe abfeuerte und Menschen starben. Auch wenn du mir sagst, dass mir keine andere Wahl gelassen wurde, verstehe ich das trotzdem nicht und ich sehe einige der Gesichter. Sein Gesicht. Seine Augen.

Das war eine schwere Sache, sich auf etwas anderes zu konzentrieren. Dank sei Gott, dass es jetzt eine andere Wirklichkeit gibt, dass die Kriege in meinem Leben vorbei sind. Warum? Die Soldaten sagten uns, sie seien unsere

Familie. Sie versprachen uns Essen, Kleidung, sogar Geld. Die Waffe bedeutete Essen und Überleben. Ein Junge sagte mir, die Waffe sei Gott. Hör auf die Stimme Gottes. Gehorche ihm. Und wenn du tötest, machst du sie zu Nachbarn Gottes.

So hörte ich zu und tötete den Feind; sonst würde er mich töten, sagten die Soldaten. Wohin sollte ich gehen? Ich hatte keine Hilfe, keinen Schutz. Diejenigen, die erfolglos versuchten zu fliehen, wurden geschlagen und zu Tode gehackt, oft von anderen Kindern. Sie sagten uns: „Je kleiner das Kind, umso kleiner die Sünde."

Gott schickte meinen Bruder an meine Seite. Ich sah ihn das erste Mal, als er an einem Ort stand, an dem viele Tote lagen. In diesem Augenblick erkannte mein Herz ihn.

Sein Name ist Simba mkali. Wilder Löwe.

Simba mkali hat das Herz eines Löwen, weil er fühlt, was andere fühlen, weil er sehen und verstehen kann. Das macht ihn auch zu einem guten Anführer. Ich sah ihn und wusste das über ihn. Und so kam der Gedanke in meinen Kopf, als ich in diesem Augenblick in sein Gesicht sah.

Es war meine Idee, dass wir davonlaufen könnten.

Nachdem ich ihn einige Tage genau beobachtet hatte, flüsterte ich ihm etwas zu, und er sagte, dafür müsste er mich verprügeln. „Ich brauche ganz dringend einen großen Jungen, der jagen und Spuren finden und sich im Wald verstecken kann, und du hast diese Fähigkeiten", sagte ich zu ihm. „Wir würden auf dich hören. Als ich sah, wie du einige der Kleinen beobachtet hast, sah ich in deinen Augen, dass du mich höchstwahrscheinlich nicht von dir wegschicken würdest."

Er sagte: „Du bist zu klug, zu tapfer. Das wird dich eines Tages teuer zu stehen kommen."

Ich hörte nicht auf ihn. „Es ist leicht", sagte ich zu ihm

und erfand eine kleine Geschichte. „Ich bin schon einmal davongelaufen, vor Soldaten im Sudan, und aus einem Lager in Kenia." Ich erzählte ihm also meinen Plan.

Und so sorgte ich eines Nachts für eine Ablenkung. Ich zog eine Show ab und imitierte verschiedene Menschen im Lager. Ich zog die Aufmerksamkeit auf mich. Mein Bruder, er weiß, wo alles ist, er stiehlt Vorräte und nimmt die neuesten Kinder. Er sammelt sie zusammen. Dann wird er entdeckt und er verschwindet mit nur wenigen im Wald. Er ist sehr gut im Spurenlesen und kann deshalb auch sehr gut seine Spuren verwischen.

Ich brachte diese Soldaten sehr zum Lachen. Ich ahmte einen Mann nach, von dem ich wusste, dass die anderen ihn nicht mochten, und das gefiel ihnen. Dann ging und redete ich wie ein anderer. Sie lachten noch mehr. Ich hoffte, sie würden lang genug lachen, dass mein Bruder die anderen freibekäme, aber sie entdeckten, dass Essen fehlte. Mein Bruder ist wild, mkali, und er floh, aber nur wenige Kinder kamen weg.

Ich nicht.

Der erste Soldat, derjenige, den niemand mochte, packte mich und sagte den anderen, es sei ein Komplott. Ich sollte sie nur ablenken. Dann banden sie mich an Pfosten auf den Boden und fingen an, mich auszupeitschen. Meine Hände und Beine waren sehr weit auseinander gespreizt. Ich habe noch nie so viele Schmerzen gehabt wie damals. Und dann hörte ich auf, die Schmerzen zu fühlen, konnte aber immer noch die Schläge hören.

Zu diesem Zeitpunkt, glaube ich, war ich sehr nahe davor, dorthin zu gehen.

Ein Seil auf der Haut klingt ganz anders als alles andere, was du je gehört hast. Und dann fühlte ich Insekten auf meinem Gesicht. Und dann erinnere ich mich an nichts mehr.

Ich weinte wie ein Mädchen. Ich wurde auf und ab geworfen, und ich weinte und jammerte wie eine Frau. Als ich die Augen aufschlug, sah ich, dass die Erde sich unter mir bewegte. Jemand trug mich wie einen Sack Mehl über der Schulter. Ich bewegte den Kopf, und mein Nacken schrie laut, dass ich ihm wehtäte.

Es war mein Bruder. Er trug mich. Er hatte das alles mit angesehen, hatte gesehen, was sie mir angetan hatten, und er war zurückgekommen, um mich zu holen, als es sehr dunkel war. Sie dachten, ich würde in jener Nacht sterben - das sagten die Soldaten. Wozu braucht man schon einen kleinen Jungen? Sie lachten und gingen weg. Dieser mein Bruder erzählte mir das später, denn mein Bruder schaute zu und er kam zurück, um mich zu holen.

Er fragte: „Wie ist dein Name?"

Ich sagte: „Bruder, ich, ich bin Simba mdago."

Hier, an diesem Ort, ist mein Name „Kleiner Löwe".

38

Miriam träumte von vielen Spiegeln. Jeder zeigte ihr ein angsterfülltes Gesicht, ihr Gesicht. Aber wenn sie die Hand hob, um ihre Haut zu berühren, fühlte sie nur die glatte Oberfläche des Glases, das ihre Bewegung widerspiegelte.

Sie setzte sich in der Dunkelheit auf, ihre Stimme hallte in ihren Ohren wider, und sie hörte die Schritte vor ihrem Zelt.

„Joseph?" Keine Antwort. Wo waren die anderen *Askaris?*

Die Geräusche vor Miriams Zelt steigerten sich zu Rufen und dem Trampeln von schweren Stiefeln. Miriam fühlte, wie der Boden unter ihr bebte. Eine Sekunde später erschütterte eine Explosion das Zelt. Sie sah Feuer durch den Zelteingang, und gegen das Licht sah sie, wie ein Körper durch die Luft auf das Lagerfeuer geworfen wurde. Dann tauchte das Lager und ihr Zelt in schwarze Dunkelheit ein.

Miriam krabbelte blind vorwärts und tastete mit der Hand unter ihr Feldbett. Als sie in panischer Hektik ihre Stiefel anzog, hörte sie Männer, ihre eiligen Schritte und kräftigen Bewegungen, und stellte sich vor, wie sie sich duckten und in die Dunkelheit liefen. Sie hörte Knurren und Stöhnen, dann Schüsse. Miriam tastete sich ins Hintere des Zeltes und huschte unter der Plane ins Freie. Sie wusste nicht, wo Juri war, und es war ihr auch egal. Sie lief davon, so schnell sie konnte.

Sie bückte sich weit nach unten und wich zurück, hatte sich aber kaum wieder aufgerichtet, als eine weitere Explosion sie auf die Knie warf. Sie hielt sich die Ohren zu und hörte die Schreie von jemand, der in dem ganzen Lärm und Chaos verloren ging. Dieses Geräusch ließ sie nicht mehr los, auch nicht, als sie sich auf die Beine rappelte und anfing zu laufen. Sie hatte es vorher schon gehört.

Miriam verlor jede Orientierung über den Aufbau des Lagers. Ihre Beine trugen sie nach links, nach rechts, nach hinten, hin und her. Sie kauerte nieder und duckte sich, bis sie eine erneute

Schusssalve weitertrieb. Zuerst lief sie am Außenbereich des Lagers entlang, kroch auf das zu, was sie für den Fluss hielt oder die Flugzeugstartbahn. Aber nichts kam ihr bekannt vor.

Gewehrsalven ließen die Erde unter ihren Füßen erbeben. Miriam stand auf, fuhr herum, rannte weg in die Nacht, schaute sich nur einmal um, als sie glaubte, sie höre ein Kind schreien. Als eine weitere Explosion Menschenkörper wie Brandopfer in die Luft warf, drehte sich Miriam wieder um und floh schließlich in den Dschungel, unfähig, ihrem eigenen Schreien zu entfliehen.

Teil 3

Ich versuchte, aus dem Meer an Fragen eine Antwort herauszufischen. Meine Geschichte begann in Afrika. So viel wusste ich. Aber was mit mir geschehen war und warum, konnte ich nur raten. Wer ich war, woher ich kam – spielte irgendetwas davon angesichts dessen, was ich jetzt suchte, eine Rolle? Angesichts all dessen, was ich verloren hatte?

Das waren die Fragen, die mich nachts nicht einschlafen ließen. Was wusste ich nicht?

In jenen Nächten konnte ich nicht aufhören zu schreien, wenn die Dunkelheit sich wieder über mich legte wie ein schlechter Traum, der immer wieder kommt. Ich wachte davon auf, dass ich laut schrie, jammerte. Schrie ich nach der Frau, die ich zurückgelassen hatte, als ich an diesen Ort kroch? War es eine Trauer, die so tief ist, dass sie in den animalischen Teilen von mir widerhallte? Oder war mein Weinen der Schrei nach einem verlorenen Kind?

Wie soll ich ein Kind suchen, das nicht gefunden werden kann? Diese Frage verfolgte mich, während ich in der nie endenden Nacht aus Angst und Verlust und Schmerz untertauchte.

Es gab kein Versteck.

Ich war verloren.

39

Eine Hand liegt auf ihrer Schulter. Das Schreien hat aufgehört. Dann eine andere Stimme. Sie lässt sich von ihm stützen, als sie aufsteht. Die Hand ist fort. Sie hört, dass ein Gewehr geladen wird. Ein Kind kichert.

Die Frau wacht in einem unbekannten Baumhaus auf, sie liegt auf dem Boden. Zweige, die aneinander lehnen, bilden die Wände, und Zweige mit riesigen Blättern, die über ihr angeordnet sind, bieten Schatten. Sie hört ein Stöhnen und dreht sich um. Weil ihre Augen offen sind, ist das Erste, was sie sieht, der Junge.

Die Frau setzt sich auf. Ihr Kopf pocht. Sie berührt ihre Stirn und fühlt eine Beule, eine leichte Aufschürfung. Sie zieht die Hand weg. Ihre Handfläche ist nass vor Schweiß. Sie schaut auf ihre Arme und sieht winzige Wasserperlen überall auf sich. Sie zittert.

Ein weiteres Stöhnen kommt aus der provisorischen Hängematte, aus der Arme nach unten hängen – ein Körper mit dem Bauch nach unten, mit dem Gesicht von ihr abgewandt. Die Hängematte ist steif und gerade wie ein Tisch, auf Pfosten ausgebreitet, unbehauenes Holz, mehr Zweige, die den Rücken des Jungen davor bewahren, sich in die falsche Richtung zu biegen. Sie schaut genauer hin, als sich jetzt der Kopf hebt, sich zu ihr dreht und rot umrandete Augen in ihre Augen schauen.

Es ist ein Junge, vielleicht zehn. Er blinzelt und fragt: *„Madame, pouvez-vous … s'il vous plaît?"*

Die Frau schüttelt den Kopf. „Ich spreche nicht Französisch." Sie hört immer noch ein Klingeln in den Ohren. Als sie aufzustehen versucht, wird es schlimmer. Ihre Hände halten die Stirn und versuchen, ihren Schädel daran zu hindern zu zerspringen.

„Ah, dann eben Englisch." Der Junge beginnt zu husten. Die Frau sieht zu, wie er in den Staub unter sich spuckt. Ein Strom aus dunklem Blut bildet eine kleine Pfütze unter seinem Gesicht. Sie versucht erneut aufzustehen, eine Handfläche auf ihr linkes Ohr gedrückt, um den Schmerz zu unterbinden, die andere Hand hält sich an einem Pfosten fest, um Halt zu finden. Als sie sich aufrichtet, sieht sie, dass der Junge mit Blättern bedeckt ist, genauso wie die Blätter um sie herum und über ihr. Fliegen umschwärmen die Blätter. Sie geht auf ihn zu und vertreibt die Fliegen.

„Ah, danke, Madam." Er keucht und sagt etwas in einer Sprache, die sie nicht versteht.

„Ich verstehe dich nicht", sagt sie müde.

Dann sagt er in klarem Englisch, aber oft mit der Betonung auf der falschen Silbe: „Ihre Haare haben die falsche Farbe, und Ihre Nase hat die falsche Form."

Die Frau antwortet nicht. Sie ist unsicher. Sie weiß nicht, wo sie ist, was passiert ist.

Er sagt mit einem leichten Seufzen: „Ich dachte, ich wäre *dort*. Sie haben mir gesagt, ich hätte jetzt eine Mutter." Dann schließt er die Augen, und bald hört die Frau den Jungen leise schnarchen.

* * *

Die Frau wagt sich aus der Baumhütte, die sie mit dem Jungen teilt, und sieht ein Lager mit ähnlichen Blatthütten, die um eine Feuerstelle herum aufgebaut sind. Eine Gruppe von Kindern schaut auf und kommt auf sie zu. Sie tragen zerrissene, ausgebleichte T-Shirts. Die Hosen über den nackten Beinen sind zu kurz, die Säume sind aufgerissen. Vier Jungen bleiben direkt gegenüber von der Frau stehen. Ihre Gesichter sind ausdruckslos. Einer von ihnen hält ein Gewehr beiläufig in zwei Händen, den Lauf auf ihre Füße gerichtet. Der Jüngste tritt vor und greift nach dem Haar der Frau. Sie beugt sich tiefer und er berührt es. Dann lacht er und sagt etwas zu den anderen, aber sie werden wütend und schreien ihn an. Sofort macht der kleine Junge ein Gesicht, als wäre er geschlagen worden. Ohne ein Wort läuft er in den Busch davon.

Jetzt steht die Frau allein mit den drei Jungen da. Sie versucht, sie klar zu sehen, erkennt aber nichts als die wütenden Augen. Sie schaut sich nach Erwachsenen um und sieht keine. Sie sagt: „Wer seid ihr? Wo bin ich?"

Sie antworten nicht. Einer von ihnen kehrt zur Feuerstelle zurück und bringt ihr ein Bananenblatt mit einer Art Brei darauf. Er bietet es ihr an, dann nimmt er selbst einen Bissen davon und benutzt dabei seine Finger, um sich das Essen in den Mund zu schieben. Die Frau versteht und will das Blatt nehmen, als ein anderer den Jungen anschreit, der ihr das Essen anbietet. Ein Streit bricht los, aber sie kann nichts von dem, was gesprochen wird, verstehen. Der erste Junge legt das Blatt auf den Boden und entfernt sich rückwärts von der Frau, als wage er es nicht, ihr den Rücken zuzudrehen. Die Frau tritt vor, hebt das Essen auf und nickt ihm dankbar zu.

* * *

Am Abend hört sie Stimmen im Busch, eine Gruppe kommt auf das Lager zu. Die fünf Neuankömmlinge sind allesamt Jugendliche, alle zwischen dreizehn und sechzehn. Derselbe Junge, der ihr das Essen an diesem Nachmittag brachte, kommt jetzt zu der Stelle, an der sie steht, mit einem seltsam geformten Behälter, hält ihn auf dem Kopf und tut so, als trinke er. Wieder dankt sie ihm. Die Frau nimmt den Stöpsel heraus und trinkt. Erst als das Wasser ihre Kehle berührt, wird ihr bewusst, wie viel Durst sie hat. Und dass sie sich im wahrsten Sinne des Wortes nicht erinnern kann, wann sie das letzte Mal überhaupt etwas getrunken hat.

Der größte Junge aus der Gruppe, die gerade angekommen ist, kommt auf sie zu. Ihr fällt auf, dass die anderen ihn beobachten, als hinge ihr Leben von ihm ab. Sie senkt das Wasser und wartet. Er beginnt, mit ihr zu sprechen, und sie erkennt ein paar portugiesische Worte. Wann hat sie diese Wörter gelernt?, überlegt sie. Sie kann nur einzelne Bruchstücke von dem, was er sagt, verstehen. „Langsamer bitte", sagt sie in derselben Sprache und ist wieder überrascht.

Er lächelt nicht, sondern nickt nur und wiederholt, was er gesagt hat. Sie denkt, er sagt: „Wir haben Sie in der Nacht gefunden. Sie sind gestolpert und hingefallen." Dabei deutet er auf ihre Beine und ihre Stirn. Dann richtet er sich auf und wartet.

Die Frau bückt sich und fährt mit den Händen über ihre Beine, überrascht, dass sie durch den Stoff ihrer Hose die Stellen fühlt, auf die sie gefallen ist. Woher hat sie diese Kleidung? Warum trägt sie Kampfkleidung? Getrockneter, roter Lehm klebt an den Seiten ihrer Stiefel. Sie richtet sich auf und schaut den Jungen genauer an. Die anderen starren die beiden an.

Er besitzt ihren Respekt. Das ist nicht zu übersehen. Er ist groß, hat lange Arme, trägt keine Schuhe, eine weite Hose und ein hellblaues Baumwoll-T-Shirt mit irgendeinem Logo darauf, das längst unleserlich geworden ist. Er hat ein rundes Gesicht und eine flache Nase, dünne Lippen, kleine Ohren. Er steht kerzengerade vor ihr und hat beim Gehen die Schultern zurückgeworfen, im scharfen Kontrast zu den anderen Jungen, die die Schultern hängen lassen und schlurfen.

„Willkommen", sagt er auf Portugiesisch. So viel kann sie verstehen. „Wie heißen Sie?"

Die Frau sagt: „*Chamo-me* ... ich bin ... Mi-" Ihre Stimme bricht ab und sie überlegt, wie sie das Wort beenden soll. Sie schüttelt den Kopf. Der Trommelschlag in ihren Ohren wird schlimmer.

„Ihr Name?", fragt der Junge und senkt in einer plötzlich ungläubigen Bewegung das Kinn. Dann nickt er. „*Sim, compreendo. ‚Minha senhora.'* Ja, ich verstehe. ‚Madam'."

„*Estou doente.* Ich bin krank", sagt sie und streckt die Hand aus. Was sonst kann sie tun? „*Obrigada.* Danke."

Aber als sie den Arm des Jungen berührt, springt er auf die Seite, als hätte sie ihn verbrannt, und starrt die Stelle an, auf der ihre Finger nur für den Bruchteil einer Sekunde lagen. Die Frau versteht das nicht. Die anderen acht Kinder drängen sich jetzt um sie und plappern aufgeregt in einer anderen Sprache.

Die Frau beobachtet sie und fragt sich, woher sie kommen. Sie sehen sich überhaupt nicht ähnlich; sie können nicht alle aus demselben Stamm kommen. Und wo sind ihre Eltern? Sie versucht wieder, ihnen diese Frage auf Portugiesisch zu stellen.

Statt zu antworten, fragt einer der Jungen sie etwas, und jetzt weiß sie nicht, was sie antworten soll. „Woher kommen Sie? Wo ist Ihr Mann? Ihre Kinder?“ Sie kann nur verwirrt den Kopf schütteln. Sie ist nicht einmal sicher, was er sie fragt.

Sie weiß, dass mit ihr etwas nicht stimmt. Woran erinnert sie sich? Nacht, Laufen, Panik, Explosionen, Fieber. Dann Dunkelheit. Wieder schüttelt sie den Kopf. Sie erinnert sich nicht daran, wie sie hierher kam, an nichts aus ihrem Leben, bevor sie diese Kinder im Urwald traf. Sie dreht den Ehering an ihrem Finger und fragt sich, woher sie ihn hat. Sie hört zu, wie die Kinder ihren Akzent nachahmen.

40

Da der Einzige, der anscheinend überhaupt Englisch sprechen kann, der Junge in ihrem Blätterhaus ist, wartet die Frau am nächsten Morgen, bis er aufwacht. Während sie wartet, kommt der Anführer herein. Er muss den Kopf einziehen, um durch den niedrigen Eingang zu treten. Er hat eine grob geschnitzte Holzschale in der Hand und darin ist etwas, das riecht und nass ist. Er nickt ihr zu und beginnt, die Blätter vom Rücken des kranken Jungen zu entfernen. Die Frau steht auf der anderen Seite der Hängematte und beugt sich vor, um ihm zu helfen.

„Wer ist er?“, fragt die Frau auf Portugiesisch.

Er hält inne und sagt: „Madam, das ist mein kleiner Bruder.“

„Wie heißt er? Wie heißt du? Du hast mir deinen Namen nicht gesagt.“ Aber der Junge schüttelt den Kopf und gibt ein seltsames klickendes Geräusch von sich. Die Frau folgt seinem Blick und keucht.

Er hat angefangen, die untere Schicht der Bananenblätter zu entfernen, und legt jetzt ein Stück Haut frei. Die Frau sieht dunkles Blut, das um geschwollenes Fleisch herum verkrustet ist. An einigen Stellen wirkt die getrocknete Kruste wie Kleber, so dass die Blätter weggezogen werden müssen und dabei die Wunden auf dem Rücken des Jungen erneut aufreißen. Erst jetzt gibt er einen Ton von sich. Als sein älterer Bruder vorsichtig das Grün von der Haut entfernt, beginnt der kleinere Junge schwer zu atmen, aber er weint nicht.

Die Frau schluckt bei dem Anblick.

Der gesamte Rücken des Jungen ist eine aufgeschnittene Masse aus geschwollenem roten und lila Fleisch. Striemen überziehen ihn in einem wüsten Sägemuster, sein ganzer Rücken und seine beiden Beine sind von oben bis unten aufgerissen und das Fleisch ist nur an ganz kleinen Stellen noch ganz – so viele kleine Teile.

Die Frau tritt zurück, die Hand über dem Mund. Dann läuft sie aus der kleinen Hütte, beugt sich über einen Baum und erbricht das wenige Getreide, das sie kurz vorher essen konnte.

* * *

Es ist ein anderer Morgen, und die Frau fühlt, wie jede einzelne Träne über ihre Wangen auf ihre Nase läuft. Der Junge in der Hängematte sagt: „Ich, mir geht es schon besser."

Die Frau schlägt die Augen auf. „Wer bist du? Wer seid ihr alle hier?"

„Sie sind drei Tage nicht aufgewacht. Ich schaue zu und höre, wie Sie Ihr Bein bewegen, als wollten Sie aufspringen und laufen. Mein Bruder, er sagt, Sie wollen *minha senhora* genannt werden. Das heißt ‚Madam'. So hätte ich Sie sowieso genannt."

Die Frau schaut zu, wie er plaudert, fühlt, wie die Worte einer vertrauten Sprache, ihr Englisch, sich in einem kühlen, tröstenden Strom über ihren Verstand ergießen. Allein schon mit ‚Madam' angesprochen zu werden, tut gut. Sie fühlt ihre Schwachheit. Sie hat großen Durst, aber ihr Magen ist wie ein fester Knoten und tut weh.

„Wir sind Soldaten, die fortgelaufen sind. Eine kleine Gruppe tat sich mit einer anderen kleinen Gruppe zusammen, um eine größere Gruppe zu bilden, als wir Sie fanden, Madam."

* * *

Der ältere Bruder zeigt ihr, wie sie die Wunden des jüngeren verbinden kann. Sie sitzt stundenlang neben ihm, Tag für Tag, und verhindert, dass die Fliegen Eier unter seine Haut legen, und macht es dadurch möglich, dass die Luft die Krusten hart werden lässt. Sie behandelt seine Wunden mit Fett von einem Tier, das die Jungen getötet haben, dessen Fleisch sie über einem Feuer aßen. Sie fragt nicht, was für ein Tier es war.

Die Frau sieht, wie einige der Kinder zittern. Sie schlurfen von hier nach da, dann fallen sie auf den Boden und ihre Hände zittern. Sie jammern, dass ihnen kalt sei, dann heiß. Sie fragt ihren Patienten: „Sind sie alle krank?“

Er sagt: „Nein. Und ja. Krank, aber anders als Sie. Die Soldaten haben uns Zauberkugeln gegeben und gesagt, sie würden uns davor schützen, erschossen zu werden. Wenn man aufhört, sie zu nehmen, kann man trotzdem erschossen werden und man ist krank.“

Die Frau fragt sich, was er ihr nicht erzählt. Sie möchte sich um sie kümmern, fühlt sich instinktiv zu den Kindern hingezogen, aber ein Teil von ihr erkennt, dass sie selbst noch verlorener ist als diese Kinder.

Sie ist nicht sicher, wie viel Zeit vergangen ist, seit die Kinder sie gefunden und an diesen Ort gebracht haben. Der Junge in der Hängematte hat ihr gesagt, dass sie warten, bis er sich so weit von seinen Verletzungen erholt hat, dass er wieder bewegt werden kann.

„Woher kommt ihr?“, fragt sie den Anführer. „Wo sind wir?“

„Angola.“

Die Frau nickt. Das kommt ihr bekannt vor. Später fragt sie sich, welche ihrer Fragen er beantwortet hat.

* * *

Am Morgen gibt es immer eine feste Routine, zu der der Anführer die Jungen zusammenruft. Die Frau beobachtet das Ritual und denkt zuerst, es sei eine Art Treueschwur. Als sie den Anführer danach fragt, schnappt sie das gemurmelte Wort *Deus* auf und begreift, dass die Jungen beten.

Als die Frau das ihrem Patienten erzählt, erklärt er, dass sein Bruder mit den Jungen täglich um Vergebung betet, auch wenn „Gott nie vergeben kann, was wir getan haben“.

„Was habt ihr getan?“, fragt sie. Als er nicht antwortet, sagt die Frau: „Ich kann nicht glauben, dass ihr betet.“ Die Worte sind gesagt, ehe sie es verhindern kann.

„Wie könnten wir nicht beten, wenn Gott uns hierher geführt hat? Beten Sie denn nicht?“, fragt er.

Die Frau schüttelt den Kopf. *Ich habe mein Gedächtnis verloren.*

Wenn es einen Gott gibt, dann hat er mich im Stich gelassen. Sie sagt nicht laut, was ihr nächster Gedanke ist, dass die verzweifelte Notlage dieser Kinder nur das bittere Gefühl der Frau verstärkt, dass sie sich betrogen und verraten fühlt von irgendcinem Gott, den es an diesem dunklen Ort des Urwalds und Schmutzes und Todes vielleicht geben könnte.

Bei der Versammlung am nächsten Morgen, bei der die Jungen ihre Schuld bekennen, sieht die Frau, wie sie dastehen, hungrig, allein, mit Wunden und Fliegen an den Beinen, offenen Blasen an den Füßen. Der Anführer zieht die Augen zusammen, dann schließt er sie und wiederholt die immer gleichen Worte.

Die Frau will, dass er aufhört. Sie hat keine Ahnung, was sie durchgemacht haben, aber eines weiß sie mit Sicherheit. Der Gedanke ist kristallklar trotz der Verwirrung, die an diesem Ort nie von ihr weicht.

Nichts davon ist eure Schuld.

Sie klammert sich an diese Wut und diese Rebellion. Und dann fragt sie sich, warum ihr das so wichtig ist, warum es sie überhaupt berührt, wenn sie die Kinder beten hört.

* * *

„Was tust du gern?", fragt die Frau den Jungen in der Hängematte. Sie freut sich, dass er anscheinend nicht mehr so starke Schmerzen hat und mehr redet und sie nach den englischen Namen für alle möglichen Sachen fragt. Es ist der Tag, an dem er sagt, dass er versuchen wolle, aufzustehen.

„Musik. Sie macht uns sehr glücklich. Ich, ich kann besser tanzen als alle anderen. Und ich bin sehr tapfer." Während er spricht, beginnt er, sich aus seiner Hängematte zu rollen. Die Frau hilft ihm auf die Beine und kann fühlen, wie sich seine Muskeln vor Schmerz anspannen. Er ist immer noch schwach, aber fest entschlossen. Er beugt sich vor, legt die Hände auf die Knie, dann richtet er sich langsam neben ihr auf. Ein breites Grinsen zieht über sein Gesicht.

Die Frau lacht und erschrickt fast über den Ton aus ihrer Kehle. Sie sieht diesen Jungen zum ersten Mal stehen und staunt über sein langes Gesicht. Die Wunden auf seinem Rücken und seinen Armen und Beinen heben in den Augen der Frau seine Vorderseite nur noch deutlicher hervor, die jetzt sichtbar wird – glatte Haut, kurz geschnittene Haare, eine hohe Stirn auf dem herzförmigen Gesicht, langer Nacken, breite Schultern, kleine Nase, leuchtende Augen, braun und das Weiß mit einem leichten Hellrosa vermischt wie der Sonnenaufgang.

Sie hatte gedacht, er sei ungefähr zehn, aber als sie seine Muskeln und den Adamsapfel an seinem Hals betrachtet, fragt sie sich, ob er nicht schon zwölf oder dreizehn ist. Er ist in jeder Hinsicht ein gut aussehender Junge, aber besonders wegen seines entwaffnenden Lächelns, das die Lücke zwischen den zwei oberen Schneidezähnen zeigt, die die geraden Zähne nur betont und ihn umso charmanter macht. Sie schüttelt den Kopf über sein Selbstbewusstsein.

Dann sieht sie etwas, das an einer Schnur hängt, die ihr vorher schon an seinem Hals aufgefallen war. Da er noch nie vor ihr gestanden hat, hat sie es bis jetzt nicht sehen können. Seine Augen folgen ihrem Blick, und er sagt: „Das ist mein Füller. Ich brauche ihn, wenn ich einmal in die Schule gehe. Sie dürfen ihn berühren."

Die Frau beugt sich vor und berührt den Füller. Sie kann die Salbe auf seinem Rücken riechen. Der Füller ist ein roter Kugelschreiber, ein billiger Plastikkugelschreiber, in dem man die Tinte sehen kann. Er ist fast leer.

Der Junge deutet mit einem Nicken auf ihren Hals. „Sie haben auch einen Füller?", fragt er.

Sie richtet sich auf und berührt das Lederband, das ihm aufgefallen ist. Sie weiß, dass ein Ring mit einem schwarzen Stein daran auf ihrer Haut hängt, aber sie weiß nicht, warum er dort ist. Sie fand ihn, als sie das erste Mal verwirrt in dieser Blätterhütte aufwachte. In der Dunkelheit reibt sie an dem Ring, und er gibt ihr das Gefühl, weniger allein zu sein. Jetzt denkt die Frau, dass es vielleicht besser wäre, ihn diesen Jungen nicht zu zeigen. Deshalb lässt sie ihn in ihrem Hemd und zögert.

Der Junge spricht weiter. „Es ist gut, wenn man etwas hat, auf das man hofft und von dem man träumt. Es ist gut, diese Dinge nahe an unserem Herzen zu haben."

Wieder weiß die Frau nicht, wie sie antworten soll, aber er ruft mit lauter Stimme: „Bruder! Ich stehe!" Er dreht sich zu ihr um, seine Stimme wird leiser, und er sagt, als teile er ihr ein großes Geheimnis mit: „Ich, ich habe immer Hunger."

* * *

Jetzt, als die Gruppe weiterzieht, wird die Frau schwächer. Sie ist die Vorletzte in der Reihe, die durch den Dschungel trottet. Sie marschieren auf schlammigen Pfaden von einer Lichtung zur anderen. An einigen Stellen wachsen die Pflanzen bis zu fünf Meter hoch. Zweige erstrecken sich in alle Richtungen, Blätter in der Größe von Menschenköpfen schauen immer zur Sonne. Oft hat die Frau das Gefühl, als könne sie nicht mehr atmen, während sie gebeugt durch die Tunnel marschieren, die die größeren Jungen mit ihren Pangas schlagen.

Ihr einziger Wasservorrat ist eine abgestandene, stinkende Brühe, die die Frau kaum zu trinken wagt. Aber sie ist dazu gezwungen, wenn sie an nichts anderes denken kann als an ihren Durst. Ihre Arme und Beine werden von rauem Gestrüpp zerschnitten. Affen kreischen über ihnen. Ihr Rücken schmerzt immer, während sie sich vornüberbeugt und weitermarschiert, Tag für Tag, Stunde für Stunde.

Sie hört aus dem Mund der Kinder oft denselben Satz: *„Eyali djamba. Njamba, eyaliboyé."* Sie fragt den Jungen, um den sie sich gekümmert hat, der nie von ihrer Seite zu weichen scheint: „Was bedeutet das?"

„Das ist die Sprache des Ortes, an dem wir jetzt sind, deshalb bin ich nicht ganz sicher."

„Du *weißt*, wo wir sind?"

„Mein Bruder sagt, das ist Zaire. Und der, der aussieht, als wäre er der Jüngste, aber das ist er nicht – er ist vom Stamm der Pygmäen. Er ist Etoka, und es ist seine Sprache."

Die Frau fragt: „Was meinst du, was es bedeutet?"

„So etwas wie: ‚Das ist der Weg durch den Wald.'"

* * *

Die zwei Brüder sind ein seltsames Paar. Der Ältere sitzt mit ernster Miene und großen Augen da und lächelt kaum; während er ihre zerlumpte Gruppe durch den Regenwald führt, strahlt er eine stille Autorität aus.

Eines Nachts sitzen die zwei Jungen nebeneinander, und die Frau sieht den älteren Jungen ein kleines Nashorn aus dem Gummibaumholz der Bäume um sie herum schnitzen. Er reicht es seinem Bruder, und der kleinere Junge schließt die Augen und beugt vor Dankbarkeit den Kopf. Die Frau ist tief bewegt von dem Akt der Zuneigung dieses Teenagers, der, wie ihr nicht entgangen ist, immer sein Gewehr und seine Panga griffbereit neben sich liegen hat, wenn er schläft.

Dieser ältere Junge sieht auf und bemerkt, dass sie ihn und seinen Bruder anstarrt. Sie erwartet, dass er wütend wird wie vor mehreren Stunden, als ihre Hand unabsichtlich seinen Arm streifte. Jetzt sagt er über seinen Bruder: „Er ist ein Kind, das ich nie war."

„Warum sagt ihr mir nicht eure Namen?", fragt sie. Es ist eine Routine unter ihnen geworden. Und sie vergisst allmählich, wie oft sie diese Frage schon gestellt hat.

Die Jungen sehen sich an. Dann sagt der Jüngere: „Meinem Rücken geht es besser, weil sie mich so gut gepflegt hat."

Sein Bruder nickt zustimmend, aber dann steht er auf und dreht ihr den Rücken zu.

Der kleinere Junge sagt: „Mein Bruder, er wird Simba mkali genannt. *Wilder Löwe* auf Englisch. Ich bin sein Bruder, deshalb bin ich auch Simba. Simba mdogo. Du kannst mich *Kleiner Löwe* nennen."

41

Nachts versucht die Frau, auf der Erde zu schlafen wie die Kinder, aber Ameisen hindern sie am Schlafen und Gedanken an Schlangen quälen sie. Eines Abends kann sie nicht mehr mit den Armen wedeln, um die Moskitos abzuwehren, die sie umschwärmen, sobald die Sonne untergeht.

Kleiner Löwe krabbelt zu der Frau hinüber und sagt: „Ich, ich sehe Ihre Haut. Hier, setzen Sie sich auf. Ich werde Ihnen helfen.“ Er schmiert ihr Schlamm aufs Gesicht, der zu einer schützenden Schale härtet. Simba mkali sieht das. Die Frau sieht das eifersüchtige Funkeln in seinen Augen, als Kleiner Löwe sanft den Schlamm um ihre Augen streicht. Sie schaut über die Schulter des jüngeren Bruders auf den älteren und weiß, dass sie irgendein ungeschriebenes Gesetz gebrochen hat.

Nachdem Simba mkali weggeht, sagt die Frau: „Kleiner Löwe, du hast sanfte Hände. Und du bist ein guter Junge, weil du mir so hilfst. Simba mkali ist jedoch nicht glücklich darüber. Warum?“

„Er hat Angst um mich. Es ist der gleiche Grund, aus dem er wütend war, als Sie ihn berührten.“ Die Frau ist verwirrt, weil niemand ihr erlauben will, die Kinder zu berühren. Sie hört die Kinder nachts weinen und sehnt sich danach, ihnen zu helfen, aber jeder Versuch, den sie unternimmt, sie in der Dunkelheit in die Arme zu nehmen, stößt auf Angst und Feindseligkeit. Ihr bricht angesichts der Angst der Kinder und ihrer eigenen Verwirrung das Herz. Sie will den Kindern etwas zurückgeben.

„Warum? Kleiner Löwe, warum lässt mich keiner von ihnen näher an sich heran?“

„Sie sind eine Frau. Die Soldaten haben ihnen gesagt, wenn eine Frau sie berührt, bekommen sie Slim.“

Die Frau sagt: „Was?“

„Slim. Sie werden krank, verlieren viel Gewicht, bis sie sterben. Das ist eine traurige Sache. Ich, ich glaube nichts von dem, was diese Soldaten uns gesagt haben. Mein Bruder erlaubte Ihnen, mich zu berühren, als ich geschlagen wurde, und Ihre Hände brachten genauso Heilung wie seine Hände. Aber davon will er jetzt nichts mehr wissen."

Simba mkali taucht auf und steht über ihnen. Er sagt etwas in einem strengen Ton zu Kleiner Löwe, aber die Frau versteht es nicht. Nachdem Simba mkali wieder geht, fragt sie: „Was hat er gesagt?"

Mit gerunzelter Stirn sagt Kleiner Löwe: „Mein Bruder, er sagt, ich rede zu viel. Ich bin nicht normal."

Sein Gesicht ist zerknirscht. Als er aufsteht, um zu gehen, streckt die Frau die Hand aus, um seine Hand festzuhalten, aber Kleiner Löwe will die Hand wegziehen. Sie lässt nicht locker. Als er zögert, dreht die Frau seine Hand um und legt ihre Handfläche auf seine. Dann sagt sie: „Siehst du deine langen Finger, Kleiner Löwe? In meiner Kultur wärst du ein guter Klavierspieler." Ihre Worte klingen an diesem Ort hohl. Die verständnislose Miene des Jungen spiegelt ihre eigene leere Erkenntnis wider. Sie versucht es noch einmal. „Sag deinem Bruder, dass ich niemanden krank mache. Ich habe nicht Slim. Sag ihm, ich will nur helfen."

* * *

Während des Tages stolpert die Frau vor Müdigkeit. Sie isst nur ein paar Beeren und nichts von den Gräsern, die die Kinder mit ihr teilen wollen, aber sie bückt sich mit ihnen, um das abgestandene Wasser aus dem Sumpf mit den Händen zu trinken. Manchmal schlafen sie tagsüber, marschieren ein paar Stunden, schlafen weiter. Das ist die einzige Flucht vor dem Hunger, dieser Schlaf.

Fliegen summen, Grillen zirpen, Kleiner Löwe flüstert: „Schauen Sie nach rechts, Madam."

Sie wandern um einen Hügel. Die Frau schaut auf eine Lichtung unter ihnen und sieht eine schwarze Gestalt, die über einem umgestürzten Baumstamm kauert. Sie richtet sich auf, und die

Frau staunt über seine Größe. „Gorilla“, sagt sie, mehr zu sich selbst als zu Kleiner Löwe.

Die Kinder kriechen vorbei, und jetzt versteht die Frau, warum Simba mkali sie einen solchen Rundweg geführt hat. Er achtet genau darauf, dass der Wind ihren Geruch nicht zu den schwarzen Tieren trägt. Die Frau bleibt ruhig stehen und beobachtet einen kleineren Gorilla, der aus dem Gebüsch auftaucht und sich neben den größeren setzt. Die beiden berühren sich nicht, aber sie starren in dieselbe Richtung.

* * *

Sie versucht, sich neue Möglichkeiten einfallen zu lassen, wie sie an ihre jungen Begleiter herankommen kann. Simba mkali lässt sie immer noch nicht in ihre Nähe. Dann, eines Nachts, fragt sie die Jungen: „Könnt ihr lesen?“

Der Kleinste holt ein zerfleddertes Buch heraus. Er ist der Junge aus Zaire, der Etoka genannt wird. Sie hat keine Ahnung, wo er es aufbewahrt hat, dann begreift sie, dass er es nahe an seinem Körper tragen muss, in sein abgetragenes Hemd gesteckt. Er reicht es ihr und verbeugt sich. Sie schlägt es auf, aber Schweiß und Regen und Sonnenlicht haben jede Spur von den geschriebenen Wörtern weggewischt. Alles, was sie erkennen kann, ist hier und da ein großer Buchstabe und ein paar kaum erkennbare Zeichnungen.

Sie weiß nicht, wie sie reagieren soll. Das Buch ist wertlos. Etoka deutet stolz auf das Buch und fragt sie etwas auf Französisch. Die Frau wendet sich an Kleiner Löwe und bittet ihn, ihr Etokas Worte zu übersetzen. „Er will wissen, ob er es Ihnen vorlesen darf“, sagt Kleiner Löwe.

Die Frau blinzelt. Die Erwartung in den Gesichtern der Kinder um sie herum verrät ihr, dass es nur eine einzige Antwort geben kann. „*Mais oui.*“ Sie gibt ihm das Buch zurück.

Etoka hustet wichtig. Die anderen versammeln sich um ihn und setzen sich im Kreis, still, aufmerksam. Etoka beginnt, auf Französisch zu sprechen. Er bewegt seinen Finger in einem horizontalen Muster über die leere Seite, und seine Fingerspitze fährt unsichtbare Zeilen des Textes nach. Seine Stimme hebt und senkt sich. Sie hört, wie sein Tonfall sich verändert, als er einen Dialog zitiert – eine tiefe Stimme, dann eine hohe Stimme.

Die Kinder lachen.

Die Frau hört dieses Lachen zum ersten Mal. Sie sieht das Lächeln der Kinder, eine Gruppe von Achtjährigen in den Körpern von jungen Männern. Kleiner Löwe beugt sich zu ihr und lächelt. „Verstehen Sie? Das, es ist eine sehr lustige Geschichte."

* * *

Wieder ist es Nacht. Die Frau lauscht auf die Geräusche um sie herum. „Kleiner Löwe?"

„Ja, Madam."

Sie kann ihn nicht sehen, aber sie sieht etwas anderes.

Er fragt: „Sehen Sie die Engel?"

Die Frau kneift die Augen zusammen. Es scheint kein Mond. Es ist sehr dunkel, außer diesen winzigen Lichtern, die hin und her flitzen.

* * *

An einem anderen Tag fragt die Frau Kleiner Löwe: „Wie weiß Simba mkali, wohin er uns führt? Wohin gehen wir?"

Kleiner Löwe sagt: „Gott führt ihn."

Die Frau merkt, wie der harte Knoten des Zynismus sich in ihr zusammenzieht. „Das glaube ich nicht. Kleiner Löwe, bitte sag mir nicht, dass wir im Kreis marschiert sind."

Aber sie hat ihn beleidigt, und zum ersten Mal wendet er ihr den Rücken zu. An diesem Nachmittag schläft die Gruppe. Die Frau wacht davon auf, dass Simba mkali die Hand über ihren Mund legt. Die Tatsache, dass er sie berührt, verrät ihr, dass etwas sehr Wichtiges passiert sein muss.

Die Frau reißt die Augen weit auf. Er bedeutet ihr, dass sie ruhig sein muss. Sie nickt. Dann nimmt er seine Hand weg und deutet auf den Busch. Sie sieht Kleiner Löwe und die anderen hinter großen Bäumen kauern. Sie schaut sich um und sieht nichts, hört nichts. Aber Simba mkali bedeutet ihr, dass sie ihm folgen soll, und sie gehorcht. Er legt sich nieder und sie tut das Gleiche; dann hebt er die Arme und deckt sie beide mit Zweigen und Blättern zu. Sie sieht, wie Etoka auf einen Baum klettert und sich flach auf einen Zweig über ihnen legt.

Männerstimmen sind im Dschungel zu hören. Die Frau erschrickt über die Stimmen und den Anblick von erwachsenen Männern. Diese großen Männer gehen an ihrer Lichtung vorbei. Sie kann sehen, wie sie nur wenige Meter von ihnen entfernt vorbeigehen. Sie bewegt sich nicht, atmet kaum. Sie sind Soldaten, die alle die gleiche Uniform tragen und identische Rucksäcke, schwer beladen. *Zu welcher Armee sie auch gehören, sie sind gut ausgerüstet,* denkt die Frau. Sie zählt dreiundzwanzig Männer, dann senkt sie den Kopf und beobachtet die Insekten, die auf ihren Arm krabbeln.

Die Frau wartet darauf, dass Simba mkali signalisiert, es sei sicher und sie könnten weitergehen. Stattdessen fangen er und drei der älteren Jungen an zu streiten, sobald die Soldaten weg sind. Sie vermutet, dass sie wütend auf ihn sind, weil er sie in Gefahr gebracht hat. Dann kommt Kleiner Löwe von hinten neben sie und sagt: „Sie streiten Ihretwegen."

„Meinetwegen?"

„Die anderen Jungen meinen, Sie sind eine Gefahr. Sie haben mir nicht geglaubt, als ich sagte, dass Sie uns nicht krank machen können. Sie sind eine Bedrohung, sagen sie. Sie denken, die Soldaten haben vielleicht nach Ihnen gesucht. Sie sagen, wenn die Soldaten uns finden und Sie hier sind, dann ..." Er spricht seinen Satz nicht zu Ende. Kleiner Löwe hebt einen Stein auf und wirft ihn wütend fort. Ein Affe kreischt ihn wütend an.

Sie schaut die streitende Gruppe an. Sie beobachtet seinen Tonfall und seine ausgestreckten Hände und begreift, dass Simba mkali sie verteidigt. Schließlich werfen die anderen Jungen einen letzten

Blick in ihre Richtung. Sie wird matt unter ihren Blicken. Simba mkali gibt das Zeichen, dass der Marsch durch den Busch weitergeht.

Während sie marschieren, erzählt ihr Kleiner Löwe: „Wir Kinder sind fortgelaufen, weil wir nie wieder die Gefangenen von irgendjemand sein wollen. Mein Bruder, er hat ihnen gesagt, dass Sie jemand Wichtiges sind. Er sagt den anderen, dass sie Sie in Ruhe lassen sollen, aber Sie sind es wert, etwas zu essen zu bekommen, denn er wird Sie benutzen, um dafür zu sorgen, dass wir frei bleiben, egal wie."

* * *

Bei Einbruch der Nacht denkt sie, alle schlafen, als sie eindöst. Aber dann wacht die Frau auf. Dieses Mal hört sie ein Weinen. Zwei der Jungen weinen. Etoka und Simba mkali halten sie fest, wiegen sie vor und zurück. Sie hört, wie Simba mkali die anderen tröstet, indem er dasselbe Wort immer wieder sagt. Er wiederholt den Tonfall, den sie beim Morgenritual gehört hat. Sie erkennt nur einen Bruchteil des Wortes, *noite.* Nacht.

Die Frau schaut weg. Kleiner Löwe liegt neben ihr. Seine Augen sind weit offen, Tränen laufen ihm über die Wangen. Sein Mund formt dasselbe Wort.

„Was ist das?", fragt die Frau. „Ein Gebet?"

„Nein, ein Ort. Niemalsnacht."

Er hat Recht, denkt sie. *Das ist eine nie endende Nacht, in der wir alle gefangen sind.* Sie fragt: „Was hat sie so aufgewühlt? Und auch dich?"

Er antwortet nicht. Deshalb fragt sie: „Die Soldaten? Habt ihr vor den Soldaten wieder Angst? Ist es das?"

Kleiner Löwe schnieft und dreht sich um. Er gibt immer noch keine Antwort. Aber die Frau sieht, wie seine Schultern unter seinem schweigenden Schluchzen zittern.

42

Die Frau hört das Knacken von Dornbuschzweigen. Sie fährt herum. Von dort, wo sie steht, sieht sie eine schnelle Bewegung aus dem Augenwinkel, nur einen Schatten.

„Was ist das?“, ruft sie Kleiner Löwe zu. Er schüttelt den Kopf. Vor sich können sie Simba mkali sehen, wie er sich durch das Unterholz einen Weg schneidet. Die Frau wendet den Blick nicht von der Stelle ab und beantwortet selbst ihre Frage, ohne ihn anzuschauen. „Ich bin nicht sicher, wahrscheinlich ist es nur meine Einbildung.“ Die Frau bleibt stehen, um sich die Haare aus den Augen zu streichen. Dann hört sie ein Knurren. Nur ein einziges Knurren. Ein keuchendes Knurren. Sie *kennt* dieses Geräusch.

„Leopard!“, zischt sie.

Sie fühlt den Angriff, ahnt den bevorstehenden Angriff und dreht den Kopf. Eine Bewegung, ein schneller, sich bewegender Schatten, so schnell, dass die Frau sich kaum darauf konzentrieren kann, dann springt er los. Sie erstarrt und weiß, dass sie etwas *tun* sollte. *„Leopard!“*

Ein Schuss durchbricht den Dschungel, und die Vögel in den Bäumen um sie her schwirren alle gleichzeitig in die Höhe, eine lärmende Wolke. „Simba mkali!“, schreit die Frau. Gemeinsam stürmen sie und Kleiner Löwe den Berg hinab. Es kommt keine Antwort, nur das Schweigen, das jeder Explosion im Busch folgt, wenn jedes Lebewesen den Atem anhält. Die Frau stolpert den Rest des Weges hinab und biegt um die Ecke des freigeschlagenen Weges. Die Jungen warten auf sie. Sie stehen im Halbkreis da und schauen nach unten.

Vor ihren Füßen liegt ein riesiger Leopard, der Länge nach ausgestreckt, so nahe, dass Kleiner Löwe fast über den Kadaver stolpert, ehe er zum Stehen kommt.

Unter ihm liegt Simba mkali.

Die Frau sieht, wie Kleiner Löwe zurückweicht. Entsetzen zieht über sein Gesicht, und seine Augen, die zu ihr aufschauen, verraten einen so großen Verlust, dass sie sich abwenden muss bei dem Schmerz, den sie sieht. Sie reißt ihren Blick von Kleiner Löwe los und zwingt sich, nach oben zu schauen.

Simba mkalis Arm ist ausgestreckt. Das Gewehr liegt einen Meter entfernt. Seine Finger sind nach oben gebogen, seine Handfläche ist leer. Sie kann eine Schulter und ein Bein sehen, zerkratzt und mit Schorf überzogen, aber der Rest, einschließlich sein Gesicht, ist unter dem Leoparden begraben.

Sie beugt sich nach unten und legt die Hände unter den Bauch des Tieres. „Helft mir", sagt sie zu den Jungen. Die zwei größeren beugen sich neben ihr nach unten, und gemeinsam bemühen sie sich, das schwere Gewicht hochzuheben. Es gelingt ihnen, den Kadaver so weit von seiner Brust hochzuheben, dass sie eine riesige Blutlache sehen können, die Simba mkalis blaues Hemd durchtränkt.

„Nein. *Nein!*" In einem Wutanfall stemmt sie ihren Rücken gegen den Baum hinter sich und schiebt den Körper des Leoparden mit ihren beiden Füßen vollständig von dem Jungen herab. Dann lässt sie sich neben ihm auf die Knie fallen, hebt den fadenscheinigen und zerrissenen Baumwollstoff hoch und sucht nach der Wunde.

Die Klauen des Leoparden haben seine rechte Schulter verletzt, und der Stoff fällt in ihren Fingern auseinander.

Ihre Hände sind die einzigen, die ihn berühren, da der Rest der Gruppe beim Anblick seines Blutes zurückweicht. Das Blut bedeckt ihre Handflächen, ihre Knie, ihre Arme. Bei dem Blutgeruch muss sie sich umdrehen und sich übergeben. Aber als die Frau Simba mkali wieder anschaut, schlägt er die Augen auf.

Kleiner Löwe schreit auf. Eine Wärme durchströmt die Frau, eine Fontäne der Dankbarkeit steigt in ihr auf. Sie kann nicht einmal sprechen, während ihre Hände mechanisch seine Seite weiter untersuchen, um herauszufinden, wo so viel Blut herkommt.

Er krächzt etwas, das sie nicht verstehen kann. Kleiner Löwe ruft aus: „Das Blut, es ist von dem Tier. Es hat ihm nur den Atem verschlagen. Das Blut ist von dem Leoparden. Juhu." Die Frau sieht, wie Kleiner Löwe sich herumdreht und sein Gesicht zum Himmel wendet. Sie weint und zittert, als die Anspannung von ihr abfällt. Simba mkali rollt sich auf die Seite und bekommt einen Hustenanfall. Die anderen Jungen fangen alle gleichzeitig an zu reden. Sie schreien vor Erleichterung und Aufregung und ahmen die Kampfszene nach.

Aber die Frau schaut Simba mkali an. Er grinst sie an, von einem Ohr zum anderen, während Kleiner Löwe um die beiden herumtanzt.

* * *

In dieser Nacht können die Jungen nicht stillsitzen. Der Argwohn ist aus ihren Augen verschwunden. Oft hat die Frau in den vergangenen Wochen versucht, ihre Geschichten zu erfahren, aber ihre Bemühungen sind nur auf kalte Ablehnung gestoßen. Sie ist keine Afrikanerin, kein Kind. Noch schlimmer in den Augen der Jungen: Sie ist eine Frau. Kleiner Löwe ist natürlich anders. Und manchmal entfährt unerwartet den anderen auch ein Geständnis, wie in der Nacht, in der sie von ihrem Weinen wach wurde. Aber zum größten Teil sind sie die ganzen Wochen ein Buch mit sieben Siegeln für sie geblieben, nicht bereit oder nicht in der Lage, über ihre Vergangenheit zu sprechen. Jedes Stückchen Information ist wie ein seltener Juwel.

In dieser Nacht unterhält Kleiner Löwe sie alle mit seiner Geschichte über einen Löwen. „Es war in der Zeit, bevor ich das zweite Mal entführt wurde. Mein Freund, der neben mir geht, hat ein Holzbein. Ihr kennt das?“ Er geht mit einem Hinken und ahmt perfekt die Haltung und die Gesten nach. Die Kinder lachen und klatschen.

„Dieser Freund, er steht, als der Löwe auf uns zugelaufen kommt. Wir winken mit den Armen und rufen: ‚Weg! Weg!‘“ Er bewegt seinen Körper wie ein Baum im Wind. Die Jungen werden still. Sie alle kennen die Angst vor wilden Tieren, während sie sich durch den Dschungel schlagen. Jetzt darf die Frau daran teilnehmen.

„Aber der Löwe, er hört nicht. ‚Schnell', sage ich zu meinem Freund. ‚Wir müssen auf diesen Baum klettern.'

‚Ich, wie soll ich auf einen Baum klettern? Schau dir mein Bein an', sagt mein Freund. Ich halte es nicht für einen guten Zeitpunkt, alles genau zu erklären. Ich habe es wirklich eilig. Deshalb packe ich ihn, und weil ich so tapfer und stark bin ..."

Die anderen Jungen unterbrechen ihn mit einem lauten Lachen, legen eine Hand auf den Mund und deuten mit der anderen auf ihn.

„... und groß ..."

Wieder lachen alle und halten sich die Seiten. Die Frau lächelt mit ihnen und klatscht, um Kleiner Löwe zu ermutigen, der jetzt dasteht, einen Fuß hochhält und sich mit einem Arm an einem imaginären Ast gleich über seinem Kopf festhält. Er verliert das Gleichgewicht und schwankt vor und zurück, während er wartet, bis das Gelächter aufhört.

„Das verstehe ich nicht. Schaut mich an – bin ich etwa ein Storch im Wasser? Nein. Ich bin ein Junge, der sehr schnell auf einen Baum klettert." Er ahmt die Bewegung nach. Die Frau kann den Baumstamm fast sehen, an dem er in seiner Erzählung hinaufklettert. „Aber mein Freund, er ist immer noch auf dem Boden. Also gehe ich zurück." Wieder die lustigen Bewegungen, aber jetzt nach unten, und er landet auf dem Rücken, rollt sich in einem Purzelbaum rückwärts.

„Ich hebe meinen Freund auf und hieve ihn nach oben. Oh ja! Mein Freund, er greift nach dem Ast und zieht sich daran hinauf. Ich komme nach, und gemeinsam klettern wir bis ganz weit oben auf den Baum. Jetzt dürft ihr aber nicht vergessen, dass das, was passierte, viel schneller geschah, als ich es euch jetzt erzähle. Denn der Löwe, er kommt! Dieser Löwe, er erreicht unseren Baum und umkreist ihn und sucht uns."

Die Frau schaut erstaunt zu, wie der Junge sich auf alle viere fallen lässt und um die Stelle herumschleicht, an der der Baum sein soll, sein Körper voll geschmeidiger Anmut.

„Dann wirft dieser Löwe seinen ganzen Körper gegen den Baum.

Wir sehen das und leiden sehr. Der Löwe kommt mit seinem ersten Satz sehr nahe. Und dann ..."

Kleiner Löwe bricht ab und schaut ihnen allen in die Augen und schleicht dabei langsam im Kreis weiter. Er sagt: „Spürt ihr unsere Angst, ja? Was riechen wir?"

Einer der älteren Jungen antwortet: „Den Atem des Löwen."

Die Frau blickt auf. Sie ist überrascht. Die entsetzten Mienen auf ihren Gesichtern zeigen, dass sie mit den zwei Jungen auf dem Baum sitzen, die Rinde unter sich fühlen und diesen Löwen riechen.

Jetzt öffnet Kleiner Löwe beide Hände weit, die hellen Handflächen nach außen gedreht. Er dreht sich wie ein Tänzer auf den Fußballen. „Diese Gefahr ist sehr groß. Der Löwe setzt zu einem gewaltigen Satz an, voller Kraft. Mein Freund kann nicht höher klettern. Er brüllt: ‚Oh!' Ich brülle: ‚Oh!' Der Löwe knurrt: ‚Oh!'

Und was passiert? Ich falle vom Baum. Der Löwe, er kämpft mit mir, aber ich komme davon und klettere wieder hinauf. Dann springt der Löwe wieder, und jetzt hat er etwas in seinem Maul. Mein Freund, er hat sein Bein verloren, aber es ist das Holzbein, und der Löwe läuft davon und meint, er hätte sein Mittagessen, und wir bleiben auf dem Baum sitzen, sehr glücklich, dass wir noch leben."

Er beendet die Geschichte damit, dass er sein Hemd hochhebt und die Narben zeigt, seine immer noch roten Striemen. „Seht ihr, das hat er mir angetan!"

Die Frau sieht die faszinierten Gesichter, die funkelnden Augen im Feuerschein, und fragt sich, ob Kleiner Löwe weiß, wie groß das Geschenk ist, das er ihnen soeben gegeben hat. Er hat sie für ein paar Augenblicke an einen anderen Ort geführt, fort von der Angst, fort von der Erschöpfung.

Die Frau fragt nicht, wo Kleiner Löwes Freund jetzt ist oder warum die Narben auf seinem Rücken nicht so aussehen wie von der Pranke eines Löwen.

43

Schließlich tauchen sie aus dem Wald auf und befinden sich auf einer offenen Ebene. Die Frau blickt auf und sieht den Nachthimmel, an dem das Sternenlicht funkelt. Sie dreht sich im Kreis, und Kleiner Löwe sagt: „Madam tanzt mit den Sternen."

„Nein, ich ... es ist so seltsam. Ich kenne ihre Namen, aber meinen eigenen Namen kenne ich nicht."

„Sie können die Sterne beim Namen nennen?"

Die Frau sagt: „Ja, in gewisser Weise. Schau ..." Sie deutet nach links. „Diese drei Sterne in einer Reihe – kannst du sie sehen? Das ist der Gürtel eines großen Jägers, Orion. Schau, über und unter ihm sind zwei Sterne ausgebreitet, wie seine Hände und Füße. Und dieser weiße Fleck, das sind in Wirklichkeit viele Sterne zusammen. Sie heißen Milchstraße. Und wo ...?"

Die Frau dreht sich in die andere Richtung, über ihre linke Schulter und deutet dann. „Ah, da ist es."

„Was?"

„Es ist schwer bei so vielen Sternen, aber versuche, dich nur auf die hellsten zu konzentrieren. Kneife die Augen zusammen."

„Ich soll sie klein machen?", fragt Kleiner Löwe.

„Ja. Siehst du jetzt sechs helle Sterne, die so ähnlich wie ein Bogen geformt sind? Und dort, er sieht aus wie ein Bogen, der nach oben gerichtet ist. Die Spitze des Bogens sind vier Sterne. Der Schwanz besteht aus zwei Sternen. Sie heißen Großer Hund. Sie deuten auf diese vier Sterne an der Pfeilspitze. Dieses Teil wird das Kreuz des Südens genannt. Das ist Süden." Sie dreht sich und deutet noch dreimal nach oben. „Und das ist Norden, Westen und Osten."

Kleiner Löwe springt von einem Fuß auf den anderen. „Das müssen Sie meinem Bruder sagen." Er verschwindet. Einige Augenblicke später kehrt er mit Simba mkali zurück. „Ich habe ihm erzählt, dass Sie auf die Sterne hören können." Er wendet sein

Gesicht seinem Bruder zu. Der Frau fällt erneut sein bewundernder Blick auf.

Simba mkali sagt mehrere Sätze so schnell, dass die Frau nur ein einziges Wort versteht: *Noite.* Kleiner Löwe sieht, dass sie ihn nicht verstanden hat, und dolmetscht. „Er sagt, er kannte einen Kommandanten, der wie Sie von der Nacht gelernt hat. Dieser Kommandant war ein großer Soldat, hat viele Menschen getötet und hatte nie Angst. Er führte sie in Nachtmärschen und brachte sie immer dorthin, wo sie sein sollten. Mein Bruder fragt, ob Sie es ihm beibringen können. Bitte."

Die Frau versucht, nicht daran zu denken, was das heißt – dass sie diese vielen Wochen ziellos marschiert sind. *Oder waren es Monate?* Sie schaut noch einmal zum Himmel hinauf und kann sich an mindestens zwei Vollmonde erinnern. Sie muss die Frage stellen, aber sie klingt eher wie eine Anschuldigung. Ihre Stimme ist gereizt. „Frage deinen Bruder, wohin er meint, dass er uns bis jetzt geführt hat."

„Das weiß ich", sagt Kleiner Löwe. „Wir sind dem Wald gefolgt, und jetzt ist der Wald zu Ende. Wir suchen einen Fluss, und dieser wird uns zu einem See bringen, und wir finden ein Zufluchtslager. Ich weiß von diesen Lagern. Ich war schon in zwei, bevor die Soldaten kamen. Das sind gute Orte. Dort gibt es Schulen. Mein Bruder und ich wollen nichts lieber als lernen. Er bringt uns deshalb hierher. Nach Osten."

Die Frau kämpft gegen die Panik an, spürt, dass sie über einem Abgrund steht und hinunterschaut. Sie hat nicht nur sich selbst verloren; sie haben auch den richtigen Weg verloren, sich im Urwald verirrt. *Diese Jungen haben keine Ahnung, wo sie sind*, wird ihr bewusst. Ein See, der Rand der Bäume, irgendein Fluss – wie kann jemand so etwas als Wegweiser benutzen?

„Sagen Sie es ihm, lehren Sie ihn, wo Osten ist", bittet Kleiner Löwe sie.

Sie starrt die Jungen an. „Ihr wisst es wirklich nicht?"

Simba mkali antwortet, und Kleiner Löwe übersetzt: „Er sagt, er hat die Soldaten von diesen Orten reden gehört, aber das hat sich geändert. Manchmal kam der Feind aus dem Norden, und manchmal aus dem Westen. Aber er hat die ganze Zeit gewusst, wenn er den Osten finden und dorthin gehen würde, würde er Zuflucht finden.“

Die Frau atmet also tief ein und erklärt erneut die Sternbilder, während Kleiner Löwe übersetzt. Trotz ihrer Verzweiflung darüber, dass die Jungen wirklich keine Ahnung haben, in welche Richtung sie gehen, ist sie dankbar für ihre schnelle Auffassungsgabe. Sie kann in ihren Gesichtern sehen, wie ihnen ein Licht aufgeht, während sie ihnen ein Sternbild am Himmel nach dem anderen zeigt und erklärt. „Schaut, nach rechts und ein wenig unterhalb des Orion.“

„Der große Jäger?“, sagt Kleiner Löwe.

Sein Eifer lässt sie wieder ein wenig ruhiger werden. „Ja. Das ist jetzt für euch beide. Das ist ein Löwe, aber er sitzt auf dem Kopf.“

Der jüngere Bruder klatscht in die Hände, aber Simba mkali hat nur Augen für das Kreuz des Südens. Die Frau deutet auf ein anderes Sternbild, etwas dahinter. „Dieses Sternbild sieht auch aus wie ein Kreuz. Deshalb wird es das Falsche Kreuz genannt. Schau auf den Großen Hund. Dann findest du das richtige Kreuz des Südens.“

Die Jungen fangen an, aufgeregt miteinander zu reden, und die Frau kann ihnen nicht folgen. „Es ist keine Geschichte. Sehen Sie“, sagt Kleiner Löwe. „Sehen Sie, ich habe gesagt, dass Gott uns führt. Jeden Tag beten wir, welchen Weg wir gehen sollen, und Gott zeigt uns, wohin wir marschieren sollen. Er wird uns an einen sicheren Ort bringen. Wir beten für unseren Bruder und folgen ihm, wir beten dafür, dass Gott ihn zum Licht führt. Mit seinem Kreuz. Jetzt helfen Sie uns. Sie zeigen uns: Wenn wir dem richtigen Kreuz folgen, nicht dem falschen, wird er uns führen. Gott ist wirklich unsere Zuflucht.“

Die Frau starrt den Jungen an. „Wo hast du gelernt, so zu reden?“, fragt sie.

Als er nicht antwortet, schaut die Frau ihn an. Sie sieht nur einen kleinen Jungen, müde und voller Wünsche, ausgelaugt und voller Hoffnung. Sie wendet sich an den älteren Bruder und fragt ihn, einer plötzlichen Eingebung folgend, ob *er* eine Geschichte hat. Sie hat ihn beobachtet und weiß, dass er nicht so offen sein kann wie Kleiner Löwe. Jetzt hofft sie, dass ihre Vertrautheit hier unter den Sternen ihm Mut macht, ihr etwas von sich zu verraten.

Er antwortet ihr langsam, so dass sie das Portugiesisch verstehen kann. „Ich bin ein Mann. In vielen Dingen ist er immer noch ein Kind."

„In welchen Dingen?", fragt die Frau.

„Er kann vertrauen."

„Und du nicht?", erkundigt sie sich und fragt sich wieder, wie sein Leben bisher ausgesehen haben muss, dass er solche Augen bekommen hat.

„Ich vertraue allein Gott."

„Aber wer hat euch beide gelehrt, so zu reden, so religiös – wie Pastoren, Pfarrer in einer Kirche?"

Wieder die verständnislosen Blicke.

„Ihr wisst, was eine Kirche ist? Ein großes Steingebäude ..." Sie spricht nicht weiter. *Was nützt es schon?* Sie denkt an etwas anderes. „Du vertraust Simba mdogo, nicht wahr?"

„Ja", sagt der ältere Junge.

„Und dir selbst? Du vertraust dir selbst, ja?"

Aber Simba mkali antwortet ihr kein zweites Mal. Er wendet sich ab.

Kleiner Löwe hat zugesehen, wie die beiden sich mühsam durch diesen Dialog kämpften. Er streichelt ihren Arm. „Mein Bruder, er sagt es nicht, aber wir fragen uns beide: Vertrauen *Sie* Gott?"

Die Frau schaut als Antwort nach oben, zum Sternenlicht, eine höhnische Landkarte aus längst vergessenen Welten. „Wie?", fragt sie, unfähig ihre Verzweiflung über, dass sie nicht einmal weiß, was sie alles verloren hat. „Wie soll ich das können?"

* * *

Die Frau kann nicht von der Angst loskommen. Sie weiß, dass sie hohes Fieber hat. Sie zieht sich in sich selbst zurück – krank, unsicher, schwach. Das Wissen, dass sie keine Ahnung haben, in welche Richtung sie gehen, hat sie in die Verzweiflung getrieben. Sie kann nur denken, dass sie sterben und von diesen Kindern zurückgelassen werden wird. Sie sieht dieselben Wegmarkierungen immer wieder und ist überzeugt, dass sie im Kreis gehen.

Wenn sie eine Pause einlegen, setzt sich Kleiner Löwe oft neben sie. Manchmal erzählt er glücklich von seinen Abenteuern, und die Frau weiß nie genau, welche Versionen wahr sind, weil es so viele Heldengeschichten sind. „Wie oft wurdest du gekidnappt?", fragt sie.

„Fünfmal", sagt er.

Ein anderes Mal erzählt er ihr eine Geschichte und beginnt damit: „Ich, ich wurde nie gekidnappt." Er redet mit ihr, während sie auf der Erde liegt und ihr der Staub und die Insekten nichts mehr ausmachen. Er erzählt ihr Geschichten, und die Frau weiß, dass seine Stimme sie davon abhält, den letzten Schritt zu gehen, zu sagen, dass sie nicht mehr aufsteht und weitergeht.

Er fragt sie: „Was sehen Sie?"

Die Frau antwortet: „Nur Dunkelheit."

„Kommen Sie aus diesem Ort heraus", sagt er zu ihr, aber die Frau kann nur die Augen schließen.

Kleiner Löwe erklärt, wie wichtig das Geschenk ist, das sie seinem älteren Bruder gegeben hat. „Ein weiser Mann weiß, wohin er unterwegs ist. Jetzt kann er uns zum See führen, und auf der anderen Seite werden wir Schutz finden."

* * *

Die Frau sieht Wasser und Wellen. Sie ist in einem Boot, ist gerade über einen See gekommen, der so breit ist wie ein Meer, und weiß nicht, was sie tun soll, als sie landen.

„Gehen Sie weiter – gehen Sie und fragen Sie", drängt eine Kinderstimme sie.

Eine Frau streckt die Arme nach ihr aus, zieht sie aus dem Boot. Menschen machen überall um sie herum so viel Lärm. Dann hört sie die Stimmen der Kinder, ihrer Kinder. Sie schreien etwas. Die Frau schaut sich um. Kleiner Löwe ruft und wehrt sich, während ein riesiger Soldat ihn aus den Armen von Simba mkali reißt.

„Nein!", brüllt die Frau. Sie taumelt und fällt hin. Die andere Frau fängt sie auf. Es sind dieselben Soldaten, vor denen sie sich im Busch versteckten. Die gleichen Uniformen, die gleichen Waffen. Trotz ihrer Verzweiflung kann die Frau jetzt nichts tun, da diese riesigen Männer mit Maschinengewehren sie erwischt haben, sie alle gefangen genommen haben.

Sie sieht, wie ihre Jungen sich mit Händen und Füßen gegen diese Soldaten wehren. Die Frau wird hysterisch. Sie schreit: „Nehmt mein Kind nicht weg! Bringt meinen Jungen nicht um!"

Das Letzte, was sie hört, ist Kleiner Löwe, der schreit: „Sie weiß nicht, wo sie ist."

Das Letzte, was sie sieht, sind ihre Jungen, die fortlaufen und im Busch verschwinden.

44

Es ist eine Stimme.

„Ja, ich glaube, sie sah die Truppen tatsächlich mit den Augen der Kinder, nachdem sie so lange mit ihnen unterwegs war. Over."

Eine Pause, dann: „Versteh doch, sie ist körperlich und *geistig* krank. Solche Fragen würden sie nur noch mehr verwirren. Nein, ich weiß nicht, wie lange sie schon in dieser Verfassung ist. Als wir sie fanden, hielt sie sich die Ohren zu und schrie, schrie wie ein Kind. Als David und ich sie endlich so weit hatten, dass sie sich beruhigte, wurde sie bewusstlos. Dann hob David sie auf; sie lag in seinen Armen, leblos, heiß vor Fieber, aber ihre Augen waren offen. Ihr Zustand hat sich seitdem nicht geändert. Komatös, mit offenen Augen. Over."

Die Stimme kommt näher, und die Frau sieht, dass diese Stimme von einer anderen Frau kommt, die sich ein Walkie-Talkie an den Mund hält. Sie liest eine Hand voll Papiere, blickt auf und sagt: „Ja, ich weiß ... Nein. Hör zu, ich muss gehen ... Schau einfach, was du über eine weiße Frau herausfinden kannst, die in Zaire als vermisst gemeldet wird ... Ja, amerikanischer Akzent. Ich habe sie schreien gehört ... Ich weiß. Frag bei allen Botschaften nach ... Over, Roger, Whiskey Mike out."

Die Frau hört die Stimme, in ihren Ohren ist ein lautes Summen, und es ist schwer, sich auf das zu konzentrieren, was diese Frau gerade sagt.

Aber die Frau wartet auf sie, als sie die Augen wieder aufschlägt. Die andere Frau lächelt freundlich und hat für sie eine Brühe zu trinken. Süße, lauwarme Suppe.

„Ich bin Edith." Eine plötzliche Angst legt sich über die Frau. Sie schüttelt sich unfreiwillig.

„Sie sind sehr krank. Hier, trinken Sie das. Dann können Sie weiterschlafen."

Der Frau gefällt Ediths Berührung. Sanft. Sie versucht, sich auf das Gesicht zu konzentrieren, und sieht wieder ihr Lächeln und die sanften Augen. Wenn sie sich aufrichtet, nimmt diese Frau namens Edith eine Haltung an wie eine Königin und dreht sich leichtfüßig auf den Fußballen. Ein lila Band bindet fünfzig Zöpfe in ihrem Nacken zusammen.

Sie kehrt zurück, und die Frau sieht Ediths rundes Gesicht, ihre vollen Wangen, die Umrisse der feinen Backenknochen, eine gerade Nase, winzige Ohren. Aber Ediths größte Schönheit sind ihre Hände, lang und anmutig. Ihre kühlen Finger bürsten die Haare der Frau und beseitigen vorsichtig die Knoten.

Die Frau sagt: „Ich erinnere mich, dass ich viele Wochen unterwegs war – vielleicht waren es Monate – mit Kindern. Meine Jungen ..."

„Was noch?"

Die Frau hört auf zu reden.

* * *

In den Tagen, die folgen, weiß die Frau nur, dass sie schwach ist, Fieber hat, schwitzt. Der Versuch, zu sitzen oder zu stehen, ermüdet sie manchmal. Ihr Magen ist ein harter Knoten mit Krämpfen; sie leidet an Übelkeit, auch nachdem das Fieber und der Schüttelfrost sich gelegt haben.

Edith redet mit jemandem aus ihrem Büro im selben Gebäude, in dem das Bett steht, in dem die Frau schläft.

Eine Männerstimme sagt: „Sie sollte noch aus einem anderen Grund hier bei Ihnen bleiben. Wegen Ihres fachlichen Könnens. Sie wissen, wie man Menschen wie ihr hilft, die ... mehr als nur geographisch die Orientierung verloren haben. Sie ist geistig verirrt, sucht in ihrem Geist. Wir haben keine Ahnung, was sie durchgemacht hat. Aber ich fürchte ..."

„Du fürchtest was, Emmanuel?"

„Ich fürchte, dass sie sehr viel verloren hat – ihre Identität, den Verstand, wer weiß, was noch?"

Edith antwortet: „Ja, das sehe ich daran, wie ihre Augen nirgends ruhen können. Die Angst, wie bei einem Tier, wenn es glaubt, der Jäger sei in der Nähe. Hier, an diesem Ort, ist sie sicher."

* * *

Die Frau ruht sich auf einem Bett aus und beobachtet, wie das Moskitonetz sich wie ein verknoteter Kokon dreht, dessen Enden verdrehte Schmetterlingsflügel sind. Sie beobachtet die dunklen Ecken der Decke, sucht nach kleinen Fledermausköpfen, Mäusen, Eidechsen, die an der Wand erstarrt sind. Eine Nuss von einem Affenbrotbaum knallt auf das Blechdach.

Und dann ist sie draußen, sitzt unter diesem Baum. Ediths Idee. Edith sagt, sie isst nicht genug. Edith denkt, die frische Luft gibt ihr ihren Appetit wieder.

So sitzt die Frau auf einer Holzbank unter dem Affenbrotbaum, dem Baum mit dem Eulennest. Die Frau sieht sie über die Wiese auf sich zukommen – tief, dunkel, große Flügelspannweite. In der Nacht zuvor donnerte sie gegen ihre Tür, auf der Jagd nach den Fledermäusen auf dem Dach oder vielleicht den Ratten.

Ein leiser Wind lässt die trockenen Herbstblätter rascheln. In den Tagen, seit sie hier ist, flogen die Blätter des Affenbrotbaums spiralförmig nach unten – das hat sie von ihrem Fenster aus gesehen – bis der Baum jetzt mit kahlen Zweigen dasteht, die Bank an seinem Stamm. Der Affenbrotbaum mit seinen wurzelähnlichen Zweigen sieht für die Frau aus, als stünde er auf dem Kopf.

Sie hört die zwei Frauen hinter sich im Andachtsgebäude. Sie reden und fegen – ihre Stimmen sind leise und freundlich. Sie hört die Stimme aus dem Funkgerät immer wieder sagen: „Arusha." Ein Besen fällt um. Holz fällt auf einen Stein. Männerstimmen und Frauenstimmen. Eine Krähe, der Generator im Hintergrund, ein Babyweinen. Eine Eidechse raschelt unter den Blättern.

Überall ist Staub. Dieser ziegelrote Staub färbt alles ein, was er berührt. Er überzieht ihre Schuhe und Knöchel, streut sich wie rostiger Puderzucker über jede Fläche. Er weht um sie herum, als der Wind stärker wird.

Das hier, denkt die Frau, *ist ein Ort mit Wind und Staub.*

* * *

Als Edith sich zu ihr auf die Bank setzt, fragt die Frau: „Wo bin ich?“

„Dieser Ort? Er heißt *Im Inneren der Trommel.*“ Edith nimmt die Hand der Frau und hält sie mit ihren beiden Händen fest. „Nur der Erbauer weiß, aus was eine Trommel gemacht ist, wie ihr Inneres aussieht, was ihr Zweck ist.“

Die Frau lächelt. Inzwischen ist sie es gewohnt, dass Edith in poetischen Worten spricht. Jetzt ist ihr etwas eingefallen, wie sie Edith zum Lachen bringen kann.

Edith fragt: „Warum lächelst du?“

„Weil ich meinte, in *welchem Land* ich bin?“

Edith Lachen ist erfrischend, ein Brunnen mit blubbernden Geräuschen. Die Frau kann nicht genug davon bekommen. Sie sieht, wie Ediths anmutige Gestalt fast von der Bank fällt, als sie sich vor Belustigung schüttelt. „Du, du weißt es. Du hast doch die Stimme aus dem Funkgerät gehört? Und welche Sprache sprechen die Frauen, die hinter uns kehren? Es ist Kisuaheli.“

Die Frau nickt. „Das stimmt. Ich habe niemanden portugiesisch sprechen hören, seit ich hier bin.“

„Das ist richtig, meine Schwester. *Karibu Tansania.* Herzlich willkommen hier.“

„Und *Im Inneren der Trommel ist* ...“

„Der Name, den die Einheimischen diesem Gelände geben.“

Wie auf ein Stichwort läuft eine Gruppe von Dorfkindern am Zaun entlang und winkt ihnen zu. „Mama Edith, *shikamoo!* Grüße!“

„*Marahaba!*“, ruft Edith zurück und winkt.

* * *

Edith beginnt jede ihrer gemeinsamen Sitzungen damit, dass sie die Frau segnet. Wenn Edith betet, bedeckt sie sich das Gesicht mit einer offenen Hand. Die andere bewegt sich am Arm der Frau auf und ab und streichelt das weg, was sie sieht, was die Frau aber nicht sehen kann. Sie segnet den Willen der Frau.

Ein Teil der Frau wehrt sich dagegen, aber sie will nicht, dass Edith ihre wahren Gefühle erfährt. Sie kennt ihre wahren Gefühle selbst nicht. Sie ist selbst überrascht, weil sie sich schämt, angesichts von Ediths Freundlichkeit zugeben zu müssen, dass sie vielleicht irgendwo in der Dunkelheit, jener „Niemalsnacht", von der ihre Jungen sprachen, Gott den Rücken zugekehrt hat. Vielleicht ist sie ein böser Mensch. Und so verstellt sie sich und lässt sich Tag für Tag von Edith segnen.

Nach ihren Gebeten hört Edith zu und schaut die Frau an, während die Frau ihr von den Kindern erzählt. Edith hat sie gebeten, in die Vergangenheit zurückzugehen. Im Laufe mehrerer Wochen gelingt es der Frau, bis zu der Explosion zurückzukommen, die in jener Nacht geschah, als Simba mkali und der Rest ihrer Jungen sie fanden und sie an den Ort brachten, an dem sich Kleiner Löwe von den brutalen Schlägen erholte. Und dann kann die Frau nicht weiter zurückgehen.

„Was passierte in jener Nacht vor der Explosion?", fragt Edith.

Die Frau starrt vor sich hin und kann ihre Stimme nicht mehr hören, bis Edith sagt: „Bitte, kannst du für mich mit den Zehen wackeln?" Dann ist sie wieder unter dem Affenbrotbaum, und sie und Edith lächeln einander zu.

* * *

„Hast du Probleme wegen der Grube?", fragt Edith die Frau. Sie gehen gemeinsam zu der abgetrennten Toilettenecke des Geländes, die für Frauen reserviert ist.

Die Frau lacht. „Du hättest sehen sollen, womit ich im Urwald zurechtkommen musste", sagt sie. „Meine Bedürfnisse sind nicht groß."

Edith nickt. „So oft verwenden wir den größten Teil unserer Energie darauf, zu versuchen, das zu zähmen, was um uns herum ist, und unsere Umgebung mit unseren Bedürfnissen zu versöhnen. Je einfacher unsere Bedürfnisse werden, umso versöhnter werden wir."

Eines Morgens kommt der Wasserwagen nicht. Zwei Frauen, Julie und Excellence, schöpfen Wasser aus dem Fluss. Sie balancieren die vollen Plastikeimer perfekt auf ihren Köpfen, tragen das Kinn hoch, die Hände in den Seiten. Ein leichter Wind weht; die Schatten von den Blättern auf den Bäumen tanzen. Immer im Hintergrund: der Generator, die Hühner, Kinder, die irgendwo laufen.

* * *

Edith hat sie eingeladen, sich in einen Kunstkurs für Kinder zu setzen, der im Andachtsgebäude stattfindet, einem runden Gebäude mit Schindeldach und Baumstämmen als Pfosten und glaslosen Fenstern, die auf den Hof des Geländes hinausgehen. Es ist das Herz von *Im Inneren der Trommel.* Die Frau geht die Betonstufen hinauf und tritt über die Schwelle. Die Kinder sind über Papier gebeugt, einige mit Farben und Kohle, die meisten benutzen Stifte.

Sie ist nicht sicher, ob sie so leise wären, wenn sie sich ohne sie treffen würden, wenn sie von ihrer Bank unter dem Affenbrotbaum aus zuhören würde. Sie schaut sich um und begrüßt sie: *„Habari."* Die Kinder sagen und tun nichts. Sie sitzt in einer Ecke und hört Edith reden, aber die Kinder hören nicht auf, sie anzustarren. Die Frau steht auf und geht.

* * *

„Ich werde sie nicht zwingen, an Orte zu gehen, für die sie noch nicht bereit ist." Ediths Stimme vor dem Fenster der Frau. „Als sie mich sagen hörte, dass meine Kinder auch alles verloren haben, schaute sie nur auf, als ob ihr Körper ihre eigene Not wiedererkennen würde, aber ihr Verstand nicht. Ihre Bewegungen sagen mir, dass sie nicht den Verstand verloren hat, wie du sagst, sondern ihr *Ich*, das Gefühl, wohin sie gehört. Sie lebt in einer Nichtwelt."

„Du bist eine Heilerin", sagt eine andere Stimme. „Du hilfst deinen Kindern, zwischen der Welt, in der sie sich in ihrer Fantasie geflüchtet haben, und der Realität zu unterscheiden."

Edith seufzt. „Ich weiß, Emmanuel. Genau das ist ihr Problem. Was kann ich sonst tun?"

„In diesem Land, auf diesem Kontinent gibt es vielleicht einen Weg, auf dem sie sich selbst wiederfindet. Vielleicht kommt Gott von seinem Himmel herab und berührt sie durch die Schönheit seiner wilden Schöpfung. Bring sie an einen Ort, wo sie die Musik der Sterne hören kann. Wir wollen nicht aufhören, für ihre Heilung zu beten.

Herr, wenn überhaupt jemand sich selbst irgendwo wiederfinden kann, dann in dieser Weite und Schönheit. Ich wünsche für sie, dass sie die Sterne singen hört und wieder weiß, wer sie ist, *was* sie ist. Ich sehe das. Sie ist mit diesen Kindern davongelaufen, kämpft darum, Frieden mit sich selbst zu finden, geplagt von einem dunklen Schatten. Lass dieses Wandern durch Afrika zu einer Suche nach ihrer Identität werden, einer Suche nach Heilung und einem Grund, wieder gesund zu werden. Und letztendlich nach einer Suche nach dir, lieber Gott."

„Bitte offenbare du dich ihr, Herr." Ediths Stimme.

* * *

Edith berührt sie. Die Frau kann die muskulösen Arme fühlen, die sie fest drücken. Sie haben dieselbe Größe. Edith sagt: „Was aus dem Herzen kommt, darf nicht verborgen sein. Du wirst mir sagen, wenn du das verstehst?"

Die Frau nickt, aber sie denkt: *Das alles passiert irgendwo anders.*

45

„Wir gehen auf Safari“, sagt Edith eines Tages zu der Frau.

Sie schaut Edith verwirrt an.

„Das wird dir gut tun“, sagt Edith. „Wir treffen uns mit meinem Bruder. Er wird uns begleiten. Dieses Wort *Safari* – es bedeutet ‚Reise‘.“

Die Frau fragt: „Bin ich schon so weit?“

„Wir gehen es langsam an“, sagt Edith. „Wir führen dich wieder in die wirkliche Welt ein – ‚draußen‘, wie du es nennst. Und wir werden es herausfinden, wenn da draußen jemand ist, der uns helfen kann, mehr über deine Geschichte zu erfahren.“

Sie fliegen in einem kleinen Flugzeug nach Norden in die nächste Stadt, Mwanza. Die Frau schaut auf die Landkarte und sieht, dass sie in der nordwestlichen Ecke von Tansania liegt, am südlichen Ufer des großen Viktoriasees, in dem der Nil entspringt. Der Viktoriasee grenzt an Kenia, Uganda und Tansania.

Als sie durch das Fenster des Flugzeugs hinausschaut, kommen der Frau einige Dinge vage bekannt vor. Aber hinter diesem Wissen versteckt lauert eine Angst vor dem Unbekannten, eine Angst vor dem, was sie nicht weiß, eine Angst vor dem weiten Land. Im Wald konnte sie sich verstecken und sich einreden, sie sähe, wo Gefahr drohte. Jetzt kann sie nicht einmal mehr das Gesicht der Gefahr erkennen.

Edith beugt sich von ihrem Sitz hinter der Frau vor und erzählt ihr, dass ihr Anschlussflug erst am nächsten Morgen startet. Dann werden sie nach Osten fliegen, nach Arusha, eine Kleinstadt im Nordosten Tansanias und Ausgangspunkt für die meisten Safaris in den Serengeti-Nationalpark. Die Frau fragt Edith, warum sie im Lager immer wieder ihren Funk abhört und Arusha grüßt. Edith sagt, das tue sie deshalb, weil ihre Organisation dort ein Büro hat.

Als die Frau den Viktoriasee aus dem Flugzeug sieht, sagt sie: „Er ist noch größer als der Tanganyikasee.“ Sie saugt den Anblick der riesigen Wasserfläche in sich auf, nachdem sie so viele Wochen lang auf dem Missionsgelände war, wo es nur trockenen Staub gab. „Glaubst du, wir könnten darin schwimmen?"

Edith sagt: „Ich fürchte, das ist nicht möglich. Siehst du irgendjemanden im Wasser? In dem See gibt es winzige Würmer, die Krankheiten übertragen. Sie gelangen durch die Haut in den Körper und setzen sich an den Eingeweiden oder der Blase des menschlichen Wirts fest. Wochen später bekommt man einen Ausschlag und hohes Fieber. Aber erst mehrere Monate oder Jahre nach der Ansteckung zeigt sich der eigentliche Schaden – eine unheilbare Zerstörung der inneren Organe. Die Würmer haben die meisten Bäche und Seen in diesem Gebiet verseucht."

Die Frau nickt und schaudert.

Edith sagt: „Mach dir keine Sorgen. Das war eines der ersten Dinge, gegen die wir dich behandelt haben – das und andere Parasiten. Du bist jetzt gesund."

Sobald sie in Mwanza ankommen, geht die Frau auf das Ufer zu. „Es müsste anders riechen", sagt sie mehr zu sich selbst als zu Edith. „Eine große Wasserfläche müsste feucht und würzig riechen."

„Nach Salz?"

„Ja."

„Ah, du hast am Meer gewohnt", sagt Edith. „Die neue Umgebung bewirkt schon etwas."

Sie gehen zu Fuß in die Stadtmitte. Es ist das erste Mal, seit sie gefunden wurde, dass die Frau sich in einer großen Menschenmenge bewegt. Edith schaut sie immer wieder an, aber die Frau ist entschlossen zu beweisen, dass sie Fortschritte gemacht hat. Sie wirft einen Blick auf ihre Einkaufsliste, während sie durch den Marktbereich gehen. „Konservendosen, frisches Obst, Seil", sagt sie laut.

Edith sagt: „Überlass das Einkaufen mir. Schau dich doch einfach ein wenig um. Wir können uns in einer Stunde wieder hier treffen, falls wir uns nicht vorher schon sehen. Einverstanden? Hier, nimm meine Armbanduhr." Als die Frau ihr widersprechen will, sagt Edith: „Weißt du nicht, was wir hier über Uhren sagen? Im Westen haben sie Uhren; wir haben Zeit.“ Sie lächelt leicht. Dann öffnet Edith den Verschluss an ihrer einfachen Damenarmbanduhr mit Plastikband und reicht sie ihr. „Komm schon, es ist nur eine billige Uhr, das verspreche ich dir.“

„Danke.“ Die Frau macht das unerwartete Geschenk verlegen, aber noch mehr überrascht sie, dass Edith sie in dieser Menschenmenge allein lässt. Es macht ihr jedoch nichts aus. Sie schlendert durch den Hauptgeschäftsbereich, geht in Geschäfte, betrachtet die Auslagen auf der Straße, hört zu, wie die Menschen um sie herum um Preise feilschen.

Die Frau bleibt stehen und bewundert einen Stand mit rosa und lila gestreiften Körben. Die Frau, die auf sie zukommt, sagt: „Ich stelle sie selbst her.“

„Das ist eine sehr schöne Arbeit“, sagt die Frau.

„Wollen Sie vielleicht einen Korb kaufen?“

In diesem Augenblick wird der Frau bewusst, dass sie kein Geld hat. Sie sucht in ihren Taschen, dann schüttelt sie verwirrt den Kopf.

Die Standbesitzerin sagt: „Ah, Ihr Mann. Sie haben Angst, zu viel Geld auszugeben, weil Ihr Mann etwas dagegen hätte. Ich muss Ihnen sagen, Schwester, in meiner Familie bin *ich* diejenige, die meinem Mann sagt, wie viel er ausgeben darf.“ Sie greift nach der Hand der Frau und schlägt ihr leicht auf die Handfläche. Dabei lacht sie laut.

Die Frau schaut nach unten. Ihre Berührung ist wie Samt. Sie stimmt in das Lachen ein, während die Standbesitzerin weiterhin ihre Hand in einer lockeren Berührung festhält. „Vielleicht kaufen Sie das nächste Mal etwas von mir, ja? Gott segne Sie, meine Schwester.“ Ihre andere Hand bewegt sich nach oben und streichelt einmal den Arm der Frau. Dann lässt sie sie los und kehrt zu ihrem Stuhl im hinteren Teil des Standes zurück.

Die Frau steht da und starrt ihr nach. Sie horcht nach etwas, weiß aber nicht, nach was. Dann sagt sie: „Ja. *Asante sane*. Vielen Dank.“ Das war eines der ersten Wörter auf Kisuaheli, die Kleiner Löwe sie gelehrt hatte.

Die Frau dreht sich um, als sie eine laute Hupe auf der anderen Straßenseite hört. Ein Lastwagen ist zwischen einer Ziegenherde und zwei alten Taxis eingeklemmt. Ein Mann steigt aus und schreit die Ziegenherden an. In dem Lastwagen sieht die Frau einen Mann mit tief gebräuntem Gesicht und dunklen Händen. Er öffnet seine Tür und stellt sich in die Öffnung. Einen Arm auf dem Dach, beschattet er seine Augen und hält über den Köpfen der Menge hinweg nach jemandem Ausschau. Instinktiv duckt sich die Frau in einen Türrahmen, während der Mann seinem Fahrer knurrend etwas zuruft. Sie wartet, bis sie wieder weg sind, ehe sie auf die Straße zurückkehrt.

Warum habe ich das getan? Wie wusste ich, dass das kein Freund war, vielleicht sogar jemand, der mich sucht? Die Frau stellt die Frage und weiß sofort, dass die Antwort in der verzweifelten Angst liegt, in der Ahnung dessen, was sie wissen *sollte*, die ihr keine Ruhe lässt. Sie fühlt sich beobachtet. Sie fühlt sich verfolgt. Aber wer beschattet sie? Oder leidet sie einfach unter Verfolgungswahn? Edith hat sie gewarnt, dass dies angesichts ihrer Umstände nicht ungewöhnlich wäre. Aber ihre Instinkte haben sie einfach in ein Versteck geführt. Wie viel wagte sie, einem vergessenen Selbst zu trauen? *Ich kann nicht einmal meine eigene Identität herausfinden, wie will ich dann die meines Feindes finden?*

Nein. Sie schüttelt den Kopf. Das ist etwas, das sie jetzt mit Bestimmtheit weiß. Irgendwo da draußen gibt es jemanden, der sie verfolgt. *Aber wenn Edith mich fragt, wie ich das weiß, kann ich ihr keine Antwort geben.*

Die Frau zwing sich, an den übrigen Ständen vorbeizugehen, dann bleibt sie am Ende der Reihe stehen und atmet tief ein. Sie schaut sich um. Ein Jugendlicher steht neben einer Decke, die mit geschnitzten, jadefarbenen Specksteinfiguren bedeckt ist. Sie hebt ein Kunstwerk hoch, das aussieht wie die Arme von zwei abstrakten Figuren, die miteinander verbunden sind. Einer zieht den anderen nach oben, und der untere hält den anderen, der oben steht.

Der junge Mann kommt herüber und tritt neben sie. „Sie haben heute sehr viel Glück, Madam."

„Warum?“ Sie dreht das Stück in ihren Händen. Allein die Berührung beruhigt sie.

„Weil ich Ihr bester Freund bin.“

Sie lächelt ihn an.

Seine Augen tanzen, als er ein orangefarbenes Tuch herausholt, ihr sanft das Kunstwerk aus der Hand nimmt und anfängt, es kräftig zu polieren. „Sehen Sie, jetzt scheint die Sonne aus dem Stein“, sagt er.

Die Frau nickt. „Ist es ...?“

„Ja, Madam?“

„Hast du das selbst geschnitzt?“

„Ja.“

„Wo hast du das gelernt?“

„In einer besonderen Schule für Steinschnitzer. Mein Lehrer war aus Simbabwe.“ Er tritt noch näher zu ihr, und die Frau sieht blaulila Farbtöne, als seine Haut das Sonnenlicht auffängt.

Sie sagt: „Ich ... habe diese Kunst schon einmal gesehen. Ich denke, Simbabwe muss für diese Kunst bekannt sein.“

„Ja. Kunst und AIDS – wir nennen diese Krankheit ‚Slim‘. Das ist das, was der Rest der Welt über Afrika weiß. Es ist wie das Wetter, immer bei uns. Wie heißen Sie, Madam?“

Die Frau schluckt. „Ich ...“

Er lacht sehr laut, dann sagt er: „Auch gut, Madam. Ich bin Heaven. Das heißt Himmel. *Karibu.* Herzlich willkommen.“

Die Frau sieht Edith, die sie von der anderen Straßenseite aus beobachtet. Schnell dankt sie dem Jungen und gesellt sich zu Edith. Heavens Willkommensgruß klingt in ihren Ohren nach.

In dieser Nacht träumt die Frau wieder von einem weinenden Kind. Sie sucht Trost in dem Gedanken, dass sie Mwanza bei Tagesanbruch verlassen. Ein Gefühl der Dringlichkeit wächst mit jeder Stunde, die sie hier bleiben. *Uns läuft die Zeit davon. Aber die Zeit für was?* Sie kann das unaufhörliche Gefühl des Grauens nicht von sich abschütteln, das Gefühl, dass sie blind in ein gefährliches Gebiet stolpert. Oder die Stimmen in ihrem Kopf, die ihr immer wieder sagen, dass sie weitergehen muss. *Die einzige wahre Gefahr ist es, ruhig zu stehen, denn dann werde ich bestimmt erwischt und getötet, und alles, was ich je liebte, wird zerstört und in die Grube auf mich geworfen werden.*

Kurz nach Sonnenaufgang kann die Frau am nächsten Tag, während sie auf der Straße zurück zur Flugzeugstartbahn fahren, einen letzten Blick auf den riesigen Viktoriasee werfen. Die ohrenbetäubenden Stimmen der Nacht zuvor schweigen, während graues Licht auf dem Wasser ihren Blick auf sich zieht.

Die Frau ertappt sich dabei, dass sie sich wünscht, sie hätte Heavens Arm berührt.

* * *

In Arusha leihen sie sich einen Lastwagen mit Vierradantrieb. Bis zum Mittag fahren Edith und sie durch Masailand, wo die Frau runde Hütten sieht, Männer mit hellen, rot karierten Decken über den Schultern und mit Stöcken in der Hand. Edith unterrichtet sie in Kisuaheli, bringt ihr mehr Wörter bei, und sie lachen über das Gemurmel der Frau, als sie sich mehr Vokabeln einprägen will. Das Kurzwellenradio, das vom Dach zwischen ihnen hängt, summt und plappert.

Den ganzen Tag fahren sie über die staubige Straße mit vielen Schlaglöchern. Sie legen einen Stopp in Masailand ein und kommen an jugendlichen Jungen und Mädchen mit weißer Farbe auf den Gesichtern vorbei.

Edith bringt ihr *Sih-day* in der Masaisprache bei. „Friede sei mit euch." Sie erklärt in nüchternem Ton, dass die Masaikinder eine Beschneidung feiern. Sowohl Jungen als auch Mädchen.

Sie machen Halt in einem traditionellen Dorf, das für Touristen angelegt wurde. An der Hütte des Zauberdoktors will der verkrüppelte alte Mann mit den roten Augen nicht mit der Frau sprechen. „Eine Macht größer als jede, der ich diene, beschützt dich. Ich kann das sehen, selbst wenn du es nicht siehst." Er dreht sich um und setzt sein „Heilungstrommeln" fort. Das bedeutet das Zeichen vor seiner Hütte.

In diesem Dorf folgt eine Gruppe Kinder ihnen von Hütte zu Hütte. Eine Jugendliche bemerkt, wie die Frau sie dabei beobachtet, dass sie ein Neugeborenes stillt. Das Mädchen kommt auf die Frau zu, als sie fertig ist, und reicht ihr das Baby. Die Frau legt den Kleinen über die Schulter, und er stößt ein lautes Rülpsen aus. Alle lachen.

„Du hast schon Kinder auf die Welt gebracht", sagt Edith.

Die Frau schaut sie über den weichen Kopf des Babys hinweg fragend an.

„Schau dich doch an. Deine Hand hält mit ausgebreiteten Fingern schützend seinen Hinterkopf. Nur eine Mutter tut das, ohne dass man es ihr vorher sagen muss."

„Ja, und ich weiß, was für ein Gefühl es ist, ein Kind zu stillen. Das habe ich überlegt, als ich ihr zuschaute." Die Frau reicht das Baby seiner Mutter zurück.

„Dein Körper hat mir gesagt, dass du ein schweres Baby geboren hast."

„Wie ...?" Die Frau beginnt zu sprechen, weiß aber im selben Augenblick, in dem Edith antwortet, selbst die Antwort.

„Als du krank warst, fielen mir deine Schwangerschaftsstreifen auf."

„Das stimmt." Die Frau kann die Verwirrung, die sich auf sie legt, nicht von sich abschütteln. Sie weiß, dass es stimmt, denn eine wachsende Überzeugung, dass irgendwo da draußen ein Kind – ihr Kind – ist, schürt das Feuer der Panik tief in ihr. Irgendwo wartet ihr Kind darauf, gerettet zu werden. Die Frau weiß, mit größerer Sicherheit, als sie etwas über sich selbst weiß, dass ihr Kind sterben könnte, wenn sie zu lange wartet.

Ediths Stimme holt sie zurück. Edith hat sich auf den Boden gesetzt und fragt die Kinder, die sie umringen: „Was braucht ihr?"

Ein Junge, der ungefähr acht sein könnte, sagt: „Ich brauche am dringendsten ein Fahrrad, damit ich zur Schule fahren kann."

„Ich brauche einen Fernseher. Ich will Schuhe und Kleidung", sagt der Junge in einem weißen Hemd.

Sein kleiner Bruder hält sich an seiner Hand fest. Er sagt: „Ich brauche ein Spielzeug ... etwas zu trinken. Einen schönen Platz zum Wohnen."

Die Frau fragt ihn: „Wie alt bist du?"

„Ich bin drei, Madam."

Die anderen Kinder lachen und verdecken ihr Gesicht mit ihrer rechten Hand und spähen zwischen den Fingern durch. Edith deutet nacheinander auf sie. Sie bewegt sich im Kreis herum, während sie aufsagen:

„Ich brauche etwas zum Anziehen. Ich will ein Haus."

„Ich brauche einen Kühlschrank, um Getränke in Plastikflaschen zu kühlen, die ich dann verkaufen kann."

„Ich brauche ein Haus und einen Ofen, damit ich Sachen backen und verkaufen kann."

„Ich brauche eine Armbanduhr und ein Paar Schuhe. Ich will ein Fahrrad, damit ich rechtzeitig zur Schule kommen kann, weil der Bus immer zu spät kommt."

Das geht weiter, bis das letzte Kind, das sehr klein ist, der jüngere Bruder von jemand anderem, sagt: „Ich brauche ein Spielzeugauto. Ich will ein Gewehr und ein Fahrrad."

Edith dankt ihnen, richtet sich auf und will schon gehen, als ein kleines Mädchen zu der Frau gelaufen kommt und sie nach Stiften und Papier für die Schule fragt. Die Frau keucht laut bei der Berührung, dann dreht sie sich um und geht schnell zurück zum Wagen.

Dort stellt sie überrascht fest, dass ihr Tränen über die Wangen laufen.

* * *

Sie verbringen die Nacht in der Nähe eines Berggipfels am Rand der Serengeti-Ebene. Edith sagt, diese Erhebung ist sehr nahe am Ngorongoro-Krater. Sie deutet mit der Hand, und die Frau denkt, sie sehe in der Ferne Wasser. Es ist kühl und neblig auf dem Berggipfel. Sie schlafen im Zelt, das sie auf dem Gras aufgestellt haben, und es fühlt sich zu weich an, um der Boden zu sein.

Mitten in der Nacht wacht die Frau auf. Sie liegt auf der Seite und spürt die vertraute Wärme eines anderen Körpers an ihrem Rücken. Sie rollt hinüber und ist nicht überrascht, dass das Zelt leer ist. Was ihr den Atem raubt, ist die Gewissheit, dass die Wärme sich so vertraut angefühlt hat.

Sie ist es gewohnt, ihr Bett mit jemandem zu teilen.

Am nächsten Morgen fahren sie den Rest des Weges den Berg hinauf. Die Frauen sind von einem so dichten Nebel eingehüllt, dass sie nicht weiter als ein paar Bäume vor sich sehen können. Dann, als sie auf der anderen Seite wieder bergab steuern, hebt sich der Nebel und enthüllt vor ihren Augen die weite Savanne, saftiges Gras, so weit das Auge reicht. Am Horizont sieht man Tiere. Akazien wachsen mit ihren flachen Baumwipfeln zum Himmel hinauf.

46

Ediths Bruder, Paul, erwartet sie am Eingang zum Park. Laut Edith ist er von Beruf Safariführer. Und aus irgendeinem Grund, den sie der Frau nicht verraten, unternehmen die drei einen Ausflug mit dem Auto, um die Tiere zu sehen. Als sie die Serengeti betreten, werden sie ruhig. Die Landschaft ist unglaublich schön – trockene Luft, leichter Wind, der den Geruch von Gras mit sich trägt, Granit-*Kopjes* oder kleine Felseninseln, die sich aus dem Grasland erheben. Vor ihnen, so weit das Auge reicht, ein endloser Horizont aus Gras und Tieren ...

Mit zwei Fahrzeugen fahren sie den ganzen Tag hinter den Tieren her. Sie sehen vor allem Löwen. Mehr Löwen, als selbst Paul für möglich gehalten hat. Rudel mit achtzehn und zwölf und zweiundzwanzig. Über hundert. Die Frau sieht sie jagen. Sie sieht die Löwenjungen. Ein Gepard stolziert über ihren Weg in dem dünnen, goldenen Licht, dreht sich um und schaut sie geradewegs an. Sie hängt sich aus dem Fenster des Wagens und atmet alles ein – die afrikanischen Anblicke und Geräusche. Zweimal sieht sie Leoparden, die über einem hohen Ast hängen, die Beine und den Schwanz nach unten baumelnd, der dicke Bauch über dem Holz hängend.

Als sie eine Pause machen, um zu essen, erzählt die Frau Paul die Geschichte von Simba mkali und dem Leoparden. *Meine Jungen,* denkt sie, *sie sind nie weit weg.* Edith sagt nichts, aber die Frau sieht, dass Edith bereits weiß, wie sehr sie die Jungen vermisst und sich Sorgen um sie macht, sie überall sucht, sogar in Mwanza. Sie sucht und sucht ...

Nachts hört sie überall um sich herum Geräusche, Paviane kreischen. Und wieder die Erinnerungen an ihre Zeit im Busch. *Es ist seltsam,* denkt sie. *Meine Zeit mit den Jungen ist wirklich meine einzige Erinnerung, und selbst diese kommt mir jetzt wie ein Traum vor – der Schmutz und der Hunger und die Angst. Werde ich immer ohne Vergangenheit bleiben? Nein. Ich habe eine Vergangenheit; ich weiß nur nicht, wie sie aussieht. Habe ich Kinder? Habe ich mehr als eines? Gibt es einen Mann, der mich liebt, der mich sucht? Wer verfolgt mich?*

Zu diesem Zeitpunkt, zu dem der Frau die Fragen durch den Kopf schwirren, taucht ein Bild auf; eine Stimme übertönt die anderen. Deutlicher als je zuvor kann sie Kleiner Löwes Rücken sehen, seine Geschichten hören, sein suchendes Herz verstehen. Es ist fast mehr, als sie ertragen kann, wenn sie daran denkt, dass sie alle noch da draußen sind, immer noch in Gefahr. Ist es das drohende Unheil, das Schicksal ihrer Jungen, das sie von der Panik nicht loskommen lässt? Oder das Schicksal von jemand anderem? Die Frau denkt über diese Dinge immer wieder nach.

Als die Nacht schon halb vergangen ist, schaut sie durch den Zelteingang hinaus und sieht Ediths Taschenlampe im Inneren ihres Zeltes. Ediths Silhouette auf der Zeltleinwand sagt der Frau, dass sie sitzt und ein Buch auf dem Schoß hat. Die Frau legt sich zurück und schläft beim Klang von Ediths Stimme ein, die laut etwas liest.

Bei Tagesanbruch stehen sie auf. Rote Sonne. Goldenes, gelbes, kupferfarbenes Gras. Neunzehn Löwen reihen sich zur Jagd auf, kommen näher, das Kleine bleibt weiter hinten. Farben überall, kühles Savannengras, sanfte, trockene Brise.

Wenn ich nur diese Farben einfangen könnte, denkt die Frau. *Der Himmel liegt schwer auf den Schirmakazien, als ob das Gewicht von so viel Schönheit alles niederdrückt, das lebt, und wir die Last nicht tragen könnten.*

* * *

Die Frau fragt: „Paul, kannst *du* mir sagen, was deine Schwester eigentlich genau macht?"

Ediths kleiner Bruder ist über einen Meter achtzig groß. Er spricht in tadellosem britischem Englisch, und seine Augen leuchten wie dunkle Kohlen. Die Augen der Frau schauen wie gebannt auf seine Hände. Genauso wie ihre eigenen sind sie ständig in Bewegung.

„Man nennt es das größte Repatriierungsprogramm, das es je gab. Dreißig Jahre lang fand der Konflikt in Mosambik kein Ende. Mehr als ein Drittel der siebzehn Millionen Bewohner sind aus dem Land geflohen. Sie sind überall. Flüchtlinge aus Mosambik leben in Tansania, Malawi, Simbabwe, Swasiland, sogar in Südafrika." Seine langen Finger zählen die Länder mit, deren Namen er nennt. „Aber das Friedensabkommen, das im letzten Jahr unterzeichnet wurde, hat eine Kettenreaktion ausgelöst. Viele Menschen kehren zurück. Und das ist faszinierend und unglaublich."

Die Frau ist einen Augenblick verwirrt und weiß nicht warum. Dann wird ihr bewusst, dass seine Antwort nichts mit ihrer Frage zu tun hat. Sie nickt trotzdem. „Paul, du sprichst, als hättest du dich bis in die Tiefe damit befasst."

Er lacht. „Zu sehr in die Tiefe und nicht genug in die Breite vielleicht."

Edith sagt: „Er lässt nicht gern etwas auf seinen Ruf als Rambo im Dschungel kommen, aber Paul hat einen Universitätsabschluss in Politikwissenschaft aus Cambridge und einen Doktortitel in internationaler Politik aus Harvard."

„Das ist die Schuld meiner Schwestern."

„Edith?" Die Frau fragt sich, was er damit meint, und versucht, Ediths Beschreibung zu verdauen.

„Na ja, sie und meine anderen Schwestern. Wir sind eine große Familie mit neun Kindern. Und in Tansania ist für die Ausbildung der Kinder die ganze Familie verantwortlich. Meine Onkel und älteren Geschwister haben darauf bestanden, dass ich im Ausland studiere. Sie halfen mir, die unglaublich hohen Studiengebühren zu bezahlen. Wenn Eltern sich die Schulgebühren ihrer Kinder nicht leisten können, ist der Rest der Familie verpflichtet, sie zu bezahlen. Jetzt, da ich erwachsen bin, bin ich dafür verantwortlich, dass meine Nichten und Neffen eine gute Schulausbildung bekommen."

„Was machen eure anderen Geschwister?", erkundigt sich die Frau.

„Sie engagieren sich in verschiedenen Hilfsprojekten und nichtstaatlichen Hilfsorganisationen."

Edith erklärt: „Zum Beispiel arbeitet unsere älteste Schwester in Botswana für das Kinderhilfswerk der Vereinten Nationen, UNICEF."

„Und Edith?" Die Frau fragt sich, ob sie jetzt eine Antwort auf die Frage bekommt, die sie vorher gestellt hat. Diese Frage hat sie sich schon oft selbst gestellt, aber Edith hat sie noch nie danach gefragt.

„Edith? Sie ist Kinderpsychologin. Ihre Fachgebiet ist Trauma-Therapie. Jedenfalls bin ich das jüngste Kind in der Familie, und wie meine Schwester, die Psychologin, sagen würde: Deshalb habe ich wahrscheinlich rebelliert."

Edith lacht. Paul schaut von einer Frau zur anderen. Sie haben das andere Fahrzeug an diesem Morgen im Lager stehen gelassen und fahren jetzt querfeldein. Das Lenkrad wackelt in seinen Händen, während er versucht, auf der Fahrbahn zu bleiben. „Was? Sag nicht ... Warum hast du ihr diese Dinge nicht gesagt? Du meinst ... sie weiß nicht, was wir hier tun?", fragt er seine Schwester.

„Sie hat nicht gefragt."

Die Frau stöhnt. „Dann frage ich jetzt. Edith, ich habe dich mit den Kindern gesehen. Jetzt sind wir hier draußen. Was geht hier vor?"

„Ja, jetzt, da du fragst, will ich es dir gern sagen. Die Wahrheit ist: Wir kamen hierher, um meinen Bruder abzuholen, weil wir auf Safari gehen."

„Das weiß ich. Das tun wir ja gerade."

„Nein, ich meine mehr mit dem Wort ‚Safari', eine längere Reise. Das, von dem Paul sprach. Ich wollte dir einen Eindruck von der Serengeti vermitteln, und Paul musste sein Fahrzeug zu einer Hütte auf der anderen Seite des Parks zurückbringen. Deshalb dachten wir, wir könnten die beiden Dinge miteinander verbinden. Wie er schon sagte: Etwas sehr Aufregendes geschieht zurzeit in einem Land an der Grenze zu Tansania. Paul und ich fahren dorthin."

„Nach Mosambik?" Das Wort bringt in der Frau etwas zum Klingen.

„Nach Mosambik, wo für das Massenrepatriierungsprogramm dringend Mitarbeiter benötigt werden."

„Aber warum hast du *mich* mitgenommen?"

„Weil ich dachte, diese Safari würde dir gut tun. Und weil wir so knapp an Leuten sind. Und weil ich auf diese Weise bei dir bleiben kann. Hattest du geplant, woanders hinzufahren?"

„Aber warum ...?"

„Meine Schwester, es ist sehr einfach. Du kannst mir helfen. Du weißt es vielleicht selbst noch nicht, aber du sehnst dich danach, Kindern zu helfen."

* * *

Nachdem Paul sein Fahrzeug abgeliefert hat, setzen sie ihre Rundreise durch den Park fort und nehmen sich drei Tage Zeit, um zum Eingang zurückzufahren, von dem sie gekommen sind. In ihrer vorletzten Nacht im Park schaffen sie es, ihre Zelte kurz vor Sonnenuntergang aufzustellen. Dann bricht die Dunkelheit über sie herein, plötzlich und vollständig. Die Frau erkennt, dass sogar für die Tiere die Augenblicke heilig sind, bevor die Sterne aufgehen und nachdem die Sonne verschwunden ist.

Sie wartet und fragt sich, was das erste Geräusch sein wird. Edith und Paul haben sich beide früh nach dem Essen schlafen gelegt, aber die Frau ist nicht müde, obwohl sie jeden Tag vor Tagesanbruch aufgestanden sind, um die Tiere zu sehen.

Sie tastet sich zurück zum Wagen und zu dem Stoß getrockneter Zweige, die sie eingesammelt haben, als sie das Lager aufschlugen. Als sie auf ihre Füße hinabschaut, leuchtet hinter ihr ein Licht – ein schwaches Licht, ein gedämpftes Licht von weither. Sie dreht sich um und steht mehrere Augenblicke still, während der Mond anfängt aufzugehen. Er scheint orange, dann gelb – ein Mond auf dem Rücken. Edith hat ihr erzählt, dass man in Asien einen Hasen laufen sieht. Die Frau hält nach dem Mann im Mond Ausschau. Jetzt haben sich sowohl Mann als auch Tier auf die

Seite gelegt. Ruhig fragt sie sich, was sie hier in Afrika im Mond sehen sollte.

Pauls Schnarchen dröhnt aus seinem Zelt. Auf seltsame Weise vermittelt dieses Geräusch der Frau das Gefühl von Sicherheit. Pauls Nähe und Anwesenheit geben ihr ein Gefühl von Geborgenheit. Sie bückt sich und macht sich daran, das Holz und Gestrüpp zu der Mitte des Lagers zwischen den Zelten zu bringen.

Als sie das Feuer anzündet, ist das wie ein Signal an den Busch um sie herum. Grillen stimmen ihren Gesang an; die Nilpferde auf der anderen Seite des Flusses fangen an zu spritzen und platschen. Die Frau hört die Elefanten, an denen sie weiter unten vorbeigekommen sind, wie sie einander grüßen. Sie lächelt und erinnert sich an Ediths Worte: *„In Afrika bist du nie allein."*

Die Frau entzündet das Feuer, ohne nachzudenken. Das hat sie so oft mit den Jungen gemacht, dass es Teil ihrer unbewussten Routine ist. Sie fühlt sich stark, wach, aufmerksam. Sie ordnet das Brennholz so an, wie es ihre Jungen immer getan hatten, mit einem großen Stamm, der aus dem Lagerfeuer herausragt. Auf diese Weise kann sie, während es brennt, den Stamm immer weiter ins Feuer schieben. Dankbar für das Licht vom Himmel und vom Feuer kontrolliert die Frau noch einmal alles. Sie schaut, ob die Wagentüren zu sind, ob sie die Schlüssel in der Tasche hat, ob kein Essen unabsichtlich auf den Boden gefallen oder ins Zelt gelangt ist. Dann setzt sich die Frau auf einen der klappbaren Campingstühle an das Feuer.

Sie beobachtet die Flammen und fühlt, wie ihr Verstand und ihre Muskeln sich entspannen. Der Busch ist jetzt voller Geräusche, und die Frau verliert ihre Gedanken inmitten des Lärms. Es war richtig von Edith, sie hierher zu bringen. In den Tagen, die sie auf Safari waren, *ist* sie stärker geworden. Sie war bereits gesünder, nachdem sie, wie Edith ihr versichert hat, tatsächlich schon zwei Monate im Lager gewesen war. Aber jetzt kann sie richtig die Veränderungen in ihrem Körper fühlen – kein Fieber und Schüttelfrost mehr. Ihr Appetit ist wieder da, die Übelkeit ist verschwunden. Und die Malaria, die sie sich wahrscheinlich eingefangen hatte, ist mit dem Fieber zurückgegangen.

Die Frau weiß nicht, wie viel Zeit vergangen ist, aber sie wacht auf, weil ihr Nacken schmerzt. Sie ist am Feuer eingeschlafen. Sie steht auf und streckt sich, reckt ihre Arme zu den Sternen. Ihr Strahlen überrascht sie immer wieder. Während das Sternbild Skorpion ihr mit dem Schwanz zuwedelt, geht die Frau zu Bett. Das Letzte, was sie tut, ist, ihre Stiefel auszuziehen und sie mit ins Zelt zu nehmen; dann macht sie den Reißverschluss zu und lässt nur ein kleines Dreieck für das Moskitonetz offen.

* * *

Als Erstes weckt sie der Geruch, dann das Geräusch. Die Frau weiß nicht, was sie geträumt hat, aber als sie aufwacht, fühlt sie sich schlaftrunken und weiß, dass es noch mitten in der Nacht ist. Sie wirft einen Blick auf die Armbanduhr, die Edith ihr gab. Die Leuchtziffern an ihrem Handgelenk zeigen ihr die Zeit. *Drei Uhr morgens. Dieser Geruch, was ist das?*

Das Geräusch kommt von irgendwo hinter ihrem Kopf. Als sie es hört, setzt sich die Frau ängstlich auf und zieht die Knie an, während das ... was immer es ist, näher kommt und der Gestank in einer Wolke aus angefaultem Fleisch sich um das Zelt ausbreitet. Die Tiere vor dem Zelt der Frau geben seltsame Töne von sich, ihre Rufe vermischen sich mit knurrenden und schnarchenden Geräuschen.

Hyänen.

In der Zeit mit Kleiner Löwe und Simba mkali und den anderen Jungen sah die Frau viele von ihnen. Die Kinder übertrugen ihre Angst vor diesen hässlichen Tieren auf sie. Sie hat die Hyänen oft genug beobachtet, wenn sie mit ihren kräftigen Kiefern, die Knochen zerbrechen können, an einem Kadaver rissen. Sie weiß, dass sie genauso schlimm riechen und sich anhören, wie sie aussehen.

Die Frau strengt sich an, um Paul oder Edith zu hören; sie kann aber keine anderen Geräusche ausmachen als die der Tiere. Es sind mindestens zwei. Sie kriecht zu dem offenen Eckfenster in ihrem Zelt und späht hinaus. Der glühende Baumstamm von ihrem Lagerfeuer wirft kein Licht auf die Zerstörung, die sie um sich herum geschehen hört; das erloschene Feuer hat die Tiere kühn gemacht. Die Hyänen graben und drehen die Zweige um, die sie ins Lager geschleppt hat.

Die Frau hat plötzlich das Bild von einer Hyänenschnauze, die ihr ins Gesicht geschoben wird, vor sich. Sie fühlt, wie sich etwas an ihren Füßen bewegt, die an der Seite des Zeltes liegen. Sie unterdrückt einen Schrei und weicht von der Öffnung zurück. Sie fragt sich, wie Edith und Paul unter diesen Umständen schlafen können. Sie kann nichts sehen; sie müssen sie gerochen haben.

Dankbar, dass in ihrem Zelt kein Essen ist, das sie zu stehlen versuchen könnten, setzt sich die Frau ganz in die Mitte, zieht die Knie an und atmet schwer durch den Mund, um sich wegen des überwältigenden Gestanks nicht übergeben zu müssen. Ihr wird bewusst: Als sie mit ihren Jungen zusammen war, war alles anders gewesen. Damals bestand die ganz reale Gefahr, dass die Hyänen ihre Verwundbarkeit spüren und sie angreifen könnten und sich den Schwächsten, den kleinen Etoka, herauspicken könnten. Ihr Herz zieht sich zusammen, als sie daran denkt, dass sie alle noch da draußen sind. Immer noch verwundbar.

Dann sind die Hyänen fort. Eine Grille bläst zum Rückzug, eine andere antwortet, irgendwo heult eine Eule, und die normalen Geräusche der afrikanischen Nacht kehren zurück. Die Frau kriecht wieder in ihren Schlafsack und rollt sich zu einer festen Kugel zusammen und fragt sich, wann die Nacht endlich zu Ende sein wird. *Noch drei Stunden, dann kann ich endlich aufstehen.*

Wieder wacht sie auf, aber jetzt zieht der Schlaf mit einer Kraft an ihr, die ihr sagt, dass sie gerade erst eingeschlafen ist. Und doch ist es schon fast hell.

Ein Stöhnen, ein Knurren. Die Frau hört ein tiefes Rollen. Ein zweites Rollen, ein weiteres Stöhnen, ein kehliges Keuchen. Sie reißt die Augen auf und richtet sie wieder auf ihre Armbanduhr. Im selben Augenblick hört sie, wie die Plane an ihrem Zelt aufgerissen wird.

47

Eine riesige Klaue reißt das winzige Zelt auf. Wie gelähmt schaut die Frau zu, wie der dünne Stoff nachgibt. Die pelzbedeckte Pforte mit gekrümmten Krallen bewegt sich wie im Zeitlupentempo nach unten, von der Wand ihres Zeltes bis auf die Erde und nimmt das halbe Material mit.

Durch die klaffende Lücke schaut die Mähne eines Löwen, eines männlichen Löwen – eines riesigen, speicheltriefenden Löwen mit offenem Maul. Sein Geruch überwältigt die Frau. Angst hält sie auf dem Boden fest, ihr Körper wird starr in ihrem Schlafsack. Sie bewegt sich nicht. Sie atmet nicht. Sie wagt nicht einmal zu blinzeln. Der Löwe knurrt und geht einen Schritt weiter.

Sie denkt: *Er schaut mich nicht an, aber er muss mich riechen.*

Der Löwe geht noch einen Schritt weiter und steht jetzt groß da und füllt ihr Zelt aus. Von der Erde, wo die Frau sich noch nie so groß und unübersehbar gefühlt hat, sieht sie zu, wie die kleinen Insekten über den Pelz auf seinem Bauch kriechen. Sie kann ihn atmen hören. Jedes Mal, wenn er ausatmet, knurrt er, wie ein tiefes Lachen.

Die Muskeln an seinem Hinterbein zucken nur ein einziges Mal. In einer einzigen, plötzlichen Bewegung springt er zur hinteren Wand und leert ihre Tasche aus, ohne sie auch nur zu berühren. Sein Schwanz peitscht ihr über das Gesicht. Er landet an der hinteren Zeltwand und alles bricht über ihnen zusammen.

Sie wartet lang genug, um tief Atem zu holen. Dann reißt die Frau sich in einem wilden Panikanfall die zusammengefallene Zeltwand vom Gesicht und sieht, dass der Löwe sich von dem Umhang, den er selbst um sich gelegt hat, ebenfalls befreit hat. In einer einzigen Bewegung stößt sie den Schlafsack mit den Füßen von sich, beugt sich vor, tastet nach ihren Stiefeln, schlüpft hinein, ohne sie zuzubinden, und stürmt zum Wagen. Aus dem Augenwinkel sieht sie einen zweiten Löwen, dieses Mal ein Weibchen. Sie fragt sich, ob diese beiden allein sind und sich paaren.

Oder folgt ihnen gleich ein ganzes Rudel? Ihre Hand zittert unkontrollierbar, als sie den Schlüssel in der Tür dreht, ihren Körper auf den Sitz wirft und den Schlüssel in die Zündung steckt. Der Motor heult auf und zerreißt die morgendliche Stille.

Langsam, als hätte sie einen langen Augenblick darüber nachgedacht, dreht die Löwin sich um und schaut die Frau geradewegs an. Ihre Augen bohren sich durch die Windschutzscheibe und sehen genau in die Seele der Frau.

Was? Was ist das? In weniger Zeit als einem Atemzug ertappt die Frau sich dabei, dass sie mit der Löwin denkt. Dann legt sie den ersten Gang ein und donnert die wenigen Meter zu Ediths und Pauls Zelten, drückt mit voller Kraft auf die Hupe und lässt die Räder durchdrehen.

Sie wirft einen Blick zurück auf die Löwin, die immer noch ruhig dasteht und ihr nachschaut. Sie weiß, dass die Riesenkatze den Raum zwischen ihnen im Bruchteil einer Sekunde überqueren kann. Was das Männchen nicht gesehen hat, erkennt die Löwin jetzt.

Die Frau kurbelt das Fenster hinunter. „Löwen!“, schreit sie. „Edith, Paul, kommt!“ Paul stürmt aus dem Zelt, das Gewehr in der Hand. „Ins Auto, schnell!“, keucht sie, beugt sich über den Beifahrersitz und stößt die Beifahrertür von innen auf.

Paul stellt keine Fragen. Er hat einen Stiefel an und einen in der Hand, hüpft zur offenen Tür und hievt sich gerade auf den Sitz, als Edith aus ihrem Zelt auftaucht und auf den Rücksitz rutscht. Die Frau nimmt den Fuß vom Bremspedal und tritt das Gaspedal voll durch. Die Kupplung hüpft, als sie in den zweiten Gang schaltet.

Der Wagen fliegt über die Dornensträucher, auf die sandige Straße, fort vom Fluss. Die Frau konzentriert ihre ganze Aufmerksamkeit auf das Autofahren. Erst am Wasserloch wird sie langsamer. Die Morgendämmerung zeigt sich jetzt an der rötlichen Färbung am Horizont. Sie bremst, lässt aber den Motor laufen, dann dreht sie sich zu Edith und Paul um.

Paul sitzt immer noch ruhig da und hat einen Stiefel auf dem

Schoß. Ein riesiges Grinsen zieht über sein Gesicht. „Und, hast du sie gesehen?“, fragt die Frau ungeduldig.

Paul grinst. „Eine wilde Nacht, was?“

„Lach mich nicht aus. Hast du die beiden gesehen?“

„Die beiden? Nein, ich habe die Löwin im Rückspiegel gesehen. Sie sah aus, als hätte sie dir etwas zu sagen. Ich gehe davon aus, dass wir in Sicherheit sind. Nichts passiert?“

„Ich habe sie beide gesehen“, sagt Edith. Ihre vielen Zöpfe liegen wie ein Umhang über ihren Schultern. „Was ist passiert?“

„Wie könnt ihr beide nur so ruhig bleiben? Nein, es ist nichts passiert, nur mein Zelt wurde von dem Löwen zerrissen. Das hätte mir übrigens auch passieren können. Der Löwe ist richtig über mich hinwegmarschiert. Genauer gesagt, gesprungen.“ Die Frau bemüht sich, ihre Stimme unter Kontrolle zu bekommen, und fragt sich: *Warum hören sie nicht auf, mich so anzugrinsen?*

Die Frau verzieht das Gesicht. Als sie den Lastwagen wieder herumlenken will, hebt Paul eine Hand, um sie daran zu hindern. „Warte, bleiben wir noch ein paar Minuten stehen. Das ist die beste Zeit, um die Tiere zu beobachten.“

Edith sagt: „Tut mir Leid. Mein Bruder wird dafür bezahlt, dass er im Einklang mit der Natur ist. Er hat zwar vielleicht einen tiefen Schlaf, aber sein Timing ist unschlagbar.“

Die Frau lehnt sich auf dem Sitz zurück und schaut zu, wie die Sonne in einem leuchtenden Farbenspiel am östlichen Horizont aufgeht; die Akazien um sie herum verbeugen sich tief und ehrfurchtsvoll. Rot- und Goldtöne ergießen sich über die Weite.

Im Außenspiegel bemerkt sie eine Bewegung. Das Löwenpaar springt den Sandweg hinter ihnen herab. Sie sagt nichts, stellt nur den Motor ab und kurbelt ihr Fenster hoch, während sie zusehen, wie die Löwen zum Wasserrand hinaufspringen und die Köpfe im selben Rhythmus ins Wasser senken.

* * *

In dieser Nacht rufen die Sterne der Frau etwas zu. Ihr Gesicht ist warm unter dem glitzernden Sternenzelt. Sie spaziert eine kurze Strecke vom Lager weg, den Kopf zurückgeworfen, und geht immer ein paar Schritte auf einmal. Benommen von der überwältigenden Menge an Lichtern über ihr, Sterne von Horizont zu Horizont, erinnert sie sich an ihre Jungen. Sie erinnert sich an die Namen der Sterne, erinnert sich an die Herausforderung der Jungen an sie in jener verzauberten Nacht in einer anderen Dimension, als Simba mkali sich endlich ihr gegenüber öffnete.

Sie schaut an ihrem Arm hinab und wünscht sich, sie könnte immer noch Kleiner Löwes Berührung hier fühlen, während sie seine Worte deutlich hört: *„Mein Bruder, er sagt es nicht, aber wir fragen uns beide: Vertrauen* Sie *Gott?"*

Jetzt spürt die Frau eine Veränderung, hört sie ein Flüstern. Was hat Kleiner Löwe ihr einmal darüber erzählt, dass Gott den Weg zeigt? Sie lauscht auf die Stimme des Jungen. Ihr Schmerz, weil sie ihn vermisst, wird noch schlimmer. Selbst dieser verwaiste, wilde Junge konnte sehen, welche Menschen Gott nicht folgen, weil sie verloren, verirrt sind.

Ich bin verloren. Ich bin verloren und in der Dunkelheit und jetzt habe ich sogar diese Kinder verloren.

Die Worte kommen leise zu ihr. Sie schafft es nicht, wütend zu werden, greift nach der Bitterkeit. *„Und deine Ohren werden ein Wort hinter dir hören: ‚Das ist der Weg, gehe ihn', immer wenn du dich nach rechts oder nach links wendest."*

Die Frau weiß nicht, woher die Worte kommen, die in ihrem Herzen klingen. Und doch sehnt sie sich danach, ihrem Ruf zu folgen, während die Hoffnung durch die dürren Flächen ihrer Seele einströmt.

Konnte das möglicherweise ... der Weg zum Vertrauen sein? Zum ersten Mal öffnet sie sich und sucht.

Sie entscheidet sich bewusst, sich von der Dunkelheit abzukehren und zum Licht hinzuwenden, und weiß im selben Augenblick, dass sie nie allein unterwegs war. *„Komm zu mir."* Sie geht einen Schritt und dann noch einen, auf die tiefen Posaunen zu, die erklingen, ein einziger Ton, dessen Widerhall sie jetzt erfüllt.

Die Frau wählt das Vertrauen, wählt die Bereitschaft, sich finden zu lassen, wählt den Glauben.

Sie denkt an Kleiner Löwe, sein Lächeln, den vollen Klang seiner Stimme, an sein Geständnis, dass er sich danach sehnt, seinen richtigen Namen zu kennen. Sie schaut zu den Sternen hinauf, eine Decke voll Fürsorge, der Ruf der Sterne an sie, ein Wunsch, ein Seufzen, eine Prophezeiung. Sie hat die Augen weit offen, als ein Wüstenwind die Arme um sie legt und sie ihn ihren Namen flüstern hört.

Teil 4

In dieser Nacht fühlte ich es. Ich fühlte es. In der stillen Umarmung und dem Murmeln des Nachtwindes erinnerte ich mich daran, wer ich war. Der Schreck durch den Löwen, der Frieden des unfassbaren, überströmenden Horizonts – diese Dingen halfen mir, an einen Ort des Wissens zu kommen. Die Löwen rüttelten etwas in mir frei. Den ganzen Tag drehte ich mich immer wieder um, war mir des Lichts mit den langen Schatten bewusst, als würde seine Gegenwart mir folgen.

Nicht im Donnern des Löwengebrülls, sondern in jenem sanften Windhauch, während die Sterne ein Lied summten, begann ich, mich selbst wiederzufinden.

48

Dieser Wind begann in der Weite des Landes und fegte über die Berge, über die Wüste und begegnete Miriam an jenem dunklen Ort, ihrem Verstand in der Wildnis.

Miriam kehrte zum Lager zurück und sagte: „Ich kenne ... meinen Namen."

Paul stand schnell auf und schaute in die Dunkelheit hinein. Edith schaute sie aufmerksam an.

„Ich. Mein Name. Ich heiße Miriam. Miriam Vree."

„Karibu nyumbani. Willkommen zu Hause. Deine Heimkehr, meine Schwester Miriam. Du bist zu dir nach Hause gekommen!"

In Ediths Armen fühlte sich Miriam wirklich, als wäre sie nach Hause gekommen. „Es gibt noch mehr", sagte sie.

Paul wartete, dann schaute er ihr in die Augen. Während er Miriams Geschichte zuhörte, zog tiefes Staunen über sein Gesicht.

„Was ist?", fragte sie lachend.

„Ich bin nur erstaunt, dass unsere Gebete so schnell erhört wurden. Wahrscheinlich hätten wir wissen können, dass Gott dir auf diese Weise begegnet. Es ist ein Wunder, dass dein Gesicht nicht leuchtet und deine Hüfte nicht ausgerenkt ist. Gott begegnete dir, wie er Elia begegnete. Nicht in einem krachenden Donner oder Feuer, das vom Himmel fällt, sondern in der sanften Berührung eines Windhauchs. Zweifellos ein Südwind", fügte er hinzu.

„Wie bitte?" Miriam strich sich die Haare aus dem Gesicht und starrte ihn verständnislos an.

Paul sagte: *„Hamlet.* ‚Ich bin verrückt Nordnordwest: Wenn der Wind aus dem Süden kommt, kann ich einen Falken von einer Handsäge unterscheiden.' Hamlets Fluch, ein verirrter Verstand, wenn der Wind aus der falschen Richtung bläst."

„Hamlet? Ist das nicht ...?"

„Shakespeare. Erinnerst du dich an ihn?"

Miriam wandte sich an Edith. „Unser Safariführer kann also auch

Shakespeare zitieren? Was für einen Bruder hast du denn da, Edith?“

„Einen ganz besonderen, Miriam. Ah, mir gefällt dein Name.“

In dieser Nacht streichelte Miriam, während sie Ediths gleichmäßigem Atem in dem Zelt lauschte, das sie jetzt miteinander teilten, den Ring um ihren Hals und fuhr mit den scharfen Kanten über die Innenseite ihrer Handfläche und drehte ihn hin und her. *Ich kenne jetzt meinen Namen, aber wer gab mir diesen Ring? Weiß er, dass ich hier bin? Wie lange habe ich ihn geliebt? Wie ist sein Name?*

* * *

Früh am nächsten Morgen fuhren sie, bevor sie den Park verließen, um nach Arusha zurückzukehren, auf denselben Berg wie ein paar Tage zuvor. Sie fuhren in dem Wagen mit Allradantrieb die gewundene Straße hinauf, dann bogen sie um eine Ecke. Miriam schaute nach unten. Was vorher von einer Wolke bedeckt gewesen war, leuchtete jetzt in einer Schönheit wie aus einer anderen Welt.

Sie keuchte.

Edith drehte sich vom Beifahrersitz, wo sie neben Paul saß, um und sagte: „Oh, Miriam, das wusstest du nicht, oder?“

„Ich ... hatte keine Ahnung.“

Paul erklärte: „Der Ngorongoro-Krater ist wie ein Stück vom Himmel, das Gott vergessen hat, wieder mit in den Himmel zu nehmen. Im Inneren dieses Vulkankraters ist ein Paradies aus Wasser, Gras und Tieren. Herden von Zebras, Büffeln und Impalas grasen in einem kühlen, grünen Tal inmitten dieser Dürre. Die Nashörner gehen nie von hier weg. Die Elefanten ziehen manchmal auf der Straße weiter, und die Giraffen bahnen sich einen Pfad nach oben, aber die meisten der Tiere werden hier geboren und sterben hier.“

Der Lastwagen blieb auf der Straße und bewegte sich über den Rand und in den Krater hinab. Wegen des Nebels hatte Miriam keine Ahnung von alledem gehabt, als sie und Edith vor ein paar Tagen an diesem Tal entlanggefahren waren.

Sie durchquerten einen Talgrund, auf dem sich viele Tiere tummelten. Miriam sah Flamingos, Hunderte über Hunderte, die das Seeufer hellrosa färbten. Sie wurden Zeugen einer weiteren Löwenjagd. Dieses Mal ging eine der Löwinnen auf Beutejagd, kletterte dann einem Büffelkalb auf den Rücken und zog es mit den Krallen nach unten. Miriam konnte alles durch das Fernglas so deutlich sehen, dass sie mit dem Beutetier mitfühlen konnte und erschauderte. Es war nach ein paar Sekunden vorbei, und die Löwinnen machten sich bereits über das Fleisch her. Ihr Hals war vor Blut ganz rot.

Während Miriam die Löwen beobachtete, ertappte sie sich bei dem Gedanken: *Ich weiß, wie sich das Beutetier fühlt.* Dann warf sie die Schultern zurück und tadelte sich. *Ich erhole mich von Tag zu Tag mehr. Außerdem, falls irgendetwas passieren sollte, können Edith und Paul mich beschützen.* Diese starke Überzeugung, das jemand sie jagte, war bestimmt nur eine dumme, unbegründete Angst.

An diesem Nachmittag verließen sie den Park und fuhren nach Arusha zurück, wo sie in ein Flugzeug nach Mosambik stiegen. Miriam saß auf dem Rücksitz und ging in Gedanken noch einmal alles durch, was ihr auf dieser Safari passiert war. Sie konnte nicht glauben, dass sich in so kurzer Zeit so viel verändern konnte. „Wer auch immer dein Freund Emmanuel ist, er hatte Recht“, murmelte Miriam.

Aber Edith hörte sie nicht.

* * *

Sie flogen nach Maputo. Von dort aus flogen sie mit einem kleinen Flugzeug in den Norden weiter. Edith und Paul war gesagt worden, dass sie in die Grenzregion an der Küste von Mosambik fliegen sollten, knapp hinter der mosambikanischen Grenze ins Gebiet Cabo Delgado. Von der Flugzeuglandebahn aus war es nicht leicht, den genauen Standort des Lagers ausfindig zu machen, aber dank Pauls entschlossener Bemühungen und eines weiteren verborgenen Talents als Hubschrauberpilot lief Miriam bald unter den Hubschrauberrotoren über eine windige Wiese, hinein in ein weites Meer aus blauen Kunststoffzelten.

Das Lager war ein reines Übergangslager, ein Auffanglager für Menschen, die aus Lagern in anderen Ländern zurückkehrten und in ihr Heimatdorf irgendwo in Mosambik zurückgehen wollten. Deshalb standen auf der freien Fläche keine dauerhaften Gebäude, keine Steingebäude. Blaue Planen mit den Insignien des UNHCR (dem Flüchtlingshilfswerk der Vereinten Nationen) dienten in allen Zeltunterkünften als Wände und Dächer.

Die UNHCR-Mitarbeiter hatten die Aufgabe übernommen, die zurückkehrenden Flüchtlinge wieder einzugliedern. Die große Zahl der Menschen, denen sie zu helfen versuchten, überstieg bei weitem die Kapazitäten der ausgebildeten Kräfte, obwohl ihnen viele ehrenamtliche Mitarbeiter aus aller Welt zur Seite standen wie Miriam, Edith und Paul.

Nachdem sie sich in ihrem Zelt eingerichtet hatten, sah Miriam Edith in einem Kreis von Kindern stehen, das tiefe Burgunderrot und Gold ihres Kleides und ihrer Kopfbedeckung um sich gebreitet. „Du siehst aus wie eine afrikanische Königin", sagte Miriam.

Edith stimmte mit der Gruppe Lieder an und hatte sie bald so weit, dass sie in die Hände klatschten und mit ihr tanzten. Miriam schaute sich die Kinder, die auf dem Boden saßen, genauer an und sah, dass mehreren ein Bein fehlte. Die meisten der älteren Mädchen hatten in bunten Tüchern Babys auf den Rücken gebunden.

In den folgenden Tagen tauchte Miriam schnell in dem aufregenden Treiben unter, bei dem Menschen geholfen wurde, in ihre Heimat zurückzukehren. Jeden Tag kamen mehr Flüchtlingsbusse an, und die Hilfskräfte mussten darauf achten, dass jede Familie genug Essen für den Rest der Heimreise, einen Vorrat an blauen Plastikplanen und Werkzeug und Samen bekamen, um in der bevorstehenden Regenzeit aussäen zu können.

Das UNHCR hatte ein Programm aufgestellt, um die Flüchtlinge für ihre Rückkehr in ihre Dörfer mit dem Lebensnotwendigen zu versorgen, während es gleichzeitig versuchte, einige Programme zum Wiederaufbau von Häusern, Schulen und Straßen in Gang zu bekommen. Sowohl die Mitarbeiter als auch die Rückkehrer waren sich bewusst, dass nach drei Jahrzehnten Krieg die Häuser, in die die meisten Menschen zurückkehren wollten, längst zerstört worden waren.

Das Lager selbst war in kleinere Einheiten aufgeteilt. Straßen verliefen im rechten Winkel durch das Gelände. Auf beiden Seiten der Straßen standen die Zelte. Die Verwaltungs- und Ausbildungszelte waren höher als die anderen. Einzelne Mitarbeiter der Hilfsorganisationen kümmerten sich um verschiedene Aufgaben: Wasser, Nahrung, soziale Dienste und medizinische Versorgung. Ein Zelt des Roten Kreuzes diente als kleines Lazarett, aber nur für Notfälle. Hier und da gaben große Bäume Schatten, aber der größte Teil des Geländes bestand nur aus Hunderten von Zelten. Nichts erweckte den Eindruck von Dauer. Es war ein Übergangslager. Wenn das Repatriierungsprogramm abgeschlossen war, wurden die Zelte abgebaut und an den nächsten Ort gebracht.

Während ihrer kurzen Ausbildung hörte Miriam, wie ein leitender Mitarbeiter sagte: „Wir arbeiten fünfundachtzig Stunden in der Woche, aber es ist eine wunderbare Erfahrung, diese Menschen zu sehen. Ihre Häuser sind zerstört, die Straßen sind ruiniert, und einige humpeln auf einem Bein nach Hause. Aber sie sind glücklich."

Es stimmte. Eine fast greifbare Hoffnung durchdrang das Lager. Miriam spürte diese Hoffnung bei den Hilfskräften, die froh waren, dass sie arbeiten konnten, ohne eine unmittelbare Katastrophe bewältigen zu müssen, aber besonders spürbar war die Hoffnung bei den Mosambikanern, die ihre Freude nicht zügeln konnten, endlich nach Hause zu kommen.

Sie fand auch bald heraus, dass zwar viele Menschen Kisuaheli sprachen, dass aber ihr dürftiges Portugiesisch dringend gebraucht wurde. Einer der UN-Hilfskräfte erklärte, dass die meisten Menschen in Ostafrika mindestens drei Sprachen fließend beherrschen:

ihre eigene Stammessprache; Kisuaheli, die Sprache Ostafrikas, die sich über Uganda, Ruanda, Burundi, Zaire, Kenia, Tansania, Südsomalia und die nördliche Küstenregion von Mosambik erstreckt; und dazu entweder Englisch, Französisch oder Portugiesisch, je nach der Kolonialgeschichte ihres jeweiligen Heimatlandes. Für die Mosambikaner war diese Sprache Portugiesisch.

Das erste Mal, als Miriam Zeuge davon wurde, wie eine Busladung heimkehrender Flüchtlinge im Lager ankam, sprang ein Mann heraus und begann zu rufen. Er drehte sich zu allen um, die noch im Bus waren, und rief: „Gott hat uns das Wunder des Friedens geschenkt. Wir können so dankbar sein!"

Männer und Frauen strömten aus dem überladenen Bus, einem Modell aus den fünfziger Jahren. Viele von ihnen knieten sich auf der Stelle nieder und küssten die Erde. Sie trugen Kinder und Bündel. Miriam wusste, dass ihr ganzer weltlicher Besitz sich wahrscheinlich in diesen Bündeln befand. Sie sah zu, wie die Frauen sich Lasten auf den Kopf hievten und mit den Händen an den Hüften davongingen. Sie sah einen jungen Mann, der auf seinem einzigen Bein aus dem Bus hüpfte, mit einer selbst gefertigten Holzkrücke unter jedem Arm.

Miriam ging auf ein junges Mädchen mit einem Kleinkind und einem Baby auf den Hüften und einem dritten auf dem Rücken zu. Sie bot an, das Baby zu tragen, während sie zum Registrierungsbüro gingen. Das Mädchen dankte Miriam immer wieder, als wäre Miriam für den Frieden verantwortlich. „Ich habe geschworen, wenn ich je die Erlaubnis bekäme, nach Hause zurückzukehren, würde ich als Erstes auf die Knie gehen und Gott dafür danken, dass er mich zusammen mit meinen Kindern zurückgebracht hat."

„Die drei sind hübsch", bemerkte Miriam. Das Baby hatte Miriams Haare entdeckt und steckte seine dicken Fingerchen in ihre Locken und zog sie aus dem kurzen Pferdeschwanz, den sie sich an diesem Morgen gebunden hatte.

„Alle drei wurden außerhalb ihres Landes geboren. Aber unser Name ist nicht mehr Wakimbizi, ‚Die, die weglaufen'. Wir sind keine Flüchtlinge mehr. Jetzt sind meine Kinder zu Hause." Ihre Stimme zitterte vor innerer Erregung, als sie das letzte Wort sagte.

Miriam schaute das Mädchen scharf an, überrascht über den Neid, der sich in ihr plötzlich regte. *Was ist mein Zuhause? Wo ist meine Familie?* Die bekannte Verzweiflung meldete sich in ihr. Miriam versuchte, sie mit dem Gedanken zu ersticken, dass ihre Situation gewiss ganz anders war, aber diese Verzweiflung erstickte jede Hoffnung in ihr.

Du wirst sie nie finden. Es ist schon zu spät.

* * *

Jeden Tag im Auffanglager stand Miriam bei Tagesanbruch auf und kehrte lange nach Einbruch der Dunkelheit in ihr Zelt zurück. Obwohl sie normalerweise ein paar Sekunden, nachdem sie auf ihr Feldbett fiel, einschlief, wurden ihre Nächte oft von aufwühlenden Träumen über die jungen Opfer von Landminenunfällen gestört, die sie jeden Tag durch das Lager humpeln sah.

Eines Nachts kam so etwas wie ein Erinnerungsfetzen und drängte sich in ihr Bewusstsein.

Ich schaue auf einen orangefarbenen Plastikeimer mit Elritzen hinab. Ich trage den Eimer, das Licht spiegelt sich auf dem Wasser. Eine Kinderhand hält den Griff neben meiner Hand, unsere Haut berührt sich. Meine andere Hand liegt in der Hand eines Mannes. Ich sehe die Spuren unserer drei Fußpaare, die nebeneinander durch den Sand gehen.

Miriam erwachte davon, dass sie die Finger in ihre Schultern presste und Blut im Mund hatte, weil sie innen an ihren Wangen gekaut hatte.

Sie und Edith teilten mit zwei Schwedinnen und einer irischen Nonne ein Zelt. Aber Edith war fast nie hier. Miriams einzige Chance, Edith ohne den ständigen Kinderschwarm, der sie umlagerte, zu sehen, war bei den wöchentlichen Mitarbeiterbesprechungen.

Bei ihrer zweiten Besprechung dieser Art hörte Miriam, dass

bereits über eine Million Mosambikaner zurückgekommen waren. In einer überwältigenden Reaktion auf die Friedensnachricht eilten sie nach Hause und strömten durch mindestens zehn verschiedene Eingangstore ins Land. „Wir erleben hier etwas ganz Besonderes“, erklärte der UN-Mitarbeiter. „So etwas ist noch nie da gewesen. Höchst ungewöhnlich.“

Später ging Miriam auf Edith zu, die tief in ein Gespräch mit einem Kollegen verwickelt war. Sie hörte, wie Edith sagte: „Am meisten macht mir zu schaffen, dass hier so viele Kinder sind, die wegen der Landminen einen Arm oder ein Bein verloren haben. Ich weiß nicht, wie ich meine eigenen Gefühle unter Kontrolle behalten soll.“

Miriam stand neben Edith, überrascht und zugleich erleichtert zu hören, dass sie nicht die Einzige war, die von diesen Bildern um den Schlaf gebracht wurde.

Der Mann, der ihnen gegenüberstand, ein Nigerianer, der für UNICEF arbeitete, sagte: „Wenigstens haben wir hier relativ wenige Waisenkinder, weil die Familien zusammenblieben oder schnell wieder zusammengeführt wurden, nachdem sie aus dem Land flohen.“ Dann rief er jemandem auf der anderen Seite des Besprechungszeltes etwas zu und ließ die zwei Frauen allein stehen.

„Er ist eigentlich nicht auf das eingegangen, was du gesagt hast, oder?“, fragte Miriam.

Edith schaute sie an und sagte: „Nein. Aber vielleicht gibt es keine Antwort. Ich glaube, es wühlt uns alle auf, so viele zu sehen, die Gliedmaßen verloren haben. Jeder verarbeitet das anders. Ich weiß noch nicht, wie ich es verarbeiten soll, noch nicht. Warum, glaubst du, *fliegen* sie Hilfskräfte an Posten innerhalb des Landes? Und diese Menschen müssen jetzt über mit Minen verseuchte Straßen fahren und gehen, um in ihre Heimatdörfer zu gelangen.“

Sie seufzte und drehte sich zu Miriam um. „Was ist mit dir? Tut es dir Leid, dass ich dich hierher gebracht habe? Du weißt, dass ich für dich da bin, wenn du mich brauchst.“ Edith hakte sich bei Miriam unter und führte sie aus dem Zelt hinaus.

Miriam schaute ihre Freundin an. Sie trug eine Jeans und eine Bluse mit einem hellen lila-silbernen Stickbild auf der Vorderseite. Edith hatte sich die Zöpfe wie eine Krone in einem Kreis auf den Kopf gewunden, wodurch sie ein paar Zentimeter größer aussah als gewöhnlich.

Miriam fragte sich, ob jetzt ein guter Zeitpunkt wäre, das Bild zu erwähnen, an das sie sich erinnerte. *Aber wie kann ich überhaupt sicher sein, dass es eine Erinnerung und nicht nur ein Traum war?* Miriam lachte unsicher. „Ob es mir Leid tut, dass ich hier bin? Nein, überhaupt nicht. Aber mir geht es genauso wie dir. Ich dachte, das liege daran, dass ich das alles zu nahe an mich heranlasse wegen meiner eigenen ... Situation. Aber wie sich herausstellt, geht es dir genauso. Das hilft mir."

Edith fuhr mit einem kühlen Finger über Miriams Schläfe. „Immer noch nichts als deinen Namen? Kein Hinweis auf die Vergangenheit?"

Miriam dachte an den Geruch des Sees, das vertraute Gefühl an ihrem Rücken im Zelt und an das Bild von dem orangefarbenen Eimer. Selbst wenn ihre Sinne ihr diese Bruchstücke aus ihrer Vergangenheit schenkten, genügten sie nicht, um das Rätsel zu lösen und ihr zu verraten, was mit ihr passiert war.

Sie schüttelte den Kopf und sprach lieber von etwas Realem. „Diese Kinder ... also, meine verlorenen Jungen – ich muss die ganze Zeit an sie denken. Und wenn ich diese anderen Kinder sehe, ist es, als wären sie alle bei mir, aber ich kann sie nicht erreichen." Sie schwieg. „Deshalb habe ich mir gesagt, das wäre der Grund, warum die Kinder hier mich so anrühren. Meine Jungen plus die Tatsache, dass ich immer noch verwirrt bin, und ich bin kein Profi."

„Jetzt siehst du, dass auch wir so genannten Profis Probleme damit haben, mit einer Tragödie fertig zu werden. Weißt du, warum ich in letzter Zeit kaum schlafe? Weil ich davon träume, wie die Kinder, die hier so glücklich sind, ihr verlorenes Land schon sehen können und von einer Landmine in die Luft gejagt werden."

Edith schwieg, dann fügte sie hinzu: „Und dann sind da die so genannten Kindersoldaten. Ich habe sie auch in Tansania. Diese Kinder brechen mir wirklich das Herz – sie sind innerlich und äußerlich kaputtgemacht worden. Wie deine Jungen, nehme ich an. Willst du wissen, was ein Mädchen gestern zu mir sagte, als ich versuchte, sie davon zu überzeugen, dass es nicht ihre Schuld war, dass man sie vergewaltigt und gezwungen hat, andere zu töten? Sie sagte: ‚Gott ist böse auf uns, weil wir den Krieg angefangen haben, und er hat uns bestraft.' Ach, Miriam", seufzte sie. „Die Stimmen dieser Kinder verfolgen mich auf Schritt und Tritt."

In dieser Nacht erwachte Miriam davon, dass sie sich mit der Ferse gegen das Schienbein trat.

Ich laufe auf den Schatten zu. Die Sonne auf meinem Rücken. Ich bemühe mich, die Frau einzuholen, die immer einen Schritt vor mir ist, und dem Jäger zu entkommen, der nur einen Schritt hinter mir ist.

* * *

Die Explosionen in jener Nacht vor sechs Monaten hatten Owen auf den Boden geschleudert. Jetzt stand er da und lehnte sich an die Holzgitter des Käfigs, in dem er dahinvegetierte, seit sie ihn hierher gebracht hatten. Er erinnerte sich gut an die Nacht mit den furchtbaren Bomben, als er gedacht hatte, er würde bei lebendigem Leib in diesem Käfig verbrennen. Aber er erinnerte sich noch genauer an das letzte Mal, als er Martin gesehen hatte, zehn Tage vor jenem Überfall auf das Lager, als dieser Juri Falin ihn brutal getreten hatte, weil er Afghanistan angesprochen hatte. Der Preis, den Owen seitdem dafür bezahlt hatte, war viel zu hoch.

Owen hatte die Ereignisse bis ins kleinste Detail in seinem Kopf wiederholt. Er wusste immer noch nicht, ob die Entführung gezielt gegen ihn gerichtet gewesen war, und wenn ja, warum. Er war ein paar Wochen hier gewesen; dann hatte er Martin gesehen; dann hatte Falin ein paar Wochen lang Martin gezielt gegen ihn eingesetzt. Nach jenem Tag, an dem Falin ihm verraten hatte, dass es bei der Sache um den Sudan ging, war nichts mehr gekommen. Außer den Bomben natürlich. Aber kein Kontakt mehr mit Falin und noch schlimmer, kein Wort über Martin.

Soweit Owen wusste, konnte Martin bei diesem Bombenangriff getötet worden sein. Er versuchte, sich nicht mit solchen Gedanken selbst zu quälen, aber die langen Tage und die noch längeren Nächte nährten seine Ängste und malten ihm eine Vielzahl von Szenarien vor Augen, während die Wochen und Monate schleppend vergingen.

Owen musste zugeben, dass Falin gut war. Er hatte den Schaden, den Owen anrichten könnte, dadurch begrenzt, dass er ihn einfach einsperrte. Null Kommunikation. Jeden Tag versuchte Owen, von den Wachleuten Informationen zu bekommen, aber niemand gab ihm eine Antwort auf seine Fragen. Owen verstand, dass das Falins Art war, ihn dafür zu bestrafen, dass er ihm die Informationen über den Sudan und über Falins Hintergrund entlockt hatte und dass er einen seltenen Blick auf seine mögliche Schwäche hatte werfen können. Owen wollte nicht darüber nachdenken, warum Falin Martin von ihm weggenommen hatte. Gewiss hatte es damit zu tun, dass er Owens Einfluss auf den Jungen reduzieren und seinen eigenen Einfluss auf ihn verstärken wollte.

Aber das war alles Spekulation. Vielleicht war Falin tot. Die Wachleute, die ihm sein Essen und Wasser brachten, sagten nichts. So sprach Owen sechs schreckliche Monate lang nur mit sich selbst und ging in seinem Käfig auf und ab.

Sie hatten den Käfig so gebaut, dass er dreißig Zentimeter niedriger war, als er groß war. Er konnte alle um sich herum sehen, und sie konnten ihn sehen. Immer wenn seine Schultern in der gebückten Haltung nicht mehr schmerzten, ließen sie ihn hinaus und frei herumlaufen, so dass seine Schultern wieder schmerzten, wenn er in den Käfig zurückmusste. Er hatte versucht, sich einen Fluchtplan auszudenken, fand aber keine Möglichkeit, aus der Falle, in der er saß, zu entkommen. In den wenigen Augenblicken, in denen sie ihn hinausließen, standen drei Männer Wache.

Sein Gürtel passte ihm längst nicht mehr. Seine Hände zitterten, wenn er sie anschaute.

Owen zählte die Kerben, die er in den dicksten Holzpfosten geschnitzt hatte. Ja, sieben Monate insgesamt – sechs Monate seit den Explosionen und dem letzten Mal, als er Martin sah. Also war jetzt Juni. Er sagte sich, es sei wichtig, sein Zeitgefühl nicht zu verlieren. Deshalb ging er die Daten auch immer wieder durch.

Er schritt auf und ab, gebeugt, bis sein Nacken und seine Schultern schmerzten; dann ließ er sich auf den Boden fallen und machte Liegestützen – jeden Tag weniger, fiel ihm auf. Sieben Monate oder zweihundertelf Tage lebte er, überlebte er, vegetierte er in diesem Käfig dahin. Er beobachtete die Insekten und hörte den Vögeln zu, dankbar jetzt, dass er den Käfig hatte und nicht in einer geschlossenen Zelle oder einem Loch in der Erde eingesperrt war. Hier konnte er wenigstens frische Luft atmen.

Owen hatte die Disziplin gelernt, seine Gedanken auf Martin und Miriam zu konzentrieren. Er nahm sich jeden Tag vor, sich seine Liste mit Eigenschaften, Augenblicken, Erinnerungen ins Gedächtnis zu rufen und dann eine neue hinzuzufügen. Jeden Tag eine.

Dazwischen gewebt, flocht er an einem Teppich aus Gebeten. *Beschütze sie. Bring uns wieder zusammen. Bewahre sie vor Schaden. Schicke Leute, die mich hier herausholen.*

Damit begann seine feste tägliche Routine. Als Nächstes fuhren seine Finger so lange durch seinen Bart, bis die Knoten weg waren, dann kam Gymnastik, danach sagte er sich alle Gedichte und Bibelstellen und Theaterstücke laut auf, die er auswendig konnte.

Und dann kehrte er zu dem Buch zurück, das er in seinem Kopf schrieb. Jedes Wort und jede Formulierung und jeder Satz stand in seinem Gedächtnis. Owen rezitierte es laut, Kapitel für Kapitel, bevor er einen neuen Absatz zu schreiben begann – manchmal zwei am Tag.

Das Buch handelte davon, dass man anderen zur Seite steht, ihnen dient, Liebe in kleinen Taten lernt, die später zu den großen Taten werden, die nötig sind für eine Konfliktbewältigung.

Er gründete seine Ausführungen auf einen Satz, der vor rassistischer Überheblichkeit warnte: „Lasst uns umgürtet sein mit dem Tuch der Brüderlichkeit."

„In der heutigen Welt", rezitierte er jetzt laut für sich selbst, „genügt es nicht, einfach das Ende eines Konflikts durch Verhandlungen herbeizuführen. Man muss auch dafür sorgen, dass Umstände geschaffen werden, die dem Frieden eine Chance *geben.* Ich spreche hier von einer Infrastruktur des Friedens, die dem politischen Entscheidungsprozess zugrunde liegt – Vorkehrungen wie Übergangslösung und Wahlhilfen. Für einen dauerhaften Frieden ist ethisches Verhalten nötig ..."

49

Am nächsten Morgen sollten sieben Busse mit Kindern gleichzeitig eintreffen. Die Kinder waren ihren Eltern vorausgeschickt worden. Das UNHCR-Büro bat alle nicht staatlichen Hilfsorganisationen, so viele Hilfskräfte wie möglich zur Verfügung zu stellen, um diese Kinder aufzunehmen und zu versorgen, bis ihre Eltern einträfen.

Miriam kam außer Atem an der Straße an und sah Edith und Paul auf der anderen Seite des Feldes stehen. Sie winkte und wollte gerade auf sie zugehen, als die Busse anrollten.

Im nächsten Augenblick ergoss sich aus den alten Fahrzeugen ein wahrer Wasserfall an Farben und Lachen, Rufen und Jubeln. Miriam blieb ruhig stehen. Die Kinder kamen auf sie zugelaufen. Hunderte von ihnen, in jedem Alter, alle während des Krieges geboren, in einem anderen Land – nicht in ihrem Land, nicht in diesem Land, nicht zu Hause. Jetzt, als sie zum ersten Mal in ihrem Leben nach Hause kamen, kreischten sie vor Glück.

Diese früheren Flüchtlingskinder trugen T-Shirts, abgetragene T-Shirts aus aller Welt. Auf einigen standen Slogans von erfundenen Sportmannschaften wie „Giants American Football". Worte auf Französisch und Englisch verkündeten auf ihrer Brust Slogans von gestern, von vergangenen Schlachten, gehofften Träumen, verkauften Produkten, besuchten Städten, weggeworfenen Dingen. Ein Junge sprang hoch in die Luft, die Arme weit ausgebreitet, und jubelte. Auf seinem Hemd stand: STRESS.

Die Kinder rannten über das Feld, eine Wolke an Geräuschen und Aufregung brach los, bis sogar die erwachsenen Mitarbeiter nicht mehr anders konnten als zu lachen, zu grinsen und in den Chor „*Karibu! Karibu!* Willkommen, willkommen!" mit einzustimmen. Überall, wie ein weites Feld mit Wildblumen, die sich im Wind wiegen, breitete sich das strahlende Grinsen aus, die funkelnden Augen und die Triumphrufe der Kinder.

Miriam stand sehr ruhig da und sog alles in sich auf: ältere Geschwister, die kleinere festhielten, nackte Brüste und knochige Gesichter, Verwundete mit Krücken, überall Staub, Hände, die sich berührten und winkten, kleine Bündel mit Besitztümern. Viele Kinder trugen drei Schichten abgetragener Hemden mit zerschlissenem Kragen am Leib, weite Shorts, keine Schuhe. Die jüngeren Mädchen hatten Baumwolltücher um die Hüfte gewickelt, Babys auf den Rücken gebunden. Ein kleiner Junge mit Sternen auf seiner Shorts und einem gelben, langärmeligen Hemd stürmte geradewegs auf Miriam zu und umarmte ihre Beine.

Bei seiner Berührung traf die Sturmflut der Gefühle Miriam mit voller Wucht. Sie taumelte zurück und hörte ihre Stimmen:

„Komm, Bruder, wir sind zu Hause!“

„Siehst du, ich habe dir gesagt, dass es grün und schön ist.“

„Kein Flüchtlingslager mehr!“

„Heute ist ein guter Tag – der beste Tag in meinem ganzen Leben!“

„Zeigt ihnen, was wir geübt haben.“

Und das Singen. Sie sangen und jubelten und lachten und lächelten und scherzten und sprangen und liefen und spielten und tanzten, bis Miriam es nicht länger ertragen konnte. Sie fuhr mit der Hand über die Wangen des Kindes zu ihren Füßen. Als sie seine Tränen fühlte, bückte sie sich in den Staub und nahm ihn in die Arme. Er lachte und weinte, seine kleine Hand zitterte wie Espenlaub, als er sie an ihr Gesicht hob und ihr dann die Träne zeigte.

Andere Kinder kamen auf sie zu, umarmten sie, dankten ihr, ohne überhaupt zu wissen, wer sie war oder was sie getan oder nicht getan hatte. Miriam verlor das Gleichgewicht und fiel nach hinten. Der Junge hob seine rechte Hand zu ihrem Gesicht hoch und gluckste so sehr, dass er umfiel und sich mit der anderen Hand den Bauch hielt.

Mehr Kinder gesellten sich zu ihnen. Miriam stimmte in ihr Lachen ein, ließ sich davon mitreißen, bis sie ihre eigene Kehle diese Geräusche bilden hörte. Tränen liefen ihr über die Wangen. Kinder berührten sie, hielten sie, fuhren ihr mit den Händen über den Rücken, über die Schultern, durch die Haare. Einige fingen an, in einem Kreis um sie und die Kinder auf ihrem Schoß herumzutanzen. Sie bewegten die Hüften und den Bauch zu einem unsichtbaren Rhythmus, den sie alle fühlen konnten. Andere stimmten in das Lied mit ein und klatschten in die Hände. „Wir kommen heim! Wir kommen heim! *Deus obrigado!* Dank sei Gott!"

Auf diese Weise zeigten die Kinder Miriam ihre grenzenlose Dankbarkeit und brachten ihre Freude als Opfer für den ganzen Schmerz und die Verzweiflung, sowohl ihre eigene Verzweiflung und ihren Schmerz als auch Miriams Verzweiflung und Schmerz, und wischten mit ihren und Miriams Tränen alles davon weg, eine Taufe reiner Freude. Sie saugte es auf, als sitze sie am Ufer eines tropischen Strandes; das warme Wasser der Stimmen dieser Kinder schmolz ihren Winter aus starrer Angst weg.

* * *

„Miriam! Miriam!"

Miriam folgte den Kindern. Sie suchte unter ihnen. Ihr Lachen und Singen und ihre Geschichten zogen sie in ihren Bann. Sie ließ sich sogar von ihrer Hoffnung anstecken und fasste selbst wieder etwas Mut.

„Miriam!" Als Edith sie einholte, fragte sie: „Ist etwas passiert? Warum läufst du so? Ich habe gesehen, wie du weggingst. Was ist? Wen suchst du?"

Miriam schaute sie einen Augenblick an, dann sprach sie zögernd. Die Worte kamen im selben Augenblick wie die bruchstückhaften Erinnerungen: „Ich hatte ein Kind, mein eigenes Kind. Ich erinnere mich, dass ich ein Kind suche. Ich habe einen Sohn verloren. Ich soll nach ihm suchen."

„Und dein Mann?", fragte Edith.

Miriam schüttelte den Kopf, immer noch unsicher. „Ja, ein Mann. Ich kann meinen Sohn auf den breiten Schultern eines Mannes sehen, der auf einem weißen Strand auf mich zukommt, aber die Sonne blendet mich. Ich sehe sein Gesicht nicht. Sein Name?" Sie schaute sich um und sah die vielen Kinder, die immer noch alle lächelten und aufgeregt vor Freude waren. Miriam sagte: „Es hat etwas mit Mosambik zu tun, mit diesem Ort, mit dem Lachen dieser Kinder ..."

Der kleine Junge mit den Sternenshorts lief zu Miriam zurück und rief: „Danke für den Frieden! Danke für den Frieden!"

„Aber ich habe nicht ...", wollte Miriam ihm widersprechen.

„Wer hat ihn dann gemacht? Ich möchte ihm die Hand schütteln und Danke sagen!" Der Junge lief wieder davon.

Miriam stand da und schaute ihm nach. Seine Frage öffnete ihr die Augen.

* * *

Miriam saß neben Edith. Die zwei Frauen waren allein unter einem Baum. „Owen", wiederholte sie. „Der Name meines Mannes ist Owen. Owen O'Neill." Miriam schaute zu der riesigen Kinderschar hinüber, die jetzt ruhiger geworden war, aber immer noch genauso triumphierte wie vor zwei Stunden. Die Hilfskräfte teilten sie in kleinere Gruppen ein und versuchten, Geschwister und Verwandte zusammenzulassen. „Was ist gerade passiert?", fragte Miriam Edith.

Edith sagte: „Wenn ich alles, was du mir gerade erzählt hast, richtig verstehe, dann ist es wahrscheinlich ein Zusammenwirken verschiedener Faktoren. Da sind die Kinder, dieselben Kinder, die dir dein Mann als so besonders beschrieben hat, mosambikanische Kinder. Und da ist der Frieden, der Frieden, den er herbeizuführen geholfen hat, und du bist in demselben Land, in dem er zuletzt arbeitete. Zu alledem kommt die emotionale Wirkung, die das Lachen dieser Kinder und ihre fröhliche Heimkehr auf dich ausübt. Ich denke, das alles hat dich einfach überrollt und dich deine Erinnerung wiederfinden lassen. Die Kombination rüttelte an deinem Gedächtnis und half dir, dich zu erinnern, wer diesen Frieden möglich gemacht hat. Das alles kam genau auf die richtige Weise zusammen und hat dich freigemacht, um dich selbst zu finden. Dieser Prozess begann damit, dass der Löwe in deinem Zelt etwas ‚aufgerüttelt' hat, wie du es ausgedrückt hast. Jener Vorfall diente als Katalysator, der Schock und das Adrenalin haben in deinem Kopf etwas freigesetzt. Dass du deine körperliche Gesundheit wiedererlangt hast und dich an deinen Namen erinnert hast, waren erst die Anfangsschritte." Edith nahm ihre Hand. „Bist du bereit dafür?"

Miriam nickte.

„Willst du dann mit mir beten, Miriam?"

Miriam beugte gern den Kopf und Ediths bekannter Segen nahm jetzt eine viel tiefere Bedeutung an.

„Herr, bitte segne Miriams Willen. Herr, bitte segne meine Schwester Miriam. Segne sie. Trage sie in deiner Hand, während sie ihre Schritte zurückverfolgt und den Weg noch einmal geht, der sie hierher gebracht hat."

Edith machte eine Pause, und Miriam wartete. „Miriam, etwas ist mir gerade in den Sinn gekommen. Halte jetzt die Augen geschlossen. Ich weiß, dass du dich entschieden hast, Jesus nachzufolgen. Aber hast du auch sein Geschenk angenommen?"

„Sein Geschenk?", murmelte Miriam. Ihr Kopf war wie betäubt.

„Du wurdest an diesen Ort gebracht, um etwas von Gott zu empfangen. Bevor wir ihn um seine Heilung bitten können, muss ich dich fragen: Hast du schon das Geschenk seiner Vergebung angenommen?"

„Nein." Ein langes Schweigen folgte. Miriam begann langsam zu weinen. „Ich kann mir nicht einmal selbst vergeben, dass ich diese armen Jungen verloren habe, die nichts und niemanden haben, ich kann mir nicht vergeben, dass ich mich nicht mehr darum bemüht habe, herauszufinden, wer ich bin, meinen Mann, Owen, zu finden, und einen Sohn, an dessen Namen ich mich nicht einmal erinnern kann – kannst du dir das vorstellen? Und andere Dinge, die ich zweifellos in meinem Leben falsch gemacht habe. Wenn ich mir nicht einmal selbst vergeben kann, dass ich alles verloren habe, dass ich sie alle verloren habe ..." Sie öffnete die Augen. „Wie kann Gott mir da vergeben?"

Edith drehte sich zu ihr und schaute sie an. Sie streichelte Miriams Arm. „Das ist genau der Punkt. Du hast es falsch herum angepackt. Es ist nicht möglich, uns selbst zu vergeben, solange wir nicht von Gott *seine* Vergebung empfangen. Buße ist ein Geschenk von Gott, genauso wie deine Tränen. Du hast auf dieser Safari die ersten Schritte gemacht. Jetzt geh noch ein paar weiter."

Miriam sagte: „Ich weiß nicht, wie er das sollte ..." Sie fühlte, wie Edith ihre Schulter drückte, als wollte sie sie anfeuern. Sie schloss wieder die Augen. „Du hast Recht. Es tut mir so Leid ... danke ..." Noch mehr Tränen erstickten ihre Stimme.

Ediths Arm lag liebevoll auf ihr. Miriam hörte ihre Freundin versprechen: „Eines Tages, bald, wirst du feststellen, dass du dir vergeben kannst, und dann wirst du sogar herausfinden, dass du für deine Feinde beten und ihnen vergeben willst. Aber lange zuvor wird deine Wiederherstellung, Gottes Heilung, einsetzen. Das verspreche ich dir, liebe Schwester. Und jetzt, bist du *sicher*, dass du bereit dafür bist?"

Miriam nickte wieder, und Edith erhob die Stimme. „Großer Gott im Himmel, heile Miriam, halte die Hand über sie, beschütze sie vor dem Bösen, während du ihr die Vergangenheit zeigst. Geh neben ihr, halte ihre Hand und offenbare ihr den Rest ihrer Geschichte. Das beten wir in deinem heiligen Namen. Amen."

Miriam schlug die Augen auf und sah eine tiefe Besorgnis in Ediths Gesicht. „Was jetzt?", fragte Miriam.

„Wir arbeiten uns zurück. Kannst du mir erzählen, was passierte, unmittelbar bevor Simba mkali dich fand? Bei wem warst du? Warum warst du allein im Busch? Vor wem bist du davongelaufen?"

* * *

Juri zählte die Monate. Ein halbes Jahr war vergangen, seit er sie verloren hatte, seinen bislang größten Juwel. Er schob die Schuld dafür auf die Liberianer und die Libanesen und die Libyer.

Die Liberianer hatten bei der Katastrophe den Stein ins Rollen gebracht. Ihre Beschwerden über Miriams Bewertung der Edelsteine, ihr Beharren darauf, dass sie ihre Steine nicht großzügig genug eingestuft hatte – das hatte das ganze Unglück in Bewegung gesetzt.

Die Liberianer waren zu seinen Rivalen gegangen, zu den Libanesen. Juri und seine Männer hatten erst kurz vorher ihre Anwesenheit um diese Diamantenfelder herum verstärkt. Deshalb hatten die Libanesen, die traditionelle Rechte an diesem illegalen Handel besaßen, nur zu gern die Arbeit mit den Kurieren wieder aufgenommen.

Die Libyer waren einfach verrückt. Ihr terroristischer Wahnsinn hatte ihn damals überhaupt erst mit Miriam in Kontakt gebracht. Sein Wunsch nach ihrer Liebe war jetzt wie ein Fluch. Kürzlich hatte er sich gefragt, ob die Anwesenheit der Libyer *deren* Feinde in sein Gebiet gelockt hatte.

Nach dem Überfall auf das Lager hatte Juri den Männern unter seinem Befehl aufgetragen, den Busch zu durchsuchen. Jedem Mann. Alle anderen Operationen waren gestoppt worden. Sie hatten Wochen mit der Suche nach irgendwelchen Anhaltspunkten zugebracht, hatten aber kein einziges kastanienbraunes Haar gefunden.

Miriam Vree war auf genauso mysteriöse Weise aus seiner Welt verschwunden, wie sie in sein Herz eingezogen war.

Die Flucht war so gut gemacht, so vollkommen perfekt, dass Juri schon anfing zu glauben, der israelische Geheimdienst Mossad stecke dahinter. Aber wo in aller Welt konnte eine Verbindung bestehen? Es sei denn, es war eine Rache an Libyen ...? Nein, es musste etwas anderes sein. Aber er wusste nicht was. Diese ablenkenden Gedanken zermürbten ihn. Er war nicht ganz bei der Sache, verpasste wichtige Schachzüge, ließ zu, dass andere sich an seinen Geschäften Vorteile verschafften.

Jetzt hatte er wahrscheinlich zu lange an einer Sache festgehalten. Nun, er war froh, dass er endlich dieses spezielle Paket abgeben konnte. Der Libyer konnte ihn gerne haben. Juri hatte die Vorarbeit geleistet; jetzt konnte El-Fatih die Arbeit zu Ende führen. El-

Fatih musste nicht wissen, dass Juri die Frau verloren hatte. Der Junge blieb Juris einziger Trost über diesen Verlust.

Mit jeder Woche, die verging, hatte Juri gehofft, er könnte sie vergessen, sie aus seinem Denken streichen und die Berührung ihrer Hände, den Geruch ihrer Haare, die nagende Sehnsucht nach der Liebe, die er nie gekannt hatte, aus seinem Herzen verbannen.

Mit jeder Woche, die verging, schaffte er es wieder nicht.

50

Miriam hörte immer noch ein Kind in ihren Träumen weinen. Sie hatte angenommen, dass ihre Alpträume von verstümmelten Kindern mit den Rückkehrern zu tun hatten, mit denen sie jeden Tag arbeitete, oder mit Simba mkalis Gruppe. Sie hatte Edith nichts von den Erinnerungsfetzen erzählt, da sie nicht zugeben wollte, dass die Gefahr möglicherweise real war.

Mit der vollen Wiederherstellung ihres Gedächtnisses begriff Miriam jedoch die eigentliche Quelle dieser Bilder – eine Angst um ihren Sohn. Juris Drohung, dass er ihren Sohn verstümmeln würde, wenn sie versuchte wegzulaufen – deshalb konnte sie nachts nicht atmen. Diese Angst machte die Wiedererlangung ihrer Erinnerung zu einem bittersüßen Sieg. Je mehr sie sich erinnerte, umso mehr schien die Panik sie zu überrollen und zu lähmen.

Miriam erzählte alles Edith, sobald sie sich daran erinnerte. „Er war in dem Jeep – durch den Unfall wurde er bewusstlos. Ich hoffte, die Soldaten würden ihn nicht sehen. Aber dann wurden wir gefangen genommen – wir ließen ihn dort, allein. Jetzt höre ich ihn nachts nach mir schreien. Sein Name ... sein Name ist Martin."

Das war es. Sie hatte den Namen laut gesagt. Als sie das tat, sehnte Miriam sich danach, die Hoffnung fester halten zu können, einen Wunsch, ein Schreien in der Dunkelheit. „Ich glaube, mein Martin muss am Leben sein", sagte sie.

Und dann, noch während sie sich dieser Erinnerung stellte, wurde der Zweifel immer stärker. Er wurde so überwältigend, dass Miriam sich wie jemand vorkam, der mit dem Wind ringt. Sie stellte sich viele Fragen, ging einen Schritt vor, dann fiel sie wieder zurück und wurde von ihrem neu gefundenen Glauben aufgefangen.

Miriam wusste kaum, wie sie wegen ihres riesigen Verlustes beten sollte, der noch schlimmer war, als sie befürchtet hatte – ihr Mann und ihr Sohn, beide waren fort. Aber sie wusste, wer sie war, das rief sie sich in Erinnerung. Das brachte einen schwachen

Trost. Das Gewicht von allem, von dem sie jetzt wusste, dass sie es sich vergeben musste, erstickte jede noch so geringe Hoffnung, die das Gespräch mit Edith an diesem Tag entfacht hatte. Angefangen bei ihrer mangelnden Liebe und Unterstützung Owen gegenüber, als sie noch sicher zu Hause gewesen waren, ganz zu schweigen davon, dass sie ihren eigenen Sohn verloren und vergessen hatte.

In dieser Nacht träumte sie besonders von Martin. Es waren die gleichen Träume wie schon in Angola. Sie hörte seine Schreie, roch seine Haare, wachte schweißgebadet auf. *Ich bin eine Mutter mit Alpträumen.*

Aber noch während ihr davor graute, wieder einzuschlafen und die Schreie des Kindes zu hören, die sie unablässig verfolgten, wurde ihr bewusst, dass sie jetzt auch noch ein zweites Geräusch hörte: Das Lachen und die Stimmen der Kinder, die ihre Erinnerung an jenem Tag aufgeweckt hatten und sie zu sich selbst zurückgebracht hatten. Die Hoffnung dieser Kinder hatte ihr Herz berührt. Wagte sie auch zu hoffen, obwohl sie so deutlich sah, was sie alles verloren hatte?

Am nächsten Morgen wusste Miriam nur eines mit Sicherheit: Sie musste ihre Familie zurückbekommen – ihren Sohn finden, Owen finden. „Ich hatte einen Mann. Ich hatte ein Kind.“ Sie wiederholte diese Feststellung gegenüber Edith, als würden die Worte allein schon genügen, um die Ungewissheit zu vertreiben.

„Als du in der Missionsstation am Ufer des Tanganyika-Sees ankamst, fiel mir von Anfang an auf, dass du wie eine Amerikanerin sprachst“, sagte Edith. „Du musst dir Zeit lassen, um dich an die ganzen Veränderungen anzupassen, die du zur Zeit durchmachst. Es ist nicht leicht, Miriam. Vielleicht ist dies nicht mehr so ein guter Ort für dich. Weißt du, es ist vollkommen natürlich, dass du wütend bist. Etwas wurde dir gestohlen ...“

„Edith, tu das nicht. Ich weiß, was du vorhast. Ich brauche nicht noch mehr von deinem Segen oder deinen Gebeten um Heilung. Ich muss etwas unternehmen, um meine Familie zu finden. Ich war die ganze Nacht wach und habe darüber nachgedacht. In dieser ganzen Zeit, in der ich nicht wusste, wer ich bin, und auch jetzt noch lebt Martin wahrscheinlich bei Fremden. Dieser Juri hat mich wahrscheinlich nur angelogen. Martin muss in Sicherheit sein. Bestimmt wurde er von Touristen gefunden." Der alte Traum brachte jetzt, als Miriam begriff, dass seit ihrer Entführung sieben Monate vergangen waren, wenig Trost.

„Du kannst immer noch versuchen, Gott besser kennen zu lernen. Das wird dir Trost bringen."

Das war zu viel für Miriam. „Gott?" Sie spuckte das Wort beinahe aus. „*Gott* ließ zu, dass Verbrecher uns entführten. *Gott* ließ mich bei diesen Ungeheuern in Angola landen."

Obwohl ein Teil von ihr diese Worte so meinte, bedauerte Miriam sie, sobald sie sie ausgesprochen hatte. Besonders als sie sah, dass Edith schluckte und wegsschaute, und dann mit einer vollkommen anderen Miene, die Miriam nicht deuten konnte, sich wieder zu ihr umdrehte.

„Miriam, ich weiß, dass du durch das, was du verloren hast, noch tief aufgewühlt bist."

Die Worte fielen wie tote Tonklumpen zwischen ihnen auf die Erde. Miriams Enttäuschung zog sie wie Treibsand nach unten. Jetzt war sie diejenige, die ihren Blick von Edith abwandte. *Aber warum sollte die Welt anders aussehen, nur weil ich mich verändert habe?* Sie litt innerlich so starke Schmerzen, dass sie sich nicht vorstellen konnte, dass irgendjemand sie verstehen könnte. Sie hatte das Gefühl, als müsste sie in ihrer Enttäuschung ersticken.

Edith sagte ein paar Augenblicke nichts. Dann: „Ich habe die Botschaft in Dar es Salaam benachrichtigt, aber niemand hat gemeldet, dass eine Frau vermisst wird, auf die deine Beschreibung passt. Sobald du deinen Namen kanntest, meldeten Paul und ich ihn per Funk denselben Behörden, aber es kam wieder keine positive Antwort. Vielleicht liegt das daran, dass der Name, an den du dich erinnert hattest, dein Mädchenname ist und die Botschaft vielleicht eine Familie mit den Namen O'Neill sucht. Ich denke, es wäre am besten, persönlich zur amerikanischen Botschaft zu gehen. Ich komme mit dir nach Dar. Weil du eine Patientin unter meiner Obhut bist, kann ich dich nicht allein reisen lassen. Das verstehst du sicher."

Miriam entging die Distanz in Ediths Stimme nicht, eine Distanz, die Miriam selbst zwischen ihnen aufgebaut hatte. Sie hatte nicht erwartet, dass Edith trotzdem noch an ihrer Seite bleiben wollte. Das bedeutete Miriam mehr als irgendwelche Worte, dass sie Gott suchen solle, oder über den Glauben oder das Gebet.

Jetzt lächelte Edith sie sogar an. „Außerdem", sagte sie, „muss ich mich in unserem Büro melden und ein paar Kochtöpfe mitnehmen und einen Fotokopierer nach Hause bringen."

„Zur Missionsstation in Westtansania?" Miriam sprach von der Station wie von einem Zuhause, das sie miteinander teilten. „Aber du bist doch hier noch nicht fertig", widersprach sie.

„Ich bestehe darauf, Miriam. Ich bin lange genug von meinen Kindern im Lager fort. Eine neue Welle von Flüchtlingskindern wird dort erwartet, und es gibt viel zu tun. Sie sind meine oberste Priorität."

* * *

Paul trug Miriams Tasche zum Jeep, der sie zur nächsten Flugzeugstartbahn bringen würde. Edith wartete bereits auf sie. Seine Stimme rollte die Rs und nahm den Tonfall eines Universitätsprofessors an, als er davon sprach, was sie gesehen hatten. „... aber manchmal gibt es massive Durchbrüche. Es ist, als wenn Schranken, bei denen es niemand erwartet hat, zusammenbrechen ... und scheinbar starre äußere Umstände wie Diktaturen sich in Luft auflösen." Er zog ihre Tasche auf die Rückbank des Autos, hob seine geschlossenen Fäuste auf Brusthöhe und breitete dann beide Hände weit aus und streckte die Finger von sich, als hätte er gerade einen Zaubertrick vorgeführt.

„Wie der Fall der Berliner Mauer oder der Zerfall der Sowjetunion?", fragte Miriam.

„Ja, und wie jetzt hier in Mosambik. Dieser Fall wird Historiker noch für Jahrzehnte in Staunen versetzen. Nach so vielen Jahren

Krieg solche Veränderungen in der Bevölkerung, das Wunder der Versöhnung zu erleben ... es ist kaum zu glauben. Wenn man etwas in dieser Größenordnung sieht, etwas so Unwahrscheinliches, ist es ganz gewiss vom Herrn. Aber es steckt noch mehr dahinter.

Ich glaube, Gott sucht unsere Bereitschaft. Sag einfach: ‚Sende mich', und du wirst sehen, welche Wunder er durch dich wirken kann. Die Motivation ist alles. Es besteht ein Zusammenhang zwischen der Bereitschaft dieser Menschen, unserer eigenen Bereitschaft und Wundern wie einer echten Versöhnung."

„Sprichst du aus persönlicher Erfahrung, Paul?" Miriam schaute ihn genauer an. Er trug die grüne Uniform des tansanischen Militärs und sah sehr offiziell aus. Sie konnte die Insignien an seinem Kragen nicht lesen, wusste aber, dass er irgendein Offizier sein musste.

„Ja. Nein. Meine Schwestern, andere Menschen – sie haben so geredet. Und ich habe herausgefunden, dass es wahr ist. Ach ja. Ich wünsche dir eine sichere Reise. Reise in Würde, Miriam. Du bist schon so weit gekommen."

Miriam blinzelte ihre Tränen zurück, als der Jeep an dem Lager mit den Neuankömmlingen vorbeifuhr. Eine Staubwolke hüllte die Gesichter ein, die ihr zuschauten – ein Mädchen mit einem Baby, drei Kinder winkten; ein barfüßiger Junge rannte schnell, die kleinen Beine strengten sich an, jagten hinter ihnen her, die hellen Handflächen drehten sich hierhin und dorthin.

* * *

Sie verließen Mosambik und flogen an der Küste des Indischen Ozeans entlang nach Dar es Salaam, der Hauptstadt Tansanias. Edith erklärte, dass der Name „Hafen des Friedens" bedeutet. Miriam spürte die Präsenz der Nordafrikaner, als der Gesang des Imam auf die Straßen hallte und die Bewohner zum Gebet aufforderte. Frauen waren in locker sitzenden Umhängen aus dunklem Stoff auf der Straße unterwegs, die Arme und Beine, der Hals und die Brust waren sorgfältig bedeckt. Diese geschäftige Hafenstadt, schweißtreibend und feucht, leuchtete farbenfroh mit seinen Ständen und Märkten. Auf den Straßen tummelten sich Menschen aus allen Teilen Afrikas und des Mittleren Ostens. Autos früherer Jahrzehnte fuhren klappernd durch die mit Löchern übersäten Straßen und schaukelten holpernd über die Schlaglöcher. Musik und rufende Stimmen hüllten Miriam ein, während sie im Taxi zur Botschaft unterwegs war und ihr Fenster nach unten gekurbelt hatte, um alles aufzunehmen.

Als sie an einer Ampel stehen blieben, fragte ein Kind, ob sie eine Zeitung kaufen wolle, während ein anderes anbot, die Fenster zu putzen. Aber der Fahrer vertrieb sie.

In der Botschaft erzählte Miriam einem mitfühlenden Mitarbeiter, der irgendwo aus den amerikanischen Südstaaten kommen musste, ihre Geschichte.

„Wir haben keine Meldung, dass Sie vermisst werden. Tut mir Leid."

„Was ist mit meiner Nachfrage, als sie an der Grenze auftauchte?", fragte Edith.

Der Mann sagte: „Ich erkundige mich beim Konsul. Einen Augenblick bitte." Er verließ das Büro.

Ein anderer Beamter kam fünf Minuten später zu ihnen. Er stellte sich vor, dann sagte er: „Es tut mir Leid, meine Damen. Wir haben hier nichts, das auf das, was Mrs Vree erzählt, hinweisen würde. Keine Vermisstenmeldung, nichts über Ihren Mann oder diese so genannte Entführung."

Er schaute von einer zur anderen. „Mein Kollege sagte, Sie hätten sich einer psychiatrischen Behandlung unterzogen und seien sich in Bezug auf einige Dinge nicht ganz sicher gewesen. Vielleicht ..."

Miriam stand auf. Sie ignorierte Ediths beschwichtigende Hand auf ihrem Arm. „Sie haben kein Recht, so etwas anzunehmen. Also gut, wo sind die Formulare? Ich gebe eine offizielle Vermisstenanzeige wegen meines Mannes auf und melde hiermit formell, dass er entführt wurde. Ich kann nicht glauben, dass das Außenministerium das noch nicht getan hat. Er war, wir waren im Urlaub, als angolanische Rebellen – ach, vergessen Sie es. Ich schreibe alles auf."

Es war offensichtlich, dass bis jetzt noch niemand in der Botschaft irgendetwas von diesen Vorfällen gehört hatte, und genauso offensichtlich, dass die Frauen an diesem Tag keine Informationen bekommen würden. Miriam beantragte einen neuen Pass und erfuhr, dass die Ausstellung einige Zeit dauern würde. Sie musste sich von Edith Geld borgen, um ihn bezahlen zu können. Miriam glaubte, dass Edith der Botschaft wirklich gemeldet hatte, als Miriam an der Grenze aufgetaucht war. Was konnte nur so schief gelaufen sein, dass Ediths Anfrage nach Informationen wegen einer Frau, die sie betreute, verloren gegangen sein konnte?

„Darf ich wenigstens zu Hause in San Francisco jemanden anrufen?", fragte Miriam. „Mein Mann arbeitet für das Außenministerium."

„Leider nicht, Madam. Sie können im Postamt telefonieren. Und wir können Ihnen auch kein Geld geben."

Miriam verließ die Botschaft nicht, bevor sie vorher jeden Namen, der ihr aus dem Auswärtigen Amt und dem Außenministerium einfiel, genannt hatte – Owens Kollegen und Vorgesetzte. Aber die Namen öffneten ihr keine Tür.

Im Postamt schrie sie in ein Telefon. Sie stand in einer Zelle und sah zu, wie Läuse die Glastür hinaufkrabbelten. Rauschen in der Leitung. Keine Verbindung. „Versuchen Sie es morgen wieder", sagte die Frau hinter dem Schalter.

„Willkommen in der Zivilisation, was?", meinte Miriam zu Edith.

Ihr nächster Halt war im Hauptbüro der Organisation, für die Edith arbeitete, eine nicht staatliche Hilfsorganisation mit dem Namen World Mission. Der Taxifahrer setzte sie in einer Geschäftsstraße ab. Edith führte Miriam auf die Rückseite des Gebäudes und eine gelb gestrichene Treppe hinauf. Als sie die Tür öffneten, stand die Sekretärin auf und begrüßte beide mit einer herzlichen Umarmung. Sie trug einen lila, blau und rosa schillernden Turban und ein Kleid aus dem gleichen Stoff. Sie reichte Miriam kaum bis zur Schulter, aber sie hatte eine überschwängliche Art, die in allem, was sie tat, zu spüren war: an der Art, wie sie ihnen die Taschen abnahm oder ans Telefon ging.

Edith strahlte, als ein großer Mann mit Haaren, die in mehrere Richtungen standen, aus einem hinteren Büro kam. „Ah, Edith! Es ist so schön, dich wiederzusehen. Es ist so lange her! Happiness, bitte Kaffee für unsere Gäste!" Während die Sekretärin verschwand, um Kaffee zu holen, lernte Miriam Frank, den Leiter des World-Mission-Büros in Dar, kennen. Sein Lächeln erwärmte den ganzen Raum, und er begrüßte Miriam nur zu gern in ihrer „Familie", wie er seine Mitarbeiter bezeichnete.

„Edith arbeitet lieber auf dem Feld, aber ich liebe die Stadt", lachte er, als hätte er einen großartigen Witz gemacht.

Als sich alle vorgestellt hatten, folgten sie Frank in sein Büro. Ein kahler Schreibtisch und ein Tisch mit einem Kurzwellenempfänger darauf stand im Raum. „Setzt euch. Ja, bitte, setzt euch. Hier. Ist es bequem genug? Ja? Milch zum Kaffee? Zucker? Etwas Wasser? Nein? Ach, fein. So, Edith. Ich fürchte, wir haben Geschäftliches zu besprechen. Miriam, das stört dich hoffentlich nicht? Ja, ich kann bestätigen, was wir dir nach Mosambik gefunkt haben. Ich habe heute erfahren, dass ein großer Ansturm von Kindern in unserem Lager angekommen ist. Ich bekomme täglich verzweifelte Rufe, dass du zurückkommen sollst. Wie ist die Situation?"

Edith warf einen Blick auf Miriam. „Deshalb bin ich hier. Ich kann morgen aufbrechen."

„Und die Kochtöpfe mitnehmen?"

„Und den Fotokopierer, vorausgesetzt, es ist genug Platz im Flugzeug."

„Ah." Frank lehnte sich auf seinem Stuhl zurück und lächelte Miriam an.

Miriam blieb keine andere Wahl, als sein Lächeln zu erwidern. „Was?", fragte sie, „Warum schaut ihr mich beide so an? Was hat sie dir über mich erzählt?" Miriam schaute Edith anklagend an.

Frank sagte: „Nur dass du eine Gabe im Umgang mit Kindern

hast. Aber wie können wir *dir* helfen, Miriam? Ich habe deinen Fall genau verfolgt. Edith ist sicher, dass die Dinge anders sind, als sie erscheinen. Hast du in der Botschaft irgendeine Unterstützung erfahren?"

„Überhaupt keine. Es war, als schlage ich mit dem Kopf gegen die Wand. Ich versuche immer noch, alles zu begreifen. Und ich konnte nicht einmal telefonieren, nicht einmal im Postamt."

„Natürlich, natürlich. Ja, das kommt vor." Er brach ab und lächelte Miriam wieder an. „Wenn du mir die Nummern gibst, die du anrufen willst, werde ich Happiness bitten, es zu versuchen, wenn die Leitungen wieder intakt sind."

„Oh ja, bitte", sagte Miriam dankbar. Sie nahm das Papier und den Stift, den er ihr reichte, und begann zu schreiben, im Stillen froh darüber, dass sie Sues Nummer auswendig kannte. „Aber das ist in Amerika, und ich habe kein Geld ..."

„Das ist kein Problem."

Als Happiness gekommen war und den Zettel mitgenommen hatte, sagte Edith: „Miriam, du weißt, dass ich zu unserem Lager zurückkehren und meine Workshops leiten muss. Was willst du jetzt tun?"

Miriam wusste es nicht. Ihre frühere Energie hatte sich verflüchtigt. An ihrer Stelle fühlte sie nur Leere. „Was denkst du, was ich tun sollte?"

„Du solltest dich auf jeden Fall darauf konzentrieren, deine Familie zu finden. Was noch wichtiger ist: Du solltest nach Hause fahren, zurück in die Staaten. Denkst du nicht?"

Miriam nickte. Sie hatte das Gleiche gedacht. Aber jetzt hörte sie sich sagen: „Ich kann Afrika nicht verlassen, solange Martin und Owen noch hier sein könnten. Ich muss die beiden finden. Aber da sind auch noch ..." Ihr Blick fiel auf ein World-Mission-Poster, das an Franks Bürowand hing: „Kindern Hoffnung bringen".

„Was?", fragte Edith.

„Nichts", sagte Miriam, aber sie dachte an ihre Jungen, die sie zur Grenze gebracht hatten. Und sie erinnerte sich an Owens Worte:

„*Was weißt du mit Sicherheit? Handle danach.*" Seine Worte waren eine vertraute, tröstende Decke. Sie blinzelte.

Frank warf einen Blick auf Edith, dann sagte er: „Du hast mehr zu sagen." Es war eine Feststellung, keine Frage.

„Ja", sagte Miriam. „Ja", als höre sie erst jetzt ihre eigene Stimme. „Ich werde Afrika nicht verlassen, solange ich nicht mehr über Martin und Owen weiß. Ich kann sie nicht allein suchen. Ich könnte nach Nairobi fliegen und dort warten. Aber wohin sollte ich gehen? Ich kenne niemanden."

* * *

Juri hatte seinen Informanten gut bezahlt. Das störte ihn am meisten. Juri hatte regelmäßige Überweisungen auf ein bestimmtes Konto in Luxemburg auf den Namen dieses Mannes getätigt, bei derselben Bank, mit der auch Juri zusammenarbeitete, aber ohne Erfolg.

Die Amerikaner glaubten vielleicht, sie seien die führenden Kapitalisten auf der Welt, aber sie hatten in Bezug auf Angebot und Nachfrage immer noch das eine oder andere zu lernen, dachte er.

Dieser Soldat, der in der Botschaft in Nairobi stationiert war, war jung und grün und gierig. Als Joseph ihn angesprochen und ihm ein Angebot unterbreitet hatte, dass er Informationen aus den Akten über vermisste Personen in der Botschaft herausschmuggeln sollte, an die er herankommen und die er nachts fotografieren konnte, wenn er Wache hielt, hatte der junge Mann das Geld und das damit verbundene Versprechen, es steuerfrei zur Verfügung zu haben, nur zu gern angenommen. Als Joseph Juri erzählte, was der Soldat als Sold bekam, dachte Juri, dass nur eine verrückte Regierung den Menschen, die ihre Botschaften bewachen, so wenig zahlt. Damit beschwor man förmlich Schwierigkeiten herauf.

Er hatte ein sauberes Geschäft mit dem Mann gemacht, fand Juri. Aber es hatte ihm nichts gebracht, keine einzige kleine Information über Miriams Aufenthaltsort.

Vielleicht, überlegte er, sollte er eine ähnliche Informationsquelle in der Botschaft in Dar anzapfen. Aber diese Stadt war ganz an der Küste, weit weg von dort, wo sie verschwunden war, mitten in Afrika. Und die Amerikaner unterhielten keine diplomatischen Beziehungen zu Zaire oder Angola. Nein, falls Miriam irgendwo in Ostafrika auftauchte, käme diese Nachricht eindeutig nach Nairobi.

Wenn sie auftauchte, würde Juri davon erfahren.

51

Edith stimmte ihr zu. „Nairobi ist eine gefährliche Stadt."

„Na ja, nur manchmal, an bestimmten Orten." Frank machte eine Pause, dann fragte er: „Willst du auf unserer Missionsstation bleiben und dort wohnen, wo du vorher warst, in der Nähe des Flüchtlingslagers?"

Miriam und Edith schauten ihn beide an. „Es ist sehr einfach, meine Damen. Das lässt sich leicht einrichten. Natürlich sind wir immer auf der Suche nach guten Mitarbeitern auf dem Feld, und du hättest Edith in deiner Nähe, falls du sie brauchst." Seine Augen tanzten, er legte die Fingerspitzen zusammen.

„Oh, Frank, das ist eine großartige Idee", sagte Edith, „bis auf die Tatsache, dass Miriam ihre Familie finden muss. Wir sind uns alle einig, dass das ihre oberste Priorität ist. Aber du könntest das machen, Miriam, auch wenn du mit mir zurückkommst. Dir geht es jetzt so viel besser; du könntest lernen, den Kindern zu helfen."

Edith war von dieser Idee unübersehbar begeistert. „Wir haben in meinem Lager so viele verschiedene Kinder. Kinder unterschiedlichen Alters, verschiedener Nationalitäten, verschiedener Hintergründe, und dann sind da noch die UAMs, die Minderjährigen ohne Angehörige.

Ich würde es dir Schritt für Schritt beibringen, und andere können dir auch helfen. Oh ja! Ich habe dich in Mosambik beobachtet, Miriam. Die Kinder reagieren auf dich. Du *siehst* sie. Du hast einen besonderen Blick für sie, ein Talent, eine Gabe. Ohne dass dir das irgendjemand beibringen müsste."

Edith machte eine Pause. „Was ich jetzt wissen will: Willst *du* das? Willst du mit mir zurückkommen?"

Miriam erinnerte sich, dass dies immer Owens Frage an sie gewesen war: Was wollte *sie*? Während sie Edith zuhörte, hatte Miriam beabsichtigt, die Einladung abzulehnen. Sie hatte nicht die nötigen Fähigkeiten, ihre eigene emotionale Verfassung war zu labil, es wäre besser, wenn sie ... Aber inmitten dieser Gedankengänge hörte sie sich sagen: „Von ganzem Herzen." Sie fragte sich, ob vielleicht ihre Antwort mit dieser neuen Entschlossenheit zu tun habe, die immer mehr in ihr Wurzeln schlug.

Sie sagte zu Edith: „Ich sehe sie; du hast Recht. Ich sehe die Kinder wirklich. Ich will lernen, den Kindern zu helfen. Wenigstens möchte ich mich nützlich machen, während ich versuche, alle Hebel in Bewegung zu setzen, um meine Familie zu finden, und während ich warte." Ihre Stimme klang wie die einer Fremden.

In diesem Augenblick tauchte Happiness im Türrahmen auf. „Ihr Telefongespräch ist da. Kommen Sie schnell."

Miriam lief aus dem Büro und nahm den Hörer vom Schreibtisch. „Ja? ... Sue?" Sie rief lauter. „Ja, ich bin es, Miriam ... Nein ... Eine lange Geschichte ... Ich bin in Sicherheit, ja. Sag mir aber: Hast du etwas, irgendetwas von Owen gehört? ... Nein. Ich ... was? ... Ja, bitte, rede mit seinem Chef ... Was? ... Ich weiß. Hör zu, Sue, Martin ... Hallo? Hallo?"

Tränen der Enttäuschung liefen Miriam über das Gesicht, als sie ins Büro zurückkehrte. Edith stand wortlos auf, kam auf sie zu und nahm sie in die Arme. „In San Francisco weiß keiner etwas über Owen", teilte Miriam ihnen mit. „Meine Freundin sagte, keiner unserer Freunde oder Kollegen hat in der ganzen Zeit irgendetwas von uns gehört. Jemand im Außenministerium sagte ihnen, dass wir vermisst würden, aber niemand erklärte sich für eine Entführung verantwortlich. Ich verstehe das nicht." Sie zögerte. „Ich kann nicht nach Hause gehen ohne ihn ... ohne sie." Die Vorstellung, ohne ihren Mann und ohne ihren Sohn in die USA zurückzukehren, erschien ihr genauso entsetzlich wie die Entführung, die sie durchgemacht hatte. Miriam wusste, dass die Ungewissheit sie um den Verstand bringen würde. Zum zweiten Mal. Zu Hause würde sie nichts anderes tun, als um den Verlust ihres Traumes trauern, dass wenigstens Martin in Sicherheit sein könnte. Hier hätte sie vielleicht immer noch eine Chance, sie beide zu finden.

„Ich ... muss auf alles gefasst sein", sagte Miriam langsam. „Wenn ich irgendwo warten muss, dann wäre es mir am liebsten, wenn es bei dir ist." Sie brachte ein schwaches Lächeln zustande. „Außerdem kann ich den Gedanken noch nicht ertragen, dass wir uns jetzt schon voneinander verabschieden müssen."

Und da war noch etwas, etwas, das Miriam nicht laut zugeben wollte. Noch nicht. Sie sah immer noch die Gesichter der Kinder, die ihr eine solche Freude geschenkt hatten. Sie wollte mehr davon. Die mosambikanischen Kinder hatten sie herausgefordert zu hoffen, bereit zu sein. Jetzt stellte sie fest, dass sie wirklich etwas verändern wollte. Diese Bereitschaft verdrängte schließlich die Angst.

Miriam sagte sich, dass sie sich gut dabei fühle, eine Entscheidung zu treffen. Sie hatte zwar vielleicht noch nicht viele Antworten gefunden, aber wenigstens wusste sie, in welche Richtung sie gehen würde. Sie hielt an dieser Gewissheit fest, dem nächsten Schritt, und versuchte, nicht zu sehr auf die verzweifelte Stimme in ihrem Inneren zu hören, die sie wegen einer Entscheidung warnte, die nicht unbedingt logisch erschien. Sie hinterließ bei Happiness und in der Botschaft alle Namen und Nummern und die Adresse, wo sie sich aufhielt und wie man sie erreichen konnte.

Am nächsten Tag bestiegen Miriam und Edith ein Charterflugzeug des Roten Kreuzes. Mit Kochtöpfen, die unter ihre Beine geklemmt waren, und dem kostbaren Fotokopierer auf dem Sitz hinter Miriam verließen sie Dar es Salaam und flogen vier Stunden nach Westen, zurück in das Herz Afrikas.

* * *

Als Miriam mit Edith zurückkehrte, um zu lernen, wie man mit Flüchtlingskindern arbeitet, sah sie die Missionsstation in Westtansania mit ganz neuen Augen. Während ihrer ersten Woche kamen ihr viele Dinge seltsam vertraut vor. Nehemiah, einer der Lagerverwalter, mit schwarzgrau meliertem Haar, war immer im Hintergrund gewesen. Jetzt wurde er ihr Lehrer und Dolmetscher. Ihr fiel zum ersten Mal auf, dass ihm zwei Schneidezähne fehlten.

Sie schätzte sein Alter auf irgendwo zwischen fünfzig und siebzig. Er ging leicht gebeugt und zog ein Bein ein wenig nach.

Dank Nehemias Erklärung verstand Miriam jetzt, was es bedeutete, dass die Dorfbewohner – einige Moslems, einige Christen – das Gebiet, auf dem die Missionsstation sich befand, *Kalimungoma*, im Inneren der Trommel, nannten. „Nur der Schöpfer weiß, woraus eine Trommel gemacht ist, wie sie im Inneren aussieht, was ihr Zweck ist." Sie erinnerte sich an diese Worte, die Edith ihr gesagt hatte, als hätte sie sie irgendwo anders geträumt.

Es gab dieselbe Toilette, die hinter einer blauen Plastikplane des UNHCR versteckt war, ein STOPP-Schild auf dem Holz, Eidechsen an den Wänden, Fliegen überall, Wind, trockene Blätter im Juliwinter. Dieselben Dorfkinder warteten auf Miriam, wenn sie um die Ecke der Toilette bog, und jubelten, wenn sie vor ihnen stand. Erkannten sie sie wieder?

„*Habari mama!*"

„*Habari!*", antwortete sie.

„*Nzuri*", sagten sie und brachen dann in ein lautes Gelächter aus und liefen parallel zu ihrem Weg am Zaun entlang. Miriam lächelte, während der Wind das Lachen der Kinder forttrug.

„Warum nennen die Kinder mich ‚Mama'?", fragte sie Nehemiah.

„So nennen sie jede Frau, die alt genug ist, um Kinder zu haben."

Miriam lernte, dass ihr Moskitonetz nachts nicht den Boden berühren durfte, wegen der Ameisen. Sie teilte ihr altes Zimmer mit einer Fledermaus, den Ameisen, einer Maus, den Moskitos und den Ratten, die nachts kamen und etwas zu essen suchten.

Auf dem Gelände bei dem Flüchtlingslager gab es keine Telefonverbindung. Die ganze Kommunikation mit der Außenwelt geschah über Walkie-Talkies oder das riesige Kurzwellenfunkgerät. „Arusha, Arusha." Sie erinnerte sich an diesen Ruf von ihrem ersten Aufenthalt hier, aber sie hatte damals nicht wirklich verstanden, was um sie herum vor sich ging. Jetzt fand sie heraus, dass viele der Funksprüche aus dem Büro in Arusha hereinkamen. Und „Whiskey Mike" war der Funkname für das Feldbüro von World

Mission. Ihr Gelände lag in der Nähe eines Dorfes ein paar Kilometer entfernt von dem Flüchtlingslager. Das nächste Telefon war in einer Stadt, deren Namen sie nicht aussprechen konnte, gut drei Stunden mit dem Auto entfernt und mit einer Flugzeuglandebahn ausgestattet.

Miriam begriff den täglichen Rhythmus des Lagers. Bei Tagesanbruch aufstehen, nach Einbruch der Dunkelheit ins Bett, während der Generator summte und klapperte und nur zwischen acht und elf Uhr abends Strom produzierte. Die ganze Wäsche und das Kochen und Geschirrspülen wurde von den verschiedenen Mitarbeitern von World Mission durchgeführt. Das Wasser wurde erhitzt, und das Kochen geschah über offenen Feuern.

Morgens kam ein offener Isuzu-Lastwagen angerollt, Reggaemusik mit afrikanischem Klang dröhnte aus dem Führerhaus, während einige der Mitarbeiter aus dem nächsten Dorf zur Arbeit kamen. Dann setzten sich die ungefähr zwanzig Arbeiter mit den acht Mitarbeitern zu einer Andacht in das runde Gebäude mit Schindeldach in der Mitte des Geländes. An diesem offenen Versammlungsplatz, auf dem man den kühlen Morgenwind fühlen und auf den alten Affenbrotbaum schauen konnte, hörte Miriam Kinder aus dem Nachbardorf weinen und schreien, während tiefe Männerstimmen lachten und in einem Rhythmus sprachen, den sie jetzt als den Herzschlag Afrikas kannte. Der Tonfall von Gebeten, Anbetungsliedern auf Kisuaheli. Sie dachte: *Ein Gott, sein Wort in einer anderen Sprache.* Die vorgelesenen Bibelstellen erinnerten sie mit einer schmerzlichen Sehnsucht an Owen.

Am ersten Tag ihrer zweiten Woche auf der Missionsstation hörte Miriam zu, wie Nehemiah ihr übersetzte: „Die heutige Botschaft lautet, dass das Böse auf dieser Welt nicht ignoriert werden kann. Es zu leugnen würde bedeuten, den Preis herabzusetzen, den Jesus bezahlt hat. Wenn man das Böse akzeptiert hat, kann man in Christus leben, sich jeden Augenblick an ihn wenden, denn jetzt weiß man, wovon man sich abgewandt hat."

Miriam nickte und hörte die anderen im Chor Amen sagen, fragte sich aber, wie sie sich jeden Augenblick an Jesus wenden könnte.

Während sie die Namen der anderen Mitarbeiter lernte, wurde Miriam neugierig. Sie ordnete sich gern der Autorität der tansanischen Mitarbeiter um sich herum unter, lauter Männer und Frauen, die irgendwann in ihrem Leben den Mut gefunden hatten, Flüchtlingen zu helfen. Und jetzt befanden sie sich trotz ihrer verschiedenen Hintergründe, aus denen sie kamen, in diesem Lager in der Nähe dieses speziellen Flüchtlingslagers und verrichteten die Arbeit, die ihnen vor die Hände kam.

Das Flüchtlingslager war mehrere Jahre zuvor vom tansanischen Staat eingerichtet worden und ähnelte jetzt einer kleinen Stadt mit über fünfzigtausend Bewohnern. Das Dorf ein paar Kilometer entfernt beherbergte Stationen für die verschiedenen Organisationen, die halfen, das Lager zu leiten, einschließlich World Mission, das die Lagerleitung innehatte und die Arbeit der anderen Organisationen koordinierte. Viele der nicht staatlichen Werke und der UN-Organisationen hatten zusätzlich größere Gebäude in der drei Stunden entfernten Stadt, wo das Telefon und die Flugzeuglandebahn waren.

Miriam fragte Nehemiah eines Tages: „Warum bist du hier? Hast du keine Familie?"

„Doch", sagte er, „Das Geld, das ich verdiene, bekommen sie. Aber so viel ist das nicht. Meine Familie lebt vierhundert Kilometer nördlich von hier. Hier in Afrika kommt es oft vor, dass Männer weit weg von ihren Familien arbeiten – in den Städten, in den Bergwerken – und dann das Geld für Schulgebühren und so weiter nach Hause schicken. Ich habe früher diese Art von Arbeit nie gemacht. Ich hörte ein BBC-Interview mit einem früheren Kindersoldaten, der sagte: ‚Ich war zehn, als die Soldaten in unser Dorf kamen und mich in den Wald schleppten. Vier Jahre lang gaben sie mir zu essen und zu trinken. Es war besser, bei ihnen zu bleiben als zu sterben.'"

Nehemiah sprach weiter: „Kinder tun alles – vertrauen und glauben und gehorchen. Als dieser Junge am Ende des Interviews gefragt wurde: ‚Wie sehen deine Pläne aus?', sagte er, er wolle nach Hause gehen und Soldat sein, damit er sein Dorf beschützen und sein Zuhause gegen jeden verteidigen könne, der versuchen würde, ihn wieder von seiner Familie zu trennen.

Ich sehe mich selbst in diesem Lager. Ich sehe meinen jüngsten Sohn, der neun Jahre alt ist, bei diesen Kindern. Ich sehe meine Familie in einer Reihe mit diesen Menschen. Im nächsten Krieg könnte *ich* derjenige sein, der kein Zuhause mehr hat. Hier lernt man, wie sehr ein Mensch die Liebe eines anderen braucht. Nur eines einzigen Menschen. Nicht Liebe im Allgemeinen, sondern Liebe von nur einem einzigen Menschen. Du bist allein und hast Angst und hast nichts. Ein Flüchtling ist aus Angst von zu Hause fortgelaufen. Dann sagt ein Mensch: ‚Ich will dir helfen.' Das bedeutet alles!

Du hast mich einmal gefragt, was ich hier gelernt habe. Nun, ich habe gelernt zu dienen. Ja, es ist eine Berufung. Ich diene dem Herrn. Ich bin hier, um die Flüchtlinge zu trösten, um zu trösten, wie Gott tröstet. Einige dieser Menschen schauen nur auf die andere Seite des Sees hinüber und sagen: ‚Dort ist unser Land.' Meine Aufgabe ist es, neben ihnen herzugehen und ihnen zu helfen, an andere Dinge zu denken."

Je mehr Miriam über die anderen Mitarbeiter hier lernte, umso mehr sah sie die Gemeinschaft als religiöse Bruderschaft. Jeder der Tansanier, mit denen sie hier zusammenarbeitete, hatte seine Familie verlassen, um hier zu leben, in der Nähe des Lagers, um sich um die Flüchtlinge zu kümmern. Sie sahen ihre Familien manchmal nur einmal im Monat.

Moses, der Lagerleiter, hatte freundliche Augen und graue Haare. Er war ihr *mzee,* das bedeutet „geachteter Ältester" oder „Chef". Miriam lernte, das Kisuaheli-Wort richtig auszusprechen: *„Em-Zay-ay."*

Miriam wusste, dass sie nie vergessen würde, wie Moses sie begrüßt hatte, als sie mit Edith aus Mosambik zurückgekehrt war. Sein warmes Lächeln, als er ihre beiden Hände in seinen hielt, ließ die kalte Ungewissheit dahinschmelzen, die sie auf dem ganzen Rückflug gequält hatte.

* * *

Owen hatte sich bemüht, während der gesamten Fahrt wach zu bleiben. Hinten auf einem Lastwagen, dann in einem Flugzeug, dann landeten sie irgendwo, wo es sehr heiß und sehr trocken war, immer mit verbundenen Augen. Der Staub und der Sand fühlten sich hier anders an. Tage und Nächte später hörte er Stimmen, die Arabisch sprachen, und fühlte Hände, die das schmutzige Tuch lösten, das seine Augen bedeckt hatte.

Sie waren in der dritten Juniwoche gekommen. Aber jetzt kannte er das genaue Datum nicht, weil er nicht wusste, wie lang er unterwegs gewesen war. Owen wusste nur: Als der Moment kam, in dem er seinen Käfig verlassen sollte, hatte er sich umgeschaut, bevor sie ihm die Augen verbanden, und sich gefragt, warum er sich in diesem Käfig sicherer gefühlt hatte als jetzt draußen.

Jetzt wusste er es. Sobald das Tuch weggenommen war, schlug ihm jemand mit voller Wucht ins Gesicht. Owen blickte auf. Blut brannte ihm in den Augen. Verschwommen sah er zwei Gestalten auf sich zukommen. Die Sonne hinter ihnen blendete ihn so sehr, dass er ihre Gesichter nicht erkennen konnte. Hitzewellen erschütterten die Sandberge um ihn herum. Die Sonne brannte erbarmungslos auf ihn nieder; er schmeckte Salz auf seinen Lippen. Owen hob das Kinn.

Während der ganzen langen Fahrt hatte er versucht, seine Gefühle unter Kontrolle zu halten, zu hören und zu fühlen, was mit ihm geschah. Jeder Gedanke wurde von seiner Sorge um Miriam und Martin überschattet. *Lass sie noch am Leben sein. Lass sie in Sicherheit sein.* Er hatte sich auch gegen das gewappnet, was bestimmt eine Schlüsselbegegnung sein würde, und die wenigen Fakten, die er über den Sudan wusste, die Ölgeschäfte dort, Revue passieren lassen. Er hatte die Andeutungen, die Falin gemacht hatte, bevor er die Kommunikation mit ihm vor über einem halben Jahr völlig einstellte, zu deuten versucht.

Owen schaute mit zusammengekniffenen Augen den Männern

entgegen, die auf ihn zuschritten, und versuchte, sich alle diese Gedanken und Pläne in Erinnerung zu rufen. Zwei weitere Männer flankierten ihn. Sein Angreifer kam von links und rammte Owen die Faust in den Magen. Owen krümmte sich. Die Männer auf beiden Seiten zerrten ihn auf die Füße.

Er öffnete die Augen, als die zwei, die auf ihn zugekommen waren, vor ihm stehen blieben. Einer war schwarz gekleidet und trug ein schweres Bündel. Der andere stand breitbeinig da und bellte die zwei Männer, die Owen festhielten, und den, der ihn geschlagen hatte, auf Arabisch an. Owen blinzelte, um den Schweiß aus seinen Augen zu vertreiben. Er sah rote Stoffe im heißen Wind tanzen, einen Turban von einer etwas dunkleren Farbe, einen Vollbart, der teilweise die dünnen Lippen versteckte, Augen, die zu Schlitzen zusammengekniffen waren.

Der Mann öffnete die Augen weiter, und Owen sah einen leichten Grünton darin. „Wie ich sehe, erkennen Sie mich."

„El-Fatih", sagte Owen. Sein letztes Fünkchen Mut verließ ihn. Er musste seine ganze Kraft zusammennehmen, um nicht alle Hoffnung darauf, diese Folter zu überleben, aufzugeben.

Owen war diesem Mann erst einmal in seinem Leben begegnet, vor einem Jahr, in London, als er eine Verbindung mit der Waffenlieferung an die IRA gesucht hatte. El-Fatih, neben seinen anderen Rollen in vielen Teilen der Welt unter anderem ein erfolgreicher libyscher Waffenhändler, hatte während des Gesprächs mit Kontaktleuten der Lieferanten im Hintergrund gestanden. Jenes erste Gespräch war der Auftakt der Gespräche gewesen, die später ergebnislos abgebrochen wurden.

Owen war damals von der Annahme ausgegangen, dass eine Unterbindung der Waffenlieferungen aus Libyen und Amerika, den zwei Hauptquellen der irischen Terroristen, seinem Heimatland Frieden bringen würde. Doch damals hatte er erfahren müssen, dass die IRA allem zustimmen würde, nur nicht einem Verzicht auf ihre Waffen. Auch ohne seine persönlichen Verwicklungen bei dem Fall hätte das genügt, um die Verhandlungen platzen zu lassen. Aber die Kombination aus seiner Familiengeschichte und der unglaublichen Macht des Mannes, der jetzt vor ihm stand, hatte sich für den Frieden als doppelt destruktiv erwiesen.

Owens Verstand arbeitete auf Hochtouren. Wenn El-Fatih derjenige war, der hinter Falins Machenschaften die Fäden zog, dann steckte in dieser Situation viel mehr als nur ein paar Söldner, die ein paar andere Söldner trainierten. Als die Irlandgespräche letztes Jahr scheiterten, hatte Owen die Verhandlungen beendet und jede mögliche Vereinbarung verhindert. Er wollte mit den Machtspielen, die hinter den Kulissen gespielt wurden, nichts zu tun haben, war nicht bereit, seine Integrität aufzugeben, nicht einmal für einen dauerhaften Frieden. Seine Verweigerung gegenüber Kompromissen war ihm teuer zu stehen gekommen, aber er hatte darauf beharrt, dass nichts Gutes herauskommen könne, wenn man einen Weg beträte, der zum illegalen Waffenmarkt und zu illegalen Profiten mit Kriegen, Diamanten und Öl führen würde.

Owen wusste, dass der Mann, der hier vor ihm stand, genau diese Dinge repräsentierte. Er wusste es, weil der Mann es ihm selbst gesagt hatte, als er versucht hatte, Owen zu bestechen.

Owen versuchte, die Zusammenhänge zu begreifen. Wie konnte er sein Wissen über Falins lockeres Konglomerat aus russischen Mafiagruppen, ein Schirmsyndikat mit Verbindungen sowohl zu den angolanischen Rebellen als auch zu Regierungsleuten, benutzen? Welche Beziehung hatte das alles zu den libyschen Terroristenausbildern der IRA? *Ich wurde also gezielt entführt.* Er hustete und sagte: „Ich dachte, es ginge alles nur um den Sudan. Sagen Sie mir, was Sie wollen.“

„Hat Juri Ihnen das gesagt? Vielleicht hat er das nur für die Ohren von jemandem gesagt, der zuhörte. Das ist auch unwichtig. Nein, nach unserer kurzen Begegnung in der Irlandfrage arrangierte ich Ihre Kooperation.“

Owen versuchte, die losen Fäden zu verbinden, irgendwelche Schlussfolgerungen zu ziehen. War er entführt worden, weil er sich nicht bestechen ließ? „Es geht dabei um Irland?“

„Jetzt enttäuschen Sie mich aber. Natürlich nicht. Ich brauche einen Mann, der für seine Ehrlichkeit bekannt ist. Und ja, wenn

Sie sich gut machen, können wir Sie für künftige Aufgaben brauchen. Vielleicht wäre der Sudan eine davon, aber im Moment erfüllt der Krieg dort ganz gut seinen Zweck. Die Ölquellen liefern allen Beteiligten einen guten Grund, den Konflikt fortzusetzen."

Owens Hirn klammerte sich an drei Worte, die wertvolle Informationen enthielten: *der Krieg dort*. Sie hatten ihn also nicht in den Sudan gebracht. Oder doch? El-Fatih stand in dem Ruf, dass er rücksichtslos lügen konnte und andere gern manipulierte. Owen wappnete sich gegen die kalte Gefahr, die von diesem Mann ausging, dagegen, irgendetwas zu glauben, dagegen, irgendetwas als gegeben hinzunehmen.

„Wo bin ich?", fragte er.

El-Fatih antwortete: „Bitte entschuldigen Sie diesen unfreundlichen Empfang. Dafür sind meine Leute nicht bekannt. Wenn Sie sich umdrehen ..."

Als Owen von den starken Händen an beiden Armen freigelassen wurde, folgten seine Augen El-Fatihs Blick über seine Schulter. Er begann, sich im Sand umzudrehen, während El-Fatihs Stimme weitersprach: „Sie werden sehen, dass nicht alles so ist, wie es aussieht. Nicht alles hier ist Staub und Wüste."

Owen fragte sich, was er damit meinte, und hob die Augen. Keine dreißig Meter vor ihm entfernt erhob sich eine Steinmauer; dahinter war eine Art Festung mit einer Moschee und Minaretten, ein massives Gebäude, das von Palmen umgeben war, deren Wipfel über der Mauer kaum sichtbar waren. Durch das offene Tor erblickte er einen Springbrunnen, einen kleinen See. Zwischen Owen und den Mauern stand der Lastwagen, der ihn hierher gebracht hatte.

Owen schüttelte den Kopf. „Eine Oase."

„Meine Oase", sagte El-Fatih.

52

Miriam erwachte jeden Tag vom Krähen der Hähne, vom Klingeln einer Glocke, von etwas, das wie eine Orgel im Freien klang, von den Stimmen der Frauen, die Wasser holten, von Kindern, die weinten.

Sie duschte immer nachts, bevor sie ins Bett ging, in einer entfernten Ecke des Geländes in der Nähe des Toilettenbereichs. Laternen hingen an den Außenwänden. Manchmal hörte sie ein Kind die ganze Zeit weinen. Getünchte Ziegel, Erde und Lehm bildeten ihre Duschkabine. Sie trug Gummisandalen und duschte mit warmem Wasser aus einem Plastikeimer, der auf einem Brett über ihrem Kopf stand. In den Boden des Eimers waren mit einem Kugelschreiber ein paar Löcher geritzt. Wenn sie ein Ventil drehte, diente er als Duschkopf. Wenn der Eimer leer war, war ihre Dusche zu Ende.

Jeden Tag arbeitete Nehemiah mit ihr, brachte ihr viele Dinge bei, die sie wissen musste – die Grundlagen von Kisuaheli, die Lagerordnung, die Geschichte der Völker, die im Flüchtlingslager vertreten waren, kulturelle Eigenheiten, Körpersprache, richtiges Zuhören und wie ein Lager mit fünfzigtausend Menschen funktioniert. Nach ihrer Ausbildung bei Nehemiah konnte sie anfangen, den Kindern zu helfen.

Zwei Wochen Einweisung vergingen, ehe Nehemiah ihr mehr darüber erzählte, warum er hier war. Sie aßen miteinander *Chapati,* eine Art flaches, rundes Brot. Sie saßen da und rissen Teile des *Chapati* ab, um damit das andere Essen auf ihren Tellern zum Mund zu führen. Miriam achtete genau darauf, nur die rechte Hand zu benutzen.

Als Antwort auf eine andere von Miriams Fragen über seine Vergangenheit hustete Nehemiah. Dann sagte er, ohne sie anzuschauen: „Ich arbeitete zehn Jahre lang als Transportoffizier bei der Luftwaffe. Wir brachten während des Krieges gegen Idi Amin Soldaten nach Uganda. Die hässlichen Folgen des Krieges sind jetzt deutlicher zu sehen als damals. In Uganda konnten die Soldaten töten und nach Hause kommen, trinken, sie bekamen mehr bezahlt als die meisten anderen, bekamen ihren Bonus und vergaßen den Krieg, bis es Zeit wurde, in den nächsten Krieg zu ziehen. Weißt du, Ediths Bruder, Paul, diente auch in der Armee. Bei einer Sondereinheit. Ich glaube sogar, dass er immer noch bei den Reservestreitkräften ist. Seine Uniform ist viel eindrucksvoller als alles, was ich je anhatte." Nehemiah brach in ein tiefes, herzliches Lachen aus.

Miriam lächelte mit ihm und wollte immer noch den Rest der Geschichte hören. Sie wartete und sagte nichts.

Schließlich sprach Nehemiah weiter: „Heute denke ich, jeder Soldat sollte ein Flüchtlingslager besuchen. Hier begreift man, dass für jeden Menschen, der getötet wurde, ein Kind, eine allein erziehende Mutter, eine Waise, eine Witwe zurückbleibt. Hier sieht man, was der Krieg wirklich kostet."

Er machte eine Pause und schaute sie von der Seite an. „Ich bin nicht jung. Vielleicht will ich versuchen, die Dinge wieder gutzumachen, die ich in diesem Krieg getan habe, indem ich hier Flüchtlingen helfe."

Ein wenig später betraten Moses und ein paar andere Mitarbeiter den Essensbereich. Miriam beobachtete, wie die jüngeren Männer für Moses das Essen und eine Flasche Cola brachten. Das Erste, was immer alle vor jedem Essen taten, war, sich mit dem Wasser, das über dem Feuer erhitzt wurde, und mit Seife gründlich die Hände zu waschen. Über ein Becken gebeugt, drehten sie den Hahn von einer alten Kaffeemaschine auf.

Miriam sah Edith, deren Gestalt das Licht im Türrahmen aussperrte. „Man sollte meinen, dass wir uns auf einem so kleinen Gelände öfter über den Weg laufen." Edith lachte und setzte sich neben Miriam. Tatsache war, dass sie einander nur wenige Malc in der Woche sahen, manchmal nur beim Essen. Während Miriam ihre kulturelle Einweisung von Nehemiah bekam, wurde Ediths Fachwissen anderswo dringend gebraucht.

„Ich bin die einzige Psychologin vor Ort", sagte sie. „Leider bedeutet das, dass ich die meiste Zeit mit den anderen Mitarbeitern verbringe."

„Und wo wärst du lieber?"

„Bei den Kindern natürlich. Ich werde bald öfter bei ihnen sein können, aber es ist schwer. Auf der einen Seite sind die Leute – wie du, Miriam –, die aus den verschiedensten Hintergründen kommen und nur wissen, dass sie helfen wollen. Sie müssen also ausgebildet werden. Wenn sie nicht aus Ostafrika kommen, führen wir sie als Erstes in die Kultur ein. So wie es Nehemiah mit dir gemacht hat. Dann kommen sie zu mir. Wenn ich andere ausbilde, wird mehr Kindern geholfen, als ich helfen könnte, wenn ich allein wäre. Ich muss mir das immer öfter bewusst machen. Gleichzeitig vermisse ich meine Kinder."

Miriam nickte. „Ich auch. Ich fühle mich, als wäre ich in zwei Teile gespalten – oder sogar in drei. Ein Teil konzentriert sich auf meine Ausbildung, aber der andere fragt sich immer, was mit Owen und Martin ist, und der dritte Teil denkt an meine Kinder, die Jungen, die mich im Busch gerettet haben. Ich weiß nicht, was ich manchmal mit mir anfangen soll."

„Schau doch nur, was du durchgemacht hast", sagte Edith. „Deine Gefühle sind psychologisch leicht zu erklären, Miriam. Du hast dir einen Mechanismus angewöhnt, mit deiner Situation fertig zu werden, und wurdest krank und lebtest als ganz anderer Mensch, nachdem du von Owen getrennt wurdest. Die letzten zwei Wochen sind das erste Mal seit mehreren Monaten, dass die Welt – die reale Welt – sich dir wieder geöffnet hat."

Miriam erinnerte sich, dass ihr jetzt mehr Details auffielen, wie das bläuliche Gras, das im Wind schaukelte. Es musste vorher schon da gewesen sein, aber sie hatte es nicht bemerkt. „Meine Kinder – ich weiß nicht, ob ich sie jemals wiedersehe, aber ich denke an sie, bete jeden Tag für ihre Sicherheit. Und ich habe das Gefühl, als wären Owen und Martin bei mir; ich kann sie nur nicht sehen. Ach, ich weiß nicht. Ich sehne mich danach, sie wiederzufinden. Manchmal glaube ich nicht, dass ich es ertragen kann, auch nur noch einen Tag von ihnen getrennt zu sein. Die Ungewissheit ... Also gut, du sagtest, du möchtest mehr bei den Kindern sein. Was ist mit den Kindern, die du in diesem Kunstkurs unterrichtet hast? Ich erinnere mich ... im Andachtsgebäude hattest du einen Kurs."

„Ja." Edith schaute sie forschend an. „Sie sind nicht mehr hier. Sie wurden in ein anderes Lager gebracht. Das ist einer der Gründe, warum ich nach Mosambik gehen konnte. Hast du über den Vormittag nachgedacht, an dem du diese Klasse besuchtest?"

„Ja, ich erinnere mich an alles, aber es gibt einige Dinge, die ich nicht verstehe. Weißt du, diese Kinder – ich habe mich immer gefragt, warum sie nichts sagten und nichts taten, als ich dort war."

Edith antwortete: „Das kommt oft vor, wenn Fremde meine Kurse besuchen. Bei jenem Kurs deutete ich ihren Lärm als Zeichen dafür, dass sie mir vertrauten – ein Vertrauen, das ich bei ihnen aufgebaut hatte. Sie waren die lauteste Gruppe, die ich je hatte. Dann kamst du herein. Aber sie reagierten nicht nur bei dir so. Nachdem du gegangen warst, habe ich es mit Nehemiah versucht. Die Kinder erstarrten einfach. Das beweist, dass sie immer noch traumatisiert sind."

Sie aßen schweigend weiter. Miriam hatte gelernt, dass sie etwas Essen liegen lassen musste als Zeichen für den Koch, dass sie satt sei. Edith deutete auf den Rest auf Miriams Teller. „Im Westen ist das anders, habe ich gehört. Kindern wird beigebracht, ihren Teller leer zu essen. Stimmt das?"

„Ja, in einigen Gegenden ist das so. Aber es gibt so viele Dinge, die anders sind als hier. Zum Beispiel in dem Land, aus dem meine Eltern kamen, Holland, haben sie ein Problem mit zu viel Wasser."

Einer der Männer an ihrem Tisch fragte: „Was? Wie ist das möglich?"

Ein anderer mischte sich ein. „Sie hat Recht. Ich habe ein Jahr in Holland studiert und habe gesehen, dass es so ist. Sie haben Angst, überflutet zu werden, und sie benutzen sogar Kanäle als Zäune für das Vieh."

„Schwimmen die Kühe nicht einfach auf die andere Seite?"

„Nein", sagte er. „Hin und wieder hört man von einer Kuh, die ins Wasser fällt. Aber solange ich dort war, habe ich nie von einer Kuh gehört, die geschwommen wäre."

„Dann haben sie dumme Kühe. Afrikanische Kühe können durch einen Fluss schwimmen. Wenn wir Wasser haben."

Alle lachten sehr laut über diese Bemerkung. Dann bat Moses Miriam, ihnen etwas von dem zu erzählen, was sie gelernt hatte. „Lass uns sehen, ob Nehemiah seine Arbeit gut gemacht hat."

Miriam schaute sich am Tisch um und sah das herzliche Lächeln auf den Gesichtern. Sie schluckte. „Nun ja, ich habe gelernt, dass *Kanga* ein traditioneller bedruckter Stoff ist. Frauen tragen zwei Kangas zusammen. Ein Kanga wird normalerweise über einem Kleid oder Rock getragen, um die Kleidung zu schützen, und der zweite kann entweder den Kopf bedecken oder als Tuch benutzt werden, um ein Baby auf dem Rücken zu tragen."

„Ja", sagte Moses, „das ist sehr wichtig. Jede Frau weiß, was ein Kanga ist. Sehr gut. Und dein Kisuaheli?"

Sie lachte wieder. „Beim Essen zu reden wird normalerweise als *tabia ya kizungu*, eine europäische Angewohnheit, angesehen. Heute Abend haben wir ein *Chakula kitamu*, ein köstliches Essen, bekommen. Wir sind alle hier für die *watoto,* die Kinder. *Tunajitegemea* heißt: ‚Wir sind auf uns selbst angewiesen.' *Nimechoka* heißt: ‚Ich bin müde.' *Kwa nini unasafiri peke yako?* heißt: ‚Warum bist du allein unterwegs?' Heute haben wir *ugali* gegessen, Maismehl gemischt mit heißem Wasser, bis es hart wird wie Brot. Und *karibu chakula* heißt: ‚guten Appetit'."

Miriam warf einen Blick auf Nehemiah, der sie zustimmend von der Seite anlächelte, während die anderen alle mit ihr lachten und klatschten. Miriam war erleichtert, als sich das Gespräch wieder um verwaltungstechnische Fragen drehte. Als sie heißes Wasser aus der Thermoskanne in einen Becher goss und das Instantkaffeepulver dazugab, dachte Miriam an einige der erstaunlichen Dinge, die sie über diese Menschen gelernt hatte, die sie *nicht* laut gesagt hatte.

Sie sah, dass diese Menschen in Tansania ein Volk voll Freude und Barmherzigkeit waren. Jeden Augenblick des Tages konnte sie aufblicken, egal, wo sie war, und sie gehen sehen, Männer mit Männern und Frauen mit Frauen, sie hielten sich an den Händen, lachten, lächelten, manchmal klopften sie einander auf die Schulter oder vollführten den dreiteiligen afrikanischen Händedruck. Wenn sie einander begrüßten, dauerte die Begegnung lange. Vieles wurde gesagt. „Hallo, guten Tag, sei gegrüßt ... Wie geht es dir? Gibt es etwas Neues? ... Wie steht es um deine Gesundheit? ... Die Gesundheit deiner Familie? ... Die Ernte?" Und immer, wenn jemand etwas Lustiges sagte, reagierten die Menschen mit einem leichten Klatschen der Finger auf die Handfläche des anderen. Sie hörte Tansanier nur laut rufen, wenn sie Witze machten. Das waren die Bilder, die für Miriam am kostbarsten waren.

Sie hatte auch gelernt, dass das Kisuaheliwort für „Fremder", *mgeni,* auch das Wort für „Gast" war. Diese Tatsache stimmte mit der reichen Geschichte Tansanias überein, ein Thema, über das sie in Büchern gelesen hatte, die Nehemiah ihr geliehen hatte. Sie hatte gelernt, dass Tansania zwar ein armes Land war, dass es hier aber trotzdem seit zwanzig Jahren Flüchtlingslager gab. Seit der Unabhängigkeit 1961 zeigte Tansania eine überwältigende Bereitschaft, Flüchtlinge in großer Zahl aufzunehmen. Hunderttausende Menschen aus Mosambik, Südafrika, Ruanda, Burundi und Zaire hatten in den siebziger und achtziger Jahren in Tansania eine sichere Zuflucht gefunden.

Miriam hatte viel über Tansanias ersten Präsidenten, Julius Nyerere, gelesen. Er hatte sich sehr bemüht, Flüchtlingen ein menschenwürdiges Leben zu ermöglichen, manchmal bot er ihnen sogar Land und Wohnraum an. In den achtziger Jahren hatte es in Tansania die größte Flüchtlingskonzentration in einem ostafrikanischen Land gegeben. Präsident Nyerere hatte allen burundischen Flüchtlingen, die 1972 ins Land kamen, sogar die Staatsbürgerschaft ermöglicht. Die meisten Tansanier verehrten ihren früheren Präsidenten und betrachteten ihn als ehrenwerten Staatsmann. Obwohl er wegen seiner sozialistischen Politik und wegen der Invasion nach Uganda 1979, die den Staatshaushalt zu sehr strapaziert hatte, in die Kritik geriet, wurde sein Wunsch, Idi Amin loszuwerden, auch als ein mutiger Akt betrachtet, genauso wie seine permanente Opposition gegen die Apartheid.

„So, Miriam, was sagst du?"

Sie schaute auf. Die Augen der anderen waren fragend auf sie gerichtet. Sie wusste, dass sie wussten, dass sie nicht zugehört hatte. Sie wartete. Die anderen kicherten und nickten schmunzelnd. Dann sagte Moses: „Ich habe gesagt, dass morgen vielleicht ein guter Tag wäre, an dem du anfangen könntest, die Flüchtlingslager zu besuchen und mit den Kindern zu arbeiten."

* * *

Juri schaute den Jungen an. „Sag ihm, er soll es noch einmal machen. Wenn er nicht besser zielen kann, bekommt er nichts zu essen. Wird er es denn nie lernen?"

Joseph kehrte zum Schießplatz zurück. Juri sah, dass der Junge die halb geöffnete Waffe in den Staub fallen ließ. Jetzt wäre er eine Weile beschäftigt, bis er sie wieder sauber hatte. *Er holt jedes einzelne Sandkörnchen heraus, selbst wenn es den ganzen Tag dauert.* Juri schaute zustimmend zu, wie Joseph dem Jungen eine Ohrfeige verpasste und ihn damit zu Boden warf.

Der Junge begann, etwas zu Joseph zu sagen. Juri marschierte auf die beiden zu. „Was hast du gesagt?"

Der Junge salutierte. Na, das war wenigstens etwas. „Ich kann nicht ... sehen."

„Was?"

„Ich hatte immer eine Brille, und ich kann ohne sie nicht weit sehen."

Joseph ging die Reihe der Jungen weiter entlang, korrigierte ihre Haltung und die Art, wie sie ihre Waffen hielten.

Juri seufzte. Er trat auf Martin zu. „Du brauchst eine Brille? Deshalb schießt du so schlecht?"

„Ja, Kommandant."

„Aber das ist keine Entschuldigung dafür, dass du deine Waffe in den Schmutz gelegt hast."

„Nein, Kommandant."

Juri hörte, wie die anderen Jungen Martin hänselten. Er fuhr herum. „Willst du etwas zu essen?", bellte er den Jungen an, der ihm am nächsten stand. Schweigen breitete sich aus.

Dann wandte er sich wieder an Martin. „Siehst du hier irgendwo ein Geschäft, in dem ich dir eine Brille besorgen könnte? Wenn du dich ein bisschen besser anstrengst, kannst du es besser. Deine Eltern haben dich verwöhnt. Mach es jetzt richtig!", befahl er.

Martin starrte ihn an. „Ja, Kommandant." Das nächste Mal zielte er genauer, drückte ab und traf das Ziel.

Juri knurrte. „Na endlich."

Lass sie hungern, schlag sie, gib ihnen zu essen. Juri wusste, dass das die einzige Möglichkeit war, das Beste aus Jungen wie diesem Martin herauszuholen.

Das war auch bei mir so.

53

Am nächsten Morgen stieg Miriam in den alten weißen Landrover zu ihrer ersten Fahrt ins Flüchtlingslager. Moses' Worte hallten ihr noch in den Ohren wider. Bevor sie losfuhren, beugten Nehemiah und der Fahrer den Kopf und beteten. Miriam tat das Gleiche. Nach dem Gebet übersetzte Nehemiah: „Wir haben für Schutz gebetet und dafür, dass wir das sagen und tun, was Jesus heute von uns will."

Keine halbe Stunde später passierten sie einen Kontrollpunkt am Tor zum Lager. Miriams erste Reaktion auf das Lager war Überraschung, da sie etwas Ähnliches erwartet hatte wie das, was sie in Mosambik gesehen hatte. Aber dieses Lager war viel dauerhafter eingerichtet. Die Hauptgebäude bestanden aus Stein, und viele der Flüchtlinge hatten sich Häuser aus roten Ziegeln und Gips gebaut. Immer noch sichtbar waren die Kanten der blauen UNHCR-Plastikplanen, die als Unterlage für die Schindeldächer dienten.

Miriam sah auch einige Hütten aus Zweigen und andere Häuser mit Mauern, die aus zusammengebundenem Gras errichtet waren. Diese weniger dauerhaften Behausungen waren mit den allseits bekannten blauen Planen bedeckt. Die Häuser waren entlang von Straßen aufgereiht, und das Lager erstreckte sich so weit das Auge reichte.

Während sie langsam weiterfuhren, vorsichtig auf die vielen Leute und Schlaglöcher achtend, bestätigte Nehemiah, dass das Lager sich über ein Gebiet erstreckte, das größer war als das nächste Dorf oder die nächste Stadt. Man brauchte fast eine Stunde, um das Lager von einem Ende zum anderen zu durchqueren. Er sagte, von den fünfzigtausend Flüchtlingen, die im Lager lebten, seien mehr als die Hälfte Kinder. In entschuldigendem Ton fügte er hinzu, dass es nicht genug Essen für alle gebe. Nehemiah erklärte ihr, wie das Lager aufgeteilt war und dass es seine eigene Verwaltung hatte, bei der ein Jahr lang eine Frau und im nächsten Jahr ein Mann Lagervorsitzender war.

Überall standen Kinder, schauten sie an und winkten ihnen zu, als sie vorbeifuhren. Obwohl verschiedene nicht staatliche Organisationen für die einzelnen Aspekte des Lagerlebens verantwortlich waren, koordinierte World Mission die verschiedenen Anstrengungen und half, die Straßen instand zu halten und sich um die Lebensmittelverteilung zu kümmern. Es war offensichtlich, wenn man sich nur umschaute, dass die Mittel begrenzt waren. Die Menschen brauchten mehr Lebensmittel, und die Straßen mussten ausgebessert werden.

Miriam kurbelte trotz des Staubes das Fenster hinab und beobachtete ein junges Mädchen, das einen großen Eimer voll Wasser auf dem Kopf trug. Das Sonnenlicht schien durch den orangefarbenen Plastikeimer. Das Mädchen hielt eine Hand an der Stirn und die Handfläche gegen das Gesicht, die Finger nach oben gekrümmt an den Eimer, wie ein einhändiges flehendes Gebet.

* * *

Als sie vor einem der Steingebäude anhielten und endlich aus dem Landrover stiegen, stellte Nehemiah Miriam dem Koordinator für die Gruppe der Minderjährigen ohne Angehörige im Lager vor. Jonah, selbst ein Flüchtling, widmete seine ganze Zeit und Energie der Aufgabe, die Eltern von Kindern ausfindig zu machen und zu versuchen, Familien wieder zusammenzuführen. Jonah koordinierte seine Bemühungen mit Mitarbeitern von UNICEF, dem Roten Kreuz und dem Roten Halbmond. Sie gingen hinein und setzten sich an einen Tisch mit kleinen Holzstühlen.

Mit leiser Stimme sprach Jonah vom Krieg, als warte er gleich vor den offenen Fenstern des Gebäudes, in dem sie saßen, auf sie. „Der Krieg hat diese Kinder von ihren Eltern getrennt. Viele kamen eines Tages von der Schule nach Hause und fanden ihre Eltern tot vor oder ihre Eltern waren einfach verschwunden. Sie liefen in den Wald, in panischer Angst vor dem Krieg. Einige Familien verloren sich auf der Flucht aus den Augen. Nachts oder in Panik liefen die Eltern in die eine Richtung und das Kind in die andere.

Wenn sie Glück haben, finden die Kinder jemanden im Wald, der sagt, dass sie sich seiner Gruppe anschließen können. Diese kleine Gruppe findet eine andere kleine Gruppe, und sie werden eine größere Gruppe. Der Krieg verfolgt sie, jagt sie. Nach monatelangem Verstecken und Davonlaufen unter den entsetzlichsten Bedingungen, zu Fuß, ohne Wasser oder Nahrung, ohne zu wissen, in welche Richtung sie laufen sollen, und in ständiger verzweifelter Angst erreichen sie manchmal die Grenze und können in einem Lager wie diesem Schutz finden."

Miriam hörte zu, ihr Herz schlug laut in ihrer Brust. *Dort war ich auch,* dachte sie. Obwohl sie ein Neuankömmling war, kannte sie aus eigener Erfahrung die Zustände, die Jonah beschrieb. Hier im Lager, umgeben von Kindern, die Opfer des Krieges waren, erschien ihr dieser andere Ort, diese andere Dimension, ihre andere Existenz plötzlich viel näher. *Wie ist es möglich, dass ich das überhaupt überlebt habe?*

„Warum tun Sie das?", fragte Miriam ihn und versuchte, ihre eigenen Erinnerungen zu verbergen. „Wie können Sie es ertragen, die Geschichten dieser Kinder zu hören?"

Jonah schüttelte den Kopf, als hätte sie ihn falsch verstanden. „Weil es auch die Geschichten von Kindern gibt, die mit ihren Eltern wieder zusammengeführt wurden. Und Geschichten von Kindern, die zum ersten Mal zur Schule gehen. Und von Kindern, die Pflegefamilien finden.

Ein Kind, das seine Eltern verloren hat, hat nur einen einzigen Wunsch, nämlich seine Eltern wiederzufinden. Jedes Mal, wenn ein Kind seine Eltern wiederfindet, fühle ich mich wie neu geboren, als hätte ich gerade selbst meine Eltern wiedergefunden. Diese Arbeit lehrt mich, was Liebe ist. Wir versuchen, für die Kinder, die ohne Eltern hier ankommen, Pflegefamilien zu finden. Wenn dies möglich ist, versuchen wir, den Pflegeeltern beizubringen, dass sie sich vorstellen müssen, welche Behandlung sie für ihre eigenen Kinder wünschen, falls sie von ihnen getrennt würden. Damit bekommen sie die richtige Perspektive." Er schwieg kurz. „Natürlich versuchen wir, alle Minderjährigen ohne Familie in Pflegefamilien unterzubringen, aber die Kindersoldaten will niemand."

Nach einem beklemmenden Schweigen fragte Miriam: „Und Ihre eigenen Kinder? Darf ich fragen, wo sie sind?"

Jonah zog ein Blatt Papier aus seiner Hemdtasche, faltete es auseinander und brachte ein Farbfoto zum Vorschein. Miriam erkannte die Bäume im Lager. Jonah nannte ihr die Namen seiner Kinder. „Ich habe drei eigene Kinder. Eines wurde in diesem Lager geboren. Ich lebe seit vier Jahren hier."

„Seit vier Jahren! Vermissen Sie denn nicht Ihr Zuhause?" Die Worte rutschten ihr über die Lippen, ehe sie es verhindern konnte.

„Ich bin nicht heimatlos", sagte er, als habe sie das mit ihrer Frage gemeint. „Ich habe ein Zuhause – *mein* Zuhause, in *meinem* Land. Und ja, ich vermisse mein eigenes Zuhause, mein eigenes Land. Aber ich weiß, dass es lange dauern wird, bis Frieden kommt."

Nehemiah, der neben ihr saß, nickte ernst. „Wir können für Gottes Wunder, für sein Eingreifen beten."

Miriam schaute die zwei Männer an und wunderte sich über ihre Vision, ihren Mut angesichts ihrer eigenen Verluste und der riesigen Not um sie herum. Nehemiah hatte Miriam gesagt, dass sie wahrscheinlich in Jonahs Gruppe für Minderjährige ohne Angehörige eingeteilt würde. Sie musste Ediths Einweisung mitmachen, bevor sie tatsächlich mit Kindern arbeiten konnte, aber sie konnte jetzt einige der anderen Mitarbeiter kennen lernen und ein Gespür für das Lager selbst bekommen.

Die nächste Stunde ging Miriam herum, schüttelte Hände und hörte Geschichten und versuchte, sich die Namen zu merken. Rachel, eine frühere Kindersoldatin, arbeitete jetzt mit der nächsten Generation, während Grace, ein früheres Au-pair-Mädchen aus England, im Krankenhaus half. Grace erwähnte, dass sie oft knapp an Medikamenten und anderem medizinischen Material seien.

Im gemeinsamen Servicebüro lernte Miriam einen Mann kennen, der sagte, er sei Buddhist und komme aus der Schweiz. Er erzählte ihr, dass die Frau aus Neuseeland, die normalerweise die Ernährungskurse für Schwangere hielt, zurzeit ein Jahr Heimaturlaub mache.

Der letzte Ort, den Nehemiah ihr zeigte, war ein Bereich, der als Klassenzimmer benutzt wurde. Diese Gebäude waren eher Pavillons unter freiem Himmel, mit einem Rahmen und Stützsäulen aus Baumstämmen und mit Dächern aus Schindeln, die die üblichen blauen Plastikplanen bedeckten. Niedrige Holzwände endeten in offenen Räumen mit Fenstern ohne Glas. In diesen luftigen Schulräumen saßen Klassen mit fünfzig Kindern morgens und fünfzig Kindern nachmittags. Ihre Bänke waren Baumstämme, die der Länge nach durchgesägt und mit rotem Staub überzogen waren. Ohne Schreibhefte, ohne Füller hörten die Kinder ihren Lehrern zu und schrieben mit Kreide auf Schiefertafeln. Mit einem schmerzlichen Herzklopfen dachte Miriam an den roten Kugelschreiber, der um Kleiner Löwes Hals gebaumelt hatte, und wie sehr er sich gewünscht hatte, zur Schule zu gehen.

Als sie das Gelände durchquerten, das zum größten dieser Schulgebäude führte, erzählte Nehemiah Miriam: „Nur die Grundschulkinder gehen kostenlos zur Schule. Ihre Lehrer sind selbst Flüchtlinge im Lager und bekommen als Bezahlung nur eine kleine Entschädigung. Alle weiterführenden Klassen werden von Freiwilligen unterrichtet. Einige von ihnen sind Universitätsprofessoren mit Doktortiteln, die aber fliehen mussten, als der Krieg ausbrach."

Als Miriam ihn überrascht ansah, sprach er weiter. „Ja, die meisten Flüchtlinge hier sind gebildete Leute und beherrschen mehrere Sprachen. Viele hatten ein eigenes Geschäft, schöne Autos und manchmal ein Ferienhaus in den Bergen. Es ist nicht ungewöhnlich, dass die Intellektuellen einer Gesellschaft als Erste unter Beschuss geraten, wenn ein Gewaltregime an die Macht kommt.

Gebildete stellen die größte Bedrohung dar, da sie einen größeren Weitblick haben und die Fähigkeit besitzen, Widerstand zu organisieren.

Jedenfalls bekommen sie hier keine Bezahlung, und es gibt kein Geld für Bücher. Deshalb wird von jedem Schüler ein geringes Schulgeld erhoben, aber selbst dieser Betrag löst oft große Not aus. Die jüngeren Kinder werden in verschiedenen Sprachen unterrichtet, einschließlich Zeichensprache, und sie lernen Mathematik, Naturwissenschaften, Geschichte und Sozialwissenschaft. Die Einstellung dieser Lehrer ist, dass sie ihre Zeit hier gut nutzen wollen und so viel wie möglich von ihrem Wissen an ihre Kinder weitergeben wollen, damit dann, wenn Frieden herrscht und sie nach Hause zurückkehren können, eine gebildete Generation das Land leiten kann. So, da sind wir. Siehst du, das hier nennen wir unsere ‚Schule unter den Bäumen'."

Miriam hatte die Kinder gehört, bevor sie und Nehemiah das Gebäude erreichten. Ein Mann stand draußen und wartete auf sie. Nehemiah stellte ihn als Lehrer vor.

„Heute ist ein guter Tag für Ihren Besuch", sagte der Lehrer zu ihnen. „Die Kinder üben ein Theaterstück ein, das sie selbst geschrieben haben. Sie hoffen, dass sie nach Dar fliegen und es dort am Weltflüchtlingstag aufführen können. Kommen Sie bitte und setzen Sie sich zu uns."

Miriam beugte den Kopf, als sie unter dem Türrahmen aus Zweigen durchging und die Welt der Kinder betrat. Sie beobachtete ihre Gesichter, hörte ihre Lieder und ihr Lachen. Licht vom Fenster wurde durch den feinen roten Staub gefiltert. Ein junges Mädchen trommelte im Licht der Sonne.

Ein Lehrer bot Miriam und Nehemiah zwei der vier weißen Plastikstühle im Raum an. Als Miriam die Beine übereinander schlug, machten die zwei Mädchen, die ihr gegenüber auf der anderen Seite des Raumes saßen und sie beobachteten, es ihr nach. Jede Bewegung, die Miriam machte, ahmten die Mädchen nach, sogar die Haltung ihrer Hände. Schließlich lächelte Miriam sie an. Sie lächelten zurück.

„Diese Kinder sind sehr klug, und sie lieben es, Publikum zu haben", flüsterte Nehemiah ihr zu.

Miriam dachte wieder an Kleiner Löwe. „Ja, das habe ich gesehen."

Die Kinder tanzten im Kreis, die Kangas waren um ihre Hüften gebunden. Ein kleiner Junge und ein kleines Mädchen, gefolgt von einem etwas älteren Jungen und Mädchen, bewegten die Schultern, tanzten Schritt für Schritt vor, dann schwangen sie von hinten und von der Seite die Hüften gegeneinander.

Miriam saß eine Stunde da und hörte zu, wie die Kinder sangen und tanzten, Szenen aufführten und Gedichte vortrugen. Das Thema ihrer ganzen kreativen Anstrengungen war Frieden. Ein kleines Mädchen sagte mit ausgestreckten Armen: „Gestern, heute, Teilung, Demokratie, Gleichheit, Gerechtigkeit! Krieg bringt nie Frieden. Wir sind alle gleich. Es darf keinen Krieg mehr geben!"

Ein anderes Kind stand auf und sprach: „Kinder! Kinder der Welt, hört zu und helft uns! Krieg trennt Familien. Krieg macht Kinder zu Soldaten. Krieg tötet Menschen. Krieg vertrieb uns von zu Hause. Krieg bringt nie Frieden. Kinder anderer Länder, tut euch zusammen, um den Krieg in unserem Land zu beenden!"

Obwohl die Aufführungen weitergingen, legte sich ein Schweigen über die Lehrer, die Kinder, die Eltern und die vielen anderen Gesichter, die durch die offenen Fenster hereinschauten. Das Sonnenlicht und die Schatten der Bäume umrahmten ihre Gesichter. Ein Junge wiegte seinen kleinen Bruder auf den Armen. Miriam hörte sich leise sagen: „Es muss etwas geben, das ich hier tun kann. Irgendwie muss ich helfen können."

Nach dem Programm dankten Miriam und Nehemiah den Lehrern und den Kindern. „Ihr könnt sehr stolz sein", sagte Miriam.

Wieder draußen, eilte eine Gruppe Kinder an ihr vorbei und spielte Fußball. Als Miriam genauer hinschaute, sah sie nackte Füße, die gegen ein Bündel zusammengeklebter Lumpen traten.

* * *

Owens Augen saugten den Anblick der üppigen Oase auf. El-Fatih hatte seine Frage, wo sie waren, unübersehbar ignoriert. Er erteilte den Männern neben Owen knurrend seine Befehle. Sie verbeugten sich und liefen zum Fahrzeug zurück und ließen die beiden allein. „Sie müssen ihnen verzeihen. Sie sind Gefangene anderer Art gewohnt. Bitte folgen Sie mir."

Owen drehte sich um und schaute auf die weiten Sandberge – rot, orange, dunkelrot, bis in die Ferne, so weit das Auge reichte. Links und rechts, noch mehr Sand. Vor ihm dieser Ort mit Grün, Wasser, Leben. Er konnte irgendwo in Nordafrika sein – Libyen, Mauretanien, Nordsudan. „Wohin sollte ich sonst gehen?", murmelte er.

„Wie wahr", erwiderte El-Fatih.

Owen stellte fest, dass er Mühe hatte, mehr als ein paar Schritte zu gehen, ohne anzuhalten und sich auszuruhen. Sein Nacken und seine Schultern schmerzten bei der neuen Freiheit, aufrecht zu stehen. Als er das Tor erreichte, keuchte er erschöpft, Wellen verschiedenster Geräusche rauschten in seinen Ohren.

El-Fatih wartete auf ihn und nickte. „Wie ich höre, hat Juri Sie in den letzten Monaten in einer nicht gerade angenehmen Behausung untergebracht. Ich hoffe, Sie werden mein Zuhause etwas bequemer finden. Ich habe nie verstanden, wie er so in der Wildnis leben kann. Er zieht das Leben dort dem Luxus der Zivilisation vor. Ich habe jetzt zu tun. Sie werden mich also entschuldigen."

El-Fatih rauschte davon. Zwei Männer kamen auf Owen zu und nickten. Er folgte ihnen in einen palastartigen Teil der Festung. Mosaikböden, Marmorsäulen, hohe Decken, kühle Luft, dunkle Gänge – Owen versuchte, sich alles zu merken, aber das Murmeln in seinen Ohren war zu einem Brüllen angewachsen. Gerade, als er dachte, er könnte keinen Schritt mehr weitergehen, schwangen seine Begleiter zwei riesige Eichentüren auf und blieben links und rechts davon stehen. Owen betrat eine Suite mit Holzläden in diagonalem Muster über den Fenstern. Kissen und Teppiche zierten die Ecken des Raumes, während in der

Mitte Wasser in einem hellgrünen Becken blubberte. Auf einem Tisch standen Schalen mit Obst und Fladenbrot, daneben Plastikflaschen mit Wasser, an deren Seiten das Kondenswasser hinablief.

Owen stolperte, und die jungen Männer fingen ihn auf, bevor sein Kopf auf dem Steinboden aufschlagen konnte. Nach so langer Zeit überwältigte ihn der Anblick von so viel Luxus und ließ ihn seine eigene Schwäche deutlich spüren. Er wusste nicht, ob er lachen oder weinen sollte.

Zwei Stunden später fühlte sich Owen wie neugeboren. Zum ersten Mal seit einem halben Jahr hatte er gebadet, sich rasiert und etwas anderes als Müll gegessen. Sein Magen vertrug das Obst jedoch nicht sehr gut; er erkannte, dass er es langsam angehen musste. Er kämpfte immer noch mit Schwindelanfällen, aber als er die Treppe hinabstieg, stellte er fest, dass er seine Schultern fast ganz durchstrecken konnte. Er folgte dem jungen Mann, der ihm die Baumwollgewänder gebracht hatte, die er jetzt trug, derselbe Mann, der ihm beim Rasieren geholfen hatte, als seine eigenen Hände zu sehr gezittert hatten.

Jetzt betrat er einen großen Raum, einen Ballsaal, und fand El-Fatih allein vor. Er saß auf dem Boden, von Papierstößen umgeben, einen Laptop auf einem Kissen rechts neben sich. Er klappte den Deckel zu und stand auf, als Owen näher trat. Eine Tür schloss sich leise am anderen Ende der Halle.

„Ich hoffe, Sie fühlen sich jetzt besser."

„Ja, danke. Ich bin dankbar für das Wasser und das Essen und die kühle, trockene Luft. Und für Ihre Gastfreundschaft."

El-Fatih lächelte leicht und bedeutete Owen, sich zu setzen. Dann tat er das Gleiche. „Ich bin sicher, dass Sie versucht haben, die verschiedenen Zusammenhänge zu entschlüsseln."

Owen nickte. Er hatte kaum etwas anderes getan. „Es geht hier nicht um den Sudan", sagte er. „Und es geht auch nicht um Irland."

El-Fatih zupfte an seinem Bart. Seine Augen funkelten.

Owen seufzte und schaltete auf eine andere Taktik um. „Wie geht es Ihrem jüngsten Sohn?"

Der Mann, der ihm gegenübersaß, ging darauf ein.

Owen dachte: *Die erste Runde geht an mich.*

El-Fatih sagte: „Das gefällt mir, ein Gespräch zwischen zwei zivilisierten Männern. Meinem Sohn geht es gut, danke. Er macht nächste Woche seinen Abschluss an der Universität. Ich werde jedoch leider nicht an den Feierlichkeiten teilnehmen können, da auf einer griechischen Jacht ein Treffen stattfindet, das meiner Aufmerksamkeit bedarf."

Owen hatte, während er gebadet hatte, in seinem Gedächtnis gekramt, welche persönlichen Details von El-Fatih er noch wusste. Das Einzige, was ihm eingefallen war, war, dass sein Sohn studierte. „Er ist in Boston, nicht wahr?"

„Nein, in Philadelphia. Die Jesuiten, wissen Sie."

„Was ist mit den Regeln des Islam?", fragte Owen.

„Sie gelten trotzdem für ihn. Aber er ist dort, um Disziplin und Gehorsam zu lernen. Die Jesuiten lehren diese Dinge besser als jeder Imam, den ich kenne. Meine anderen zwei Söhne studieren in London und Moskau. Auf diese Weise bekommen sie eine gute Ausbildung, und ich decke die Märkte ab. Sie können gute Geschäftsverbindungen für die Zukunft aufbauen. Mehrere Freunde der zwei älteren Söhne werden bereits für Ministerposten in ihren jeweiligen Ländern gehandelt. Ein paar sind Manager mit einem großen Einflussbereich."

Eine weitere Pause folgte. Owen fragte sich, wie viel Smalltalk nötig wäre, ehe sie zum Grund dieses Treffens kommen, aber El-Fatih überraschte ihn. „Mr O'Neill, sind Sie mit dem Bicesse-Abkommen vertraut?"

Owens Verstand reagierte sofort, sobald tatsächliche Fakten genannt wurden. *Natürlich! Das Bicesse-Abkommen von Angola!* Er war also ziemlich nahe gewesen, als er Miriam von dieser Möglichkeit erzählte. Warum hatte er seitdem nicht mehr daran gedacht? Sein Verstand musste ziemlich umnebelt gewesen sein, dass er nicht auf diese eine, logische Schlussfolgerung gekommen war. Wann war das gewesen? Vor kurzem ... ja, vor zwei Jahren. Was hatte er gelesen? Er versuchte, seinen Verstand auf die Situation zu konzentrieren, die er hatte beurteilen sollen. Es hatte einige Ähnlichkeiten mit dem Abkommen in Mosambik gegeben und einen riesengroßen Unterschied. Die Ähnlichkeiten hatten damit zu tun, dass sich nach dem Kalten Krieg die Bündnisse geändert hatten. Der Unterschied war, dass kein echter Friede geschlossen worden war.

Er antwortete El-Fatih mit der Wahrheit. Wenn er jetzt offen sprach, konnte er später von diesem Vertrauensvorschuss profitieren. Außerdem würde El-Fatih ohnehin schon alles wissen, was Owen ihm erzählte, und Owens Worte würden nur seinen guten Willen bestätigen. „Ja. Ich bekam ein Memo von einem Kollegen, der mich bat, als Berater einzusteigen. Ich lehnte ab."

„Nicht so gern bereit, die Seiten zu wechseln?"

„Nein, zu beschäftigt mit den Mosambik-Verhandlungen."

„Aber jetzt sind Sie nicht zu beschäftigt, oder?" El-Fatih stand auf und begann, auf und ab zu gehen.

Owen sagte nichts. Wenn Angola die Einflusssphäre war, dann ging es um Diamanten und Öl. Aber wer ...?

„Es geht nicht um mich." El-Fatih blieb stehen und wandte Owen den Rücken zu, während er sprach, so dass Owen nichts aus seiner Körpersprache ablesen konnte. „Juri ist mein Mann auf dem Feld. Ich übertrug ihm die Aufgabe, uns Ihre Dienste zu erwerben. Aber ich stehe hier für jemanden, der durch genau die Art Politik, gegen die Sie sich so eindeutig wehren, benachteiligt wurde. Das ist der Grund, warum ich Sie hierher brachte. Was wissen Sie über dieses Angola-Abkommen?"

Owen sagte langsam: „Ich denke, es ist mehr eine Frage, was ich *nicht* weiß. Ich weiß, dass das Bicesse-Abkommen ein Versuch war, den Konflikt zwischen der angolanischen Regierung und den Rebellen zu beenden. Ich will ehrlich mit Ihnen sein: Da ich damals in unser kleines irisches Fiasko verstrickt war, hatte ich nicht unbedingt jeden Artikel über Angola gelesen. Ich habe keine Ahnung, was passierte, nachdem der Vertrag unterzeichnet wurde, oder wie die Gespräche endeten."

„Sie endeten mit einer Überraschung. Ja, es gibt bestimmte Parallelen zu Ihrem kürzlichen Erfolg in Mosambik, der übrigens ein weiterer Grund war, Sie hierher einzuladen."

„Sie haben mir immer noch nicht gesagt, warum ich hier bin. Außer der Tatsache, dass ich nicht gern die Seiten wechsle, mich nicht bestechen ließ, im Ruf stehe, ehrlich zu sein, und in Mosambik einen Erfolg verbuchen konnte ... warum bin ich wirklich hier?"

El-Fatih erwiderte: „Lassen Sie mich einfach sagen: Weil Sie wissen, wie man bei den beteiligten Parteien Ergebnisse erreicht."

Owen zögerte, dann sagte er langsam: „Sie wollen, dass ich eine Aufgabe außerhalb des amerikanischen Außenministeriums übernehme?"

„Nein. Wir wollen, dass Sie eine Aufgabe innerhalb des amerikanischen Außenministeriums übernehmen."

54

Während der nächsten Woche begleitete Miriam Nehemiah fast jeden Tag ins Flüchtlingslager. Dort verbrachte sie ihre Zeit damit, den verschiedenen Menschen zu helfen, die sie am ersten Tag kennen gelernt hatte. Am Ende dieser sieben Tage war es Zeit, ihre fachliche Ausbildung zu beginnen. Moses sagte Miriam, sie würde Ediths einwöchige Vorlesungsreihe, die am nächsten Tag in der Stadt begann, besuchen.

Je mehr Zeit Miriam mit den Kindern im Flüchtlingslager verbrachte, umso sicherer wurde sie, dass sie genau hier sein wollte, solange sie auf Nachrichten von Owen und Martin wartete. Bis jetzt schien alles, was sie lernte, dazu da zu sein, ihr zu helfen, auf die Kinder zuzugehen und effektiv ihre Bedürfnisse zu erkennen und zu befriedigen. Ediths Workshop versprach, diese Fähigkeiten zu erweitern und Miriam einen noch klareren Blick dafür zu schenken, was sie tat.

Früh am Montagmorgen nahm Miriam also ein Auto, das in der Stadt für die Ankunft von World-Mission-Leuten gebraucht wurde, warf einen Sack mit Briefen und Päckchen, die mit der Post weggeschickt werden sollten, auf den Rücksitz und fuhr in die Richtung, die entgegengesetzt vom Lager in die Stadt führte.

Erst am Abend zuvor hatte Moses sie gewarnt, dass dort sehr viel los sein würde und dass sie rechtzeitig fortkommen sollte. „Unsere Edith hat immer ein volles Haus." Als Miriam ihn fragend anschaute, hatte Moses gelächelt. „Du wusstest das nicht? Sie hat drei Bücher über Kinder in Kriegsgebieten geschrieben. Sie ist Expertin auf ihrem Gebiet. Ich glaube, es kommen sogar einige Besucher aus dem früheren Jugoslawien, die Kindern, die durch den Konflikt dort traumatisiert sind, helfen wollen." Er schwieg. „Aber so wie ich Edith kenne, hat sie dir das alles wahrscheinlich gar nicht erzählt."

Miriam dachte während ihrer dreistündigen Fahrt über das alles nach und darüber, wie effektiv Edith ihr geholfen hatte. *Ist es rei-*

ner Zufall, dass ich genau bei der richtigen Person gelandet bin, einer Psychologin mit ihrer Erfahrung und Weisheit, die genau weiß, wie sie mir helfen kann? Ist es Zufall, dass ich von einer Gruppe von Kindern gerettet wurde, die genug Überlebenskunst besaßen, um mich an diesen Ort zu bringen, wo ich in Sicherheit bin? War es Zufall, dass Owen und ich entführt wurden? Ihr Verstand arbeitete auf Hochtouren.

Sobald sie in der Stadt angekommen war, erledigte Miriam die Besorgungen, um die Moses sie gebeten hatte, genauso wie ein paar Male vorher schon mit Nehemiah. Als sie auf dem Postamt die Post abholte, erregte ein Brief mit einer amerikanischen Briefmarke und ihrem Namen darauf sofort Miriams Aufmerksamkeit. Sie erkannte die Handschrift und riss den Umschlag gespannt auf.

Der Brief von Sue enthielt Worte des Trostes. Er bildete eine Brücke zwischen Miriams zwei Welten. Sue bot an, zu ihr zu fliegen und bei Miriam zu bleiben und ihr zu helfen, Martin und Owen zu finden.

Miriam betrachtete noch einmal den Umschlag. Sue hatte an die Adresse des World-Mission-Büros geschrieben. Das bedeutete, dass Happiness tatsächlich den Leuten, die Miriam ihr vor ihrem Abflug aus Dar auf einer Liste aufgeführt hatte, die Details über Miriams Umstände geschrieben hatte. Wenigstens irgendjemand hielt sein Versprechen, ihr zu helfen, im Gegensatz zu den Erfahrungen, die sie in der Botschaft gemacht hatte.

Miriam wartete nicht. Sie riss ein Blatt Papier aus ihrem Notizblock und schrieb Sue einen Antwortbrief mit einer Liste von Leuten, zu denen sie Kontakt aufnehmen sollte, und Büros, die sie anrufen sollte, und flehte sie an, Miriams Augen und Ohren in den Staaten zu sein. Sie sagte ihr, sie solle bleiben, wo sie war. Gemeinsam *würden* sie Owen und Martin finden. Sie *mussten* einfach. Als sie fertig war, las Miriam den Brief noch einmal durch und wünschte, sie könnte ihren eigenen Worten glauben. Dann kaufte sie einen Umschlag und Briefmarken und gab den Brief auf, bevor sie das Postamt verließ. Er würde mit dem Flugzeug am Nachmittag weggehen, sagte die Frau hinter dem Schalter.

Jetzt versuchte Miriam, im Geiste umzuschalten, in ihre gegenwärtige Realität zurückzukehren. Auf dem Weg zum World-Mission-Büro fuhr sie an den Büros von mehreren Hilfsorganisationen für Flüchtlinge und Kinder vorbei. Die Büros bildeten zusammen einen eigenen, neu errichteten Stadtteil. Sie bemerkte die Satellitenschüsseln auf den Dächern, etwas, das sie während ihres Monats „auf dem Feld", wie die Leute in der Stadt alles, was außerhalb lag, nannten, ganz vergessen hatte. Neu aussehende Fahrzeuge mit Allradantrieb standen vor vielen der neuen Gebäude. Ihr entging der Kontrast zu ihrer eigenen Missionsstation nicht, wo die Mitarbeiter lieber gebrauchte Autos fuhren und Walkie-Talkies mit schwachen Batterien benutzten, damit sie mehr Geld zur Verfügung hatten, um die Bedürfnisse der Flüchtlinge zu stillen.

Als Miriam das World-Mission-Büro erreichte, gab sie Moses' Umschläge und Pakete ab und vergewisserte sich, dass man für sie ein Gästezimmer reservierte. Das alles dauerte länger, als Miriam geplant hatte. So kam sie trotz Moses' Warnung zu spät zu Ediths erster Vorlesung. Als sie vor dem Gemeindezentrum vorfuhr, bemerkte Miriam die Insignien an den anderen Fahrzeugen. Offenbar waren Vertreter von mehreren internationalen Organisationen hier, zusätzlich zu den Sozialarbeitern, Lehrern und Flüchtlingsmitarbeitern, auf die Moses sie bereits vorbereitet hatte. Frustriert und außer Atem eilte Miriam den Gang entlang und rutschte auf einen Sitz in der hintersten Reihe.

Edith sprach schon. Ungefähr fünfzig Männer und Frauen saßen auf den weißen Plastikstühlen und machten sich Notizen. Edith beantwortete gerade eine Frage, die ihr jemand gestellt hatte. „Ich habe diese Geschichte schon einmal gehört", sagte sie. „Unabhängig voneinander sagen die Kindergruppen, die es hierher schaffen, oft, Engel hätten sie geführt oder Gott habe ihnen den Weg gezeigt. Wenn ich frage, wie die Engel aussahen, sagen sie, sie waren hell. Als ich fragte, wie sie wussten, dass Gott es war, der sie geführt hat, sagte ein Junge einmal: ‚Madam, wenn Sie die Stimme Gottes hören, wissen Sie doch bestimmt, wer er ist.'"

Ein leises Lachen ging durch die Reihen. Miriam lächelte.

Edith sprach weiter: „Und ja, ich glaube ihnen, auch wenn ich nie an einem so dunklen Ort war, dass dieses Licht so hell schien, dass ich es hätte erkennen können. Sie dürfen nicht vergessen, dass diese Kinder, besonders die früheren Kindersoldaten, es schwer haben, die wirkliche Welt von anderen Welten zu unterscheiden. Und wir können sie nicht zwingen, sich an etwas zu erinnern, das zu schmerzlich für sie ist. Wir müssen immer daran denken, dass wir es mit Kindern zu tun haben.

Es ist sehr schwer für diese Kinder, zu lernen, wie sie mit dem Furchtbaren, das sie überlebt haben, umgehen sollen. Wir setzen Kunst, Tanz und Theater ein, um ihnen zu helfen, ihr Trauma zu verarbeiten. Und sooft es möglich ist, versuchen wir, sie dazu zu bewegen, ihre Geschichte zu erzählen, zu erzählen, was sie erlebt haben. Das hilft ihnen, sich ihrer Angst und ihren Schuldgefühlen zu stellen und weiterzugehen. Wenn Kinder ankommen, bitten wir diejenigen, die es können, aufzuschreiben, wie der Tag war, an dem sie ins Lager kamen. Sie können über alles schreiben, was vorher passierte, aber gewöhnlich fällt es ihnen am leichtesten, mit der jüngsten Vergangenheit zu beginnen. Diejenigen, die nicht schreiben können, bekommen Ton und Farben, oder wir versuchen, sie dazu zu bewegen, laut zu beschreiben, was passiert ist. Sie müssen immer daran denken, wenn wir die Geschichte von jemand anhören, geben wir dem Erzähler seine Würde und Integrität zurück. Deshalb ist etwas Wichtiges, das wir hier lernen wollen, das Zuhören.

Wir haben festgestellt: Wenn Kinder einmal die Wahrheit erzählen können, besteht Hoffnung. Dann legen wir die Geschichte beiseite und gehen weiter. Ein wiederholtes Erzählen, wie es einige der Journalisten, die durch die Lager kommen, verlangen, ist sehr schlecht für die Kinder. Einmal genügt. Und selbst dieses eine Mal ist für viele Kinder nicht leicht. Ihre Erfahrungen sind unterschiedlich. Und sie unterscheiden sich von Stamm zu Stamm, von Land zu Land. Kongolesische Kinder zum Beispiel sind viel mitteilsamer als, sagen wir, äthiopische Kinder, die alles sehen, aber scheu bleiben. Viele Kinder sagen das, von dem sie glauben, dass andere es von ihnen hören wollen, weil sie sich verzweifelt nach Anerkennung sehnen.

Gleichzeitig müssen wir darauf vorbereitet sein, dass sie sagen, unsere Fragen seien dumm. Haben sie Tote gesehen? ‚Wer hat das nicht?', geben sie zur Antwort. Hat es ihnen wehgetan, alles zurückzulassen? Sie werden etwas in der Art sagen, dass sie nicht an ihre Verletzung dachten; sie mussten davonlaufen. Die eigentliche Herausforderung ist, sie dazu zu bringen, dass sie über ihre eigenen Gefühle reden, wie sie sich *fühlen*. Tun die Kinder das, dann besteht Hoffnung auf Genesung.

Jetzt", sagte Edith, „möchte ich unseren Blick noch einmal auf Kindersoldaten lenken. Ich will klarstellen, wovon wir hier sprechen. Erwachsene Soldaten manipulieren und zwingen Kinder, die manchmal nicht älter als sechs Jahre alt sind, mit einer furchtbaren Brutalität, wiederum andere zu foltern und zu töten. Sie müssen begreifen, dass weltweit in fast dreißig größeren Konflikten Kinder als Kämpfer, Waffenträger, Spione, Köche und Sexsklaven für ältere Soldaten benutzt werden. Einige Kinder wollen lernen, mit der leichten AK-47 umzugehen, weil sie glauben, das werde ihre eigene Sicherheit in Kriegszonen erhöhen. Diese leichteren Waffen bedeuten, dass Kinder mit acht Jahren schon bewaffnet sein können.

Kinder gehorchen den Menschen, die sie fürchten, blind, selbst wenn sie die grausamsten Befehle bekommen. Das ist ihr verzweifelter Versuch, die Zustimmung und Zuneigung von Erwachsenen zu erlangen. Viele betrachten die Armee als Ersatzeltern. Die Armee gibt ihnen zu essen, Kleidung und Schutz. Um die Zustimmung zu erlangen, die sie brauchen, übertreffen die Kinder vielleicht sogar die Barbarei ihrer ursprünglichen Anweisungen.

Ich kenne einen Kommandanten, der sagte, er stehe lieber einem bewaffneten erwachsenen Soldaten als einem bewaffneten Kindersoldaten gegenüber. Ein Kind ist unberechenbar. Viele von ihnen wurden zu Drogenabhängigen oder Alkoholikern gemacht, was ihre Labilität erhöht. Nimmt man dann noch die hormonellen Veränderungen in der Pubertät dazu, dann hat man die Formel für eine Katastrophe. Außerdem haben Kinder mehr Mut, können besser im Busch überleben, beklagen sich nicht und befolgen Anweisungen."

Eine Hand ging in die Höhe, und eine Stimme mit deutschem Akzent fragte: „Gibt es von internationalen Behörden keinen Schutz für Kinder?"

Edith antwortete: „Es gibt die UN-Konvention über die Rechte des Kindes von 1989. Größere Länder können Sanktionen verhängen oder Druck ausüben auf die Länder, die sie unterzeichnet haben, aber nicht alle Länder haben sie unterzeichnet, darunter die USA."

Sie machte eine Pause. „Wir konzentrieren uns hier nicht auf politische Lösungen, sondern darauf, den einzelnen Kindern zu helfen, die es geschafft haben, zu entkommen. Die gute Nachricht ist: Wir haben festgestellt, dass Kinder äußerst widerstandsfähig sind. Mit Unterstützung und der richtigen Begleitung können sie lernen, damit umzugehen. Und das müssen sie lernen, um zu überleben. Die Kinder, mit denen Sie arbeiten werden, sind Überlebende. Und die Vermutung liegt nahe, dass viele von denjenigen, die es geschafft haben, ziemlich begabt sind. Sie haben Mut, Optimismus, Tapferkeit – genau die Eigenschaften, die wir in uns selbst fördern müssen. Unsere Aufgabe ist es, diesen Kindern zu helfen, mit dem fertig zu werden, was sie erlebt haben, was sie gesehen haben und was sie unter Zwang selbst getan haben. Sie haben noch ihre Hoffnungen und ihre Leidenschaft. Und sie haben immer noch eine Zukunft. Das dürfen wir nie vergessen. Mehr als alles", sagte Edith, „wollen die früheren Kindersoldaten Frieden und eine Chance, zur Schule zu gehen. Viele der Mädchen träumen davon, Krankenschwestern zu werden. Einige der Jungen wollen Pfarrer werden. Ich habe hier Kinder gesehen, die die volle Verantwortung für jüngere Geschwister und auch für andere Kinder übernommen haben. Bei der Flutwelle von AIDS-Waisen werden Haushalte, die nur aus Kindern bestehen, immer häufiger. Das Zeugnis, das durch das Leben dieser Kinder kommt, spricht unsere besten Seiten an. Sie machen unsere Herzen weich."

55

Miriam kam sich in der nächsten Woche vor, als wäre sie wieder zum Studium an der juristischen Fakultät. Bei den Vorlesungen und dem Lesematerial, ganz zu schweigen von den Diskussionsrunden, rauchte ihr Kopf vor Statistiken und Theorien und Berichten.

Ediths Abschlussvortrag, bevor sie sie in kleine Gruppen einteilte und ihre Arbeit mit den Kindern auf dem Feld beobachtete, fand am Freitagmorgen statt.

Während Miriam in dem inzwischen vertrauten Raum saß und die Worte auf sich wirken ließ, konnte sie sich des Gefühls nicht erwehren, dass Edith diese Worte nur zu ihr sagte, direkt in die entmutigten und gespaltenen Teile in Miriams Seele sprach, mit denen Miriam jeden Tag, aber besonders nachts, immer noch rang. Der Teil von ihr, der wartete – auf Nachrichten von Owen und Martin. Der Teil, der sich fragte – ob ihre Jungen noch irgendwo im Busch lebten. Und der Teil, der bereit war ... zu helfen, egal, wie.

Ediths letzte Worte schlugen tief in ihrem Kopf und in ihrem Herzen Wurzeln: *„Vergessen Sie nicht: Jedes Kind hat einen Namen und eine Geschichte."*

* * *

In vielerlei Hinsicht hatte Miriam das Gefühl, an einer Weggabelung zu stehen. Während sie an diesem Nachmittag neben Edith zur Missionsstation zurückfuhr, sprach Miriam dieses Thema an. „Ich weiß, dass du erschöpft sein musst ...", begann sie.

„Nein, ich habe nach diesen Unterrichtseinheiten immer viel Energie übrig", sagte Edith. „Warum sagst du das? Wie hat das alles auf dich gewirkt?"

„Nun ja, mich verfolgt das Wissen, dass das, was ich durchgemacht habe – ich meine, nach der Entführung. Na ja, genau genommen, auch während der Entführung. Wie dem auch sei, ich tue mich schwer damit, dass meine Erfahrung mit den Simbabrüdern für Hunderttausende Kinder auf der ganzen Welt ein alltägliches Erlebnis ist. Ich meine, wie kann ich oder wie kannst du – oder sonst irgendjemand – damit fertig werden, wenn die Not so groß ist?"

„Mit ‚Fertigwerden' meinst du aber nicht, aufhören zu helfen, oder? Diese Reaktion ist weit verbreitet, auch für Leute, die nicht das durchgemacht haben, was du durchgemacht hast", sagte Edith. „Ich kenne das auch manchmal. Es hat verschiedene Namen: Compassion Fatigue, emotionale Erschöpfung, Burn-out.

Miriam, du darfst nicht unterschätzen, was ich an unserem letzten Tag in Mosambik zu dir gesagt habe. Dass du Vergebung und göttliche Heilung brauchst. Einige der Organisationen, die bei diesen Seminaren vertreten sind, sind laut ihrer Definition nicht christlich, aber ich habe bis jetzt von niemandem Kritik einstecken müssen, weil ich lehre, dass Jesus heilt. Sie wagen es nicht. Ich habe zu viel Erfahrung auf dem Feld und zu viele Erfolgsgeschichten vorzuweisen. Aber selbst wenn sie widersprechen sollten, würde ich nicht aufhören, das zu lehren, weil es sowohl für die Kinder als auch für die Mitarbeiter den entscheidenden Unterschied ausmacht.

Ich denke, unsere größte Angst ist es, dass das, was wir tun, nutzlos ist, dass die Dinge, für die Jesus stand – Liebe und Gerechtigkeit und Vergebung und Freundlichkeit zwischen den Menschen – nichts zählen. Das ist der Grund, warum ich dich gesegnet habe, warum ich die Kinder segne, mit denen ich arbeite, warum ich lehre, dass Jesus lebt und heilt und immer noch ein sehr realer Teil unserer ganzen Geschichte ist. Es dauert sehr lang, bis jeder von uns das Böse und die Gewalt akzeptiert, zu der wir fähig sind, Jesu Vergebung empfängt, sich selbst vergibt, für seine Feinde betet und geheilt wird. Aber wenn das passiert, ist es das größte Wunder von allen. Es ist, wie der Prophet Maleachi sagte: ‚Euch aber, die ihr meinen Namen fürchtet, soll aufgehen die Sonne der Gerechtigkeit und Heil unter ihren Flügeln.'"

Sie fuhren einige Augenblicke schweigend weiter. Dann sagte Miriam: „Ich habe die Kraft der Geschichten dieser Kinder gespürt, der Fallstudien, die du uns gegeben hast. Sie beschäftigen mich immer noch."

„Hast du dir darüber Gedanken gemacht? Irgendwann solltest du vielleicht alles aufschreiben, an das du dich über die Entführung und deine Zeit mit den Kindern im Busch erinnerst. Brauchst du es auch, deine Geschichte zu erzählen, damit du geheilt werden kannst?" Edith stellte diese Frage in einem Tonfall, der Miriam sagte, dass sie nicht laut antworten müsse.

Miriam erkannte in den Geschichten der Kinder, die Edith ihr erzählt hatte, den Glauben ihrer eigenen Jungen wieder. Wenn diese Jungen an Gottes Gegenwart glauben und sie fühlen konnten, konnte sie es dann nicht auch? Sie erinnerte sich an jenen Tag in der Serengeti, als sie sich danach sehnte, von Gott sanft berührt zu werden, wie Kleiner Löwe den sanften Wind nannte. Sie sehnte sich nach etwas, das Kleiner Löwe ihr hatte geben wollen.

Aber ihre eigene Geschichte? Konnte Miriam sich selbst die Fragen stellen, die sie laut Ediths Unterricht den Kindern stellen sollte – und sie auffordern, an die dunklen Stellen ihrer eigenen Geschichte zurückzugehen? Ihre eigene Entführung war sicher ein solcher dunkler Ort, aber es gab noch mehr, wie etwa die Erinnerungen an die Meinungsverschiedenheiten ihrer Eltern, die höfliche Entfremdung, den einsamen Schmerz, der ihr Zuhause als Kind durchzogen hatte. So kam es, dass in dem klappernden Auto unter der afrikanischen Sonne, die immer tiefer sank, Miriam Gott um Hilfe bat, wie Edith sie gelehrt hatte, um seine Hilfe, diesen konkreten Erinnerungen ins Gesicht zu schauen und die schmerzlichen Gefühle, die sie auslösten, noch einmal zu durchleben. Es war ein Anfang.

Miriam ließ sich von ihren Erinnerungen zurücktragen und dann noch weiter zurück, bis sie den Schmerz, den sie als kleines Mädchen empfunden hatte, ganz fühlte. Plötzlich wurde ihr bewusst, dass die Spannungen zwischen ihren Eltern dazu beigetragen hatten, sie zu dem Menschen zu machen, der sie war. Die Ungewissheit zu Hause in ihrer Kindheit hatte ihr eine Sensibilität für Kinder in Konflikten geschenkt, ob diese Konflikte äußerlich oder innerlich waren. Sie würde die Geheimnisse hinter dem Flüstern, das ihre Kindheit durchzog, nie herausfinden, aber sie konnte mit Kindern mitfühlen, die sich zerrissen fühlten. Gleichzeitig war Miriam dankbar, dass ihre Eltern bereit gewesen waren, wenigstens immer wieder zu versuchen, einander zu lieben.

Miriam erinnerte sich an die wenigen Male, als sie ihren Vater gebeten hatte, ihr aus der Zeit zu erzählen, als er noch jünger gewesen war. Er hatte das Eislaufen auf den Kanälen beschrieben, aber sobald er begann, über das Jahr 1940 zu sprechen, hatte ihre Mutter ihn nervös unterbrochen und das Gespräch abgewürgt. Miriam wusste, dass ihre Eltern beide als Kinder während der Kriegsjahre in den Niederlanden gelitten hatten. Waren sie wie die Kinder in diesen Lagern, wie Miriam selbst von einem Trauma überschattet gewesen, dem sie sich nicht zu stellen wagten?

Das führte Miriam zu einer weiteren Frage: *Kann eine nicht erzählte Geschichte genauso mächtig sein?*

Die lange Fahrt schien in wenigen Minuten vorbei zu sein. Als sie in die Missionsstation einbogen, sprach Edith, als meine sie niemanden Bestimmten, mit dem Blick auf die Schlaglöcher gerichtet. „Miriam, du bist so weit gekommen und hast sogar viel von dem gefunden, was du verloren hattest. Geschichten heilen diejenigen, die sie erzählen, und diejenigen, die mit offenen Ohren zuhören. Wenn du je den Punkt erreichst, an dem du die Details so weit zulassen kannst, dass du Jesus erlaubst, an deiner Seite mit dir zu deiner Entführung und zu allem, was danach geschah, zurückzugehen, zweifle ich nicht daran, dass du herausfindest, dass ein neuer Ort der Hoffnung und Heilung in deinem Inneren sich öffnet, wenn du deine Geschichte erzählst. Das ist das größte Geschenk, das du dir selbst machen kannst.

Vielleicht solltest du wirklich versuchen, alles aufzuschreiben. Dann, eines Tages – wenn du den Stoß Blätter in den Händen hältst, die Kanten auf dem Tisch sauberklopfst und den Stoß ordentlich hinlegst und alle Kanten glatt sind –, dann kannst du sagen, dass du diese Worte bezwungen hast, sie auf Papier gebannt hast, damit man sie sehen und fühlen und hören kann, dass du ihnen eine Form gegeben hast, damit sie dich nicht länger verfolgen können, dich nicht mehr unsichtbar quälen können."

„Haben Worte wirklich so viel Macht?", fragte Miriam.

„Eine Geschichte hat so viel Macht."

* * *

In der Missionsstation angekommen, vergewisserte sich Miriam, dass ihre wöchentliche Anfrage an die Botschaften in Dar und Nairobi mit der Bitte, ihren Fall weiterzuverfolgen, abgeschickt worden war. In den Antworten wurden Owen oder ein vermisstes Kind namens Martin immer noch mit keinem Wort erwähnt.

Den ganzen Samstag lang war Miriam hin und her gerissen. Sie befolgte Ediths Rat und versuchte, ihre Gefühle aufzuschreiben, kam aber nicht weiter als: „Welches Kind ist mehr wert? Das Kind mit AIDS oder das Kind ohne AIDS? Mein Martin oder ...?"

Am Sonntag lud Nehemiah sie zu einem der über fünfzig Gottesdienste ein, die im Flüchtlingslager stattfanden. Sie verließen das Missionsgelände und fuhren zum Lager, dann über die Lehmstraßen, bis sie in einem Gebiet ankamen, das Miriam bisher noch nicht besucht hatte. Das Kirchengebäude hatte wie die Klassenzimmer glaslose Fenster und Wände und Dachträger aus Holz, schmale Stämme, die von Bäumen um das Lager herum geschlagen worden waren.

Nehemiah übersetzte Miriam die Predigt, da sie in einer einheimischen Sprache verkündigt wurde: „Warum leuchtet die Hoffnung Afrikas am hellsten? Wo scheint das Licht am hellsten? An den dunkelsten Orten. Afrika wird von Kriegen, Hunger, Dürre, schlechten Regierungen und AIDS geplagt. Es gibt auf der Welt keinen dunkleren oder verzweifelteren Kontinent. Westliche Journalisten nennen unseren Kontinent ‚den hoffnungslosen Kontinent'. Die *einzige* Hoffnung ist in Christus. Deshalb scheint die Hoffnung Afrikas am hellsten."

Es war nicht nötig, die Musik oder die Freude der Gottesdienstteilnehmer zu übersetzen. Die Jugendgruppe spielte auf Gitarren aus Blechdosen. Der Chor klatschte rhythmisch in die Hände, trat vor, trat zurück, wartete einen Takt, klatschte wieder und begann dann zu singen.

Der Pfarrer schaute Miriam direkt an und sagte: „Ihr Land hat Frieden. Unseres nicht. Wenn Sie die Wunden an den Füßen unserer Kinder sehen, dürfen Sie wissen, dass sie diese zu Hause nicht hatten. Beten Sie mit uns für Frieden." Dann sprachen er und der Rest der Gemeinde Worte des Segens und der Begrüßung.

Während der Kollekte beobachtete Miriam, wie Frauen vorkamen und Mais und Mehl in Plastikwannen fallen ließen. Sie staunte über ihre Großzügigkeit, denn sie wusste, dass ihre Lebensmittelrationen aus nur ein paar hundert Gramm am Tag bestanden. Miriam schaute sich um und sah die Folgen von Vitaminmangel, obwohl die Kinder auch Milchpulver und Kekse mit hohem Eiweißgehalt erhielten. Der Mangel an Obst und Gemüse verursachte Ausschläge auf ihren Armen und Wunden an ihren Füßen und zwang einige zu hinken.

Als Miriam etwas von dem kleinen Lohn, den sie jetzt von World Mission bekam, in den grünen Plastikeimer legte, gab sie mit der rechten Hand, zwei linke Finger berührten das Innere ihres Ellbogen. Das Zeichen für Achtung.

Nach dem Gottesdienst stellte Miriam den Jugendlichen im Chor eine Frage, die Edith sie gelehrt hatte. Diese Frage war einer der besten Eisbrecher, egal in welcher Kultur: „Was willst du werden, wenn du groß bist?"

Ein Mädchen mit einem gelben Tuch sagte: „Lebensmittelverkäuferin."

Der Junge, der die Gitarren aus den Dosen gebaut hatte, sagte: „Gitarrenbauer."

Die meisten der Kinder sagten, sie wollten Pastoren werden.

„Diese Menschen interessieren sich nicht für Politik", sagte Nehemiah, als sie zum Jeep zurückgingen. „Sie wollen einfach nach Hause."

* * *

Owen starrte El-Fatih an. Sein Herz raste. Sie würden Martin und Miriam festhalten, bis er irgendeine Verhandlung manipulierte, irgendeinen Handel einging. Irgendein Handel in der Zukunft. Etwas, das mit Angola zu tun hatte.

El-Fatih lud Owen ein, mit ihm zu essen. Eine Schüssel Wasser wurde gebracht, die zwei Männer wuschen sich schweigend die Hände, dann setzten sie sich auf weiche Kissen vor den niedrigen Tisch. Owen wusste, dass beim Essen nicht über das Geschäft gesprochen wurde. Die zwei jüngeren Männer, die Owen in dieses Zimmer gebracht hatten, servierten jetzt ihm und El-Fatih Teller mit Reis und Lammfleisch mit Joghurtsoße.

Owen aß ein paar Bissen von jedem Gericht. Er wartete, bis die Dienstboten das Zimmer verließen. Dann hörte er, wie irgendwo in der Nähe eine andere Tür zugemacht wurde. „Wir werden beobachtet?“, fragte er El-Fatih.

„Natürlich.“

„Von den Frauen?“

El-Fatih zuckte mit den Schultern. „Aber Sie werden sie nicht sehen. Wir sind allein.“

„Und die Jungen? Die Diener?“

„Es wird Sie vielleicht schockieren, aber sie sind Sklaven, die ich gekauft habe.“

Owen sprach nichts mehr, bis das Geschirr abgeräumt wurde. El-Fatih dankte ihm, dass er es mit ihm geteilt hatte.

Owen sagte: „Ich weiß nicht, ob Sie die Geschichte von dem norwegischen Außenminister kennen, der es schaffte, die Palästinenser und die Israelis endlich dazu zu bringen, miteinander zu reden, indem er sie auf seinen Landsitz einlud, wo seine Frau ihnen ein Essen kochte.“

„Ja, es liegt eine Macht darin, wenn man ein Essen miteinander teilt“, erwiderte El-Fatih.

Ein beklemmendes Schweigen folgte, das Owen nicht unterbrach, bis El-Fatih hustete und zu ihrem Thema zurückkehrte.

„Sehr gut. Ich weiß nicht, ob Sie die Geschichte Angolas kennen. In den siebziger und achtziger Jahren unterstützten die USA und Pro-Apartheid-Südafrika General Savimbis Unita-Rebellen mit Geld, Raketen und Verstärkung. Auf der anderen Seite stand die kommunistische Regierung von dos Santos, die von der Sowjetunion und Kuba unterstützt wurde."

In Angola hatte Owen vermutet, dass Juri für beide Seiten arbeitete, sowohl für die Regierungskräfte als auch für Savimbis Unita-Rebellen.

„Ihnen ist vielleicht bekannt", sprach El-Fatih weiter, „dass während der Verhandlungen um das Bicesse-Abkommen die USA ein Angebot von fünfzehn Millionen Dollar an neuer Waffentechnologie auf den Tisch legten."

Owen pfiff leise. „Nein, das wusste ich nicht. Ich bezweifle, dass es öffentlich bekannt gemacht wurde. Das bekam Amerikas Verbündeter Savimbi?"

„Nein. Und damit haben Sie endlich die Antwort auf Ihre eigene Frage, warum Sie mir hier gegenübersitzen, gefunden. Die USA gaben diese Mittel General Savimbis *Feind*, dos Santos. Anscheinend gab es in der Außenpolitik Ihres Landes eine Veränderung. Und mein Klient, der Mann, dem ich meine Dienste als Berater anbiete, verlangt, dass ich die Amerikaner überrede, ihre früheren Bündnisse zu achten."

„Savimbi steckt hinter dem allen? *Er* ist der Mann, für den Sie arbeiten? Aber warum haben die Amerikaner die Seiten gewechselt?"

„Ich arbeite nicht für ihn. Ich biete ihm meine Dienste an", korrigierte El-Fatih. „Aber Sie sollten die Antwort auf Ihre Frage selbst kennen. Sie haben in Mosambik eine ähnliche Dynamik erlebt. In einer Welt nach dem Zerfall der Sowjetunion ist der Kommunismus weniger eine Bedrohung geworden. Und dos Santos hat sich vom Marxismus abgewandt, was ihn für Ihre Regierung akzeptabler macht. Mit dem Fall der Apartheid fiel Südafrika als Verbündeter weg. Aber das Wichtigste ist die Entdeckung von Erdöl in von der Regierung beherrschten Gebieten in

Angola. Die USA haben versprochen, der größte Handelspartner zu werden und die modernsten Waffen zu liefern – auf derselben Ebene wie das, was sie den Israelis geben –, aber ihrem früheren Feind, der angolanischen Regierung. Für das Öl."

„Und die Wahlen im letzten September?" Owen glaubte sich zu erinnern, dass seine und Miriams Entführung nur zwei Monate nach den Wahlen in Angola geschehen war.

„Die Wahlen endeten in einem Chaos. Savimbi war wütend, dass er seine amerikanische Unterstützung verlor. Er kontrolliert die Diamantenfelder. Letztes Jahr errang er auch die Kontrolle über einige Ölfelder. Aber in diesem Jahr haben die Amerikaner offiziell dos Santos' angolanische Regierung anerkannt, damit Chevron und Texaco ins Land können."

„Es war also Ihre Idee, mich zu entführen?"

El-Fatih nickte. „Das Bicesse-Abkommen hat sich als Farce erwiesen. Es gibt keinen dauerhaften Frieden."

„Savimbi will Geld und Waffen. Das hat nichts mit Frieden zu tun."

„Sie sagen es."

Owen stand auf und begann, in der Halle auf und ab zu schreiten. Er blieb bei einem Fenster stehen, das auf den Hof hinausführte. Nichts regte sich in der Nachmittagssonne. Er ließ seine Augen über die Mauern wandern. Er sah die Palmwedel und hörte die Vögel in der Nähe. Ein Kind lachte irgendwo. Eine andere Tür schloss sich. *Was sehe ich nicht?*

„Was wollen Sie von mir?", fragte Owen schließlich. „Der Vertrag ist unterschrieben. Wenn die amerikanischen Ölfirmen die US-Regierung dazu gebracht haben, ein solches Abkommen zu unterzeichnen, wird nichts, das ich tun kann, diese Politik rückgängig machen. Savimbi wird einfach seine Verluste akzeptieren und sich einen anderen Sponsor suchen müssen."

„Ich soll Ihnen sagen, dass Sie zu Ihrer Regierung zurückgehen und dafür sorgen müssen, dass sie ihre Meinung ändert."

„Niemand würde mir glauben. Sie würden wissen, dass ich entführt wurde. Dass ich zu Kompromissen überredet wurde."

„Ah, aber diese Entführung lässt sich leicht erklären. Sie wurden nicht gezielt entführt. Rebellen wurden von anderen Touristen, die im Caprivi-Streifen unterwegs waren, so weit im Süden gemeldet. Sie waren einfach ein unschuldiges Opfer des politischen Wechsels im Jahr 1991. Ich habe die Idee entworfen. Savimbi stimmte ihr zu. Juri führte sie aus."

Owen fragte sich, welche Motive El-Fatih hatte. *Profit.* Was konnte er ihm anbieten? In Gedanken ging noch einmal ihre Gespräche durch, bis er das Goldkorn fand. Er drehte sich um und schaute El-Fatih an. „Ich kann Ihnen amerikanische Interessen an *sudanesischen* Ölfeldern anbieten."

Wieder beugte sich El-Fatih leicht vor.

Owen hatte also Recht gehabt. Savimbis Rebellen im Dschungel zählten für El-Fatih nicht mehr als seine eigenen persönlichen Interessen. El-Fatih kontrollierte Öl im Nordsudan, und er wollte mehr. *Er will den gleichen Deal, den dos Santo bekommen hat.*

„Wenn die Amerikaner in Angola Öl wollen, dann wollen sie es auch im Sudan", sagte Owen. Sein Verstand arbeitete auf Hochtouren. „Lassen Sie mich am Leben, lassen Sie meine Familie frei, und ich werde die amerikanische Regierung überreden, den Nordsudan gegen den Süden zu unterstützen, damit sie ihre Ölfirmen ins Land bringen können."

„Der Norden ist arabisch und moslemisch. Es heißt, wir machen die Christen zu Sklaven." El-Fatihs Stimme klang spöttisch.

Owen zuckte bei diesen Worten innerlich zusammen. Er wusste, dass sie wahr waren. Er wusste, dass er mit diesem Angebot an El-Fatih allem widersprach, an das er glaubte, allem, für das er so lange gekämpft hatte. Er arbeitete daran, Veränderungen hinter den Kulissen herbeizuführen und zu versuchen, eine Partei gegen die andere auszuspielen. Und er log – denn er hatte nicht die geringste Absicht, wirklich das zu tun, was El-Fatih von ihm verlangte.

Owens eigener unbestreitbarer Profit bei diesem Deal? Er würde seine Familie befreien können.

56

Am Montag fuhr Miriam mit Edith ins Lager, um zuzusehen, wie sie mit den Kindern arbeitete.

„Als Erstes musst du dich auf die Ebene der Kinder begeben“, erklärte Edith. „Als ich mit Straßenkindern in Dar es Salaam arbeitete, setzte ich mich oft einfach auf den Gehweg neben ein Kind, das in einem Verkehrsstau bettelte. Ihnen dort zu begegnen, wo sie sind, ist entscheidend. Verbringe Zeit mit ihnen. Zeige deine Hingabe. Zeige ihnen, dass du für sie da bist und sie nicht im Stich lässt, wie so viele andere Erwachsene es in ihrem Leben wahrscheinlich schon getan haben. Begegne ihnen nicht in einer offiziellen Umgebung, sondern spiel mit ihnen oder trink mit ihnen ein Glas Wasser oder iss mit ihnen Süßigkeiten. Hör zu, stell Fragen, wiederhole, was sie gesagt haben.“

Als Erstes kamen sie zu einer Kunstklasse für ältere Kinder. Miriam fragte einen Jungen nach seinem Bild und war erstaunt über die Flut von Bildern, die er beschrieb, während er auf die einzelnen Figuren zeigte.

„Ich heiße Solomon. Das ist ein Bild von einer Kirche. Die Menschen waren in der Kirche, bis die Rebellen kamen und die Kirche zerstörten und die Menschen töteten. Ich war in einem Flüchtlingslager, als sie kamen. Sie verhafteten die Menschen nach Belieben. Wenn man ein Mann war, der ein Hemd anhatte, wurde es benutzt, um einen anderen zu fesseln. Sie trieben alle Menschen unter einen großen Baum und trennten die Frauen und Kinder von den Männern. Frauen und Kinder sollten sich hinsetzen. Die Männer mussten sich hinlegen. Die Rebellen bauten sich um die Menschen herum auf, und drei von ihnen fingen an, sie mit Pangas und einem Gewehr zu töten.“

Ein anderer Junge erklärte seine Zeichnung, auf der Menschen liefen. „Dass ich entkam, war ein Unfall. Na ja, so etwas wie ein Unfall. Wir spielten gerade, als Fremde in mein Dorf kamen. Es waren Soldaten. Wir liefen einfach. Wir liefen, ohne zu überlegen.

Mein Bruder half mir zu laufen. Wir verabschiedeten uns nicht von unserer Mutter und unserem Vater; wir liefen einfach. Wenn ich Schüsse höre, kann ich nur daran denken, dass ich laufen muss, um mein Leben zu retten. Ich hörte das Schießen und Schreien und die Bomben. Wir liefen ohne irgendetwas. Nichts, kein Essen, keine Kleidung – nichts."

Als Nächstes gingen Edith und Miriam zu einem Töpferkurs. Zwei Mädchen kicherten hinter vorgehaltenen Händen. Miriam setzte sich ihnen gegenüber an den Tisch und fragte: „Was ist so lustig?" Sie antworteten nicht. Sie sah, dass sie zwei Figuren gemacht hatten, die beide Gewehre hielten. „Sind das Soldaten?", fragte Miriam. Die Mädchen wurden still. Sie saßen in ihren zerschlissenen Kleidern auf der rauen Holzbank, Kratzer und Narben waren an ihren Armen zu sehen. Sie lächelten nicht. Dann fragte Miriam: „Wie heißt ihr?"

Das Mädchen, das links saß, antwortete: „Janet, ich bin sechzehn." Dann platzte sie heraus: „Ich hatte solche Angst, weil ich gehört hatte, dass sie den Mädchen, die sie entführt haben, schlimme Sachen antun. Ich versuchte zu protestieren und flehte sie um Gnade an, aber sie schlugen mich nur und drohten mir."

Miriam saß ruhig und still da. Janet hatte über den Tisch gegriffen und streichelte ihre Hand. Miriam wagte es nicht, sich zu bewegen. Es war einer dieser heiligen Augenblicke, von denen Edith ihr erzählt hatte. Ein Augenblick, in dem man nur zuhören konnte.

Dann begann das andere Mädchen zu sprechen. Ihre Stimme war ein Flüstern wie der leise Wind über einem Grasfeld. „Sie entführten mich, töteten aber trotzdem meine Mutter und meinen Vater in dieser Nacht."

Miriam schaute jedes der Mädchen an. Keine von ihnen zeigte das geringste Anzeichen für Gefühle; mit steinerner Miene starrten sie an ihr vorbei. „Und wie heißt du?", fragte sie schließlich das zweite Mädchen.

„Constance."

Die Lehrerin sagte, es sei bald Zeit, den Unterricht zu beenden.

Sie bat die Kinder, im Kreis herumzugehen und eine Sache zu benennen, die ihnen an ihrem Leben gefiel.

Als Janet an der Reihe war, sagte sie: „Ich bin im Beratungszentrum glücklich, weil die Menschen hier freundlich sind und uns bei unseren Problemen zuhören."

Constance flüsterte: „Ich freue mich, dass ich jemanden habe, der sich um mich kümmert."

Danach sagte die Lehrerin zu Miriam: „Sie sind nur dann wirklich begeistert, wenn es um die Schule geht. Die Schule gibt ihnen Halt. Diese Mädchen sehen die Schule als das einzige Mittel an, ihr Leben in den Griff zu bekommen. Was ich von den wenigen Mädchen höre, die zu uns kommen, ist die Klage darüber, dass die Verantwortung, die sie für jüngere Kinder haben, von Jahr zu Jahr schwerer wird. Ein Mädchen sagte mir: ‚Ich habe davon geträumt, dass eines Tages jemand sich um mich kümmert. Ich bin erleichtert, dass ich noch nicht heiraten und Kinder bekommen muss. Dass ich noch ein Kind sein darf.'

Wir bieten diesen Kindern eine neue Möglichkeit, sich selbst zu sehen. Das kann durch die Schule geschehen, dadurch, dass man ihnen ein Handwerk beibringt. Aber am wichtigsten ist, dass sie lernen, sich selbst nicht als Opfer zu sehen, sondern einfach als Kinder."

* * *

Owen stellte fest, dass sich El-Fatih seinem mühsamen Gang anpasste, während sie den Pfad nach oben auf die Burgmauer bestiegen. Nach diesem langen Tag war sein Verstand und sein Körper müde von zu vielen Komplikationen, zu vielen losen Enden. Er konnte die Karte mit den Möglichkeiten, die El-Fatih vor ihm ausrollte, immer noch nicht ganz überblicken.

El-Fatih sprach wieder. „... diese Kriege, Feindseligkeiten, die nicht aus großen ideologischen oder politischen Gründen ausgetragen werden wie in der Vergangenheit, sondern bei denen es um die Kontrolle über Diamantenfelder, Erdölkonzessionen, Cocablätter und Mohn geht, aus denen sich Drogen herstellen lassen. Vom Markt bestimmte Kriege sind Teil der Globalisierung, und sie scheinen mindestens genauso brutal und unnachgiebig zu sein wie ideologische Kriege zu ihrer schlimmsten Zeit."

Sie standen auf einer Brüstung unter dem Nachthimmel. Owen rang um Atem. Er starrte auf die Sichel des Neumondes, die auf dem Rücken lag, während die Venus über seinem Bauch funkelte. El-Fatihs belehrender Ton könnte bedeuten, dass er vielleicht auf sein Angebot eingehen würde. Owen sagte: „Als ich Sie das erste Mal traf, war das im Finanzviertel von London. Fällt es Ihnen schwer, diese Wüste zu verlassen?" Beide Männer schauten über die Sandhügel hinaus, Wellen in tausend verschiedenen Rotschattierungen im Wind.

El-Fatih atmete laut aus. „Das stimmt. Ich bin an zweihundert Tagen im Jahr in anderen Ländern. Wenn ich nach Hause komme, kampiere ich ein paar Nächte in der Wüste. Das tat ich auch, als Sie hier ankamen. Danach sehne ich mich. Ich habe Sand im Blut."

Owen wechselte wieder das Thema in der Hoffnung, ihm jetzt vielleicht ein paar Informationsstückchen entlocken zu können. „Falin arbeitet für beide Seiten, nicht wahr – für dos Santos *und* Savimbi?"

„Juri Falin tut, was ich ihm sage. Er war schon immer ein schwacher Mensch, seit ich ihn kenne."

„Seit Afghanistan? Der Mohn, von dem Sie sprachen? Der sowjetische Einmarsch?"

„Alles Faktoren, die in Betracht zu ziehen sind", erwiderte El-Fatih. „Juri ist der Mann auf dem Feld und arbeitet für den Höchstbietenden. Er liefert Söldner. Sonst nichts. Als Savimbi darauf bestand, dass man etwas unternehmen müsse, schlug ich vor, dass wir uns Ihre Dienste verfügbar machen. Das besänftigte den General."

„Lang genug, dass Sie die Kontrolle über die Diamantenfelder bekommen, die Falin unter sich hat?"

„Vielleicht. Aber das interessiert jetzt nicht. Was wir von Ihnen wollen, ist: Sorgen Sie dafür, dass Ihre Regierung ihre Politik erneut ändert und Savimbi wieder unterstützt."

„Sie wissen, dass das unmöglich ist. Niemand würde mir glauben."

„Das ist früher auch schon passiert. Kissinger log 1975 in Bezug auf die Anwesenheit der kubanischen Truppen in Angola. Ich habe einmal mit dem CIA-Chef gesprochen, der sagte, der Konflikt sei das *Ergebnis* der amerikanischen Intervention gewesen, nicht die Ursache. Aus diesem Grund wurden Sie ausgewählt – ein amerikanischer Verhandlungsführer, der sich in der Vergangenheit gegen Kissingers Gründe ausgesprochen hat. Und dann waren Sie hier in Afrika; es war einfach zu verlockend, um nicht zuzugreifen. Ich kenne Ihre Vergangenheit. Sie sind zum Scheitern verurteilt, weil Sie nicht die Distanz herstellen, die nötig ist, um kreative Lösungen zu sehen. Sie haben es in Irland nicht gut gemacht, und als Folge davon haben Sie Ihre Schwester, Ihre einzige noch lebende Angehörige, verloren. Habe ich Recht? Außer Ihrer Frau und Ihrem Sohn natürlich."

Owen fühlte den schneidenden Schmerz. El-Fatihs Worte bohrten wie ein Messer in einer offenen Wunde.

El-Fatih ließ nicht locker. „Ich lehne Ihr Angebot ab und setze die Bedingungen fest. Sie werden tun, worum ich Sie gebeten habe, und innerhalb des Außenministeriums darauf hinarbeiten, dass Savimbi wieder von den Amerikanern unterstützt wird."

Es war, als hätte Owen das sudanesische Öl überhaupt nicht erwähnt. Woher kam die plötzliche Veränderung in El-Fatihs Verhalten?

Owen hörte, wie auf dem Weg unter ihnen ein Stein losgelöst wurde. Er schaute den Weg hinab, den sie gerade heraufgekommen waren. Dann erstarrte er. El-Fatih schaute ihn mit hochgezogenen Augenbrauen an.

Zwei große Wachleute kamen näher. Sie trugen ähnliche Uniformen wie die Männer, die Owen in Juris Lager gesehen hatte. „Er ist hier", sagte der Größere. Owen konnte die Verachtung des Mannes an seinem Unwillen erkennen, ihm in die Augen zu schauen.

Sie kehrten zum Palast zurück. Ein großer Mann in Kampfkleidung und mit einer schwarzen Baskenmütze ging in der Halle auf und ab. Er drehte sich schnell um, als er sie kommen hörte. Owen sah fünf Leibwächter, die auf sie zukamen. Sie suchten Owen und El-Fatih. Owen bemerkte El-Fatihs Stirnrunzeln. Dann tauchte ein Fotograf auf. Der General trat neben Owen, und sie wurden fotografiert.

Owen wartete darauf, dass er angesprochen wurde, aber niemand sagte ein Wort. Er hörte nur den Atem der Männer. Dann tauchte einer der jungen Männer auf, die laut El-Fatihs Worten Sklaven waren, und nickte ihm zu. Owen folgte ihm zu seinem Zimmer und hörte, wie die Tür zugesperrt wurde, nachdem sie geräuschlos ins Schloss gefallen war.

57

Miriam wusste, dass ihr Herz gleichzeitig in zwei verschiedene Richtungen schlug.

Im Lager bei der Arbeit mit den Kindern hatte sie einen Ort des Friedens gefunden, einen Ort, an dem sie das Gefühl hatte, dazuzugehören, ein Zuhause. Sie würde nie den weiten, weichen Himmel, die glitzernden Sterne vergessen. Die feuchte Luft am frühen Morgen, die einzige Zeit, in der man tief einatmen konnte, ohne Angst vor dem Staub haben zu müssen. Die faszinierenden, blühenden violettblauen Jacaranda-Bäume. Die Oleanderblüten vor ihren Füßen. Die edlen Affenbrotbäume mit ihren kleinen, knotigen, nussähnlichen Büscheln, die roten Blätter, die sich im Frühling entfalteten. Das Kochfeuer mit dem großen Wassertopf, der immer dampfte. Die großen, roten Plastikeimer, die in einer Reihe aufgestellt waren.

Und die Kinder. Jeden Tag saß sie zwischen den Kleinen und hielt sie auf ihrem Schoß, streichelte ihre staubigen Köpfe und ihren angespannten Rücken. Sie wusste, dass sie der Grund dafür waren, warum sie hier war. Sie wollte sich um sie kümmern.

Und doch war sie keine Sekunde ohne den Schmerz, der sie daran erinnerte, dass Owen immer noch vermisst wurde. Dass Martin immer noch vermisst wurde. Dass es von keinem der beiden irgendein Lebenszeichen gab. Eines Nachts rechnete Miriam nach, dass fünf Wochen vergangen waren, seit sie in der Botschaft in Dar die Vermisstenmeldung aufgegeben hatte. Nach dieser ganzen Zeit, in der sie im Lager arbeitete und immer noch kein Wort gehört hatte, konnte Miriam den Gedanken nicht länger verdrängen, dass es vielleicht doch besser gewesen wäre, in Dar zu bleiben oder nach Nairobi zu fliegen oder gar in die Staaten zurückzukehren. Mit jedem Tag, der verging, wuchs ihre Überzeugung, dass sie einen riesengroßen Fehler gemacht habe und das Missionsgelände verlassen sollte. Immerhin hatte die Botschaft Ediths ursprüngliche Anfrage verlegt. Vielleicht hatten sie Miriams Dokumente auch verloren.

Am nächsten Tag, als Miriam im Flüchtlingslager ankam, begab sie sich auf die Suche nach Edith und fand sie im UAM-Büro, wo sie sich mit Jonah unterhielt. Als Miriam auf sie zutrat, hörte sie Jonah sagen: „Ich kümmere mich sofort darum." Dann lief er an Miriam vorbei, lächelte sie an, sagte aber kein Wort.

„Habe ich euch gestört?", fragte Miriam.

Edith lachte. „Ganz und gar nicht. Du kennst Jonah."

„Na ja, nicht richtig", sagte Miriam. „Ich glaube nicht."

„Was ist, Miriam? Du kommst doch aus einem bestimmten Grund zu mir."

„Ja." Sie schluckte. „Edith, ich bin zu dem Schluss gekommen, dass ich nicht länger hier sitzen und warten kann. Ich verliere noch den Verstand. Ich *muss* Martin und Owen finden, aber ich weiß einfach nicht, was ich tun soll. Sollte ich nach Hause fliegen? Vielleicht. Ist immer noch nichts Neues gekommen, nicht einmal von der Botschaft?"

Edith schüttelte den Kopf. „Du weißt, dass ich Martins Beschreibung in die Akten der Minderjährigen ohne Angehörige aufgenommen habe. Der Fall ist wirklich ungewöhnlich. Wir funken die Botschaften in Nairobi und Dar jede Woche an. Sobald irgendjemand irgendetwas erfährt, werden sie Kontakt zu uns aufnehmen. Bleib hier, Miriam. Wenigstens noch eine Weile."

„Warum?", fragte Miriam.

Edith sagte: „Nun, zum einen sieht es so aus, als wäre ich nicht die Einzige, die dich braucht."

In diesem Augenblick hörte Miriam Kinderstimmen, die eine Erinnerung in ihr wachriefen. Sie drehte sich schnell um. Kleiner Löwe rannte auf sie zu und umarmte Miriam so stürmisch, dass ihre Beine nachgaben. Miriam ging in die Knie und hielt ihn fest. Sie schluchzte und drückte ihn fest an sich. Sie fühlte, wie sich seine Brust hob und senkte.

Als Miriam gerade begriff, wie ungewöhnlich es war, dass er seine Gefühle so offen zeigte, wich Kleiner Löwe genauso plötzlich zurück, wie er sie umarmt hatte. Er schien sich wegen seines Verhaltens zu schämen und schaute über Miriams Schulter. Sie drehte sich um und sah Jonah in der Ferne stehen. Er kam auf sie zu und grinste. Einen Meter entfernt stand Wilder Löwe. Sein Gesicht war sehr ernst. Als sie aufstand, trat er vor und gab ihr die Hand, um sie dreimal zu schütteln, auf afrikanische Weise; dann trat er zurück. Aus dem Augenwinkel sah Miriam, dass sich eine kleine Schar um sie versammelt hatte. Sie wischte sich unwirsch die Tränen aus den Augen. „Wo sind die anderen?"

„Dort hinten." Kleiner Löwe deutete mit der Hand und bezog neben seinem Bruder Stellung. „Sie haben uns einen eigenen Platz gegeben, wo wir eine Hütte bauen können. Ich war gerade unterwegs, um nach mehr Decken zu fragen. Ich kann sie verkaufen und mehr Essen bekommen. Das haben wir schon gelernt. Wir sagen ihnen, dass wir nicht alle zusammen schlafen wollen. Sie werden uns glauben. Besonders wenn *ich* sie frage", sagte Kleiner Löwe grinsend.

„Das glaube ich gern", sagte Miriam. Sie lachten miteinander.

Miriam fühlte eine vertraute Hand auf ihrer Schulter und beobachtete, wie Kleiner Löwes Grinsen sich in eine Maske der Gleichgültigkeit verwandelte, die das Gesicht beider Jungen überzog. Sie drehte sich um, als Edith sagte: „Das sind also deine jungen Lebensretter? Ich hatte das schon geahnt. Deshalb habe ich Jonah geschickt, sie zu holen. Wir haben hier schon viele ungewöhnliche Dinge erlebt. Wie unglaublich, dass du sie tatsächlich gefunden hast."

Kleiner Löwe schob die Brust vor. „Dieses Finden ist etwas, das wir jetzt oft erleben."

* * *

Miriam sprach mit Edith darüber, dass sie die Betreuung ihrer Jungengruppe übernehmen wolle. Edith stimmte zu, dass Miriam, da sie auf ihrer Flucht zur Grenze bei ihnen gewesen war, einen besseren Bezug zu ihnen habe. „Aber ich sollte dich warnen", sagte Edith. „An Kinder dieser Art kommt man nur sehr schwer heran. Mit ihnen zu arbeiten verlangt von dir eine starke Hingabe. Das bedeutet, wenn du damit anfängst, kannst du nicht so bald von hier fortgehen, wie du eigentlich vorhattest. Du kannst nicht mitten während des Prozesses in die Staaten zurückkehren. Wenn die Jungen anfangen, sich zu öffnen, könntest du sie tief verletzen, wenn du sie zum falschen Zeitpunkt verlässt."

Miriam sagte: „Ich habe mehr Glauben an sie als an mich. Einverstanden, ich bleibe. In die Staaten zurückzufahren würde wahrscheinlich ohnehin nichts bringen. Was könnte ich dort schon tun? Ich weiß, dass Martin und Owen hier sind. Sie müssen hier sein. Sie müssen am Leben sein. Sie *müssen* einfach. Diese Jungen sind die engste Familie, die ich habe, solange ich meine eigene Familie nicht zurückbekomme. Wenn sie mich finden konnten, kann ich vielleicht auch Martin und Owen finden. Du weißt, dass ich sogar gebetet habe, und ich denke, es ist richtig, das zu tun. Dass die Jungen plötzlich hier sind ... das ist doch ein Zeichen, oder?"

Edith umarmte sie. „Wir halten Augen und Ohren offen. Und du hast Recht: Das Wunder, dass diese Jungen dich gefunden haben, zeigt, dass Gott dich mit deiner Familie wieder zusammenbringen kann."

* * *

Als Miriam ihre Jungen besuchen ging, betrat sie zum ersten Mal einen Teil des Lagers, in dem sie noch nie zuvor gewesen war. Hier gab es Zelte anstelle der Ziegelhäuser. Feindselige Blicke von Jugendlichen schauten zu, wie ihr Auto den Staub auf der Straße aufwirbelte. Große Jungen hingen in Gruppen vor diesen Zelten herum. Einige hockten am Straßenrand, während andere in Gruppe herumschlenderten. Ihr Gang und ihre düsteren Blicke erinnerten Miriam an die Straßenbanden, die sie in East Oakland manchmal gesehen hatte. Hier lebten die früheren Kindersoldaten, für die keine Pflegeeltern zu finden waren.

Miriam erinnerte sich an noch etwas anderes, das Jonah ihr gesagt hatte, als er ihr das Pflegeeltern-Programm beschrieb: „Viele Kinder schämen sich ihrer Verbrechen. Die Angst, die sie erlebten, als sie kämpften, weicht einer Angst, dass sie nie wieder normal sein würden. Sie wissen nicht einmal mehr, was ein normales Familienleben ist. Die Kinder haben ihre Familien verloren oder sind zu Hause nicht länger erwünscht. Sie haben ihre Kindheit verloren. Sie sind wirklich völlig verloren."

In den nächsten Tagen hörte Miriam jedoch hin und wieder ein belustigtes Flüstern unter diesen Jungen, der Anfang eines neuen Lebens. Obwohl sie ganze Tage damit verbrachten, nur zu schlafen, gab es auch Zeiten, in denen sie draußen Fußball spielten. Miriam schaute ihnen zu, wie sie ein Lumpenbündel wie einen Fußball durch die Gegend kickten, selbst ihre Kleidung flickten, halfen, Wasser zu holen, versuchten, eine Art regelmäßigen Rhythmus in ihr Leben zu bringen.

Kleiner Löwe sprach ihre gemeinsame Zeit im Busch das erste Mal an, als er bemerkte: „Du siehst anders aus, nicht so krank."

Miriam lächelte. „Das liegt daran, dass ich nicht mehr krank bin. Mama Edith hat mir geholfen, genauso wie ich euch helfen will."

„Du bist ihr also dankbar?"

„Ja. Aber ich bin auch dir dankbar, dir und Wilder Löwe. Wenn ihr beide nicht gewesen wärt, wäre ich im Busch gestorben. Ihr habt mir das Leben gerettet, und ich werde euch immer dankbar sein." Beide Jungen standen ernst vor Miriam. Ihre Stimme klang heiser. Sie nickten, schauten einander an und wandten sich ab.

* * *

Miriam saß am Feuer vor dem Zelt der Jungen und rührte einen Eintopf, den sie für sie gekocht hatte. Kleiner Löwe und Wilder Löwe hockten neben ihr und schnitzten an einem Holz. Die drei waren allein. Miriam war in Gedanken vertieft. Sie fürchtete, dass sie wahrscheinlich nie Pflegeeltern für diese Kinder finden würden. Welche Zukunft erwartete sie?

Fast zwei Wochen waren vergangen, seit sie hier angekommen waren, und nur selten hatte sie das Gefühl, auch nur einen kleinen Schritt weiterzukommen. Niemand sonst im Lager verbrachte Zeit mit ihnen, und viele der anderen Flüchtlinge hatten vor Jugendlichen wie diesen Angst. Selbst Kleiner Löwe ließ sie nur bis zu einer bestimmten Grenze an sich heran. Er sprach nie über seine Vergangenheit, und sie lernte, dass sein Grinsen bei ihrem Wiedersehen ein seltenes Geschenk gewesen war.

Miriam beschloss, heute etwas anderes zu versuchen. „Weißt du, ich glaube, dein Bruder ist ein sehr starker Anführer. Sehr weise", sagte sie zu Kleiner Löwe. „Und er muss auch ein guter Kämpfer gewesen, sein, oder?"

Jetzt öffnete Kleiner Löwe den Mund, lächelte und gestikulierte, als hätte Miriam den Schlüssel zu allen seinen Träumen gefunden. „Oh ja. Er ist sehr wild. Genau wie sein Name sagt. Simba mkali."

Wilder Löwe sah scheu aus, aber ein leichtes Lächeln huschte über seine Lippen.

„Ja, Wilder Löwe", übersetzte Miriam. „Weißt du, ich war so krank, als ich mit euch beiden unterwegs war, dass ich nicht mehr so genau weiß, was ihr mir über eure Vergangenheit erzählt habt."

Jetzt sprach Wilder Löwe. „Nun, du weißt, dass ich sein Bruder bin. Wir haben den gleichen Namen." Er schwieg. Miriam bemühte sich, nichts zu sagen. Sie nickte und warf ein paar Stöcke ins Feuer. Und sie wartete, während der ältere Junge weitersprach.

„Simba mdogo kommt aus dem Sudan. Ich komme aus Angola. Wir sind Brüder, seit wir einander das Leben gerettet haben. Wir wählten diese Namen, um allen unseren Feinden Angst einzujagen, die uns jagen und uns wieder dorthin zurückbringen wollen, wo wir waren. Aber jetzt kennen Simba mdogo und ich keine anderen Namen. Wir sind eine Familie." Er schwieg und war unübersehbar unsicher, ob er nicht zu viel gesagt hatte. „Das ist jetzt lange her."

Miriam wandte sich wieder an Kleiner Löwe. „Erinnerst du dich an die Nacht, nachdem die Soldaten uns so nahe waren? Es war wie eine Nacht, die nie enden würde, und du sagtest, du würdest dich gern irgendwo verstecken – an einem Ort, an den du immer gehen kannst, wenn du Angst hast und schlecht träumst."

Kleiner Löwe sagte: „Lange Zeit träumte ich davon, dass ich an einen Ort laufen kann, an dem es keinen Krieg gibt, wo ich wieder zur Schule gehen kann, wo es Essen gibt und wo die Bomben die Ziegen nicht treffen können. An diesem Ort ist es nie dunkel oder beängstigend. Dort ist niemals Nacht. Es ist ein Ort, über den wir einander Geschichten erzählen, um uns Mut zu machen. Er ist immer bei uns."

* * *

Dieses Gespräch war ein spürbarer Durchbruch. Miriam konnte ihre Beziehung zu den Jungen vertiefen. Langsam öffneten sie sich ihr gegenüber, genauso wie sie sich ihnen gegenüber öffnete, bis sie die Jungen bat, darüber zu sprechen, wie es war, als sie das erste Mal jemanden töteten.

Wilder Löwe schaute zu, unsicher, ob er sich beteiligen sollte oder nicht. Als niemand in der Gruppe antwortete, sagte er schließlich. „Es kann nicht gut sein, in unseren Gedanken an diese Orte zurückzugehen."

Aber der kleine Etoka hob die Hand und begann zu sprechen, während Kleiner Löwe für ihn dolmetschte. „Ich habe das erste Mal jemanden getötet, mit einer Panga." Miriam kannte die gebogene Machete, sie hatte viele davon in Juris Lager gesehen. Die Kinder lachten alle. Einige hielten sich mit der Hand den Mund zu. Dann brachen sie plötzlich ab, als Wilder Löwe aufstand.

Wilder Löwe hustete unsicher. Er sagte: „Dieser Mann war ein Zivilist, ein Erwachsener, ungefähr dreißig Jahre alt. Er wurde entführt, dann versuchte er zu fliehen. Deshalb sagten sie mir, ich solle ihn töten. Ich tat es. Ich war seinetwegen unruhig in meinem Inneren. Ich fühlte mich nicht gut. Ich zitterte dieses erste

Mal die ganze Zeit. Aber nachdem ich mich daran gewöhnt hatte, konnte ich es ganz normal machen.

Es ist Teil unserer militärischen Ausbildung: Wenn man ein Armeelager überfällt, stürmt man hinein und tötet die Verwundeten. Es waren so viele. Ich kann mich nicht an jeden Menschen erinnern, den ich getötet habe. Über hundert. Als ich noch im Busch war, nahm ich aktiv daran teil. Es störte mich nicht. Ich tat es einfach."

Wilder Löwes Offenheit diente den anderen als Zeichen, dass es in Ordnung sei, darüber zu sprechen. Miriam war dankbar für seine Führung – er war immer weise, wählte immer das Beste für die Kinder in seiner Obhut. Die anderen folgten fast begierig seinem Beispiel. Seine Worte schienen ein Fluttor an Bekenntnissen geöffnet zu haben.

„Es geschah so: Alte Menschen und Kinder unter acht Jahren einfangen und sie töten."

„Viele Menschen wurden gefangen, und wenn einer nicht mehr weitergehen konnte, wurde er getötet."

„Ich habe schlechte Erinnerungen an den Krieg. Ich habe zugesehen, wie viele getötet wurden."

„Ich bin fünfzehn. Als die Rebellen kamen, ging ich aus unserem Haus. Ich zitterte am ganzen Körper und hatte Angst, ich würde jeden Augenblick getötet werden. Einige Kinder, die zu schwach waren, um weiterzugehen, wurden einfach liegen gelassen, bis sie starben. Das machte mir so große Angst. Im Busch wurde ich einem Mann als seine zweite Frau zugeteilt. Wenn man sich weigerte, Respekt zu zeigen, wurde man furchtbar verprügelt ..."

„Ich kenne diese Menschen, die sie töteten. Dieser Mann, wenn ich aus der Schule nach Hause kam und Hunger hatte, gab er mir zu essen. Jetzt erinnere ich mich. Diese Männer, die meinen Freund töteten, sie sollten getötet werden."

Miriam wunderte sich, wie begierig diese Jungen sprachen, als seien sie froh, sich diese Erinnerungen endlich von der Seele reden zu können.

„Wenn ich an die Front gehe, rauche ich so viel, dass ich vor nichts mehr Angst habe. Wenn du dich weigerst, Drogen zu nehmen, nennen sie es ‚technische Sabotage' und töten dich."

Ein anderer Jugendlicher sprach über Drogen. „Ich bin ein Rebell. Ich wehrte mich gegen die Probleme. Ich nahm das Zeug. Ich hatte doppelte Probleme. Ich bin ein Mann, der nicht stabil ist."

„Ich tötete andere, seit ich acht war. Wir mussten jeden töten, den wir sahen. Jedes Kind, das nicht mitmachte, wurde brutal geschlagen."

„Dieser Junge konnte nicht gehen, und er wurde erschossen. Die entführten Kinder tragen schwere Lasten. Aber ich danke Gott, dass er mir gnädig war, denn ich konnte fliehen."

Als Miriam in dieser Nacht wieder auf der Missionsstation zurück war und versuchte zu schlafen, donnerten die leisen Stimmen ihrer Jungen wie ein Sommergewitter über sie hinweg. Der Horror ihrer Worte entsetzte sie erneut und ließ sie frösteln.

* * *

Am nächsten Morgen kamen sie, um Owen zu holen. Der große afrikanische Wachmann, der ihn am Vorabend gesucht hatte, schleifte ihn halbnackt von den Kissen auf dem Boden. Sie warfen ihn dieselbe Treppe hinab, die er wenige Stunden zuvor als Gast hinaufgestiegen war.

Sie brachten Owen zu einem Hangar außerhalb der Festung. Unterwegs sah er erneut die weiten Sanddünen, rot und wellig im Wüstenwind und in der Hitze. Die Diener und El-Fatih – die ganzen Bilder von Luxus vom Vortag – waren verschwunden. Die Soldaten banden Owens Arme und Beine und stießen ihn auf den Boden. Er wartete auf ihren nächsten Angriff, aber er kam nicht. Sie ließen ihn im roten Sand liegen, ließen ihn in der Sonne braten, bis Owen anfing, Miriams sanfte Stimme zu hören, während er für sie betete. Seine helle irische Haut schmerzte empfindlich unter der glühenden Mittagssonne.

Plötzlich waren die Männer wieder da. Sie schleiften ihn mit sich und stießen ihn in einen Bottich mit eiskaltem Wasser und tauchten seinen Körper nur wenige Meter von dem Generator entfernt unter, der noch mehr Eis produzierte. Owen wusste nicht, wie lange sie ihn dort ließen. Er kam wieder zu Bewusstsein, als er Rufe hörte, aber als er die Augen aufschlug und wieder klar sehen konnte, sah er nur El-Fatih, der ihn beobachtete. Sie waren allein.

Owen krächzte ein einziges Wort. „Warum?"

El-Fatih schlug nach einer Fliege. „Ich habe, wie Sie sagten, meine Prioritäten. Und wenn General Savimbi, der Mann, der einen großen Teil meines Diamantenhandels kontrolliert, höchstpersönlich in mein Haus kommt, wenn er mir sagt, dass wir einen bestimmten Verhandlungsführer überzeugen müssen, dass er eine bestimmte Regierung überzeugen muss, damit sie ihren früheren Verbündeten nicht den Rücken zukehren sollen, dann werde ich nicht irgendwelche persönlichen Interessen über diese Prioritäten stellen."

Übersetzung: Du wurdest beobachtet, dachte Owen. Er sagte: „Und damit ich einen Geschmack davon bekomme, was es für ein Gefühl ist, wenn andere plötzlich ihre Meinung ändern."

El-Fatih lächelte. „Vielleicht. Ja."

Owen hörte sich nochmals fragen: „Sie kannten Falin aus Afghanistan?"

„Ich lernte ihn vor über zehn Jahren kennen. Ich sah damals ziemlich genauso aus wie heute." Er fuhr mit dem Handrücken über seine weiten Gewänder und seinen Turban. Owen stellte fest, dass sein Verstand nur bestimmte Details aufnahm. Er versuchte, sich besser zu konzentrieren, als El-Fatih sagte: „Er war weitaus kooperativer als Sie."

„Sagen Sie mir, warum meine Familie nicht verschont blieb."

„Sie sind Amerikaner. Und Amerikaner töteten die jüngste Tochter unseres Führers."

Owens Verstand arbeitete. *Savimbi oder ... Gaddhafi?* Nein, ein Angriff auf die Familie des libyschen Führers wäre vielleicht ein Grund, den man, falls nötig, der Welt nennen würde, aber was war die wirkliche Wahrheit? Owen fragte sich, ob El-Fatih in allem, was er Owen erzählt hatte, gelogen hatte. *Sorge dafür, dass er weiterredet. Gott stehe mir bei.*

„Vielleicht war ich nicht überzeugend genug", sagte El-Fatih. „Wir werden Ihre Familie behalten, und wenn Sie bei Gesprächen, die in den kommenden Monaten stattfinden, nicht kooperieren, werden wir sie töten. Stimmen Sie jetzt zu?"

„Was Sie verlangen, ist unmöglich. Ich könnte das Außenministerium nie überreden, seine Politik zu ändern. Wenn Sie dieses Öl wollen ..."

„Ich bin sicher, Sie werden einen Weg finden." El-Fatih schaute weg.

Owens Zähne klapperten so laut, dass er nicht denken konnte. Er drückte die Hand auf seine Brust, das brennende Gefühl, das sich in seinem Herzen breit machte.

Er sank nach vorne, eine Hand über seinem Herz, während seine andere versuchte, den Rand des Bottichs zu fassen. Wasser füllte Owens Nase, während der furchtbare Schmerz von ihm Besitz ergriff.

Ist heute der Tag?

58

Zwei Wochen nach ihrem Wiedersehen mit den Simbabrüdern fanden Miriam und Nehemiah, als sie vom Lager zurückkehrten, einen hellblauen Landrover auf dem Gelände von World Mission vor.

„Das ist Pauls Auto", sagte Nehemiah erstaunt. „Du hast Ediths Bruder schon kennen gelernt?"

„Oh ja." Miriam strich sich die Haare aus den Augen. Es war ein langer Tag mit den Jungen gewesen. „Er ist ein sehr ungewöhnlicher Mensch. Ein Safariführer, der Shakespeare zitiert. Oh, warte, hat er nicht auch einen Doktortitel in internationaler Politik in Harvard gemacht?"

„Dann weißt du noch nicht alles. Er hat einen *zweiten* Doktortitel in Theologie, arbeitete als Missionar im Westen und war Pastor in New York City. Jetzt arbeitet er als Safariführer, um Geld zu verdienen, mit dem er das Pizzarestaurant in Mwanza bezahlt, das er für frühere Kindersoldaten gekauft hat. Und nebenbei ist er auch noch Reservist in der Nationalgarde."

Miriam blieb mit offenem Mund stehen, während Nehemiah seine übliche Routine begann und den roten Staub von den Polstern im Wagen wischte. „Wirklich?" Das war alles, was sie sagen konnte.

Miriam eilte zu Ediths Zimmer, wo sie Paul über Ediths Schreibtisch gebeugt stehen sah und in ernstem Ton mit seiner Schwester sprechen hörte.

Er brach ab, sobald Miriam eintrat. Er richtete sich auf und sagte: „Ah, da bist du ja. Ich höre nur Gutes über dich." Er umarmte sie.

Miriam lachte. „Paul, Nehemiah hat gerade deine Tugenden gelobt und mir alles über deine verschiedenen beruflichen Unternehmungen erzählt. Ich sehe dich in einem ganz neuen Licht, muss ich zugeben."

„Ich hoffe, er hat dir nicht alles erzählt", sagte er und warf Edith einen viel sagenden Blick zu. Miriam sah diesen Blick, wusste aber nicht, was er bedeutete.

„Miriam, komm. Gehen wir spazieren, bevor die Sonne ganz untergeht", schlug Paul vor. „Ich habe den ganzen Tag gesessen und bin über holprige Straßen gefahren."

Miriam schaute Edith erneut an. Edith zuckte nur die Achseln und bedeutete ihnen zu gehen. „Wenigstens kann ich dann ein wenig arbeiten."

„Erzähl mir von deinen Jungen", forderte Paul sie auf, während sie die Betonstufen hinabstiegen. Sie schlenderten unter den Bäumen hindurch und an den Oleanderbüschen vorbei, hinaus aus der Missionsstation und auf das Dorf zu.

Miriam erzählte ihm von den jüngsten Fortschritten der Jungen, dann sagte sie: „Nehemiah hat mir auch erzählt, dass du ein Restaurant hast. Sag, wie ist das mit den Jungen, die das durchgemacht haben, was meine durchgemacht haben? Kommen viele von ihnen je wirklich darüber hinweg?"

„Das hängt davon ab, ob sie in ihrem Leben Stabilität erfahren haben, bevor sie entführt wurden. Wenn ein Kind auch nur vier Jahre hatte, in denen es einen Bezug zu einem Menschen aufbauen konnte, dann *könnte* es später wieder beziehungsfähig werden."

„Manchmal frage ich mich, wie sie überhaupt gesund werden sollen nach allem, was sie durchgemacht haben."

„Diese Frage kannst bei jedem von uns stellen. Du weißt, was Edith jetzt sagen würde: Wenn ein Mensch seine Geschichte erzählen kann, wenn er es so weit schafft, kann er zu den wenigen gehören, die wieder gesund werden und ein normales Leben führen können."

„Aber was sagst *du*?" Miriam blickte zu Paul auf, während sie in dem schwächer werdenden Licht dahinschlenderten. Der Himmel über ihnen war wie aufgeschnitten und blutete rot und lila am Horizont.

„Ich habe es bei den Jungen im Restaurant gesehen, nach der Therapie in der Art, wie du sie machst. Sie ist so wichtig, Miriam.

Unterschätze diesen Prozess nicht. Danach besteht eine kleine Chance, dass sie motiviert genug sind, um einen Beruf zu lernen."

„Und wenn ich helfen könnte, ihre Ausbildung zu finanzieren?", fragte Miriam. „Ich werde eines Tages wieder nach Hause fahren müssen, aber ich habe Edith versprochen, dass ich nicht gehe, solange ich die Jungen nicht lang genug betreut habe."

„Genau das ist das Problem. Bei Jungen wie ihnen ist man nie fertig. Aber es kommt eine Zeit, in der sie stabiler sind, relativ gesehen. Ja, ihre Schulgebühren zu bezahlen würde helfen. Die meisten kommen nicht weiter als durch die Grundschule."

„Und wenn sie zur Universität gehen wollen?"

Paul schwieg. „Ja, Edith hat mir erzählt, dass dein Kleiner Löwe begabt ist."

„Genau genommen ist er nicht wirklich *mein* Kind."

Es folgte ein beklemmendes Schweigen, dann sagte Paul: „Edith hat mir auch erzählt, dass du ein außergewöhnliches Talent besitzt, mit Kindern umzugehen, und dass du eine natürliche Begabung hast, Probleme zu schlichten und Frieden zu schaffen." Als Miriam ihm widersprechen wollte, fügte er hinzu: „Nein, ich meine es ernst. Ich habe gehört, dass du dir im Lager den Ruf erworben hast, dass du Streitigkeiten schlichten kannst. Was hast du heute Morgen getan?"

Miriam lachte ein wenig befangen. „Das war keine so große Sache. Es ist einfach so, dass ich jeden Tag, wenn ich bei den Jungen bin, Stunden damit verbringe, in einer Schlange auf das Wasser zu warten. Es gibt nicht viele Pumpen, und jeder im Lager will Wasser zum Kochen und Waschen – na ja, du weißt, wie das läuft. Ich warte also mit ihnen in der Schlange, rede mit ihnen und verbringe einfach Zeit mit ihnen. Es ist eine riesige Zeitvergeudung. Viele lassen einfach ihre Eimer in der Reihe stehen und gehen wieder und erledigen andere Dinge. Aber manchmal wird das bei den Jugendlichen, die allein leben, nicht so gut aufgenommen, und Leute drängen sich vor oder vertauschen ihre Eimer, wenn sie meinen, keiner würde hinschauen. Und besonders bei den Jungen bedeutet das Streit."

Paul verzog das Gesicht zu einer trockenen Miene. „Ja, ich kann mir vorstellen, dass es das bedeutet."

„Jedenfalls habe ich nichts anderes getan, als zu den verschiedenen Häusern in der Gegend zu gehen und einen Zeitplan aufzustellen, wann jeder Haushalt dreimal am Tag an der Reihe ist, Wasser zu holen. Und so muss niemand mehr in der Schlange warten und niemand muss mehr streiten."

Paul nickte. „Genau das meine ich. Edith sagte, du hast sogar den Richtern, den älteren Leuten im Lager, die gewählt wurden, um Streit zu schlichten, Ratschläge gegeben." Sie spazierten zum Flussbett hinab, das trocken und felsig unter der Brücke verlief, und schwiegen, bis Paul sagte: „Ich bete für dich, und ich sehe, dass Gott Türen öffnet. Die Zeit kommt, in der du deine Talente, deine Träume, deine Ausbildung ansiehst und dich fragst: ‚Was ist mein Herzenswunsch, den Gott mir ins Herz gelegt hat?'"

Als Paul das sagte, war Miriam sicher, dass sie nicht bereit war, eine solche Frage zu beantworten. Als er zu Ende gesprochen hatte, regte sich etwas in ihr aufgrund seiner Worte. Um die neu entfachte Hoffnung zu verbergen, fragte Miriam: „Paul, bist du zu allem anderen auch noch Prophet?"

„Man hat mich schon Schlimmeres genannt."

* * *

Am nächsten Tag traf Miriam die Jungen im Lager und ging mit ihnen zur Kirche. Als sie danach zu ihren Hütten zurückgingen, kam Wilder Löwe auf sie zu. Er baute sich vor Miriam auf und zwang sie, stehen zu bleiben und ihn anzuschauen.

Er begann, so schnell portugiesisch zu sprechen, dass Miriam ihm nicht folgen konnte. Kleiner Löwe gesellte sich zu ihnen und dolmetschte: „Mein Bruder erzählt dir, dass er seinen Namen ein letztes Mal geändert hat. Als er Gottes heiliges Wort wieder hörte wie heute, wurde er an etwas erinnert, das er im Kopf eigentlich wusste. Er spricht von einem Kind, das Tiere an den Ort des Friedens führt, wo die Kinder in Sicherheit sind. Das wurde in Gottes heiligem Buch von einem Mann namens Jesaja gesagt."

Wilder Löwes Stimme erhob sich zu einem Gesang, einer Rezitation, und sein jüngerer Bruder ahmte ihn nach. „‚Da werden die Wölfe bei den Lämmern wohnen und die Panther bei den Böcken lagern. Ein kleiner Knabe wird Kälber und junge Löwen und Mastvieh miteinander treiben.' Mein Bruder sagt, *er* will dieses Kind an diesem Ort sein, an diesem Ort, an dem es keinen Krieg gibt. Er sagt, wir sollen ihn *Filho* nennen. Dieses Wort, es bedeutet ‚Kind'."

Sie wiederholte: *„Fiel-joo"* – sein neuer Name, Kind, *Filho.*

„Er sagt, er hat seine ganzen anderen Namen vergessen, auch seinen Kämpfernamen. Wenn er nicht der Löwe sein kann, dann will er das Kind sein, das sie weidet. Er sagt ..." Kleiner Löwe schwieg kurz, dann lächelte er und sprach weiter. „Er sagt, dass er das schon in der Zukunft gesehen hatte, als ich ihn damals bat, unser Anführer zu sein."

Miriam wusste in diesem Augenblick, dass sie wieder einmal selbst vor der Wahl stand, ob sie von den Jungen lernen und im Glauben wachsen wollte. Sie konnte die Hoffnung der Kinder sehen und sie als etwas Bitteres abtun und denken, sie würden nur enttäuscht werden. Aber Miriams Entscheidung, sie zu lieben und von ihnen zu lernen, war ein Akt des Glaubens geworden. Filhos Mut, zu vertrauen, war für sie ein Abbild von sich selbst, als sie ihn sagen hörte: „Ich will diesen Ort mit dir teilen, Madam Miriam. Ich werde dorthin gehen und auf dich warten."

Miriams Stimme zitterte. „Ja, natürlich ... gemeinsam ... Filho." Sie sah, dass dieser imaginäre Ort, an dem er einen neuen Namen hatte, für ihn realer geworden war als die grausame Wirklichkeit, in der er schon so lange lebte.

Der große Junge wollte schon weggehen, dann drehte er sich noch einmal zu Miriam um und rief: *„Mae."* Mutter. Bevor sie reagieren konnte, fügte er hinzu: „Ich hatte verschiedene Mütter und Väter an verschiedenen Orten, aber Kleiner Löwe ist für immer mein Bruder." Dann ging er davon, vor den anderen her.

Miriam drehte sich zu Kleiner Löwe um. Ihr Herz pochte laut bei dem, was soeben geschehen war und das gewiss einen weiteren Durchbruch markierte. „Es war richtig, dass ich ihn Filho nannte, oder?“ Er nickte, aber Miriam gefiel die besorgte Miene nicht, mit der er Filho nachschaute. Sie fragte ihn, was das Problem sei.

Er fragte: „Kann Gott mich beim Namen nennen, wenn ich meinen Namen nicht kenne? Werde ich ihn hören?“

Miriam wünschte, sie hätte von der Predigt mehr verstanden, wünschte, Paul wäre hier und könnte dem Jungen eine seiner weisen Antworten geben. Sie konnte die Intensität in Kleiner Löwes Augen sehen, seine zitternden Hände, die pochende Vene in seinem Nacken. Sie begriff: *Das bedeutet ihm alles.*

„Ja, du wirst ihn hören“, begann Miriam. „Du hast *mich* gelehrt, Gott zu hören; wusstest du das? Du hast mich gelehrt, seine Stimme zu hören. Nicht, dass ich ihn die ganze Zeit hören würde, aber wenigstens lerne ich jetzt hinzuhören. Du wirst deinen Namen erfahren – du hörst Gottes Ruf schon.“

Kleiner Löwe nickte langsam. Seine Lippen waren gespitzt. „Das ergibt Sinn. Ich weiß, dass Gott meinen wirklichen Namen kennt. Er ruft mich, und wenn er das tut, werde ich wissen, wer ich bin. Ich, sein persönlicher Schatz in der Dunkelheit.“

* * *

An diesem Abend saß Miriam, weil Sonntag war und die Bettruhe nicht so streng eingehalten werden musste, bei den Jungen, starrte in den Schein des Feuers und teilte mit ihnen ihr Schweigen.

„Du willst uns noch eine Frage stellen?“, fragte Kleiner Löwe.

Miriam lächelte. „Ich habe über unseren gemeinsamen Marsch nachgedacht und darüber, was aus euch wurde, nachdem ihr mich hier gelassen habt, und warum ihr zurückgekommen seid.“

„Es war nicht gut bei den Soldaten“, sagte er. „Wir fühlten uns im Urwald sicherer, aber dann hatten wir zu viel Hunger und versuchten es noch einmal, und jetzt war es besser. Wir folgten Filho.“

Dann dachte Miriam an etwas anderes. „Kleiner Löwe, als wir durch den Urwald hierher marschierten, folgten wir Filho auch. Erinnerst du dich?"

„Natürlich."

„Woher wusste Filho, in welche Richtung er gehen musste?"

„Er folgte Gott." Kleiner Löwe nickte. „Er folgte dem Licht."

„Dem Morgenlicht?" Miriam fragte sich, ob das, was sie für ein zielloses Umherwandern gehalten hatte, in Wirklichkeit ein bewusster Marsch in Richtung Osten, der aufgehenden Sonne entgegen, gewesen sei. Sie drehte sich um und stellte fest, dass Filho hinter sie getreten war und ihrem Gespräch zuhörte.

Sie schaute den älteren Jungen an. „Kannst du erklären, wie du jeden Tag wusstest, welchen Weg du gehen musstest?"

„Ich habe Gottes Hand auf mir gefühlt, die sagte: Gehe diesen Weg, gehe jenen Weg, und wir haben jeden Morgen dafür gebetet."

Kleiner Löwe sagte: „Es ist nicht so schwer, Jesus nachzufolgen."

Miriam wurde bewusst, dass er ihm im buchstäblichen Sinne nachfolgte. „Wie?"

Die Jungen schüttelten den Kopf, bis schließlich Kleiner Löwes Gesicht strahlte. „Hast du während unserer Wanderung nicht gelernt zu folgen? Soldaten wissen nie, wohin sie gehen, aber sie wissen, wie man nachfolgt."

Filho sagte: „Seine heilige Gegenwart war bei mir, als ich diese Wanderung begann, sie segnete meine Schritte, auch wenn ich nicht sehen konnte."

Ein wenig später stand Kleiner Löwe auf und sagte: „In meinem Kopf brennen jetzt viele Fragen. Du bist keine Afrikanerin, aber du bleibst bei uns. Du fragst, worauf wir hoffen. Aber worauf hoffst *du*?"

Sofort dachte Miriam daran, Owen und Martin zu finden, aber eine andere Antwort drängte sich ungebeten in ihr Denken. Sie würde nie vergessen, was wahrer Friede bedeutete, wie sie ihn in Mosambik erlebt hatte. Miriam begriff: Diesen Frieden für sich selbst zu finden, an Orten des Konflikts verborgen, das war auch etwas, das sie sich wirklich erhoffte. Allein der Gedanke daran brachte ihr Herz zum Singen und weckte gleichzeitig eine schmerzliche Sehnsucht in ihr.

Sie schaute in die Zukunft und dachte: *Friedensstifter sein – das will ich.* Dann wurde ihr bewusst: *Und ein Verhandlungsführer zu werden wie Owen ist ein Mittel zu diesem Ziel.*

Sie schaute in die Gegenwart, blickte sich in dem kleinen Kreis um. Ihre Augen blieben an den beiden Brüdern hängen, deren Gesichter immer noch ein und dasselbe Gefühl zeigten. Sie dachte daran, wie sehr sie sich danach sehnte, ihnen und anderen wie ihnen zu helfen.

Dann schaute sie in die Vergangenheit und stolperte über ein Geschenk, eine Perle, die es wert war, beachtet zu werden. „Ich habe eine Geschichte, die ich euch erzählen will", begann sie. „Die ganze Zeit habe ich euch gebeten, mir eure Geschichten zu erzählen. Jetzt ist es Zeit, dass ich euch meine erzähle. Ihr habt mir so viel gegeben, und jetzt sollt ihr meine Geschichte als Geschenk an euch hören.

Ihr habt Recht; ich bin keine Afrikanerin. Ich komme aus einer Stadt am Wasser mit einer Brücke aus goldener Farbe ..."

Zum ersten Mal erzählte Miriam ihnen jetzt, was sie erlebt hatte, wo sie gewesen war, was sie verloren und was sie gefunden hatte. Beim Erzählen flocht sie ihre Herzen zusammen.

Die Nacht war sehr still geworden, als Miriam endete. Sie seufzte. „Wie ihr seht, war ich auch an dunklen Orten ... verloren, bis ihr mich gefunden habt. Und dann brachte ein flüsternder Wind mich zu mir selbst zurück. *Upepo mpole.*" Sie kannte sogar das Kisuaheli-Wort dafür.

Ein weiteres Schweigen legte sich auf sie, bis Kleiner Löwe fragte: „Du denkst an deinen Sohn und an deinen Mann?"

„Immer." Sie seufzte wieder. „Ich suche sie in meinem Herzen und versuche, sie zu erreichen, egal, wo sie sind. Werde ich sie je wiedersehen? Werde ich sie jemals wiederfinden?"

„Kanntest du mich, bevor du mich fandest?", fragte Kleiner Löwe. Seine Augen leuchteten im Feuerschein.

Aber Filho war aufgestanden und begann, auf und ab zu gehen. Schließlich blieb er vor Miriam und Kleiner Löwe stehen, die Hände in die Hüften gestemmt, breitbeinig. „Diese Sache“, sagte er auf Portugiesisch, „sie kann passieren.“

Sie blickte zu ihm auf, blinzelte im Mondschein, der genau hinter seinem Gesicht lag. Sie konnte seine Miene nicht gut sehen, aber Kleiner Löwe schien ihre Gedanken zu lesen, als er fragte: „Wie ist das möglich, älterer Bruder?“

Als er nicht antwortete, flüsterte Miriam: „Du weißt, wo meine Familie ist?“

„Wir wussten nicht, dass es deine Familie war, sonst hätten wir früher etwas gesagt. Wir wussten nicht einmal, dass du deine Familie vermisst. Aber jetzt ... als du uns von deinem Sohn und seinem Vater, einem großen Mann, erzähltest, dachten wir, ja, das waren die Namen, die der Kommandant sagte. Owen. Martin. Ein kleiner Junge mit schwachen Augen. Sie sind dort, wo du herkamst.“

Miriam überschlug sich fast. Sie begriff schneller, als sie sprechen konnte. Sie nickte und flüsterte heiser: „Juri hatte sie also die ganze Zeit.“ Dann stand sie auf und sah ihre eigene Hoffnung, die sich in den Augen von Kleiner Löwe widerspiegelte. Sein Bruder stand ruhig an seiner Seite. Sie griff nach ihren Händen, aber beide zogen sie weg, gleichzeitig, im Takt, fort aus ihrer Berührung, Tänzer zu einer Melodie, die sie immer noch nicht hören konnte. „Es ist in Ordnung. Ihr ... ihr habt mir heute Abend ein großes Geschenk gegeben. Danke.“

Kein Lächeln. Dieselben unbeweglichen Gesichter, aber jetzt ein kleines Zucken von Kleiner Löwes Unterlippe. Das war alles, eine kurze Grimasse.

Filho sagte: „Ich kann den Weg zurück ins Lager finden, wo wir dich fanden, wo die Explosion passierte. Ich kann diesen Ort finden.“

Die zwei Jungen standen Schulter an Schulter. Kleiner Löwe schaute seinen Bruder an. Aus seinen Augen sprachen Vertrauen und Stolz und Zuversicht. Filho nickte langsam. „Ich erinnere mich an den Weg. Wenn ich so zurückgehe, wie ich gekommen bin, mit der Sonne im Rücken statt im Gesicht am Morgen, und den Fluss finde und ihm folge, sollten wir dieses Lager finden."

Miriam blinzelte die Tränen zurück. „Das würde ich nie von euch verlangen." Sie hatte schon den Mund offen, um ihnen zu sagen, dass sie einen anderen Weg finden würde, als Filho die Hand ausstreckte und ihre Hand ergriff. Sie starrte auf ihre Hände, die Finger ineinander verhakt, sprachlos über seine Berührung.

„Wir werden das tun." Dann drehte er sich um und ging weg. Kleiner Löwe trottete hinter ihm her.

Miriams Sorge um Owen und Martin überschattete alle anderen Sorgen, die sie hätten beunruhigen können. Sie wusste jetzt nur eines. Der Gedanke brannte lichterloh in ihr.

Ich weiß, wo ihr seid.

Teil 5

Ich erinnere mich, dass ich gedacht habe: Miriam, du hast keine Möglichkeit zurückzugehen.

Ich sagte zu mir: Ich weiß nicht, wo sie sind. Ich weiß nicht einmal, ob sie noch am Leben sind.

Diese Worte legten sich um mich wie ein dichtes, heimtückisches Geflecht, drohten mich zu ersticken, zwangen mich zu stolpern und zu fallen.

Aber dann schaute ich von dort auf, wo die Worte mich zu Fall gebracht hatten, schaute genauer hin – und ich konnte Hoffnung entdecken.

Es war Hoffnung, die mir von einem Kind gegeben wurde – für mein Kind; von meinem Kind an mein Kind.

59

Als Owen wieder zu sich kam, lag er in seinem Käfig im angolanischen Dschungel. Sein erster Impuls war zu glauben, er hätte alles nur geträumt – den roten Sand, die Oase, die Folterung. Zwei Zeichen überzeugten ihn vom Gegenteil. Er schlug die Augen auf und sah seinen Arm, einen geschwollenen lila Fleck in der Armbeuge. Ein zackiger Weg von Einstichspuren verriet die furchtbare Tatsache, dass Nadeln in seinen Körper gestochen worden waren. Das Pochen in seinem Kopf sagte ihm, dass er betäubt worden war für die Rückfahrt nach Angola von ... wo auch immer er gewesen war, irgendwo in Nordafrika.

Er kam zu dem Schluss, dass er nichts von dem, was El-Fatih ihm gesagt hatte, glauben konnte. Wahrscheinlich hatte er Owen eine Mischung aus Wahrheit und Lügen serviert – den tödlichsten Cocktail, den es geben konnte, da Fehlinformationen oft mehr Schaden anrichteten als keine Informationen.

Owen erschauerte bei dem Gedanken an die Nadeln. Sein Verstand schmerzte angesichts der neuen Gefahren, die ihm drohten. Er verlagerte sein Gewicht und bemühte sich aufzustehen. Dann bemerkte er das taube Gefühl in seinem rechten Bein. Er strengte sich an, den körperlichen Schaden abzuschätzen, den, wie er vermutete, ein zweiter Herzinfarkt verursacht haben könnte, während ein anderer Teil von ihm versuchte, keinen Herzinfarkt zu akzeptieren.

Als belausche er seine eigenen unruhigen Gedanken, hörte er die Worte: *Bin ich jetzt selbst mein schlimmster Feind geworden? Ich habe geschworen, das nie wieder zuzulassen – Kompromisse bei meinen eigenen Wertvorstellungen einzugehen, nur um die Aufgabe zu erledigen. Statt zu verhandeln, habe ich einfach gelogen. Mir fehlte die Distanz, um angemessen verhandeln zu können – das war das Problem. Ich verlor jede Perspektive, weil dieser Mann ein persönlicher Feind war. Bis jetzt endete jeder Versuch, den ich in diese Richtung unternommen habe, in einem Desaster, und meine Familie hat dafür den höchsten Preis bezahlt ...*

Er blieb über dem Abgrund zu diesem tödlichen Gedanken stehen und benutzte seine kostbare Energie, um wieder von der Kante zurückzutreten und seine Gedanken zu zwingen, das Ganze zu analysieren.

So etwas kommt heraus, wenn ich das tue, was ich hasse, für einen Feind verhandeln, die Seiten wechseln, betrügen, aus persönlichen Gründen verhandeln.

In einer Ecke des Käfigs bei der Tür sah Owen das zweite Zeichen, den äußeren Beweis dafür, dass er einen Ort der Folter verlassen hatte und an einen anderen zurückgekehrt war: ein kleiner Haufen roter Wüstensand. Wieder zurück an diesem Ort des Grauens, schüttelte Owen den Kopf. Mehr Sandkörner fielen vor seinen Augen nach unten.

* * *

Miriam eilte zur Missionsstation zurück. Es war sehr spät gewesen, als sie das Flüchtlingslager verlassen hatte, und es war kurz nach Mitternacht, als sie hier ankam. Der Generator war schon längst ausgeschaltet, und alles war still. Sie überquerte den Parkplatz und ließ die Schlüssel in den Kasten neben der Bürotür fallen. Sie wusste, dass Paul und Edith bei Tagesanbruch aufstehen würden. Sie sagte sich also, dass sie nur eine kurze Nacht der Ungewissheit überleben müsse – zu wissen und doch nicht zu wissen.

Sie schlief unruhig und stellte sich die Szenarien vor. Sie betete, dass Martin und Owen immer noch in Juris Lager wären, versuchte, den Drachen des Zweifels zu erschlagen. Es war so lange her – acht Monate seit der Nacht, in der die Explosion geschah und sie aus dem Lager lief. Konnten sie wirklich noch dort sein?

* * *

Miriam fuhr aus dem Schlaf hoch. Es war bereits hell. Sie konnte Leute vor ihrem Fenster vorbeigehen hören. Sie schob das Moskitonetz beiseite, zog sich schnell an und schlüpfte in ihre Stiefel. Dann eilte sie los, um Edith zu finden. Eine der Waschfrauen sagte ihr: „Edith und Paul sind ins Dorf gefahren, wo sie sich früh mit einigen Mitarbeitern anderer Hilfswerke treffen. Es sollte nur eine Stunde dauern. Sie müssten bald zurück sein." Miriam warf einen Blick auf den leeren Parkplatz und sehnte sich nach den hellblauen Umrissen von Pauls Landrover.

Miriam ging zum Funker und bat ihn, eine Verbindung zur amerikanischen Botschaft in Dar es Salaam herzustellen. Es dauerte eine halbe Stunde, aber Miriam wusste, dass die Mühe sich gelohnt hatte, als der Mann ihr die Kopfhörer reichte und sie die Stimme am anderen Ende sagen hörte: „Amerikanische Botschaft. Hallo?"

Miriam holte tief Luft. „Das Büro des Konsuls bitte."

„Ja. Er ist gerade gekommen. Einen Augenblick bitte."

Die Verbindung knackte und rauschte, aber sie konnte trotzdem die Stimme des Mannes erkennen, mit dem sie vor zwei Monaten gesprochen hatte. „Ja?"

„Hallo. Hier ist Miriam Vree." Sie setzte sich aufrechter hin, ungeduldig wegen des Rauschens im Hintergrund, mit dem Mann am anderen Ende, mit seiner teilnahmslosen Stimme, die ihren Namen wiederholte. Sie erinnerte ihn daran, wer sie war, und an ihr Gespräch, dann erzählte sie ihm den Grund, aus dem sie anrief.

Er widersprach ihr zweimal und erklärte, sie sei falsch informiert.

„Sie verstehen nicht", beharrte Miriam. „Ich habe *Beweise*, dass mein Mann und mein Sohn dort sind. Zwei Zeugen, die die beiden im letzten Dezember sahen." Sie erwähnte nicht, dass diese zwei entflohene Jungen waren, frühere Kindersoldaten. Miriam war von ihrer Mission so besessen, dass sie auf die Jungen fast keinen Gedanken verwendete.

„Was wollen Sie von uns?"

„Ich will Helikopter, Soldaten. Ich will das Lager stürmen und meinen Mann und meinen Sohn von dort herausholen. Es ist über neun Monate her, seit wir entführt wurden!"

„Mrs Vree, was Sie da von mir verlangen, ist unmöglich."

„Warum? Es handelt sich um einen Beamten des amerikanischen Außenministeriums. Owen hatte in der Vergangenheit sogar Leibwächter. Warum interessiert sich jetzt niemand für ihn? Was? Was ist passiert?"

Er seufzte. „Warten Sie bitte, ich lege das Gespräch in einen anderen Raum. Einen Augenblick bitte." Sie hörte ein Summen; dann kam seine Stimme ein wenig deutlicher bei ihr an. „Wir haben Informationen bekommen, dass Ihr Mann Kontakt zu Terroristen hat ..." Er fügte eilig hinzu, als Miriam ihn unterbrechen wollte. „Ich habe Ihre Akte vor mir liegen."

„Und wer genau sind Sie?"

„Mrs Vree, ich bin der Geheimdienstbeauftragte dieser Botschaft, und wir sprechen jetzt auf einer anderen Frequenz. Trotzdem glaube ich wirklich nicht, dass es richtig ist, wenn ich Ihnen das alles genau sage. Es gibt ein bestimmtes Land, Großbritannien, ein Verbündeter, mit großen Diamanteninteressen auf der ganzen Welt. Dieses Land ist Ziel von Terroristenangriffen von einer Gruppe, die in Libyen ausgebildet wird."

Es kostete Miriam ihre ganze Selbstbeherrschung, genau zuzuhören und ihn nicht zu unterbrechen.

„Es besteht auch die Möglichkeit, dass Ihr Mann in Libyen gesehen wurde, obwohl das nicht bestätigt ist. Falls das und die Kontakte Ihres Mannes, die während der Irlandgespräche geknüpft wurden, nicht genügen, um ihn in Verdacht zu haben, kommt dazu, dass wir ein Foto von ihm mit Savimbi erhalten haben, dem Anführer der angolanischen Rebellen. Nach dem Aussehen Ihres Mannes auf dem Bild zu schließen, wurde er nicht gegen seinen Willen dort festgehalten." Er sagte das mit einem Ton, als wäre dem nichts mehr hinzuzufügen.

„Ein bestimmtes Land ... das Ziel von Terroristenangriffen – Sie sagten Großbritannien." Miriam schwieg. „Und die Terroristen –

die IRA." Sie sagte nicht den Namen von De Beers, dem britischen Konzern, der Diamanteninteressen auf der ganzen Welt kontrollierte. „Aber die Irlandgespräche liegen über ein Jahr zurück. Und Owen hat keine Kontakte zu Terroristengruppen – was meinen Sie? Savimbi in Angola? Bei ihm, sagten Sie, soll er gewesen sein? Aber Sie denken, jemand hätte ihn in Libyen gesehen? Er sah gesund aus?"

Er ging nicht auf ihre Fragen ein. „Ich habe hier ein Memo vor mir liegen. Das Außenministerium muss mit Nachfragen in diesem Fall gerechnet haben. Sie sehen es so, dass Ihr Mann jetzt für angolanische Rebellen arbeitet, und sie wollen kürzlich abgeschlossene Ölverträge nicht gefährden. Er arbeitet mit dem Feind zusammen."

„Dem Feind?", fragte Miriam schwach.

„Ja, seit letztem Jahr sind die Unita-Rebellen unser Feind."

Sie dachte: *Das waren wahrscheinlich mehr Informationen, als du mir verraten wolltest.* Es war eindeutig mehr, als Miriam verarbeiten konnte. Savimbi? Der Anführer der Unita? Sie erinnerte sich, dass Juri von Gebieten gesprochen hatte, die von der Regierung kontrolliert wurden und von den Unita-Rebellen. Das musste der Konflikt sein. *Wie war das geschehen?* „Hat die Botschaft die Nachfragen in Bezug auf uns wirklich verloren, oder wurden sie einfach ignoriert?"

Ihre Frage wurde auf der anderen Seite nur mit Schweigen beantwortet.

„Hören Sie, ich brauche *Beweise.*" Miriam erstickte fast an den Worten. „Haben Sie Patrouillen, die über dieses Gebiet fliegen? Sie sagten, Sie glaubten, er sei in Libyen gesehen worden? Ist er jetzt dort? Worauf begründen Sie diese ... diese *Anschuldigungen*?" Sie suchte verzweifelt nach Möglichkeiten. „Satellitenfotos?"

„Es handelt sich um nachvollziehbare Informationen, aber, ja, sporadisch haben wir Aufnahmen aus Angola."

„Er *ist* also in Angola. Sie haben ihn auf diesen Fotos gesehen? Wie wollen Sie wissen, dass es mein Mann ist? Wird er dort gegen seinen Willen festgehalten?"

Sie hörte, wie seine Stimme sich veränderte, dann begriff sie, dass er anscheinend ein Fenster aufgemacht hatte, da auf einmal Verkehrslärm und Rufe von Straßenverkäufern zu hören waren.

„Ja, er ist dort. Wir haben eine positive Identifikation. Wir haben einfach keine Möglichkeit, dort hineinzukommen, selbst wenn die Situation ein solches Eingreifen erfordern würde."

Miriam schluckte die Worte hinunter, die ihr auf der Zunge lagen: *Ich glaube dir kein Wort.* Sie wappnete sich gegen die tiefere Bedeutung seiner Worte. „Und mein Sohn? *Mein Sohn?*", zischte sie.

„Das kann ich Ihnen nicht sagen. Ich weiß es ehrlich nicht. Ich habe selbst einen Sohn. Ich kann mir also vorstellen, was Sie durchmachen müssen."

Dann war die Leitung unterbrochen. Hatte er aufgelegt? Miriam starrte das Telefon an, öffnete den Mund und machte ihn wieder zu. Das Lügengewirr um sie herum drohte sie zu ersticken.

* * *

Miriam schritt auf dem Hof auf und ab und wartete auf Ediths und Pauls Rückkehr. Schließlich beschloss sie, sie auf der Straße zum Dorf zu suchen. Eine panische halbe Stunde lang ging sie die Seitenstraßen, die zu den Gebäuden der anderen Organisationen führten, entlang und kehrte schließlich zurück, wo sie Pauls Auto auf dem Parkplatz stehen sah.

Miriam fand Edith und Paul in der Küche. Sie platzte mitten in ihr Gespräch hinein und rief atemlos: „Cuango. Sie sind am Cuango! In Juris Lager in Nordangola. Dort, wo er mich auch festhielt. Sie waren die ganze Zeit schon dort. Martin und Owen."

Als Paul und Edith sich zu ihr umdrehten, spiegelte keines ihrer Gesichter Miriams Aufregung wider.

„Was ist?", fragte sie. „Was ist denn?"

Paul trat vor und nahm ihre Hände in seine. Sie schaute auf die Hände hinab. Dann schaute sie in seine warmen Augen hinauf, tief und dunkel. „Miriam, das wissen wir. Deshalb kam ich hierher.

Wir wissen seit einiger Zeit, dass das, was du als ein Lager beschrieben hast, in Wirklichkeit ein riesiges Netzwerk aus Trainingslagern und heimlichen Diamantenoperationen in jener Gegend ist." Er machte eine Pause. „Du solltest wissen, dass in letzter Zeit dort große Unruhen ausgebrochen sind. Offenbar fechten die Stammesfürsten es untereinander aus, und es sieht sogar so aus, als plane jemand einen Eliminierungsfeldzug."

„Eliminierungsfeldzug? Was ist das? Aber warum ... warum? Ich meine, *wie* hast du das herausgefunden? Warum hast du es mir nicht gesagt?"

„Aber ich sage es dir doch gerade. Ich hielt es nur für besser, es vorher mit Edith abzuklären."

Um zu sehen, ob ich damit fertig werden kann?, dachte Miriam, laut sagte sie: „Weil du nicht sicher warst, wie viel du über die Erlebnisse und Menschen aus meiner jüngsten Vergangenheit ansprechen kannst. Sie hat dich also gewarnt, mich nicht an Orte zurückzuführen, an die ich nicht gehen wollte, und mich mit Glacéhandschuhen anzufassen. Habe ich Recht?"

Paul schaute von einer Frau zur anderen. Er nickte und zögerte, dann sagte er und zeigte damit, dass er sie nicht verstanden hatte: „Natürlich ist es unmöglich, dass du dorthin zurückgehst. Nein, Edith und ich haben uns gerade über die Verwicklungen unterhalten."

„Verwicklungen? Ich komme hierher und sage dir, dass ich *weiß*, wo Martin und Owen sind, und du erzählst mir etwas von *Verwicklungen*?" Miriam bemerkte Ediths Schweigen. Sie entzog Paul ihre Hände und durchquerte das Zimmer, um näher bei ihr zu sein. „Edith?"

Edith drehte sich zu ihr um und legte die Hände auf Miriams Schultern. „Bitte vergib mir, Miriam."

Ein plötzliches Begreifen krachte wie ein riesiger Felsbrocken auf Miriam nieder und zerschmetterte das Vertrauen zwischen ihnen. „Du wusstest es schon vorher? Du wusstest, wo sie sind. Wie lange? Ihr *beide* wusstet es? *Wie?*"

Paul sagte: „Ich habe es aus Satellitenfotos geschlossen, aber ich habe es Edith erst erzählt, nachdem wir alle aus Mosambik zurück waren."

Miriam schaute Paul mit zusammengekniffenen Augen an. „Wer bist du? *Was* bist du, dass du Zugang zu so etwas wie Satellitenfotos hast? Ich habe gerade mit der Botschaft telefoniert, und sie sagen, sie hätten Owen auf solchen Fotos gesehen. Arbeitest du für sie, neben deiner Arbeit als Safariführer und sonstigen Dingen?"

„Nein. Nun ja, früher. Und auch jetzt. Aber du hast Recht. Zusätzlich zu den anderen Dingen, genau genommen, zwischen der Arbeit als Missionar und Safariführer, war ich ... bin ich ... Mitglied einer Spezialeinheit, die gegen Schwarzmarktringe ... und Schmuggler vorgeht."

„Diamantenschmuggler?" Miriam sah, wie er nickte.

Paul durchquerte die Küche in zwei Schritten, schaute nach rechts und links und vergewisserte sich, dass niemand in der Nähe der offenen Fenster stand und ihn hören konnte. Er senkte die Stimme. „Ehrlich gesagt, war ich es müde, gegen das Übel in der Welt anzupredigen, und beschloss, etwas gegen das Böse zu *tun*." Er kratzte sich am Kinn. „Ich habe die Männer selbst ausgebildet, wir alle wollen den illegalen Schwarzmarkt in Afrika bekämpfen. Zuerst kämpften wir gegen die illegalen Nashornjäger, dann gegen die Schmuggler und ihre Diamanten. Kleineres Wild, aber höhere Gewinnspannen."

Miriam interessierte sich nicht für Nashornjäger. Ihr Denken kreiste wie panisch um eine einzige Frage: *Was ist mit Owen und Martin?*

Paul sprach weiter: „Dieser Juri Falin, bei dem du warst, ist ein großer Fisch, aber er schwimmt in einem Becken voller Haie. Die Libanesen kontrollieren seit einem halben Jahrhundert die Diamantenmafia auf diesem Kontinent, wahrscheinlich sogar schon länger. Sie werden ihren Anspruch auf von der Regierung kontrollierte Gebiete nicht so leicht aufgeben. Und die Unita-Rebellen gewinnen und verlieren jedes Jahr neue Gebiete. Aber ich bin sicher, die neue Generation postkommunistischer russischer Mafialeute wie Falin sind nicht die Einzigen, die versuchen, auf beiden Seiten des Flusses zu schwimmen. Die Konkurrenz unter denen, die versuchen, in diesem heimtückischen Teil Angolas an die Oberfläche zu kommen, ist hart. Und die Interessen, die hinter jeder der beteiligten Parteien stehen, haben grenzenlos Geld und Waffen zur Verfügung."

Seine Worte weckten in ihr eine Erinnerung. Miriam erzählte langsam, die Worte holten das Bild hervor, während sie sprach: „Ich weiß. Ich erinnere mich. Ich erinnere mich, dass Juri an jenem letzten Abend sagte, er habe einen libanesischen Schmuggler eliminiert. Und da war ein Südafrikaner ... und ein Brasilianer." Sie blickte nachdenklich auf.

Paul nickte. „Das wissen wir. Die Brasilianer machen mit den Russen gemeinsame Sache bei der Kontrolle der Diamantenfelder in Regierungsgebieten im obersten Norden Angolas. Sowohl die Regierungstruppen als auch die Rebellen bekommen ihre Waffen und ihre Ausbildung vom Ausland finanziert. Die ganze Welt will diese Diamanten."

„Ja, Juri sprach von einem Ort namens Catoca." Der Name kam ihr wie ein einziger, klarer Gong in den Sinn. „Er wollte dort etwas tun."

Paul spitzte die Lippen, dann sagte er: „Richtig", als beende er damit einen nicht ausgesprochenen Streit. Er griff in die Brusttasche seiner Safarijacke, zog eine Landkarte aus Öltuch heraus und breitete sie vor ihnen aus. Er fuhr mit dem Finger nach links. „Schaut, genau in der Mitte des Zielgebiets, Nordost-Angola und Südwest-Zaire. Dieser Landstrich, der fast fünfundfünfzig Hektar groß ist – das ist die größte Kimberlit-Pipe der Welt. Einige schätzen die Produktion auf ungefähr eine Million Karat. Du hast die Brasilianer also gesehen?"

Edith mischte sich ein und trat neben Miriam. „Was ist eine Kimberlit-Pipe?"

Miriam starrte die Landkarte an und wurde sich zum ersten Mal bewusst, dass sie in ihren verlorenen drei Monaten, die sie mit den Jungen unterwegs gewesen war, tausend Kilometer Regenwald durchquert hatte. Sie starrte dieses unbewohnte Gebiet an und ließ ihre Worte von dem abschweifen, was sie wirklich bewegte. Mit dumpfer Stimme sagte sie: „Kimberlit ist das Muttergestein von Diamanten. Eine Kimberlit-Pipe ist eine riesige Kimberlit-Ader, die durch die Gesteinsschicht verläuft, wie eine Goldader, nur dass sie Diamanten enthält."

Miriam konnte das Gefühl nicht von sich abschütteln, in der Falle zu sitzen, ein Gefühl, als würden diese ganzen Steinschichten drohen, sie jetzt unter sich zu zerquetschen. *Vergesst das Kimberlit!*, wollte sie die beiden anbrüllten. *Vergesst die Brasilianer!*

„Was ist mit Martin und Owen?", brachte sie schließlich mit heiserer Stimme über die Lippen.

Miriam versuchte, aus dem Gewirr von Fragen, die sich ihr aufdrängten, herauszukommen und wenigstens einige Antworten zu finden. „Bitte ..." Ihre Stimme brach ab. „Wir müssen sie retten. Was ist mit diesem ‚Eliminierungsfeldzug'? Du sprichst von Bomben, nicht wahr? Wessen Bomben? Von Regierungstruppen? Den Rebellen? Sie sind alle nur Terroristen und nicht besser als diese Mafias."

Ihr war jetzt nur eines klar. Sie wusste, wo ihre Familie war. Sie wusste, dass Owen und Martin *jetzt* gerettet werden mussten, bevor irgendein ‚Eliminierungsfeldzug' gestartet wurde und sie zwischen die Fronten gerieten und verwundet oder gar getötet wurden. Und dass, aus welchem Grund auch immer, Paul und Edith nicht bereit schienen, ihr zu helfen. Vielleicht gab es überhaupt niemanden, den sie um Hilfe bitten konnte.

Ein Plan, auf etwas gegründet, das Paul angedeutet hatte, begann sich in ihrem Hinterkopf zu formen und verdrängte nach und nach alle anderen Erwägungen.

Miriam ließ zu, dass Edith die Arme um sie legte. Dann merkte sie, wie sich Ediths Gesicht schmerzlich verzog. „Sie haben bereits mit den Bombardierungen begonnen, nicht wahr?" Miriam hörte, wie ihre Stimme höher wurde, fühlte, wie der Boden unter ihren Füßen schwankte und die Realität einen Schritt zurückwich.

Paul griff über den Tisch nach ihrer Hand, aber Miriam zog sie zurück, schob Edith von sich weg. Die Anspannung, die sich in der letzten Nacht aufgebaut hatte, drohte jetzt ihren Kopf zu sprengen. „Geht weg von mir. Alle beide! Ich kann nicht glauben, dass ihr einfach tatenlos zuseht, wie sie sich in einer solchen Gefahr befinden. Geht weg. Geht weg!“ Sie hörte sich kreischen; die Stimme klang bekannt, während ein anderer Teil von ihr zusah, wie ihre Freunde zurückwichen.

Paul zog sich aus der Küche zurück, die Handflächen beschwichtigend von sich gestreckt. Er warf einen Blick auf Edith. Diese sagte: „Wir sollten Miriam Zeit lassen, sich ein wenig zu beruhigen. Wir sind nicht hier, um dich zu provozieren, Miriam. Wir sind in meinem Büro, wenn du so weit bist, dass du mit uns reden willst.“

Miriam wandte ihnen den Rücken zu und hielt sich an der Tischkante fest. Ihr Atem kam in einem abgehackten Keuchen. Als sie hörte, wie die Tür hinter den beiden ins Schloss fiel, hatte ihr Plan Formen angenommen. Sie ergriff die Landkarte und die Schlüssel, die Paul liegen gelassen hatte. Ihre Gedanken rasten wild. *Essen besorgen. Vorräte einpacken. Geld mitnehmen. Wasser.*

Sie überquerte den leeren Hof, ging in ihr Zimmer, um das wenige Geld zu holen, das sie von ihrem mageren Gehalt gespart hatte, packte etwas zusammen und lief zu Pauls Landrover auf dem Parkplatz. Sie winkte dem diensthabenden *Askari* zu, und er öffnete das Tor zur Missionsstation. Sie fuhr an den anderen Gebäuden vorbei. Im Rückspiegel sah sie, wie er das Tor hinter ihr wieder schloss. Sie bog nach links ab und fuhr auf die Hauptstraße in Richtung Stadt.

An der Kreuzung mit der Straße, die ins Flüchtlingslager und zum Dorf führte, raste Miriam fast gegen einen großen Ast, der über der Straße lag. Der Wind in der Nacht zuvor musste ihn abgerissen haben. Sie ließ den Motor laufen, stieg aus und zerrte den Ast zur Seite. Er ließ sich leicht bewegen. Sie kehrte zum Auto zurück und fuhr weiter.

Miriam manövrierte das Auto um die größten Schlaglöcher auf der Straße herum, konnte aber nicht allen ausweichen und raste klappernd und holpernd in Rekordzeit in die Stadt. Sie vermied das neu gebaute Viertel mit den Büros der Hilfsorganisationen. Sie wollte nicht das Risiko eingehen, dass Paul und Edith sie vielleicht angefunkt und gemeldet hatten, dass sie das Auto gestohlen habe. Sie hoffte, sie glaubten einfach, sie sei weggefahren, um etwas Dampf abzulassen und irgendwo allein zu sein.

Wie dem auch sei, Miriam wusste, dass sie nicht viel Zeit hatte.

60

Miriam steuerte um die letzte Ecke vor der Lichtung, dann kam sie mit quietschenden Reifen zum Stehen. Eine rote Staubwolke hüllte den Landrover ein. Edith hatte ihr gesagt, dass die Trockenzeit dieses Jahr noch trockener sei als gewöhnlich. Miriam verdrängte diese Worte und schaute zum Himmel hinauf. Sie legte die Hand über die Augen und konzentrierte sich auf einen dunklen Punkt inmitten der hellgrauen Wolkendecke. Sie strengte ihre Ohren an. Einige Augenblicke später hörte sie das Surren einer näher kommenden Cessna.

Auf der anderen Seite der Landebahn näherte sich ein Benzintanker mit einem kleineren Lastwagen, der die Ladung des Flugzeugs in die Stadt brachte. Das Flugzeug aus Mwanza kam jeden Montag und Mittwoch. Manchmal brachte es Medikamente oder Matratzen und manchmal hatte es auch Passagiere an Bord. Miriam schaute zu, wie das Flugzeug landete, wartete, bis es aufgetankt und entladen war, dann ging sie auf den Piloten zu. Er stand in der Nähe des Flugzeugs und rauchte eine Zigarette.

Der Pilot lächelte Miriam an. „Nehmen Sie mich in die Stadt mit?“

Sie lächelte zurück. „Sie fliegen heute also nicht zurück?“

Er schüttelte den Kopf. „Keine Ladung. Aber morgen muss ich einen Diplomaten mit zurücknehmen. Warum? Wissen Sie eine bessere Übernachtungsmöglichkeit als das einzige Hotel der Stadt?“

Sie ignorierte seine Andeutung und das anzügliche Grinsen. „Ehrlich gesagt dachte ich eher daran, Ihnen ein geschäftliches Angebot zu machen. Ich brauche einen Piloten.“

Er zog die Augenbrauen hoch und spuckte auf die trockene Erde. „Ich kann nicht. Das ist gegen die Firmenpolitik.“

„Ich bezahle Sie gut.“ Miriam warf die Schultern zurück und zog an dem ledernen Schnürsenkel, der immer noch um ihren Hals hing. Langsam holte sie ihren Verlobungsring heraus und hielt ihn ins Sonnenlicht. Das Schwarz funkelte.

Der Pilot hustete. „Das sehe ich. Wohin?" Die Lastwagenfahrer hupten. Der Pilot hob eine Hand und winkte ihnen nach. Erst nachdem die Autos zwischen den Bäumen verschwunden waren, wiederholte er seine Frage. „Wohin?"

„Nord-Angola."

„Unmöglich. Ich hole nur meine Tasche und sperre das Flugzeug ab. Dann können Sie mich in die Stadt mitnehmen." Er wandte ihr den Rücken zu und marschierte auf das Flugzeug zu.

Miriam löste schnell den Knoten und schob den Ring von dem Lederband. Sie lief nicht hinter ihm her, sondern wartete einfach. Er würde zurückkommen. Sie hatte auf der Missionsstation und bei ihren Besorgungen in der Stadt genug Klatsch gehört, um zu wissen, dass er ein Mann war, der für Geld fast alles tat. Sie wartete, während er im Flugzeug verschwand.

Fünf Minuten später wusste sie, dass sie den richtigen Mann hatte, als er wieder erschien und mit Flugkarten statt einer Tasche in der Hand auf sie zukam. „Schauen Sie. Ich bringe Sie bis hierher ..." Sein Finger deutete auf eine der Karten. „Nach Südzaire. Aber nicht weiter. Das ist ohnehin schon ziemlich brenzlig. Warum will eine Frau wie Sie eigentlich überhaupt nach Angola? Ach, ich will es gar nicht wissen." Er betrachtete sie von Kopf bis Fuß.

Miriam führte ihn in den Schatten der Bäume, weg von dem Flugzeug. Sie nahm seine Hand, öffnete seine Handfläche und legte den Ring darauf. Dann hob sie seine umgedrehte Hand zum Himmel hoch. Er hielt sie wieder gegen das Licht. „Was ist das? Ein schwarzer Diamant?"

„Ja. Und zwar ein ungewöhnlich großer. Sehr selten. Sehr wertvoll. Sehen Sie, wie er das Licht auffängt? Er ist mehr als genug Entschädigung für das Benzin, Ihre Zeit und ein wenig Kooperationsbereitschaft. Wie wäre es mit einem Kompromiss? Sie bringen mich zur angolanischen Grenze."

Der Pilot hatte das Gesicht zum Himmel gerichtet und ein Auge geschlossen. Er schaute den Stein an. Als Miriam seinen faszinierten Gesichtsausdruck sah, wusste sie, so sicher wie der Glanz des

Diamanten dem Stein ein eigenes Leben verlieh, dass sie handelseinig geworden waren.

* * *

Der Flug dauerte fast den ganzen Nachmittag. Während sie nach Westen unterwegs waren und in die Sonne hineinflogen, weigerte sich Miriam, sich bewusst zu machen, was sie eigentlich getan hatte. Jetzt hatte sie nichts, absolut nichts von Wert, mit dem sie die Freilassung ihres Sohnes und ihres Mannes oder irgendetwas anderes, das sie vielleicht brauchte, erkaufen könnte.

Miriam konnte das Grauen nicht von sich abschütteln, die Überzeugung, dass sie dabei war, sich erneut in eine aussichtslose Situation zu begeben. Sie dachte an den letzten Fall, an dem sie vor ihrer Entführung gearbeitet hatte, bevor dieser Wahnsinn begann. Der Lebensversicherungsfall, bei dem sie recherchiert hatte, wie weit Zahlungen reduziert wurden. Was ist ein Leben wert? Wann ist der Preis für ein Leben zu hoch? Welchen Preis hatte sie gerade für diese winzige Chance bezahlt? Nicht weniger als ihr letztes Bindeglied zu Owen. Und wenn sie ihn nie wiedersah? *Wenn er schon tot ist?*

Nein, sie konnte sich hier keine solchen Gedanken leisten. Miriam verdrängte sie aus ihrem Kopf. Sie schaute aus dem Fenster und sah nur Baumwipfel, von gelegentlichen Wasserschleifen durchbrochen, die sich durch den Wald schlängelten. Der dunkle, sich windende Faden spiegelte die Bäume um sie herum wider. Ungebrochenes Grün, tausend verschiedene Schattierungen. Miriam öffnete ihren kleinen Rucksack und versuchte, sich mit dem, was sie eingepackt hatte, Mut zu machen: eine Landkarte, einen Kompass, drei Wasserflaschen, etwas Brot, eine Packung Käse und ein Moskitonetz. Wahrscheinlich hätte sie auch ein Messer einpacken sollen, aber sie hatte keines.

Wo bin ich? Alte Worte verfolgten sie jetzt wieder. *Welches neue Gebiet ist das hier?*

Plötzlich erinnerte sie sich an den Titel eines Buches von Joseph

Conrad, das Sue ihr einmal gegeben hatte, ein Buch genau über dieses Gebiet, das Herz Afrikas. Wo war sie? In diesem *Herz der Finsternis.*

Der Pilot drehte ein wenig den Kopf und schaute sie zweifelnd an. „Sehen Sie diese Lichter? Das ist Tshikapa. Dort wollte ich Sie absetzen. Das Angebot gilt noch."

Miriam antwortete nicht. Stattdessen breitete sie die Flugkarten auseinander, die er zwischen ihnen auf den Boden gelegt hatte. Es dauerte einige Augenblicke, bis sie fand, was sie suchte. Dann zählte sie laut die Flüsse. „Hier ist Tshikapa. Jetzt zähle ich einen, zwei, drei Flüsse, während wir weiter nach Westen fliegen. Der vierte Fluss ist der Cuango. Er bildet die Grenze. Sie finden gleich östlich von dem Fluss eine Landebahn, rechts von der Grenze. Setzen Sie mich bitte dort ab."

Der Pilot schaute sie überrascht an. Ihm dämmerte jetzt, dass ihr so genannter Kompromiss genau das war, wohin sie die ganze Zeit schon gewollt hatte. Er sagte: „Sie waren hier schon einmal." Dann fragte er: „Holt Sie jemand ab?"

Miriam antwortete nicht. Sie schaute geradeaus. Es dauerte nicht lange, bis sie Rauchwolken von den Bäumen an einem der Flüsse aufsteigen sah.

„Das ist der Cuango", sagte der Pilot.

Miriam sagte nichts. Sie war gelähmt vor Angst angesichts dessen, was sie tun wollte.

Als sie sich dem Gebiet näherten, verschwanden die Rauchwolken. Das Flugzeug landete ohne Probleme. Der Pilot beklagte sich, dass er noch einen Zwischenstopp einlegen und auftanken müsse, obwohl fast nicht mehr genug Tageslicht übrig war, um zurückzufliegen. Miriam sagte ihm, sie sei sicher, dass er es schon irgendwie schaffen würde. Sie dankte ihm und entfernte sich von dem Flugzeug. Bewusst ignorierte sie die Büsche, in denen Juris Helikopterflotte versteckt war. Sie hatte genau aufgepasst, als sie sich der Landebahn näherten, und war erleichtert gewesen, als sie gesehen hatte, dass die Zweige, die als Tarnung dienten, noch unversehrt waren. *Er ist noch da.*

Sie ging in die entgegengesetzte Richtung und tat so, als wisse sie genau, wohin sie gehe, als ein Pfad sich vor ihr öffnete. Dann hörte sie Schritte hinter sich. Sie fuhr herum und sah, dass der Pilot auf sie zulief und mit einer Hand voll roter Leuchtraketen fuchtelte. „Hier, nehmen Sie das. Und ein paar Streichhölzer. Das ist das Mindeste, was ich für Sie tun kann. Ich muss den Verstand verloren haben, dass ich eine Frau allein hier lasse."

Er wurde von einer Explosion aus der Richtung des Flusses unterbrochen. Miriam ging in Deckung. Der Pilot schrie: „Mein Flugzeug – ich muss von hier fortkommen!" Mit eingezogenem Kopf eilte er den Weg zurück, den er gekommen war. Miriam blieb auf dem Boden liegen, bis sie hörte, wie die Cessna abhob. Sie stieg steil hoch und flog in Richtung Osten davon.

Miriam steckte die Leuchtraketen in ihren Rucksack und ging den Weg zurück, den sie gekommen war, bis sie die Landebahn wieder sehen konnte. Sie umrundete sie und steuerte auf die Hubschrauber zu. Gleich hinter ihnen war der richtige Pfad, den sie gewollt hatte. Der Weg, der in das alte Lager zurückführte, und, falls Paul und der Konsul Recht hatten, zurück zu Owen und Martin.

Ihre Hand fuhr in ihren Nacken und suchte den Ring, fand aber nur das schnelle Schlagen ihres Herzens. *Alles fort.*

* * *

Martin wartete dort, wo der Kommandant es ihm befohlen hatte. Er beobachtete das Feuerwerk und wusste, dass es Schwierigkeiten geben würde. Der Kommandant würde wütend sein, und Martin hatte beschlossen, alles zu tun, um ihn nicht noch wütender zu machen.

Er zerlegte die Kalaschnikow und reinigte sie immer wieder und übte, wie Joseph es ihm gezeigt hatte. Es war jetzt leichter. Er wollte seinen Rekord brechen, wenn sie das nächste Mal mit der Stoppuhr kamen. Dinge in der Nähe konnte er gut treffen.

* * *

Juri kämpfte um Kontrolle. Alles, wofür er gearbeitet hatte, drohte in Rauch aufzugehen, wenn er nicht schnell handelte. Seine kostbaren Mi-24-Kampfhubschrauber hatten sich gegen die Luftabwehrraketen, die die andere Seite benutzte, als unbrauchbar erwiesen. Wo hatten sie diese Raketen gekauft? Sein Verstand arbeitete auf Hochtouren. Sie waren zu modern für sowjetische Machart. Jetzt müssten alle fünf Lager abgebaut werden. Juri suchte Deckung, als eine weitere Rakete in einem Teil seiner wertvollen Tanks landete. Dann duckte er sich und lief im Zickzack zum Kommandozelt.

Joseph stand gleich neben dem Eingang und sah ihn näher kommen. „Wir haben zugelassen, dass sie uns festnageln. Ein bedauernswerter Irrtum in unserer Taktik."

Juri sagte: „Bedauernswert ist es, wenn sie die Kampfhubschrauber getroffen haben. Ich habe gerade gemeldet bekommen, dass wir die Rebellen am Flussufer halten. Ich bin zur Startbahn unterwegs und komme zurück, sobald ich sicher weiß, dass die Helikopter noch ganz sind."

Sobald er im Auto saß, knackte Juris Funkgerät. Er hielt es an sein Ohr, während er mit einer Hand lenkte, schaltete und mit der höchsten Geschwindigkeit, die diese Straße zuließ, über die sandige Piste raste. Sein Kopf pochte schlimmer als der Bombenhagel, der über seine Lager niederging.

„Richtig ... Was ...? Die Startbahn? Alles klar. Over."

* * *

Miriam hörte den Landrover, bevor sie ihn sah. Sie versteckte sich hinter dem Gestrüpp und erhaschte einen kurzen Blick auf den Fahrer. *Juri.* Sie brauchte also doch nicht tagelang durch den Dschungel zu irren und sein Lager zu suchen. Er kam ihr entgegen.

Sie schaute genau hin, um sicherzugehen, dass Juri nicht in einen der Helikopter stieg. Nein, er schien nur etwas nachsehen zu wollen, dann kehrte er schnell auf dem Weg zurück, den er gekommen war. Miriam zwang ihre Füße, sie auf die Straße zu tragen. Sie stand neben seinem Landrover. Sie wartete. Dann sah er sie. Sein völlig erstaunter Blick verschaffte ihr ihren ersten Vorteil in der wichtigsten Verhandlung, die sie wahrscheinlich je in ihrem Leben führen würde.

* * *

Juri bedauerte es nicht, dass er El-Fatih überredet hatte, ihm die Geisel zurückzuschicken, nachdem der Mann zusammengebrochen war. Juri beanspruchte ihn und gab als Grund nur an, dass er ihn aus persönlichen Gründen am Leben lassen wolle. Vielleicht wusste El-Fatih, dass Juri dort Erfolg haben könnte, wo er gescheitert war. Sowohl der General als auch El-Fatih stünden in seiner Schuld. Juri hatte einfach mehr Mittel zur Verfügung. Juri redete sich ein, dass er es nicht bedauere. Beschädigte Waren konnten immer noch einen Gewinn abwerfen.

Wenn das stimmte, warum fühlte er sich dann nicht so?

Er wusste die Antwort, wehrte sich aber dagegen. *Sie* hatte ihm den Geschmack an diesem speziellen Geschäft verdorben. Miriam, seine Sehnsucht nach ihr, hatte ihn abgelenkt, seinen Plan hinausgezögert, den Jungen als Mittel zu benutzen, um den Vater gefügig zu machen. Aber der Mann hatte sich vorher selbst kaputtgemacht. Und jetzt brauchte Juri den Jungen als Köder für Miriam.

Juri stieg aus dem Land-Rover, schritt auf die Startbahn hinaus und kontrollierte, welcher Schaden an diesem Nachmittag angerichtet worden war. Als er fertig war, griff er nach seinem Funkgerät, um zu melden, dass er auf dem Weg zurück zum Lager war. Da fiel ihm ein, dass er es im Auto gelassen hatte. Während er zum Auto zurückmarschierte, schaute er gegen die untergehende Sonne. Nur noch ein paar Stunden, bis die Nachtbombardierungen einsetzen würden. Trotzdem hatten sie heute gute Fortschritte gemacht. Heute Abend könnten sie vielleicht sogar den Feind dorthin zurückdrängen, wohin er gehörte, dachte Juri mit einem leichten Grinsen.

Seine Augen blinzelten in das Sonnenlicht, das aus einem offenen Streifen zwischen den Bäumen auf den Boden fiel. Er griff nach der Sonnenbrille in seiner Brusttasche. Während er sich leicht vorbeugte, um sie aufzusetzen, hörte Juri ihre Stimme.

Er glaubte, er müsse sie sich eingebildet haben, er habe ihre Stimme durch seine Gedanken vor ein paar Minuten heraufbeschworen. Er wartete einen fast unvorstellbar langen Augenblick und versuchte zu verstehen, was es war, das ihn ihre Nähe so deutlich spüren ließ. Dann blickte Juri auf.

* * *

„Ich bin zurück", sagte Miriam. Mühsam verbarg sie das Zittern in ihrer Stimme, in ihren Händen, in ihrem Herzen. Sie sagte sich, dass es keinen anderen Weg gab als die direkte Konfrontation. Ja, das musste sein.

Sie sah, wie Juri fast seine Sonnenbrille fallen ließ und dann vergaß, sie aufzusetzen. Er hob den Blick und schaute sie direkt an. Seine Augen verrieten nichts, das hellblaue Eis zuckte leicht, aber nur für eine Sekunde. Dann überbrückte er die Entfernung zwischen ihnen, ergriff ihre Hand und führte sie an seine Lippen.

Die Worte sprudelten aus ihm heraus, aber sie konnte nicht die Wahrheit von der Lüge unterscheiden. Sie erwartete einen Fluch, aber stattdessen lobten die Worte sie und prophezeiten ihr Gutes, während Miriam vor Überraschung wie angewurzelt stehen blieb.

„Du bist jetzt aus freiem Willen zu mir zurückgekommen. Das wirst du nicht bereuen."

61

An den folgenden Tagen konnte Owen nicht sicher sein, ob das Pochen, das er vernahm, sein eigenes schwaches Herz war, das ihn im Stich gelassen hatte, sein Kopf vor Schmerzen und Hunger oder die Bombardierungen, die nie aufzuhören schienen. Er fragte sich, wer Falin jetzt zu bombardieren versuchte, Savimbi oder die Regierungstruppen? Egal. Er konnte nirgendwohin gehen. Wenigstens nicht in der realen Welt.

Wieder zwang Owen seine Gedanken fort von dem Abgrund hin zu der Abhandlung, die er in seinem Kopf abfasste. *Seite 54: Der Herzschlag Gottes. Etwas über dunkle Orte. Ich habe die Kinder an diesem dunklen Ort gesehen und kenne sie: die Schwachen, die Armen, die Erniedrigten, die mit gebrochenem Herzen, die Verfolgten. Wir sind alle seine Kinder. Die Seligpreisungen, Jesaja 60 – sie beschreiben die gleiche Realität, den Herzschlag Gottes, den stillen Puls, der auch in der Dunkelheit zu spüren ist. Je dunkler der Ort, umso sicherer die Hoffnung derjenigen, deren einzige Lichtquelle unser Herr ist. Wir sind durch das Blut Christi gebunden ...*

Er rieb sich den Nacken, er war nicht in der Lage, die Fäden zu ordnen, bevor sie sich weiter auflösten. Gab es denn überhaupt nichts, das er zu Ende bringen konnte?

Lass mich stehen, ich bitte dich.

Es war zu seinem eigenen privaten Gottesdienstakt geworden – sich aus dem Nebel herauszukämpfen, in den sein Verstand und sein Körper ihn warfen, und sich zu zwingen aufzustehen. Owen erfasste die Gitterstäbe mit beiden Händen und zog sich allein mit der Kraft seines Oberkörpers hoch. Er keuchte, beugte den Kopf, um ihn sich nicht am Dach anzustoßen. Seit dem Herzinfarkt – er vermutete, dass es ein Herzinfarkt war – durch die Hitze und das Eis gehorchten seine Beinmuskeln nicht immer den Befehlen seines Gehirns. Sie brauchten länger, um warm zu werden, und er musste sie vorsichtig dazu bringen, sich zu bewegen. Wenn seine Muskeln sich verkrampften, verlor Owen ganz die Kontrolle über seine Beine. Dann musste er warten, bis der Anfall vorbeiging, und mit ansehen, wie sie wie eigenständige, von ihm losgelöste Einheiten zuckten und zitterten.

Lass mich aufstehen, wurde Owens tägliches Gebet. Und jeden Tag konnte er wieder fühlen, wie die Kraft sein Rückgrat hinaufzog, in seine Arme und Beine hinein. *Deine Kraft, ich bitte dich.*

* * *

„Warum, glaubst du, bin ich zurückgekommen?“, fragte Miriam und fürchtete, Juri könnte sehen, wie sehr seine Worte sie in Verlegenheit brachten.

„Zeig mir deine Augen. Dann sage ich es dir. Ich habe von diesem Augenblick geträumt. Die Menschen kommen immer zurück, wenn sie etwas dringend genug wollen.“

Jetzt begriff Miriam. *Er denkt, ich wäre seinetwegen zurückgekommen.* Sie war bereit, diese Täuschung als Eröffnungsschachzug zu benutzen, als Mittel, den Dialog in Gang zu bringen. Hatte die Macht der Liebe, selbst wenn es eine Illusion von Liebe war, irgendwie Juris anderes Ich in den Schatten gestellt?

Juri beugte sich zu ihr vor. „Miriam, vergibst du mir?“

Miriam zwang sich, ruhig zu bleiben. In seinen Augen war bestimmt *sie* diejenige, die um Vergebung bitten sollte. Hatte er ihr also vergeben, dass sie weggelaufen war, die frühere Täuschung? Erinnerte er sich überhaupt daran? Oder spielte er jetzt nur mit ihr? Miriam schluckte, aber die Lüge kam ihr leicht über die Lippen. Zu viel stand auf dem Spiel. Sie schaute zu ihm auf und sagte das eine Wort, das er ihrer Meinung nach hören wollte: „Ja.“

Sie schüttelte sich innerlich. *Bleib konkret.* Sie rief sich in Erinnerung, dass sie die Ziele eindeutig benennen musste. „Was willst du, Juri?“ Sie kannte die Antwort, befürchtete sie sogar, wusste aber auch, dass er die Chance bekommen musste, seine eigene Stimme zu hören, zu hören, wie sehr er sie kontrollierte.

Aber Juri antwortete nicht. Stattdessen wandte er sich von Miriam ab und hustete. „Komm“, sagte er rau.

Während sie in seinem Geländewagen kreuz und quer durch den Busch fuhren und sich die Schatten des späten Nachmittags über alles legten, ging Miriam im Geiste ihre Möglichkeiten immer wieder durch. Sie hatte nicht viele. Die Wahrheit sagen oder weiterlügen? Wenn sie weiter mitspielte, bestand eine Chance. Er war das erste Mal darauf hereingefallen. Warum sollte sie sich nicht selbst als Einsatz ins Spiel bringen?

Miriam schaute ihn von der Seite an und fragte sich, warum er sich ständig den Kopf rieb. Sie erkannte, dass ihr Nachgeben Juri zutiefst bewegt hatte. Immerhin wusste er nicht, dass sie wusste, dass Martin und Owen hier waren. Vielleicht genügte es, dass er glaubte, sie sei seinetwegen zurückgekommen. Sie musste nichts weiter tun, als sich ein wenig Zeit zu erkaufen. Sie hatte keinen Fluchtplan; daran würde sie denken, sobald sie ihre Familie wieder hätte. Nein, sie musste sich zuerst darauf konzentrieren, sie zu finden. Jetzt, da sie so nahe war, hatte sie nicht die Absicht, ohne sie von hier fortzugehen. Nicht wieder. *Niemals wieder.*

Sie beobachtete ihn dabei, wie er das Lenkrad nach links drehte und den Ganghebel betätigte. Der Sand unter den Reifen spritzte. Juri brachte sie eine Straße hinab, die frisch aus dem Busch geschlagen war. Sie bemerkte die frischen Pangaschnitte an den Bäumen auf beiden Seiten. Er blieb auf einer Lichtung stehen. Das Summen der Insekten und die Bewegung der Affen auf den Bäumen ließen sie aufblicken. Zwei Zelte standen in einem Kreis aus großen Bäumen.

* * *

Der Anblick ihres Nackens, der nach oben gestreckt war, brachte Juri um den Verstand. Ihre Schönheit war immer noch genauso knisternd wie ein gefrorener See im Winter, still und tief wie die blauen Flecken in ihren dunklen Augen. Er hatte sie so sehr vermisst, die Sehnsucht nach ihr war zu einem ständigen Schmerz angewachsen, ein Schmerz, der ihn nicht mehr losließ. Während der Kämpfe, der geschäftlichen Verhandlungen hatte Juri sich nur nach ihr allein gesehnt.

Wie konnte er ihr zeigen, wie viel es ihm bedeutete, dass sie zu ihm zurückgekommen war? Und dass sie ihm vergab, weil er so ungeduldig mit ihr gewesen war? Sie hatte ihn gefragt, was er wollte, aber die eigentliche Frage war: Was wollte *sie?* Es musste etwas sein, das sie beide miteinander teilen konnten. Juri fiel plötzlich ein unerwartetes Geschenk ein, das er ihr geben könnte, das sie für immer an ihn binden würde.

„Wo sind wir?“, fragte Miriam.

„Westlich von dort, wo du das letzte Mal warst, als du hier warst. Damals hatte ich drei Lager nahe nebeneinander. Zwei waren Trainingslager für die Söldner, die ich in die ganze Welt schicke. Was? Du bist überrascht? Und das dritte war, wie du weißt, der Diamantenposten, aber er ist jetzt zerstört. Das verdanken wir den Truppen auf der anderen Seite des Flusses, die eine andere Gruppe von westlichen Interessen vertreten. Sie kennen den Wert meiner Minen, aber ich bin einen Handel eingegangen, aus dem ich nicht herauskann.“ Es war gut, jemanden zu haben, mit dem er über seine geschäftlichen Interessen sprechen konnte.

„Wann begannen die Überfälle?“, fragte Miriam.

„In der Nacht, in der du mich verlassen hast.“ Juri beschloss, sie nicht zu fragen, wohin sie in jener Nacht gegangen war oder warum. Er war selbst überrascht über seine Fähigkeit zu lieben, über dieses Drängen, aus Liebe zu geben. *Das widerspricht allem, was ich mein Leben lang als erstrebenswert angesehen habe.* Juri sah selbst, wie atemberaubend die Veränderung sein konnte. Warum konnte er es manchmal mit so deutlicher Klarheit sehen? Sie könnten ihr ganzes Leben miteinander verbringen ... als Familie. Der Gedanke beruhigte einen Teil in ihm, von dem er nie gedacht hatte, dass er gezähmt werden müsste. Er atmete tief ein und versuchte, den Kopfschmerz zu lindern, der mit Gewalt in seiner linken Schläfe pochte.

Ja, ein unerwartetes Geschenk.

* * *

Miriam hörte die Stimme sagen: „Sie sind zurück!“ Sie beugte den Kopf aus dem Fenster und hörte ihn den Bruchteil einer Sekunde, bevor sie den Jungen sah. Ihre Ohren erkannten die Stimme dieses Kindes, aber ihre Augen sahen ihn nicht.

Dann fuhr Miriams Hand an ihren Mund, und sie schluckte ihren entsetzten Schrei hinunter. Juri hörte sie nicht. Er schritt bereits auf den kleinen Jungen zu, der vor dem Zelt stand.

Ihr Siebenjähriger, der inzwischen acht geworden war, über neun Monate und ein ganzes Leben älter als das letzte Mal, als sie ihn gesehen hatte – ihn zurückgelassen hatte, rief sie sich in Erinnerung, allein in ihrem Urlaubsjeep –, stand da. Ohne Brille blinzelte er mit zusammengekniffenen Augen angestrengt in ihre Richtung. Noch schlimmer war, dass er seinen kleinen Körper breitbeinig aufgebaut hatte, die gleiche arrogante Haltung eingenommen hatte, die für Juri so typisch war. Er hatte sie noch nicht im Auto entdeckt.

„Martin.“ Sie sagte seinen Namen leise, fühlte das Wort zwischen ihren Lippen. Der Junge blickte auf, als sie die Tür aufriss und ausstieg. Ein ungläubiger Blick zog über sein Gesicht, dann erkannte er sie. Er ging drei Schritte auf sie zu.

„Stillgestanden.“ Juri sprach dieses eine Wort in einem ruhigen Ton, ohne eine Gefühlsregung zu zeigen, und Martin hielt in seiner Bewegung inne. Er hörte nicht nur auf zu gehen. Er hörte auf zu atmen.

„Martin?“, fragte sie, aber der Junge blinzelte nicht einmal. Miriam konnte sich nicht beherrschen. Sie lief vor und kniete sich neben ihn und versuchte, ihn in die Arme zu nehmen. Aber Martin weigerte sich, ihrer Berührung nachzugeben.

Miriam erhob sich. Ihre Wut verdrängte alle ihre vorherige Entschlossenheit. Sie schaute Juri an. „Wie konntest du nur? Du, nach allem, was du selbst als Kind durchgemacht hast, wie konntest du einem anderen Kind denselben Schmerz zufügen? Was hast du mit ihm gemacht?“

Aber Juri schüttelte nur den Kopf und hob leicht die Hand, als summe eine Fliege neben seinem Kopf. „Locker." Er benutzte dieselbe ausdruckslose Stimme, aber etwas darin war anders geworden, härter.

Bestürzt sah Miriam, wie Martin die Füße weiter auseinander stellte, die Hände hinter seinem Rücken zusammenlegte und das Kinn hob. Er schaute Miriam nicht einmal an.

„Du willst wissen, was ich mit ihm gemacht habe?" Juri ahmte ihren Tonfall nach, während er neben Miriam trat, ihren Arm mit einem eisernen Griff umfasste und sie zwang, sich hinter Martin zu stellen. „Ich habe ihn dir gestohlen." Dieses letzte Wort zischte er ihr ins Ohr. Er verdrehte ihren Arm so, dass sie sich an ihn lehnen musste. „Du verstehst immer noch nicht, oder? Dein Sohn gehört mir, wird immer mein Besitz sein, egal wo ich bin oder wo er ist. Ich besitze seine Seele."

Juris plötzlich völlig veränderte Persönlichkeit und sein verwandeltes Auftreten ihr gegenüber schockierten Miriam noch mehr als das, was aus ihrem Sohn geworden war. Sie erschauderte vor Überraschung über seine Worte, verwirrt und gleichzeitig aufgewühlt wegen Martin. Ihr Blick fiel auf Martins Hinterkopf. Sie sah den widerspenstigen Haarwirbel, den er jeden Morgen hatte, seit er als Baby angefangen hatte, auf dem Rücken zu schlafen. Diese Kleinigkeit schmerzte sie mehr als die Veränderungen in seinem Verhalten.

„Bleibe auf deinem Posten, bis du andere Befehle bekommst", befahl Juri Martin.

Als er den Befehl vernahm, straffte Martin den Rücken. „Ja, Sir."

Martin gehorchte mechanisch. Hören, gehorchen, belohnt werden; nicht hören, nicht gehorchen, bestraft werden – das war in seine kleine Seele eingehämmert worden. Miriam sah das in einem einzigen Augenblick. Sie erkannte das Verhaltensmuster von ihren Jungen und anderen früheren Kindersoldaten, die sie kennen gelernt hatte. Das war es, was Martin am Leben erhalten hatte, wie er diese Zeit ertragen hatte können. Sie verstand, dass seine Gefangennahme durch Juri ihnen allen einen furchtbaren Preis abverlangen würde. Martins Rückzug in dieses Verhalten zeigte, dass er diesen Preis bereits jetzt bezahlte. Hoffnung war auf dem Altar der Angst geopfert worden. Während Miriam das sah und begriff, brach ihr Mutterherz wegen eines weiteren verlorenen Jungen, dieses Mal wegen ihres eigenen.

Juri wiederholte: „Ich war derjenige, der ihn am Leben erhalten hat. Ich bin sein Held. Du kannst ihn zurückhaben, wenn du im Austausch dafür mit mir kommst, zu meinen Bedingungen – verstehst du jetzt? Rette deinen Sohn, Miriam. Kinder sind so formbar, so vertrauensselig. Findest du nicht auch? Sie glauben alles, tun alles ..."

„Hör auf damit", keuchte sie. *Martin, was musst du durchgemacht haben, dass du so umgewandelt bist?* Dann begriff Miriam, dass sie nicht den Grund für ihr Kommen aus den Augen verlieren durfte. Um Martins willen. Sie musste sich auf Juri konzentrieren.

Miriam überlegte, so schnell sie konnte. Sie hatte das letzte Mal, als sie hier gewesen war, nur einen Monat mit Juri verbracht. Aber wenn sie ihn jetzt durch die Brille von Ediths Worten über Heilung ansah, erkannte Miriam ein Muster für seine Labilität. Zu spät erkannte sie, dass sie Juris Kindheit nicht hätte erwähnen sollen. Damit hatte sie den wunden Punkt in seiner Persönlichkeit angesprochen. Dann erkannte sie, was falsch gelaufen war. Edith hatte sie gelehrt, was sie suchen sollte. Wenn sie zurückschaute, konnte sie bei ihrer ersten Begegnung das gleiche Muster in seinem Verhalten erkennen.

Jedes Mal, wenn Juri an seine Kindheit erinnert wird, brennt bei ihm eine Sicherung durch. Er hat Angst, verlassen zu werden, machtlos zu sein. Ja, es war logisch. Seine Eltern hatten ihn verlassen, indem sie Selbstmord begingen. Sein ganzes Leben war ein einziges Aufbegehren gegen Armut und Hilflosigkeit.

Sie hatte unabsichtlich diesen empfindlichen Nerv getroffen, als sie Martins Zustand nach seiner Gehirnwäsche gesehen hatte. Hatte er deshalb so viel Angst davor zu lieben, weil Liebe genau die Machtlosigkeit mit sich brachte, die er so hasste? *Und die Vergebung?* Die einzige Möglichkeit, wie Miriam sehen konnte, dass

Vergebung in Juris Profil passte, bestand darin, dass er sich vielleicht selbst die Schuld für all das, was passiert war, gab. Edith hatte ihr oft gesagt, dass Kinder die schlechten Ereignisse in ihrem Leben als Folge ihres eigenen Verhaltens sehen. „Es ist nicht deine Schuld" löste bei einem Kind oft eine Sturmflut von Schuldgefühlen aus.

„Du kommst jetzt mit mir", sagte Juri.

Sie schaute die Ader an, die in seiner Wange pochte. *Als Erstes muss ich ihn beruhigen.* Sie musste den sanfteren Juri zurückholen.

Sie richtete sich auf. „Es tut mir Leid", sagte sie vorsichtig. „Ich war einfach ... überwältigt, weil ich meinen Sohn sah. Aber du hast Recht. Du hast ihm das Leben gerettet und dafür bin ich dir dankbar."

Er zog sie zum Auto zurück. Sie wehrte sich nicht, obwohl ihr Verstand weiterhin auf Hochtouren arbeitete. Juri war ein Problem, aber wie konnte sie Martins Leiden beenden? Sie warf einen Blick auf die kleine Gestalt, die jetzt allein im Sonnenlicht stand und wartete, bis er von seiner Pflicht entbunden würde. Miriam beobachtete Juri vorsichtig, während er die Tür des Landrovers für sie aufhielt. Als sie wieder in sein Auto stieg, in sein Universum, in seine Welt, fühlte Miriam, wie die Endgültigkeit all ihrer Entscheidungen auf sie niederschlug, wie wenn eine blaue Tür zu irgendeinem dunklen, staubigen Verlies zugeschlagen würde und sie zu einer Gefangenen für die Vergangenheit und die Gegenwart machte.

„Martin, alles wird gut. Ich komme zurück", sagte Miriam, aber es kam keine Antwort. Sie drehte sich zu Juri um. Sie war sich seiner Launenhaftigkeit bewusst und bemühte sich mit aller Kraft, jede Anschuldigung aus ihrer Stimme herauszuhalten. „Ich bin jetzt hier", sagte sie. „Du hast mich. Du kannst ihn doch jetzt gehen lassen ..."

„Du verstehst die Bedingungen immer noch nicht richtig. Das ist dein Geschenk. Etwas, das wir beide miteinander teilen."

„Du willst, dass wir ..." Sie wagte es kaum, die Worte auszusprechen, deren weitreichendere Bedeutung so unglaublich war. „Du willst, dass wir meinen Sohn *miteinander teilen?*"

„Du musst es wollen, liebe Miriam. Bist du bereit, mit mir zu kommen, mich zu lieben, wie ich dich liebe? Du sagst, dass du mir vergibst, dass du wirklich zu mir zurückgekommen bist. Aber ich will es hören. Ich will es sehen. Ich will es fühlen."

* * *

Martin zitterte. Er ließ es aber den Kommandant nicht sehen. Er erinnerte sich zu gut an die Schläge, die er bekommen hatte, als er aus Angst seine Hose nass gemacht hatte – damals, als überall viel Lärm gewesen war, Bomben und Schüsse. Nein, dieses Mal beherrschte er sich und seine Blase. Aber trotzdem zitterte er.

Seine Mutter. Er erinnerte sich an sie. Er erinnerte sich an ihren Geruch und an ihre sanfte Berührung und an ihre Stimme. Als er sie seinen Namen aussprechen hörte, war das ein Gefühl, als würde warmes Meerwasser am Strand über ihn hinwegspülen. Er erinnerte sich an einen fernen Strand, einen Ort mit weißem Sand, erinnerte sich, dass er auf den Schultern seines Vaters geritten war und die Sonne ihm ins Gesicht geschienen hatte, während seine Mutter seinen Namen rief.

Martin starrte jetzt in die Sonne. Das Licht war zu hell. Er könnte dem Kommandant sagen, dass das der Grund dafür war, warum seine Augen nass wurden. Das passierte jedes Mal, wenn er in die Sonne schaute.

62

Juri brachte sie ins Gästezelt. Die Ironie des Ganzen belustigte ihn. Er sagte kein Wort mehr zu ihr, sondern nickte nur Joseph zu, dessen einzige Reaktion auf ihr plötzliches Auftauchen ein Hochziehen der Augenbrauen war. Das Letzte, was Juri hörte, bevor er den Landrover herumlenkte und wieder aus dem Lager verschwand, war Josephs Stimme, die einem der Jungen befahl, dem Gast Wasser und Essen zu bringen. Er genoss die verzweifelte Miene auf Miriams Gesicht.

Er fuhr den Weg zurück, den er gerade gekommen war. Seit den Überfällen auf seine Lager hatte Juri sich angewöhnt, sein Privatzelt jede Woche an einem anderen Ort aufzubauen und auch das Zelt, in dem er Martin wohnen ließ, nachdem die Hütten in die Luft gejagt worden waren. Er sperrte die Explosionen aus seinem Bewusstsein aus, die ständig wiederkehrenden Schüsse aus der Richtung des Flusses. Heute Abend könnten sie vielleicht mehr Fortschritte machen als in den vergangenen Wochen. In letzter Zeit war der Konflikt zunehmend in eine Pattsituation geraten, aber Juri wusste, dass er grenzenlos weitergehen würde, bis einer Seite die Munition ausging.

Er war dankbar, als er sah, dass Martin immer noch auf seinem Posten in der Sonne stand. Ja, der Junge hatte viel gelernt. Er lud ihn in sein eigenes Zelt ein. Gemeinsam setzten sie sich. Er reichte dem Jungen eine Cola aus der Eisbox, die Joseph jeden Nachmittag hierher brachte, und schenkte sich selbst einen Wodka ein. Er sollte mit seinen Batallionführern eine Besprechung abhalten. Es musste doch eine Möglichkeit geben, diese Situation für sich zu entscheiden. Aber vorher musste er die Sache mit der Mutter des Jungen regeln.

„Was war das für ein Gefühl für dich, sie wiederzusehen?“, fragte Juri Martin.

Martins Hand begann zu zittern, und Juri nickte. Er wusste genug. Ohne auf die Antwort des Jungen zu warten, sagte er: „Ich habe eine Sonderaufgabe für dich, einen Auftrag. Ich will, dass du kurz vor Sonnenuntergang zu ihr gehst und ihr anbietest, sie überallhin zu führen, wohin sie will, selbst wenn sie verlangt, den Gefangenen zu sehen. Du erinnerst dich, wo er ist?“

Juri musste sie diesem Test unterziehen. Auf diese Weise würde er herausfinden, ob sie wirklich seinetwegen hier war oder nicht.

Martin nickte. „Ja, Sir.“

„Es ist nicht sehr weit, ein kurzes Stück vom Hauptlager. Wenn sie daran interessiert ist, dann gehe mit ihr dorthin, aber tue so, als sei es gegen die Vorschriften. Dann berichtest du mir, wie sie reagiert hat. Verstehst du?“

„Ja, Kommandant.“

* * *

Miriam schritt im Zelt auf und ab. Sie hatte sich selbst an den Ort ihrer Alpträume zurückgebracht und konnte jetzt nicht aufwachen. Sie war genau wieder da, wo alles angefangen hatte, wieder völlig verloren.

Sie hörte ein leichtes Klopfen am Zeltpfosten neben dem Eingang. „Ja?“ Ihr Herz schlug schneller, als Martin den Kopf ins Zelt steckte. „Oh, Martin! Du bist da. Komm her, Liebes! Rede mit mir.“

Sein Gesicht blieb teilnahmslos, aber sie spürte seine Angst an der Art, wie seine Augen von einer Seite des Zelts zur anderen rasten, als erwarte er, noch jemanden hier zu sehen. Wie sehr sie sich danach sehnte, ihn in die Arme zu schließen und von hier fortzutragen, fort von diesem Ort und aus dieser Zeit, zurück nach San Francisco und zum Fußballtraining vor einem Jahr. Er blieb im Eingang stehen. Sie ging auf ihn zu und legte die Arme um ihn. Wieder bewegte er sich nicht.

„Er hat dich geschickt, nicht wahr?“, flüsterte Miriam ihm ins Ohr. Sein Kleiner-Jungen-Geruch, der Schweißgeruch, der immer an seiner Kleidung gehaftet hatte, wenn sie ihn wusch, stieg ihr in die Nase.

Martin nickte. „Soll ich dich irgendwohin bringen?“, fragte er mit lauter Stimme.

Miriam starrte ihn an. „Wohin willst du mich denn führen?“, sagte sie langsam.

Martin schaute ein paar Sekunden auf seine Füße. Als er nicht antwortete, wagte sich Miriam weiter vor: „Meinst du, dass du mich zu *jemand* führen willst? Martin, meinst du deinen Vater? Papa?“

Martin weigerte sich immer noch, ihr in die Augen zu schauen. Er nickte nur. Sie sah, dass er mehrere Male schwer schluckte. *Also gut,* dachte sie und wich von ihm zurück. *Wenn er mir nicht in meiner Welt begegnen kann, dann komme ich zu ihm in seine Welt.* Sie hatte das in den letzten Monaten gut gelernt.

„Ja“, antwortete sie ihm. „Bitte. Bringst du mich dorthin? Darfst du das?“

Martin sah erleichtert aus und bedeutete ihr, ihm zu folgen. „Wir müssen aber leise sein. Wenn der Kommandant das herausfindet, werde ich bestraft.“

Miriam wusste nicht, wie sie darauf reagieren sollte, aber sie schnappte sich ihren Rucksack und ließ sich von Martin aus dem Lager führen. Niemand schien von ihnen Notiz zu nehmen, als sie in den Dschungel huschten. Sie warf einen Blick zur Seite auf die bernsteinfarbenen Strahlen der untergehenden Sonne und stellte fest, dass sie zur Landebahn zurückgingen. Schließlich kamen sie auf eine große offene Fläche. Sie sah die verkohlten Reste von Bäumen und Gebäuden – ein paar Ziegelreihen waren übrig geblieben, verbogenes, verrostetes Eisen lag zwischen den langen Schatten versteckt. Sie warf einen forschenden Blick auf Martin, um zu sehen, ob er wusste, was er tat, und begriff, dass er ganz genau wusste, wohin er ging. Er schaute aufmerksam nach links und rechts und blieb alle paar Schritte stehen und lauschte.

Miriam dämpfte ihre Schritte, wie Simba mkali – nein, Filho – es sie vor so langer Zeit auf einem anderen Marsch gelehrt hatte. Sie hatte gelernt, ganz wenig Lärm zu machen. Jetzt, als Martin sich tief duckte, tat es ihm Miriam gleich. Er hob seinen kleinen Arm zu einer Faust, das Signal, stehen zu bleiben und sich still zu verhalten. Miriam wurde schwer ums Herz, als sie sah, wie gut ihr Sohn die Haltung und die Bewegungen eines Soldaten annahm.

Martin bedeutete ihr, an seine Seite zu kommen. „Da“, flüsterte er. „Er ist in diesem Käfig.“

Miriam schluckte ihren entsetzten Schrei gerade noch rechtzeitig hinunter. Sie sah Owens Körper mit dem Gesicht nach unten im Schmutz liegen, umgeben von Holzpfosten, die senkrecht angebracht und mit Lederriemen zusammengebunden waren. Palmwedel bildeten ein kleines Dach und schützten ihn vor der Sonne. Sie konnte sein Gesicht nicht sehen, erkannte aber auch so, dass er schmerzlich dünn war.

Miriam öffnete den Mund, um Martin zu fragen, wie oft er seinen Vater besuchte, um ihm noch viele andere Fragen zu stellen, als Martin sagte: „Der Kommandant hat mir befohlen, den Kontakt mit dem Gefangenen einzustellen.“

„Mit deinem Vater“, korrigierte ihn Miriam.

„Er ist subversiv. Aber ich kann dir sagen, dass sie ihn allein lassen, außer bei Sonnenaufgang, wenn er Essen und Wasser bekommt. Mehr, als er verdient.“

Miriam konnte sich nicht helfen. Sie schüttelte Martins Schultern und zischte. „Erinnere dich doch daran, wer du bist, Martin. Das ist dein *Vater*. Und ich bin deine Mutter.“

Sofort wurden seinen Augen wässrig, und er stand da und starrte blind vor sich hin.

Miriam packte ihn wieder und wollte ihn umarmen, wollte ihn festhalten, wollte die letzten neun Monate ungeschehen machen und an den Ort zurückkehren, an dem er ihr Sohn gewesen war und sie in Sicherheit gelebt hatten. Aber Martin hob abwehrend den Arm. Er wehrte ihre Hand von sich ab, dann duckte er sich und lief den Weg zurück, den sie gerade gekommen waren, in den Dschungel hinein. Miriam schaute ihm nach, erschüttert über seine Verwandlung, hin und her gerissen zwischen dem Drang, hinter ihm her zu laufen, und dem verzweifelten Wunsch, nach ihrem Mann zu schauen. Aber Martin war bereits fort, und Owen war nur wenige Meter von ihr entfernt.

Sie hielt den Atem an, stand auf, duckte sich und eilte auf die Lichtung. Miriam hörte nur ihren eigenen schnellen Atem, die Vögel in den Baumwipfeln zwitschern, die Grillen zirpen, ihre Schritte im trockenen Staub. Die Sonne ging jetzt schnell unter, und der Dschungel wurde still. Sie kniete an der Tür zum Käfig und fuhr mit den Fingern an den Scharnieren aus geschrumpftem Leder entlang. Das massive Schloss wirkte völlig fehl am Platz, zu modern für den grob gehauenen Holzkäfig, den es zusammenhielt.

Sie brauchte ein Messer. Miriam steckte die Hand und den Arm zwischen die Gitterstäbe, dann beugte sie sich vor und versuchte, Owen zu berühren. Er lag so ruhig da, dass sie einen Augenblick dachte, er könnte schon tot sein. Aber sobald sie ihre eigene Angst zähmte, konnte Miriam seinen ungleichmäßigen Atem hören. Aus der Nähe sah sie jetzt, dass sein Bart lang und ungepflegt und grau aussah. Und sie konnte eine Seite seines Gesichts sehen, kraftlos und faltig hing es nach unten, aber sie konnte ihn nicht mit der Hand berühren.

„Owen, Owen!“, rief sie ihm zu, schaute nach rechts und links und lauschte, ob Wachleute kämen. „Owen!“

Er bewegte sich nicht. Miriam stöhnte. Sie war nahe, so nahe, aber sie konnte ihn trotzdem nicht befreien. Sie hatte nichts bei sich. Nichts Scharfes. Sie krallte die Fingernägel in die Lederriemen, aber ohne Erfolg. Dann fiel ihr Blick auf den Boden im Inneren des Käfigs. Selbst im immer schwächer werdenden Licht konnte sie die Kratzer auf einem der dickeren Pfosten sehen – kleine Striche, die ins Holz geschnitzt waren, immer fünf zu einem Bündel zusammengefasst. Sie folgte der langen Reihe, entsetzt, dass es so viele waren, dass sie nicht alle zählen konnte.

„Owen! Owen!“ Sie rüttelte an den Holzpfosten, aber der Käfig rührte sich keinen Millimeter. Miriam stand auf und schritt um den Käfig herum. Es musste doch einen Weg hinein, einen Weg heraus geben, irgendwie. Sie rümpfte die Nase, dann sah sie die Ecke, die er als Latrine benutzte. *Wie können sie es wagen, ihm das anzutun!* In ihr stieg noch mehr Zorn auf als vorher, als sie gesehen hatte, welchen tiefen Schaden sie ihrem Sohn zugefügt hatten. Sie hasste Juri für das grausame Spiel, das er mit ihr spielte, dafür, dass er ihr Kind quälte und ihren Mann so demütigte.

Dass sie noch vor kurzem Juris labile Verfassung begriffen hatte, dass sie die Kräfte verstand, die ihn zu dem gemacht hatten, was er war, spielte keine Rolle mehr für sie. Die Tiefe seiner Grausamkeit vertrieb jedes Mitgefühl, das sie ihm vorher vielleicht entgegengebracht hatte.

„Owen!" Miriam zwang sich, sich zu konzentrieren, sich den Käfig wirklich anzuschauen. *Es muss einen Weg hinein geben.* „Owen, antworte mir! Owen, bist du in Ordnung?"

Miriam konnte nicht mehr klar denken. *Vielleicht ist er tot.* Sie wartete und sah die leichte Bewegung seines Brustkorbs. Ja, sie konnte ihn atmen hören, aber sie konnte ihn nicht berühren, konnte ihn nicht fühlen. Miriam schritt neben den Gitterstäben auf und ab und verfluchte diese heimtückische Nähe.

„Owen, bitte! Owen!" Miriam spähte durch das Zwielicht, starrte auf seinen Kopf. Er sah so hager aus, so alt. Sie fiel auf die Knie, lehnte den Kopf an die Holzstäbe und rang mit ihrer Verzweiflung. Sie war hierher gekommen und hatte was gedacht? Dass sie Owen ganz allein befreien könne? Und Martin? Wie konnte sie zu ihm durchdringen, geschweige denn, den Bann brechen, mit dem Juri ihren Sohn belegt hatte?

Oh, Gott, hilf uns bitte! Wann ist dieser Alptraum endlich vorbei?

* * *

Juri musste Sicherheit haben. Deshalb ließ er sie allein. Er ließ sie mit dem Jungen allein, nachdem er ihm befohlen hatte, sie überallhin zu bringen, egal, wohin sie wollte. Als er sah, dass die beiden nach Osten aufbrachen, begriff er mit sinkendem Mut, warum sie wirklich zurückgekommen war. Sein Verdacht erwies sich als wahr.

Er war bereit gewesen, ihr zu vergeben, noch einmal neu anzufangen. Er hatte sich sogar ausgemalt, dass sie irgendwie eine Familie werden könnten. Aber das wurde ihm alles gestohlen wie das Holzspielzeug, das er früher im Waisenhaus besessen hatte. Von ihrem Verrat zutiefst verletzt, wusste Juri, was er zu tun hatte. Er wartete, bis der Junge zurückkam und ihm Bericht erstattete.

„Befehl ausgeführt, Kommandant." Der Junge salutierte.

Wenigstens das Kind belügt mich nicht.

Als Martin mit seinem Bericht fertig war, belohnte Juri ihn, indem er ihm die Pistole gab, die er schon lange wollte. „Hier. Sie ist klein, aber sehr gut. Du kannst sie haben. Ich bin zufrieden."

Martin baute sich ein wenig größer auf, als er die neue Waffe entgegennahm. „Danke, Kommandant. Dieser alte Mann ...", begann er.

Juri war schon halb aus dem Zelt, als er Martins Worte hörte. Er drehte sich um. „Der Gefangene, meinst du?"

„Der Gefangene. Lebt er noch? Ich meine, er sah genauso aus wie die anderen, die ich gesehen habe."

„Er sah tot aus." Juri sagte die Worte für ihn und ging. Er ignorierte die Frage des Jungen, damit er sein Missfallen spüren sollte. Er prallte fast mit Joseph zusammen, der außerhalb des Zelteingangs stand. „Was ist?"

„Ich komme gerade vom westlichen Aussichtsturm. Die Nachtbombardierung hat früh eingesetzt."

„Das habe ich gehört." Er hatte es nicht gehört, aber er würde nicht zugeben, dass er sich heute Abend nicht richtig konzentrieren konnte. „Gib Befehl, das Munitionslager zu verlegen. Jetzt ist es dunkel. Bringt das Benzin und die Munition zum neuen Lagerplatz zurück."

„Wir ziehen uns vom Fluss zurück?"

„Wir verändern uns. Ich kann keinen Profit machen, wenn ich die ganze Zeit bombardiert werde. Was ist mit den Helikoptern?"

„Noch intakt."

„Gut. Sag es den anderen. Fangt an, alles in die neue Stellung zurückzubringen, und zwar schnell. Ich will, dass bei Sonnenaufgang alles am neuen Platz und versteckt ist. Ich bin in einer Stunde auf der Landebahn bei euch."

Juri ließ Joseph stehen. Er ging auf die Lichtung zu. Er blieb allein stehen, konzentrierte seine Ohren auf die Bombardierungen und versuchte, den Schaden abzuschätzen. Was in aller Welt hatten sie getroffen? Seine Waffenhändler hatten nicht Wort gehalten und die Lieferungen nicht rechtzeitig gebracht. Er saß in der Enge. Aber nach der Lautstärke der Angriffe zu urteilen, die mit jeder Nacht schwächer wurde, ging Juri davon aus, dass seine Angreifer noch größere Nachschubprobleme hatten. Er hatte gedacht, die heutige Nacht würde die Wende bringen, aber jetzt hörte er nur allzu deutlich, dass eine neue Waffenladung geliefert worden sein musste. Die Wucht und Nähe und Zunahme der Explosionen, das alles deutete auf etwas hin, das sich jetzt nicht mehr leugnen ließ: Juri hatte weniger Waffen als sie.

Er hatte Jahre gebraucht, um die Diamantenminen in diesem Gebiet an sich zu bringen, und er war nicht bereit, sie kampflos aufzugeben. Aber sie zwangen ihn zum Rückzug; er musste vorsichtig vorgehen und durfte die wenige Munition und den wenigen Treibstoff, den er noch hatte, nicht vergeuden. Aber zuerst ... er hob die Augen und sah sie an der Seite des Käfigs knien.

Juri freute sich darauf, seine Frustration an dem unsichtbaren, noch mächtigeren Feind auszulassen, der ihn heute Nacht angriff. Er prüfte seine eigenen Gefühle. *Ich empfinde nichts für sie.* Er war wieder ganz der Alte. Was hatte er sich nur gedacht?

Er schritt aus dem Busch hinaus, die Enttäuschung über einen aufgezwungenen Rückzug verlieh ihm neue Kraft. Juri packte Miriam an den Haaren, zerrte sie auf die Beine. „*Verräterin.* Ich habe es mir gleich gedacht. Du kannst sofort schmecken, was deine Lügen dir gebracht haben. Du hast behauptet, dass du bei mir bleiben willst. Ich dachte, du könntest nicht wissen, dass er hier ist. Aber du hast es irgendwie gewusst – ich will gar nicht wissen, wie du es erfahren hast. Du wolltest zu ihm. So blöd bin ich wirklich nicht. Du willst ihn? Bitte, du sollst ihn haben."

Er packte sie am Arm und drehte ihn so weit um die Schulterriemen ihres Rucksacks, dass sie sich wieder niederknien musste. Er tat das mit einer Hand und genoss das Gefühl von Macht, das ihn durchströmte. Mit seiner anderen Hand fischte er den Schlüssel zu dem Schloss heraus und öffnete den Käfig. Während seiner Zeit in Afghanistan hatte er das erste Mal solche Käfige kennen gelernt und hatte die Form übernommen, die speziell dafür konstruiert war, einem Mann den Rücken zu brechen, nachdem man ihn immer wieder zum Stehen gezwungen hatte. Er warf die Frau hinein und knallte das Schloss zu.

Juri ging davon und lachte vor sich hin. *Soll sie verrotten. Sollen sie beide verrotten und sich in den Armen liegen, wenn sie sterben.* Er würde sie heute Nacht hier lassen, und mit ein wenig Glück würden seine Feinde die beiden in die Luft jagen. Er könnte sogar ein leeres Benzinfass auf die Lichtung stellen, damit das Ziel noch einladender wäre.

63

Owen strengte sich an und wollte sich bewegen, seine Stellung ändern, aber seine Beine waren immer noch zu steif. Sie würden so bleiben, bis der Tag halb vorbei war, und sich nur richtig bewegen, wenn er die Kraft fand, richtig zu trainieren. Er dachte, das könnte die Folge seines Herzinfarkts aufgrund des Eiswassers sein, vielleicht auch aufgrund der langen Gefangenschaft und der Drogen, die sie ihm in Libyen gegeben hatten. Aber es konnte auch an seiner Mangelernährung und der mangelnden Versorgung mit Flüssigkeit liegen.

Eines wusste Owen mit Sicherheit: Den Ort von El-Fatihs Festung. Er hatte ihre Worte immer wieder Revue passieren lassen, seine Gespräche mit diesen beiden Ungeheuern, El-Fatih und Falin. Ja. Er war sich sicher.

Gestern – oder war es vorgestern gewesen – hatte er sich nicht einmal die Mühe gemacht zu trainieren. Er würde sich überlegen, wie viel Zeit vergangen war, wenn er wieder aufwachte. Er fragte sich, warum er keinen Hunger mehr verspürte. Er empfand auch keinen Schmerz mehr. Aber allein schon der Gedanke, sich aufzusetzen, erschien ihm wie eine übermenschliche Anstrengung. Deshalb blieb er auf dem Boden liegen.

Owen atmete ruhig. Er hörte eine Bewegung ganz in seiner Nähe. *Nicht allein.* Er spürte es.

Seine Augen zuckten und öffneten sich. Er sah Sterne an einem mondlosen Himmel, die Gitterstäbe seines Käfigs stachen wie Streifen vom Sternenhimmel ab.

„Owen?“ Er hörte Miriams Stimme. Es war nicht das erste Mal. Er hatte sie damals auch gehört. In der glühenden Sonne außerhalb von El-Fatihs Oase.

„Owen?“ Er fühlte den Druck ihrer Hand auf seinem Gesicht und begriff, dass es eine Ratte sein musste. Er drehte mit einem Stöhnen den Kopf, um dieses neueste Gespenst klar anzuschauen. Er murmelte ihren Namen, aber über seine Lippen kam nur ein unverständliches Lallen. Diese Illusion – war es ein Zeichen, dass sein Verstand sich jetzt endgültig seiner Umgebung geschlagen gab?

Ihre Haare, ihre Berührung, ihre Stimme, die Tränen, die auf Owen tropften, so echt, so nah, dass er glaubte, sie kauere wirklich neben ihm. Er kannte diesen Käfig, er hatte jede Ecke und jeden Winkel davon auswendig gelernt, jede Verfärbung in der losen Rinde. Der Mond ging plötzlich auf und warf Licht auf die freie Fläche im Dschungel. Seine Augen sahen den Schatten einer Person, die sich über ihn beugte.

Jemand ist in den Käfig gekommen.

Während ein Teil von ihm das dachte, spürte ein anderer ihre Nähe. Sein Verstand hatte ihn früher schon getäuscht, aber keine jener Sinnestäuschungen war so lebendig gewesen wie diese. Er konnte sogar ihren süßen Duft riechen, wie der Dschungel nach dem Regen.

„Owen, schau mich an. Ich bin es, Miriam! Ich bin es wirklich. Owen, bleib bei mir, Owen!“ Ihre Stimme wurde leiser, und Owen bemühte sich, ihren sanften Klang in seinen Ohren zu behalten.

Jemand schüttelte ihn, und er kam wieder zu Bewusstsein. Dieses Mal beleuchtete der Mond ihr Gesicht ganz. „Miriam“, murmelte sein Verstand, aber sein Mund wollte die Töne nicht richtig wiedergeben. Das Bild von Miriam lächelte.

„Ich bin es wirklich, Owen. Ich bin hier, neben dir. Ich verlasse dich nicht wieder. Ich bin hier.“

Die Erkenntnis, dass sie tatsächlich Realität war, durchdrang schließlich den Nebel um seinen Verstand, und Owens Augen weiteten sich. Er nahm die ganze Kraft zusammen, die er für das Aufstehen aufsparte, und stützte sich mit einer Hand auf und zwang seinen Körper in eine sitzende Position.

Als er endlich an dem Baumpfosten lehnte, konnte er die Hand ausstrecken und sie berühren, sie fühlen, hören, wie sie leise lachte. *Ja, meine Miriam.* Seine Hand berührte ihren Mund und fühlte das halbe Lächeln. Ihr Gesicht spiegelte eine Besorgnis wider, die sie bestimmt nicht zeigen wollte, aber er sah sie trotzdem. Er sehnte sich schmerzlich danach, mit ihr zu sprechen, aber sein Mund konnte nur stöhnen. Owens Finger fuhren die Spuren von Miriams Tränen auf den von Staub bedeckten Wangen im fahlen Mondlicht nach.

Er beugte sich vor und schrieb mit demselben Finger, der so sehr zitterte, dass er die Formen, die er in den Staub machte, kaum kontrollieren konnte.

Adamas.

* * *

Das Wort beruhigte Miriams aufsteigende Panik.

Seit dem Augenblick, als Juri sie ergriffen hatte, seit seinem Gewaltausbruch und der Aussichtslosigkeit, mit ihm irgendwie reden zu können, hatte Miriam den Stimmen nachgegeben, die ihr in den Ohren schrien, dass sie an diesem Ort sterben würde. Sobald sie das Ausmaß von Owens angeschlagener Gesundheit begriff, hörte Miriam diese Stimmen schreien, dass ihr Mann jetzt hier sterben würde. *Meinetwegen.* Es war alles ihre Schuld, weil sie alles selbst in die Hand hatte nehmen wollen.

Aber *Adamas.* Das Wort führte einen neuen Klang in ihr Gefängnis ein, einen Klang, dessen Widerhall diese zischenden Anklagen zum Schweigen brachte. Es war das Wort ihres Vaters für Diamanten, das Wort, das sie miteinander verband. *Unbezwingbar.* Dadurch, dass er ausgerechnet dieses Wort in den Sand schrieb, gab Owen Miriam ein Zeichen, dass der Mann, den sie kannte, lebte. *Unbezähmbar.* Irgendwo in der halb gelähmten Hülle seines Körpers und in der angeschlagenen geistigen Verfassung war ihr Owen, der Owen von *damals* jetzt bei ihr. Er war vielleicht nicht in der Lage, jetzt vollständig mit ihr zu kommunizieren, aber mit der wenigen Kraft, die er noch hatte, hatte Owen ihr ein Wort der Hoffnung gegeben.

Miriam nahm die tiefe Bedeutung dieses Wortes in sich auf und glaubte: Ja, irgendwie würden sie es schaffen. Der Gedanke legte sich auf Miriams Herz und Verstand, die Entscheidung, ein Versprechen zu glauben, das ihr ganz persönlich galt.

Sie stellte sich der Angst, akzeptierte, dass sie zwar vielleicht in einem Gefängnis war, das Juri teuflisch entworfen hatte, in der ewig dauernden Nacht, aber sie war auch an Owens Seite zurückgekommen. Und Martin war in der Nähe. Es musste einen Ausweg geben.

Adamas. Bitte, Gott, gib mir die Kraft, das zu glauben.

* * *

Die ganze Nacht beobachtete Miriam die Sterne über sich, während die Bombardierungen in der Ferne wie Donnerrollen pausenlos weitergingen. Sie schob Owen in kleinen Mengen Wasser und etwas von dem Brot und dem Käse, den sie in ihrem kleinen Rucksack dabeihatte, in den Mund und war dankbar, dass Juri ihn ihr nicht weggenommen hatte, als er sie in den Käfig warf.

Owen schlief, sein Kopf lag auf ihrem Schoß, manchmal schien er in einer noch tieferen Bewusstlosigkeit zu versinken. Mehrmals in dieser langen Nacht kam er zu Bewusstsein, und obwohl er sie nicht zu sehen schien, sie nicht zu erkennen schien, außer dieses eine Mal, nahm er die Nahrung an. Sie wollte alles mit ihm teilen, ihm von allem erzählen, was sie erlebt hatte, von ihrem Marsch durch den Urwald, dass sie sich selbst verloren hatte und dass sie Edith gefunden hatte, Gott gefunden hatte, ihn gefunden hatte.

Dafür würde noch genug Zeit sein. Dafür musste einfach noch genug Zeit sein. Denn jetzt genügte es, dass er lebte. Aber obwohl er lebte, konnte sie sehen, dass er sehr gelitten hatte.

Als der Morgen sich nahte, hörte Miriam, wie ein Stock zerbrach, dann leise Stimmen. Sie erblickte die Umrisse der Gestalten erst, nachdem die Sterne anfingen, blasser zu werden und sie den Blick nach unten senkte. Dann dachte Miriam, sie sehe zwei Gestalten auf den Käfig zukommen, im Schutz der Bäume von einem Schatten zum anderen laufen. Sie überquerten die freien

Flächen eilig in gebückter Stellung. Bevor sie reagieren konnte, schauten zwei Gesichter in den Käfig.

Miriam hörte seine Stimme, bevor ihre Augen den Sprecher klar erkennen konnten.

„Ich, ich habe das gewusst. Du warst verloren, aber jetzt bist du gefunden. Jetzt haben wir diese Sache getan."

„Kleiner Löwe? Filho?" Miriam kniff die Augen zusammen, als erwache sie aus einem Traum, und starrte in die lebhaften, tanzenden Augen der zwei Jungen. Sie schüttelte den Kopf. „Aber ihr könnt doch nicht hier sein. Wie? Woher?"

Filho holte ein Messer heraus und begann, an dem in der Sonne getrockneten Leder zu sägen, das die zwei schwächsten Äste zusammenhielt. Er sagte: „Wir sind deine Rückendeckung. Wir konnten dich nicht allein weggehen lassen."

Miriam schaute ihn an. „Filho?"

Der ältere Junge schaute nach unten auf die Erde. „Diese Sache, dieser Ort – das ist nicht gut."

Miriam wusste, wovon er sprach. „Du weißt, wo wir sind?"

„Wieder zurück", sagte Filho. „Hier bekam mein kleiner Bruder seine Narben."

Bei seinen Worten überrollte Miriam ein plötzliches Mitgefühl. Was musste es die beiden gekostet haben, an diesen Ort zurückzukehren, an diesen Ort ihrer Qualen? Wie hatten sie ihn genannt? Oh ja – „Niemalsnacht". Sie streckte eine Hand durch die Gitterstäbe und ergriff Kleiner Löwes Finger.

Kleiner Löwe sagte: „Aber du wolltest uns nicht allein lassen."

Sie sagte: „Bitte verzeiht mir." Ihre Worte trieben ihr die Tränen in die Augen. Was sie sagen wollte, war: *Vergebt der Welt. Vergebt uns, dass wir nicht mehr tun, damit ihr bei euren Familien bleiben könnt, damit diese Kriege aufhören, damit Stabilität einkehrt, damit dein Leben und das Leben deines Bruders genauso viel in dieser Welt zählt wie unser eigenes.* Aber alles, was sie sagte, war das, was sie vorher schon gedacht hatte: „Ihr seid zurück in eurer ‚Niemalsnacht'." Es war das erste Mal, dass sie den Namen für diesen Ort vor den Kindern laut aussprach.

„Dieser Ort?" Kleiner Löwe lachte und spuckte auf die Erde. „Nicht hier, *dort.* Niemalsnacht ist ein Ort, der ganz anders ist als dieser, dort gibt es keinen Schmerz und keine Angst, dort ist es niemals dunkel, nur Licht ist in Niemalsnacht."

Miriam dämmerte endlich, was sie mit diesem sicheren Zufluchtsort meinten, an dem es keine Angst, kein Entsetzen, keinen Schmerz gab, an dem es niemals dunkel war. Sie erinnerte sich an ihren Tausendkilometermarsch quer durch Afrika, daran, wie Simba mkali die Jungen getröstet hatte, indem er diese Worte immer wieder sagte: „Pscht ... niemals Nacht ... niemals Nacht."

In einer blitzartigen Erkenntnis konnte sie sehen, dass diese Jungen – obwohl sie schwer gelitten hatten und ihre Situation hoffnungslos aussah – die ganze Zeit voll Glauben und Hoffnung gewesen waren. Sie konnten zum Nachthimmel hinaufschauen und Gottes Himmel sehen. Sie war diejenige gewesen, die in der Dunkelheit gewesen war und nur im Hier und Jetzt Hoffnung gesucht hatte.

Niemalsnacht. Das war ihr Name für den Himmel. Wie hatte sie das nur falsch verstehen können? Jetzt hatte sie ein weiteres Wort, das wertvoll wie ein Schatz war. Genauso wie *Adamas* ihr eine feste Beziehung zur Vergangenheit geschenkt hatte, öffnete *Niemalsnacht* ihr die Augen für ein Leben voller Zukunft, unabhängig von dem, was ihr und Owen und Martin und diesen Jungen mit den strahlenden Augen jetzt passierte.

Sie hörte Owen stöhnen, fühlte, wie er sich bewegte.

„Miriam?", fragte er und bemühte sich, sich aufzustützen. „Wer ist das?"

Miriam fasste neuen Mut. Das Essen und Wasser hatten geholfen. Er erkannte sie. Er konnte reden. Er hatte die Jungen bemerkt. Er bewegte sich sogar ein wenig.

„Meine Jungen", antwortete sie ihm. „Das sind Filho und Kleiner Löwe. Sie ... retteten mich das letzte Mal, als ich hier war. Meine Jungen." Wieder griff sie in der Dunkelheit nach Kleiner Löwes Hand. Seine Finger legten sich um den Pfosten und rüttelten ihn hin und her, während Filho an dem Leder schnitt. Sie legte ihre Hand auf seine und schüttelte im selben Rhythmus und mit vereinten Kräften.

„Erzähle mir, wie ihr hierher gekommen seid, Kleiner Löwe." Sie schaute in die Dunkelheit auf und beobachtete das Leuchten der Explosionen in der Ferne.

„Diese Geschichte, sie braucht viel Zeit. Und wir denken mehr daran, diesen Käfig aufzukriegen und euch herauszubekommen, als an die Geschichte. Ich sage also nur, dass es kein gewöhnlicher Baum war, den du auf der Straße wegräumtest, als du mit dem Landrover von Mama Ediths Bruder unterwegs warst. Dieser Baum fiel nicht von allein dorthin. Und während du ihn wegräumtest, na ja, stiegen zwei zusätzliche Fahrgäste hinten in den Landrover."

„Und das Flugzeug?"

Kleiner Löwe sagte: „Genauso. Wir stiegen in das Flugzeug, als du dich mit dem Piloten unterhalten hast. Eine erstaunliche Sache, dieses Fliegen."

Miriam warf einen Blick auf Filho und sah die Spur von einem Lächeln auf seinem Mund und in seinen Augen.

Kleiner Löwe sagte: „Das weiße Flugzeug war genauso wie der Landrover, aber hinter den Rücksitzen. Und als dieser Pilot an diesem Ort hinter dir herlief – hier, meine ich –, stiegen wir aus. Aber oh, wir stiegen in die Höhe mit Flügeln wie Adler, nicht wahr, großer Bruder?"

Filho nickte. „Er hat Recht."

„So", sagte Miriam. „Ihr wart also die ganze Zeit bei mir."

Beide Jungen schauten sie an, als hätte ihr das schon längst klar sein müssen.

64

Owen beobachtete Miriam und die zwei Jungen, die aus dem Nichts aufgetaucht waren, um sie zu befreien. Er glaubte immer noch nicht ganz, dass sie echt war. Er streckte die Hand aus und berührte Miriams Bein. Als sie sich zu ihm umdrehte, seufzte er. „Ich muss mit dir reden, für den Fall, dass wir wieder auseinander gerissen werden."

Er sah die Verzweiflung, die seine Worte über ihr Gesicht ziehen ließen, hielt aber eine Hand hoch, um ihren Widerspruch abzuwehren. Er und Miriam rutschten auf die andere Seite des Käfigs, und er senkte die Stimme, damit die Jungen ihn nicht hören konnten. Er hoffte, sie könnte ihn verstehen. Seine Fähigkeit, Botschaften an seinen Mund zu senden und sie auszusprechen, hatte sich radikal verbessert, seit sie ihm etwas zu essen gegeben hatte und der Nebel aufgrund seines Flüssigkeitsmangels und Hungers sich gelichtet hatte. Je mehr er sagte, umso klarer sprach er.

„Du kennst den Fall, an dem ich letztes Jahr arbeitete?", fragte er sie. „Irland", sagte Miriam. „Es ging schlecht aus."

Er atmete tief ein. „Ja, das weißt du. Aber es gibt sehr viel, das du nicht weißt, weil ich es dir nicht erzählt habe. An einer Stelle während der Verhandlungen suchte ich Kontakt zu bestimmten Parteien in Libyen, weil dort die Terroristen, die Großbritannien angreifen, mit Waffen ausgerüstet und ausgebildet wurden. Geheimdienstberichte deuteten auch auf die Existenz eines lose gebildeten Konglomerats aus russischen Mafiaparteien hin, ein übergreifendes Syndikat mit Beziehungen sowohl zu den angolanischen Rebellen als auch zu diesen libyschen Terroristenausbildern der IRA."

Owen begann zu husten. Als der Hustenanfall vorbei war, atmete er schwer, weil ihn der Anfall so viel Kraft gekostet hatte. Aber er fand heraus: Wenn er leise und langsam sprach, fiel es ihm leichter.

„Hör jetzt zu. Ich recherchierte wegen der libyschen Waffenlieferungen an die IRA von 1972 bis Mitte der achtziger Jahre. Gaddhafi gab im Juni 1972 zu, dass Libyen Großbritannien in seinem eigenen Land bekämpfte. Er sagte der IRA, dass es Waffen und Unterstützung für die Revolutionäre gebe. Du musst dir klar machen, dass Irland schon seit zwanzig Jahren, seit 1973, einen unglaublich guten Kontakt zu heimlichen Waffenhändlern hat. Die drei Hauptquellen waren die USA, der Mittlere Osten und diejenigen, die selbst gebaute Waffen und Sprengstoffe herstellten. Libyen brachte zwischen 1985 und 1987 eine Reihe von Lieferungen mit Fischdampfern nach Irland.

Dann bombardierten 1986 die USA Tripoli als Vergeltung für einen Sprengstoffangriff auf US-Soldaten in Berlin. Dabei ist wichtig: Gaddhafis Tochter, Hanna, wurde bei diesem Bombenangriff getötet. Sie war damals gerade sechzehn Monate alt."

Das waren mehr Worte, als Owen in den letzten drei Monaten insgesamt mit einem Menschen gesprochen hatte. Er hatte so viel darüber nachgedacht; jetzt klang es gut, laut zu hören, wie alles zusammenpasste. Sein Mund wurde trocken. Er nahm einen Schluck aus der Flasche, die Miriam ihm an die Lippen hielt. Einen langen Augenblick sagten beide nichts. Er genoss seine bevorstehende Freiheit, die so nah war wie das Messer dieser Jungen und ihre junge Kraft. In nur wenigen Minuten würde er *draußen* sein.

Aber vorher musste er Miriam reinen Wein einschenken. Wie konnte er das tun, ohne die ganze Wahrheit zu verraten, denn sie konnte mehr Schaden anrichten als helfen. Er musste sie immer noch schützen, aber Owen fühlte einen enormen inneren Druck, ihr auch die Gründe zu erklären, die hinter allem steckten, was ihnen zugestoßen war. Er würde warten, bis sie anfing, Fragen zu stellen, und sehen, welche er zu beantworten wagte. Wenigstens so viel war er ihr schuldig.

Aber Miriam stellte keine Fragen. Stattdessen rutschte sie näher neben ihn, hielt ihn noch fester und flüsterte ihm ins Ohr: „Owen, ich vertraue dir. Ich habe in meinem ganzen Leben keinen Menschen mit so viel Integrität kennen gelernt, wie du sie hast. Ich denke, diese ganzen Details sind nicht das, was du mir wirklich zu sagen versuchst. Ich höre, was du nicht gesagt hast. Es steckt mehr dahinter als nur die Tatsache, dass unsere Entführung in gewisser Weise eine Vergeltung dafür war, dass Gaddhafi sein kleines Mädchen verlor." Sie schaute ihn an, und er nickte.

„Er hat also befohlen, die Familie des Verhandlungsführers zu entführen, um dich zu zwingen, irgendein Geschäft durchzudrücken oder dafür zu sorgen, dass Sanktionen aufgehoben werden oder so etwas. Aber ich *kenne* dich, und ich weiß genau, dass du im Augenblick mit dem Dilemma ringst, wie viel du mir erzählen sollst und wie viel du mir zu meinem eigenen Schutz nicht erzählen sollst. Hör also auf damit. Du hast einen höheren Preis bezahlt, als irgendjemand je von dir hätte verlangen können. Alles, was ich wirklich mit Sicherheit weiß, alles, was ich wirklich wissen *will*, ist, dass du lebst und bei klarem Verstand bist, und ich danke Gott dafür, dass er meine Gebete erhört hat. Der Rest ... vergiss den Rest."

Owen schüttelte den Kopf. Er wollte ihr die Fehler seines Vaters bekennen, der ein Anführer der Terroristen gewesen war, die Sünden, die Auswirkungen auf seine Familie hatten, die Verbindungen mit Libyens El-Fatih und Angolas Savimbi und diesem brutalen Falin, Owens eigene verzweifelte Lügen und Kompromisse. *Vergangenheit und Gegenwart.* Aber er verstand auch das einmalige Geschenk, das Miriam ihm anbot. Sie, die ihn so sehr liebte, dass sie in diese Hölle schlimmsten Leides zurückgekehrt war, sie, die Gottes größtes Geschenk für ihn in diesem Leben war – seine Miriam wusste besser als er, was sie beide ertragen konnten. Er streckte den Arm aus und zog sie an seine Brust. „Eine Frau wie dich ...", begann er, aber die Tränen erstickten seine Stimme.

Owen wollte so weit wie möglich von dem Thema wegkommen, was möglicherweise eines Tages von ihm verlangt werden könnte. Er hatte gelogen, als er gesagt hatte, er würde es tun, aber das bedeutete nicht, dass sie ihn nicht wieder fragen würden. Oder mehr tun würden als nur fragen. Deshalb schaute er sich nach etwas anderem um, nach etwas Sicherem, etwas, mit dem er sie von dem Minenfeld wegführen könnte, das er jetzt für sie beide in seinem Herzen verbarg.

Owen schaute zu den zwei Jungen hinüber, die immer noch fleißig an seinem Käfig sägten. „Der ältere Bruder, wie du ihn nennst. Filho – ist das wirklich sein Name?"

Miriam antworte so leise, dass er sie kaum verstehen konnte. „Sie kennen ihre richtigen Namen nicht. Sie sind ehemalige Kindersoldaten. Oh, Owen, es ist eine lange, lange Geschichte, aber diese Jungen haben mich gerettet, sie haben mich hier zweimal gefunden. Und ich habe selbst gelernt, Kinder wie sie zu betreuen. Es gibt eine Frau in einem Flüchtlingslager in Tansania, Edith, wo ich war, während du hier warst. Sie hat mir so vieles beigebracht. Aber am meisten Gott – er ist mir an den dunklen Orten begegnet, besonders an den dunklen Orten, wie du es vorhergesagt hattest. Und durch diese Kinder."

Owen hielt sie fest, unfähig zu antworten. Er saugte den Klang ihrer Stimme auf.

* * *

Miriam staunte über die Besserung von Owens Zustand im Laufe der Nacht. Vielleicht konnte er mit mehr Nahrung und Ruhe wieder ganz gesund werden. Darüber dachte sie einen Augenblick nach, bevor sie eine Erklärung, was die Jungen anging, formulierte. „Diese zwei haben sich besser von ihrer Vergangenheit erholt als die meisten, obwohl es immer noch eine sehr wackelige Sache ist. Sie sollten eigentlich nicht hier sein – wieder hier."

„Aber ihre Namen?"

Sie verstand nicht, warum er immer wieder fragte. „Es ist einfach so: Sie wissen ihre richtigen Namen nicht, deshalb haben sie sich neue Namen ausgesucht. Früher nannten sie sich Simba mdogo – das heißt Kleiner Löwe – und Simba mkali, Wilder Löwe. Aber vor kurzem hat Wilder Löwe beschlossen, einen anderen Namen anzunehmen. Filho. Die Jungen sind sehr religiös."

Sie bemerkte, dass Owen eine Augenbraue hochzog, wie er es immer machte, wenn sie etwas Belustigendes sagte. „Sie haben viele Bibelstellen auswendig gelernt. Es gibt in der Bibel einen Vers von einem Kind, das sich mit dem Löwen niederlegt."

„Es ist das Lamm, das sich mit dem Löwen niederlegt, und das Kind führt die beiden", sagte Owen.

„Wie auch immer. Er sagte, dieser Vers habe ihn veranlasst, seinen Namen wieder zu ändern. Ich verstehe nicht wirklich, was in ihrem Kopf abläuft. Sie haben ein grausames Leben hinter sich, und jetzt sind sie wieder an dem Ort, an dem sie so brutal misshandelt wurden. Aber ich weiß, dass sie mir beibrachten, was Hoffnung heißt, und mein Glaube ist mir jetzt wichtig, Owen. Wie du mich damals in der Zelle fragtest, als wir zusammen eingesperrt waren. Erinnerst du dich? Gott ist real."

Wieder hielt er sie fest, fest in seinen schwachen Armen. Für Miriam war dies das herrlichste Gefühl der Welt. Sie war nach Hause gekommen, nach Hause in seine Arme.

Dann fragte er sie leise: „Weißt du nicht, was der Name heißt – *Filho*?"

„Natürlich, das heißt ‚Kind'." Das hatte ihr Kleiner Löwe erzählt.

„Das stimmt", sagte Owen. „Aber es heißt auch ‚Sohn'. Das portugiesische *Filho* bedeutet sowohl ‚Kind' als auch ‚Sohn'."

Miriam beobachtete, wie die zwei Jungen an den Pfosten rüttelten und immer noch an dem Leder sägten und ihre ganze Kraft darauf verwendeten, sie und Owen zu befreien. Eine bittersüße Erkenntnis legte sich über sie, so weich wie die Decke über ein Baby. *Er sagte mir, ich soll ihn Filho nennen. Und dann nannte er mich Mae.*

Explosionen, die von den Bäumen links von ihnen kamen, rissen sie aus ihren Gedanken. Die Bombardierungen der Nacht, die in den dunkelsten Stunden vor Sonnenaufgang weniger geworden waren, nahmen jetzt, als das Tageslicht anbrach, an Intensität wieder zu. Explosionen von beiden Seiten des Flusses waren jetzt zu hören. Aus der Richtung der Flugzeuglandebahn stieg Rauch zum

Himmel auf. Miriam hörte in der Ferne Hubschrauber. Sie sagte: „Juris Feinde scheinen näher zu kommen.“

Einige Augenblicke später gelang es Filho und Kleiner Löwe, einen Pfosten des Käfigs wegzureißen. Zu dritt halfen sie Owen auf die Beine. Er konnte stehen, aber kaum gehen. Miriam schob die Schulter unter seinen Arm, und sie kämpften sich aus dem Käfig. Kleiner Löwe rannte davon und kam wenige Augenblicke später mit einem langen Ast, der sich oben gabelte, zurück, den Owen als Krücke benutzen konnte. „Danke“, sagte Owen. „Ihr Jungen seid beide sehr klug. Ich frage mich ...“

Eine Stimme unterbrach ihn. Owens Kopf fuhr in die Höhe, und Miriam las auf seinem Gesicht Begreifen und Bedauern. Sie schaute in dieselbe Richtung.

* * *

„Der Kommandant sagte, ihr würdet wieder ohne mich weggehen.“ Martins Stimme.

Juri tauchte aus dem Gebüsch auf, eine Hand auf Martins Schulter, in der anderen ein halb automatisches Gewehr.

Martin hob den Kopf. „Sie hatten Recht, Kommandant.“

Filho bewegte sich so, dass er Owen flankierte, und Kleiner Löwe stellte sich neben Miriam. Juri schritt geradewegs auf die kleine Gruppe zu und schleuderte mit einem Fußtritt die Krücke unter Owen weg, ohne seine Schritte zu verlangsamen. Dann zerrte er Owen am Arm in die Mitte der Lichtung und ließ ihn grob fallen. Owen landete mit einem dumpfen Schlag auf der Erde, gab aber keinen Ton von sich. Er lag regungslos da.

Juri stieg über Owen und baute sich zwischen Miriam und Owen auf. Er starrte sie trotzig an. „Du bist hier *nichts*“, fauchte er. Seine Augen interessierten sich überhaupt nicht für die Jungen, als sehe er sie gar nicht. Das brachte Miriam auf eine Idee.

Als sie einen Schritt auf Owen zuging, bellte Juri: „Nein.“ Sein Walkie-Talkie summte, und er zog es von seinem Gürtel. Dann begann er hineinzuschreien. Seine Stimme klang gereizt und panisch. „Nein, *nein,* habe ich gesagt. Steigt wieder hinauf ... das ist mir egal ... Richtig. Over."

Miriam bemühte sich um Selbstbeherrschung. Sie versuchte, ihren Hass gegenüber Juri hinunterzuschlucken, denn sie wusste, dass er nur ihr Urteilsvermögen vernebeln würde. Aber ihre Abscheu stieg immer noch in ihrer Kehle auf. Dieser Mann hatte den Menschen, die sie liebte, so viel Schmerz zugefügt. Er verkörperte alles, was falsch und ungerecht war.

„Dieser Mann, er ist unser Feind", sagte Kleiner Löwe. Sie schaute in sein Gesicht hinunter, in seine dunklen Augen, die so ernst waren.

„Ja."

„Dann ist er der Mann, für den wir beten müssen."

Miriam starrte Kleiner Löwe an und wollte sagen. *Nein, was er getan hat, ist unentschuldbar.* Stattdessen nutzte sie diesen Augenblick, in dem Juri abgelenkt war, und flüsterte: „Hör zu, ihr müsst laufen, schnell, du und dein Bruder. Lauft, verschwindet, *jetzt!*" Sie wollte nicht riskieren, dass den beiden etwas zustieße.

Filho nickte und lief los, aber Kleiner Löwe zögerte, dann riss er sich von ihr los, stürmte in den Käfig, lief zurück und folgte Filho in das Gebüsch. Miriam wusste, wenn Filho und Kleiner Löwe nicht gesehen und gehört werden wollten, konnten sie sich unsichtbar machen.

* * *

Martin hatte gedacht, der Kommandant müsse sich irren. „Eltern lassen ihre Kinder zurück." Das hatte er gesagt. Dann hatte er Martin vorausgehen lassen, als sie zu der Stelle mit dem Käfig und dem alten Mann zurückkehrten, der Stelle, an die er *sie* gebracht hatte.

Und sie wollte ihn tatsächlich zurücklassen. Sie wollten verschwinden. Martin hatte es mit eigenen Augen gesehen.

Vor allem war Martin verwirrt. Es passierte so vieles, dass es ihm schwer fiel, sich zu konzentrieren. Der Feind rückte näher. Er hatte gehört, wie der Kommandant Joseph sagte, sie müssten sich neu gruppieren. Der Beschuss hörte nicht auf. Die Bombardierungen und Helikopter kamen immer näher.

Und dann war *sie* da. Und ihm kamen alle möglichen Erinnerungen. Er fühlte sich innerlich aufgewühlt und konnte nicht entscheiden, welcher Stimme, welcher *Person* er gehorchen sollte. Als der Kommandant ihm befahl, an seiner Seite zu bleiben, erinnerte er sich an die Strafen und die Belohnungen, und er gehorchte. Aber er hatte immer noch das Gefühl, dass ein Teil von ihm vielleicht etwas anderes denken könnte.

Was diese Jungen auf der Lichtung anging, fühlte sich Martin allerdings nicht in zwei Richtungen gerissen. *Sie sind der Feind. Sie haben den Gefangenen befreit.*

Martin schaute zu, wie sie davonliefen, während die Stimme des Kommandanten höher und tiefer wurde und durch das Walkie-Talkie Befehle erteilte. Der Kommandant bemerkte kaum, als die Jungen flüchteten. Martin kannte diese Sorte. Jungen wie die, mit denen er zusammen ausgebildet worden war. Was sie anging, war er nicht verwirrt wie in Bezug auf den alten Mann und die Frau. Es gefiel ihm nicht, dass der Gefangene so hinfallen musste, aber so war der Krieg eben.

Jetzt hatte Martin eine Idee, was er tun könnte, um dem Kommandanten zu gefallen. Diese Jungen waren böse, und Martin wusste aus eigener Erfahrung, was mit ungehorsamen Jungen zu geschehen hatte. Es tat ihm Leid, dass sie wie Feiglinge davonliefen und der Kommandant nichts unternahm, aber er war froh, als er sie durch die Bäume erspähen konnte, wo sie am Rand der Lichtung einen Bogen schlugen und zurückgeschlichen kamen.

* * *

Schmerzen durchbohrten Owens Kopf und Seite, als er auf den Boden fiel. Er hob den Kopf nicht, sondern blieb ruhig liegen. Er strengte ein paar Augenblicke die Ohren an und verdrängte das Pochen zwischen seinen Augenbrauen. Zorn stieg in Owens Kehle auf, als er an all das dachte, was verloren war, die Wochen und Monate der Erniedrigung, in denen er ständig solchen Behandlungen ausgesetzt gewesen war, sein Leben wertlos, und die Angst, was seiner Frau und seinem Sohn von der Hand dieses Mannes immer noch widerfahren konnte. Aber er schluckte das alles hinunter und zwang die Macht seines Ärgers, eine andere Gestalt anzunehmen.

Owen nahm seine ganze Kraft zusammen, um von hinten an Falin heranzuschleichen, der nur wenige Meter von ihm entfernt stand. Dann griff er nach oben und zog ihn nach unten und rang mit dem Mann, der ihm seine Familie genommen hatte. Falin fiel das Gewehr aus der Hand. Es landete außerhalb seiner Reichweite. Owen bemühte sich, ihn mit seinem Gewicht unten zu halten, aber Falin befreite sich aus seinem Griff. Er stand auf und lachte laut, dann begann er, Owen gnadenlos zu treten. Owen fühlte, wie sein Körper sich krümmte. Aus der Ferne hörte er Explosionen. Und das Geräusch von Hubschraubern, die über ihnen kreisten. Und seine Miriam ...

* * *

Miriam fühlte jeden Schlag von Juris Stiefeln, als trete er sie. Sie wusste, dass Owen eine solche Gewalt nicht überleben konnte. Sie stieß einen Kriegsschrei aus und stürzte sich auf Juri.

„Nein, bleib weg von ihm!"

Aus dem Augenwinkel sah sie rote Flammen aufsteigen und hörte Filho rufen, dass sie stehen bleiben solle. Sie blieb so abrupt stehen, dass sie fast das Gleichgewicht verlor, und fuhr gerade noch rechtzeitig herum, um zu sehen, wie Filho sein Messer von der anderen Seite der Lichtung warf. Es flog surrend an ihrem Kopf vorbei und bohrte sich in den Baum neben Juri.

Dann sah sie, wie Kleiner Löwe eine Leuchtrakete hochhielt und der rote Rauch und die Flammen aus seiner Hand aufstiegen. In der zweiten Hand hatte er ihren Rucksack. Er schaute sie nur eine Sekunde an. Dann schleuderte er die Flamme auf Juri.

Sie landete auf Juris Schulter. Die Flammen versengten seinen Arm und sein Gesicht. Juri schrie auf, als das Feuer seinen Ärmel erfasste. Er sah, dass sein Arm brannte, und warf sich auf die Erde und schlug mit der anderen Hand das Feuer aus.

Miriam stürmte auf Owen zu. Sie berührte vorsichtig seine verletzte Seite und legte zwei Finger in seinen Nacken und hoffte panisch, sie könne seinen Puls fühlen. Filho war ihr gefolgt. Sie schaute keuchend zu ihm auf. „Ich habe euch gesagt, ihr sollt *fortlaufen.*"

„Das haben wir getan."

„Aber ihr seid zurückgekommen und ...", begann sie.

„Keine Bewegung." Es war Martins Stimme.

Miriam drehte sich herum und erhob sich langsam auf die Beine.

Martin stand ein Stück abseits, ihr gegenüber. Er hielt eine Pistole sicher in beiden Händen. Die Waffe war auf Filho gerichtet.

65

Miriams Gedanken drehten sich wie die Rotorblätter des Helikopters, der von irgendwo aus der Nähe kam. Was war geschehen? Ihr Mann lag brutal zusammengeschlagen auf der Erde und krümmte sich vor ihren Füßen. Und dort standen die Brüder, ihre Jungen, die so viel für sie riskiert hatten. Und Martin, auf der anderen Seite der Lichtung. Mit einer Waffe.

Den Bruchteil einer Sekunde rührte sich nichts. Miriam fühlte sich von dieser Szene, umrahmt vom afrikanischen Licht, seltsam distanziert. Sie blieb regungslos stehen und hörte nur ihren eigenen Atem, ihr Herz klopfen, ihr Herz bluten. Wie hatte sie nur ihren Owen und die Kinder, die sie zu lieben gelernt hatte, einer solchen Gefahr aussetzen können?

„Martin." Sie ging einen Schritt auf ihn zu, erstaunt über den ruhigen Klang ihrer Stimme. Dann wunderte sie sich, mit welcher Selbstverständlichkeit er militärisches Wissen an den Tag legte, für das er zu jung war, um es zu verstehen, geschweige denn, es selbst zu praktizieren.

Als Antwort auf ihre Bewegung schoss Martin eine Kugel in ihre Richtung.

Filho schrie auf. Dann stürmte Kleiner Löwe von dort, wo er die Leuchtrakete geworfen hatte, los und rammte Martin von hinten. Martin fiel auf die Erde, seine Pistole flog ins Gebüsch. Während Martin unten war, rollte sich Kleiner Löwe dreimal, bis er bei Filho war. Er zog ihn hoch, und die beiden Jungen verschwanden im Gebüsch. Miriam sah nur die Bluttropfen, die hinter ihnen eine Spur auf der Erde hinterließen.

Sie fühlte, wie ein schwerer Wind sie von hinten traf. Das Dröhnen des Helikopters erfüllte ihre Ohren. Sie drehte sich um, duckte sich bei der Staubwolke, die aufstieg, während der Hubschrauber über der Lichtung stand. Sie blickte auf und hielt sich die Hand als Schutz über die Augen. Dann erkannte sie das Gesicht. „Paul!" Sie winkte und brüllte.

Paul landete den Helikopter am Rand der Lichtung, schaltete den Motor aus, stieg aus und lief auf sie zu. Dabei erzählte er schnell: „Miriam, wir fanden meinen Landrover und funkten den Piloten an, der uns die Koordinaten von dem Ort gab, an dem er dich abgesetzt hatte. Wir flogen hierher und haben die Landebahn unter Kontrolle, konnten sogar einen oder zwei Helikopter stehlen. Der Pilot sagte, dass er dir Leuchtraketen gegeben hat. Als ich den roten Rauch sah, dachte ich, dass du das sein müsstest."

Miriam packte ihn am Arm. „Owen – hol Owen hier heraus! Er ist völlig entkräftet und wurde jetzt auch noch furchtbar misshandelt. Was auch passiert, du musst sein Leben retten. Verstehst du? *Er* ist oberste Priorität."

Aber als sie aufblickte und auf Owen deuten wollte, sah sie nur Juri.

Es war ihm gelungen, das Feuer an seinem Arm zu ersticken, sein Gewehr wiederzuholen und sich hinter ihnen aufzubauen. Jetzt packte er Martin und ging auf den Helikopter zu.

Paul zog eine Waffe, aber Miriam zerrte mit beiden Händen an seinem Arm. „Nicht schießen – mein Sohn. Er hat meinen Sohn! Nein, bitte nicht! Bring Owen von hier fort. Du *musst* dich um Owen kümmern." Sie überlegte. *Nur ich kann Martin retten.*

Juri riss die Helikoptertür auf, kletterte hinein und betätigte eine Reihe von Schaltern. Er rief Martin, der neben dem Helikopter stand und den Kopf unter den sich immer schneller drehenden Rotoren einzog.

Miriam warf einen Blick auf Paul, der sich bemühte, Owen auf die Beine zu helfen und zu stützen. Sie raste auf den Helikopter zu. „Martin! Nein, nicht schon wieder!"

Juri sprang ohne sein Gewehr hinaus, schob Martin hinein, stieg dann selbst ein und knallte die Tür zu, als Miriam gerade die andere Seite des Helikopters erreichte.

„Nein! Martin! Juri, du willst mich. Lass Martin gehen. Lass Owen gehen. Er nützt dir nichts mehr. Bitte. Lass sie beide gehen." Sie redete, ohne lange nachzudenken, aber sie konnte Recht haben, wenn sie bedachte, in welcher Verfassung Owen war. Einen flüchtigen Augenblick lang fragte sie sich, warum Juri Owen eigentlich am Leben gelassen hatte.

Die Antwort dämmerte ihr mit einem alten Entsetzen. *Er hat ihn am Leben gelassen, um mich zurückzulocken.* Überall um sie herum waren jetzt Detonationen zu hören, das Dröhnen des Helikopters – Miriam kämpfte gegen die Panik an, ihre Familie zu verlieren, und sich selbst. Wieder alles. Es kostete sie ihre ganze Selbstbeherrschung, sich zu konzentrieren.

Miriam riss die andere Tür auf und warf sich hinein, als Juri gerade den Helikopter einen Meter von der Erde hochhob. Sie konnte nur ihren Oberkörper hineinbringen; ihre Beine baumelten nach unten.

Juri lachte. „Was willst du?"

Sie schaute auf und sah ihn auf dem Pilotensitz. Hinter ihm erhaschte sie einen Blick auf Martin, der auf seinem Sitz festgeschnallt war. Seine Gesichtszüge waren starr vor Angst. Der Hubschrauber neigte sich gefährlich. Ihr Gewicht warf ihn aus dem Gleichgewicht. Miriam spürte, wie ihre Füße auf dem Boden aufschlugen.

Ein Wagen raste auf sie zu und wirbelte eine rote Staubwolke hinter sich und um sich herum auf. Miriam erkannte die gleiche grüne tansanische Uniform, die auch Paul trug. Sie hatte eine solche Kampfkleidung das letzte Mal im Flüchtlingslager gesehen, als ein Regierungsminister zu Besuch gekommen war. Vor ihrem geistigen Auge sah sie flüchtige Bilder von Männern und Frauen, die Kinder, die sie beobachteten, der Staub, der vor ihnen aufgewirbelt wurde. Einen Augenblick lang schien es, als sehe sie die Farben und höre sie die Geräusche aus dem Lager, dann riss die Angst Miriam wieder in die Gegenwart zurück.

Sie hörte warnende Rufe. Schüsse, die immer näher kamen. Der Jeep scherte aus.

Juri drückte immer noch die Knöpfe auf der Instrumententafel. Der Motor heulte auf.

Miriam schrie: „Juri, bitte nimm mich mit. Lass Martin hier, bitte!" War sie so weit gekommen, bis hierher, nur um zusehen zu müssen, wie ihr Sohn ihr im letzten Augenblick entrissen wurde?

Juri ließ den Helikopter ein paar Meter vom Boden hochsteigen und wendete dann scharf. Miriam fiel aus der offenen Tür und wollte aufstehen, aber der Wind und der fliegende Staub warfen sie auf die Knie.

„Du hast mir nicht vergeben!" Juri schleuderte ihr die Worte durch die im Wind auf und zu schlagende Tür zu.

Miriam wusste, dass ihr nur noch ein einziger Augenblick blieb, und dass sie Juri nur auf eine einzige Art überzeugen konnte. Es gab eine Chance – sie konnte sie auf seinem Gesicht sehen –, sonst wäre er schon längst weggeflogen. Sie wusste, dass das, was er wollte, sie war, ihre Liebe und ihre Vergebung. Was sie wollte, war die Sicherheit ihres Sohnes und ihres Mannes um jeden Preis. So viel wurde Miriam klar, als sie im Staub kniete und das Dröhnen der Rotoren ihre Ohren betäubte.

Sie nahm ihre ganze Kraft zusammen und betete: *Lass mich ihm vergeben; mach, dass er mir glaubt.* Miriam dachte, wie labil Juri war, wie launisch er war. Das war kein Grund und keine Entschuldigung. So war er einfach geworden.

Der Helikopter stand über ihr in der Luft, die Rotoren drehten sich. Wie konnte sie ihn am Boden halten, wenn er versuchte, aufzusteigen? Wie konnte sie Juri überreden, Martin gehen zu lassen? Sie wusste tief in ihrem Herzen, dass sie nur eine Chance hatte, ihren Sohn zu retten, wenn sie in diesem Augenblick eine Möglichkeit fand, diesem Mann zu vergeben.

Aufsteigen.

Aufsteigen.

Nicht einmal alle Kraft, die ihr zierlicher Körper aufbringen konnte, würde diesen großen Metallvogel daran hindern, zu schweben, denn dazu war er gebaut worden. Die Rotoren bestätigten ihr das mit jeder Umdrehung.

Aufsteigen.

Das Bild und das Wort vermischten sich und setzten etwas in Miriams Kopf frei. *„Aufsteigen mit Heilung in seinen Flügeln."* Die

Worte drangen durch ihren Nebel hindurch, Ediths Worte von einem anderen Ort und aus einer anderen Zeit: „*... akzeptiere das Böse und die Gewalt, zu der wir fähig sind, empfange ...*"

Miriam fragte sich, ob sie Vergebung empfangen könnte, wenn sie es wagte, sie zu geben. Sie musste nichts anderes tun als bereit sein, das Geschenk weiterzugeben. *Aber nicht ihm!* Doch welches Recht hatte sie, die Vergebung einem anderen vorzuenthalten? *Nach allem, was ich falsch gemacht habe ...?*

„Juri, du hattest Recht!" Sie brüllte, so laut sie konnte, um sich über dem Lärm der Rotoren Gehör zu verschaffen. „Ich habe gelogen, als ich es das letzte Mal sagte. Aber jetzt lüge ich nicht. Ich vergebe dir." Sie schluchzte, dann rief sie schwach: „Bitte, bringe mir meinen Sohn zurück! Es ist nicht seine Schuld!"

Martin, vergib mir.

Miriam schrie noch einmal: „Juri!" Der Helikopter richtete seine Nase nach unten. Sie sah, wie Juri Martin abschnallte. Halb kroch, halb taumelte sie auf die beiden zu und versuchte, an Bord zu klettern.

Schüsse vom Boden flogen um ihre Ohren. Sie hörte den Aufprall einer Rakete, dann eine Explosion rechts neben sich. Miriam wurde zu Boden gerissen, ihre Hüfte schmerzte. An diesem Ort war sie schon einmal gewesen. Die Angst, das Suchen im Dunkeln, das Knallen der Explosionen, Männerstimmen, streitende Stimmen, Feuer und Chaos überall um sie herum, und sie mitten in der Schusslinie. Sie musste dieses Entsetzen bekämpfen und sich auf das Jetzt konzentrieren.

Durch den Kugelhagel sah sie, wie Paul Owen mit dem Körper bedeckte. Sie hörte Martin laut schreien. Sie sah, wie der Helikopter sich über die Baumwipfel erhob, Martins Gesicht sich gegen das Glas drückte. Sie hörte das Knirschen von Metall, eine weitere Explosion, dann ein durch Mark und Bein gehendes Krachen, als einer der Rotoren wegbrach und nach unten fiel. Der Helikopter heulte. Wie betäubt sah sie zu, wie er sich neigte und drehte und dann hinter den Bäumen auf die Erde knallte.

Miriam lief zu der Aufschlagstelle.

Sie lief, und ihre ganze Welt brach zusammen, als sie den in sich verdrehten Metallhaufen auf der Erde rauchen sah. Miriam schlug mit den Fäusten gegen die Glasscheibe; sie zerbrach in tausend Splitter. Sie achtete nicht auf das Blut an ihren Händen und grub sich unter den völlig entstellten Rahmen.

Leer. Warum war Juri nicht auf dem Pilotensitz? In panischer Angst schaute sie nach hinten.

Juri hat Martin losgeschnallt. Die Erinnerung ließ sie innehalten. Juri war auch nicht angeschnallt gewesen. Sie mussten aus dem Helikopter geschleudert worden sein.

Miriam begann, die Absturzstelle zu umrunden, sie stolperte über Zweige und Wurzeln. Der beißende Gestank nach Diesel stieg ihr in die Nase und drehte ihr den Magen um. Sie packte einen Zweig und bahnte sich damit einen Weg wie mit einer Panga. Alle paar Sekunden blieb sie stehen, drehte sich um und ging in eine andere Richtung weiter.

Sie wusste nicht, wie viel Zeit vergangen war, als sie eine Bewegung im Gebüsch hörte, ein Stöhnen. Sie ging darauf zu und stolperte auf eine freie Fläche, auf der ein Baum umgefallen war und mehrere andere mit sich gerissen hatte.

Auf der anderen Seite sah Miriam durch das Gestrüpp, dass ein Kind auf sie zukam. Sie hörte Kleiner Löwes Stimme, die nach ihr rief. Er tauchte zwischen den Bäumen auf und taumelte unter dem Gewicht auf seinen Armen auf sie zu. Miriam sah helle Arme, ein helles Gesicht. Sie flüsterte: „Martin."

Kleiner Löwe legte ihn auf die Erde wie ein Lamm. „Er lebt."

Miriam nahm Martin in die Arme. Der regungslose Körper lehnte schwer an ihrer Brust. Er atmete. Sie fuhr mit einem Finger über sein Gesicht – angespannt, nicht mehr das Gesicht eines Kindes, selbst wenn er bewusstlos war.

Dann blickte sie auf. Durch ihre Tränen der Dankbarkeit sah Miriam, dass Kleiner Löwe immer noch dastand. Miriam berührte ihn mit ihrer anderen Hand und fragte ihn: „Wo ist Filho, unser Simba mkali?"

Er antwortete: „Mein Bruder geht jetzt dorthin."

Sie hörte die Worte und dachte, er meine: „Mein Bruder kommt jetzt hierher." Dann schaute sie in seine Augen, und ihr Herz begriff. Dieser neue Verlust, der sich in sein Gesicht grub, konnte nur eines bedeuten.

Sie wischte sich ihre eigenen Tränen fort. Er kniete sich neben ihr nieder. Die salzige Nässe überzog ihre Finger, während sie diese neue steinharte Trauer nachfuhren, deren gemeißelte Gegenwart sich schwer in seinen Gesichtszügen, die jetzt wie die eines alten Mannes aussahen, eingrub.

Miriam zog Kleiner Löwe an sich heran und hob mit der Hand sein Kinn. Ihre Tränen vermischten sich mit seinen, als er es wieder sagte und seine Kinderstimme wie eine Beschwörung, ein Gebet ein Schrei nach Frieden klang: „Mein Bruder geht jetzt *dorthin*."

Epilog

Owen ging neben Miriam zum Flugzeug. Edith und Paul standen an der offenen Tür des Flugzeugs und unterhielten sich leise. Der Pilot verstaute die letzten Taschen im Laderaum unter dem Flügel. Owen sah Martins Kopf im zweiten Fenster. Er starrte stur vor sich hin.

Owen spürte den plötzlichen Drang, noch einmal zu versuchen, alles irgendwie in Ordnung zu bringen. Er sehnte sich danach, das letzte Jahr auszulöschen, aber der einzige Weg, den er kannte, um die Vergangenheit hinter sich zu lassen, war Versöhnung. Er hatte gesehen, wie Länder Frieden schlossen. Warum konnte er das nicht in seinem eigenen Herzen? Wenn er nur vergeben könnte. Aber wie konnte er Falin vergeben, diesem ... diesem Tier? *Während ich mit der Vergebung ringe, sucht mein Herz verzweifelt dich. Gott, warum kann ich diesen Mann nicht mit deiner Liebe sehen?*

Dann kam Owen ein Gedanke, ein Hauch einer Möglichkeit. Er hörte sich sagen: „Mir tut der Mann Leid, der dich liebt und dich nicht haben kann."

Miriam blieb stehen. „Warum sagst du so etwas? Sprichst du von Juri?"

Owen schaute sie an, kaum fähig zu sprechen, so dankbar war er, dass sie an seiner Seite war. Ihre dunklen, blau gefleckten Augen, ihre haselnussbraunen Haare, der sanfte Ton ihrer Stimme, das alles überwältigte ihn. *Du bist wirklich eine außergewöhnliche Frau, Miriam.* „Ich ... ja."

„Wie meinst du das?"

„Ich sage damit nur: Ich gebe zu, dass ich ein gewisses Mitgefühl für Juri habe." *Das ist ein Anfang.* Owen sprach weiter. „Immerhin hat er mich am Leben gelassen. Warum hat er das getan? Es hatte nichts mit mir zu tun, als ich für seine Klienten unbrauchbar geworden war. Ich habe mir den Kopf zermartert, um zu begreifen, warum er mich nicht umgebracht hat. Es ging nicht darum, dass er mich gegen dich eintauschen wollte. Dafür hatte er Martin. Ich glaube, er ließ mich aus Liebe zu dir am Leben. Das war sein Geschenk an dich, ein Unterpfand, sogar ein unbewusstes Zeichen für seine wahren Gefühle. Ihm war vielleicht nicht einmal bewusst, dass es ein Liebesbeweis für dich war."

„Wahrscheinlich hast du Recht", sagte Miriam. „Juri kannte nicht einmal den Unterschied zwischen Grausamkeit und Liebe." Sie schaute ihn mit Tränen in den Augen an. „Owen ..." Sie verstummte, als sie bei Edith und Paul ankamen.

Paul reichte Owen die Hand, dann zog er ihn in seine Arme. „Kampfgenosse", sagte er.

Owen lachte. „Ja, das sind wir." *So viele unbeantwortete Fragen.* Er machte eine Pause, dann führte er Paul ein paar Schritte weg, wo die Frauen sie nicht hören konnten. „Paul, ich begreife immer noch nicht, wie du es geschafft hast, mitten in ein Gebiet, das von der Mafia beherrscht wird, zu fliegen und uns mit relativer Leichtigkeit herauszuholen. Zu deinen alten Kontakten gehören nicht zufällig die Truppen, die das Lager angriffen, oder?"

Owen wusste, dass Savimbis Unita-Rebellenkräfte in Angola von Südafrika und Amerika Hilfe und Waffen bekommen hatten. Dafür hatten sie diesen Ländern den Zugang zu den Diamantenminen in die von Rebellen kontrollierten Gebiete ermöglicht. Er wusste auch, dass jetzt stattdessen dos Santos' Regierungskräfte diese Hilfe bekamen. Er fragte sich, ob Paul früher in den Reihen der Anti-Apartheid-Kräfte gegen die Unita gekämpft hatte, auf der Seite von dos Santos. Er wusste, dass Juri für beide Seiten arbeitete. Owen erkannte das Muster. Er war wieder so weit, dass er versuchte herauszufinden, wessen Feind der Feind des Feindes war.

Paul lächelte und schüttelte den Kopf, um Owen zu signalisieren, dass dieses Thema tabu war. „In Angola herrscht Chaos; das wird auch immer so sein, solange ausländische Regierungen sich immer wieder wegen der Diamantenprofite einmischen. Sagen wir: Ich habe alte Schulden eingefordert. Mach dir keine Sorgen, Owen. Du und ich, wir stehen auf derselben Seite."

„Und die wäre ...?"

„Die Seite des Friedens." Paul ging mit ihm zu den Frauen zurück.

Owen nickte leicht. Dann richtete er seine Aufmerksamkeit auf Edith und sah, wie sie Miriam ein Blatt Papier in die Hand drückte.

„Mehr kann ich dir nicht geben", sagte Edith.

Owen schaute den Zettel an und las die Namen und Adressen von mehreren nordamerikanischen Experten bei der Therapie von traumatisierten Kindern. „Aber diesen Leuten fehlt deine Felderfahrung."

„Das stimmt", sagte Edith. „Aber, Miriam, ich habe dir alles beigebracht, was ich konnte."

„Ich weiß", nickte Miriam. „Mehr kannst du nicht tun."

„Lass ihm Zeit", riet Edith. „Schau nur, wie schnell du dich in so kurzer Zeit erholt hast, Owen."

Aber sie alle wussten, dass das Trauma, unter dem Martin litt, sehr tief ging.

Edith umarmte Miriam und Owen zum Abschied.

„Danke." Owen und Miriam flüsterten das gleiche Wort im gleichen Augenblick in die vielen duftenden Zöpfe.

* * *

Als das Motorengeräusch an seine Ohren drang, hob Juri den Kopf zum Himmel und wartete. Er hatte Joseph gebeten, ihn so nahe, wie sie es wagen konnten, zur Startbahn in der Nähe des Flüchtlingslagers zu fahren; dann parkten sie im Schatten eines riesigen Affenbrotbaumes.

Er schaute auf und wagte kaum zu atmen. Das Dröhnen kam näher, und dann war er da, ein weißer Vogel, der zwischen den Bäumen aufstieg. Die Sonnenstrahlen wurden von den Flügeln reflektiert. Juri hob eine Hand an seine Augen, um nicht zu stark geblendet zu werden.

„Ich denke im vorderen Fenster", sagte Joseph. „Da. Kannst du sie sehen?"

„Immer", flüsterte Juri. *Ich werde dich immer sehen. Ich werde dich immer suchen.* Er rieb mit dem Daumen über den schwarzen Diamantring, der an seinem kleinen Finger nach innen gedreht war.

* * *

Martin weigerte sich, die neue Brille aufzusetzen, die sie ihm gekauft hatten. Es störte ihn nicht, dass sein Bett am Morgen nass war. Es geschah ihr recht, dass sie die Schweinerei wegputzen musste. Sie stellten ihm ständig Fragen, die beiden und dieser Arzt mit den Spielsachen in seinem Büro. Konnten sie denn nicht sehen, dass er nichts anderes wollte als seine Ruhe? Dass es nichts nützte?

Martin saß auf seinem Schreibtischstuhl und starrte die Wand in seinem Zimmer an. Manchmal zitterte seine Unterlippe, aber er hatte gelernt, keinen Ton von sich zu geben, nicht einmal ein Flüstern. So war es besser – nichts hören, nichts sehen, nichts verstehen. Unter seinem Ellbogen lag der Zeichenblock, unbenutzt, neben einem nicht geöffneten Paket Buntstiften auf ungeöffneten Farbtöpfen.

Er nahm einen Kugelschreiber, zerlegte ihn, verteilte das Gehäuse, die winzige Feder und die Tintenpatrone vor sich auf dem Schreibtisch. Dann baute er ihn wieder zusammen.

* * *

Miriam holte tief Luft und klopfte an die Tür. „Darf ich hereinkommen?"

Als sie die Tür aufmachte, sah sie Martin an seinem Schreibtisch sitzen und wieder den Kugelschreiber zerlegen. Er zog die Augenbrauen hoch, arrogant, resigniert und sagte damit: *Das tust du ja sowieso, wen interessiert es also?* Sie setzte sich auf das Ende seines Bettes und sah ihn an, wie er kerzengerade auf dem Stuhl saß.

„Martin, warum hasst du es so sehr, wenn ich hier hereinkomme?"

Noch bevor sie Atem holen konnte, antwortete er: „Weil du immer weggehst."

Sie fühlte sich, als hätte er ihr einen Schlag in den Magen versetzt. Sie war zutiefst getroffen. „Aber ich bin doch trotzdem noch im Haus ..."

„Wenn du hereinkommst, musst du wieder hinausgehen. Ihr beide geht immer weg. Wieder."

Miriam beugte sich vor und rief sich ins Gedächtnis, was der Psychiater gesagt hatte: Dass jede Kommunikation schon ein Fortschritt sei. Wenigstens sprach Martin mit ihr. Sie zwang sich, die Worte wieder zu hören: *Miriam, akzeptiere es.* Sie musste akzeptieren, dass sie nie wieder den alten Martin haben würde, dass sie ihn nie wieder finden würde. Das Beste, was sie sich erhoffen konnte, und das wäre mehr als gut, war ein körperlich gesunder Martin, ein neuer Martin, ein anderer Martin, dieser fremde Martin, vielleicht in einer etwas besseren psychischen Verfassung, in ihrem neuen Zuhause.

Um diese kleine Besserung in seiner psychischen Verfassung würde sie kämpfen.

Sie versuchte es wieder. „Dieses Alleinsein ... Willst du darüber reden?" Aber sie konnte sehen, dass sie zu weit gegangen war. Wieder. Er runzelte die Stirn und starrte an ihrer Schulter vorbei.

Dann musste sie denken: Wie kann ich nur die Gesellschaft meines eigenen Sohnes so unangenehm finden? Es war ein furchtbarer Gedanke, und sie machte sich deshalb Vorwürfe. Aber die Spannung in diesem Raum drückte sie nieder wie ein schwerer Felsblock.

Sie hörte Owens Schlüssel in der Haustür. Ihre Hände hörten auf, sich zu Fäusten zu ballen und wieder zu öffnen und kamen auf ihrem Schoß zur Ruhe.

Owen rief: „Ich bin zu Hause. Und ich habe ... ihn."

Miriam beobachtete, dass Martin sich nicht im Geringsten bewegte. Er zuckte nicht, er schien nicht einmal zu atmen. Er zeigte mit keiner Regung, dass er seinen Vater kommen gehört hatte. Owens gebeugte Gestalt füllte den Türrahmen aus. Miriam konnte sich immer noch nicht damit abfinden, wie viel größer er jetzt wirkte, seit ihm Kleidung passte, die drei Nummern kleiner war. Persönlich gefiel ihr dieses hagere Aussehen nicht; sie zog den kräftigeren Owen vor. Aber genauso wie bei Martin musste das, was sie hatte, genug sein. Es war herrlich, ihn einfach zu Hause zu haben.

„Deine Mutter und ich haben etwas für dich, Martin."

Miriam schaute wieder Martin an. Sie waren alle drei in einem Zimmer. Trotzdem hatte ihr Sohn nie einsamer ausgesehen. Nun, das könnte sich ändern.

„Ich habe dir gesagt", knurrte Martin, und seine Stimme war nicht viel mehr als ein Flüstern. „Dass ich es nicht mag, wenn du hereinkommst ..." Er keuchte.

Es rutschte über den Boden, seine vier Beine ausgebreitet; die winzigen Nägel verursachten kratzende Geräusche, während sie über den Parkettboden rutschten und krabbelten. Ein kleines Hündchen flitzte um das Bett und stieß mit Martins Beinen zusammen. Das Tier zitterte von der Spitze seiner nassen Schnauze bis zu seinem peitschenden Schwanz. Die zwei Vorderbeine zerrten an Martins Hosenbein, als er versuchte, auf seinen Schoß zu springen, ihn verfehlte, zurückfiel, seine Pfoten zusammennahm und sich wieder nach oben hievte.

Miriam warf einen Blick auf Owen. Sein Gesicht spiegelte ihre eigene Hoffnung wider, gemischt mit Angst. Ihr Sohn musste reagieren. Falls das klappte, konnten sie vielleicht die Mauer der Gleichgültigkeit durchbrechen, hinter der Martin sich einzementiert hatte. Sie beobachtete Martin genau. Sie wollte ihm Zeit geben, ihm Raum geben, ihm Liebe geben.

Owen hustete. „Na, was sagst du? Gefällt er dir? Er gehört dir. Du hast immer einen Hund gewollt. Jetzt hast du einen. Es war die Idee deiner Mutter. Du musst dich also bei ihr bedanken."

Miriam warf Owen einen schnellen Blick zu. Warum übte er Druck auf Martin aus? Hatten sie sich nicht darauf geeinigt, das nicht zu tun? „Owen ...", begann sie, dann sah sie den gequälten Blick in den Augen ihres Mannes.

Natürlich. Sie durfte nicht vergessen, dass Martin nicht der Einzige in ihrem Haus war, der schwer gelitten hatte. Wenn man über ein halbes Jahr in einem Käfig sitzt, ist das Mindeste, was man erwarten kann, eine normale, liebevolle Familie. Aber sie waren nicht normal. Und Martin brauchte ihre Aufmerksamkeit mehr als Owen. Ihr waren auch Grenzen gesetzt bei dem, was sie für die beiden tun konnte. Sie konnte da sein. Sie konnte zuhören. Sie konnte jedes Mittel einsetzen, das Edith und die anderen sie gelehrt hatten. Und sie konnte für das Wunder der Heilung beten. Aber genügte das?

Zwischen ihrem Mann und ihrem Sohn hin und her gerissen, fühlte Miriam mit beiden mit. Sie wusste in ihrem eigenen Herzen, dass sie gebrochen waren. Sie kniff die Augen zusammen. *Aber Martin ist ein Kind.* Ihr Kind. Ihr Kind zu Hause.

„Owen." Miriam stand auf und ging durch das Zimmer zu ihrem Mann. Sie legte eine Hand auf seinen Arm und konnte fühlen, dass er erschauerte. „Owen, warte doch im Wohnzimmer auf mich. Ich komme in ein paar Minuten. Einverstanden?"

Ihr Mann schien in seiner Weisheit zu sehen, was sie sah, als sie sein Gesicht anschaute, das zwanzig Jahre älter war als noch vor einem Jahr. Er nickte langsam. „Du hast Recht. Ich rege ihn nur auf, wenn ich so bin. Du hast Recht, Miriam. Ich verstehe dich."

Owen verließ das Zimmer und schloss die Tür hinter sich. Miriam war ihm unendlich dankbar, dass er nie von ihr verlangt hatte, sich zwischen ihm und ihrem Sohn zu entscheiden.

Sie wandte sich wieder an Martin, aber er hatte sich nicht bewegt. Sein Mund stand immer noch halb offen, während er dem Hündchen vor seinen Füßen zuschaute, das wie ein Volleyball auf und ab hüpfte und sich auf Martin warf und um seine Aufmerksamkeit buhlte. Als die Tür hinter Owen ins Schloss fiel, klickte etwas in Martin. Miriam sah, dass er den Hund ins Visier nahm. Sein Mund schloss sich.

„Martin? Was ist mit ...?" Bevor Miriam zu Ende sprechen konnte, sprang Martin auf.

Er packte den Hund am Genick und schleuderte ihn quer durch

das Zimmer. Er landete mit einem entsetzten Jaulen auf der Matratze, wurde von dem gepolsterten Kopfstück wieder ein Stück hochgeschleudert und taumelte auf den Boden, wo er eilig unter dem Bett verschwand. Eine Spur Urintropfen zog sich über das Bettlaken.

Miriam biss die Zähne zusammen und drückte die Handflächen gegen ihre Schenkel. Es kostete sie ihre ganze Selbstbeherrschung, nicht wütend auf Martin loszugehen, nicht zu schreien, ihn nicht anzubrüllen, nicht der Angst und Panik nachzugeben, die in ihr aufstieg. War das alles, was ihr geblieben war? Ein kaputter Junge, ein gebrochener Mann und ...

Ediths Worte fielen ihr ein: *„Du entscheidest dich, um Hilfe zu bitten, du entscheidest dich, stark zu sein.“*

Hilf mir.

Sie versuchte zu hören. Was versuchte Martin zu sagen? Regte er sich so auf, weil Owen das Zimmer verlassen hatte? Weil er wieder allein gelassen wurde? Aber sie war da. Wo war ihr Martin? Wieder in Afrika? Er musste immer noch irgendwo dort sein. Würde er ihr je genug vergeben, ihr erlauben, ihn wieder zu lieben?

Alle diese Fragen quälten Miriam, und trotzdem wartete sie und sagte nichts. Martin stand ihr gegenüber und keuchte vor Erregung. Das war gut, sagte sie sich, besser als die steinerne Maske der Gleichgültigkeit. Ja. Gefühle waren gut.

Miriam wartete weiter. Sie konnten beide das Hündchen unter dem Bett winseln hören. Es gab kläffende Geräusche von sich, die schließlich in ein trauriges Winseln übergingen.

Martin schaute sie an. Seine Augen waren trotzig, aber immerhin schaute er ihr in die Augen. Sie waren nicht mehr hinter einem Nebel verschwommen. Er sagte: „Er hätte nicht hochspringen sollen.“

Schweigen.

„Das ist nicht erlaubt. Außerdem ist er wahrscheinlich voller Läuse und Flöhe.“

„Warum sagst du das?“, fragte Miriam schließlich, als sie ihre Stimme wieder halbwegs unter Kontrolle hatte.

„Das hat Joseph gesagt, als ich einen Hund streichelte. ‚Rühr diese Köter nicht an. Sie sind voller Läuse und Flöhe.‘“

Miriam atmete stockend ein. Dieses Reden über Afrika war auch gut. Es bedeutete, dass er seine Vergangenheit sah und sie nicht aussperrte. Trotzdem ...

Glaube.

„Martin? Ich glaube, dieses Hündchen braucht einen Namen.“

Martin nickte. „Hund.“

Eine Antwort. Eine knappe Antwort. Eine Verbindung. Ein Werfen der Würfel, ein Unterpfand für die Zukunft, eine Investition, ein Name, den man in sicheren Zeiten verwenden konnte.

Miriam wollte es noch einmal versuchen, aber sie wagte immer noch nicht, sich zu bewegen, aus Angst, sie könne diesen Zauber brechen. Wie könnte sie das tun, ohne Schuldgefühle zu wecken?

Martin ging in die Hocke. Miriam reagierte und ging ebenfalls in die Hocke. Das Bett war jetzt auf Augenhöhe. Sie schauten beide unter das Bett auf das zitternde Bündel, das in der Dunkelheit saß.

Miriam fragte: „Was, glaubst du, fühlt er ... warum kommt er nicht heraus?“

Martin warf einen Blick auf das beschmutzte Bett, sah ihren Blick. Dann schaute er nach unten. „Er hat Angst.“

* * *

An diesem neuen Ort bete ich für meinen Bruder. Ich bete für den Mörder meines Bruders. Ich bete für meinen Feind, aber ich bete nicht um seinetwillen; ich bete um meinetwillen. Das ist eine selbstsüchtige Sache, die ich tue, denn wenn ich diesem Gebot, das er uns gegeben hat, gehorche, arbeitet Jesu heilende Macht in mir.

Ich habe große Gnade in den Augen des Herrn, des allmächtigen Gottes gefunden. Gelobt sei sein Name, denn jetzt, wenn er mich bei meinem Namen ruft, höre ich ihn. Viele stimmen in seinen Ruf mit ein und benutzen mei-

nen neuen Namen, Daw, „Licht". Mögen sie Gottes Licht sehen, das Licht seiner Liebe durch diese meine Geschichte.

In meiner Kultur ist eine Geschichte ein Geschenk. Du öffnest dich den Worten und ihrer Macht, du wirst eins mit der Geschichte, und sie wird dich verändern. An diesem Ort ist mein Geschenk für dich eine Wahrheit, vor der ich davongelaufen war. Diese Wahrheit hat mich viel gekostet, aber ich bete dafür, dass sie uns frei macht.

Jetzt habe ich das aufgeschrieben, ein Geschenk aus der Zukunft. Aber diese Geschichte willst du vielleicht nicht lesen, weil sie so hart ist, manchmal tut sie weh.

Diese Geschichte, sie hat mich mehr gekostet als jede andere Geschichte. Sie ist die Wahrheit, meine Wahrheit, der Beweis für Gottes Hand auf mir.

Gott hat in meinem Leben wirklich so viel getan. Ich frage mich, wie er für jemand anderen noch Zeit hatte.

* * *

Miriam saß an ihrem Schreibtisch. Die Sonne strahlte durch das offene Fenster. Flüsternde Stimmen breiteten sich wie ein Sturm in ihrem Kopf aus. Sie konnte immer noch nicht wissen, wollte noch nicht wissen, wie diese Stimmen sich mit ihrer eigenen vermischt hatten und jetzt fragten, flüsterten, warteten an diesem Ort der Vergangenheit, schmerzlicher Angst, gegenwärtiger schmerzlicher Hoffnung.

Was hörte sie?

Miriam seufzte und hörte die Seemöwen und den Straßenverkehr und sogar eine Straßenbahn in der Ferne. Die Geräusche holten sie in die Gegenwart zurück. Sie nahm den letzten Papierstoß aus dem Drucker und legte ihn mit auf den Haufen, hielt alle Seiten senkrecht und klopfte den Packen auf den Schreibtisch, um die Ränder in eine saubere Form zu bringen. Die Reihe mit Büchern über Verhandlungsrecht stand rechts von ihr. Sie griff nach links und schloss vorsichtig das grüne Tagebuch. Der Ledereinband fiel mit einem eigenen Seufzen auf die rot gefleckten Seiten.

Eine einzige Stimme drang in diese Gedanken so leicht wie das Licht, das auf ihr Gesicht und ihre Hände fiel.

Die Haustür fiel zu, und Miriam hörte, wie ein Rucksack voller Bücher auf dem Boden landete.

„Ich bin es, Daw. Ich bin zu Hause.“

Anmerkungen der Autorin

Ich kenne zwei Welten. Hier und dort.

Für meine Schwestern hier: Ihr sollt wissen, dass ich diese Geschichte auf einem Laptop geschrieben habe, inmitten von Luxus und Überfluss. Wenn du nie eine Last auf dem Kopf getragen hast, dann weiß ich, dass du, genauso wie ich, in der Wärme lebst, von Wolle und Öl aufgeheizt, aber vielleicht bist du auf der Suche nach mehr.

Für meine Schwestern dort, ohne die Chance, dass ein Exemplar dieses Buches je den Weg in euren Briefkasten finden wird, wenn die Post einmal in der Woche von einem Nachbarn mitgebracht wird, der in die Stadt fährt: Ihr sollt wissen, dass ich das für euch geschrieben habe, inspiriert durch eure Geduld, eure Würde, eure Integrität. Ich sehne mich danach, unseren afroamerikanischen Schwestern von euch zu erzählen, ihnen zu zeigen, dass es dort, wo unsere Väter und Mütter herkamen, einen Ort gibt, an den wir uns durch den Rhythmus in unserer Seele und die Gnade in unserem Herzen erinnern.

Elise Potter, meine Schwester, war die Erste, die mir zeigte, dass alle Kinder unsere Kinder sind. Sie praktiziert das Mitgefühl und die Gerechtigkeit für die Kinder, über die ich schreibe. Ihr Sohn, Hing, steuerte den Schluss dieses Romans bei; ich stehe tief in seiner Schuld.

Dort scheinen die Regeln anders zu sein. Das Licht ist anders. Das Unvorstellbare passiert täglich. Ich habe über diese Dinge geschrieben, und ihr habt euch gewundert. Aber vergesst nicht: Auch wenn Miriam und ihre Geschichte erfunden ist, ist alles andere wahr, die ganzen Umstände, in denen sie lebte, sind wahr; sie basieren auf meinen eigenen Reisen in diese Gebiete, auf Interviews und umfangreichen Recherchen.

Einige Beispiele: Ich durfte von professionellen Vermittlern lernen, die mir von ihren Erfahrungen berichteten und ihre persönlichen Geschichten erzählten. Die Methodik, die ich als Ediths

Trauma-Therapie vorstelle, basiert auf meinem Interview mit einem führenden christlichen Psychologen, der ein Pionier in der Behandlung von Traumata bei Opfern von Missbrauch verschiedenster Art ist, besonders Kindersoldaten in Uganda. Ich besuchte das Flüchtlingslager in Tansania und interviewte Mitarbeiter von Hilfsorganisationen und Flüchtlinge. Ich habe die Stimmen der Kinder gehört, die ich getreu in der Stimme von Kleiner Löwe wiedergegeben habe. Das Gedicht am Anfang von Kapitel 20 bekam ich von Vumilia Tchikala, einem kongolesischen Kind in diesem Lager.

Angolanische Rebellen überfielen den Jeep einer französischen Urlauberfamilie auf dem Caprivi-Streifen in Namibia.

Der Frieden in Mosambik versetzt die Historiker immer noch in Staunen. Er dient als Modell für andere Konfliktgebiete auf der Erde, als Bote der Hoffnung.

Inzwischen werden mehr als dreihunderttausend Jungen und Mädchen – von denen einige nicht älter als sechs Jahre alt sind – gezwungen, in Armeen auf der ganzen Welt als Kindersoldaten zu dienen.

Kindergruppen, die inmitten der schlimmsten Gefahren weite Strecken in Afrika durchqueren, gibt es wirklich. 1987 flohen, Schätzungen zufolge, dreißigtausend christliche Kinder (als die „Verlorenen Jungen" des Sudan bekannt) aus dem Südsudan und vor dem Krieg aus Angst vor Entführung, Zwangsrekrutierung und Sklaverei durch die nordsudanesischen, moslemisch-arabischen Regierungstruppen. 1991, nach vier Jahren Sicherheit, wurde ihr äthiopischer Beschützer, Mengistu Haile Mariam, abgesetzt, und die Kinder wanderten in den Sudan zurück. Dieses Mal starben über zehntausend an Hunger, durch wilde Tiere, Erschöpfung, Ertrinken oder Gewehrkugeln.

Ein Jahr später kamen die überlebenden zwölftausend Kinder im Kakuma-Flüchtlingslager in Nord-Kenia an. In den letzten vierzehn Jahren kümmerten sich diese Kinder, die jetzt junge Erwachsene sind, liebevoll umeinander. Mitarbeiter der Flüchtlingshilfswerke sagen, ihr Mitgefühl füreinander und ihr unerschütterlicher Glaube seien beispiellos. Einige verließen später das Lager wieder und zogen weiter. 1999 gelang es dreitausend von ihnen, in die USA zu emigrieren. Sie sind jetzt auf über vierundvierzig Städte verteilt. Innerhalb des ersten Jahres nach ihrer Ankunft besuchten alle die Schule; einige schlossen die Schule erfolgreich ab und gingen an die Universität. Sozialarbeiter beschreiben die Leistungen dieser Jungen als ein Wunder.

Die Ediths sind immer noch in Afrika. Andere Kriege, andere Machtkämpfe, dreizehn Millionen Waisen und einen weiteren Völkermord später, aber sie sind dort. Ich lernte eine solche Edith in einem Bus von Nairobi nach Arusha auf der Fahrt durch das Herz von Masailand kennen.

Anne de Graaf
Niederlande

Weitere spannende Afrika-Titel in unserem Verlag

Stephen Lungu/Anne Coomes
Der aus dem Schatten trat
Vom Bombenleger zum Missionar
Bestell-Nr. 330 684
ISBN 3-86122-684-7
256 Seiten, Paperback

Stephens Mutter ist 14, als sie ihn zur Welt bringt, verheiratet mit einem vierzig Jahre älteren Mann. Als Stephen mit sieben Jahren ein Alter erreicht hat, in dem andere Kinder beginnen, die Welt zu erobern, verlässt sie ihn und seine beiden kleinen Geschwister und schickt ihn auf einen Weg durch die Hölle. Fortan füllt er seinen Magen mit dem Müll der Weißen und schläft unter den Brücken der Hauptstadt. Sein letztes Mittel im täglichen Überlebenskampf ist die Gewalt. Nur bei seinen Waffenbrüdern in der Gang der „Schwarzen Schatten" findet er Annahme, Treue und eine Religion: die Revolution. Und bald auch eine besondere Aufgabe, das Bombenwerfen. Als ein Evangelist in die Stadt kommt, hat er endlich ein spektakuläres Ziel. Ein Inferno bahnt sich an, als er mit seinen Benzinbomben das Zelt betritt ...
Was dann kommt, ist fesselnder als ein Thriller.

Ebenfalls als Hörbuch erhältlich unter:

Der aus dem Schatten trat
Bestell-Nr. 330 691
ISBN 3-86122-691-X
CD mit 74 Minuten Laufzeit

Jack Cavanaugh
Sie suchten das verheißene Land
Südafrika-Saga – Band 2
Bestell-Nr. 330 693
ISBN 3-86122-693-6
432 Seiten, Taschenbuch

Südafrika um 1820: Die Briten unterwerfen das verheißene Land der Buren am Kap der Guten Hoffnung. Fremd geworden in der eigenen Heimat, zieht die Familie van der Kemp wie viele andere Kolonisten nordwärts. Ihr Treck führt die Nachfahren holländischer Einwanderer ins Land eines grausamen Kriegervolkes – der Zulus. Was erwartet sie in der unerforschten Wildnis?

„Nicht zum ersten Mal hatten sie dem Schreckgespenst des Todes ins Angesicht geschaut. Im südafrikanischen Grenzland war man mit ihm ebenso vertraut wie mit dem Anblick einer Herde flinkfüßiger Springböcke oder eines Schwarms von Blaukranichen ... Heute kam es von der grasbewachsene Hügelkuppe herab, die das Anwesen der van der Kemps von dem schlammigen Wasser des Fish River trennte, und zwar in Gestalt einer Horde schwarzglänzender Xhosa-Krieger. Hunderte schienen es zu sein ...“

Geburt einer Nation: Die ZION-Chroniken von Bodie Thoene

Palästina 1947: Die Wiedergeburt der jüdischen Nation scheint zum Scheitern verurteilt, als Gefechte zwischen den Arabern und den schlecht bewaffneten Juden aufflammen. Der Krieg der jungen Nation wird zum Überlebenskampf Ungezählter ...

Der Weg nach Zion
Bestell-Nr. 330 458
ISBN 3-86122-458-5
511 Seiten, gebunden

Eine Tochter aus Zion
Bestell-Nr. 330 459
ISBN 3-86122-459-3
381 Seiten, gebunden

Die Rückkehr nach Zion
Bestell-Nr. 330 467
ISBN 3-86122-467-4
533 Seiten, gebunden

Licht über Zion
Bestell-Nr. 330 468
ISBN 3-86122-468-2
510 Seiten, gebunden

Das Tor nach Zion
Bestell-Nr. 330 483
ISBN 3-86122-483-6
576 Seiten, gebunden

Israel gestern und heute: Zions Erben von Bodie & Brock Thoene

Israel 1948: In Jerusalem tobt erbittert der Unabhängigkeitskrieg. Unter den zerstörten Mauern entdeckt Mosche Sachar einen kostbaren Schatz: eine jahrtausendealte Bibliothek. Nach und nach öffnet er die Schriftrollen, und die Berichte führen ihn in längst vergangene Zeiten – in ein Israel, das sehnsüchtig auf den Messias wartet.

Wächter über Jerusalem – Band 1
ISBN 3-86122-501-8
366 Seiten, gebunden

Donner über Jerusalem – Band 2
ISBN 3-86122-529-8
320 Seiten, gebunden

Jerusalems Herz – Band 3
ISBN 3-86122-563-8
320 Seiten, gebunden

Schriftrollen in Jerusalem – Band 4
ISBN 3-86122-594-8
304 Seiten, gebunden

Steine in Jerusalem – Band 5
ISBN 3-86122-625-1
272 Seiten, gebunden

Jerusalems Hoffnung – Band 6
ISBN 3-86122-659-6
272 Seiten, gebunden

Spannende historische Romane – die Chroniken Anno Domini

Bodie & Brock Thoene
Erstes Licht
Chroniken Anno Domini – Band 1
Bestell-Nr. 330 683
ISBN 3-86122-683-9
416 Seiten, gebunden

Israel vor 2000 Jahren: Dunkle Wolken ziehen auf über der heiligsten Stätte des Erdballs.
Da sind die römischen Unterdrücker, die das Volk im eisernen Würgegriff halten.
Da sind die selbstherrlichen Geistlichen, die den Menschen ein Joch auferlegen von religiösen Gesetzen, die jedes Maß verloren haben.
Doch wo ist der so bitter ersehnte Erlöser, der Israel nach Gottes Verheißung befreien soll aus der Dunkelheit?
Zahllos sind die Gebete, die aufsteigen und sich nur um eines drehen: Dass Gott den Messias senden möge und mit ihm die Dämmerung der Freiheit.
Und es geschieht.
Doch sollte ausgerechnet Peniel, der blindgeborene Bettler aus der Gosse Jerusalems, einer der Ersten sein, die das Morgenlicht der Erlösung sehen?
Nichts bleibt, wie es war, am Wendepunkt der Menschheitsgeschichte – für Nakdimon oder Marcus Longinus, für Maria Magdalena oder Zadok, den Hirten ...

B. J. Hoff
Und niemand hört mein Lied
Irland-Saga – Band 1
Bestell-Nr. 330 663
ISBN 3-86122-663-4
608 Seiten, Taschenbuch

Das dramatische Irland-Epos – Zeugnis der oft unfassbaren Geschichte, die Gott mit Menschen und Völkern schreibt. Von Kampf, Entbehrung und Glauben zweier Familien in der dunkelsten Zeit Irlands.

Nora Kavanaghs Heimat, das alte Irland, das sie so sehr liebt, versinkt im Elend der verheerenden Hungersnot von 1847. Der Fiebertod wütet auch unter ihren Lieben, einzig ihr kleiner Sohn Daniel bleibt ihr.
Leichte Beute für die skrupellosen englischen Landherren, die ihr den letzten Besitz entreißen wollen, der ihr verblieben ist: ihr Land.
So richtet sie ihre letzte Hoffnung auf Morgan Fitzgerald, die große Liebe ihrer Jugend. Der Dichter, Naturbursche und Freischärler führt ein wildes und gefährliches Leben im Kampf gegen die englischen Unterdrücker. Er meint es gut mit den Kavanaghs, doch können seine ehrbaren Absichten das retten, was von dieser Familie am Leben blieb?